Querverlag

Karen-Susan Fessel

IN DIE WELT

ROMAN

Erste Auflage März 2020

Umschlag und grafische Realisierung von Sergio Vitale unter Verwendung des Gemäldes „Welcome“ von Jan Ros, 2016.
Gesamtherstellung: Finidr
ISBN 978-3-89656-284-5
Printed in the Czech Republic

Bitte fordern Sie unser Gesamtverzeichnis an:
Querverlag GmbH
Akazienstraße 25, 10823 Berlin
www.querverlag.de

Teil I
Ende September

Nell

Sie sah tatsächlich genauso aus. Sie sah genauso aus wie auf dem Foto, das sie Nell vorab in ihrer Mail geschickt hatte. Nur ein wenig blasser wirkte sie, als hätte der Berliner Altweibersommer ihr bereits in den wenigen Stunden ihres Aufenthaltes in dieser Stadt die Pigmente aus der Haut gezogen.

„Guten Tag", sagte sie und streckte die Hand aus, eine schmale, knochige Hand mit langen, dünnen Fingern, aber einem erstaunlich festen Druck. „Ich bin Aino."

„Hallo. Komm rein." Nell trat zurück und ließ Hector los, der sofort schwanzwedelnd um die Füße der jungen Finnin herumzutänzeln begann und seinen kleinen Kopf so weit nach oben streckte, wie es ihm möglich war. „Das ist Hector, mein Hund."

„Er sieht ja auch aus wie ein Hund", sagte Aino in nahezu akzentfreiem Deutsch und bückte sich kurz, um Hector über den Kopf zu streicheln. Hector rannte eifrig vor ins Zimmer, um seine alte Quietscheente zu holen.

Während er die Ente vor Aino auf den Boden warf und sich dann sofort daraufstürzte, ging Nell voraus ins Zimmer, das von der restlichen, langsam schwindenden Morgensonne erhellt war. „Das wäre dann das Zimmer. Hier, vorn neben dem Eingang, ist die Küche, gegenüber das Bad." Sie zog für Aino den zweiten Stuhl vom Tisch. „Das ist auch schon alles."

Aino blieb in der Mitte des Zimmers stehen und sah sich um. Nach einem Moment wurde Nell klar, dass sie sich nicht setzen würde, und schweigend nahm sie selbst Platz.

Die Sonnenstrahlen reichten genau bis zu den Füßen der jungen Finnin, die in hellen Sneakern einer Marke steckten, die Nell nicht kannte. Aino stand reglos da und sah sich um, ihre Augen wanderten über die karge Einrichtung – den schlichten, großen Holztisch mit seinen zwei Stühlen, das Bett mit dem gelben Überwurf darüber, das kombinierte Kleider- und Bücherregal, welches die gesamte Nische einnahm, Hectors viel zu großes Weidenkörbchen in der Ecke –, dann drehte sie langsam den Kopf und betrachtete die Fensterfront mit dem Balkon davor.

Für einen Moment fühlte sich Nell wieder zurückversetzt in den Tag vor gut einem halben Jahr, als sie selbst die Wohnung zum ersten Mal betreten hatte. Es war ein eisiger Januarmorgen gewesen, die Sonne hatte viel tiefer gestanden als jetzt, es aber gerade noch über das Flachdachgebäude der Schulanlage auf der anderen Seite des Weges geschafft. Ihre Strahlen hatten den leeren Raum mit einem kalten, klaren Licht erhellt, das die Kratzer und Dellen, die der Vormieter auf dem hellen Laminatboden hinterlassen hatte, deutlich zum Vorschein gebracht hatte.

Nell hatte genauso dagestanden wie ihre zukünftige Untermieterin in diesem Augenblick; genau wie sie hatte sie sich umgesehen, den Anblick der fremden Wohnung in sich aufgesogen und versucht, sich selbst darin zu sehen.

Nell war es damals nicht gelungen; als der Angestellte der Hausverwaltung die Balkontür geöffnet und einen Schwall eisiger Winterluft hereingelassen hatte, war sie zusammengezuckt und hatte die Arme um den Oberkörper geschlungen, während Hector mit eifrigen Schritten durch den Spalt auf den Balkon hinausgelaufen war und seine kleine Schnauze durch die Belüftungsaussparungen in der Front der Balkonbrüstung gesteckt hatte.

Es war Nell nicht möglich gewesen, sich in dieser kleinen, frisch sanierten Einzimmerwohnung vorzustellen, aber sie hatte sie dennoch genommen und war nur eine Woche später eingezogen.

Jack hatte versucht, sie davon abzuhalten, aber sie hatte den Mietvertrag bereits unterschrieben, als sie ihm von der Wohnung erzählte. Adam, Lise und er hatten ihr beim Umzug geholfen, und die Missbilligung in ihren Gesichtern, als sie die wenigen Möbel und Kisten gemeinsam hineintrugen, hatte Nell zu einer Art trotzigem Aufbegehren verleitet. „Ich finde, die Wohnung passt zu mir!", hatte sie wider besseres Wissen gesagt, aber Jack hatte den Kopf geschüttelt.

„Sie passt vielleicht zu deiner Situation, aber nicht zu dir", hatte er erwidert, und Lise hatte böse genickt. Nur Adam hatte ihr beruhigend die Hand auf die Schulter gelegt.

„Hier kann man es eine Weile gut aushalten", hatte er gesagt, und so war es auch gekommen.

Nell hatte es eine Weile gut ausgehalten. Aber diese Weile war nun vorbei.

Aino drehte sich um, und im Gegenlicht wirkten ihre Augen immer noch erstaunlich hell. „Ja", sagte sie. „Das ist eine schöne kleine Wohnung." Sie ließ ihre Umhängetasche, die sie über der Schulter trug, heruntergleiten und kam zu Nell herüber, um sich auf den freien Stuhl zu setzen, der immer noch dastand, als hätte er auf sie gewartet. „Ich finde sie gut. Hier kann man gut sechs Monate wohnen."

Nell musste lächeln, aber Aino lächelte nicht zurück. Sie starrte Nell ernst an, aber Nell mochte sie trotzdem.

Hector kam angetrabt und warf seine Ente erneut mit Schwung vor Ainos Füße, und als sie der Ente einen kleinen Schubs gab, stürzte er sich mit einem begeisterten Grunzen erneut darauf und schüttelte sie knurrend unter dem Tisch, über den hinweg Aino und Nell sich immer noch ansahen.

„Hier ist meine Adresse, wenn etwas sein sollte“, sagte Nell und schob Aino einen Zettel zu.

Aino nahm den Zettel und betrachtete ihn. „Gut“, sagte sie. „Bis März, ja?“

„Bis März, genau“, sagte Nell. „Erst mal. Und wenn du möchtest, kannst du gleich hierbleiben. Ich fahre schon heute.“

Nell war kein spontaner Mensch, noch nie gewesen. Schon als Kind hatte sie ihre Tage geplant, sich morgens beim Aufwachen Dinge vorgenommen, die sie erledigen und erleben wollte; insgeheim führte sie jeden Tag aufs Neue eine imaginäre Strichliste, auf der sie mit einem tiefen Gefühl der Befriedigung abhakte, was sie hatte umsetzen können. Nicht wenige Male war ihr Hang zur Organisation und Strukturierung bei anderen auf Unverständnis und Ärger gestoßen: „Mit dir kann man nichts spontan unternehmen“, hatte Irma oft mürrisch bemerkt, „alles musst du vorher planen. Selbst das Essen! Ich weiß doch heute noch nicht, was ich morgen essen will!“

Nell hingegen wusste meist genau, was sie am nächsten Tag essen wollen würde. Und sie wusste auch gern, wo sie in der folgenden Nacht schlafen würde, wenn sie auf Reisen ging. Manchmal störte sie sich selbst an ihrem Hang zur Planung, der sich mit steigendem Alter zuweilen zum Zwang ausgewachsen hatte, aber eigentlich hatte sie sich gut damit eingerichtet.

Und jetzt brauchte sich Irma ja auch nicht mehr daran zu stören.

An diesem warmen Septembertag aber hatte Nell spontan gehandelt. Sie hatte der verdutzten Aino den Schlüssel überreicht, Hector angeleint und sein Körbchen gegriffen und war gegangen.

Als sie die Autotür zuzog, hatte es einen Moment des Zögerns gegeben, aber sie hatte ihn beiseitegewischt wie eine lästige Haarsträhne und den Motor gestartet.

Kurz vor der Autobahnauffahrt hatte Jack angerufen, aber Nell hatte ihn weggedrückt und das Telefon ausgeschaltet. Dann hatte sie den Blinker gesetzt und die steile Kurve zur Auffahrt genommen, und erst, als sie die Stadtautobahn schon lange hinter sich gelassen hatte und das Navigationsgerät die nächste Abzweigung in 297 Kilometern anzeigte, erst da fiel ihr auf, dass ihre Hände sich so stark um das Lenkrad gekrampft hatten, dass die Fingerknöchel weiß hervorragten.

Erst über zwei Stunden später hatte sie angehalten, um Hector hinauszulassen und einen dünnen Kaffee auf einem Autohof zu trinken. Der Kaffee schmeckte schlecht, aber dennoch nach Ungewissheit und damit nach Freiheit.

Nell legte beide Hände um den Becher und den Kopf in den Nacken. Über ihr wölbte sich der strahlend blaue Nachmittagshimmel; nicht eine Wolke war zu sehen. Die bereits abgeernteten Weizenfelder hinter der Tankstelle leuchteten in einem satten Gelb, ein Schwarm Feldsperlinge stob tschilpend auf und flog mit rauschendem Flügelschlag davon. Hector trabte den ausgefahrenen Feldweg entlang und blieb an einem vertrockneten Ginsterbusch stehen, um ausgiebig daran zu riechen.

Für einen winzigen Moment fiel Nell die Angst an, von hinten, unvermittelt, mit Wucht. Was, wenn sie sich falsch entschieden hatte?

Das nächste halbe Jahr erstreckte sich auf einmal vor ihr wie eine Unendlichkeit und zugleich wie ein Nadelöhr, durch das sie hindurchmusste, ohne sehen oder auch nur erahnen zu können, was danach kam.

Nell streckte sich, trank ihren Kaffee aus und rief Hector, der bereitwillig angerannt kam, mit gespitzten Ohren und einem abenteuerlustigen Ausdruck im Gesicht.

Hector lebte, das vermutete Nell zumindest, ausschließlich in der Gegenwart, die damit letztlich zur Unendlichkeit gerann. Manchmal hoffte sie, dass etwas von Hectors Unbekümmertheit auf sie abfärbte. Vielleicht aber konnte sie sich auch einfach dazu entschließen, nicht mehr weiterzudenken als bis zum nächsten Tag.

„Komm, Hector, weiter geht's!", sagte sie und zerknüllte den Pappbecher in ihrer Hand.

Hector rannte vor ihr den Weg entlang, auf kurzen Beinen und mit wehenden Ohren, munter und neugierig auf das, was ihn erwartete. Nell schloss die Augen und holte tief Luft. „Weiter geht's", sagte sie ein zweites Mal, und diesmal hörte es sich für sie selbst an wie ein Credo.

Sie brauchte länger als sonst für die Fahrt. Kurz vor Hannover geriet sie an einer Baustelle in einen Stau, und als es Nell schließlich gelang, nach einer Dreiviertelstunde, in der sie nur wenige hundert Meter vorangekommen war, von der Autobahn abzufahren, stockte der Verkehr an der nächsten Ampel erneut. Nell ließ die Fenster herunter, auf dem Feld neben der Landstraße zog ein wuchtiger Mähdrescher seine Runden. Staub wirbelte in einer enormen Wolke auf und wurde vom Wind nordwärts geblasen; der Duft des frisch gemähten Feldes wehte herüber und ließ Hector neugierig die Schnauze aus dem Fenster strecken, mit weit geblähten Nasenlöchern.

Die Sonne stand bereits schräg am Himmel; Nell würde spät ankommen, zu spät sicherlich für einen spontanen Besuch. Sie setzte den Blinker, fuhr rechts ran und rief das Hotel an, in dem sie ab dem darauffolgenden Tag ein Zimmer bestellt hatte.

Es war kein Problem, bereits heute anzureisen, und Nell nahm es als gutes Omen. Als es weiterging und Nell die Fenster wieder nach oben gleiten ließ, blieb der Duft nach gemähtem Feld noch lange im Auto hängen.

Die Sonne war gerade untergegangen, als Nell endlich in die Straße im Industriegebiet einbog, in der das Hotel lag. Sie hatte die direkte Ausfahrt von der Bundesstraße verpasst und musste einen Umweg nehmen. Im schwindenden Tageslicht wirkten die geklinkerten Fassaden der Firmengebäude und die Lagerhallen, die sie passierte, grau und stumpf; kein Mensch war zu sehen, nirgendwo brannte Licht, obwohl die Dämmerung bereits eingesetzt hatte.

Das Hotel befand sich in einem schlichten, grauen Betonquader, ein wenig zurückgesetzt von der Straße. Auf die hintere Hälfte war ein zweites Stockwerk aufgesetzt worden, den sauber gemähten Rasen im Vorgarten umrahmte eine niedrige, akkurat gestutzte Buchsbaumhecke, die allerdings leicht angegriffen aussah. Von den Parkplätzen auf der rechten Seite waren drei belegt; während Nell daneben einparkte, registrierte sie die polnischen Aufschriften der beiden Lieferwagen, die einen dunklen Kombi mit Münchener Kennzeichen flankierten.

Handwerker und Geschäftsmänner, die übliche Mischung, die man in einem Hotel in einem Industriegebiet erwarten durfte. Auf der Website aber hatte das Hotel auch Radfahrer gezielt umworben; die kleine Stadt lag an einem stark frequentierten Fernradweg, hatte Nell zu ihrer Überraschung gelesen. Das war ihr neu, aber vielleicht hatte es damals, als sie hier gelebt hatte, noch überhaupt keine Fernradwege gegeben.

Als sie die Autotür öffnete, gingen im selben Moment auf der Straße die Laternen an. Nell ließ Hector heraus und ging um den Wagen herum, um den Kofferraum zu öffnen.

Die Rückbank war umgeklappt; Nell hatte den Stauraum bis auf den letzten Zentimeter ausgenutzt, und jetzt, während sie die gestapelten Taschen und Kisten betrachtete, wurde ihr komisch zumute. Das hier war zwar nicht alles, was sie besaß, aber alles, was ihr etwas bedeutete – bis auf ihr altes, schon recht ramponiertes, aber immer noch funktionstüchtiges Hollandrad, das im Fahrradkeller ihrer Berliner Wohnung stand und hoffentlich keinen Rost ansetzte. Sie hätte es gern mitgenommen, aber es hatte einfach nicht mehr ins Auto gepasst.

„Kann ich Ihnen helfen?"

Nell fuhr herum. Im Eingang zum Hotel kniete eine rothaarige Frau ihres Alters und hielt Hector die Hand hin, der interessiert, aber wachsam daran schnüffelte. Als Hector keine Anstalten machte, sich streicheln zu lassen, stand sie auf, und Nell war überrascht von ihrer Größe.

„Herzlich willkommen!", sagte sie und schlug die Hände ineinander, eine erstaunlich altmodische Geste, die Nell nahezu rührte. „Hatten Sie eine gute Anreise? Darf ich Ihnen mit dem Gepäck helfen?" Dann erst bemerkte sie die große Anzahl von Gepäckstücken im Kofferraum und verstummte. „Oh!", sagte sie amüsiert. „Hatten Sie nicht nur für drei Nächte gebucht?"

Nell musste lächeln, während sie ihre kleine Reisetasche herausnahm und den Kofferraum zuschlug. „Ja", sagte sie. „Aber ich habe noch viel vor."

Die Rezeptionistin führte Nell mit beschwingten Schritten zu ihrem Zimmer am Ende des langen Ganges, der in einem großen Bogen an nahezu allen anderen Zimmern vorbeiführte. „Zwei weitere Zimmer liegen noch im Obergeschoss", erklärte sie in betont munterem Tonfall. „Aber die sind sehr klein, die möchten Sie nicht haben. Hier, das wäre dann Ihr Zimmer!" Sie öffnete die letzte Tür auf dem Gang und ließ Nell den Vortritt. „Wenn Sie etwas brauchen – ich bin noch eine Weile vorn am Empfang und sonst telefonisch erreichbar."

Das Zimmer war groß und sehr spartanisch möbliert, und Nell wusste sofort, dass sie sich darin wohlfühlen würde. Tisch, Bett und Stuhl, an der Wand ein moderat großer Fernseher. Das Bad hingegen war luxuriös eingerichtet, sogar ein Bidet hatte man in die kleine Nische zwischen Duschkabine und Waschbecken eingebaut.

Vom Tisch aus konnte Nell aus den beiden großen Fenstern hinaus auf eine kleine Gartenanlage sehen, die von einer einzigen Lampe in der Mitte erhellt wurde. Dahinter begrenzten einige Bäume das Grundstück.

Hier würde sie also die nächsten drei Tage verbringen. Das Zimmer, das gesamte Hotel verströmte eine Ruhe, nach der Nell sich, das wurde ihr plötzlich bewusst, als sie die Vorhänge zuzog, seit Wochen gesehnt hatte.

Während Hector noch jede Ecke des Raumes gründlich beschnüffelte, packte sie ihre Tasche aus und benutzte das Bad. Beim Händewaschen sah sie in den Spiegel, aber etwas in ihrem Blick brachte sie dazu, sofort wegzusehen. Stattdessen betrachtete sie ihre Hände, die noch die Bräune des langen, allmählich verklingenden Sommers trugen. Schmutziges, schaumiges Wasser rann in den Ausguss, strudelte hinab. Der Anblick machte sie traurig, und hastig trocknete sie sich ab.

Als sie aus dem Bad kam, überfiel sie die Einsamkeit ohne Vorwarnung. Für einen Moment spürte sie, wie ihr Entschluss und damit ihr gesamtes Vorhaben ins Wanken gerieten, aber dann fasste sie nach dem Türrahmen, und das glatte, weiße Holz unter ihren Fingern wirkte griffig und tröstlich auf sie.

Mit Hector im Schlepptau ging sie den langen Gang zurück zur Rezeption, die jetzt im Dunkeln lag und abgeschlossen war. Vor dem Eingang zog sie sich eine eiskalte Flasche Bier aus dem laut surrenden Automaten, öffnete sie, nahm einen Schluck und dann sofort einen zweiten. Das Bier schmeckte ihr nicht, aber das störte sie nicht.

Mit der Flasche in der Hand trat sie hinaus. Mittlerweile war es fast ganz dunkel geworden, nur ein heller Lichtschein weit hinten im Westen zog sich den Horizont entlang. Kein Luftzug war zu spüren, die Bäume jenseits der Straße standen reglos in der immer noch warmen Abendluft. In der nur vom gelegentlichen Geräusch eines in der Ferne vorbeifahrenden Autos durchbrochenen Stille spürte Nell, wie ein Teil ihrer Anspannung von ihr abfiel. Nach dem Lärm der Großstadt, dem ständigen Verkehrsrauschen und Dröhnen des Motors während der langen Fahrt war die Ruhe weich und wohltuend wie ein Kissen, auf das sie nach langer Reise den Kopf bettete.

Nell sah sich um. Zur Rechten ragte das dunkle Dach eines Hauses über einer wildwuchernden Hecke hervor, links, hinter einem hohen Maschendrahtzaun, waren gestapelte Dachplatten und andere Bauteile zu sehen. Gegenüber, auf der anderen Seite der gepflasterten Straße, die beidseits von einem schmalen Grasstreifen begrenzt war, lag ein altes Backsteingebäude mit einem großen, zweiflügeligen Tor, das nicht ganz geschlossen schien. Rechts schloss sich ein zweistöckiger, geduckter Anbau mit zwei schmutzig wirkenden Fenstern an, über dessen Tür ein selbst gezimmertes Schild den Namen der Firma verkündete: *Benningsen und Sohn.*

Benningsen und sein Sohn waren offenbar Tischler oder Zimmerleute, denn auf dem Grundstück lagerten Holzplatten, Bretter und Balken, teils mit Plane abgedeckt. Weiter hinten erkannte Nell schemenhaft einen amerikanisch anmutenden Wohnwagen mit abgerundetem Dach.

Nell rief Hector und machte sich auf den Weg. Langsam schlenderte sie an den parkenden Autos vorbei, überquerte die Straße und blieb einen Moment vor der Tischlerei stehen. Die rechte Schiebetür stand tatsächlich einen Spalt breit offen, obwohl kein Licht brannte.

So was gab es nur in der Provinz. Nur in abgelegenen Gegenden blieben Türen unverschlossen und Lagerhallen über Nacht offen.

Nell trank ihr Bier mit einem großen Zug aus und stellte die Flasche ab, um sie nachher auf dem Rückweg wieder mitzunehmen.

Sie wusste nicht, ob es ihr gefiel, dass außer dem gelegentlichen Geräusch eines entfernt vorbeifahrenden Autos nichts zu hören war, dass weit und breit niemand zu sehen war, dass die Dunkelheit die Einzelheiten ihrer Umgebung verschlang und über das Land glitt wie ein Tuch, das erst der nahende Morgen wieder beiseitezuziehen imstande war.

Aber sie hatte all das selbst gewählt, und jetzt, während sie mit langsamen Schritten die schmale Straße entlangging, auf die nächste Kreuzung zu, auf der eine altersschwache Straßenlaterne orangefarbenes Licht spendete, jetzt mischte sich eine tiefsitzende Unsicherheit mit Furcht und Aufregung zugleich.

Das Beste würde sein, wenn es ihr gelang, aus all diesen Zutaten Neugier zu mischen.

An die Tischlerei schloss sich ein nachlässig umzäuntes Gelände an, auf dem mehrere Container und verschiedenste Bauteile gelagert wurden, soweit Nell in der Dunkelheit erkennen konnte. Dahinter verlief sich ein schmaler Trampelpfad in der Dunkelheit, entlang einer rissigen Mauer, die zu einer Speditionsfirma gehörte.

Langsam schlenderte Nell an der Außenwand des Firmengebäudes entlang, bis sie die Straßenecke erreichte. Links von ihr ragte das große Wohnhaus, das an das Hotelgelände angrenzte, in die Höhe. Sämtliche Jalousien waren heruntergelassen, kein Lichtschein drang hindurch, aber über der massiven Holztür leuchtete eine rustikale Lampe. Eine große Motte versuchte sich vergeblich den Weg ins Innere zu erkämpfen und landete, noch während Nell hinsah, entkräftet auf dem Boden, um sich nach einem Moment zu einem neuen Versuch aufzumachen.

Nell ließ den Blick über die menschenleere Kreuzung schweifen, die auf der anderen Straßenseite von mannshohen Gitterzäunen zu beiden Seiten begrenzt war. Am linken verwies ein wie handgemalt aussehendes Schild auf eine Behindertenwerkstatt, hinter dem Zaun auf der rechten Straßenseite warteten zwei lange Reihen von Gebrauchtwagen. Nell zog die Schultern hoch und drehte sich langsam zur Seite.

Direkt vor ihr, ein wenig von der Straße zurückgesetzt und mit einem kleinen, gepflegten Vorgarten versehen, stand das Haus, das sie sich in den letzten Wochen unzählige Male im Internet angesehen hatte: ein dreistöckiges Backsteingebäude mit einem schlichten Krüppelwalmdach. Hinter dem Fenster darunter brannte Licht, im Obergeschoss war alles dunkel, aber auch im Erdgeschoss waren hinter den Vorhängen der großen Fenster Lichter zu erkennen. Das Leuchtschild, das links neben der Haustür in der Wand verankert war, warf einen warmen Schein über den Vorgarten; über dem weißen V auf rotem Grund wand sich die Schlange um den Äskulapstab.

Nell rief Hector, der immer noch hinten am Feldweg herumschnupperte, zu sich, dann trat sie aus dem Schatten der Hauswand hinaus ins Licht, um die Aufschrift neben der Tafel auf dem Eingang entziffern zu können.

Im selben Moment öffnete sich die Tür von innen, warmes Licht erhellte die Schwelle und die beiden Stufen zum Vorgarten hinunter, und eine kleine, alte Frau lugte mit misstrauischem Blick hinaus. „Die Praxis ist geschlossen", sagte sie nach einem raschen Blick auf Hector. „Doktor Rohde praktiziert nicht mehr. Sie müssten sich an den tierärztlichen Notdienst wenden, denn Doktor Radowicz hat jetzt natürlich auch nicht mehr auf. Es ist ja schon nach neun!"

Ihre helle Stimme zerschnitt die spätsommerliche Abendstille derart klar und laut, dass Nell zusammengezuckt war. Auch Hector wich zurück und starrte die alte Frau überrascht an. Dann musste Nell lächeln.

„Danke", sagte sie. „Aber ich habe mir das Haus einfach nur angesehen."

Die alte Frau kniff die Augen zusammen, und Nell wurde bewusst, wie seltsam sich ihre Erklärung anhören musste.

„Also, ich habe die Wohnung im Dachgeschoss gemietet", fügte sie hinzu.

Ein Anflug von Ratlosigkeit flog über das Gesicht der alten Frau, und sie trat einen Schritt zurück. „Die Wohnung im Dachgeschoss? Die ist aber noch nicht fertig", sagte sie. „Da sind noch die Handwerker drin!"

„Ich habe sie auch erst zum 1. Oktober gemietet", sagte Nell. „In drei Tagen."

Hinten, an der großen Querstraße, war ein Lieferwagen aufgetaucht und näherte sich ihnen, um direkt an der Kreuzung abzubremsen und in die Seitenstraße, die zum Hotel führte, einzubiegen. Im Vorbeifahren erkannte Nell ein polnisches Kennzeichen, der Fahrer sah neugierig zu ihnen hinaus und nickte knapp. Nell nickte zurück und sah wieder zu der alten Frau hinüber, die sie immer noch ratlos und misstrauisch zugleich beäugte.

„Ja, und was machen Sie dann hier mitten in der Nacht auf der Straße?", fragte sie schließlich.

Nell spürte, wie ein Lachreiz in ihr aufstieg, den sie rasch wieder unterdrückte. „Ich werde die nächsten drei Tage hier vorn im Hotel übernachten und mache gerade einen Abendspaziergang", erklärte sie. „Und da kam ich gerade hier so vorbei …"

Die alte Frau legte den Kopf schief, warf noch einen Blick zu Hector, der mittlerweile ausgiebig an den halbverwelkten Stiefmütterchen im Vorgarten roch, dann hob sie die Hand. „Warten Sie mal", sagte sie und trat in die Diele zurück.

Nell stand unschlüssig da, während vom Hotelvorplatz Türenklappen zu hören war und dann gedämpfte Männerstimmen, ein Lachen, ein Ruf. Irgendwo in der Ferne fing ein großer Hund an zu bellen, und Hector zuckte zusammen, hob eine Pfote und spitzte die Ohren.

„Doktor?", rief die alte Frau im Innern des Hauses. „Doktor, kommen Sie mal?"

Etwas in Nells Magen zog sich schmerzhaft zusammen und entkrampfte sich wieder. Das hatte sie nicht beabsichtigt, sie hatte ihren zukünftigen Vermieter nicht aus seiner Abendruhe aufschrecken wollen, sie hatte Zeit, tagelang Zeit, sich mit ihrer neuen Umgebung vertraut zu machen, sie hatte es in Ruhe angehen lassen, nichts überstürzen wollen. Ihre Abreise war überstürzt genug gewesen, aber vielleicht gehörte das dazu, vielleicht gehörte es zu einer großen Veränderung dazu, dass nichts, nicht einmal die kleinen Wege und Gänge, einem gewohnten Rhythmus, einer vorausgedachten Planung folgten. Aino hatte ihre Wohnung betreten, und von da an war alles anders gewesen.

Oder vielleicht war schon länger alles anders, vielleicht schon, seit sie den Entschluss gefasst hatte, nicht nur den Entschluss zu gehen, sondern schon vorher, schon, seit sie sich entschieden hatte, ihre Wohnung zu verlassen, die Wohnung, in der sie fast dreißig Jahre gelebt hatte, mit anderen, mit Irving, dann allein, später mit Irma.

„Guten Abend?" Der Gruß, zu einer Frage formuliert, riss Nell aus ihren Überlegungen. Die Haustür war weit geöffnet, ein großer, alter Mann mit grauem Haar stand auf der Schwelle und sah sie an. Er füllte den Rahmen nahezu aus, und Nell registrierte erstaunt, wie gerade er sich hielt, so gerade und aufrecht, wie sie es äußerst selten bei alten Menschen gesehen hatte. Er trug die klassische Kleidung eines gepflegten älteren Mannes: ein gestreiftes Hemd mit einer Strickjacke im Zopfmuster darüber, Cordhosen, Pantoffeln. Hinter ihm lugte seine

Haushälterin – jedenfalls nahm Nell an, dass es seine Haushälterin war – neugierig zu Nell hinaus.

„Guten Abend“, sagte Nell. „Ich wollte nicht stören, tut mir leid, ich kam nur …“ Sie holte tief Luft und setzte neu an. „Ich bin Nell Gubitz“, sagte sie. „Ihre neue Mieterin.“

Ein sehr schmales, kaum merkliches Lächeln zog über die Züge des alten Mannes, dann nickte er. „Frau Gubitz“, sagte er. „Natürlich. Treten Sie ein!“

Im Flur roch es zart nach Bohnerwachs, obwohl der Boden mit Fliesen ausgelegt war. Zur Rechten verwies das gleiche Schild wie draußen neben der Eingangstür zu den Behandlungsräumen, am Ende des Flurs führte eine Treppe ins Obergeschoss. Nell folgte Doktor Rohde, der mit leicht gebeugtem Rücken vor ihr herging, durch eine Art Vorzimmer in seine Privatgemächer, die aus einem geräumigen Wohnzimmer und einer bis an die Decke mit Bücherregalen versehenen Bibliothek bestanden.

An das Wohnzimmer schloss sich ein Esszimmer an, dahinter lag die Küche, in der sich Doktor Rohdes Haushälterin bereits zu schaffen machte.

Es roch nach alten Holzmöbeln und schweren Teppichen, ein Geruch, der verschwommene Erinnerungen in Nell wachrief, Erinnerungen an vergangene gemütliche Stunden mit ihren längst verstorbenen Großeltern. Ein Gefühl der Heimeligkeit überkam sie, aber dann rief sie sich zur Ordnung. Es war schließlich nur ein Geruch, der diese Gefühle in ihr weckte. Und Erinnerungen konnten auch trügen.

Nell nahm in dem Sessel Platz, den Doktor Rohde ihr mit einem Nicken zugedacht hatte, und rief Hector zu sich, der sich widerwillig zu ihren Füßen setzte.

„Möchten Sie etwas trinken?“, fragte Doktor Rohde, der stehengeblieben war. „Ein Wasser? Einen Tee? Oder darf es ein Grappa sein?“

Nell zögerte überrascht, aber dann fiel ihr Blick auf den kleinen Beistelltisch, auf dem ein halbvolles Cognacglas stand, und sie lächelte. „Gern einen Grappa, wenn es keine Umstände macht."

Doktor Rohde zog die Brauen hoch und nahm eine Flasche und ein weiteres Glas aus der Vitrine an der Stirnseite des Zimmers, über der eine Reihe von gerahmten Hundeporträts hing. „Alles macht Umstände", sagte er trocken. „Aber das ist ja auch nicht das Schlechteste. Was täten wir Menschen, wenn es keine Umstände gäbe?"

„Soll ich eine Kleinigkeit zu knabbern bringen?", rief seine Haushälterin aus der Küche. Hector spitzte die Ohren. Nell hatte gar nicht gewusst, dass er diese Wörter kannte.

Doktor Rohde sah Nell auffordernd an, aber sie schüttelte den Kopf. „Nein, danke, für mich nicht!", rief sie in Richtung Küche und erntete ein leises Grummeln. Dann war das Geklapper von Geschirr zu hören und das Geräusch von Schubladen, die geöffnet und wieder geschlossen wurden.

„Danke, Lotte!", sagte Doktor Rohde laut und wandte sich dann wieder Nell zu. „Sehen Sie mir meine Küchenphilosophie nach", sagte er, während er erst ihr und dann sich selbst einschenkte und die Flasche abstellte. „Alte Leute halten gern große Reden. Auch im Kleinen." Er lächelte in sich hinein. „Das ist das senile Redebedürfnis. Und das Bedürfnis, die Jungen an seinen im langen Leben angehäuften Weisheiten teilhaben zu lassen. Leider ist damit der moderne Begriff der Teilhabe nicht im Mindesten gemeint. Dabei würde das die Sachlage doch deutlich vereinfachen. Alte Leute gibt es schließlich im Überfluss." Er seufzte, als er sich mit einem Ächzen in den Sessel gegenüber setzte und nach seinem Glas griff. „Sehen Sie, das war der Beweis. Seniler Redefluss. Zum Wohl!"

Nell hob ihr Glas und nippte daran. Sie trank nie Grappa oder andere Spirituosen, aber dieser hier schmeckte ihr ausgezeichnet. Scharf und fruchtig rann er ihre Kehle hinunter, und für einen Moment musste sie ein Husten unterdrücken.

Doktor Rohde beobachtete sie mit leicht zur Seite geneigtem Kopf, dann beugte er sich vor und lockte Hector zu sich, der sofort die Seiten wechselte und sich an Doktor Rohdes Beine schmiegte, um sich von seinen langen, knochigen Fingern streicheln zu lassen. „Du Feiner", sagte er zu Hector. „Ein ganz Feiner bist du. Und du hast Glück, würde Hugo noch leben, dann müsstest du jetzt angebunden vor der Tür warten, bis dein Frauchen und ich die Flasche geleert hätten."

„Hugo?", fragte Nell und nahm noch einen Schluck.

„Mein letzter Münsterländer. Er ist vorvergangenes Jahr dahingeschieden. Und jetzt bin ich einfach zu alt für einen neuen Gesellen."

„Du hattest dein ganzes Leben lang genug Hunde um dich herum, Frido!", rief seine Haushälterin aus der Küche. „Irgendwann ist es auch mal gut!"

Doktor Rohde zuckte mit den Schultern und sah Nell an. „Sie weiß einfach Bescheid", sagte er und lächelte verschmitzt.

Nell lächelte zurück, leicht irritiert darüber, dass die Haushälterin Doktor Rohde mit einem Mal duzte. Sie war sich nicht sicher, ob sie schon jemals ein längeres Gespräch mit einem so alten Menschen geführt hatte. Sie schätzte ihr Gegenüber auf weit über achtzig, vielleicht sogar noch älter. Aber zumindest geistig war er noch voll auf der Höhe.

„Sie haben ja in Ihrer Bewerbung geschrieben, dass Sie die Wohnung zunächst für ein halbes Jahr mieten möchten", sagte Doktor Rohde und nahm sein Glas in seine beiden von Altersflecken übersäten Hände. „Darf ich fragen, was Sie denn ausgerechnet in diese kleine Stadt führt?"

„Meine Mutter lebt hier", sagte Nell, als wäre das eine ausreichende Erklärung. „Seit ungefähr drei Jahren wieder."

„Wieder?"

„Ja. Wir haben hier schon zusammen eine Zeitlang gewohnt, als ich noch zur Schule ging. Dann sind wir fortgezogen, und vor drei Jahren ist sie zurückgekommen." Nell zuckte mit den Schultern. „Offenbar hat es ihr hier besser gefallen, als ich wusste."

Doktor Rohde nickte nachdenklich, und plötzlich wurde Nell bewusst, dass die geschäftigen Geräusche aus der Küche verstummt waren. Dann setzten sie wieder ein.

„Und darf ich fragen, was Sie beruflich machen?" Dr. Rohde hob fragend die Flasche. Nell hielt ihm ihr Glas hin, und er schenkte erneut ein.

Nell trank einen weiteren Schluck, um Zeit zu gewinnen. „Ich arbeite im Katasteramt, als Vermessungstechnikerin", sagte sie, und wieder einmal wunderte sie sich darüber, wie fremd der Beruf in ihren eigenen Ohren immer noch klang, obwohl sie ihn schon seit über zwanzig Jahren ausübte. Nahezu jeder, dem sie davon erzählte, war überrascht über ihren Beruf und fand, dass er nicht zu ihr passte; ihr selbst ging es anders, aber sie hatte zunehmend weniger Lust, sich dazu zu erklären.

Doktor Rohde nickte und schwieg einen Moment, aber er fragte nicht weiter nach. Stattdessen hob er sein Glas, und beide nippten erneut an ihrem Grappa.

Dann setzte Doktor Rohde sein Glas mit einem leisen Klirren auf dem tönernen Untersetzer ab. „Leider kann ich Sie nicht nach oben führen", sagte er und verzog seine schmalen Lippen zu einem fast bedauernden Lächeln. „Die Wohnung ist noch nicht fertig. Aber selbst wenn sie es wäre, ginge es nicht. Meine Beine machen das nicht mehr mit. Vom Rücken ganz zu schweigen. Aber in dem Fall könnte ich ja meine Schwester bitten."

„Ihre Schwester?", fragte Nell verdutzt.

Doktor Rohde beobachtete ihre Miene sehr genau. Dann beugte er sich wieder vor und kraulte Hector, der sich mittlerweile zu seinen Füßen zusammengerollt hatte, erneute zwischen den Ohren. „Ja, die emsige mithörende Küchenfee dort hinten ist meine Schwester. Sie haben sicher gedacht, sie sei meine Haushälterin. Daran hat sie selbst Schuld. Sie war lange Jahre tatsächlich Haushälterin, allerdings nicht bei mir, sondern bei einer Fürstenfamilie im Märkischen Land. Seitdem ist sie der Meinung, dass gewisse Standards einzuhalten sind. Unter anderem die, dass man einen Doktor in unmittelbarer Nähe seiner Wirkungsräume grundsätzlich als Doktor anzusprechen und damit auch zu siezen hat."

„Das gilt also auch für ehemalige Wirkungsräume", sagte Nell und lächelte in ihr Glas. Plötzlich spürte sie die Wirkung des Grappas, ein leichtes, schwebendes Gefühl, das ihr ausnehmend gut gefiel.

Doktor Rohde lächelte ebenfalls. In einer Art stillem Einvernehmen sahen sie sich über ihre Gläser hinweg an.

„Sind Sie von hier?", fragte sie. Die Frage war einfach so in ihr aufgetaucht, und sie hatte sie ausgesprochen, ohne es vorgehabt zu haben.

Für einen Moment stand sie zwischen ihnen im Raum. Nell hörte Doktor Rohdes Schwester in der Küche schnaufen, dann schob sie sich in die Küchentür, bevor ihr Bruder antworten konnte.

„Nein", sagte sie in energischem Tonfall. „Wir stammen aus Masuren. Aus Rosengarten."

Nell drehte sich zu ihr um. Doktor Rohdes Schwester hatte die Fäuste in die Hüften gestemmt und einen grimmigen Gesichtsausdruck aufgesetzt.

„Aus der Nähe von Rastenburg!", fügte sie hinzu und nickte zur Bekräftigung. Ihr Gesicht, ihre ganze Haltung verriet eine lang gehegte Bitterkeit und Angriffslust, die Nell für einen Moment sprachlos machte.

Dann sprang Doktor Rohde ein. „Nur, dass wir Rosengarten vor über siebzig Jahren verlassen haben und nie wieder dorthin zurückgekehrt sind", sagte er ruhig.

„Doch!", rief seine Schwester aufgebracht. „Vorletztes Jahr!"

Sie und ihr Bruder sahen sich an, und plötzlich lag eine Stimmung im Raum, die Nell nur schwer zu deuten vermochte. Zorn, Trauer, Entbehrung schienen sich zu einem Wust aus Gefühlen zusammenzuballen und die Luft zu verdichten. Nell sah zu Hector hinunter, der den Kopf gehoben hatte und sie aufmerksam anblickte, als spürte auch er den Missklang, der zwischen den alten Geschwistern schwebte.

Doktor Rohdes Schwester wischte sich die Hände an ihrer Schürze ab – vorhin hatte sie die noch nicht getragen, stellte Nell fest – und sah Nell mit nahezu vorwurfsvollem Gesichtsausdruck an. „Vorletztes Jahr haben wir eine Reise nach Masuren unternommen", erklärte sie. „Und wir haben fast nichts mehr wiedererkannt, alles ist so heruntergekommen!"

Ihr Bruder wiegte den Kopf. „Einiges, ja", sagte er bedächtig. „Aber es ist auch sehr viel schön renoviert worden. Nur ist Rosengarten eben nicht mehr das Rosengarten, das wir in Erinnerung haben. Das ist vorbei."

Seine Schwester schnaubte erneut und schüttelte den Kopf mit den kurzen, weißen Haaren. „Pah! Vorbei! Es ist immer noch unsere Heimat. Und bald fahren wir wieder hin, das hast du versprochen, Frido. So, ich nehme jetzt auch einen Sherry und dann gehe ich zu Bett!", fügte sie trotzig hinzu und verschwand in der Küche.

Ihr Bruder sah Nell mit hochgezogenen Brauen an, dann stand er auf und ging zur Vitrine herüber, um ein weiteres Glas und eine Flasche Sherry herauszuholen. An seinen steifen Bewegungen erkannte Nell, dass er Schmerzen haben musste, im Rücken vermutlich. Schnell sprang sie auf.

„Ich gehe dann besser", sagte sie und wog ihr leeres Glas unsicher in der Hand. „Wo soll ich das abstellen? In der Küche?"

„Ach was, nein!", wehrte Doktor Rohde ab. „Und Sie müssen jetzt kurz noch bleiben, bis meine Schwester ihren Sherry hatte, sonst ziehen Sie sich ihren ewigen Ärger auf sich."

„Das möchte ich natürlich auf keinen Fall", sagte Nell und setzte sich wieder hin. Hector, der ebenfalls aufgesprungen war, kam zu ihr und legte sich eng an ihre Füße, den Kopf auf die Vorderpfoten gebettet, wie er es nur machte, wenn er bereits in Aufbruchstimmung war.

Doktor Rohde nahm ebenfalls wieder Platz, nachdem er seiner Schwester das gefüllte Glas hingestellt hatte, und nach einer langen, schweigsamen Minute kam sie dazu, nun ohne Schürze, und setzte sich in den dritten Sessel.

Im Sitzen wirkte sie sehr klein, und die vielen Falten, die ihr rundliches Gesicht überzogen, waren deutlich zu erkennen, und während Nell ihr erneut gefülltes Glas hob und sie alle drei sich zunickten und dann tranken, wurde ihr auf einmal bewusst, dass sie in Zukunft mit diesen beiden sehr alten Menschen zusammenleben würde, zwar in getrennten Wohnungen, aber in einem Haus.

Unwillkürlich musste sie lächeln. „Vielen Dank, dass ich bei Ihnen wohnen darf!", sagte sie. „Auf eine gute Nachbarschaft!"

„Nun, eher auf ein gutes Miteinander, was?", fragte Doktor Rohde und lächelte ebenfalls. Seine Schwester aber sah immer noch leicht grimmig drein.

„Nun denn", sagte sie und trank, und das war das Letzte, was sie an diesem Abend von sich gab.

Als Nell kurz darauf ging, nickte sie nur, und Nell konnte den Blick aus ihren sehr hellen Augen nicht deuten. Doktor Rohde brachte sie zur Tür, verabschiedete sie freundlich und sah ihr noch so lange hinterher, bis sie um die Ecke gebogen war. Dort blieb sie stehen und lauschte, und erst nach einer ganzen Weile hörte sie, wie die Haustür leise ins Schloss gedrückt wurde.

Auf dem Hotelflur begegnete sie einem anderen Gast, in dem sie den Fahrer des polnischen Transporters zu erkennen glaubte. Geduckt schlich er in ausgetretenen Latschen an ihr vorbei und erwiderte ihren Gruß mit einem knappen Nicken, bevor er einen ängstlichen Bogen um Hector schlug.

In ihrem Zimmer zog Nell die Vorhänge zu, aber dann riss sie sie wieder weit auf und löschte das Licht, um einen Moment vor dem Fenster stehen zu bleiben.

Die Gartenanlage lag im Dunkeln, aber weiter hinten, hinter den Bäumen am Grundstücksrand, leuchtete eine Straßenlampe und beschien ein graues Stück Straße mit dem angrenzenden Grünstreifen.

Nell stand reglos da und betrachtete die Dunkelheit vor ihrem Fenster, langsam schälten sich einzelne Formen heraus: ein Strauch vor dem Fenster, der kleine Früchte – vielleicht Hagebutten – zu tragen schien, eine gemauerte Wand, die offenbar zur Garage gehörte, ein Gartenzaun aus Draht, ein ins Schloss gedrücktes Tor.

Welche Lebenswege Doktor Rohde und seine Schwester wohl hierher, an diesen abgelegenen Ort, geführt hatten? Ob sie sich hier heimisch fühlten oder immer noch, nach Jahren, Jahrzehnten, fremd? Auf eine Art, dachte Nell mit einem Gefühl der Verwunderung, beschäftigte die beiden offenbar das gleiche Thema wie sie selbst.

Über ihr waren Schritte zu hören, schnelle, leicht stampfende Schritte, dann eine Art Seufzen und ein Knarren.

Jemand hatte sich zu Bett begeben, und Nell holte tief Luft und zog die Vorhänge wieder zu.

Irma zieht die Vorhänge beiseite und öffnet die Fenster so weit, wie es nur geht. Dann atmet sie tief ein und bleibt eine Weile so stehen, die Hände auf dem Fensterbrett abgestützt, mit geraden Schultern, ein Bein angewinkelt, den Fuß um die Wade geschlungen. Nell betrachtet ihren kräftigen Rücken und die kaum vorhandene Taille; sie kennt Irma nicht gut genug, um zu wissen, wie ihr der eigene Körper gefällt. Aber ihr gefällt er, sogar sehr. Irma ist kräftig und schmal zugleich, eine seltene Kombination; sie wirkt, als hätte sie jahrelang Leistungssport betrieben und wäre nun dabei, langsam abzutrainieren.

Vielleicht liegt Nell auch vollkommen falsch, aber das ist ihr egal. Sie weiß sehr wohl, dass sie Irma mit einem verklärten Blick betrachtet, und als Irma sich plötzlich umdreht und sie ansieht, weiß sie auch, dass auch Irma darum weiß.

„Was ist, willst du nicht mal gucken, wie das Ganze hier bei Tageslicht aussieht?"

Nell schiebt sich aus dem Bett und landet auf den nackten Fußsohlen. Einen Moment erschrickt sie; sie hat nicht aufgepasst, Tiffy liegt oft direkt neben dem Bett. Aber dann wird ihr klar, dass Tiffy nicht mehr da ist, nicht hier und nirgendwo sonst. Kein Hund mehr, auf den sie aufpassen, um den sie sich kümmern muss.

Nur sie und Irma, hier an der Ostsee, zum ersten Mal verreist, sie beide, nur sie und das Meer da draußen vor dem Fenster und ein schmaler Streifen Strand, über den der Wind tost.

Irma und sie. Sie und Irma, ein frisches Paar. Sind sie ein Paar? Irma ist zurückhaltend in dieser Hinsicht, sie sagt nichts, nichts über Gefühle, nichts über das, was war, und auch nichts über das, was sein könnte. Nell wünscht sich mehr, wünscht sich viel, vier Wochen sind es jetzt, vier Wochen, eine winzige Zeitspanne, auf ein ganzes Leben gerechnet, auf die Jahre und Jahrzehnte, die bereits hinter ihnen beiden liegen.

Schade, dass ich dich so spät kennengelernt habe, hat Nell einmal gesagt, Irma hat nur die Brauen gehoben.

Jetzt sieht sie ihr mit schmalen Augen entgegen, ein Katzenblick, oder besser: ein Tierblick, denkt sie zum wiederholten Mal, unergründlich, grün, wunderschön.

Und auch ein wenig zum Fürchten.

Irma, das ahnt Nell bereits, Irma trägt Abgründe in sich. Jeder Mensch trägt Abgründe in sich, aber Irmas Abgründe scheinen ihr unergründlich. Auf eine Art wirkt sie stets ein wenig unberechenbar, als lauerte in ihr etwas Ungezähmtes, Unbehaustes. Nell weiß nicht, ob sie damit im Grunde zurechtkommen wird, aber sie will es zumindest versuchen.

Der Energieschub, das Feuer der auflodernden Gefühle geben ihr dabei Rückhalt und Antrieb; auch wenn ihr bewusst ist, dass Selbstüberschätzung alle frisch Verliebten beflügelt. Es ist eine Beigabe, die über die ersten Monate trägt, selten länger.

Aber sie will es versuchen.

Ihr Herz pocht, als sie auf Irma zugeht und sie umarmt, nackte Brust auf nackter Brust, Wade an Wade, Irmas Fuß, der sich jetzt um Nells Wade schlängelt, ihre knochige Hüfte an Nells Bauch, Irmas Mund an ihrer Wange, an ihrem Ohr: „Vielleicht doch lieber wieder ins Bett?"

Nell lacht, glücklich, spürt Irmas Arme um sich, ihre nackte Haut, weich, ihre Finger mäandern über Nells Rücken, und über ihre Schulter hinweg sieht sie das Meer, die Ostsee. Leicht bewegt, tiefblau und klar liegt sie da, die Sonne wirft Lichtreflexe auf die sich zart brechenden Wellen. Nell weiß, dass die Ruhe nur trügerisch ist, aber dennoch will sie daran glauben: an ein ruhiges, stilles Meer, das sie ebenso zart umarmen würde wie Irma in diesem Moment.

Und weil sie daran glauben will, schließt sie die Augen und atmet tief ein.

Hector knurrte, und schlagartig war Nell hellwach. Als sie die Augen aufschlug, brauchte sie einen Moment, um sich zurechtzufinden, aber dann hörte sie ein Knarren vor der Tür. Hector knurrte erneut, und auf einmal wusste Nell wieder, wo sie sich befand. Und was sie hierhergeführt hatte.

Sie drehte sich zur Seite und betrachtete Hector, der sich in der Nacht auf das Fußende des Bettes gestohlen und dort zu einem Kringel zusammengerollt hatte. Er sah sie mit gespitzten Ohren an, während er lauschte, und Nell musste lächeln.

„Hector", sagte sie leise. „Wir sind in einem Hotel. Hier wird weder geknurrt noch gebellt."

Hector nahm das als Aufforderung, sie zu begrüßen, und kam wedelnd auf sie zugekrochen. Nell streichelte ihn einen Moment, dann setzte sie sich auf und schlug die Decke zurück.

Beim Frühstück saß sie allein im hellen, schlicht, aber elegant möblierten Frühstücksraum. Die Rezeptionistin begrüßte sie und Hector nahezu überschwänglich und zählte ihr die verschiedenen Eierspeisen auf, zwischen denen sie wählen konnte, und Nell entschied sich für ein Spiegelei.

Zu Hause hätte sie sich das nie gemacht, dachte sie, aber dann, während sie ein Brötchen aus dem überraschend üppig gefüllten Korb auf dem Buffet nahm, geriet sie ins Schwimmen. Zuhause. Das gab es nicht mehr, nicht mehr und noch nicht wieder, oder doch?

Für einen Augenblick war sie es leid, sich darum Gedanken zu machen, und so war sie froh, als die Rezeptionistin mit beschwingtem Schritt erneut auf sie zutrat, um ihr die Funktionsweise der Kaffeemaschine zu erklären.

Ihre Neugier, ihr Wunsch zu erfahren, was Nell hergeführt hatte, war deutlich spürbar, aber Nell war nicht nach Plaudern zumute.

„Sie sind nicht der einzige Gast, falls Sie das denken", sagte die Rezeptionistin und lächelte breit. „Die anderen Gäste sind alle schon außer Haus. Also, das Spiegelei *nature* kommt sofort."

Plötzlich wurde Nell klar, dass sie keine Ahnung hatte, wie spät es eigentlich war. Sie hatte es vermieden, aufs Handy zu sehen; es hatte sie einige Anstrengung gekostet, bereits gestern Abend.

Aber als sie es jetzt aus der Tasche zog und kurz in der Hand wog, bevor sie es einschaltete, wusste sie, dass es sich gelohnt hatte.

Das Display zeigte die Uhrzeit an, zehn Uhr und acht Minuten.

Und drei Mails, acht Anrufe und elf WhatsApp-Nachrichten.

Nell seufzte und schaltete es wieder aus.

Irgendwann, bald sogar, würde sie sich damit befassen müssen. Aber jetzt noch nicht.

Eine gute Stunde später machte sie sich auf den Weg. Warmes Licht fiel durch das dichte Blätterwerk der Eichen vor dem Hotel, die Autos darunter waren von Läusesaft verklebt. Es hatte aufgeklart, und jetzt, kurz vor Mittag, stand die Sonne strahlend am wolkenlosen Himmel.

Mit schnellen Schritten ging Nell die Straße hinunter. An der Ecke warf sie einen Blick auf Doktor Rohdes Haus; die Fenster ihrer zukünftigen Wohnung standen offen, ein Maler war gerade dabei, die Rahmen zu streichen. Hinter ihm war ein Schemen zu sehen; Doktor Rohdes Schwester vielleicht, Nell konnte sich bestens vorstellen, wie sie mit strenger Miene die Arbeiten überwachte.

Hinter dem Autohaus lag ein Baumarkt, von zwei Parkplatzanlagen flankiert, dahinter ein Streifen dichten Mischwaldes. Als Nell in die schattige Kühle eintauchte, atmete sie tief ein und sog den Duft von gehäckseltem Mais und feuchtem Laub in sich ein.

Hector lief fröhlich ihr voraus den Straßenrand entlang und dann, als der Wald zurückwich, den Feldweg hinauf, der zwischen einer Pferdekoppel und einer kleinen Tannenschonung zu einer niedrigen Anhöhe führte. Dort oben blieb Nell kurz stehen.

Als Jugendliche hatte sie diesen Weg nie genommen. In den wenigen Jahren, die sie hier gelebt hatte, hatte sie die Gegend eingehend erkundet, zu Fuß und mit dem Rad endlose Touren und Wanderungen unternommen, in dem halbherzigen Versuch, sich die Stadt und ihre Umgebung anzueignen, Fuß zu fassen, sich vertraut und damit heimisch zu machen.

Es war ihr nur bedingt gelungen. Vielleicht hatte sie einfach nicht genug Zeit dafür gehabt.

Diese flache Landschaft aber, die sich vor ihr ausbreitete, hatte sie damals nicht entdeckt. Bis zum Fluss, der weit hinten durch sein von Deichen flankiertes Bett wogte, erstreckten sich teils gemähte Felder, Äcker und Wiesen, von schmalen Wegen und einer nur schwach befahrenen Landstraße durchschnitten. Die Septembersonne strahlte viel zu warm auf die ausgedörrten Gräser und Sträucher hinunter. Für einen Moment bereute Nell, nicht den Wagen genommen zu haben. Sie würde mindestens eine Dreiviertelstunde brauchen, im klaren Licht der Sonne, die sich angesichts des nahenden Herbsts noch einmal zu voller Strahlkraft aufgeschwungen zu haben schien.

Nells Handy klingelte, und ohne hinzusehen, fasste sie in ihren Rucksack und wies den Anruf ab. Dann folgte sie Hector.

Ihre Mutter saß nicht in ihrem Fernsehsessel und auch nicht am Schreibtisch. Die verglaste Terrassentür war verschlossen, und Nell schob Hector, der ungeduldig auf der Fußmatte stand und heftig wedelte, ein wenig beiseite, legte das Gesicht an die Scheibe und beide Hände darum. Der Flur verlor sich im Dunkeln, ihre Mutter hatte offenbar wieder die Jalousie in der Küche heruntergelassen.

Hector wedelte noch heftiger und wuffte leicht. Dann fiel Licht in den Flur, und Nells Mutter trat daraus hervor, mit schaukelnden Bewegungen, leicht zur Seite geneigt. Als das Nachmittagslicht sie erhellte, erkannte Nell ihren grimmigen Gesichtsausdruck und musste lächeln.

Hector schlug mit einer Pfote gegen das Glas, Nells Mutter blickte auf und für einen Moment noch grimmiger drein, bevor sie den Hund erkannte und ihre Miene sich aufhellte.

„Du wolltest doch erst morgen kommen!", rief sie, während sie die Tür aufschloss. „Hallo, kleiner Dicker du! Komm, wir holen dir ein Frolic." Ohne Nell weiter zu begrüßen, machte sie kehrt und ging in die Küche zurück, mit dem wedelnden Hector im Gefolge.

Nell atmete tief durch, dann folgte sie den beiden. „Mama", sagte sie. „Hallo."

Ihre Mutter warf Hector zwei kleine Hundekekse hin und ließ sich widerwillig von ihrer Tochter umarmen. Dann betrachtete sie Nell skeptisch. „Wolltest du nicht erst heute Abend kommen?"

Nell nickte. „Ja. Aber ich bin ganz spontan gestern schon losgefahren."

„Spontan!", sagte ihre Mutter kopfschüttelnd. „Du bist doch sonst auch nicht spontan."

Sofort stieg der altbekannte Ärger in Nell hoch. Ihre Mutter war auf eine ganz spezielle, harmlos daherkommende Art gnadenlos. Es gelang ihr stets aufs Neue, Nell ihre Fehler und Unzulänglichkeiten vorzuhalten, in einem Nebensatz, einem wie beiläufig hingeworfenen Kommentar, einem Achselzucken.

„Ich hab schon Mittag gegessen", sagte ihre Mutter mit einem ärgerlichen Unterton. „Ich wusste ja nicht, dass du jetzt kommst. Aber wir können einen Kaffee trinken." Sie machte sich an der Kaffeemaschine zu schaffen, ohne Nells Antwort abzuwarten. Nell setzte sich an den schmalen Küchentisch, stützte das Kinn in die Hände und sah ihrer Mutter zu, wie sie das Kaffeepulver und Wasser einfüllte. Gehen konnte sie zusehends schlechter, aber flinke Hände besaß sie immer noch.

„Und, wie lange bleibst du?", fragte ihre Mutter.

„Weiß ich noch nicht genau."

Ihre Mutter warf ihr einen kurzen Blick zu. „Wie, du weißt es noch nicht? Du weißt doch sonst immer genau, wie lange du bleibst!"

„Ja, aber jetzt weiß ich es eben noch nicht", sagte Nell und spürte, wie ein Schauer ihr den Rücken hinunterlief. Ein Schauer der Aufregung, des geheimen Kitzels, wie früher als Kind, wenn sie versucht hatte, ein Geheimnis für sich zu behalten. Meist allerdings vergebens. „Du, Mama, kennst du eigentlich den ehemaligen Tierarzt hier, oben im Industriegebiet, Doktor Rohde?"

„Nein", sagte ihre Mutter. „Wozu brauche ich einen Tierarzt? Ich hab doch gar keine Tiere."

„Vielleicht von früher?"

Die Kaffeemaschine gluckste, und ein aromatischer Duft nach frischem Kaffee breitete sich in der Küche aus. Nells Mutter holte eine Dose Kondensmilch aus dem Schrank und kramte dann in der Besteckschublade herum. „Nein. Früher hatten wir doch auch keine Haustiere, als wir hier gewohnt haben."

„Na ja, vielleicht kennst du ihn auch so. Ihr müsstet fast gleich alt sein."

Ihre Mutter hob den Kopf und sah sie misstrauisch an. „Wieso überhaupt? Willst du mich verkuppeln? Mir kommt kein Mann mehr ins Haus, das ist klar wie Kloßbrühe." Endlich fand sie, was sie gesucht hatte. Mit dem alten Dosenlocher, den Nell schon aus ihrer Kindheit kannte, öffnete sie die Kondensmilch und warf den Locher zurück in die Schublade. „Komm!", sagte sie. „Trag du das Tablett für deine alte Mutter. Wenn du Kekse willst, musst du sie selber suchen, irgendwo oben im Schrank sind noch welche." Und damit verließ sie die Küche.

Nell schüttelte den Kopf, dann nahm sie das Tablett hoch und folgte ihr.

Ihre Mutter hatte sich draußen auf der Bank niedergelassen und sah mit einem gnädigen Gesichtsausdruck zu, wie Hector die Umgebung der Terrasse beschnüffelte. „Also, ich muss morgen um zehn beim Zahnarzt sein", sagte sie und nahm mit einem Nicken die gefüllte Kaffeetasse entgegen, die Nell ihr reichte. „Da bringst du mich dann ja hin."

„Klar", sagte Nell und nippte an ihrem Kaffee. Er war viel zu dünn, aber das kannte sie schon. Ihre Mutter hatte irgendwann in den vergangenen Jahren aufgehört, Kaffee zu trinken, und damit verlernt, den vernünftigen Kaffee zu kochen, auf den Nell sich bei früheren Besuchen immer gefreut hatte.

„Deshalb bist du ja auch hier, nicht wahr?" Ihre Mutter starrte sie mit einem eigentümlich eindringlichen Blick an. Für einen Moment hatte Nell den Eindruck, dass sie Bescheid wusste.

Aber das konnte nicht sein.

Niemand wusste Bescheid über ihre Pläne.

Noch nicht mal Nell selbst.

„Und wie lange dauert das dann?", fragte Nell und nippte erneut an ihrem Kaffee. Er war wirklich kaum genießbar. Unwillkürlich schüttelte sie sich und stellte die Tasse ab.

„Keine Ahnung", sagte ihre Mutter. „Zwei Stunden vielleicht? Was ist denn? Schmeckt der Kaffee nicht, oder was?"

Nell zögerte, dann nickte sie. „Mama, der Kaffee ist wirklich grauenhaft. Viel zu dünn."

Ihre Mutter sah sie böse an, dann musste sie lachen. „Weißt du was, dann koche ich dir einfach keinen mehr und fertig", sagte sie, sichtlich zufrieden mit ihrem plötzlichen Entschluss. „Dann kann die blöde Maschine auch endlich weg. Die hab ich nur wegen dir noch."

„Na, dann weg mit der blöden Maschine", sagte Nell und musste ebenfalls lachen.

„Dann lass uns jetzt in die Stadt fahren und etwas essen gehen", sagte ihre Mutter und streckte sich. „Wer weiß, ob ich das mit den neuen Zähnen noch kann."

„Aber natürlich!", sagte Nell. „Deswegen kriegst du sie doch."

„Ja, aber man weiß ja nie." Ihre Mutter machte Anstalten, sich aus ihrem Stuhl hochzuhieven, und Nell nahm die beiden Tassen und kippte den Kaffee einfach auf den vom langen Sommer ausgedörrten Rasen neben der Terrasse. Dann fiel ihr etwas ein.

„Mama, ich bin zu Fuß hergekommen."

„Was, aus Berlin?" Ihre Mutter sah sie ungläubig an.

„Nein, natürlich nicht. Vom Hotel."

„Warum das denn?"

„Ich hatte Lust dazu."

„Irgendwie", sagte ihre Mutter und schob den Stuhl an den Tisch, „irgendwie bist du komisch, Nell. Aber das ist ja nichts Neues."

„Nell, wo bist du?"

Die Stimme ihrer Mutter klingt nur bruchstückhaft an ihr Ohr. Der Wind ist so stark, dass er die Silben davontreibt. Nell macht sich ganz klein und hofft, dass der tosende Wind ihre Mutter davon abhalten wird, nach ihr zu suchen. Ihre Mutter hasst den Wind. Ihr Vater auch. Nell ahnt, dass sie nicht mehr lange hierbleiben werden, ihre Eltern werden es nicht länger hier aushalten. Dass sie hier überhaupt schon so lange leben, ist wie ein Wunder.

Aber Nell liebt diesen Ort. Den Wind, das Meer hinter den Deichen, seine graue, wilde Farbe, die weißen Schaumkronen, die Eiseskälte, die im Herbst und Winter in jede Ritze des kleinen Hauses dringt, in dem sie Unterschlupf gefunden haben.

„Nell!", ruft ihre Mutter, jetzt noch lauter. „Komm!" Ihre Stimme ist wie ein Peitschenschlag, aber Nell denkt nicht daran, ihr zu folgen. Stattdessen kauert sie sich noch tiefer in die Ecke hinter der Mülltonne. Nell ist klein und schmal, sie passt genau in den Spalt zwischen Wand und Tonne, und der schale, süßliche Geruch, der ab und an zu ihr hinweht, stört sie nicht.

Kein Mensch ist mehr auf der Straße, alle sind sie in ihren Häusern verschwunden, auch Tobi und Thade, die ihren Müttern im Gegensatz zu Nell gehorcht haben.

Dann knallt die Tür, und Nell ist fast frei. Sie zwängt sich aus dem Spalt heraus und läuft geduckt die Deichstraße entlang. Ihr kurzes Haar fliegt hoch, als führen Finger hindurch. Nell öffnet den Mund, der Wind fliegt hinein und zerrt ihre Wangen auseinander, ein lustiges Gefühl, das Nell zum Lachen bringt. Mit weit geöffneten Armen läuft sie die Straße hinunter, vorbei an den niedrig geduckten Häusern, hinter deren Butzenscheiben warmes Licht scheint, über den Hafenvorplatz, zwischen den laut klirrenden Fahnenmasten hindurch, die schmale Treppe hinauf, an deren Geländer sie sich festhalten muss, so stark ist der Wind.

Vor ihr tost die Nordsee, rau und wild. Die Boote an ihren Anlegern klappern und winden sich unruhig, wie ungezähmte Pferde. Es ist laut, so laut!

Nell liebt das: den Wind, den Lärm, den er macht, über den ihre Mutter klagt und den ihr Vater nur mit verzerrter Miene erträgt. An Tagen wie diesen sitzt er meist stundenlang in seiner Kammer, den Kopf in den Armen verborgen, und wartet darauf, dass der Wind sich legt.

Nell darf die Kammer nicht betreten, wenn er unterwegs ist, das hat er ihr strengstens verboten. Überall, wo sie bisher gewohnt haben, hat ihr Vater so einen Raum für sich eingerichtet – einen Verschlag unter der Treppe, eine Dachkammer, ein halbes Zimmer neben der Küche. Darin ist nie viel: ein kleiner Tisch, auf dem ein Stift und Notizbücher liegen, ein Stuhl, ein verschlossener Koffer. Nell weiß nicht, was ihr Vater in diesem Raum macht, aber sie weiß, dass er ihn braucht.

Und sie braucht den Wind, den tosenden Wind. Sie breitet einen Arm aus, stellt die Füße weit auseinander. Eine Bö fährt ihr in den Rücken, stößt sie nach vorn, aber Nell hält dagegen.

Nie, nie, nie will sie hier wegziehen. Gischt fliegt ihr ins Gesicht, nach Salz und Tang schmeckende Gischt, und über ihr lacht eine Sturmmöwe, schräg im Wind liegend, starrt sie auf Nell hinunter, bevor sie sich davontragen lässt.

Weit hinten ist jetzt ein rosafarbener Schein am Horizont zu sehen, der die nahende Dunkelheit ankündigt. Nell steigt ein Glucksen in die Kehle, das ihren ganzen Leib durchdringt.

Langsam lässt sie das Geländer los, vorsichtig tastend. Stemmt die Füße noch fester in den Boden. Keine Stadt, kein Dorf, kein Ort ist so gut wie dieser, keiner der vielen Orte, an denen sie bislang gelebt haben. Keiner.

Nell hebt die Arme, der Wind zerrt an ihren Ärmeln, schubst sie nach vorn, aber sie lacht, lacht laut in den tosenden Wind hinein.

Jetzt ist sie frei.

Bis eine Hand ihren Arm packt und sie zurückzieht. „Nell!", brüllt ihre Mutter. „Los jetzt, komm!"

Und sie zerrt Nell die Stufen hinunter, schwer atmend. Starrt sie an, mit einer Mischung aus Ärger, Entrüstung, Liebe und Angst. „Kind!", sagt sie laut in den Wind. „Kind, du bist komisch. Komm jetzt!"

Tobi und Thade. Nell hatte lange nicht mehr an die beiden gedacht. Besonders an Tobi. Von ihm erinnert sie nur noch das weißblonde Haar und sein meckerndes Lachen. Thade: ebenfalls blond, ruhiger als Tobi. Thade hatte immer erst nachgedacht, bevor er etwas sagte, und wenn er unsicher war, hatte sein Finger das auffällig rote Blutmal nachgezogen, das von seinem linken Ohr hinunter zum Mundwinkel führte.

Thade war ihr damals auf Schritt und Tritt gefolgt, immer in ihrem Schatten, anders als Tobi, der immer vorneweg gelaufen war und Unfug ausgeheckt hatte. Was wohl aus Thade geworden war?

„Mama, warum seid ihr damals eigentlich überhaupt nach Neuharlingersiel gezogen?", fragte Nell, während sie neben ihrer Mutter herging. Ihre Mutter schob ihren Rollator in zackigem Tempo vor sich her; Hector an seiner Leine hatte sichtlich Mühe, den Anschluss nicht zu verlieren.

„Wieso, wie kommst du denn jetzt darauf?" Nells Mutter warf ihr einen verblüfften Seitenblick zu. „Hoffentlich hat der Italiener auch auf." Sie umkurvte geschickt einen Huckel auf dem Gehweg, und Nell zog Hector voran.

„Du und Papa, ihr habt beide das Meer gefürchtet und den Wind gehasst. Warum sind wir dahingezogen?"

„Das Meer gefürchtet!" Ihre Mutter schnaubte entrüstet. „Ich habe das Meer noch nie gefürchtet. Und ich bin immer gern baden gegangen!"

„Aber nur im Schwimmbad. Oder wenn es warm und heiß war, am Sandstrand."

„Na und?" Ihre Mutter schnaubte erneut und grüßte eine ältere Dame, die ihnen, ebenfalls mit einem Rollator, entgegenkam. Dahinter liefen zwei Männer in Businesskleidung. Einer von ihnen kam Nell bekannt vor, aber er war zu schnell vorbei, als dass sie ihn richtig hätte erkennen können.

„Ihr habt beide das Meer und den Wind nicht sonderlich leiden können“, versuchte es Nell mit einer ein wenig abgeschwächten Version. „Warum sind wir dorthin gezogen? Und ihr dann später noch mal?“

Aber ihre Mutter, hartnäckig wie meist, ging nicht darauf ein. „Deinem Vater hat es dort gefallen“, sagte sie und seufzte erleichtert. „O ja, er hat es dort gemocht. Komm, wir setzen uns draußen hin, in den Schatten.“ Sie steuerte so rasch auf den freien Tisch hinten in der Ecke zu, dass Nell nicht hinterherkam.

Hector leistete Widerstand und beschnupperte ausgiebig die Hecke zwischen Terrasse und Straße. Nell stand in ungelenker und unbequemer Pose da, halb auf der Straße, halb auf der Terrasse, einen Arm von der Leine nach hinten gezogen, und sah ihrer Mutter zu, die sich mit zufriedener Miene am Tisch niederließ. Die anderen Tische waren alle besetzt, nahezu jeder einzelne Gast starrte Nell an.

„Guten Appetit!“, sagte sie laut, und die meisten Augenpaare richteten sich wieder auf die Mahlzeiten, Getränke oder die Gegenüber. Nur eine blondierte Frau in Nells Alter starrte sie weiterhin unverhohlen an, mit dem gierigen Gesichtsausdruck eines Menschen, der zu wenig erlebt und deshalb jede ungewöhnliche Situation förmlich in sich aufsaugt.

Endlich hatte Hector Erbarmen und trottete willig hinter Nell her zum Tisch, an dem Nells Mutter bereits die Karte inspizierte, die ein lustlos dreinblickender Kellner ihr hingelegt hatte.

„Ich nehme die Gnocchi mit Gorgonzolasoße“, sagte Nells Mutter und reichte Nell die Karte weiter. „Und eine Cola light. Warum willst du denn eigentlich diese alten Kamellen wieder aufwärmen? Das ist doch Jahrzehnte her!“

„Weil es jetzt noch geht“, sagte Nell und blickte in die Karte. Von früheren Besuchen hier wusste sie noch, dass die Pizzen wagenradgroß, aber selten durchgebacken serviert wurden. Außerdem hatte sie gar keinen richtigen Hunger. „Ich nehme die Bruschetta."

„Das macht doch nicht satt!"

„Mich schon. Und Mama, Papa hat es dort nicht gefallen, das brauchst du mir nicht zu erzählen. Sonst wäre das doch dann am Ende dort nicht passiert."

Ihre Mutter sah sie nicht an. „Doch", sagte sie nach einem Moment des Schweigens. „Gerade deswegen ist es dort passiert."

Nell schüttelte den Kopf. „Das glaube ich nicht. Und dir hat es dort auch nicht gefallen. Nur mir! Warum …"

„Dir hat es doch überall gefallen", unterbrach ihre Mutter sie. „Du warst eben ein sehr neugieriges Kind."

Nell hob die Brauen. „Das meinst du nicht ernst!"

„Aber doch! Du warst sehr neugierig. Das bist du doch immer noch. Du willst ständig alles Mögliche wissen. Jetzt zum Beispiel. Ich habe ehrlich gesagt keine Ahnung mehr, warum wir nach Neuharlingersiel gezogen sind. Das ist Jahrzehnte her, das muss ich auch gar nicht mehr wissen. Vermutlich hat dein Vater dort gearbeitet. Oder ja, stimmt, er hat dort gearbeitet, jetzt fällt es mir wieder ein!" Triumphierend sah sie Nell an.

Nell seufzte innerlich. „Ach ja, auf einmal?"

„Ja. Das war ja schließlich ein Seebad, Neuharlingersiel. Da hat er wahrscheinlich einen Brunnen gebaut. Es sollte ja als Nordseeheilbad anerkannt werden, aber da waren wir schon wieder weg."

Nells Vater hatte Trinkbrunnen entworfen, zumeist für Heilbäder, und deren Bau beaufsichtigt. Wie er dazu gekommen war, lag im Dunkeln. Er hatte es Nell nie richtig erklärt, allerdings hatte sie auch nie wirklich danach gefragt. Erst jetzt, wo es seit Langem zu spät dafür war, hätte sie gern mehr darüber gewusst.

Aber auch ihre Mutter konnte ihr dazu nicht viel sagen. Irgendwie war Nells Vater zu dieser Tätigkeit gekommen, hatte sich die nötigen Kenntnisse vermutlich selbst beigebracht, Beziehungen geknüpft und sich einen Ruf erarbeitet, der ihm und seiner kleinen Familie ein zwar unsicheres, aber ausreichendes Einkommen verschaffte.

Nells Eltern hatten ein wahres Nomadentum geführt, der Beruf ihres Vaters hatte sie nahezu durch die gesamte Republik geleitet, überall dorthin, wo Kurorte und Heilbäder neu entstanden, saniert oder ausgebaut wurden: von der Ostsee, wo Nell zur Welt gekommen war, in den Schwarzwald und an den Ostrand der Vogesen, hinüber in den Chiemgau, schließlich an die Nordsee und von dort aus auf die Schwäbische Alb und ins Allgäu und weiter nach Unterfranken. Und dann waren sie ins westlichste Niedersachsen gezogen, wo er vier Jahre lang bei einem Architekten Pläne für Brunnenanlagen gezeichnet hatte.

Sie hatten an zahllosen Orten gelebt, nirgendwo waren sie länger als ein halbes oder Dreivierteljahr geblieben. Nur in Neuharlingersiel. Und hier, an dem Ort, an den es ihre Mutter vor ein paar Jahren zurückgezogen hatte. Warum auch immer.

Sie waren nirgendwo heimisch geworden, jedenfalls nicht, dass Nell sich erinnern konnte. Außer sie selbst, in Neuharlingersiel. Dort hatte sie sich wohlgefühlt. Aber auch nur sie, daran erinnerte sie sich ebenfalls.

Sie hatte Freunde gehabt und den Lärm genossen, den der Sturm verursachte. Noch heute sehnte sie sich danach, nach dem Gefühl von Freiheit, das der tosende Wind mit sich gebracht hatte.

Die Stimme ihrer Mutter riss sie aus ihren Gedanken. „Ich habe Hunger", sagte Nells Mutter und blickte sich um. „Meine Güte, so viele Leute essen hier zu Mittag. Können die alle nicht kochen?"

Nell musste grinsen. „Doch, vermutlich schon", sagte sie. „Kochen ist doch jetzt in."

„Ach?" Ihre Mutter hob eine Braue. Nell und sie sahen sich an, und für einen Moment erkannte Nell sich selbst im faltenverzierten Gesicht ihrer Mutter. Dann kam der Kellner mit ihren beiden Gerichten, und der Moment war wieder vorbei, zerfloss mit den Erinnerungen, denen Nell bis gerade eben noch nachgehangen hatte, zu einem Bach aus Bildern, der weit hinten in ihrem Bewusstsein vorbeirauschte, während sie sich der Gegenwart zuwandte, die ihre ganz speziellen Herausforderungen für sie bereithielt.

Auf dem Rückweg, nachdem sie ihre Mutter wieder nach Hause gebracht hatte, mit dem Versprechen, morgen einige Einkäufe mit ihr zu tätigen, nahm Nell den Weg durch die Innenstadt.

Die Fußgängerzone war jetzt, kurz vor Ladenschluss, noch recht belebt. Dickliche Frauen mittleren Alters mit praktischem Kurzhaarschnitt schoben ihre Hollandräder über die Ampeln, ein Pulk gackernder junger Mädchen flanierte die gepflasterten Wege entlang, ab und an die langen Haare mit einer gekonnten Drehung nach hinten werfend.

Eine Gruppe junger Männer mit dunkler Haut und Dreitagebart saß um den Brunnen auf dem Marktplatz herum und taxierte die Vorbeigehenden, ihre Smartphones lässig in der Hand haltend.

Die große Flüchtlingswelle vor ein paar Jahren hatte eine nicht unbeträchtliche Anzahl von Familien und jungen Männern hier stranden lassen; das Stadtbild hatte sich mit ihnen verändert. Noch immer erschien Nell die Physiognomie der bärtigen jungen Männer vor dieser vertrauten Kulisse fremd, ihr Anblick erstaunlich.

Als Nell selbst hier noch gelebt hatte, gab es nur ausgewählte Menschen mit Migrationshintergrund: eine Familie, die aus Ghana stammte, die italienischen Betreiber der örtlichen Eisdiele, zwei Mitschüler, deren abwesender Vater schwarzer Amerikaner war, ein paar Familien aus dem ehemaligen Jugoslawien.

Wenige Menschen, die aus der breiten Masse herausstachen, umso mehr auffielen und dennoch unscheinbar wirkten.

Nell konnte sich nicht vorstellen, wie diese vielen jungen Menschen aus Syrien oder dem Irak sich hier, inmitten dieser scheinbar so intakten Bürgerlichkeit fühlen, geschweige denn wohlfühlen mochten.

Einer der jungen Männer hob den Blick und richtete ihn für einen Moment auf Nell, bevor er ihn wieder auf sein Handy senkte. Natürlich, sie musste für ihn nahezu unsichtbar sein: weiblich, über fünfzig, in Jeans und Sportschuhen.

„Achtung!"

Die Warnung kam rechtzeitig, Nell konnte gerade noch ausweichen. Der Mann in ihrem Alter lächelte freundlich und schnalzte Hector beruhigend zu, bevor er weiterging.

Er kam Nell bekannt vor, aber das passierte ihr hier immer wieder. Ständig begegnete sie vertraut wirkenden Gesichtern, in denen sie ehemalige Bekannte aus ihrer Jugendzeit zu erkennen glaubte. Die Älteren erschienen ihr harmlos vertraut, die Jüngeren hingegen fremd und manchmal auch bedrohlich.

Und sie selbst? Für die allermeisten Menschen hier war sie eine Fremde. Vielleicht würde sie auch hier nicht finden, was sie suchte.

Sie holte tief Luft und legte einen Schritt zu. Plötzlich war sie sich nicht mehr sicher, ob sie sich richtig entschieden hatte.

Als Nell Hector von der Leine ließ, öffnete sich die Tür zum Büro, und die Rezeptionistin lehnte sich an den Rahmen.

„Guten Abend! Hatten Sie einen guten Tag? Möchten Sie vielleicht einen Kaffee oder einen Tee?"

Nell wollte schon ablehnen, aber dann besann sie sich. „Gerne, einen Tee", sagte sie. „Trinken Sie denn einen mit?"

Ein verblüfftes, dann erfreutes Lächeln zog über das Gesicht der Rezeptionistin. „Oh, ja, gerne!"

Kurz darauf saßen sie sich in der Sitzgruppe des Foyers gegenüber, während Hector skeptisch an einem Kauknochen roch, den die Rezeptionistin ihm überreicht hatte. Die beiden Sessel, die an einem kleinen, runden Tisch standen, waren ausgesprochen unbequem, und Nell brauchte eine ganze Weile, bis sie eine einigermaßen angenehme Sitzposition gefunden hatte.

„Ich liebe Hunde", sagte die Rezeptionistin versonnen. „Und Ihrer ist ja besonders süß."

Das fand Nell insgeheim auch, obwohl Hector nicht besonders wohlproportioniert war. Für einen so kurzbeinigen Hund wie ihn hatte er ein ausgesprochen ausladendes Hinterteil, und seine Ohren waren deutlich überdimensioniert.

„Ich glaube", sagte die Rezeptionistin und kaute kurz auf ihrer Unterlippe, „ich kenne Sie von früher."

„Wirklich?"

„Sind Sie hier zur Schule gegangen?"

„Ja, aufs Kreisgymnasium." Nell trank einen Schluck Tee. Er schmeckte ungewöhnlich, nach Moor und Harz.

„Also, darf ich mal … welcher Jahrgang sind Sie?" Sie nannte Nells Geburtsjahr, und Nell nickte.

Die Augen der Rezeptionistin leuchteten auf. „Dann bin ich zwei Jahre jünger als Sie. Und waren Sie mal im Schwimmverein?"

„Ja", sagte Nell nach einem Moment. „Ja, aber nur kurz. Ein halbes Jahr, höchstens."

„Mit vierzehn vielleicht?"

Nell zögerte, dann nickte sie. „Kann sein."

„Sehen Sie! Daher kenne ich Sie! Ich war auch im Schwimmverein, aber viel länger. Ich habe schon mit acht angefangen."

„Wie heißen Sie denn?"

Für einen Moment herrschte ein verblüfftes Schweigen. „Oh, ja … Beate. Beate Schwuchow." Sie lächelte schwach. „Ich vergesse immer, dass die Leute meinen Namen ja nicht kennen. Nur, weil ich ihren kenne, wissen sie meinen ja nicht auch automatisch." Sie verlagerte das Gewicht ihrer übereinandergeschlagenen Beine leicht nach vorn. Einen Moment wippte sie verunsichert, dann lehnte sie sich wieder zurück. „Beate Schwuchow, ja. Kennen Sie mich?"

Welch absurde Frage, dachte Nell, aber die kaum verhohlene Dringlichkeit – oder war es nur Neugier? –, die in der Frage lag, rührte sie ein wenig an. „Nein", sagte sie nach einem Moment. „Nein, ich glaube, nicht. Aber wissen Sie, ich habe hier nur kurze Zeit gewohnt, vier Jahre. Und das ist ziemlich lange her. Was ist das für ein Tee?"

Beate Schwuchows Augen verengten sich. Erst jetzt fiel Nell auf, dass sie eine ungewöhnliche Farbe hatten, sie wirkten wie graublau meliert. „Balkanische Biberitze", sagte sie. „Aber fragen Sie mich nicht, was der Name bedeuten soll oder was da drin ist. Ich finde, er schmeckt gut."

Nell musste lächeln. „Ja, mir schmeckt er auch." Sie stand auf und stellte ihre mittlerweile leere Tasse ab. „Danke für den Tee. Ich werde dann mal …" Plötzlich wusste sie nicht, wie sie den Satz beenden sollte. Es gab nichts, was sie zu tun hatte, was sie tun würde, außer auf ihr fremdes Hotelzimmer zu gehen, etwas zu lesen und zu Bett zu gehen.

Beate Schwuchow war ebenfalls aufgestanden. Sie überragte Nell um einen halben Kopf.

Unvermittelt stieg eine Frage in Nell auf. „Haben Sie nie woanders gelebt?"

Beate Schwuchow hob die Brauen. „Doch", sagte sie. „Na klar! Ich habe erst in Italien gelebt, dann lange in den USA, auf Hawaii, und dann noch fast zehn Jahre in Brasilien. Ich bin erst im Frühling zurückgekommen, um das Hotel hier zu leiten."

„Warum?"

Beate Schwuchow lachte, ein kleines, fast resigniertes Lachen. „Das frage ich mich auch." Sie setzte ihren leeren Teebecher ab. Im selben Moment ging hinter ihnen die Tür auf, und eine Frau im Businesskostüm, einen Rollkoffer hinter sich herziehend, trat ein. Beate Schwuchow stieß ein kaum merkliches Seufzen aus und stand auf. „Danke für die Gesellschaft. Ich muss dann mal wieder!"

Als Nell sich zu ihrer letzten Runde mit Hector aufmachte, hatte es sich bereits deutlich abgekühlt. Der durchdringende Geruch nach Mais lag in der Luft, und Nell ging noch einmal zum Auto, um ihre wärmere Jacke herauszuholen.

Als sie den Reißverschluss zuzog, ging drüben bei Benningsen und Sohn Licht an, und Nell sah einen Moment lang zu, wie eine gedrungene Männergestalt im Fenster über dem Anbau Dinge in ein Regal zu stellen schien, dann rief sie Hector zu sich und schlug die andere Richtung ein.

Hinter der Tischlerei, an der Straßenecke, lag ein Bestattungsinstitut, das Nell erst auf den zweiten Blick als ein solches erkannte. Das Firmenschild lag im Dunkeln, nur ein schlichtes Holzkreuz, das auf dem Rasen davor aufgestellt war, wies auf die Bestimmung des langgestreckten, offenbar neu erbauten Gebäudes hin. Ein weiteres Holzgebäude, das ziemlich heruntergekommen wirkte, grenzte daran an, danach kam eine von wilden Gräsern überwucherte Brache, bevor die nächsten Firmengebäude sich anschlossen.

Nell schauderte ein wenig in der kühlen Abendbrise und setzte ihre Kapuze auf. Keine schöne Gegend war das, in der sie die nächsten Monate verbringen würde. Hector jedoch war es egal, er lief zufrieden am Straßenrand voraus und beschnupperte jedes Büschel und jeden Stein, der sich ihm bot.

Plötzlich drehte er sich um und sah mit aufmerksam aufgestellten Ohren zu Nell auf, und sie brauchte einen Moment, bis sie begriff, dass das leise Klingeln ihres Telefons ihn aufgeschreckt hatte. Umständlich zog sie es aus der Jackentasche heraus und warf einen Blick aufs Display. Einen Moment lang war sie versucht, den Anruf wegzudrücken, aber dann seufzte sie. Früher oder später musste sie ihn annehmen. Also lieber jetzt gleich.

„Nell! Mann, wo steckst du denn? Wieso gehst du denn nicht ans Telefon? Ich hab dir ungefähr fünfzig Nachrichten geschickt!“, rief Jack.

„Drei“, sagte Nell ruhig. „Es waren drei, Jack. Übertreib nicht immer so gnadenlos.“

„Aber es hat sich angefühlt wie fünfzig! Bist du schon bei deiner Mutter?“

„Ja“, sagte Nell knapp. Ein Wagen kam ihr entgegen und verlangsamte das Tempo, als er an ihr vorbeifuhr. Das Gesicht des Fahrers lag im Dunkeln, aber Nell sah, dass er ihr den Kopf zuwandte.

„Ich dachte, du wolltest erst heute losfahren.“

„Ja, wollte ich auch. Aber ich habe es mir spontan anders überlegt.“

Diese Erklärung hatte schon bei ihrer Mutter nicht verfangen, und sie verfing auch bei Jack nicht. „Spontan!“ Er lachte auf. „Das ist gelogen. Total gelogen. Irgendwas stimmt doch nicht, Nell. Was ist los?“

Nell schwieg. Das Gras zu ihren Füßen war struppig und verdorrt, aber neues, frisches wuchs daneben heran, so viel konnte sie im trüben Licht der Laterne erkennen.

„Nell? Los, sag schon, was ist los?“

„Nichts. Ich brauche nur … ein paar Tage Pause."

Sie hörte ihn atmen. „Das ist Blödsinn. Du brauchst keine Pause. Niemand braucht eine Pause. Dafür ist das Leben zu kurz."

Nell seufzte. „Jack", sagte sie. „Lass mal gut sein. Ich erklär es dir später. Aber jetzt noch nicht. Ich muss noch ein bisschen nachdenken."

„Aber nicht zu lange", sagte Jack. Ein weiterer Wagen fuhr vorbei, und auch dessen Fahrer wandte den Kopf und sah Nell neugierig im Vorbeifahren an. „Lass dich bloß nicht von der ganzen Geschichte verrückt machen, Nell. Das ist schon okay so, du kommst garantiert drüber weg. Und die Nächste wartet schon in den Startlöchern." Er lachte. „Irgendwo."

„Ach, Jack", sagte Nell. „Du bist süß, aber darum geht es doch jetzt gar nicht."

„Und worum dann?"

Nell legte den Kopf in den Nacken und sah in den dunklen Himmel hinauf, an dem sich, noch während sie hinsah, die ersten Sterne abzuzeichnen begannen. Sie waren wie der Kummer, der tief in ihr saß: nicht immer sichtbar, aber immer da. „Das erzähl ich dir bald", sagte sie. „Aber nicht jetzt. Jetzt hab ich zu tun. Tschüs, Jack."

„Versprichst du mir, dass du keinen Blödsinn machst?", fragte Jack; sie hörte die Besorgnis in seiner Stimme, und sie schnitt ihr ins Herz.

„Ja", sagte sie, und sie wusste genau wie er, dass dieses Ja weniger eine Lüge als eine Hoffnung war. „Bis bald, Jack. Mach's gut."

Bevor sie das Handy einsteckte, warf sie einen Blick auf die Liste der Nachrichten. Sie war im Laufe des Tages um einiges länger geworden, und Nell nahm sich vor, sie morgen zu beantworten.

Konnte man sein Leben insgeheim auflösen, ohne dass die engsten Freunde es merkten?

Wohl kaum. Aber sie würde es trotzdem versuchen. Sie war schon dabei.

Das Morgenlicht war so trüb, dass es wie Nebel an einem viel zu tiefen Himmel hing. Hector versuchte, um die obligatorische Morgenrunde herumzukommen, und strebte bereits an der nächsten Ecke zurück in Richtung des Frühstücksraumes. Nell war es recht; plötzlich hatte sie es eilig, die längst überfälligen Nachrichten zu verschicken. „Bin bei meiner Mutter", tippte sie ein ums andere Mal ins Handy. „Melde mich, wenn ich zurück bin. Liebste Grüße."

Einigen würde das reichen, anderen nicht. Aber daran konnte sie nichts ändern.

Als sie das Handy einsteckte und ihren Kaffeebecher hochnahm, begegnete sie dem forschenden Blick des einzigen weiteren Gastes, einem nicht mehr ganz jungen, graumelierten Geschäftsmann in einem gut sitzenden Anzug, der die Tageszeitung quer über seinen Tisch ausgebreitet hatte. Er musterte sie und nickte ihr kurz zu, bevor er sich wieder seiner Lektüre widmete.

Erst einen Moment später registrierte Nell das kaum verhohlene Interesse, das in seinem Blick gelegen hatte, und sie wusste nicht, ob sie es amüsant oder irritierend finden sollte. Dann trat Beate Schwuchow in den Raum.

„Guten Morgen!", grüßte sie Nell mit dem üblichen Schwung, „darf es ein Spiegelei sein? Ja?" Dann bemerkte sie den zweiten Gast, und ihre Stimmlage veränderte sich.

„Guten Morgen", wiederholte sie, deutlich ruhiger und leiser jetzt, „gut geschlafen? Ein Rührei, wie immer?"

„Gern. Ganz wie immer!"

Nell blickte auf. Der Geschäftsmann beugte sich gerade wieder mit einem leichten Lächeln im Gesicht über die Zeitung, und Beate Schwuchow verließ, ebenfalls lächelnd, den Raum.

Was auch immer er an sich haben mochte – auf Beate Schwuchow schien es Eindruck zu machen.

Ihre Mutter stand schon angezogen und abfahrbereit in der Tür, als Nell vorfuhr. Schnellen Schrittes kam sie auf den Wagen zu und stieg ein, noch bevor Nell ihr die Beifahrertür öffnen konnte.

„Da bist du ja", sagte sie und begrüßte Hector, der seine Schnauze heftig wedelnd zwischen den Sitzen hervorstreckte, mit einem Klaps. „Du bist spät dran, ich hab schon gedacht, ich muss mir ein Taxi nehmen."

Altbekannter Unmut stieg in Nell auf. „Unsinn", sagte sie und gab Gas. „Du weißt doch, dass ich immer pünktlich bin."

„Aber das kann sich ja auch verändern", sagte ihre Mutter und schnallte sich umständlich an. „Im Alter werden manche Leute ja komisch."

Nell schwieg. Wenn ihre Mutter in dieser leicht provokativen Stimmung war, hatte es wenig Sinn, dagegen aufzubegehren, das wusste sie aus jahrzehntelanger Erfahrung. Außerdem stimmte es ja, was ihre Mutter da sagte.

Nell hatte vorgehabt, ihre Mutter beim Zahnarzt abzusetzen und dann später wieder abzuholen, aber beim Betreten der Praxis schien ihre Mutter eine ganz neue Art von Aufregung zu erfassen, denn sie berührte Nell am Arm.

„Bleib hier, ja? Wenn ich dann drin bin, dann kannst du ja gehen, aber bis ich dran bin, kannst du doch mit mir warten", sagte sie in halb gebieterischem, halb ängstlichem Tonfall.

Nell seufzte innerlich, aber sie nickte und wartete gehorsam neben ihrer Mutter, während dic junge, blonde Sprechstundenhilfe deren Daten aufnahm und sie bat, noch einen Moment Platz zu nehmen.

Das Wartezimmer war gut gefüllt, und Nell setzte sich neben ihre Mutter auf den letzten freien Sitzplatz neben der Tür.

Die anderen Wartenden, ein älterer Mann mit Stirnglatze, der mit angestrengter Miene in einer Zeitschrift blätterte, zwei Frauen mittleren Alters und eine junge, übergewichtige Mutter, die ihren Sohn im Kleinkindalter zu einem großteiligen Tierpuzzle zu animieren versuchte, waren mit sich beschäftigt und wirkten erstaunlich entspannt. Von der in Großstädten üblichen Unruhe der durch das Warten gestressten Patienten war nichts zu spüren; im Gegenteil, die junge Mutter lachte vergnügt mit ihrem Kind, die beiden Frauen unterhielten sich leise miteinander.

Nells Mutter stieß ein nervöses Stöhnen aus und sah aus dem Fenster, in dem der klare Septemberhimmel ein strahlendes blaues Viereck bildete. „Kannst du morgen mit mir einkaufen fahren?“, fragte sie. „Ich bräuchte mal wieder ein paar Vorräte. Wo du doch das Auto hast.“

„Klar, kann ich machen.“ Die junge Mutter trug ein ärmelloses Top, aus dem ihre Arme etwas unvorteilhaft hervorquollen. Nell konnte ihren leichten Schweißgeruch bis zu ihrem Platz an der Tür riechen.

„Wie lange bleibst du denn jetzt? Hast du dir das mittlerweile überlegt?“, fragte ihre Mutter.

Nell legte den Kopf zurück. „Nein.“ Dann musste sie plötzlich fast lachen. „Doch“, korrigierte sie sich. „Ich kann bleiben, so lange ich Lust habe“, sagte sie.

Ihre Mutter wandte ihr erstaunt den Kopf zu. „Hast du denn so lange frei?“

Nell zögerte. Dann holte sie tief Luft. „Ja. Ich hab ein Sabbatjahr eingelegt.“

Der ungläubige Blick ihrer Mutter reizte sie schon wieder zum Lachen.

„Was ist das denn für ein albernes Wort?", sagte ihre Mutter. „Sabbatjahr? Was soll das heißen?"

„Das soll heißen, dass ich ein Jahr frei habe", sagte Nell.

„Frau Gubitz? Kommen Sie bitte?" Eine weitere Arzthelferin, mit um den Hals baumelndem Mundschutz, erschien in der Tür. Nells Mutter stand auf.

„Bis nachher", sagte sie und folgte der Arzthelferin, nicht, ohne Nell noch einen weiteren ungläubigen Blick zugeworfen zu haben.

Nell folgte ihr in den Flur und sah zu, wie ihre Mutter in einem der hinteren Behandlungsräume verschwand. Vielleicht war es ein ungünstiger Zeitpunkt für diese Offenbarung gewesen, aber andererseits hatte ihre Mutter nun etwas, das sie von der Behandlung ablenkte.

„In ungefähr einer Stunde können Sie Ihre Mutter dann wieder abholen", sagte die Sprechstundenhilfe freundlich. Nell dankte ihr und griff nach der Tür, die im selben Moment von außen aufgezogen wurde. Nell verlor das Gleichgewicht, stolperte und fing sich dann wieder.

„Oh! Entschuldigung!" Die Frau ihr gegenüber lachte nervös auf, dann kniff sie die Augen zusammen. „Nell?", fragte sie nach einem Moment. „Nell Gubitz? Bist du's?"

Nell stand da, die Hand auf der Klinke, und starrte die Frau ihr gegenüber an, während sie mühsam versuchte, die hellen Augen und das schmale Gesicht mit einem etwaigen Erinnerungsbild in Einklang zu bringen.

Das Problem war, dass viele Menschen, denen sie hier begegnete, ihr bekannt erschienen. Vielleicht war es ein bestimmtes ortsübliches Timbre, vielleicht eine in dieser Region verbreitete Gesichtsform, aber schon mehrfach hatte Nell den Eindruck gehabt, jemandem zu begegnen, mit dem sie in einer lang zurückliegenden Vergangenheit schon einmal zu tun gehabt hatte. Oft hatte sich dieser Eindruck rasch wieder verflüchtigt, aber jetzt, hier in der Tür zur Zahnarztpraxis, in der ihre Mutter sich auf dem Behandlungsstuhl sicher immer noch den Kopf über die Bemerkung ihrer Tochter zerbrach, jetzt schälte sich allmählich eine jüngere Version der Frau vor ihr aus Nells verschwommenen Erinnerungen heraus.

„Ma… Marie?"

„Ja!" Marie strahlte und entblößte ein bewundernswert tadelloses Gebiss. „Wir waren in der Schule zusammen, weißt du noch? In der neunten und zehnten Klasse, auf dem Gymnasium. Mensch, ich habe dich seit damals nicht mehr gesehen! Das ist ja irre! Was machst du denn hier? Wohnst du wieder hier?"

„Nein", sagte Nell. „Meine Mutter."

„Aber ihr wart doch weggezogen!", sagte Marie. Hinter ihr kam ein junger Mann die Treppe hoch, und sie schob sich zur Seite, um ihn vorbeizulassen. Nell zögerte kurz, dann trat sie zu ihr ins Treppenhaus. Die Tür fiel in ihrem Rücken leise ins Schloss.

Marie starrte sie immer noch an. „Du siehst toll aus", sagte sie. „Keinen Tag älter."

„Marie. Das letzte Mal hast du mich vielleicht gesehen, als ich achtzehn war. Ich hoffe nicht, dass ich immer noch wie ein Teenager aussehe."

Marie musste lächeln. „Nein, natürlich nicht. Aber du siehst …" Sie zuckte mit den Schultern. „Wo wohnst du denn jetzt?"

„In Berlin", sagte Nell und spürte die kleine Lüge in ihren Worten wie eine Nadelspitze im Hinterkopf. Auf einmal fühlte sie sich eingesperrt, in diesem zugigen Treppenhaus, mit Marie dicht vor ihr, Marie mit den weißen Zähnen, den blitzenden Augen und der leichten Sommerbluse, Marie, die einstmals ihre Klassenkameradin gewesen war, von Nell kaum beachtet, für hübsch und nett, aber uninteressant befunden. „Und du? Wohnst du noch hier?"

Marie nickte und lehnte sich an die Wand, offenbar bereit zu einem längeren Gespräch. „Ich war zum Studium in Münster, aber dann hat es mich wieder hierher verschlagen. Mein Mann und ich, wir haben eine Apotheke, die *Alte Apotheke* an der Schleuse, die kennst du vielleicht noch? Gab es damals schon, aber wir haben sie ein bisschen auf Vordermann gebracht."

„Das ist ja toll", sagte Nell und machte einen Schritt in Richtung Treppenhaus. „Tut mir leid, ich muss los", sagte sie achselzuckend. „Ich hab noch einiges zu erledigen, bevor ich meine Mutter wieder abhole. War schön, dich gesehen zu haben!"

Die Enttäuschung auf Maries Gesicht war nicht zu übersehen. „Oh, wie schade! Aber komm doch mal vorbei, wenn du magst. Die *Alte Apotheke*, direkt an der Schleuse!"

„Mach ich." Als Nell an ihr vorbeiging, konnte sie Maries Parfum riechen, einen leichten, blumigen Duft, der jedoch schon verweht war, als sie die erste Stufe nach unten genommen hatte.

„Nell! Los, komm her!", ruft Pepe, bevor er das Fenster ganz heruntergekurbelt hat. Nell sieht den erwartungsvollen Ausdruck auf seinem Gesicht und hält ein Stück vor dem Auto an, so dass er sich weiter aus dem Fenster herausbeugen muss. Wer den Wagen fährt, kann sie nicht erkennen, wahrscheinlich einer von Pepes langhaarigen Freunden aus der Oberstufe, einer von denen, die Nell stets mit neugierigem Blick mustern, seit sie das erste Mal auf dem Schulhof aufgetaucht ist.

„Was ist denn?" Sie beugt sich über den Lenker, die Beine seitwärts gestützt. Pepe grinst sie an.

„Komm mit", sagt er, „los, steig mit ein. Wir fahren ins Paradies!"

„Ohne mich", sagt Nell, aber sie muss auch grinsen.

Der Fahrer beugt sich vor, es ist tatsächlich einer von Pepes Freunden, auch einer aus dem Abiturjahrgang, glaubt Nell, Klaus oder Markus, wie sie alle hier heißen, hier in der öden Kleinstadt mitten im Nichts, in die es Nell verschlagen hat. „Los, komm", sagt er und fährt sich durch seine langen Haare, „die Fietse kannst du stehen lassen, ich setz dich nachher wieder ab."

Ein paar Mädchen fahren vorbei, eins davon aus ihrer Klasse: Marie, lange blonde Haare, blaue Augen, Parka, Hollandrad, wie alle hier. Die anderen beiden kennt Nell auch vom Sehen aus der Schule, aber sie interessieren sie nicht weiter. Noch hat sie in ihrer Klasse keinen richtigen Anschluss gefunden, aber das liegt eher an Nell selbst, die sich abseits hält, nicht viel redet, und wenn, dann nur mit den älteren Jungs, den Kiffern und wilden Typen. Von denen es hier tatsächlich einige gibt, hier in diesem abgelegenen Landstrich, in dem Nells Vater einen Auftrag gefunden hat, längerfristig sogar, wie er sagt.

„Hallo, Nell!", ruft Marie und bremst ab, aber Nell nickt nur und steigt vom Rad.

„Okay", sagt sie und schultert ihren kleinen, uralten Lederranzen neu, „ich komm mit. Aber nur, wenn ihr was zu trinken habt. Ich hab nämlich Durst."

„Wir können was kaufen", sagt Klaus oder Markus und schlägt mit der flachen Hand aufs Lenkrad, und Pepe steigt eilig aus und klappt den Sitz zurück. Abwartend bleibt er neben dem Wagen stehen und sieht zu, wie Nell ihr Rad an den Rand des Bürgersteigs stellt und abschließt, mit diesem runden Rahmenschloss, das die meisten Fahrräder hier haben. Sie zieht den Schlüssel ab und sieht Pepe an.

„Ich will vorne sitzen", sagt sie, und Pepe zuckt kurz mit einer Braue, dann steigt er wortlos hinten ein und klappt den Sitz zurück, den er dann mit beiden Armen von hinten umklammert, während Nell einsteigt und dann vorn sitzt und zusieht, wie Klaus oder Markus Gas gibt und weiter beschleunigt. Die gepflegten Einfamilienhäuser rechts und links fliegen an ihnen vorbei, der

Kiosk an der Ecke, die Unterführung, die drei Mädchen auf ihren Rädern, die den Kopf wenden und zu ihnen herübersehen, neugierig und – wie Nell in Maries Blick liest – auch ein wenig neidisch, aber da wissen sie noch nicht, dass Nell erst viele Stunden später zurückgebracht werden wird zu ihrem Fahrrad am Straßenrand, und auch nicht von Klaus oder Markus, der in Wirklichkeit Andreas heißt, sondern von einem Polizeiwagen, gefahren von einem wortkargen, dickbäuchigen Polizisten mit versteinerter Miene, während sein Kollege immerzu den Kopf schüttelt und „Mädchen, Mädchen" murmelt und Nell, als sie aussteigt, den Rat gibt, sich nicht mehr mit solchen Langhaarigen einzulassen, die machten nur dummes Zeug, landeten alle noch im Knast, wenn sie so weitermachten.

Aber Andreas kann nicht mehr so weitermachen, Andreas kann nicht weiter bekifft Auto fahren und mit aller Kraft versuchen, die Kassette mit Jim Morrison drauf, die sich im eingebauten Kassettenspieler verheddert hat, herauszuziehen und dabei viel zu spät wieder nach vorn auf die Straße blicken, die genau in diesem Moment über eine Brücke führt, kurz vor dem Paradies, einem abseits der Stadt gelegenen Naturschutzgebiet; Andreas liegt zu dieser Zeit im Krankenhaus, mit einem gebrochenen Bein und einem Bluterguss im Schädel, den die Ärzte zu spät bemerken und der schwerwiegende Komplikationen verursacht, denen Andreas drei Tage später erliegt.

Und Pepe, der noch mit Nell und Andreas zusammen ewig gelacht hat, über das Auto, das den Abhang hinunter in den Fluss gefahren ist, fast jedenfalls, gerade noch mal Glück gehabt, oder?, Pepe wird bleich und blass sein Abiturzeugnis entgegennehmen, zwei Monate später, während Andreas schon unter der Erde liegt, was passiert eigentlich mit so einem Abiturzeugnis, wenn der, der es bekommen sollte, nicht mehr lebt? – und verschwinden, aus der Schule, der Stadt, dem Dorf, in dem er gewohnt hat, und Nell wird ihn nicht mehr wiedersehen, Pepe nicht, Andreas nicht, die beiden einzigen Menschen in diesem Ort, mit denen sie gerade dabei war, sich anzufreunden, aber das ist kein Wunder, denn es gibt keinen Platz für Nell, keine Stadt, keine Schule, keinen Ort, der ein Zuhause sein könnte und nicht nur eine weitere Station, eine Station auf Zeit, auf einem Weg, der sie irgendwohin führen wird, in eine Zukunft, die vielleicht, aber nur vielleicht, doch noch Freundschaften für sie bereithalten wird, die nicht gleich wieder vergehen, die sie zurücklassen muss, die zu Erinnerungen werden, aber nicht halten. Vielleicht gibt es das für Nell einfach nicht: Sicherheit. Ein Zuhause auf Dauer. Dinge und Beziehungen, die Bestand haben.

Die Begegnung mit Marie hatte Nell auf eine merkwürdige Art angerührt, das stellte sie fest, als sie den Baumarkt im Industriegebiet erreichte, den Beate Schwuchow ihr am Morgen noch empfohlen hatte. Sie hätte warten können, bis sie ihre Wohnung bezogen hatte, aber Nell wusste genau, dass sie einige Dinge ohnehin brauchen würde. Die Wohnung war möbliert, allerdings – oder eher glücklicherweise – nur mit dem Nötigsten; Nell hatte die Fotos im Internet genau studiert und die Einrichtung für in Ordnung befunden.

Auf jeden Fall aber brauchte sie eine Schreibtischlampe und Klebepads und für ihre Mutter ein Regalbrett für die Küche, das Nell schon beim letzten Aufenthalt hatte erneuern wollen.

Mit Schwung parkte sie in eine Lücke direkt am Eingang ein, machte einem älteren Ehepaar, das einen Wagen voller Pflanzen vorbeischob, Platz und betrat den Eingangsbereich.

Zwei ältere Angestellte hatten hinter dem Informationsschalter die Köpfe zusammengesteckt und sahen neugierig auf, als Nell vorbeiging.

„Tag", sagte Nell, und die beiden grüßten freundlich zurück.

Ein Gefühl wohliger Behaglichkeit machte sich in Nell breit, während sie die nahezu menschenleeren Gänge entlanglief und das reichhaltige Angebot an Farben und Sanitärartikeln betrachtete. Ab und zu trabte ein Angestellter in gemäßigtem Tempo vorbei, und einige weitere Kunden begutachteten die Sonderangebote, die in der Mitte des Hauptganges ausgestellt waren. Dies hier war wirklich Entschleunigung par excellence, fand Nell – ein Baumarkt, sonst Hort der Geschäftigkeit, in dem Ruhe und Entspannung herrschte.

„Kann ich Ihnen helfen?" Ein junger Mitarbeiter mit Ziegenbärtchen, einen Zollstock in der Hand, sah Nell fragend an. Erst jetzt registrierte sie, dass sie stehengeblieben war und einen Stapel Wäscheständer anstarrte.

„Nein … doch, ja. Wo finde ich denn die Holzabteilung?"

Der junge Mann wies ihr nicht nur den Weg, sondern führte sie tatsächlich zum Holzlager, wo eine ältere, kurzhaarige Angestellte, mit vollen Backen kauend, auf seinen Zuruf hinter einer Absperrung hervorkam.

„Ja, was kann ich für Sie tun?", fragte sie und schluckte geräuschvoll. „Wollen Sie was Bestimmtes?"

„Ein Regalbrett. Hier hab ich die Maße." Nell zog den Zettel heraus, aber die Angestellte winkte ab.

„Gucken Sie mal, da vorne, da suchen Sie sich was aus, und ich schneide Ihnen das dann zurecht. Aber wir haben auch ganz viele verschiedene Bretter. Gucken Sie mal." Sie biss wieder in ihre Wurststulle, und Nell ging, immer noch von dem jungen Mann mit dem Ziegenbärtchen begleitet, in die angewiesene Richtung.

„Hier, da haben wir Kiefernbretter", sagte er und deutete auf eine Ladung hellen Holzes, „da ist Buche, und wir haben aber auch MDF. Oder Arbeitsplatten, aber eine Arbeitsplatte wollen Sie ja nicht, Sie wollen ja ein Regal, oder?“

„Genau“, sagte Nell und musste sich ein Lächeln verkneifen, während sie zusah, wie der junge Mann seinen Zollstock eifrig in seine Handfläche schlug.

„Haben Sie mal die Maße?“ Er sah sie auffordernd an, und Nell begriff, dass sie gegen die Rundumbetreuung, die er ihr offenbar zugedacht hatte, machtlos war. Sie zog den Zettel hervor und schritt gemeinsam mit ihm die ausgestellten Holzarten ab, bis sie schließlich vor einer Lade mit etwas dunklerem Holz stehenblieb.

„Hier, das müsste die richtige Farbe sein“, sagte sie. Der junge Mann nahm den Zettel und verglich ihn mit den Beschriftungen über den Regalfächern, bis er einen kleinen, freudigen Ruf ausstieß.

„Da haben wir es! Gucken Sie mal, das brauchen Sie gar nicht zuschneiden lassen, das passt genau!“, sagte er strahlend und zog ein Regalbrett heraus.

„Wunderbar!“, sagte Nell und wollte ihm das Brett abnehmen, aber er hielt es fest.

„Ich bringe es Ihnen zur Kasse, kein Problem“, sagte er und trabte los, bevor Nell Einspruch einlegen konnte. „Renate, ich hab ein passendes Brett gefunden!“, rief er seiner Kollegin zu, die zurückwinkte und sich den letzten Kanten Brot in den Mund schob.

Nell kam sich überflüssig vor, wie sie dem jungen Mann, der ihr Regalbrett wie eine Trophäe vor sich hertrug, durch den Baumarkt zurück bis zur Kasse folgte. Erst kurz davor fiel ihr die Lampe wieder ein, die sie noch hatte besorgen wollen, und ruckartig blieb sie stehen. Um im nächsten Moment unsanft nach vorne gestoßen zu werden. Einen Moment schwankte sie, dann stürzte sie vorwärts gegen einen Aufsteller mit Klebebändern im Sonderangebot. Der Aufsteller kippte um, und die Klebebänder fielen klappernd zu Boden und rollten wie eine

Herde Küchenschaben auf der Flucht vor dem Licht über die Gänge in alle Richtungen davon.

„Oh, tut mir leid! Entschuldigung!" Ein dunkelhaariger Mann in Arbeitskleidung hielt Nell mit schuldbewusster Miene die Hand hin.

Benommen sah sie zu ihm auf, dann griff sie zu, und er zog sie hoch und bückte sich seinerseits, um ein paar Rollen Klebeband aufzuheben.

„Tut mir wirklich leid, das wollte ich nicht, aber Sie sind einfach so stehengeblieben, und da konnte ich nicht mehr ausweichen ..." Er hob entschuldigend die beiden langen Bretter, die er unter dem anderen Arm hielt. „Ich hab Sie gerammt, tut mir leid."

„Und wie!", sagte Nell und musste kurz lachen. Er hatte sie wirklich gerammt, wie ein Motorboot einen schwerfälligen, alten Schlachtkahn. Die Vorstellung reizte sie erneut zum Lachen, und für einen Moment sah er sie besorgt an, dann lächelte er. Das Lächeln zerschnitt sein Gesicht wie eine Wunde.

Aus allen Richtungen kamen jetzt Angestellte gelaufen und begannen, die Klebebänder wieder einzusammeln, von denen einige weiter hinten immer noch durch die Gänge rollten.

„Was ist denn hier los?" Der junge Mann mit dem Ziegenbärtchen kam atemlos von der Kasse herübergerannt, hochrot im Gesicht. „Haben Sie sich wehgetan? Sind Sie hingefallen?"

„Ich wurde gerammt", sagte Nell.

„Von mir", sagte der Mann in Arbeitskleidung – er trug einen nicht mehr ganz sauberen, blauen Overall, eine Wollmütze, unter der kurze dunkle Locken hervorsahen, und Arbeitsstiefel –, „aber es war keine Absicht."

„Ich brauche noch eine Lampe", sagte Nell, „eine Schreibtischlampe, wissen Sie?"

Der junge Mann mit dem Ziegenbärtchen sah sie irritiert an, als wäre sie verrückt geworden. Nell unterdrückte ein erneut aufsteigendes Lachen. „Ach so", sagte er und bückte sich nach einer Rolle Klebeband zu seinen Füßen. „Äh, die Lampen, die sind, also Lampen sind dahinten."

„Ich zeig's Ihnen", sagte der Mann im Overall und hob einladend die Hand. „Hier entlang."

Die Freundlichkeit in seiner Stimme hatte etwas sehr Überzeugendes, und während sie neben ihm den langen Hauptgang zurückging, wurde Nell bewusst, dass sie zum zweiten Mal binnen einer Viertelstunde von einem Mann zu ihrem Ziel geleitet wurde; etwas, das sonst so gut wie nie vorkam. Sie drehte den Kopf und sah ihren Begleiter an, und auch er sah sie an, und plötzlich war Nell verlegen. Auch das kam so gut wie nie vor.

Es lag etwas in seinem Blick, das sie verwirrte, aber vielleicht waren es auch nur seine Augen, seine hellblauen Augen, oder waren sie dunkelblau? Im Neonlicht des Marktes ließ es sich nicht richtig erkennen, und nach einem Moment spürte Nell, dass sie genau diesen Moment zu lange hingesehen hatte.

„Alles in Ordnung?", fragte er, und sie nickte und sah wieder geradeaus, wo sich die Elektroabteilung näherte wie ein rettender Hafen.

„Danke", sagte sie und blieb kurz stehen. „Ab hier komme ich allein zurecht."

Er blinzelte und trat zurück. Erst jetzt sah Nell, dass sich eine scharf abgesetzte, breite Narbe von seinem rechten Mundwinkel bis zum Wangenknochen hochzog, die seinem Gesicht einen harten und zugleich verletzlichen Ausdruck gab. „Klar. Also, Entschuldigung nochmals, in Zukunft halte ich doch lieber einen kleinen Sicherheitsabstand."

„Das ist in Baumärkten sowieso zu empfehlen", sagte Nell, und wieder war ihr, als ob sie ihm einen Moment zu lange in die Augen gesehen hatte. Abrupt drehte sie sich um und betrachtete die Lampen, kleine Tischlampen,

Klemmlampen, ein paar Stehlampen dazwischen, keine gefiel ihr, aber viel Auswahl gab es sicher sonst auch nicht in dieser Stadt.

„Es gibt noch einen Elektroladen in der Fußgängerzone", sagte er hinter ihr. „Gegenüber dem Rathaus. Der hat eine gute Auswahl."

„Danke", sagte sie und drehte sich wieder zu ihm um. Er war kaum größer als sie, fiel ihr auf, und er hatte ein interessantes, gut geschnittenes Gesicht mit einem markanten Grübchen im Kinn, das die hohen Wangenknochen nur noch betonte.

„Bitte. Tschüs. Vielleicht bis ein andermal", sagte er, lächelte sie an und ging dann davon, leichten Schrittes, trotz seiner schweren Arbeitsschuhe, und die beiden Bretter, die er immer noch unter dem Arm trug, wippten leicht vor sich hin, als winkten sie zum Abschied.

Nell beschloss, seinem Rat zu folgen. Aber nicht heute. Für heute reichte es ihr.

Ihre Mutter saß bereits im Wartezimmer und sprang ungeduldig auf, als Nell die Praxis betrat.

„Da bist du ja!", sagte sie, bevor Nell auch nur einen Gruß herausbringen konnte. „Los, komm, wir gehen! Ich bin schon ganz lange fertig!" Zielstrebig marschierte sie auf die Tür zu.

„Wiedersehen", sagte Nell zur Sprechstundenhilfe hinüber, aber die hob die Hand.

„Moment, ich habe hier etwas für Sie." Sie reichte Nell einen Umschlag über den Tresen.

„Danke", sagte Nell zerstreut und steckte den Umschlag ein – die Rechnung vermutlich, die ihre Mutter hatte liegenlassen. „Mutter, warte doch!"

Ihre Mutter stand schon an der Tür. „Ich hasse es zu warten", sagte sie und marschierte die Treppe hinunter. „Das ganze Leben muss man auf irgendwen oder irgendwas warten, das ist doch grässlich."

Erst, als sie angeschnallt im Auto saß und Hector begrüßt hatte, schien sie sich wieder zu beruhigen.

„Wie lange warst du denn schon fertig?“, erkundigte sich Nell, während sie den Motor anließ.

„Bestimmt zehn Minuten“, sagte ihre Mutter vorwurfsvoll. Nell warf ihr einen kurzen Seitenblick zu und musste lächeln, als sie ihre schmollende Miene entdeckte. Ihre Mutter war erst mit dem Alter ungeduldig geworden, eigentlich seltsam, dachte Nell manchmal. Sollte es nicht anders sein? Wo blieb die angeblich im Alter wachsende Gelassenheit?

Dann blickte sie noch einmal hin. Ihre Mutter sah auf einmal ganz anders aus als sonst.

„Du brauchst gar nicht so zu gucken, ich hab ein provisorisches Gebiss drin“, sagte ihre Mutter grimmig. „Und jetzt fahr endlich los, ich will nach Hause.“

„Sehr wohl, Ma'm“, sagte Nell und gab Gas.

Ihre Mutter schwieg während der gesamten kurzen Fahrt, aber als Nell eingeparkt hatte und den Motor ausstellte, drehte sie ihr das Gesicht zu. „Wieso in aller Welt machst du ein Sabbatjahr? Was ist das überhaupt für ein komischer Ausdruck?“

Nell wusste nicht genau, auf welche Frage sie zuerst antworten sollte. „Das kommt aus dem Hebräischen“, sagte sie schließlich. „Das heißt übersetzt so viel wie innehalten.“

„Und du hältst jetzt inne? Ein ganzes Jahr lang?“, fragte ihre Mutter kopfschüttelnd. Sie sah wirklich anders aus, fremd, gar nicht mehr wie Nells Mutter, mit dieser leicht vorgeschobenen Mundpartie.

„Ja, genau. Ich halte inne.“ Nell musste lächeln, aber als sie den irritierten Blick ihrer Mutter bemerkte, wurde sie wieder ernst.

„Und wovon lebst du dann, wenn du jetzt innehältst?“

Ich habe die letzten vier Jahre Vollzeit gearbeitet, aber nur 75 Prozent meines Gehaltes bekommen. Jetzt habe ich ein Jahr frei und bekomme dasselbe Gehalt." Sie sah ihrer Mutter an, dass sie sofort erfasst hatte, was dieser Regelung zu Grunde lag: eine langjährige Planung.

„Komische Sitten sind das", sagte ihre Mutter und stieß die Tür auf. „Wenn das dein Vater wüsste."

„Mir wäre lieber, ich wüsste mehr über ihn", sagte Nell und stieg ebenfalls aus.

Ihre Mutter sah sie über das Wagendach hinweg nachdenklich an. „Nein", sagte sie. „Das wäre dir garantiert nicht lieber. Ich glaube, du weißt alles über ihn, was du wissen solltest. Der Rest tut nur weh."

Erst in ihrem Hotelzimmer fiel Nell der Umschlag wieder in die Hände, den sie in der Arztpraxis eingesteckt hatte. Als sie den gefalteten Zettel herauszog, erkannte sie sofort, dass es keine Rechnung war, wie sie angenommen hatte. Es war ein kurzer Brief, von Marie, ihrer ehemaligen Klassenkameradin.

In klarer, fast kindlicher Handschrift hatte Marie sowohl ihre private wie auch die geschäftliche Telefonnummer und Adresse notiert und zwei Zeilen dazu geschrieben: „Ruf mich an oder komm vorbei, wenn du magst – ich würde mich sehr, sehr freuen! Herzlich, deine Marie."

Nell betrachtete den Zettel nachdenklich. Etwas daran – vielleicht das nahezu unangemessene Drängen hinter der Botschaft – berührte sie unangenehm, aber zugleich fühlte sie sich auch geschmeichelt.

Sie legte den Zettel beiseite und betrachtete Hector, der erwartungsvoll zu ihr aufsah. „Erst Fressen, dann einen letzten Gang, was, mein Guter?", sagte sie. Im selben Moment klingelte das Handy. Sie warf einen Blick aufs Display.

Irving.

Der einzige Mensch auf der Welt, für den sie immer erreichbar war. Und immer erreichbar sein würde. Sie hob das Handy ans Ohr.

„Ich hab Oma angerufen“, sagte Irving. „Stimmt das, was sie da sagt? Dass du ein Sabbatjahr eingelegt hast?“ Seine Stimme klang erstaunlich tief, tiefer denn je, schien es Nell.

„Ja.“

„Mensch, Mama, was ist das denn für eine komische Idee? Du willst doch wohl nicht hoffentlich ein ganzes Jahr da in diesem Kaff verbringen? Da kriegst du doch Depressionen! Du gehörst nach Berlin! Oder in eine andere Großstadt. Aber nicht in ein Dorf!“

Nell musste lächeln. Er hatte den Ort noch nie leiden können. „Das ist hier kein Dorf, das ist eine Kleinstadt. Mit fast 35.000 Einwohnern, Irving.“

„Blödsinn“, sagte Irving. „Da haben sie alle Kühe mitgezählt. Komm, Mama, was ist los, hast du eine Midlife-Krise, oder was?“

„Dafür bin ich zu alt, Irving.“

„Das ist auch Blödsinn!“ Irving hob die Stimme, und Hector sah auf und wedelte heftig.

„Viele Grüße von Hector, Irving.“

Eine kurze Pause entstand. Dann sagte Irving: „Streichel ihn mal von mir, den alten Zausel. Wie geht es ihm denn? Gut?“

„Bestens.“ Nell zog den Vorhang ein wenig zur Seite und sah nach draußen ins tiefblaue Dunkel, das weiter hinten von der einsamen Laterne erhellt wurde. „Und dir?“

„Gut“, sagte Irving, „gut, gut. Ich weiß nur nicht, ob ich dich so lange allein lassen darf, ohne dass du irgendwelche komischen Dinge machst.“ Sie hörte seine Stimme weicher werden. „Aber sonst geht es mir gut.“

„Nicht zu einsam da oben?“

Irving lachte. „Nein, ich hab ja meine Kollegen hier und die Robben. Und ab und zu sehe ich auch mal ein paar Fischer.“

Nell stellte ihn sich vor, wie er da saß, in seiner hellerleuchteten Forschungsstation oben am Polarmeer.

Dass Irving tatsächlich Meeresbiologe geworden war, hätte sie nie gedacht. Als Kind hatte er weder besonderen Ehrgeiz noch ein gesteigertes Interesse an Naturwissenschaften an den Tag gelegt. Ein ganzes Teenagerleben hatte er auf dem Sofa mit Blick auf den Fernseher oder Gameboy oder später aufs Handy verbracht, so kam es ihr im Nachhinein vor. Aber offenbar war hinter der Fassade des desinteressierten Jugendlichen dennoch eine Forscherseele herangereift. Die Dinge waren nur selten so, wie sie auf den ersten Blick schienen, das wusste Nell schon lange. Aber verstehen konnte sie es dennoch nicht.

„Mama", sagte Irving. „Zwei Sachen: Ich hab eine Frau kennengelernt. Sie ist toll."

„Das hoffe ich", sagte Nell. „Ist sie auch Meeresbiologin?"

„Nein, Grundschullehrerin. In Longyearbyen. Und sie ist Norwegerin, heißt Ylva und ist 24 Jahre alt. Und ich schick dir nachher ein Foto. Ich kenn dich doch!"

Nell musste lachen. „Danke", sagte sie. „Jedenfalls freu ich mich für dich. Und die zweite Sache?"

Er schwieg einen Moment lang. „Ich werde meinen Vertrag verlängern, erst mal für ein weiteres Jahr."

Seine Stimme klang entschieden und zufrieden, aber dennoch spürte Nell einen Stich. Vielleicht würde Irving für immer dort oben bleiben und nie mehr zurück nach Deutschland kommen. Vielleicht würde Nells Sohn für den Rest ihres Lebens weit, weit entfernt von ihr wohnen.

„Tja, so ist das, man setzt ein Kind in die Welt und dann zieht es fort", sagte Nell, aber das Lachen, das sie eigentlich dazu hatte ausstoßen wollen, blieb ihr im Halse stecken.

„Mama, wirst du jetzt etwa noch sentimental?", fragte Irving und lachte jetzt selbst. „Gibt es doch gar nicht. Meine coole Mutter!"

Nell zog den Vorhang wieder vor und sperrte die Dunkelheit aus. „Ach, Irving", sagte sie. „Ich bin das sentimentalste Wesen auf der ganzen Welt. Das hast du nur noch nicht gemerkt."

Etwas knallt, dann klirrt es, und Nell schreckt hoch. Ist sie etwa eingeschlafen? Ruckartig springt sie auf und stolpert dabei fast über den Hund, der wie eine Kegelrobbe mitten auf dem Läufer liegt. Auch er springt auf und folgt Nell vergnügt wedelnd ins Schlafzimmer.

Hier scheint alles ruhig, Irving liegt auf dem Rücken und schläft, das sieht Nell sofort. Aber sicher ist sie sich nicht, sie beugt sich über ihn, berührt seine warme Wange, hält die Hand dicht über seinen leicht geöffneten Mund. Atmet er?

„Mann ej, Nell", sagt Jakob und richtet sich auf. „Was ist denn jetzt schon wieder?"

„Schlaf weiter, alles in Ordnung. Ich wollte nur …"

„Zum hundertsten Mal nach dem Baby gucken, ja ja. Nell, das nervt, echt."

Irving bewegt sich unruhig, er hat die Oberarme links und rechts neben seinen Kopf gelegt, die winzigen Hände zu Fäustchen geballt, wie es nur sehr kleine Kinder vermögen. Seine langen Wimpern zittern, und Nells Herz schlägt ein paarmal viel zu schnell, bevor es sich wieder beruhigt. „Ich hab es klirren gehört", sagt sie schwach und kann den Blick nicht von Irving lösen; vielleicht auch, weil sie Jakob nicht ansehen will. Jakob, der nur widerwillig Vater geworden ist, aber dennoch freiwillig, Nell hat ihn nicht gezwungen und auch nicht überredet; sie hat ihm nur mitgeteilt, dass sie schwanger ist und das Baby bekommen wird, und seitdem hadert Jakob mit ihr, aber sie auch mit ihm.

Jakob kreist um sich selbst, auf eine charmante, raffinierte Art, die sich jetzt aber nach und nach als Egozentrik entpuppt.

„Was hat es? Geklirrt?“ Jakob fährt sich durchs Haar und sieht sie wütend an. Sie kann sein Gesicht nur schemenhaft erkennen, aber das reicht ihr.

„Hier hat nichts geklirrt“, sagt Jakob, bückt sich und hebt ein Glas vom Fußboden auf. „Siehst du, das Glas ist nicht kaputt. Kann also nicht geklirrt haben.“

Irving seufzt im Schlaf, und Nell und Jakob sehen sich im Halbdunkel über ihren Sohn hinweg an.

„Jakob“, sagt Nell mit belegter Stimme. „Jakob, das wird nichts mit uns. Du willst kein Kind, du willst nur eine Frau.“

„Und du willst ein Kind und keinen Mann“, sagt Jakob säuerlich und schlägt die Decke zurück, und da begreift Nell schlagartig, dass er recht hat.

„Ich glaube“, sagt Jakob und steht auf, um nach seiner Jeans zu greifen, die er über den Stuhl geworfen hat, „ich glaube, das Ganze hier ist echt ein Versehen. Oder ein Riesenmissverständnis, oder was. Keine Ahnung.“ Jetzt ist er wütend, Nell sieht es an seinen hastigen Bewegungen, der Art, wie er mit Wucht in die Hosenbeine fährt und sein T-Shirt mit einer einzigen, gleitenden Bewegung überstreift. All die Unklarheiten, die unausgesprochenen Ärgernisse und Fehlentscheidungen des letzten Jahres brechen sich nun Bahn, zeigen sich in seinen zornigen Gesten und dem angespannten Bogen seines Nackens, als er in seine Stiefel schlüpft. Dann steht er vor ihr, und Nell sieht die Wut in seinem Gesicht, aber auch den Schmerz, den gleichen Schmerz, den sie selbst in ihrer Brust spürt.

„Ich geh jetzt“, sagt Jakob und zögert.

Dann nickt Nell, und Jakob stößt eine Art Schnauben aus und geht an ihr vorbei, in den Flur, wo er seine Jacke vom Haken nimmt, und dann hinaus.

Nell sieht Irving an, der immer noch schläft, mit leicht gekräuselter Stirn, und dann den Hund, der wedelnd zu ihr aufblickt.

Jakob hat recht. Nell will Irving, aber nicht Jakob. Nell will ein Kind und keinen Mann.

Aber vielleicht eine Frau.

Ein starker, vertrauter Geruch nach schwerer Erde und gedroschenem Getreide hing in der Luft, als sie schließlich die letzte Runde des Tages antrat. Hector schnüffelte angelegentlich an jedem Zentimeter der Hecke, die den Vorgarten des Hotels begrenzte. Alles war ruhig, nur ab und zu konnte Nell das Geräusch eines auf der nahen Landstraße vorbeifahrenden Wagens vernehmen.

Ihr Telefon vibrierte, und als sie es zur Hand nahm, sah sie, dass Irving seine Ankündigung wahrgemacht hatte. Auf dem Display erschien das Bild einer blonden, bildhübschen jungen Frau, die verschmitzt in die Kamera lächelte, gemeinsam mit Irving, der den Kopf an ihren gelegt hatte. Er hatte sich einen dieser modischen Bärte, die Nell nicht mochte, wachsen lassen und sah richtig gut damit aus. Und glücklich.

Nell betrachtete das Foto eine Weile lang, dann steckte sie das Handy wieder ein. Gerade, als sie weitergehen wollte, bemerkte sie die Gestalt, die reglos vor Benningsens Werkstatt stand und den Himmel betrachtete, den Kopf in den Nacken gelegt.

Hector sah sie auch und blieb ebenfalls reglos stehen, mit wachsam gespitzten Ohren.

Etwas an der Art, wie der Mann dastand, mit gespannter Haltung und dennoch lässig, gefiel Nell. Dann drehte der Mann sich um und sah zu ihr herüber, und Nell erkannte ihn.

Mit langen Schritten kam er auf sie zu, entdeckte Hector und blieb stehen. „Hoppla", sagte er. „Nanu, was bist du denn für ein lustiger Geselle?"

Nell hatte es noch nie leiden können, wenn jemand „hoppla" sagte. Aber er warf diesen altbackenen Ausruf derart leicht dahin, dass sie lächeln musste.

Außerdem gefiel ihr, dass er Hector ansah und nicht sie.

„Das ist Hector“, sagte sie, und der Mann hob den Kopf und sah sie an.

Auch im schwachen Licht der Straßenlaterne war Nell erneut von der Intensität seines Blicks irritiert.

Er lachte. „Hector ist ein sehr schöner Hundename“, sagte er. „Und der Hund dazu ist auch süß. Darf ich?“

„Klar“, sagte Nell und sah zu, wie er in die Knie ging und Hector, der zunächst vorsichtig die ausgestreckte Hand beschnupperte, mit gekonnten Bewegungen streichelte. Er hatte mit Sicherheit selbst schon Hunde besessen, das erkannte sie gleich.

Schließlich stand er wieder auf und sah Nell an. „Wohnen Sie hier?“ Er nickte zum Hotel hinüber.

„Nur noch heute“, sagte sie. „Und Sie – ist das Ihre Werkstatt da drüben?“

Er legte den Kopf schief, wie um sie genauer zu betrachten. „Nein“, sagte er. „Die gehört meinem Chef. Ich arbeite hier. Und wohne hier, aber nur vorübergehend, bis ich was Passendes gefunden habe.“

„Also sind Sie nicht der Sohn? Benningsens Sohn?“

Er stutzte kurz, dann lächelte er. „Nein“, sagte er. „Benningsen hat im Übrigen gar keinen Sohn. Er hatte mal einen, aber der ist gestorben. Ich bin Louis Frahm. Also, Louis.“ Er streckte die Hand aus, und nach einem Moment legte Nell ihre hinein.

„Nell.“

„Dann sind wir jetzt also Nachbarn. Zumindest für kurze Zeit“, sagte Louis.

Nell nickte. „Vielleicht auch für länger.“ Sie lächelte, als sie seine fragende Miene sah, dann hob sie die Hand zum Abschied. „Also, bis zum nächsten Mal!“ Sie rief nach Hector und ging los, und sie spürte seinen Blick in ihrem Rücken, und sie spürte auch, wann er sich umdrehte und zur Werkstatt hinüberging.

Auf einmal fühlte sie sich nicht mehr ganz so allein hier.

Teil 2
Mitte Oktober

Louis

Benningsens zerfurchtes Gesicht verzog sich zu einem Grinsen. „Louis!“, sagte er mit der ihm eigenen, trotz der Lautstärke seiner Stimme auffallend weichen Betonung, „Louis, du kommst wie gerufen, Junge. Geh mal gleich rüber zum Kuipers, der hat angerufen. Er braucht wieder welche.“

„Wie viele?“ Louis stellte die Holzlatten an die Wand und klopfte sich den Staub von den Arbeitshandschuhen.

„Soll er dir sagen. Geh mal gleich rüber.“ Benningsen wischte sich die Hände an einem zerschlissenen Flanellhemd ab, das längst als Putzlumpen diente, und nickte. „Den musst du dir warmhalten, Junge, für später. Weißt du ja.“

„Klar weiß ich das“, sagte Louis und legte seinen Werkzeuggürtel auf die Werkbank.

Benningsen steckte den Putzlumpen in seine Hosentasche und zog die Brauen hoch. „Wie weit bist du mit oben?“

Louis lächelte. „Fast fertig. Wollen Sie es sich später mal ansehen?“ Trotz aller Aufforderungen seitens Benningsens und entgegen aller Verbundenheit, die er mit seinem Chef fühlte, brachte Louis es nicht über sich, ihn zu duzen. Die gut drei Jahrzehnte Lebenserfahrung, die zwischen ihnen lagen, erfüllte ihn mit einer Ehrfurcht, die ein profanes Duzen unmöglich zu machen schien.

Benningsen nickte. „Natürlich“, sagte er. „Aber jetzt geh du erst mal rüber.“ Er schlurfte durch die halbdunkle Werkstatt hinüber zum Büroraum. Louis sah ihm nach.

Benningsen wirkte kraftlos und erschöpft, wie so oft in den letzten Wochen. Seit sie sich über die Übernahme einig geworden waren, schien Benningsen jeden Tag ein Quäntchen seiner Kraft mehr zu verlieren. Aber vielleicht war es auch nur Erleichterung, die Erleichterung darüber, bald abgeben zu können.

Louis warf seine Handschuhe neben den Gürtel und öffnete die Tür. Helles Oktoberlicht flutete den Raum, und als er in die frische Luft hinaustrat, brach gerade die Sonne zwischen den dichten Wolken hervor. Auf der anderen Straßenseite parkte ein Lieferwagen mit bulgarischem Kennzeichen vor dem Hotel ein, und dahinter erschien die Geschäftsführerin im Eingang. Sie war erst im Frühling gekommen; Louis hatte sie schon öfter gesehen, aber bislang noch kein Wort mit ihr gewechselt. Jetzt winkte sie Louis zu, und er grüßte zurück und machte sich auf den Weg.

Bis zu Kuipers, einem der beiden örtlichen Bestatter, waren es nur einige Schritte. Das neuerbaute Bestattungsinstitut lag direkt an der Straßenecke und war im L-förmigen Ranch-Style erbaut, was Louis bei jedem Anblick erneut einen Schauder über den Rücken laufen ließ. Zwei Säulen zu beiden Seiten stützten das pompöse Dach über dem Eingang, die leicht vorgesetzte Dreifachgarage zur Linken stellte in ihrer Wuchtigkeit die Trauerräume im Anbau zur Rechten in den Schatten. Das Gebäudeensemble war noch in Bau gewesen, als Louis bei Benningsen angefangen hatte, und wie sein Chef war auch er immer noch verblüfft über die geschmacklose Ausstrahlung des Anwesens.

Kuipers trat aus dem Eingang, als Louis die Einfahrt hinaufging, und verschränkte die Arme vor der Brust. Er trug einen dunklen Anzug und dazu ein helles Hemd, der schmale Schlips war gelockert. „Moin", sagte er und fixierte Louis mit seinen eng zusammenstehenden, sehr hellen Augen. „Alles klar?"

„Sicher“, sagte Louis ruhig und blieb abwartend stehen. Kuipers fuhr sich durchs schütter werdende Haar. Hinter ihm tauchte seine kleine Tochter auf und klammerte sich an sein Bein, während sie Louis anstarrte.

„Lisa, geh zu Mama, Papa kommt gleich“, sagte Kuipers, aber seine Tochter klammerte sich weiter an ihn und betrachtete Louis aufmerksam. Als er ihr zulächelte, drückte sie ihr kleines Gesicht an das Bein ihres Vaters.

Kuipers wuschelte ihr kurz durch die roten Locken und zuckte mit den Schultern. „Wir bräuchten zwei extra, heute noch. Geht das?“

„Denk schon“, sagte Louis. „Standard?“

Kuipers bezog seine Särge in der Regel von einem Discounter aus Holland; nur, wenn es einen Engpass gab, half Benningsen mit einer schnellen Extraanfertigung aus. Oder wenn ein Kunde darauf bestanden hatte, einen Sarg von Benningsen zu bekommen. Das kam zwar nur selten, aber dennoch in einer gewissen Regelmäßigkeit vor.

„Nee. Sind Kinder“, sagte Kuipers. „Wenn du kurz wartest, kann ich dir auch die Maße geben.“ Er verschwand im Flur, wobei er seine Tochter mit sich zog, und Louis holte tief Luft und schlang die Arme um seinen Oberkörper. Zwei Kindersärge. Zwei tote Kinder. Gleich zwei?

Sein Blick wanderte über die hellen Steine, mit denen die Einfahrt gepflastert war. Typisch Kuipers, dass er Louis nicht hineinbat, sondern derlei Dinge vor dem Haus besprach. Louis hatte das Bestattungsinstitut noch nie von vorn betreten, sondern immer nur über den Hintereingang, wenn er die Särge ablieferte.

Ein Auto bog hinter ihm auf die weite Einfahrt und hielt. Harm, Kuipers‘ junger Auszubildender, stieg aus und klappte die Tür zu.

„Hallo, Harm“, sagte Louis.

„Tag.“ Harm, der stets etwas Verdruckstes an sich hatte, erwiderte seinen Blick nur für den Bruchteil einer Sekunde und nickte dann auf Louis’ Stiefel hinab, bevor er mit hochgezogenen Schultern um den Wagen herum zum Hintereingang lief.

Louis sah ihm hinterher. Harm mochte höchstens achtzehn sein, aber er hatte die Haltung eines deutlich älteren Mannes. Vielleicht schämte er sich für seine Arbeit. Vielleicht aber konnte er Louis einfach nicht ansehen; Louis kannte das durchaus. Entweder starrten die Leute ihn an, oder sie wandten den Blick ab.

Dann war Kuipers wieder da und hielt ihm einen Zettel hin. „Dreißig Zentimeter", sagte er und musterte Louis aus seinen hellen Augen genauso intensiv wie kurz zuvor noch seine Tochter. „Aber jetzt brauchen wir doch nur einen. Die sollen in einen Sarg, die Eltern wollen das so. Buche wollen sie."

Louis nahm ihm den Zettel ab und steckte ihn ein. Dreißig Zentimeter, das bedeutete, dass es sich um Kinder handelte, die noch im Mutterleib gestorben waren. Das milderte sein Erschrecken etwas ab, aber dennoch tat ihm vor allem die Mutter leid. So viele Hoffnungen und Wünsche, und am Ende nur ein einziger, schlichter kleiner Holzsarg. Er nahm sich vor, ihn besonders sorgfältig zu gestalten.

Kuipers beobachtete ihn immer noch. Louis war sich nicht sicher, ob er etwas gesagt hatte, was Louis entgangen war. Im Gegensatz zu Benningsen neigte Kuipers dazu, gelegentlich zu leise zu sprechen. „Morgen um vierzehn Uhr, schaffst du das?"

„Mit Sicherheit", sagte Louis und tippte sich an die Mütze. Kuipers nickte, aber er blieb weiter in der Tür stehen und sah Louis hinterher. Als Louis an der Straße aufblickte, stand er immer noch da, und seine hellen Augen blitzten in der Sonne, die sich für einen Augenblick erneut durch die dichte Wolkendecke gekämpft hatte, bevor sie wieder verschwand und sirrendes, weißes Licht sich über Kuipers Ranch ausbreitete.

Benningsen war nicht zu sehen, aber sein Fahrrad stand noch vor der Tür, als Louis wieder die Werkstatt betrat. Er suchte kurz das Lager ab, fand aber kein passendes unbehandeltes Holz für den Kindersarg. Benningsen hatte offenbar versäumt, rechtzeitig neues zu besorgen, es war offenbar an der Zeit, dass Louis sich in Zukunft mehr um die Bestände kümmerte. Kurz darauf saß er auch schon im Auto; die letzte Fahrt für den heutigen Tag, nahm er sich vor.

Der Wagen, ein alter Kangoo, knatterte beim Anfahren und spuckte eine Wolke dichten, grauen Abgases aus. In nicht allzu weiter Ferne würde Louis sich einen neuen Wagen zulegen müssen. Er hoffte, dass Benningsen, dessen eigener Lieferwagen sicher auch nicht mehr lange durchhielt, ihm dabei noch unter die Arme greifen würde. Mit der Übernahme der Werkstatt hatte Louis, dachte er manchmal, sich mehr aufgehalst, als er würde stemmen können. Aber es war auch einfach eine Chance, die er ergriffen hatte.

Die Stadt war wie leergefegt, nur am einzigen größeren Kreisel staute sich der Mittagsverkehr für ein, zwei Minuten. Der Kangoo sprotzte und erstarb, als Louis das Gas drosselte, und er brauchte zwei Anläufe, um ihn wieder zu starten. Die Autofahrer hinter ihm warteten geduldig, das war einer der weiteren Vorteile einer abgelegenen Kleinstadt – hier hatten die Menschen es selten wirklich eilig.

Die Verkäuferinnen am Infoschalter des Baumarktes grüßten Louis wie einen alten Bekannten, und die Angestellte in der Holzabteilung nickte ihm freundlich zu, während sie sich den Rest eines belegten Brotes in den Mund schob.

„Na, was darf es sein?" Wie viele Menschen in dieser Region sprach sie mit gehobener Lautstärke, was Louis sehr zupass kam.

„Unbehandeltes Buchenholz." Louis erklärte ihr nicht, wofür er es benötigte, und sie fragte nicht nach, sondern ging gemeinsam mit ihm zur Abteilung für Buchenholz vor und zeigte ihm die vorhandene Auswahl.

„Soll ich es zuschneiden?" Sie rieb sich die Hände. Eigentlich schnitt Louis sich sein Holz immer selbst zurecht, aber er wusste, dass die Angestellte das gern übernahm, vielleicht auch aus Langeweile. Im Baumarkt war nur selten viel los, und als gelernte Tischlerin machte es ihr sicher Freude, gelegentlich eine berufsnahe Tätigkeit auszuüben, anstatt nur zu beraten.

Während sie das Holz millimetergenau zuschnitt, lehnte Louis entspannt am Tresen und sah ihr zu. Einer ihrer Kollegen tauchte kurz auf und musterte Louis mit leicht misstrauischem, aber nicht unfreundlichem Blick. Es störte ihn nicht; die meisten Männer betrachteten Louis mit dieser Art von Blicken. An manchen Orten, an denen er gelebt hatte, war die Distanz zwischen ihm und den anderen stärker gewesen, hier aber hielt es sich in annehmbaren Grenzen, als spürten sie seine Andersartigkeit nicht. Hier war er zu anders, um als anders bemerkt zu werden.

„So, das wär's", sagte die kurzhaarige Mitarbeiterin und lächelte ihn zufrieden an, als sie ihm das zugesägte Holz über den Tresen schob. „Was soll denn Schönes draus werden?"

„Ein Kinderbett", sagte er. Sie nickte lächelnd.

„Das wird sicher schön!"

„Will ich hoffen", sagte Louis und winkte zum Abschied.

Als er durch den Hauptgang zur Kasse ging, das Holz fest unter dem Arm, musste er an seinen ungeschickten Zusammenprall mit Nell denken. Er hatte sich gefreut, sie wiedergetroffen zu haben; sie hatte ihm gefallen, mit ihrem skeptischen Blick und dem amüsierten Lachen. Schade, dass sie ihre kryptische Bemerkung – dass sie vielleicht auch Nachbarn für länger sein würden – nicht aufgeklärt hatte. Aber er hatte ja auch nicht nachgefragt. Wenn es der Zufall – oder die Vorsehung – wollte, dann würden sie sich schon wiedersehen. Oder auch nicht. Louis war es gleich. Er hatte sich vorgenommen, das zu nehmen, was auf ihn zukam.

Nells kleiner Hund hatte ihm auch gefallen. Hector, ein alberner Name für einen Hund, aber er passte zu ihm.

Bellas Name hingegen hatte nicht zu ihr gepasst.

Beim Gedanken an sie fühlte er sich einsam, aber dann schob er die Empfindung beiseite wie einen Vorhang. Immerhin das hatte er gelernt. Lernen müssen.

Die Sonne hatte sich durch die Wolkendecke gekämpft und warf ein mildes Licht auf die Straße, als er zurück zur Werkstatt fuhr. Der spärliche Feierabendverkehr war bereits abgeflaut, nur am großen, neuerbauten Supermarkt gleich bei der Einfahrt ins Industriegebiet herrschte reger Betrieb. Die Leute schienen noch nicht recht mit den Dimensionen des Marktes zurechtzukommen und zögerten bei der Einfahrt in die Parkplätze, als müssten sie noch abschätzen, wie weit sie bis zum Eingang brauchen würden. Der Fahrer hinter Louis hupte ungeduldig, aber er selbst sah gelassen zu, wie eine ältere Dame vorsichtig versuchte, ihren A2 in eine sehr große Parklücke zu steuern. Beim vierten Anlauf gelang es, und Louis krallte die Hände ins Lenkrad und zog vorbei.

Vor dem Hotel waren jetzt nahezu alle Parkplätze frei, wie meist um diese Zeit am Freitagnachmittag. In der Woche, wenn die Geschäftsleute Feierabend hatten, würde das ganz anders aussehen, dann waren meist alle Plätze belegt; aber jetzt standen nur der schwarze Mini der Geschäftsführerin, ein dunkler VW Golf und ein etwas ramponierter Lieferwagen mit polnischem Kennzeichen auf dem Hof.

Zwei Handwerker luden gerade mit müden Gesichtern ihre Taschen hinein. Sie erinnerten Louis an die polnischen Arbeiter, die in Steninge das hintere Gartenhaus bewohnt hatten und Abend für Abend mit ebenso müden Gesichtern an seinem Häuschen vorbei über den Feldweg getuckert waren. Ob sie dieses Jahr wiedergekommen waren?

Louis setzte den Blinker und bog nach links auf das Werkstattgelände ein. Als er aus dem Wagen stieg und die Tür zuwarf, hörte er laute Stimmen.

Für einen Moment konnte er nicht orten, woher sie kamen, dann sah er, dass die Eingangstür zum Hotel weit offenstand. Die polnischen Handwerker ließen gerade den Motor an und fuhren knatternd vom Hof, aber die Stimmen waren auch danach noch zu hören, lauter noch denn zuvor.

Louis zögerte, dann ging er langsam über die Straße auf den Eingang zu.

Von draußen konnte er die Geschäftsführerin hinter dem Tresen sehen und einen Mann vor ihr in einem pastellfarbenen Freizeitanzug, der wild herumgestikulierte, während er auf sie einredete.

Louis ging ins Foyer hinein und blieb mit verschränkten Armen an der Tür stehen. „Kann ich vielleicht helfen?"

Die Geschäftsführerin hob verdutzt die Brauen, und der Mann vor ihr fuhr herum und sah ihn böse an. Er war schon älter, vielleicht kurz vor dem Rentenalter, und nach einem Moment erkannte Louis, dass es weniger Wut als offenbar Hilflosigkeit war, die die Züge des Mannes verzerrte.

„Wenn Sie polnisch sprechen, dann vielleicht", sagte die Geschäftsführerin. „Wir haben hier eine kleine Meinungsverschiedenheit, aber nichts Schlimmes. Vielen Dank."

„Keine Zimmer?", sagte der Mann laut zu Louis. „Habe bestellt, und keine Zimmer!" Er hob die Handflächen nach oben.

Louis lächelte ihn freundlich an. „Ruhig", sagte er. „Treten Sie doch mal ein bisschen zurück, das hilft schon mal." Er machte eine entsprechende Geste, und der Mann, der jetzt wirklich weniger wütend denn ratlos wirkte, wich zurück. Die Geschäftsführerin holte tief Luft und ließ die Arme sinken. Dann trat sie ebenfalls ein paar Schritte vom Tresen zurück.

„Ich kann es leider nicht ändern, Ihr Chef hat nur fünf Zimmer bestellt, nicht sechs", sagte sie ruhig zu ihrem aufgebrachten Gast. „Und ich habe leider kein weiteres mehr frei. Aber wenn Sie sich mit einem Kollegen ein Doppelzimmer teilen würden, ist das natürlich machbar."

Der Mann kniff die Augen zusammen. „Kollege?", fragte er misstrauisch.

„Ja", sagte sie. „Ein Zimmer mit einem Ihrer Kollegen?"

Er sah Louis ratlos an, und Louis musste lächeln, weil er ihn offenbar plötzlich als Vermittler akzeptiert hatte – und zugleich als Dolmetscher.

„Sie" – er deutete auf die Brust des Mannes – „und ein Kollege in einem Zimmer mit zwei Betten." Bei beiden Zahlen hob er die entsprechende Anzahl von Fingern, und plötzlich erschien ein strahlendes Lächeln auf dem Gesicht des Mannes vor ihm.

„Ah!", sagte er. „Ja, ja, gut! Kollege? Geh ich Kollege?"

„Ganz genau", sagte Louis, und die Geschäftsführerin atmete erleichtert aus, als ihr zukünftiger Gast sich zufrieden nickend umdrehte und in Richtung des Eingangs davonmarschierte.

„Puh!", seufzte sie, trat wieder an den Tresen und sah Louis dankbar an. „Danke! Obwohl ich das natürlich auch gut allein gelöst hätte, wissen Sie."

„Das bezweifle ich nicht", sagte Louis.

„Nicht, dass Sie was Falsches denken." Sie betrachtete ihn mit unverhohlenem Interesse. „Aber Ihre Anwesenheit war jetzt doch ganz angenehm. Es gibt manchmal eben einfach schwierige Gäste."

„Oder Gäste, mit denen die Verständigung ein wenig schwierig ist.“ Louis hob eine Braue, und sie lachte vergnügt.

Aus der Nähe betrachtet, wirkte sie ein wenig älter, als Louis gedacht hätte. Aus der Ferne war sie ihm immer sehr jugendlich vorgekommen, aber jetzt erkannte er, dass sie durchaus ein paar Jahre älter als er selbst sein mochte.

„Na, jedenfalls danke“, sagte sie und fuhr sich durch die roten Locken. Auf einmal wirkte sie leicht nervös. „Äh, möchten Sie vielleicht was trinken? Kaffee? Oder vielleicht ein Bier?“

„Vielleicht auch einen Champagner?“

Sie musste lachen, und Louis lächelte ebenfalls. Ihr Lachen war ansteckend, das war es auch, was sie so jugendlich wirken ließ, abgesehen von ihren wilden Locken und der ziemlich stylischen Kleidung, die er hier in diesem ländlichen Landstrich nur selten zu Gesicht bekommen hatte. Sie trug Skinny-Jeans, hohe Turnschuhe und einen lässigen Cardigan über einem Streifenshirt. „So was haben wir hier nicht“, sagte sie schließlich. „Aber im Ernst, darf ich Ihnen was anbieten?“

„Danke, ein andermal vielleicht. Ich hab noch zu tun.“ Er wandte sich zum Gehen, aber ganz offensichtlich wollte sie ihn nicht gehen lassen. „Sie arbeiten drüben bei Benningsen, richtig?“, fragte sie und kam um den Tresen herum. „Entschuldigen Sie, ich hab mich noch gar nicht vorgestellt. Beate Schwuchow, ich bin hier die Geschäftsführerin.“ Sie machte eine ausholende Geste und zuckte dann wie zur Entschuldigung mit den Schultern.

„Louis Frahm.“ Er streckte die Hand aus, und sie legte ihre hinein, während sie ihn neugierig musterte und gleichzeitig versuchte, ihr Interesse zu verbergen, was ihr nicht recht gelang. Für seinen Geschmack ließ sie ihre Hand ein wenig zu lang in seiner liegen, aber schließlich nahm sie sie fort.

„Also, noch mal, danke“, sagte sie. „Wenn Sie mal Langeweile haben, kommen Sie doch mal gern auf einen Kaffee rüber.“

Louis nickte. „Ich habe nie Langeweile, aber ich komme dennoch gern mal vorbei“, sagte er. „Bis dann!“ Er tippte sich grüßend an die Schläfe, eine Geste, die er von Stig übernommen hatte, und ging hinaus. Er spürte, dass sie ihm hinterhersah, und er spürte auch, was er in ihr geweckt hatte.

Bei Märta war es ähnlich gewesen.

Der Frühling ist die schönste Jahreszeit, sagen alle, aber Louis findet das nicht. Jetzt, während er die alte Küstenstraße entlangfährt, mit heruntergelassenen Fenstern und leerer Ladefläche, jetzt bewundert er die vielen Wildblumen am Straßenrand und die buntgetupften Wiesen rechts und links der Straße. Im Sommer aber wird er die wogenden Weizenfelder bestaunen und zusehen, wie der trockene Sand am Strand seine Farbe ändert, heller und heller wird, die Farbe des Weizens an- und aufnimmt, bis der Herbst mit seinen kollernden Wellen ihn wieder durchfeuchtet. Und im Winter wird Louis den Anblick der wie mit Zucker bestäubten Gerippe der Bäume am Straßenrand lieben und die weißen Atemwolken, die aus den Nüstern der Pferde auf ihren Koppeln in die Winterluft steigen.

Louis mag jede Jahreszeit, schon immer; er nimmt das Wetter nicht persönlich, sondern als gegeben hin. Er glaubt, dass ihn diese Fähigkeit geschützt hat und immer noch schützt, vor Unruhe, Ärger und dem Gefühl, durch die klimatischen Bedingungen gehindert zu werden.

Es ist sein dritter Frühling hier in Steninge, aber er fühlt sich, als hätte er hier sein halbes Leben verbracht. Vielleicht, weil keiner danach fragt.

In Falkenberg biegt er in Richtung Olofsbo ab, einmal ist er schon hier entlanggefahren, irgendwann in dem

Jahr, in dem er hergezogen ist, aber er erinnert sich kaum daran. In Agerör, das weiß er zumindest noch, geht der felsige Strand in einen flachen, weißen Sandstrand über. Nach ein paar Feldern kommt Glommen in Sicht, ein altes Fischerdorf, das noch über eine Marina verfügt, sich aber seit Jahren immer mehr in ein Feriendorf verwandelt.

Louis rollt die Hauptstraße entlang, an der sich Holzhäuser in bunten Farben aneinanderreihen wie Perlen auf einer Kette. Einen Lebensmittelladen gibt es, eine Pizzeria, ein Haushaltswarengeschäft, zwei Spielplätze. *Glommens Fiskekrog* bietet Fischgerichte, vor dem alten Fischerhafen stehen Bänke und besonders herausgeputzte Häuser, gegenüber harren die flachen Gebäude der örtlichen Brauerei ihrem Schicksal.

Zwei alte Männer mit Ferngläsern um den Hals sitzen auf einer der Bänke und betrachten Louis neugierig, er nickt ihnen zu, und synchron heben sie die Hände und winken ihm zurück.

Louis wendet und fährt die Straße wieder zurück bis zur ersten Kreuzung, dann biegt er links ein.

Das Haus liegt am Ende der Ortschaft, auf der dem Meer abgewandten Seite, die noch nicht zu einem Neubaugebiet erklärt worden ist. Es ist klein und alt, aber von einem gut eingewachsenen, recht großen Grundstück umgeben. Hohe Buchen ragen hinter dem Haus auf, die Hecke davor ist mehr als mannshoch, das gelbe Holzhaus dahinter nur schemenhaft zu erkennen. Ein ziemlich neuer Volvo steht in der Einfahrt. Als Louis daneben am Straßenrand einparkt und die Tür öffnet, hört er einen Hund bellen, laut und schrill und dennoch leicht heiser, bevor er abrupt verstummt.

Louis steckt sich den Zollstock in die seitliche Hosentasche und bleibt einen Moment abwartend stehen, während er Haus und Grundstück mustert. Die Leute haben einen guten Kauf getätigt, so nahe am Strand, der in Fußweite zu erreichen ist. Er öffnet die alte, verrostete Gartenpforte und geht zur Tür herüber. Der Hund bellt erneut auf, nähert sich aber nicht, vermutlich bewacht er das Nachbargrundstück.

Als er die kleine Vortreppe betritt, geht die Tür auf, und eine blonde Frau in einem Jeansoverall lehnt sich in den Rahmen. „Hej", sagt sie und sieht ihn mit hochgezogenen Brauen auffordernd an.

„Hej. Louis, der Tischler. Dein … dein Mann hat mich gebeten, vorbeizukommen. Es geht um die Umbauten."

Sie nickt, ohne zu lächeln. „Oscar", sagt sie mit einer vollen, etwas rauen Stimme, die ihm einen Schauer über den Rücken laufen lässt. „Oscar hat dich angerufen, richtig?"

Louis nickt. Sie – Märta heißt sie, ihr Mann hat den Namen erwähnt, erinnert er sich – ist größer als er, älter auch, mindestens vier, fünf Jahre, und kräftig noch dazu, kräftig auf eine muskulöse Art, die er schon immer reizvoll gefunden hat. Ihr Mann hat am Telefon jung geklungen, und nett, aber ausgesprochen nervös.

Sie betrachtet ihn weiterhin, dann, plötzlich, besinnt sie sich. „Komm herein. Oscar ist nicht da, aber du kannst dir ja schon mal ein Bild machen."

Louis streift seine Arbeitsschuhe ab und folgt ihr in den schmalen Flur, der mit altmodischer blaugelber Tapete aus den vierziger Jahren beklebt ist. Auf den ersten Blick sieht er, dass sich das Haus trotz seines Alters und der sicher seit Jahrzehnten nicht mehr erfolgten Renovierungsarbeiten in einem guten Zustand befindet. Der Lack an den Türen ist vergilbt, aber sauber, die Türklinken sind geputzt und gerade ausgerichtet, die Tapete klebt ordentlich bis zu den festsitzenden Fußleisten herunter. Wer immer hier vorher gewohnt hat, der hat sein Haus gepflegt. Und vermutlich geliebt.

An der Schwelle zum Wohnraum bleibt Märta stehen. „Also, das ist es", sagt sie und betrachtet ihn mit hochgezogenen Brauen. „Wie du siehst, ist das Haus hier nicht nur außen, sondern auch innen aus Holz. Und das hätte ich gern anders."

Er muss lächeln. Sie wirkt auf einmal wie ein trotziges Kind, mit ihren verschränkten Armen und dem vorgeschobenen Kinn. Offensichtlich erwartet sie, dass er die Holzvertäfelung des Raumes, die ihn kleiner wirken lässt, als er ist, ebenso scheußlich findet wie sie. Aber so ist es nicht. Louis empfindet den Raum mit seiner schmalen, blaugestrichenen Vertäfelung gemütlich. „Was hättest du denn gern?", fragt er.

Sie mustert ihn einen Moment lang kritisch. „Dass das alles rauskommt. Ich möchte hier Licht haben. Licht und Luft. Am liebsten eine Glaswand. Aber das geht wohl nicht, nein?"

„Vielleicht. Man muss sehen." Er geht durch den Raum, in dem nur eine große Sitzecke und ein paar geöffnete Kartons stehen, zum dreiflügeligen Fenster hinüber und sieht hinaus. An eine verwilderte Rasenfläche, auf der ein paar Margeriten und Narzissen sprießen, schließt sich ein Buchenwäldchen an, mit hellgrünen Blättern, die sich zaghaft der Sonne entgegenstrecken.

Sie kommt zu ihm herüber und stellt sich neben ihn. Gemeinsam betrachten sie das Grundstück, sehen zu, wie eine vorwitzige Amsel am Rasensaum landet und eifrig beginnt, nach Würmern zu picken.

„Es ist schön hier", sagt Louis, und Märta wendet den Kopf und sieht ihn an. Er weiß, dass sie die Narbe auf seiner Wange mustert, und er spürt ihren scharfen, fast wütenden Blick und ihre unruhige Energie und die Hoffnung, die sie in ihn setzt, die Hoffnung, dass er das, was sie stört, verschwinden lässt und etwas Neues schafft, extra für sie.

„Kannst du das Holz hier rausreißen?", fragt sie und tritt von einem nackten Fuß auf den anderen, ohne den Blick von ihm zu nehmen.

„Ja. Aber das dauert."

„Das macht nichts", sagt sie sehr schnell. „Das macht nichts. Damit rechne ich."

Ich. Ich, nicht wir. Louis tritt einen Schritt zurück und sieht sich um, dann geht er zur Küche hinüber. Jedenfalls vermutet er, dass der sich anschließende Raum die Küche sein müsste, und so ist es auch. Als er die Tür öffnet, bietet sich ihm der Anblick einer klassischen, alten Einbauküche aus den fünfziger Jahren, eierschalfarben, mit Blecheinfassungen und runden Griffstücken. „Das ist sehr charmant", sagt er und lacht. „Ich hoffe, ihr lasst es so?"

„Ich weiß nicht, ob ich in einem Museum leben will", sagt Märta, die ihm gefolgt ist. „Findest du das schön?"

„Sehr", sagt Louis und öffnet probehalber eine Schublade und eine Schranktür. Beide gleiten geräuschlos in ihren Scharnieren, und Louis pfeift bewundernd. „Das ist selten, solch ein guter Zustand."

„Möchtest du etwas trinken?", fragt Märta und öffnet den Kühlschrank. Der ist neu, aber im Vintagelook designt und passt sich mühelos in die Küchenzeile ein. Märta holt ein Leichtbier heraus, schenkt sich ein Glas ein und sieht Louis fragend an.

„Nein, danke", sagt er.

„Trinkst du kein Bier?"

„Doch. Aber kein Leichtbier. Wenn, dann trinke ich richtiges Bier."

„Weil du aus Deutschland kommst", sagt sie und betrachtet ihn schon wieder auf ihre eindringliche, fast wütende Art.

„Hört man das immer noch so deutlich?", fragt Louis und lehnt sich rücklings gegen die Spüle. Sie steht ihm gegenüber; wenn er den Arm ausstreckte, könnte er sie berühren, ihren muskulösen, nackten Arm, das kräftige, immer noch leicht vorgeschobene Kinn. Irgendetwas in ihm verlangt danach, und das überrascht ihn sehr.

„Klar", sagt sie leichthin. „Du kannst auch ein richtiges Bier haben. Und woher kommst du genau?"

Immer noch hat Louis keine passende Antwort auf diese Frage, obwohl sie ihm schon oft gestellt worden ist. „Aus Norddeutschland", sagt er. Die meisten Menschen geben sich mit dieser Antwort zufrieden, aber Märta nicht.

„Das ist nicht genau genug", sagt sie und sieht ihn mit verengten Augen über das Glas hinweg an.

Louis stellt sich gerade hin und strafft die Schultern. Es wird Zeit, aus dieser Situation wieder herauszukommen, sich auf den Grund zu besinnen, aus dem er hergekommen ist. „Aus Brokdorf, das liegt an der Elbe. Ein winziger Ort", sagt er. „Was meinst du, soll ich noch einmal wiederkommen, wenn dein Mann da ist, damit wir alles genau besprechen?"

Sie stellt ihr Glas ab. „Nein", sagt sie. „Du kannst alles mit mir besprechen. Ich werde öfter hier sein als Oscar; er ist ein Workaholic, und ich kann mir meine Arbeit frei einteilen."

Er zögert einen Moment. „Was arbeitest du?", fragt er dann doch.

„Ich arbeite bei *Svenskkraft*. Kennst du das?"

Louis zuckt mit den Schultern und schüttelt bedauernd den Kopf. „Nein?"

„Heimtextilien, Tischdecken, Kissenbezüge und so weiter. Ich leite die Filialen in Kungsbacka und Göteborg."

„Da hast du wohl viel zu tun?"

„Ja", sagt sie. „Aber ich brauche etwas zum Erholen. Deshalb haben wir das Haus hier gekauft. Oscar war nicht so wild drauf, aber ich. Und deshalb werde ich auch öfter hier sein als er." Sie macht eine Pause und mustert ihn von unten herauf, und er hofft, dass sein Gesicht seine Gefühle nicht verrät. „Komm."

Sie geht zurück in den Wohnraum und dreht sich um. „Du hast freie Hand“, sagt sie ruhig und sieht ihn aus leicht zusammengekniffenen Augen an. „Und du hast alle Zeit, die du brauchst. Fang einfach an.“

Er sieht ihren Blick, und er sieht auch, wie sie das meint, was sie gerade gesagt hat. Einen Moment lang steht er ruhig da, dann zieht er den Zollstock aus seiner Hosentasche und beginnt, die Wände auszumessen, und sie sieht ihm die ganze Zeit dabei zu, und er fühlt ihren Blick wie eine Berührung; eine Berührung, von der er nicht weiß, ob sie ihm gefällt, der er aber nicht entweichen kann und auch nicht will.

Als er das nächste Mal kommt, drei Tage später, ist Oscar, ihr Mann, ebenfalls da. Er hat eine jungenhafte Ausstrahlung und ein gewinnendes Lächeln, beides passt nicht ganz zu der tiefen, ruhigen Stimme, die Louis am Telefon kennengelernt hatte, und es passt auch nicht zu Märta, die lässig auf dem Sofa sitzt und kein Wort sagt. Unruhig läuft Oscar hinter Louis her und fragt Eckdaten ab, die Kosten, die Dauer, das benötigte Material. Märta hält einen Becher Tee in der Hand und sieht abwechselnd in den Garten hinaus und zu Louis und Oscar hinüber. Sie trägt kurze, für das milde Frühlingswetter eigentlich viel zu kurze Shorts und eine weite Hemdbluse, unter der sich ihre Brüste undeutlich abzeichnen. Ab und zu schlägt sie ihre langen, nackten Beine übereinander und wippt mit den bloßen Füßen, aber sie sagt kein einziges Wort.

Louis findet Oscar nett, aber immer noch, wie bei ihrem Telefonat, erstaunlich nervös; es wirkt, als betrachtete er den Hausumbau als lästig, aber unvermeidlich, während er für Märta eine Herzensangelegenheit scheint.

„Hauptsache, meiner Frau gefällt es am Ende“, sagt Oscar, als sie sich über das Stundenhonorar einig geworden sind, und er setzt sich aufatmend neben Märta aufs Sofa und legt demonstrativ den Arm um ihre Schultern.

Louis betrachtet das ungleiche Paar einen Moment, bevor er sich noch einmal zu den Fußleisten hinbückt. Er kann nicht sehen und auch nicht erfühlen, was die beiden verbindet oder zusammengeführt hat, aber er weiß, dass dergleichen nicht immer sichtbar ist. Was immer es sein mag, es hält seit sechs Jahren, so lange sind sie verheiratet, das hat Louis einer beiläufig fallen gelassenen Bemerkung von Oscar entnommen.

Als er geht, sieht Märta ihn vom Sofa aus nur nachdenklich an, ihr Blick hat etwas Träges, Siegesgewisses, als wäre sie sich ihrer Ausstrahlung auf ihn nur zu bewusst. Oscar bringt ihn zur Tür, dankt ihm überschwänglich und klopft ihm in einer Aufwallung von Herzlichkeit auf die Schulter: „Das ist wunderbar, dass du dich kümmerst“, sagt er, „wir müssen ja zusehen, dass wir unsere Frauen glücklich machen, nicht wahr?“

Seine Arglosigkeit rührt Louis an und ärgert ihn zugleich. Damit schiebt er die Bürde unweigerlich Louis zu, die Bürde des drohenden Verrats, des verborgenen Begehrens, dem Louis, das weiß er bereits, nicht wird entgehen können.

Er dankt Oscar ebenfalls und geht zu seinem Wagen; der Nachbarshund bellt und verstummt mit einem Wimmern. Als Louis langsam am Grundstück vorbeifährt, sieht er den Nachbarn, einen alten Kerl in gebückter Haltung und nachlässiger Kleidung, der mürrisch durch den Vorgarten schlurft und den Kopf abwendet, als Louis ihm zunickt.

Zwei Tage später kommt Louis wieder, und als Märta die Tür öffnet, muss er den Blick senken. Sie folgt ihm mit Abstand, sieht zu, wie er sein Werkzeug abstellt und unverzüglich beginnt, die Verkleidung der Wände niederzureißen. Er sieht sich nicht nach ihr um, er beißt die

Zähne zusammen und konzentriert sich auf seine Arbeit, den einzigen Schutz, vor sich selbst, seiner Lust, vor der ihren.

Stundenlang arbeitet er, macht nur eine kurze Pause, in der er sie nicht zu Gesicht bekommt. Aber als er für den Tag seine Arbeit beschließt, die herausgerissenen Latten auf die Ladefläche seines Wagens trägt und sein Werkzeug zusammenräumt, hört er sie schließlich über sich in den Räumen im oberen Stockwerk umhergehen, die er noch nicht gesehen hat. Kurz darauf kommt sie herunter, sieht ihn lächelnd an.

„Komm", sagt sie, und er folgt ihr in die Küche, wo er sich die Hände lange unter warmem Wasser wäscht und gründlich abtrocknet. Als er sich umdreht, lächelt sie ihn an und reicht ihm eine Flasche. „Hier. Für dich."

Es ist Bier, deutsches Bier, seine Lieblingsmarke, eiskalt und schwer liegt die Flasche in seiner Hand. Eigentlich trinkt er nie Alkohol, wenn er arbeitet, aber jetzt kann er nicht widerstehen, er setzt die Flasche an die Lippen und trinkt, und Märta sieht ihm dabei zu.

Sie betrachtet seinen Mund, seine Lippen, wieder fühlt er ihren Blick wie eine Berührung, und als er die Flasche abstellt, ist sie da, dicht an ihm, nimmt seinen Kopf zwischen ihre kräftigen Hände und küsst ihn, und er küsst sie zurück, sofort, heiß und lange. Ihr Zunge schlängelt sich in seinen Mund, zieht sich zurück, dann beißt sie ihm in die Lippe, leicht nur, aber fest genug, dass brennende Begierde in ihm aufkocht. Er drängt sie ans Küchenregal, umarmt sie, und sie klammert sich an ihn, mit unvermuteter Kraft, der er kaum standhalten kann. Sie fixiert sein Gesicht, seine Augen, bietet ihm ihren Körper dar, ihre Brüste, die er in beide Hände nimmt und küsst, seine Zunge fährt über ihr Schlüsselbein, ihren Hals entlang, in ihr Ohr.

Sie reißt ihm das Hemd aus der Hose, drängt sich an ihn, schlingt die langen Beine um seine Taille, reibt sich an seiner Scham. Sein Name fliegt aus ihrem Mund, „komm", stöhnt sie leise, dann lauter: „Komm her, komm doch, los, komm!"

Er hebt sie hoch, in einer gewaltigen Kraftanstrengung; eigentlich ist sie ihm zu schwer und zu groß, aber jetzt kann er nicht mehr zurück. Er hebt sie, trägt sie durch den Raum, mit malmenden Kiefern, stolpert fast über den Werkzeugkasten, wirft sie aufs Sofa, zieht unter ihrem Körper die durchsichtige Folie herunter, dann ihre Hose. Sie lacht, sie ist heiß und nass und bereit, bereit für seine Finger, die sich langsam in sie hineinschieben, innehalten, dann weitergleiten, und wieder stöhnt sie und er fühlt, was sie braucht.

Er kniet sich hin, senkt den Kopf, saugt ihren Geruch in sich ein, und dann findet seine Zunge den Weg zwischen ihre rasierten Lippen, umschließen die glatte, erstaunlich große Perle, und am Ende gelingt ihm der Rhythmus, den sie vorgibt und dem er folgt.

Danach, eine endlos scheinende Zeit später, schiebt er sich auf sie, umarmt sie, und sie umarmt ihn. Ihr immer noch schneller Atem fliegt in sein Ohr, er hört ihn nur schwach, wie ein Rauschen, weit aus der Ferne, das Rauschen des Meeres. Als er den Kopf hebt und ihr sein gesundes Ohr hindreht, lacht sie leise auf und streicht mit der Fingerspitze über die Narbe auf seiner Wange.

„Was ist da passiert?", fragt sie sanft, aber er küsst sie als Antwort. Jetzt, mit gesättigter Lust, küsst sie anders, ruhiger, entspannt. Aber nicht lange. Nach einem Moment spürt er, wie ihre Hand sich an seinem Brustkorb entlang nach unten schiebt, seinen Hosenbund erreicht. Er greift ihr Handgelenk, schließt seine Finger darum, sieht ihr in die Augen, blaue, fremde Augen, Augen, die er nachts in seinen Träumen sehen wird und am Tage genauso.

„Das hast du geplant", sagt er leise, und sie lacht.

„Du auch!"

„Nein", sagt er, denn es stimmt nicht, er hat es nicht geplant, aber gewusst, dass es passieren wird. Er weiß, dass es falsch ist, nicht aus moralischen Gründen – davon hält er nichts, gar nichts; sie sind erwachsene Menschen, er ist niemandem etwas schuldig, nur seine Arbeitskraft ist er Oscar und Märta schuldig, nichts sonst.

Aber er weiß dennoch, dass es falsch ist, weil es sich so anfühlt.

„Ich muss los", sagt er ruhig, und Märta erstarrt für einen Augenblick, dann entspannt sie sich wieder.

„Oscar kommt erst wieder am Wochenende", sagt sie leise mit ihrer tiefen, rauen Stimme, die so gut zu ihrem Körper passt. „Du kannst hierbleiben."

Louis stützt seine Stirn auf ihre Schulter, dann atmet er ihren Duft ein letztes Mal ein und richtet sich auf. „Heute nicht", sagt er, „ein andermal", und damit hat er die Richtung angezeigt, die ihr Verhältnis nehmen wird. Es wird nicht bei diesem einen Mal bleiben; es wird wieder und wieder geschehen. Sie will es ohnehin, und jetzt weiß sie, dass er es auch will.

Schließlich steht er auf und breitet ihr Hemd über sie. Sie rollt sich darunter zusammen und schließt schläfrig die Augen, und er holt sein Hemd aus der Küche und nimmt die halbvolle Bierflasche und geht aus der Küchentür in den Garten hinaus, betritt die feuchte Rasenfläche, steht einen Moment still. Das Meeresrauschen ist bis hierhin zu hören, ein sanftes, ansteigendes und dann wieder abfallendes Rauschen, vollkommen im Gleichmaß. Er schließt die Augen, spürt die Kühle des Abends auf seinen Wangen, die Feuchtigkeit, die vom Meer herüberzieht und sich langsam über die Landschaft senkt, und als er die Augen wieder öffnet und sich umdreht, bemerkt er, dass er beobachtet wird.

Auf der anderen Seite des uralten, hüfthohen Maschendrahtzauns, der den Garten vom Nachbargrundstück abtrennt, steht ein Hund, ein Schäferhund vielleicht, oder auch ein Mischling, und sieht ihn aus dunklen Augen regungslos an.

Louis erwidert seinen Blick, dann geht er näher heran. Der Hund regt sich immer noch nicht, weder bellt noch knurrt er, stattdessen wedelt er, ganz kurz nur, ein zaghaftes, trauriges Wedeln mit seiner hängenden Rute, das Louis wie eine Pfeilspitze trifft.

„He", sagt er leise und geht in die Hocke. Der Hund wedelt erneut; erst jetzt erkennt Louis, dass er sich in einem Zwinger befindet, mehr eine Art Verschlag denn ein Zwinger, der von drei Seiten mit Draht eingefasst ist, mit einem von alter Teerpappe bedeckten Holzdach und einer löchrigen Hinterwand. Eine alte Decke scheint in der Ecke zu liegen, eine schmutzige Wasserschale steht herum, der Boden ist hart und kahl, nur ein paar kleine Haufen liegen herum, von denen Louis nicht hofft, aber ahnt, dass es sich um Exkremente handelt.

Der Hund wedelt noch ein letztes Mal, trottet dann in die Ecke hinüber und legt sich auf die Decke, rollt sich zu einer Kugel zusammen, bettet den Kopf auf die Pfoten und sieht Louis unverwandt an, lässt ihn nicht aus den Augen, auch als Louis schließlich aufsteht und geht.

Der kleine Kindersarg kostete Louis mehr Mühe, als er gedacht hätte. Es fiel ihm schwer, beim Schleifen der einzelnen Teile nicht unweigerlich an die beiden toten Kinder und ihre Eltern zu denken, die er nicht kennenlernen würde. Eigentlich war das schade, er hätte seinem Mitgefühl gern Ausdruck verliehen, aber natürlich hätte das für sie nichts ausgemacht. So blieb ihm nur, den kleinen Sarg mit größter Sorgfalt herzustellen, und das gelang ihm auch.

Benningsen kam vorbei, als er fast fertig war, und betrachtete nachdenklich die abgerundeten Ecken. „Gute Arbeit", sagte er und kaute auf seiner Lippe. „Bisschen breit vielleicht.“ Er sah Louis fragend an, und Louis fuhr mit dem Lappen über den Deckel, der passgenau auflag.

„Sind zwei“, sagte er, und Benningsen nickte.

„Oha“, sagte er und seufzte. „Das Leben macht, was es will.“ Er klopfte Louis auf die Schulter und kratzte sich im Nacken. „Ich bin dann gleich wieder weg.“

„Gut, bis morgen“, sagte Louis. „Ich bring das hier nur schnell rüber zu Kuipers.“

Der Sarg war so klein, dass er ihn mühelos unter den Arm hätte klemmen können, aber das brachte er nicht fertig. Stattdessen legte er eine Decke darüber und trug ihn auf beiden Händen hinüber zum Bestattungsinstitut.

Harm, der rauchend an der Hintertür herumlungerte, sah ihn kommen, drückte die Zigarette schnell aus und richtete sich auf. „Der Chef ist kurz weg“, sagte er. „Kundengespräch.“

„Kein Problem, ich will das hier nur kurz abliefern.“ Louis war es recht, dass er Harm den Sarg direkt übergeben konnte und den hinteren Raum nicht betreten musste. Er hatte keine Angst davor, auch nicht davor, Tote zu sehen, aber wenn es nicht sein musste, zog er es vor, draußen zu bleiben. Das lag nicht an den Toten, sondern an Kuipers und seiner seltsam jovialen Art, die Louis stets ein wenig missbehagte. Kuipers war schon in Ordnung, aber ihm fehlte es in letzter Konsequenz an überzeugender Seriosität, fand Louis.

Harm nickte und nahm ihm den Sarg ab, geschickt, aber ein wenig zu eifrig. Aber vielleicht, dachte Louis, war er selbst einfach zu kritisch. Andererseits hatte er in seinem Kinder- und Jugendleben zu oft Missachtung erfahren und unter mangelnder Achtsamkeit gelitten, als dass er die auch nur geringste Tendenz dazu nicht automatisch bemerken würde.

„Also, bis dann“, sagte Louis und sah zu, wie Harm mit dem Doppelkindersarg im Eingang verschwand. In seinem Bauch war ein hohles Loch. Vielleicht würden etwas zu essen und ein, zwei Bier helfen.

Die Werkstatt war verschlossen und leer, und Benningsens altes Hollandrad, mit dem er täglich zur Arbeit kam, stand nicht mehr neben dem Eingang. Louis sperrte wieder hinter sich zu und stieg die Treppe zum Obergeschoss hinauf. Als er das ehemalige Büro betrat, das er sich in den letzten Wochen hergerichtet hatte, überkam ihn ein Anflug von Schwermut, den er sogleich erfolgreich zurückdrängte. Er setzte Nudelwasser auf dem alten Gasherd auf, der vorher jahrelang in einer Ecke der Werkstatt darauf gewartet hatte, zu neuem Leben erweckt zu werden, und schnitt auf der erst am Vortag neu eingebauten Arbeitsplatte eine Zwiebel und ein paar Tomaten klein.

Als die Soße vor sich hin blubberte und die Nudeln im Wasser zogen, nahm er ein Bier aus dem Kühlschrank und stützte sich auf der Fensterbank auf. Nachdenklich sah er nach draußen, während er in kleinen Schlucken trank.

Er war hierhergekommen, um zur Ruhe zu finden. In Schweden war ihm das eine Zeit lang gelungen, aber am Ende hatten ihn seine alten Dämonen wieder eingeholt. Und das Märta-Desaster hatte natürlich dazu beigetragen.

Er spürte, wie das unrühmliche Ende mit ihr sich in seine Gedanken zu drängen versuchte, aber er schob es weg. Das zumindest hatte er gelernt: Geschehnisse auszublenden, an die er nicht denken wollte. Oder besser, an die zu denken er nicht aushalten würde.

Ein Brummen riss ihn aus seinen Gedanken, und nach einem Blick zum Herd stellte er fest, dass die Soße fertig, die Nudeln gar waren und sein Handy auf der Arbeitsplatte vibrierte. Penny rief an. Er zögerte kurz, dann nahm er den Anruf an.

„Na, Schwesterchen?“

„Mensch, Lambi, dass ich dich mal erreiche!" Ihre vorgegebene Verärgerung übertünchte ihre Besorgnis nur mangelhaft. „Gibt es ja gar nicht! Nie gehst du ans Telefon!"

„Doch, jetzt", sagte er, klemmte das Handy zwischen Kinn und Schulter und machte sich daran, die Nudeln abzugießen.

„Haha, sehr komisch. Dirk und ich, wir haben gerade gesprochen und Dirk fragt, ob du nicht am Wochenende mal wieder zum Essen kommen willst."

„Ich würde lieber in der Woche kommen, meinetwegen Montag", sagte Louis und zuckte zusammen, als eine Fingerspitze in den heißen Dampf geriet, der von den abgegossenen Nudeln aufstieg.

Seine Schwester schwieg einen Moment. Er wusste genau, was sie dachte. Ihr nächster Satz verriet es ihm. „Kannst du nicht doch am Sonntag? Das wär echt super", bat sie.

Die Sonntagessen bei der Familie seiner Schwester waren schwer zu ertragen. Nicht, weil er Penny oder seinen Neffen nicht mochte, ganz im Gegenteil. Aber sonntags war ihr Mann Dirk, der unter der Woche oft bis spätabends arbeitete, grundsätzlich beim Essen dabei. Dirk, der hinter der Fassade des modernen, aufgeklärten Mannes als unangefochtener Patriarch über seine Familie herrschte, Frau und Sohn demütigte und nach jeder bösen Stichelei fröhlich lachte, als hätte es sich nur um einen Spaß gehandelt.

Kein Wunder, dass Penny ihn, Louis, gern dabeihaben wollte.

„Lambi?"

„Okay", sagte Louis. „In Ordnung. Um eins, oder wann?"

„Ja", sagte seine Schwester. „Super."

Sie redeten noch ein wenig, dann beendete Louis das Gespräch.

Herd, Arbeitsplatte und der Klapptisch, an dem zwei Leute nur mit Mühe Platz finden würden, hatte Louis direkt an die Fensterzeile gebaut. Während er seine Nudeln aß, warf er ab und zu einen Blick auf die Straße. Gegenüber, beim Hotel, waren jetzt nahezu alle Parkplätze besetzt, vorrangig von dunklen Kombis. Auch zwei, drei Lieferwagen waren darunter; offensichtlich war die übliche Mischung von Gästen gekommen – Geschäftsleute, die in der Gegend zu tun hatten, Handwerker, Arbeiter auf Montage und dazwischen ein paar Privatleute auf Verwandtenbesuch. Touristen gab es hier kaum, nur gelegentlich ein paar E-Bike-fahrende Rentner; die Gegend tat sich schwer damit, Feriengäste anzuziehen. Außer plattem Land und einigen teils trockengelegten Mooren gab es nicht viel zu sehen. Louis war das gerade recht. Er mochte die Stadt, ihre Umgebung und die Leute hier. Sie fragten nicht viel und waren arglos und freundlich. Und sollten sie ihn merkwürdig finden, so ließen sie ihn das nicht spüren.

Auch Beate Schwuchow nicht, die Geschäftsführerin des Hotels gegenüber. Er musste lächeln, während er den leeren Teller von sich schob und die Beine ausstreckte.

Bei großen, blonden, aber auch bei großen, rothaarigen Frauen hatte er die meisten Chancen, und das, obwohl er selbst nicht allzu groß war und im herkömmlichen Sinne nicht sonderlich gutaussehend, mit seinen weit auseinanderstehenden Augen, den schmalen Lippen und der großen Narbe, die sein Gesicht auffällig verunstaltete.

Aber aus irgendeinem Grund fühlten sich große Blondinen besonders von ihm angezogen. In Schweden, wo die allermeisten Frauen zu dieser Kategorie zählten und noch dazu gern in die Offensive gingen, hatte ihn das zuweilen in Verlegenheit gestürzt. Plötzlich musste er an eine Verkäuferin in einem Haushaltswarengeschäft in Kungsbacka denken, bei der er einige Teller erstanden hatte. Sie war sehr blond, sehr groß und sehr großbrüstig gewesen und hatte ihn mit einem milden Lächeln bedacht, als er ihr seine Kreditkarte gereicht hatte.

„Guter Jahrgang", hatte sie nach einem Blick auf die Karte gesagt, „genau wie ich." Dann hatte sie vielsagend die Brauen gehoben, und Louis hatte nicht gewusst, wo er hinsehen sollte. Er hatte seine Teller – dieselben drei, die auch jetzt in seinem Küchenregal standen – genommen und war förmlich aus dem Laden geflüchtet. Später hatte er sich über sich selbst geärgert; er hatte sie sehr reizvoll gefunden, sich aber vor ihrer massiven Weiblichkeit und ihrer sehr expressiven, sexuellen Ausstrahlung gefürchtet.

Aber er hatte dazugelernt. Als er Märta begegnet war, hatte er diese Furcht schon großenteils überwunden.

Andere Ängste aber waren ihm geblieben.

Die blaue Stunde war bereits hereingebrochen, und drüben im Hotel gingen nach und nach die Lichter an. Louis spülte und trocknete das Geschirr ab, dann bestückte er den kleinen Allesbrenner in der Ecke mit Restholz und machte Feuer. Die Abende waren mittlerweile empfindlich kühl, und der kleine Ofen, die einzige Heizquelle, reichte gerade aus, um die beginnende Kälte in Schach zu halten. Als Dauerheizung für den Winter schien er Louis nicht ausreichend, aber dann hätte er hoffentlich bereits eine andere Wohnung. Bald würde er wirklich mit der Suche beginnen müssen, aber noch schob er das vor sich her. Insgeheim nämlich gefiel ihm sein Provisorium, das Zimmer und das winzige Bad hatten alles, was er brauchte: Tisch und Stuhl, Bett und Regal, Herd und Spüle, Ofen, Klo und Dusche. Mehr brauchte er nicht.

Außer ab und zu einen Menschen. Zuneigung, ein Gespräch. Lachen.

Später am Abend, nach seinem zweiten Bier, beschloss Louis, sich ein drittes aus der Werkstatt unten zu holen, wo er einen ganzen Kasten deponiert hatte. Er zog eins heraus, öffnete es, dann ging er noch einmal kurz hinaus.

Draußen war alles ruhig, und er konnte die Herbstkälte riechen. Der Wetterwechsel kam in diesem Jahr erstaunlich schnell, noch vor ein, zwei Wochen war es fast heiß gewesen, jetzt aber waren die Felder alle gemäht, die Ernte war eingeholt und die Nächte brachten bereits die Vorahnung des nahenden Frosts.

Louis holte tief Luft, trank einen Schluck Bier und sah zum Hotel hinüber. In zweien der Zimmer, die zur Vorderseite lagen, brannte Licht; hinter den zugezogenen Vorhängen war keine Bewegung auszumachen.

Darüber, im zurückgesetzten Obergeschoss, herrschte Dunkelheit. Die drei Fenster gehörten zu Beate Schwuchows Wohnung, das hatte Benningsen ihm mal erzählt. Was für ein Leben führte sie wohl? War sie zufrieden mit dem, was sie tat? Machte es ihr Spaß, Tag für Tag mit freundlicher Miene abgekämpfte Vertreter und skeptische Rentnerehepaare zu begrüßen, die Stunden damit verbrachten, ihre teuren E-Bikes in der Fahrradgarage zu rangieren? Kostete es sie Mühe, die ungehobelten bulgarischen Monteure ebenso freundlich willkommen zu heißen wie die distinguierten Geschäftsmänner in Schlips und Kragen, die sich gelegentlich in diesen abgelegenen Landstrich verirrten?

Oder lag sie nachts schlaflos da und starrte durch die angeschrägten Oberlichter in den sternenlosen Himmel, damit hadernd, vielleicht einen Platz zum Leben, aber keine Bindung daran gefunden zu haben?

Plötzlich sah Louis aus dem Augenwinkel eine Bewegung, und erschrocken wandte er den Kopf. Ein dunkler Schatten kam auf ihn zu, in einer geraden Linie den Straßenrand entlang, knapp außerhalb des Lichtkreises der Straßenlaternen. Für einen Moment glaubte er, es wäre ein Fuchs, dann sah er, dass es ein Hund war, ein kniehoher Hund mit braungeflecktem Fell und Schlappohren, der direkt auf ihn zuschnürte. Und dann erkannte er ihn.

„Hector!“, rief er leise und freudig überrascht, und der Hund hob den Kopf und lief sofort auf ihn zu, als er ihn entdeckt hatte. Louis bückte sich und kraulte ihn ausgiebig zwischen den Ohren und dann, als er sah, dass es Hector gefiel, an der Stelle oberhalb der Schwanzwurzel, an die kein Hund selbst herankam, mochte er sich auch noch so verrenken. Verwundert stellte Louis fest, wie sehr er sich freute, den Hund wiederzusehen. Seine Besitzerin konnte also auch nicht weit sein, und auch darüber freute Louis sich.

Einen Augenblick später bestätigte sich seine Vermutung. „Hector!“, rief eine Stimme, und dann tauchte Nell schnellen Schrittes im Lichtkreis der am nächsten gelegenen Straßenlaterne auf. „Hector?“

Einen Moment lang beobachtete Louis Nell aus dem Schatten heraus, dann holte er Luft. „Hier ist er“, rief er und gab Hector einen zärtlichen Klaps auf die Seite, bevor er aufstand. Nells gehetzter Gesichtsausdruck entspannte sich, als sie ihn entdeckte. Mit langen Schritten kam sie auf ihn zu.

„Ach, hier steckt er“, sagte sie und schüttelte den Kopf. „Ich dachte schon, er jagt was.“

„Er hat ja auch was gejagt. Streicheleinheiten“, sagte Louis und bückte sich, um seine Bierflasche wieder aufzuheben. „Wie kommt es, dass Sie noch hier sind?“

Nell zuckte mit den Schultern, dann lächelte sie. Louis registrierte ihre leicht schiefstehenden Vorderzähne; und plötzlich wusste er, dass es genau diese Unregelmäßigkeit war, die ihm an ihrem Gesicht so gut gefiel. „Ich hab mir eine Wohnung gemietet“, erklärte sie. „Hier vorn, an der Ecke. Im Haus vom Tierarzt.“

Louis starrte sie verblüfft an. Vor allem verblüfft aber war er darüber, wie sehr ihn diese Nachricht freute. „Ich dachte … Warum?“

Jetzt sah Nell ebenfalls verblüfft aus. „Wie, warum?“

„Ich dachte, Sie sind nur zu Besuch im Hotel?“

„War ich ja auch. Aber nur für drei Nächte.“

„Und da hat es Ihnen hier so gut gefallen, dass Sie hierhergezogen sind?“

„Dieses Gespräch“, sagte Nell und musste lachen, „nimmt merkwürdige Züge an.“

Louis nickte und wog seine Flasche in der Hand. „Ja. Wollen Sie ein Bier?“

Nell sah sich nach Hector um, der ausgiebig an der offenen Werkstatttür roch und dann hastig das Bein hob, bevor er zu ihnen herüberkam und freudig wedelte. „Ja, gern“, sagte sie. „Aber nur, wenn wir uns endlich duzen. Und wenn das Bier kalt ist. Warmes Bier trinke ich nicht.“

„Warmes Bier trinkt man auch nur bei Erkältung“, erklärte Louis und hielt ihr seine fast leere Flasche hin. „Ist das kalt genug?“

Sie fasste an und nickte. „Gerade noch so.“

Er hob eine Braue und ging in die Werkstatt, um zwei Flaschen zu holen. Hector kam mit und schnupperte aufgeregt in den Ecken herum, und Louis musste ihn dreimal rufen, bis er wieder zur Tür kam.

Nell stand genau dort, wo er sie verlassen hatte, die Hände in den Taschen ihrer Jacke, und sah in die Dunkelheit des Grundstückes hinein. „Gehört der Wohnwagen dahinter dir?“

„Nein, der gehört Benningsen, meinem Chef. Oder besser gesagt, er hat seinem Sohn gehört.“ Er reichte ihr die kalte Flasche, und sie lächelte.

„Ein cooler Wagen. Sieht amerikanisch aus.“

„Nur leider sehr renovierungsbedürftig.“

Sie stießen an und tranken, dann sah Nell zum Hotel hinüber.

„Kennst du die Geschäftsführerin?“

„Heute kennengelernt.“

Erstaunt sah sie Louis an. „Heute? Ihr seid doch Nachbarn?“

Er zuckte mit den Schultern. „Es gab bislang keine richtige Gelegenheit. Und sie ist noch nicht so lange hier, ich glaube, erst seit dem Frühling.“

„Aber jetzt ist doch schon Herbst.“ Nell trank noch einen Schluck, dann sah sie ihn wieder an. Ihr Blick gefiel ihm, er war offen, klar, einfach interessiert, nicht taxierend, nicht wertend. Jedenfalls kam es ihm so vor. „Egal“, sagte sie, dann nickte sie zu seiner erleuchteten kleinen Wohnung hoch. „Und, wie wohnt es sich da?“

„Gut“, sagte er und musste lächeln. „Und wie wohnt es sich bei dir?“

„Auch gut. Ist noch alles etwas provisorisch, aber ich glaube, es gefällt mir.“

„Dann geht es dir wie mir“, sagte Louis. „Aber warum ...“

Sie seufzte und kam seiner Frage zuvor. „Also. Ich habe ein Sabbatjahr eingelegt und mir vorgenommen, meiner alten Mutter, die hier wohnt, ein bisschen zur Hand zu gehen. Ich dachte, sie braucht mich vielleicht, aber eigentlich bin ich mir da gar nicht so sicher.“ Sie grinste mit einem Anflug von Verlegenheit. „Als ich ihr von meinen Plänen erzählt hab, war sie jedenfalls gar nicht begeistert. Doch nun hab ich mir die Wohnung für ein halbes Jahr gemietet und werde mal sehen, wie es sich hier so anfühlt. Wenn es mir nicht gefällt, kann ich ja wieder gehen.“ Sie zuckte lässig mit den Schultern. „So, das ist die Kurzfassung. Und nun muss ich mit dem Hund gehen. Danke fürs Bier.“ Sie reichte Louis ihre leere Flasche, und dann lächelte sie ihn an. „Bis zum nächsten Mal.“

„Das würde mich freuen“, sagte Louis und lächelte zurück. Einen Moment lang standen sie beide unschlüssig da, dann hob sie die Hand. „Ja, also bis bald“, sagte sie, rief Hector zu sich und ging los.

Louis stand da, die beiden leeren Flaschen in der Hand, und sah ihnen nach, Nell, die gemächlich ausschritt, den

Kopf leicht gesenkt, als würde sie nachdenken, Hector, der fröhlich wedelnd neben ihr hertrabte und ab und zu stehenblieb, um an einem Grashalm oder Blatt zu schnuppern. In Louis' Bauch war ein warmes Gefühl, und das kam nicht nur vom Bier.

Beim nächsten Mal, früh am Morgen, bellt der Nachbarshund kurz, als er ankommt. Märta empfängt ihn nur mit einem alten Männerhemd über den Schultern bekleidet, und er nimmt sie gleich im Flur, wieder mit den Fingern, wieder mit der Hand. Die flachen Hände gegen die Wand gestützt, steht sie vor ihm, den runden Po ihm entgegengereckt, mit gespreizten Beinen, ihr Stöhnen einem langgezogenen Jammern gleich.

In einer kurzen Pause dreht sie sich plötzlich um, fasst ihn am Kragen, reißt so heftig daran, dass ihm die Luft wegbleibt. „Mehr", zischt sie, ihr Gesicht hart, die Lippen gebleckt, „du sollst mir mehr geben, mehr", und er weiß, was sie will.

Er schiebt sie in Richtung des Wohnzimmers, wo sie sich auf die Couch legt und ihn ansieht. Er zieht sich das T-Shirt über den Kopf und beugt sich zu ihr; er weiß nicht nur, was sie will, sondern auch, was sie sehen will. Aber er dreht sie um, sorgt dafür, dass sie vergisst, was er ihr vorenthält, und genießt, was er ihr gibt.

Erst, als er sicher ist, dass sie sich nicht umdrehen wird, entblößt er sich. Er vermeidet selbst, hinzusehen, während er sich in Märta hineinschiebt. Da ist wieder dieser Moment, vor dem er sich unsagbar fürchtet: Und wenn sie es merkt? Wenn sie es entdeckt?

Aber sie entdeckt es nicht. Auch nicht, als sie sich schließlich aufbäumt, sich an ihn presst, als sie hört, wie er stöhnt, noch einmal zustößt und schließlich erschlafft.

Er zieht sich aus ihr heraus, bevor sie sich umdrehen kann, verstaut, was sie nicht sehen soll, umarmt sie und drückt sie fest an sich.

Ihr Keuchen in seinem Ohr, bis es abebbt, ihre Lippen an seinem Kinn, ihre Zunge in seinem Mund. Und dann ihr Lächeln.

Später flüstert sie ihm etwas ins falsche Ohr, und er hält sie ein wenig von sich ab und dreht ihr das gute hin.

„Mit diesem höre ich besser", sagt er. Sie zögert einen Moment verwundert, dann wiederholt sie ihr Flüstern. Ein Schauder läuft ihm über den Rücken, und er schließt die Augen. Er weiß, dass sie lügt, aber es ist trotzdem schön, diese Worte zu hören.

Es ist lange noch hell, als er gehen will, Nachmittag erst. Er tritt in den Garten hinaus, nah an den Zaun. Der Hund steht dahinter, wedelt leicht, als er ihn ansieht, dann anspricht.

Es ist eine Hündin, mit ungepflegtem, dunklem Fell, ein Schäferhundmischling offensichtlich. In ihrem Napf steht etwas Wasser, die Häufchen auf dem Boden haben sich vermehrt.

Louis steht lange da und betrachtet den Hund, dann geht er nach vorn.

Der Nachbar kommt mürrisch zur Tür. Alt ist er, und grimmig. Weißes Haar, dünn und strähnig, und Bartstoppeln, ebenfalls weiß. Sein Hals ist faltig wie der eines Reptils, die Strickjacke fleckig. „Ja, was willst du?"

„Ich möchte dir deinen Hund abkaufen", sagt Louis bestimmt, aber freundlich, so freundlich, wie er nur kann.

Der Nachbar starrt ihn nur an, dann lacht er auf. „Den Hund? Was willst du mit dem Hund?" Er ist nur mit Mühe zu verstehen, und Louis dreht ihm sein gesundes Ohr zu. „Den verkauf ich nicht. Der bleibt da, wo er ist. Das ist mein Wachhund. Als Jagdhund hat er nichts getaugt." Sein Gesicht ist vom Zorn versteinert, aber die Überraschung hat kleine Risse hineingeschlagen, und genau dort setzt Louis jetzt an.

„Ich hätte ihn gern. Was willst du haben?"

„Ich brauch kein Geld", sagt der Nachbar und stützt sich auf das morsche Treppengeländer. Es wackelt bedenklich, und Louis sieht seine Chance.

„Ich bau dir eine neue Treppe und ein neues Geländer", sagt er. „Und den Zwinger hinten reiß ich ab, dann hast du mehr Platz für dein Gemüse." Er streckt die Hand aus.

Der Alte sieht ihn nur an, dann zieht er sich plötzlich zurück und knallt die Tür zu.

Louis bleibt stehen. Alles ist still, auch der Hund hinten in seinem Zwinger. Als ob er den Atem anhielte.

Dann geht die Tür wieder auf. „Und du musst mir meinen Tisch in der Küche reparieren", sagt der Alte. „Und das will ich alles aber bald. Dann kannst du ihn meinetwegen haben."

„Nein", sagt Louis. „Ich nehme ihn jetzt sofort mit und nächste Woche hast du eine neue Treppe, der Zwinger ist fort und der Tisch repariert." Er streckt die Hand aus.

Der Alte kneift die Augen zusammen, dann schlägt er ein und winkt ab. Und macht die Tür zu.

Der Hund steht still da, als Louis ums Haus herumkommt. Er weicht einen Schritt zurück, dann, als Louis die Zwingertür öffnet, wedelt er kurz und zeigt ängstlich die Zähne.

Louis geht in die Hocke. „Komm her, Kleine", sagt er ruhig. „Komm her zu mir." Er streckt die Hand aus, und nach einem Moment kommt der Hund zu ihm herüber und lässt sich berühren. Er zittert ganz leicht, und Louis spürt, wie sein Hals eng wird. Er umfasst den Hund mit beiden Händen und streichelt ihn sanft, dann zieht er die dünne Leine aus seiner Seitentasche und hakt sie in das schmutzstarrende Halsband ein.

Der Hund sieht ihn an, sein pelziges Gesicht ein einziges Fragezeichen.

„Jetzt bleibst du bei mir", sagt Louis und steht auf. „Ich pass auf dich auf, und du auf mich." Er sagt es extra, damit das Pathetische daran die Stimmung entschärft, aber es nützt nichts. In ihm ist eine unendliche Traurigkeit und ein bodenloses Glück zugleich, und so führt er den Hund mit sich am Haus vorbei, durch den Vorgarten nach draußen und schließt die Tür hinter sich.

Im selben Moment wird die Tür aufgerissen, und der Alte ruft laut: „Er heißt übrigens Bella, dass du es nur weißt! Und stubenrein ist er auch nicht! Du wirst keine Freude an ihm haben.“

Louis öffnet die Autotür, ohne sich umzudrehen. Der Hund steht zitternd neben ihm, mit eingekniffenem Schwanz, und für einen Moment kann Louis ihn nicht ansehen. Er will es nicht wahrhaben, aber der Hund erinnert ihn an sich selbst, an sein früheres Ich, sein gequältes, geschundenes Ich. Dann beugt er sich hinunter und vertraut auf sich selbst, vertraut darauf, dass der Hund ihm vertraut. Und als er den einen Arm um die schwankenden Vorderbeine des zitternden Hundes legt und die andere um seinen Hintern und die verkrusteten Exkremente daran spürt, da hilft der Hund mit, stößt sich ab, springt ihm förmlich in die Arme. Louis ist überrascht, wie leicht er ist trotz seiner Größe. Er hebt ihn ins Auto, auf den Beifahrersitz, schlägt die Tür zu und geht um die Vorderseite herum, gefolgt vom wütenden, hilflosen Blick des Alten.

Als er einsteigt, rollt sich der Hund schon zusammen. Aber seine Augen bleiben auf Louis gerichtet, als dieser den Motor anlässt und losfährt. Er lässt ihn nicht aus den Augen, und als Louis den Arm ausstreckt und ihn streichelt, schnauft er und leckt ihm die Hand.

In den ersten Wochen folgt Bella ihm überall hin. Louis kann keinen Schritt machen, sogar auf die Toilette kommt sie mit, und als Louis sie energisch hinausweist, legt sie sich direkt vor die Tür und hält Wache, um ab und zu ein tiefes Stöhnen von sich zu geben, das Louis jedes Mal zum Lachen bringt.

Sie verändert sich von Tag zu Tag, wird immer selbstsicherer und munterer. Nachdem Louis sie gebadet und gebürstet hat, kommt ein ganz anderer Hund mit dunkelgelbem, schwarz gestromertem Fell zum Vorschein, nur die Pfoten sind ganz schwarz, als wären sie dauerhaft schmutzig.

Bellas Zähne sind schon ziemlich gelb und abgekaut, aber dennoch beißt sie mit Hingabe auf getrockneten Schweineohren herum und trägt Louis den grünen Gummiknochen, den er ihr am zweiten Tag gekauft hat, mit großer Ausdauer wedelnd hinterher.

Der Tierarzt, der einen eitrigen Abszess am Hals, verursacht vom scheuernden Halsband, behandelt und eine ehemals gebrochene, schlecht verheilte Pfote feststellt, die ein ganz leichtes, gelegentliches Humpeln nach sich zieht, schätzt Bella auf ungefähr neun oder zehn Jahre, was Louis mit Traurigkeit erfüllt. Vielleicht wird er sie nur noch wenige Jahre um sich haben, aber diese Zeit, das weiß er, wird er genießen.

Bella begleitet ihn überall hin, das Auto wird zu ihrer dritten Wohnstatt, nach dem Körbchen neben Louis' Bett und dem dicken Kissen in der Küche. Sie kommt überall hin mit, heftet sich an seine Fersen, wenn er eine Baustelle besucht, wartet geduldig an seiner Seite, wenn er Holz prüft, legt sich zu seinen Füßen hin, wenn er ein längeres Gespräch führt.

Manchmal wartet sie im Auto, wenn er einkaufen geht, aber dann muss er sie mehrfach auffordern, sitzen zu bleiben. Wenn er zurückkommt, starrt sie ihm mit aufgestellten Ohren freudig entgegen.

Nur, wenn er zu Märta fährt, weigert sie sich, aus dem Auto zu steigen. Alles Bitten und Locken hilft nichts, sie weigert sich, legt sich flach auf den Sitz und bebt am ganzen Körper.

Zuerst führt Louis das auf die erste Woche zurück, in der er sie zwangsläufig im Auto gelassen hat, während er ihrem ehemaligen Besitzer Stig die versprochenen Arbeiten erledigt hat.

Stig, der plötzlich eine merkwürdig devote Haltung an den Tag legt, vielleicht aus Schuldbewusstsein, versucht die gesamte Woche über, mit Louis ins Gespräch zu kommen und ihm zu erklären, warum er den Hund derart vernachlässigt hat. Aber Louis will nichts davon hören. Er will keine Entschuldigungen und keine Gründe, er will einfach nur die versprochenen Gegenleistungen erledigen und dann gehen und nie mehr wiederkommen.

Märta ist zuerst irritiert, als sie den Hund in Louis' Auto entdeckt. „Du hast ihn wirklich zu dir genommen?", fragt sie verwundert. „Dieser sture, alte Mann hat ihn dir gegeben?"

„Ich hätte nicht weiter zusehen können, wie der Hund dort im Zwinger vor sich hin vegetiert", sagt Louis. „Sonst hätte ich nicht mehr kommen können."

Märta zieht die Brauen hoch; sicherlich glaubt sie nicht, dass er das ernst meint, aber er meint es ernst.

Sie versucht mehrere Male, den Hund zu streicheln, aber Bella lässt sie nicht an sich heran. Und schließlich gibt Märta es auf.

Bella bleibt im Wagen, jedes Mal, im Sommer mit seinen langen, hellen Tagen und Nächten, im Herbst, im kalten Winter, im folgenden Frühling.

Bei jedem Besuch bei Märta bleibt sie im Wagen, und für Louis ist ihre Anwesenheit ein Grund, die Besuche kurz zu halten. Eigentlich müsste er aufhören damit, er ahnt, dass es kein gutes Ende geben wird. Aber er kann es nicht. Und so nehmen die Dinge ihren Lauf.

„Das sieht ja ordentlich aus", sagte Benningsen und setzte sich schwer atmend auf einen der beiden Stühle am Klapptisch. Anerkennend sah er sich um. „Richtig ordentlich, das ist ja was." Er schüttelte den Kopf und

hustete in die hohle Hand, ein schweres, rasselndes Geräusch, das Louis erschreckte.

„Willst du was trinken?“ Er griff zum Kühlschrank, aber Benningsen schüttelte erneut den Kopf.

„Nee, min Jung, lass man. Setz dich mal hin.“

Sein Tonfall klang plötzlich ernst, und Louis griff zögernd nach dem zweiten Stuhl und setzte sich rittlings darauf, um die verschränkten Arme auf der Lehne abzustützen. Er kannte Benningsen bei Weitem nicht gut genug, um seine ernste Miene deuten zu können, und das machte ihn nervös.

„Min Jung, wir müssen jetzt mal Nägel mit Köpfen machen. Du musst nächste Woche mit mir zum Rechtsanwalt gehen, und dann machen wir alles klar.“ Benningsen fuhr sich über sein kantiges Kinn. Seine Augen wirkten im warmen Licht der Lampe, die Louis über dem Tisch angebracht hatte, müde, aber dennoch unternehmungslustig. Die Aussicht, Louis seine Firma zu übergeben, schien ihn fröhlich zu stimmen.

„Jetzt schon?“, fragte Louis. „Hat das nicht noch Zeit? Hatten wir nicht den Frühling anvisiert?“

„Anvisiert!“ Benningsen lachte und fuhr sich wieder übers Kinn. „Was du aber auch immer für Ausdrücke hast! Nee, min Jung, wir machen das jetzt schon. Dann ist es vom Tisch. Je früher, desto besser.“ Er betrachtete Louis nachdenklich und lehnte sich zurück, um erneut den Blick durch den Raum schweifen zu lassen. Am Allesbrenner, den Louis schon vormittags angeheizt hatte und der eine behagliche Wärme verbreitete, bleib er hängen. „Du kannst doch auch hier wohnen bleiben, sieht doch gut aus.“

Der gleiche Gedanke war Louis auch schon gekommen. „Ich weiß aber nicht, ob es nicht zu kalt wird im Winter“, sagte er achselzuckend. „Und es ist ein bisschen klein auf Dauer.“

Benningsen nickte nachdenklich. „Tja, wenn du noch Familie haben willst, dann schon. Aber sonst reicht es doch eigentlich. Mein Sohn hat eine Weile sogar in dem alten Wohnwagen hinten im Hof gewohnt, hat auch gereicht."

Louis wusste nicht, wie genau Benningsen lebte, nur, dass er eine kleine Zweizimmerwohnung in der Nähe bewohnte. Seine Frau war bereits vor langer Zeit an Krebs gestorben, der einzige Sohn lebte ebenfalls nicht mehr. Das hatte Benningsen Louis damals erzählt, als er ihn gefragt hatte, ob er den Laden übernehmen wollen würde. Ein halbes Jahr, nachdem er Louis eingestellt hatte, war das gewesen; Louis war darüber immer noch verwundert, aber nur ein wenig. Denn mittlerweile wusste er, dass Benningsen ein äußerst konsequenter Mensch war. Er blieb stets bei einer einmal getroffenen Entscheidung, egal, ob es sich um einen Auftrag, eine Anschaffung oder aber eben die Übergabe seiner Firma handelte.

Nachdem er Louis im vergangenen Herbst eingestellt hatte, schien er recht schnell Zutrauen in ihn gefasst zu haben, und kurz darauf hatte er ihn gefragt, ob er den Laden übernehmen wollte. Auf eine gewisse Art war es Louis wie Fügung erschienen. Er, der sich nie hatte festlegen wollen, hatte nicht lange überlegen müssen und zugesagt.

Beide, Louis wie Benningsen, hatten nicht viele Worte darüber verloren. Ein Handschlag, und die Sache war besiegelt gewesen.

Jetzt zog Benningsen die Nase hoch. „Also, wie gesagt, nächste Woche gehen wir zum Schröder."

Louis musste lächeln. „Hast du schon einen Termin gemacht?"

Benningsen grinste zurück. „Montag. Um zwölf. Zieh deinen guten Anzug an, Jung."

„Wenn ich einen hätte, würde ich das glatt machen." Louis stand auf. „Darauf ein Bier?"

„Naja, warum nicht.“ Benningsen beobachtete ihn aus seinen schräggestellten Augen heraus, während er zusah, wie Louis zwei Bierflaschen herausholte und öffnete. Er stieß mit Louis an, trank einen Schluck und stellte die Flasche wieder ab. „Ein paar Sachen musst du noch wissen, Kerl. Damit du klarkommst, wenn ich mal nicht mehr bin. Ist ein komisches Volk hier, manchmal.“

„Du stammst doch selbst von hier“, sagte Louis und sah im Küchenschrank nach, ob sich dort nicht doch noch aus früheren Tagen eine Packung Erdnüsse oder dergleichen fand, die er Benningsen anbieten konnte. Aber das war natürlich nicht der Fall.

„Die Leute hier sind ehrlich, aber nicht alle. Pass auf Kuipers auf, der hat es faustdick hinter den Ohren. Mach ihm nie was umsonst.“ Benningsen umfasste seine Flasche mit beiden Händen. Er hatte ausnehmend kurze, kräftige Finger, mit stark gewölbten Nägeln, die jetzt unregelmäßige Kerben in das Papieretikett ritzten. Benningsen sah aus, als ob er noch etwas Wichtiges loswerden wollte. Er beugte sich vor. „Kuipers wird dich fragen, ob du nicht mit ihm zusammengehen willst. Mach das nicht, Jung. Du wirst nur den Kürzeren ziehen.“

Sein Blick war ernst, und Louis nickte.

„Okay.“

„Und dann wird er dich fragen, ob du ihm nicht das Grundstück verkaufen willst. Oder einen Teil. Mach das auch nicht. Eines Tages, das wirst du sehen, ist das Land hier Gold wert. Behalte es, arbeite redlich, dann kannst du dich früher zur Ruhe setzen als ich.“

„Wenn ich das will“, sagte Louis leichthin und schmunzelte, aber Benningsen blieb ernst.

„Ich sag dir was, Louis: Sieh zu, dass du noch was vom Leben hast. Arbeite nicht zu viel. Such dir lieber noch eine Frau. Bleib nicht so allein wie ich.“

Das war für Benningsens Verhältnisse eine ungemein lange Rede gewesen, und Louis wusste nicht recht, wie er darauf reagieren sollte. Er und Benningsen hatten nie viel miteinander gesprochen, und wenn, dann nur Geschäftliches. Jetzt aber beschlich Louis das Gefühl, als würde Benningsen ihn besser kennen, als er vermutet hätte.

Schließlich nickte er, und Benningsen trank sein restliches Bier in einem Zug aus und setzte die Flasche mit einem Knall auf dem Tisch ab.

„So, dann ist das ja geklärt", sagte er und erhob sich, ein wenig schwerfällig. Auf einmal sah Louis ihm sein Alter deutlich an, auch wenn er nicht genau wusste, wie alt Benningsen eigentlich war. Er schätzte ihn auf Ende sechzig, Anfang siebzig, so alt, wie sein Vater jetzt wäre, wenn er noch lebte.

Oder sein Onkel Walter.

Benningsen hustete erneut sein rasselndes Husten, als er vor ihm die Treppe zur Werkstatt hinunterstieg. Louis sah, dass sich Altersflecken auf seiner beginnenden, von einem Haarkranz umgebenen Glatze ausbreiteten, und ein Gefühl der Rührung überkam ihn, das er sich rasch untersagte. Es gab zahllose Dinge auf der Welt, die ihn traurig machen konnten, es hatte keinen Sinn, sich ihnen hinzugeben. Traurigkeit war eines der Gefühle, die er am besten kannte, er trug davon schon genug in sich.

Er begleitete Benningsen zur Tür und sah zu, wie der alte Mann auf sein angerostetes Rad stieg, ihm ein letztes Mal zunickte und davonradelte, in die Dunkelheit hinein, zu seiner Zweizimmerwohnung irgendwo am Rande der Stadt, die Louis nie gesehen hatte und vielleicht auch niemals sehen würde.

Bevor er sich schließlich umdrehte, um hineinzugehen, ließ er den Blick noch mal über die Straße und das Hotel gegenüber gleiten. Die nächtliche Dunkelheit über dem Gebäude war undurchdringlich, nur ein paar Fenster waren erleuchtet, hinter den zugezogenen Gardinen leuchtete es warm zu Louis herüber.

Plötzlich bewegte sich an einem der Fenster die Gardine, und eine Frauengestalt tauchte auf, die etwas an der Zugstange zu richten schien. Louis erkannte sie sofort, und er sah auch den Mann hinter ihr, der die Arme um sie und sein Gesicht in einer vertraulich wirkenden Geste an ihren Hals legte, bevor die Gardine wieder zufiel und gleich darauf die Jalousie mit einem leisen Brummen herunterfuhr und alle Blicke aussperrte.

Es ist September, als alles auffliegt. Eineinhalb Jahre hat es gedauert, achtzehn Monate, in denen Louis den Wagen vor dem neu gestrichenen, bis ins letzte Detail ausgebauten Haus am Ortsrand abgestellt und ein, zwei Stunden später wieder gestartet hat. Eineinhalb Jahre, in denen Märta unzählige Male seinen Namen in sein Ohr geflüstert, ihn an sich gezerrt und von sich gestemmt hat, eineinhalb Jahre, in denen sie beide sich nach einander verzehren und doch auf Distanz bleiben. Louis weiß, dass nicht mehr daraus werden wird; Märta wird bei Oscar bleiben, das ist gut so, sie passen ohnehin nicht wirklich zusammen, ihre Verbindung ist nicht so tief, wie Louis es sich manchmal wünscht, aber dennoch tut es weh, auf eine scharfe, schneidende, endgültige Art, die ihm zu schaffen macht. Manchmal sprechen sie darüber, wie es sein könnte, spinnen Träume, die im kalten Licht des Spätnachmittags zu Erinnerungen an Zeiten gerinnen, die es geben könnte, aber nie geben wird.

Oscar trifft er in dieser Zeit mehrere Male, zweimal ist er überraschend zu Hause, als Louis vorfährt, freut sich über den unverhofften Besuch, führt Louis herum, als der vorgibt, mal nach dem Haus sehen zu wollen, zeigt voller Stolz den verglasten Wintergarten, die zwei Stühle darin, die Louis schon längst kennt, die neue Eismaschine, das großformatige Foto von Märta, das an der Wand im Wohnzimmer prangt und das Louis selbst dort aufgehängt hat, hinter seinem Rücken, gemeinsam mit Märta.

Louis fühlt sich nicht schlecht und nicht gut dabei. Was Märta und Oscar miteinander haben, ist deren Sache, sie alle sind erwachsene Menschen. Aber ihn stört, dass es keine Entwicklung gibt, kein Vorwärts. Märta hält ihn auf Abstand, dort, wo er ist, soll er bleiben, und manchmal wünscht er sich eine andere Form von Nähe, das Gefühl, gewollt zu sein und nicht nur begehrt.

Louis ahnt, dass das Begehren nur weiterhin bleibt, weil es genährt wird: durch Abstand, eine gewisse Grobheit im Umgang, den stets durch die Kürze der Besuche neu erzwungenen Bruch der Intimität. Und durch das Geheimnis, das Märta entdeckt, aber nicht als solches erkennt.

„Was ist dir denn passiert?", fragt sie beim ersten Mal, als sie ihn nackt sieht, weniger mitfühlend denn neugierig, und Louis gibt ihr die Standardantwort, die bislang noch jeder und jede geschluckt hat.

„Ich hatte einen kleinen Unfall, als Kind", sagt er und wartet ab. Je nachdem, was sein Gegenüber dann weiterfragt, hat er sich drei Antworten zurechtlegt. Märta zögert und betrachtet ihn neugierig, dann greift sie nach ihm.

„Du bist ja wirklich eine Baustelle. Das Ohr, die Narbe auf der Wange und jetzt das hier. Was war das denn für ein Unfall?"

„Ich bin in eine Mistforke gefallen", sagt er ruhig, und Märta zieht den Atem ein, scharf und leise. Dann greift sie ein wenig fester zu, und er spürt, wie er hart wird.

„Aber jetzt ist alles gut", sagt sie, mehr eine Feststellung denn eine Frage, und Louis nickt.

„Ja, jetzt ist alles gut." Und dann beugt er sich vor und schiebt sich zwischen ihre Finger hinauf.

Louis übernachtet kein einziges Mal bei Märta, obwohl er öfter die Gelegenheit dazu hätte; er bringt es nicht fertig, den Hund so lange im Auto oder zu Hause zu lassen. Märta kreidet ihm das an, aber Louis lässt sich auf keine

Diskussion darüber ein. Dies ist seine Bedingung, und jedes Mal, wenn er Stig, den Nachbarn, durch seinen Garten schlurfen sieht, zusieht, wie er das Beet begutachtet, das Louis ihm damals angelegt hat, dann weiß er, dass es richtig war und ist, so zu handeln. „Es ist doch nur ein Hund!“, sagt Märta grimmig, und sie hat recht, aber es ist eben Louis’ Hund.

Und dann, plötzlich, fliegt alles auf. Es ist ein sonniger Septembertag, der nahende Herbst schon spürbar in den frischen Brisen, die vom Meer herüberwehen, als Louis von einem Auftrag in Mosselunda nach Hause kommt und in die Abzweigung zu seinem Häuschen einbiegt. Der Wagen, ein nagelneuer dunkelgrüner Volvo, steht neben der Einfahrt, Louis kennt ihn nicht. Er bekommt selten Besuch, aber es kommt vor; Auftraggeber, die noch etwas mit ihm besprechen wollen, manchmal auch Calvin, sein Vermieter, der mit seiner Frau und den drei Kindern im Teenageralter hinten auf dem Gelände im Hofhaus wohnt und die kurze Strecke zu ihm oder auch zum Häuschen, in dem ein Stück weiter den Weg hinunter die Polen leben, dennoch gern mit dem Auto zurücklegt.

Louis hebt Bella aus dem Wagen und holt seinen Werkzeuggürtel von der Ladefläche, dann geht er mit langen Schritten zum Eingang hinüber. Es ist niemand zu sehen, aber als er auf die Veranda tritt und sich umblickt, kommt Oscar um die Ecke.

Sein Gesicht ist grau und verzerrt, und Louis weiß augenblicklich Bescheid.

Er bleibt stehen. Auch Oscar bleibt stehen, aber nur für einen Moment, dann ballt er die Fäuste und springt auf Louis zu, mit zwei riesigen Sätzen, so schnell, dass Louis nicht einmal zurückweichen kann. Oscars geballte Faust trifft ihn mit voller Wucht auf den Kiefer. Einen Moment lang fühlt Louis nichts, dann hört er Bella bellen, und dann kippt er um.

Der Schmerz kommt erst später, als er schon dabei ist, sich wieder aufzurichten, mühsam mit beiden Armen zwischen den Wildblumen am Wegesrand abstützt. Bella leckt ihm das Gesicht, windet sich wedelnd um ihn herum. Sein Kopf brummt, er schmeckt Eisen, als er den Mund öffnet, rinnt Blut hinaus, tropft auf seine Hand. Bella versucht, es abzulecken, er schiebt sie weg, fällt fast wieder hin.

„Du Schwein!", schreit Oscar hinter ihm, und dann, mit zitternder Stimme: „Das hast du verdient!"

Louis stützt sich auf Bella auf, die jetzt stillhält, bis er endlich auf die Beine kommt, sich aufrichtet, wackelig zwar, aber er steht. Wie durch einen Schleier sieht er Oscar, der jetzt zurückweicht, das Gesicht nicht mehr grau, sondern rot, die Fäuste auch jetzt noch geballt.

Trotzdem ist da Angst in seinen Zügen, Angst und Erstaunen über sich selbst und Wut, natürlich Wut, Wut und Enttäuschung. Nichts davon kann Louis ihm verdenken, aber ändern kann er daran auch nichts, und deshalb schweigt er. Schweigend steht er da, auf zittrigen Beinen, und immer noch läuft ihm das Blut aus dem Mundwinkel. Schweigend sieht er Oscar an, der noch weiter zurückweicht.

„Du mieses Schwein", sagt Oscar. „Lass bloß die Finger von meiner Frau! Wage es ja nicht, noch einmal bei uns aufzutauchen! Dann … du Schwein!"

Bei den letzten Worten bricht seine Stimme, und er dreht sich um und geht los. Aber er ist noch nicht ganz an der Hausecke angelangt, als dahinter einer der beiden polnischen Bauarbeiter aus dem Häuschen an der Ecke auftaucht. Er packt Oscar und nimmt ihn nach einem Blick auf Louis in den Schwitzkasten, hält ihn fest im Würgegriff.

„Was tust du?", ruft er und schüttelt Oscar „Hä? Was tust du meinem Freund?"

Oscar strampelt wild mit den Beinen und versucht sich zu befreien, zerrt am Arm des Polen, aber vergeblich. All seine Kraft, gebündelt in einem einzigen Faustschlag, ist damit auch verflogen; dem kräftigen Mann mittleren Alters, der seit Jahren schwerste Handwerksarbeit leistet, ist er nicht im Geringsten gewachsen.

Bella springt bellend um die beiden Männer, die zu einer grotesken Statue vereinigt sind, herum, und der Pole sieht fragend zu Louis herüber.

„Polizei holen?“

Louis schüttelt den Kopf, aber das tut zu sehr weh, also winkt er nur ab. „Nein“, murmelt er undeutlich, seine Hand fährt zum Mund, bereits jetzt ist er geschwollen. Louis kann nur hoffen, dass der Kiefer nicht gebrochen ist, es fühlt sich so an, und es wäre nicht das erste Mal. „Nein, alles okay“, murmelt er und sieht den ungläubigen Blick seines Nachbarn.

Nach einem Moment lässt er Oscar los, versetzt ihm einen Stoß, und Oscar macht, dass er davonkommt, flieht über den Weg, um die Ecke, und kurz darauf ist das Starten eines Motors zu hören, und dann, nach einem Moment, das Geräusch rollender Reifen, bis es verstummt.

„Zeige her“, sagt Louis’ Retter und nimmt seinen Kopf vorsichtig in seine schwieligen Hände. „Oi, weh! Das sehr wehtun. Kannst du bewegen?“

Louis versucht, den Mund zu öffnen, aber es gelingt nur einen Spaltbreit. Vorsichtig tastet er selbst nach seinem Kinn, aber er kann nichts spüren, nur Schmerz.

„Komm mit!“ Sein Nachbar führt ihn ins Haus, dessen Tür, wie üblich hier, nicht abgeschlossen ist. Louis setzt sich auf einen der beiden Küchenstühle und sieht dankbar zu, wie sein Nachbar Eis aus dem Kühlfach holt, es in ein sauberes Geschirrtuch wickelt und leicht anfeuchtet, bevor er es ihm auf den schmerzenden Kiefer legt, ganz vorsichtig.

Die Kälte tut gut, und Louis atmet ganz langsam aus. Bella drängt sich an seine Beine und lässt sich dicht vor ihm zu Boden fallen, wo sie sich zu einem Kringel zusammenrollt.

„Musst du lassen und neu machen, und wenn morgen nicht besser, rufst du mich, und ich bringe dich Arzt!", sagt sein Nachbar. Dann deutet er auf seine Brust. „Krysztof. Rufst du Krysztof. Nein, besser komm ich morgen fruh."

„U-i", versucht Louis sich vorzustellen, aber Krysztof winkt ab und stellt ihm noch ein Glas Leitungswasser hin. Dann geht er.

Louis sitzt lange da und kühlt seinen Kiefer. Es dauert drei Tage, bis er abgeschwollen, und fünf, bis er wieder voll beweglich ist. In dieser Zeit ruft Märta ihn achtunddreißigmal an, aber er geht nicht ran. Stattdessen meldet er sich bei seinen verschiedenen Kunden krank und unternimmt so lange Spaziergänge mit Bella am Strand, wie es ihm möglich ist.

Am sechsten Tag steht Märta vor seiner Tür, zum ersten und letzten Mal. Louis bittet sie nicht herein, und er hat auch nicht viel zu sagen.

Es ist vorbei. Das Band aus Leidenschaft, das sie beide über so lange Zeit aneinander gebunden hat, ist gerissen. Und erst jetzt, als Märta sich mit zusammengekniffenen Lippen umdreht und zu ihrem Wagen zurückgeht, erst jetzt spürt Louis, was alles gefehlt hat.

Es ist vorbei. Das Ende hinterlässt keine Lücke, es reißt sie nur auf.

Sonntags gab es kaum Verkehr, außer gegen zehn Uhr morgens, wenn die Glocken der Kirchen läuteten, und um die Mittagszeit, wenn die Kirchgänger nach dem Gottesdienst die nächstgelegenen Kneipen zum Frühschoppen anstrebten oder aber nach Hause schlenderten. Damals, in Louis' Heimatdorf, war es ähnlich gewesen, mit dem Unterschied, dass in dem winzigen Ort auch sonst kaum Fahrzeuge unterwegs gewesen waren.

Louis steuerte den Wagen an der wie ausgestorben daliegenden Fußgängerzone vorbei und über die Brücke auf die andere Flussseite, wo sich nach ein paar Straßenzügen mit gediegenen Einfamilienhäusern die ersten Wohnblöcke dem kühlen Oktoberhimmel entgegenstreckten. Erstes Laub wirbelte über die gepflasterten Bürgersteige, dunkelroter wilder Wein rankte sich über die Fassade eines Bungalows, vor einigen Häusern sprenkelte frisches Grün die vom langen Sommer ausgedörrten Rasenflächen.

Vor dem Sechsfamilienhaus, in dem Penny mit ihrer Familie wohnte, lagen zwei Kinderfahrräder in den Rabatten, ein kaputter Ball war auf den Jägerzaun, der das Grundstück begrenzte, gespießt. Louis blieb einen Moment im Wagen sitzen, nachdem er den Motor ausgestellt hatte, und betrachtete die blankgeputzten, von hellen Gardinen gerahmten Fenster der Erdgeschosswohnung. Woher seine Schwester ihre hausfraulichen Fähigkeiten genommen hatte, war ihm immer noch unerklärlich. Zu Hause hatten sie nichts dergleichen gelernt, im Gegenteil. In dem geduckten Bauernhaus, in dem sie groß geworden waren, hatten Chaos und Unordnung geherrscht. Sie waren einfach zu viele Personen gewesen, hatte Louis immer gedacht. Und zu viele Tiere. Aber tief im Innern wusste er, dass es nicht daran gelegen hatte.

Er zog die Handbremse an und stieg aus.

Pennys wortkarger Teenagersohn öffnete. Ein Lächeln zog über sein Gesicht, dann brummte er etwas Unverständliches, bevor er zur Seite trat. Aus der Küche kam ihm Penny entgegen, wie immer strahlte sie über das ganze Gesicht, als sie ihn sah.

„Lambi!", rief sie und umarmte ihn mit den Oberarmen, wobei sie die beiden Topflappen in die Höhe hielt. „Schön, dass du da bist! Ich hoffe, du hast ordentlich Hunger!"

„Klar“, sagte Louis und tätschelte die beiden Katzen, die maunzend aus dem Wohnzimmer geschossen kamen. Sein Schwager kam zum Türrahmen und nickte ihm zu.

„Mahlzeit“, sagte er. „Na, Louis, alter Ganove? Wie stehen die Aktien? Marius, los, hol mal das Wasser rein.“ Bei den letzten Worten zog sein Tonfall an, und Marius trabte mit eingezogenem Kopf an ihm vorbei ins Wohnzimmer.

Louis spürte, wie der Ärger über die herrische Art seines Schwagers in ihm hochkochte, aber dann rief er sich zurück. Er musste schließlich die nächste Stunde mit diesem Mann in einem Zimmer verbringen. Eventuell auch länger.

Dirk, sein Schwager, betrachtete ihn mit leicht zusammengekniffenen Augen, als Louis den beiden Katzen schließlich abschließend auf die Flanken klopfte und aufstand. „Na, alles klar? Was macht die Arbeit? Hat der alte Benningsen immer noch nicht ins Gras gebissen?“

Louis brachte es nicht über sich zu lächeln. „Nein“, sagte er und sah in die Küche, wo seine Schwester damit beschäftigt war, einen Braten aus dem Ofen zu holen. „Ich hoffe auch, dass er sich damit Zeit lässt.“

„Ach, ich sag immer, die Alten sollen frühzeitig abtreten und an die Jungen übergeben“, sagte Dirk und gähnte unverhohlen. Dann hob er die Stimme. „Petra, was ist denn jetzt endlich? Mann, sollen wir verhungern?“

„Essen kommt gleich, setzt euch schon mal!“, rief Penny aus der Küche. Dirk drehte sich um und verschwand im Wohnzimmer, aber Louis trat zu seiner Schwester in die Küche.

„Brauchst du Hilfe?“

„Nein … oder doch, wenn du willst, kannst du den Braten mit reinnehmen. Guck mal, ich hab dir einen vegetarischen Hackbraten extra gemacht, ich hoffe, der schmeckt!“ Penny sah ihn mit einem fast ängstlichen Lächeln an, und eine Welle der Zuneigung überflutete Louis.

„Bestimmt“, sagte er und nahm das Brett mit der Bratenschüssel darauf, das Penny ihm anreichte. Sie gab sich immer viel Mühe, und das nicht nur für ihn, ihren jüngeren Bruder. Alles, was Penny tat, machte sie mit Sorgfalt, aber gedankt wurde es ihr nur höchst selten.

Louis' Schwester war einer dieser unscheinbaren Menschen, die nie in den Vordergrund traten, nicht einmal in der Erinnerung. Auf Fotos übersah man sie, bei Beförderungen wurde sie übergangen, schon in Kindertagen war sie nie aufgefallen. Die blauen Flecken an ihren Armen, die Striemen auf ihrem Rücken hatte kein Mensch außer Louis und seinem Bruder je bemerkt oder gar kommentiert.

Penny lief geduckt durchs Leben, aber Louis liebte sie sehr. Sie hatte ihm das Leben gerettet, mehr als einmal.

„Danke“, sagte er, und überrascht sah sie auf. Auf ihrem flächigen Gesicht mit der schiefen Nase malte sich Verwunderung ab, dann lächelte sie in sich hinein.

„Ich komm gleich, setz dich auch schon mal“, sagte sie und bückte sich wieder zum Herd hinunter.

Marius hatte zwei Flaschen Mineralwasser auf den Tisch gestellt und saß schon neben seinem Vater, der etwas in sein Handy tippte und es dann neben seinen Teller legte.

„Riecht gut, aber ob das schmeckt, ist die andere Frage“, sagte Dirk und nahm das Messer, um den Braten anzuschneiden. „Und du, ja, frisst du wieder Karnickelkost?“ Er lachte hämisch, als Penny den vegetarischen Braten vor Louis abstellte, die Kartoffeln und das Leipziger Allerlei daneben, und sich selbst an das Kopfende setzte, jederzeit bereit aufzuspringen.

Dirk begann zu essen, bevor die anderen sich alle bedient hatten, und nach ein paar Sekunden nickte er gebieterisch. „Ist in Ordnung. Haste ja noch mal Glück gehabt.“

Penny lachte pflichtschuldigst, aber durch Marius' Gesicht fuhr ein Zucken.

„Kann ich die Soße?", fragte er, und sein Vater schlug mit der Faust auf den Tisch.

„Kann ich? Kann ich was? Sprich mal den Satz zu Ende, Kerl!"

„Kann ich mal bitte die Soße haben?", sagte Marius und verzog den Mund zu einer fast weinerlichen Grimasse.

Dirk nickte und schob sie ihm zu. „Siehste, geht doch."

Louis' Vegibraten schmeckte mäßig, aber er lobte ihn dennoch. Penny lächelte dankbar, während sie Dirk zuhörte, der wie üblich nahezu das gesamte Gespräch im Alleingang bestritt. Er erzählte von seinen Kollegen beim städtischen Bauhof, ließ sich lang und breit über die Unfähigkeit der zuständigen Verwaltung aus, um dann eine Weile über die ebenso unfähigen Politiker zu schimpfen, bevor er die nichtsnutzige Jugend ins Visier nahm, die überhaupt nicht mehr in der Lage sei, die kleinsten handwerklichen Arbeiten auszuführen.

Louis warf ab und zu eine Bemerkung ein, Penny stimmte zuweilen zu oder schüttelte den Kopf, und Marius schwieg vor sich hin. Er war mittlerweile knapp sechzehn, ein schmaler, hellhäutiger Junge mit mattem Blick und schlaffer Körperhaltung, der sich tief in sich selbst zurückgezogen zu haben schien und nur redete, wenn man ihn direkt ansprach. Louis war in den eineinhalb Jahren, seit er hergezogen war, zweimal mit ihm ins Kino gegangen und einmal an einen See gefahren. Bei diesen Gelegenheiten hatten sie einige Momente großer Vertraulichkeit erlebt, aber die waren verflogen, sobald Louis Marius wieder zu Hause abgesetzt hatte. Der Junge litt unter der Übermacht seines Vaters, das war deutlich zu spüren, auch wenn Dirk nie gegen seinen Sohn die Hand erhoben hatte. Louis tat das leid, aber es ließ sich nicht ändern. Marius musste selbst seinen Weg finden.

Nach dem Hauptgang tischte Penny den Nachtisch auf, Vanilleeis mit Himbeeren, dann verschwand sie in der Küche, während Marius sich in sein Zimmer zurückzog und Louis weiter Dirks Reden zuhörte, bis Penny mit drei Espressotassen zurückkam.

Mit gerötetem Gesicht ließ sie sich auf dem Stuhl nieder und rührte geschäftig in ihrem Espresso. „Lambi", sagte sie, „hast du schon eine Wohnung in Aussicht?"

„Nein, aber es eilt nicht. Ich hab mir das alte Büro über der Werkstatt recht gut ausgebaut, eine Weile wird das gehen."

Dirk lachte. „Askese, was? Warum gemütlich, wenn es auch ungemütlich geht."

Louis ärgerte sich, aber er atmete tief durch, um ruhig zu bleiben. „Genau", sagte er leise.

Penny blies zum wiederholten Mal auf ihren Espresso, dann nahm sie einen kleinen Schluck. „Wenn es zu kalt wird, Lambi, kommst du zu uns, dann stellen wir die Liege im Bügelzimmer auf."

Dirk nickte. „Ja, kannste machen." Dann kniff er die Augen erneut zusammen. „Ich möchte echt mal wissen, woher dieser komische Spitzname kommt. Lambi! Was soll das denn heißen?"

Penny erstarrte für einen Moment und blies angestrengt erneut auf ihren Kaffee, bevor sie Louis einen kurzen Blick zuwarf.

Er übernahm. „Wissen wir auch nicht mehr", sagte er achselzuckend. „Keine Ahnung."

Dirk sah erst ihn, dann Penny, die immer noch auf ihren Kaffee blies, argwöhnisch an. Dann grinste er. „Bestimmt, weil du es mit den Lämmern getrieben hast, was?", lachte er und schüttelte sich dabei vergnügt.

Louis sah auf und schob seine leere Tasse von sich weg. „Nein, das bestimmt nicht", sagte er scharf. „Dirk, manchmal hast du offenbar eine echt abgründige Fantasie."

Dirk hörte auf zu lachen und sah ihn irritiert an, dann beugte er sich zu Penny hinüber und klopfte ihr auf den Hinterkopf, eher zärtlich denn roh, wie Louis konstatierte. Penny hielt still, dann atmete sie aus, als Dirk sich wieder zurücklehnte. Ihr Gesicht war immer noch gerötet, mehr noch als gerade eben.

Dirk sah von ihr zu Louis und wieder zurück, dann zuckte er mit den Schultern und seufzte. „Ihr seid echt komisch, ihr beiden", sagte er, und in seiner Stimme klang eine ganz leichte Resignation mit. „Echt komisch, ihr zwei. Ihr könntet eigentlich auch miteinander verheiratet sein. Aber geht ja nicht. Zum Glück. Für mich." Er grinste und hob dabei die Brauen, und Louis lächelte nach einem Moment zurück. Diese Momente, in denen sein Schwager seinen Gefühlen für Penny auf eine etwas verquere Art Ausdruck verlieh, waren höchst selten. Aber es gab sie, und das reichte, um alles zu halten.

„Lambert!"

Der Ruf hallt durch den Stall wie ein Peitschenknall. Lambert zieht automatisch den Kopf ein und die Schultern hoch, während er die Mistgabel mit Wucht in den Haufen vor sich stößt. Er weiß, dass sein Onkel ihn längst gesehen hat; er sieht Lambert immer, findet ihn jedes Mal mit nicht zu überlistender Sicherheit, als könnte er ihn riechen, seine Spur aufnehmen.

„Lambert, hierher!" Die Stimme ist nähergekommen. Aus dem Augenwinkel sieht Lambert die gedrungene Gestalt, die sich breitbeinig in die Stalltür gestellt hat.

Verbissen zieht er die Mistgabel wieder heraus und stößt sie erneut in den Haufen. Die Kühe in ihren Boxen bewegen sich unruhig, Ketten klirren, und ein vielstimmiges, aber leises Muhen ist zu hören, als Onkel Walter die Tür hinter sich zuzieht und damit den Rest trüben Lichts von draußen aussperrt. Dann legt er den Riegel vor.

„Hierher, Kerl!" Im Gehen greift er nach seinem Gürtel, zieht ihn auf, lässt die Hose nach unten gleiten. Er hält seinen Penis schon locker pendelnd in der Hand, als er Lambert erreicht, der erst jetzt, viel zu spät zurückweicht. Onkel Walter reißt ihn nach vorn, drückt ihn in die Knie, greift nach seinem Nacken. Wie in einem Schraubstock hält er Lamberts Kopf gefangen, mit einer Hand, mit der anderen zwingt er seinen Kiefer auseinander.

„Los!" Seine Stimme ist mehr ein Grunzen, Lambert sieht, dass seine Schenkel zittern, dann schließt er die Augen, versucht, den Kopf wegzudrehen, aber vergeblich. Der Penis seines Onkels klopft gegen seine Wange, dann gegen seine Lippen, die sich hart über seine Zähne spannen.

„Mach den Mund richtig auf, du kleiner Scheißkerl!", grunzt sein Onkel, dann stopft er ihm seinen Penis in den Mund.

Wie immer hat Lambert das Gefühl, gleichzeitig zu ersticken und erbrechen zu müssen; er will schreien, aber es kommt nichts heraus, nur ein Ächzen. Es tut weh, richtig weh, die harte Hand in seinem Nacken, der feste Griff in seinen Kiefer, der feste, stinkende Penis, der seine Mundhöhle ausfüllt, sich bewegt, vor und zurück, vor und zurück, noch tiefer hinein, bis er Lambert zum Würgen bringt. Nicht einmal zubeißen könnte er, keine Kraft hat er im Kiefer, nirgendwo Kraft. Wann ist es vorbei, wann ist es vorbei, wann, ist, es, vorbei, vorbei, vorbei.

Lambert fliegt weg, fliegt, fliegt in die Höhe, nach hinten und vorne zugleich, sein Mageninhalt kommt ihm hoch, aber nein, das geht nicht, dann wird er ersticken, und dann, und dann, und dann gibt er nach.

Mit einem Aufschrei stößt ihn sein Onkel nach hinten, jault auf, hält sich den Schritt. Lambert spuckt, weiße Schlieren, und dann erbricht er, die Reste von Nudeln mit Soße, in einem Bogen spritzt alles heraus, auf den Boden, auf die Stiefel des Onkels, die Hose.

„Du Sau!“, schreit Onkel Walter. „Du hast mich gebissen!“ Seine Hand fliegt durch die Luft, wie einer der Tornados, die Lambert manchmal am Himmel betrachtet, den ganzen Körper in die Wiese gepresst, die gefalteten Hände unter dem Hinterkopf, einen Grashalm im Mund. Wenn sie die Überschallmauer durchbrechen, ist der Knall so heftig, dass Lambert aufjuchzt, vor Freude, weil sich tief in ihm etwas zusammenballt.

Aber das, was sich jetzt in ihm zusammengeballt hat, ist das Gegenteil: Hass, und Wut, und ohnmächtiger Zorn, und der Knall zerreißt ihn fast.

Als er den Riegel zurückschlägt und aus dem Schuppen stürzt, ist das trübe Licht so hell wie gleißender Sonnenschein in seinen Augen. Mit beiden Händen hält er sein Ohr, in dem der Schmerz schreit wie die Kuh, die neulich gekalbt hat.

„Lambi!“, ruft Penny und rennt über den Hof auf ihn zu, „Lambi!“, aber er hört es nur halb, mit einem Ohr. In seinem Kopf dröhnt und rauscht es, und dann ist Penny da, die ihn weiterzieht, weg vom Schuppen, weg von Onkel Walter, hinein ins Feld, zwischen die hochaufragenden Maishalme, die über und hinter ihnen zusammenschlagen und sie verbergen. Bis sie stehenbleiben und Penny ihn hält und er sich vorbeugt und sich erneut übergibt.

Die restlichen Nudeln vermischen sich mit der braunen, fetten Erde zu seinen Füßen. Schwallartig erbricht er ein drittes Mal. Pennys schmale Mädchenhand krallt sich in seinen Oberarm, und als Lambert mühsam den Kopf hebt, sieht er, dass ihre Lippen sich bewegen.

Sie flüstert seinen Namen, und er weiß, dass sie ihn festhalten wird, so lange, bis das Rauschen und Dröhnen verklungen sein, bis Ruhe eingekehrt sein wird. Und dann das übliche Schweigen. Alle wissen es, und niemand redet darüber.

Penny wird ihn festhalten, jetzt und dann wieder, wenn die Nacht sich über das Land legt. Und darüber hinaus.

Später, als Dirk auf den Balkon gegangen war, um zu rauchen, verabschiedete sich Louis von seinem Neffen und rief einen letzten Gruß zu seinem Schwager hinaus. Penny brachte ihn zur Tür und kam dann, kurzentschlossen, mit hinaus, um ihn zum Auto zu begleiten.

Am Wagen rauchte sie eine hektische Zigarette und sog mit jedem Atemzug den Rauch bis tief in die Lungen. Louis stand ruhig da und betrachtete sie, seine große Schwester, die ihn mit jedem Jahr mehr an ihrer beider Mutter erinnerte. Sie hatten die gleiche runde Gesichtsform, die gleichen gedrungenen Gliedmaßen, und mit steigendem Alter krümmte sich Pennys Rücken auf ähnliche Art wie der ihrer Mutter. Hätte sie länger gelebt, wäre sie sicher bucklig geworden. Louis hoffte nur, dass das Penny nicht widerfahren würde.

Als hätten seine Gedanken ein Echo in den ihren gefunden, blickte Penny hoch. „Gestern wäre Mutter einundsiebzig geworden."

Er nickte und schob die Hände in die Hosentaschen. Hinter ihnen fuhren zwei lachende Kinder auf ihren Rädern vorbei, und Penny folgte ihnen mit dem Blick, bis sie hinter dem nächsten Mietsblock verschwunden waren.

„Denkst du manchmal an sie?", fragte sie, und Louis spürte selbst, wie seine Lippen sich versteiften.

„Selten", sagte er knapp. „Mit jedem Jahr rutscht sie mir weiter fort. Manchmal denke ich, dass ich sie gar nicht mehr erkennen würde, wenn ich sie jetzt auf der Straße sähe."

Penny hob die Brauen und dachte einen Moment nach. „Doch. Ich schon. Aber ich hatte ja auch mehr mit ihr zu tun."

Es klang, als spräche sie über eine entfernte Bekannte, und ein wenig fühlte es sich für Louis auch so an. Penny hatte den Kontakt zur Mutter gehalten, auch, nachdem der Vater Mitte der neunziger Jahre an einem Herzinfarkt gestorben war und Hanno den Hof übernommen hatte. Ihre Mutter hatte den Vater nicht lange überlebt, und natürlich erinnerte Louis sich an sie, an ihre kleine, gedrungene Gestalt, die schwieligen Hände, übersät mit Altersflecken, trotz ihres damals noch recht jungen Alters. Er erinnerte sich auch an ihre Stimme, die bis zum Ende den weichen Tonfall der Schlesier behalten hatte, und an zwei, drei Umarmungen, seltene Gesten der Zuneigung, die sie ihm hatte zuteilwerden lassen. Er wusste nicht, ob sie ihn eigentlich geliebt hatte; im Gegenteil, natürlich, so schien es ihm, hatte sie ihn abgelehnt, bei all dem Ärger, dem Kummer, den Schwierigkeiten, die er verursacht hatte. Instinktiv hatten sie gespürt, dass er anders war als alle anderen, ein Sonderfall, ein Freak, eine Missgeburt.

Alle hatten ihn abgelehnt, seine Mutter, der Vater, sein Bruder Hanno, Onkel Walter, der mit auf dem Hof gelebt hatte, seine Frau, deren Kinder. Alle, bis auf seine Schwester Petra. Sie hatte immer zu ihm gehalten, vielleicht aus Mitleid, vielleicht aus Mitgefühl; es war ihm nicht wichtig. Ihr Beistand war für ihn überlebenswichtig gewesen, ohne sie wäre er zerbrochen.

Sie und die Zuwendung, die er durch die Tiere erfahren hatte, das waren die Konstanten in seinem von Kummer und Lieblosigkeit geprägten Leben gewesen.

Er selbst, dachte er manchmal, hätte sich auch nicht gemocht. Als Kind nicht, und als Jugendlichen erst recht nicht. Er gehörte nicht dazu. Sie hatten es gespürt, alle.

Auch heute schienen die Menschen es zu spüren, dass er anders war, wie einen ganz feinen, fremden Geruch in der Nase, der sich nicht zuordnen ließ, wie ein Geräusch, das man nicht orten konnte, aber immerfort hörte, ganz leise, weit in der Ferne.

Aber heute mochte Louis sich selbst. Und das rettete ihn.

Seine Schwester drückte die Zigarette aus und sah zum Nachbarhaus hinüber, aus dessen Tür gerade ein Paar auf den Gehweg hinaustrat. Ein noch recht junges Paar, dessen Gang jedoch viel älter wirkte, fast greisenhaft. Der junge Mann hatte den Arm um die Schultern seiner Frau gelegt.

„Das ist so traurig", sagte Penny und schüttelte den Kopf. „Die beiden da drüben, die haben ihre Babys verloren, noch im Bauch sind die gestorben, alle beide. Schrecklich, oder?"

Louis wandte den Blick ab. Es kam ihm ungehörig vor, die trauernden Eltern genauer zu betrachten, jetzt, wo er wusste, dass sie es waren, für die er den kleinen Kindersarg gefertigt hatte. „Ja", sagte er, „so was ist schlimm. Ich … ich muss jetzt los. Danke fürs Essen, das war sehr lecker. Ich melde mich, ja?"

Penny griff nach seinem Arm und drückte ihn. Das machte sie immer beim Abschied: ihn halten, für einen Moment. „Ja, melde dich!", sagte sie. „Und pass auf dich auf!"

Louis nickte, dann beugte er sich plötzlich vor und legte die Arme um seine große Schwester, die erschrocken die Luft einsog und ihn dann ebenfalls an sich drückte. Hinter ihnen klappte eine Autotür, dann wurde der Motor gestartet. Louis ließ Penny erst los, als der Wagen davonfuhr.

Als er im Auto saß und ein letztes Mal zu Penny hinüberwinkte, die immer noch dastand, mit einem versonnenen, zugleich etwas ratlosen Ausdruck im Gesicht, fiel ihm auf, dass niemand, weder Penny noch Kuipers noch er selbst, das Geschlecht der Babys erwähnt hatte. Sie hatten nicht lange genug gelebt, als dass es eine Rolle gespielt hätte.

Bei ihm selbst hatte es schon früh eine Rolle gespielt. Jahrelang war seine Geschlechtsidentität eine der wichtigsten Fragen gewesen, die ihn umgetrieben hatte.

Er hatte sie gelöst. Auf seine Art.

Das zumindest war für ihn endgültig geklärt.

Der Termin beim Notar verlief erstaunlich unspektakulär. Louis hatte irgendwie eine feierlichere Stimmung erwartet, aber schon als er gemeinsam mit Benningsen die Kanzlei betreten hatte, war seine eigene Aufregung verpufft. Benningsen hatte sich für seine Verhältnisse erstaunlich herausgeputzt und trug zu braunen Cordhosen ein helles Polohemd und darüber ein in die Jahre gekommenes Jackett, und Louis wurde den gesamten Termin über den Verdacht nicht los, dass sein Chef sich ausgesprochen unwohl darin fühlte. Unentwegt zupfte er am Revers oder an der Hose herum, und als er den Stift von Schröder entgegennahm, um die Übertragungsurkunde zu unterzeichnen, zog er den Ärmel ganz hoch und machte Anstalten, ihn umzukrempeln, bevor er sich wieder besann.

Schröder selbst wirkte auf Louis wie ein schmieriger Winkeladvokat; er hätte einen solchen Typus Anwalt in dieser kleinen Stadt nie im Leben erwartet, eher in heruntergekommenen Großstadtvierteln. „So, das hätten wir dann", sagte er und lachte ein gackerndes Lachen, während er die unterzeichneten Dokumente zusammenschob. „Gratuliere. Eine weise Entscheidung, nicht bis zum letzten Moment zu warten. Tja, dann alles Gute!" Er drückte erst Benningsen, dann Louis die Hand und komplimentierte sie beide zügig hinaus.

Draußen, auf dem schmalen Bürgersteig, standen Louis und Benningsen einen Moment lang verlegen herum. Ein Lastwagen ratterte so dicht an ihnen vorbei, dass Louis reflexartig nach Benningsens Arm griff, um ihn dichter an die Hauswand zu ziehen. Benningsen sah ihn irritiert an.

„Tja, nu haben wir das geregelt“, sagte er und rückte sein Jackett gerade. „Und was nun?“

„Hast du Hunger? Sollen wir zu Mittag essen?“

Benningsen zog eine Grimasse. „Wat? Mittag essen? Im Restaurant, ganz schnieke oder wat?“

Louis musste lächeln. „Na, schick genug bist du ja angezogen.“

„Du aber nicht, min Jung“, sagte Benningsen und lachte, um dann kurz zu husten. „Du brauchst wirklich einen feinen Anzug, so geht dat nicht.“ Er dachte einen Moment lang nach, dann blitzten seine Augen unternehmungslustig auf. „Komm, dat machen wir. Wir gehen einen Anzug kaufen und danach was essen.“

Einen passenden Anzug fanden sie nicht; nach dem Besuch zweier Modegeschäfte mit Herrenabteilung, in denen Benningsen pausenlos den Kopf schüttelte, während er die Preisschilder besah, und Louis fünf Hosen und Jacketts nacheinander anprobierte, von denen eins biederer aussah als das nächste, gaben sie auf.

Benningsen plädierte für den stadtbekannten Fischimbiss, wo es preiswerte Mittagsgerichte gab, und kurze Zeit später saßen sie einander an einem schmalen Resopaltisch gegenüber, eingerahmt von zufrieden kauenden Seniorinnen und einigen hungrigen Berufsschülern, die Berge von Mayonnaise auf ihre Fish-and-Chips-Teller spritzten und mit vollem Mund über ihre Klassenkolleginnen redeten.

Benningsen wünschte Louis einen guten Appetit und machte sich mit sichtlichem Genuss über sein Schollenfilet mit Pommes her, aber Louis hatte keinen rechten Appetit. Plötzlich, inmitten dieser höchst unterschiedlichen Menschen, die mit ihm in dieser Stadt lebten, fühlte er sich wie ein Eindringling, ein Schmarotzer, der sich heimlich hier niedergelassen hatte.

Louis sah Benningsen über seinen Teller hinweg an. „Ich muss dich jetzt doch mal was fragen", sagte er. Benningsen warf ihm einen kurzen Blick zu und nickte, während er sich eine weitere Pommes in den Mund schob und mit Cola nachspülte.

„Nur zu, Jung."

„Warum hast du das gemacht? Mir deine Firma übergeben. Letzten Endes kennst du mich doch wirklich kaum."

Benningsen nickte und nahm eine weitere Pommes. „Muss ich auch nicht", sagte er.

„Warum nicht? Ich meine, du … Du hättest doch auch einfach verkaufen können. Du wohnst dein ganzes Leben lang hier, es gäbe bestimmt zig Leute, die dir den Laden liebend gern abgekauft hätten."

Eine alte Dame trug ihr Tablett an ihm vorbei und lächelte ihn freundlich an, und das brachte Louis für einen Moment aus dem Konzept. Als er Benningsen wieder ansah, trank der gerade sein Glas leer und setzte es ab.

„Das mag sein. Aber ich wollte, dass du den Laden übernimmst und fertig."

„Aber ich bin ja noch nicht mal von hier!"

„Ich will dir mal was sagen", sagte Benningsen und beugte sich über seinen fast leeren Teller. „Du bist nicht von hier, nee. Aber du bist jetzt hier. Und wie ich das sehe, bleibst du auch. Und nun iss und mach dir nicht so'n Kopp."

Louis sah ihn noch einen Moment nachdenklich an, dann nahm er eine Gabelvoll Kartoffelsalat, der als selbstgemacht angepriesen wurde. Drei Teenager gingen lärmend an der Schaufensterscheibe vorbei, und dahinter hupte ein aufgemotzter Mazda einen nagelneuen VW Golf an, bevor beide außer Sichtweite rollten.

Das hier war jetzt der Ort, an dem er lebte. Und wie es aussah, noch für lange Zeit. Für einen Moment schnürte die Aussicht Louis die Kehle zu, aber dann schüttelte er seine Bedenken ab und nahm noch eine Gabelvoll. Der Kartoffelsalat war tatsächlich eindeutig selbstgemacht.

Nach dem Essen fuhren sie wieder zurück zur Werkstatt, wo Benningsen sein Fahrrad stehen hatte. Als Louis den Wagen abschloss und Benningsen ansah, der gerade dabei war, die Werkstatt zu öffnen, überkam ihn ein irritierendes Gefühl der Verlorenheit. Von nun an würde Benningsen nicht mehr regelmäßig kommen, um mit ihm gemeinsam in der Werkstatt zu arbeiten und Aufträge zu sichten. Er hatte den Stab an Louis weitergegeben, auch wenn noch niemand sonst darum wusste. Benningsen hatte Louis gebeten, den Wechsel noch nicht herumzuerzählen, erst zum Jahresende wollte er bekanntgeben, dass er sich offiziell aus dem Geschäft zurückgezogen hatte. Jetzt, während er Louis zulächelte und die Tür weit aufstieß, wirkte er leicht und unbeschwert, als wäre ihm eine Last von den Schultern gefallen – eine Last, die nun Louis zu tragen hatte.

„Alles klar, min Jung?", fragte er und fuhr sich durch sein schütteres Haar.

„Ja, alles klar. Ich gehe eben zum Supermarkt rüber, um Kaffee zu kaufen. Brauchst du auch noch etwas?"

Benningsen schüttelte den Kopf. Die goldene Oktobersonne schien genau auf sein zerknittertes Gesicht, als er sein Revers geradezog und Louis zunickte. „Bis dann", sagte er und sog die Luft ein. „Riecht gut, was? Bald kommt der Winter." Und damit drehte er sich um und verschwand in der Werkstatt.

Louis sah ihm noch einen Moment nach, dann machte er sich auf den Weg.

Es roch tatsächlich gut, in der Luft lag ein schwacher, dennoch eindringlicher Duft nach schwerer Erde. Auf der nahen Landstraße zogen einige Lastwagen hintereinander vorbei, von weiter fern kam das dumpfe Rumpeln eines Güterzuges, das allmählich wieder verklang. Als Louis die Ecke erreichte, rief jemand seinen Namen. Er drehte sich um.

Nell kam gerade aus dem Haus, erfreut winkte sie ihm zu. Louis blieb stehen und wartete, bis sie bei ihm angelangt war.

„Wo ist der Hund?"

„Na, das ist ja schön, dass ich so begrüßt werde", sagte sie und kam lächelnd zu ihm herüber. „Der Hund ist zu Hause, ich gehe nur rasch zum Supermarkt rüber."

„Dann begleite ich dich, wenn ich darf", sagte Louis, überrascht darüber, wie sehr er sich freute, sie zu sehen. „Und, hast du dich schon eingelebt?"

Sie nickte und passte sich seinem Schritt an. „Es geht so. Ja und nein. Ich bin mir nicht so sicher, was ich hier eigentlich mache." Sie lachte auf und schüttelte den Kopf.

Louis betrachtete sie von der Seite, während sie nebeneinander her die Straßen entlangliefen. Er konnte ihren Gesichtsausdruck nicht deuten, aber gerade das gefiel ihm. „Und, was machst du hier so?"

Nell verdrehte die Augen und seufzte. „Ich besuche meine Mutter, streite mich mit ihr herum, richte die Wohnung ein und versuche auszuloten, wie sehr es mir hier gefällt."

„Na, das klingt nach Vollzeitbeschäftigung." Ein Wagen mit niederländischem Kennzeichen schoss an ihnen vorbei und bog auf den großen Parkplatz vor dem Supermarkt ein. Nicht allzu viele Autos hatten dort geparkt, aber es war auch noch ein wenig zu früh für den gewöhnlichen Nachmittagseinkaufsverkehr, der gegen sechzehn Uhr begann.

„Allerdings", sagte Nell und zog den Reißverschluss ihrer dunkelgrünen Bomberjacke zu, um die Louis' Neffe sie sicher beneidet hätte.

„So ein Sabbatjahr …“, sagte Louis und steckte die Hände in die Hosentaschen, während sie auf den Eingang zugingen. „Das ist doch eine einjährige Pause vom Beruf, richtig? Was machst du denn beruflich?“

Nell warf ihm einen forschenden Blick zu, während sie einer Frau mit einem bis oben gefüllten Einkaufswagen auswich. „Ich bin Vermessungstechnikerin. Im Katasteramt.“

Louis blieb verblüfft stehen. „Im Katasteramt? Da, wo man diese kleinteiligen Karten der Umgebung bekommt?“

Nell musste herzlich lachen. „Ja, unter anderem. Aber ich sitze normalerweise nicht an der Kasse, sondern im Büro und beuge mich über riesige Landpläne.“

Sie nahm einen Korb aus dem Gestell neben der Kasse und hielt ihm ebenfalls einen hin, aber er schüttelte den Kopf.

„Nein, danke, ich brauche nur Kaffee. Und das macht Spaß?“

Sie sah ihn an, und um ihre Mundwinkel spielte ein kleines, spöttisches Lächeln. „Stell dir vor, ja. Es macht Spaß, du hast einen Überblick über die Welt, in der du lebst, die den wenigsten Menschen vergönnt ist. Es ist wie Fliegen, nur auf einer anderen Ebene.“

Er zog die Brauen hoch. „Wie poetisch!“

Sie nickte und sah ihn schräg an. „Man kann allem etwas Poetisches abgewinnen, glaube ich.“ Zielstrebig steuerte sie zur Kühlwarenabteilung hinüber, und er folgte ihr wie ein Hündchen und sah zu, wie sie Butter und Hafermilch in ihren Korb legte, dann eine Packung Camembert und ein Stück Parmesan. Plötzlich drehte sie sich um. „Wollest du nicht bloß Kaffee?“

Er nickte ertappt. „Ja, aber … also, wenn ich schon mal so anregende Gesellschaft habe, dann muss ich sie natürlich auskosten.“

Sie grinsten sich an. Dann lachte Nell leise. „Das kannst du auch anders haben, Louis. Wollen wir uns mal verabreden? Zum Essen? Oder zu irgendwas anderem?"

Ihre Worte hätten durchaus anzüglich klingen können, aber sie taten es nicht. Ohne, dass er es genauer hätte erklären können, wusste Louis, dass Nell in ihm keinen potenziellen Sexualpartner sah. Ein Teil von ihm bedauerte das, der andere hieß es gut. Es würde sich zeigen, welcher die Oberhand behielt.

„Ich komme gern mal zum Essen zu dir", sagte Louis. „Ich selbst kann nicht so besonders gut kochen."

Nell zuckte mit den Schultern. „Ich auch nicht. Aber du kannst dennoch gern kommen. Nächste Woche?"

„Gerne."

„Such dir einen Tag aus."

„Mir ist jeder Abend recht."

Nell schüttelte den Kopf. „So geht das nicht, du musst dich schon entscheiden!"

„Also dann Mittwoch."

„Gut", sagte Nell, nahm ihren Korb wieder hoch und ging los, auf den Gemüsestand zu. Louis trabte ihr hinterher, aber an der Ecke des großen Kühlschranks blieb Nell abrupt stehen. Louis pralle gegen sie; im gleichen Moment wurde Nell nach hinten gestoßen. Der Korb fiel ihr aus der Hand, und der Inhalt verteilte sich über den gefliesten Boden.

„Oh, Entschuldigung, das tut mir aber …" Nell, Louis und die Frau, die den Zusammenprall verursacht hatte, bückten sich alle drei gleichzeitig nach Nells Einkäufen, aber dann hielten sie alle drei wiederum gleichzeitig inne.

„Ach, guck, Frau Gubitz! Was machen Sie denn hier?" Beate Schwuchow sah Nell erstaunt an, dann entdeckte sie Louis, und eine Spur Röte zog durch ihr offenes Gesicht. „Und Sie auch hier?!"

„Wir tätigen Einkäufe", sagte Louis und legte die Butter wieder in Nells Korb zurück. „Und Sie, was machen Sie hier?"

Beate Schwuchow sah ihn verwirrt an, dann fing sie an zu lachen, während sie sich alle drei wieder aufrichteten. Amüsiert standen sie da und betrachteten sich gegenseitig.

„Das ist aber ein lustiger Zufall", sagte Beate Schwuchow und richtete ihren hellen Blick auf Nell. „Wollten Sie nicht längst wieder abgereist sein, oder sind Sie schon wieder da?"

„Ich bin noch da", sagte Nell. „Und ganz in Ihrer Nähe. Ich habe mir eine kleine Wohnung gemietet."

„Was? Wo?" Beate Schwuchow sah so verdutzt aus, dass ihr Gesicht sich fast zu einer Grimasse verzerrte. „Hier in der Nähe?"

„Beim ehemaligen Tierarzt Dr. Rohde vorn an der Ecke."

„Ach, das wusste ich gar nicht! Das ist ja was! Da sind wir ja jetzt Nachbarn! Da müssen wir aber mal anstoßen! Vielleicht gleich heute Abend, im Hotel? Ich hab schönen Sekt da, richtig guten aus der Champagne! Um acht, oder ist das zu früh? Oder zu spät?" Erst jetzt gelang es ihr, sich wieder zu bremsen. „Auweia, jetzt habe ich Sie ganz überfallen. Aber können Sie, haben Sie Lust? Sie auch?" Sie sah Louis an, und er konnte sich ein Grinsen nicht verkneifen. Ihm war klar, dass die Aufregung nur zum Teil Nell galt, aber jetzt, in ihrer Gesellschaft, machte ihm Beate Schwuchows sichtliche Begeisterung für ihn nichts mehr aus.

„Also, ich kann", sagte er, und Nell lächelte erst ihn und dann Beate Schwuchow an.

„Ja, warum nicht? Um acht also!"

„Hach, das ist schön! Da werde ich …" Beate Schwuchow drehte sich auf dem Absatz um und rief über die Schulter hinweg: „Da werde ich noch ein paar Kleinigkeiten zum Snacken besorgen! Bis nachher!"

Beschwingt eilte sie davon und wich um Haaresbreite einem älteren Ehepaar aus, das mit verwundertem Gesichtsausdruck hinter ihr hersah, bevor es gemeinsam seinen Einkaufskorb weiterschob.

Nell nahm ihren Einkaufskorb in die andere Hand und zwinkerte Louis zu. „Na dann", sagte sie. „Dann also los. Kaffee kaufen. Und ein Blümchen als Gastgeschenk, oder was meinst du? Und jetzt kann ich dir endlich mal eine Frage stellen, die mir die ganze Zeit schon im Kopf herumspukt. Auch, wenn du Gefahr läufst, heute Abend nach acht dasselbe noch mal erzählen zu müssen."

Louis lachte, während er neben ihr weiter an der Gemüseauslage entlangging. „Du willst wissen, was mich hierher verschlagen hat."

„Genau", sagte Nell und nahm eine Gurke vom Gemüsestand.

„Es war ein bisschen Zufall", sagte Louis achselzuckend. „Ich kam wieder zurück nach Deutschland und wusste nicht, wohin. Meine Schwester wohnt hier, und ich dachte, ich lass mich erst mal hier nieder und gucke dann weiter. Aber jetzt bin ich hiergeblieben."

Nell nickte nachdenklich. Über ihnen knackte ein Lautsprecher, und eine Männerstimme in breitem, norddeutschem Dialekt rief eine Verkäuferin aus, mit der Bitte, sich bei der Fleischtheke zu melden. „Du bist nach Deutschland zurückgekommen? Wo hast du denn vorher gelebt?"

„Eine Zeitlang im Ausland." Louis zuckte mit den Schultern.

„Und wo?"

„Hier und da."

„Das ist die blödeste Antwort, die ich je auf diese Frage gehört habe", sagte Nell verärgert und schwenkte angriffslustig ihren halbgefüllten Korb vor und zurück.

Louis lächelte. „Okay. Erst ein paar Monate in Österreich. Und dann fünf Jahre in Schweden."

„Schweden? Das war ich noch nie. Das war sicher schön."

„Ja. Es war sehr schön."

„Und warum bist du von dort weggegangen?"

Louis rieb sich den Nacken. Er dachte nicht direkt an Märta, aber sie war da, die Erinnerung an sie lauerte hinter ihm, wie ein kleines, grimmiges Tier, das bereit war, ihn anzuspringen. „Es war an der Zeit", sagte er.

Es ist September, ein klarer, nicht mehr ganz milder Septembertag. Zwei alte Männer in Wetterkleidung mit riesigen Fernrohren sitzen auf der Bank hinter dem Hafen, als er aus dem Auto steigt. Bella bleibt im Wagen, sie hat nicht einmal Anstalten gemacht, aussteigen zu wollen, als wüsste sie Bescheid.

Märta hat schon gewartet, jetzt läuft sie auf ihn zu, langsam, in ihrem Haar spielt der Wind.

Es ist ein Abschied, und sie weiß es sofort.

„Louis." Sie will ihn umarmen, aber seine Haltung lässt sie erstarren. Dann umarmt sie ihn doch, aber er widersteht dem Impuls, die Arme um sie zu schlingen. Es ist vorbei, es muss vorbei sein, und es ist auch vorbei. Das hier sind die letzten Zuckungen, mit denen das Geflecht aus Begehren und Abstand sich löst und auseinanderfällt.

Die beiden Ornithologen beobachten sie, gelassen sitzen sie nebeneinander auf der Bank, mit freundlichen Mienen; für einen Moment beneidet Louis sie um die Ruhe, die ihnen das Alter verleiht.

„Bleib hier", bittet Märta. „Louis, geh nicht fort." Sie tritt zurück, sieht ihn an.

Aber er schüttelt den Kopf. Er kann nicht, er muss fliehen, flüchten, er muss gehen. Vorsichtig streckt er die Hand aus, streichelt ihr über die Wange, dann dreht er sich um und geht, öffnet die Tür, steigt ein, schlägt sie zu, legt eine Hand auf Bellas Flanke, die ihn genau beobachtet, als wüsste sie, was gerade passiert.

Er sieht nicht in den Rückspiegel, er will nicht sehen, wie sie dasteht und ihm nachblickt. Stattdessen gibt er Gas, biegt in die Straße ein, die zu ihrem Haus führt. Zum letzten Mal wird er daran vorbeifahren.

Es sieht aus wie immer, die Büsche im Vorgarten stehen hoch; als er das Tempo verlangsamt, fliegen ein paar Feldspatzen tschilpend auf.

Bei Stig nebenan steht die Tür auf, Stig biegt gerade um die Ecke, einen Eimer in der Hand. Als er den Wagen hört, bleibt er stehen und dreht sich um. Ihre Blicke begegnen sich, bevor Louis Gas gibt. Louis glaubt, ein kleines, triumphierendes Lächeln in seinem Gesicht zu erkennen, aber er ist sich nicht sicher. Und er ist sich nicht sicher, ob er es wissen will.

Der Strand von Steninge liegt verlassen da, als er am Straßenrand parkt. Jetzt springt Bella sofort auf und hinaus, und niemand außer Louis sieht zu, wie sie mit geblähten Nüstern den Strand entlangläuft, die Nase dicht am Boden, mit unablässig wedelnder Rute. Ein Wind pfeift um Louis' unbedeckten Kopf; er hat seine Mütze im Auto gelassen.

Weit hinten, am Horizont, dampft ein Frachter in voller Fahrt das Kattegatt hinunter. Zwei Möwen schmeißen sich unternehmungslustig hoch in die Luft, sausen wieder herab, dicht über den Hagebuttensträuchern ziehen sie in einer geraden Linie davon.

Louis steht still da, die Fäuste tief in den Taschen seiner Jacke, und sieht Bella hinterher, die jetzt ein Stück Treibholz direkt an der Meereslinie beschnuppert. Der Wind ist kalt, es wird jetzt jeden Tag kälter, die Nächte lassen bereits die eisige Schärfe des nahenden Winters spüren.

Märta hatte ihm in den letzten Wochen weitere unzählige Nachrichten geschickt, keine davon hatte er beantwortet. Nur die letzte, er hatte ihr geantwortet, in ein Treffen eingewilligt, ein letztes, nur einmal noch, einmal noch sie sehen. Sonst nichts.

Märta ist fort; er spürt, wie die letzte lose Bindung zu ihr sich endgültig auflöst, vom Wind davongeblasen wird, hinaus aufs Meer, und eine harte, kalte Leere in ihm zurücklässt, eine Leere, die sich nicht mehr füllen lassen wird.

Die Hagebuttenbüsche wiegen sich im Wind, und Louis' Hand fährt wie von selbst zu seinem schlechten Ohr, das sich eiskalt anfühlt. Als er Bella ruft und zum Auto hinübergeht, fällt ihm auf, dass das Gras um die Häuser oben auf den Klippen und darunter bereits winterkurz gemäht ist, zum letzten Mal im Jahr. Die Häuser und Hütten auf der kleinen Anhöhe sind bereits winterfest gemacht; Louis bleibt stehen und lässt den Blick schweifen.

Die Reichen und Schönen aus Stockholm und Göteborg haben sich hier niedergelassen, teure, kleine Domizile ausgebaut, uralte Hütten entkernt und Millionen investiert, um sie ihrer Komfortzone anzupassen; dazwischen stehen noch ein paar alte Häuser im Originalzustand, bewohnt von alten, freundlichen Schweden. Auch sie werden eines Tages dieselbe vermeintliche Aufwertung erfahren. Aber Louis wird nicht zu denen gehören, die daran mitwirken.

Bella ist auf einmal neben ihm, sieht mit treuen, dunklen Augen kurz zu ihm auf, dann widmet sie sich dem kurzgemähten Gras. Zehn, fünfzehn Schritte sind es noch bis zum Auto, das in der steinigen Parkbucht an der Straße vorn auf ihn wartet, aber Louis dreht sich noch einmal um und bleibt erneut stehen.

Das Meer liegt still und klar da, eine plötzliche Flaute hat eingesetzt, alles ist ruhig. Selbst die Möwen oben auf den Klippen schweigen.

Louis steht still da und lauscht.

Die Einsamkeit springt ihn an wie ein Tier.

Und auf einmal weiß er, dass es Zeit ist zu gehen.

„*Dann also bis nachher,* okay?" Nell lächelte ihn an und zog fragend die Stirn kraus. „Soll ich dich abholen?"

„Ja, gern", sagte Louis. „Um zwei Minuten vor acht?"

Nell lachte, ein klares, helles Lachen, das Louis wie eine Umarmung empfand. „Klar. Um zwei Minuten vor acht!" Sie winkte ihm mit dem kleinen Herbststrauß zu, den sie gemeinsam für Beate Schwuchow ausgesucht hatten. Louis winkte zurück und ging leise vor sich hinpfeifend weiter, die Kaffeepackung unter dem Arm. Das Gras zu seinen Füßen wirkte schon weniger frisch als noch vor ein paar Tagen, es schien ihm, als ob der lange, nicht enden wollende Sommer ihm die letzten Reserven herausgezogen hätte.

Plötzlich hörte er Nell rufen und blieb stehen. Sie war ihm einige Schritte hinterhergekommen und sah ihn fragend an. „Ich hab dich schon ein paar Mal gerufen!", sagte sie mit einem leicht verwunderten und zugleich vorwurfsvollen Ton. Louis nickte.

„Ich höre auf meinem linken Ohr nicht so gut", sagte er. „Tut mir leid."

„Ach so … ich wollte nur wissen, ob du dann schon runterkommst oder ob ich irgendwo klingeln soll. Ich kann mich nicht erinnern, dass ich eine Klingel gesehen hab bei euch", sagte sie mit einem fast entschuldigenden Gesichtsausdruck.

Er winkte ab. „Es gibt auch keine Klingel", sagte er, „ich komme runter. Bis dann!"

Sie winkten sich zu, und dann drehte er sich um und schritt weiter, in den zusehends trüber werdenden Nachmittag hinein. Dass Nell das Fehlen einer Klingel registriert hatte, erfüllte Louis mit Erstaunen, aber auch mit einer gelinden Form von Bewunderung. Er mochte Menschen, die einen scharfen Blick für ihre Umgebung besaßen.

Benningsens Fahrrad lehnte noch neben der Tür zur Werkstatt, die nicht ganz zugezogen war. Obwohl es noch fast drei Stunden bis Sonnenuntergang waren, erschien Louis der Raum fast dunkel, als er die Tür ganz aufzog und eintrat. „Benningsen?“, rief er.

Durch das Oberlicht am anderen Ende der Werkstatt fiel diesiges Licht in den Raum und ließ die noch nicht fertig bearbeiteten MDF-Platten an der Stirnseite größer erscheinen, als sie waren. Benningsen saß am Werktisch in der Ecke des Raumes, die Arme auf den Lehnen aufgestützt, den Kopf in den Nacken gelegt.

„Benningsen“, sagte Louis und ging langsam durch den Raum auf ihn zu.

Benningsen rührte sich nicht. Und noch bevor Louis ihn erreicht und seine Hand an seine bereits erkaltete Wange legte, noch bevor er das erschöpfte Lächeln auf den leicht geöffneten Lippen sah und die zu weit heruntergesackten Schultern registrierte, noch bevor er das große, allumfassende Schweigen verstand, das von Benningsens stillem Körper ausging, noch bevor er all dies erfasst hatte, wusste er mit einer unerschütterlichen, nie zuvor erfahrenen Gewissheit, dass Benningsen ihn, die Werkstatt und diese Welt verlassen hatte.

Teil 3
Ende Oktober

Nell

Eine durchsichtige kleine Plastiktüte wirbelte hoch. Der Wind stieß hinein, blähte sie auf und fegte sie noch weiter in die Höhe. Für einen Moment hing die Tüte waagerecht in der Luft, trudelte um sich selbst und stob dann davon.

Nell sah ihr nach, bis sie hinter dem nächsten Baum verschwunden war. Dann zog sie fröstelnd die Schultern hoch und blickte zu Hector hinunter, der mit steil aufgerichteter Rute vor ihr stand und aufmerksam die umherwirbelnden Blätter beobachtete.

„Hector. Komm, los."

Hector reagierte nicht. Eine kleine Böe fuhr durch sein dunkles, dichtes Rückenfell, und Hector schien die Pfoten noch fester in die festgestampfte Erde zu stemmen. Nell blickte zum Himmel auf. Er sah böse aus.

Langsam ging sie auf die Tischlerei zu. Die Tür zur Werkstatt war zugezogen, aber daneben lehnte neben Benningsens Rad ein weiteres Fahrrad, und Louis' Wagen stand in der Einfahrt.

Seit Louis vor einer Woche mit bleichem Gesicht und starrer Miene in der Tür erschienen war, als Nell ihn zu ihrer Verabredung mit Beate Schwuchow hatte abholen wollen, hatten sie sich jeden Tag gesehen. Es hatte sich so ergeben; Nell hatte Louis' Verwirrung und auch seine plötzlich aufgebrochene Einsamkeit instinktiv erkannt und als Notlage registriert, eine Notlage, die sie nicht einfach ignorieren konnte. Ohne nachzudenken, hatte sie ihm beigestanden, mit kurzen Besuchen und kleinen

Gesten, und – offenbar ebenfalls, ohne nachzudenken – er hatte ihren Beistand angenommen. Wie ein eingespieltes Team hatten sie zu ihrer Verwunderung agiert; binnen kürzester Zeit war eine Nähe zwischen ihnen entstanden, die in keinem Verhältnis zur Kürze ihrer Bekanntschaft stand. Aber sie spiegelte das wider, was Nell schon seit ihrer ersten Begegnung so vage empfunden hatte – eine Art Seelenverwandtschaft, hätte das Wort nicht diesen abgeschmackten Charakter getragen.

Dennoch war es merkwürdig, jemandem, den man kaum kannte, bei einem Todesfall beizustehen. Aber die ganze Situation war ohnehin merkwürdig, und mit jedem weiteren Detail, das Nell von Louis erfuhr, wurde sie merkwürdiger.

Ihre Verabredung mit Beate Schwuchow für denselben Abend hatten sie fürs Erste verschoben. Innerhalb von wenigen Tagen hatte Louis die Beerdigung organisieren müssen, und jetzt, eine Woche danach, war Benningsen schon unter der Erde. Kuipers, der Bestatter gleich nebenan, hatte die Formalitäten übernommen und alles Notwendige veranlasst.

Nell war bei der Beerdigung nicht dabei gewesen, sie hatte Benningsen nicht persönlich kennengelernt; es wäre ihr seltsam erschienen, der Beerdigung eines Menschen beizuwohnen, dem sie zu Lebzeiten nie begegnet war.

Hector kratzte an der Tür zur Werkstatt, und noch bevor Nell sie erreicht hatte, wurde sie von innen aufgezogen, und ein junger Mann erschien in der Tür, der sofort den Blick abwandte, als er Nell entdeckte. Als er Hector bemerkte, zog ein freudiges Lächeln über sein bleiches, von Hautunreinheiten übersätes Teenagergesicht, vorsichtig streckte er die Hand aus und ließ Hector schnuppern, bevor er sich zu ihm herunterbeugte, um ihn zu streicheln. Hinter ihm erschien Louis in der Tür.

„Nell! Das ist ja nett. Hier, das ist mein Neffe Marius. Marius, das ist Nell, meine Nachbarin.“

Marius sah Nell leicht verlegen von unten herauf an und nickte. „Guten Tag!“, sagte er mit einer dem Stimmbruch noch nicht ganz entronnenen Stimme, bevor er sich wieder Hector widmete.

„Ich wollte nur mal vorbeischauen“, sagte Nell und lächelte Louis an. Er wirkte immer noch mitgenommen, aber vielleicht sah er öfter so aus. Nell kannte ihn schließlich nicht lange genug, um das zu beurteilen. „Alles in Ordnung bei dir?“

Louis nickte. Er trug trotz der Kälte – die Temperatur war in den letzten Tagen deutlich in Richtung Gefrierpunkt gesunken – nur ein T-Shirt und eine ausgefranste Jeansweste darüber, dazu seine Arbeitshosen und Arbeitsstiefel. „Und bei dir?“

Nell lehnte sich an den Türrahmen. „Alles gut. Ich dachte, wenn du heute Abend nichts weiter vorhast, vielleicht kommst du mal bei mir vorbei auf ein Bier?“

In Louis’ dunklen Augen flackerte etwas auf, das Nell nicht recht deuten konnte, aber dann nickte er. „Gerne“, sagte er. „Ja. Ich wollte ja schon immer mal deine Wohnung sehen. Ich bring Bier mit, okay?“

„Brauchst du nicht, ich hab welches da“, sagte Nell und warf einen Blick auf Marius, der immer noch damit beschäftigt war, Hector zu streicheln, auf eine unbeholfene, aber hingebungsvolle Art, die Nell vage an Irving erinnerte, als er in Marius’ Alter gewesen war. Auch Irving hatte damals jeden Hund gestreichelt, der ihm über den Weg gelaufen war, mit der gleichen stillen, sehnsuchtsvollen Begeisterung.

Marius schien ihren Blick zu spüren, denn abrupt stand er auf und zog sich seinen olivfarbenen Parka zurecht, der aussah wie eine perfekte Replik der Modelle, die in Nells Jugend modern gewesen waren. „Ich muss mal los“, sagte er, ohne Nell anzusehen, dann hob er linkisch die Hand und winkte Louis zu. „Tschüs, bis dann!“

Louis schlug ihm leicht auf die Schulter und verschränkte die Arme vor der Brust, während er zusah, wie Marius sich auf sein Fahrrad schwang und mit schlenkernden Bewegungen davonfuhr. Nell sah ihm nach; seine dunklen Locken wehten im böigen Herbstwind, der offene Parka schlackerte um den dünnen Körper.

„Schwierige Zeit, die Pubertät.“ Nell lächelte Louis an, der ihr Lächeln erwiderte. Er hob die Schultern und ließ sie wieder fallen.

„Die Kindheit auch. Und später – diese junge Erwachsenenzeit!“

„Aber danach erst mal!“, sagte Nell. „Und dann noch das Alter, unfassbar!“

Louis und sie grinsten sich an, dann rieb sich Louis über die nackten, muskulösen Oberarme. „Ich glaube, es wird langsam Winter“, sagte er. „Ich fühle es ganz deutlich.“

„Wenn ich ärmellos rumlaufen würde, dann würde ich das auch ganz deutlich fühlen“, sagte Nell. „Komm, Hector, wir müssen los. Bis nachher, Louis.“

„Ich freue mich“, sagte er und nickte. „Bis dann.“

Als Nell sich an der Ecke noch einmal umdrehte, stand er immer noch in der Tür der Werkstatt. Aber er sah nicht zu ihr her, sondern in den Novemberhimmel hinauf, dessen fahles Licht lange nicht mehr so böse aussah wie zuvor.

Sie konnte sich immer noch nicht vorstellen, was so ein Typ wie er hier in diesem provinziell anmutenden Ort eigentlich tat.

Aber vielleicht würde sie das ja bald herausfinden.

„Irving?“ Nell kann ihn nicht sehen, aber hören. Sie hört seine Schritte im Flur; er hat seine Turnschuhe nicht ausgezogen, was er eigentlich immer macht. Irving

ist wild, aber einsichtig. Er mag Dreck unter den nackten Fußsohlen genauso wenig wie sie.

„Irving, komm mal her!“

Keine Antwort. Nell seufzt, schiebt ihren Stuhl zurück und steht auf.

Irving steht momentan genau auf der Grenze zwischen Jugendlichem und jungem Mann, noch muss sie darauf achten, einmal beschlossene Regeln mit Konsequenz durchzusetzen. In ein, zwei Jahren wird es dafür zu spät sein. Aber das liegt noch in weiter Ferne.

„Irving!“, sagt sie ein drittes Mal, während sie den Flur betritt. In der Küche ist er nicht, in seinem Zimmer auch nicht und im Wohnzimmer auch nicht. Bleibt nur noch das Bad.

„Irving! Was ist denn passiert!“

Er steht über das Waschbecken gebeugt, sein Oberkörper verdeckt sein Gesicht, aber Nell sieht dennoch das hellrot gefärbte Wasser ins Becken rinnen. Als er den Kopf hebt und sie anblickt, fährt sie zurück. Dann springt sie auf ihn zu, umfasst seinen Oberarm, dreht ihn zu sich herum.

„Mein Gott, Irving!“

„Mama“, sagt Irving mit seiner neuen, tiefen Stimme, die sie immer noch nicht ganz mit dem kleinen, zahnlückigen Jungen, der sie noch vor so kurzer Zeit in grenzenloser Liebe angegrinst hat, in Verbindung bringen kann. „Mama, es ist alles okay. Ist nicht so schlimm.“

„Ist nicht so schlimm?“ Nell dreht ihn zum Spiegel hin, untersucht sein Gesicht genauer. Sein rechtes Auge ist geschwollen, das linke scheint unversehrt. Seine Nase blutet, wenig, aber stetig. Auch sie ist geschwollen. Nells Herz klopft heftig. Verbirgt sich dahinter ein Bruch?

Wer hat ihrem Kind das angetan?

Jetzt ist es so weit, denkt sie im nächsten Moment. Jetzt fängt das an, was ich die ganze Zeit befürchtet habe. Das habe ich davon, dass ich einen Sohn zur Welt gebracht habe.

„Mama", sagt Irving, und jetzt klingt er ein ganz kleines bisschen genervt. „Mensch, Mama, das ist nicht so schlimm, echt jetzt. Ich hab eins aufs Auge gekriegt."

„Und auf die Nase!"

„Nee, da bin ich gegen die Lampe gedongt", sagt Irving und muss trotz seiner offensichtlichen Schmerzen grinsen. „War voll doof, ich hab mich umgedreht und ..." Weiter kommt er nicht, weil Nell die Arme um ihn schlingt und ihn an sich drückt, so fest sie nur kann. Sie spürt, dass Irving etwa sagen will, sich windet, aber dann gibt er nach und umarmt sie ebenfalls.

„Ist echt nicht so schlimm, Mama", sagt er, und Nell drückt ihn noch einmal und lässt ihn dann los.

Wenig später, als sie zusammen in der Küche am Tisch sitzen und Tee trinken und Grießbrei mit Apfelmus, den Nell frisch gekocht hat, wie immer, wenn Irving krank ist, ein Allheilmittel, an das sie fest zu glauben gewillt ist und Irving, wie sie weiß, ebenfalls, auch wenn er es leugnen würde, wenig später erzählt er in kleinen, mühsam von ihr herausgelockten Bruchstücken, was passiert ist.

Es ist in der Tat das, was Nell befürchtet hat. Er ist mit einem Jugendlichen aneinandergeraten, einem aus seiner Schule, eine Klassenstufe über ihm, der ihn schon länger auf dem Kieker hat, eigentlich schon seit der Siebten, seit Irving auf die Schule gekommen ist. Sie sind sich beim Parkfest über den Weg gelaufen, ein Wort gab das andere, dann hat Said Irving ausgelacht. Und geschubst. Seine Mutter beleidigt.

„Deine Mutter?", fragt Nell entgeistert, bevor sie begreift, worum es tatsächlich gegangen ist. „Mich?"

„Ja", sagt Irving und zieht eine Grimasse. „Aber, Mama, ich sag dir jetzt sowieso nicht, was er genau gesagt hat. Da brauchst du mich gar nicht weiter fragen.

Sag ich nicht. Aber ich bin so sauer geworden, ich hab ihn zurückgeschubst. Und er ist dann in so einen Busch gefallen, oder einen Strauch, weiß ich nicht. Und dann …" Er zuckt mit den Schultern, grinst wieder. Wirft ihr einen Blick zu, ganz kurz, verzieht die Lippen, schnaubt. „Dann hat er mir eine gescheuert, und ich bin dann eben an die Lampe, und das war es schon. Da sind dann so zwei andere Typen dazwischen gegangen, und dann war auch schon Schluss."

„Na, zum Glück", sagt Nell und seufzt wieder. Jetzt geht es los, denkt sie, jetzt muss sie etwas tun. Aber was? Die Schule verständigen? Die Polizei einschalten? Was tut man als alleinerziehende lesbische Mutter, wenn der eigene Sohn wegen seiner besonderen Lebenssituation beleidigt und körperlich angegangen wird?

„Nee", sagt Irving und sieht sie mit seinen schrägen, dunkelblauen Augen an, als hätte er ihre Gedanken gelesen. Und vielleicht kann er das auch. „Lass mal, Mama. Das muss ich allein regeln. Du bist doch sonst auch nicht da, das muss ich echt allein hinkriegen."

Nell schluckt. Genau das ist es. Sie ist sonst auch nicht da. Irving ist ein eigenständiger Mensch, kein Kind mehr, bald ein junger Mann. Sie hat nur noch wenig teil an seinem Leben, weiß nur noch einen Bruchteil von dem, was er macht und was ihn bewegt. Vielleicht ist er gar nicht mehr der Junge, den sie noch bis vor Kurzem in- und auswendig kannte.

„Mama", sagt Irving. „Ich bin schon groß. Mach dir mal keine Sorgen." Und dann schnieft er und sieht Nell mit seinem geschwollenen Auge an, und ihr blutet das Herz. Aber das kann sie nicht sagen und zeigen.

Wie erzieht man einen Jungen?, denkt sie. Diese Frage hat sie sich unzählige Male gestellt, schon vor Irvings Geburt. Wie erzieht man einen Jungen, welche Werte gibt man ihm mit, welche Ratschläge, welche Visionen?

Sie weiß nicht, ob sie das gut hinbekommen hat; die meiste Zeit war sie allein mit ihm, manchmal auch nicht. Sie hat ein Netz von Freunden, die sie begleitet haben und immer noch begleiten. Irvings Erziehung ist ein Konvolut aus Ideen, Wünschen, Prinzipien, Regeln und Sehnsüchten, und sie kann nur hoffen, dass dieses Konvolut sich am Ende als tragfähig erweisen wird.

Dass es hält, wenn eine Faust auf die Nase ihres Sohnes zuschnellt.

Nells Mutter war ausnehmend gut gelaunt, als sie Nell die Tür öffnete. „Na, was machst du denn hier?", fragte sie fröhlich und rieb sich die Hände an einem Küchenhandtuch ab. „Ich bereite gerade einen Salat vor. Komm mit."

Nell folgte ihr in die winzige Küche und setzte sich an den Rand der Holztruhe, die ihrer Mutter als Sitzgelegenheit diente. „Ich dachte, ich guck mal vorbei", sagte sie und sah mit leichtem Erstaunen zu, wie geschickt ihre Mutter eine Zwiebel in winzige Stücke schnitt und in die Schüssel gab, in der schon ein ansehnlicher Salat mit einem hellen Dressing vermischt lag. Ihre Mutter hatte nie gern gekocht, aber stets mit Leidenschaft Salatkreationen zubereitet. Nur schade, dass Nell kaltem Grünzeug wenig abzugewinnen vermochte.

Ihre Mutter warf ihr einen kurzen Blick zu und nickte. „Das ist schön. Aber weißt du, Nell, ich habe nachgedacht. Du bist jetzt fünf Wochen hier, und ich frage mich immer noch, was du eigentlich hier machst." Sie gab die Zwiebeln in die Schüssel und rührte mit zwei großen Salatlöffeln, die Nell schon seit ihrer Kindheit kannte, um. „Warum bist du nicht in Berlin und gehst deiner Arbeit nach?"

Nell zog die Beine an und versuchte, den Ärger, der in ihr aufstieg, zu ignorieren. „Hab ich dir doch ein paarmal erklärt, Mama. Ich habe ein Sabbatjahr eingelegt. Ich brauche mal eine Pause. Und außerdem …"

„Das ist nur, weil deine Irma dich verlassen hat“, sagte Nells Mutter und seufzte unwillig. „Aber das musst du abhaken. Das ist erledigt, Nell.“

Nell spürte, wie ein Schauer ihr den Nacken hinunterlief. Ihre Mutter hatte recht; die Beziehung mit Irma war vorbei, und Nell hätte gut daran getan, nicht mehr darüber nachzugrübeln, aber das gelang ihr nur ansatzweise. In dunklen Stunden sann sie unaufhörlich darüber nach, warum alles so gekommen war, aber sie wusste, dass das zu nichts führte. Außer zu einer Art unfruchtbarem Kreislauf der Gedanken. „Ja, Mama“, sagte sie und legte die Arme um ihre Knie. „Klar. Aber deshalb bin ich nicht hier. Und außerdem habe ich das Sabbatjahr schon lange vorher geplant. Nicht erst seit Juni.“

„Und warum?“ Ihre Mutter wischte sich die Hände ab und richtete ihren hellen Blick auf Nell. Früher hatte Nell sich die Augenfarbe ihrer Mutter gewünscht, aber das hatte sich geändert. Als Irving sie das erste Mal mit seinen dunkelblauen Augen, die ihren eigenen so ähnelten, angesehen hatte, da hatte sie sich mit ihrer Augenfarbe versöhnt. Und im Grunde, dachte sie oft, spielte es ohnehin keine Rolle. Je älter man wurde, desto weniger bedeuteten Äußerlichkeiten wie die Farbe der Augen oder die Form der Beine.

„Nell? Jetzt mal ganz ehrlich: Warum in aller Welt machst du dieses Sabbatjahr? Und warum hier? Was hat das für einen Sinn?“

Nell seufzte und sah zu, wie Hector versuchte, mit seiner kurzen Schnauze unter die Heizung zu gelangen, vermutlich, um einen Krümel aufzupicken. „Ich dachte, ich verbringe mal ein wenig Zeit mit dir“, sagte sie. „Ich meine, wir werden beide nicht jünger, und es gibt noch so viel zu reden …“ Sie verstummte, als sie den kritischen Blick ihrer Mutter sah. Dieses Gespräch hatten sie in den vergangenen Wochen schon mehrfach geführt, in verschiedenen Variationen, aber Nells Mutter hatte offensichtlich das Gefühl, dass Nell ihr etwas Wesentliches vorenthielt. Und damit lag sie auch richtig.

„Komm mit ins Wohnzimmer", sagte ihre Mutter und hob die Schüssel an. „Und nimm bitte Teller und Besteck mit."

Kurz darauf saßen sie sich am Tisch gegenüber. Nell hatte sich ein wenig Salat aufgefüllt, der ihr wider Erwarten gut schmeckte. „Lecker", sagte sie. „Erstaunlich lecker. Was ist denn im Dressing drin?"

Ihre Mutter musste lachen. „Tu nicht so scheinheilig, Kind", sagte sie und sah Nell über den Rand ihrer Brille hinweg an. „Du wirst dir das erstens sowieso nicht merken, und außerdem machst du dir garantiert nie einen Salat. In deiner kleinen Küche da hinten habe ich jedenfalls keine Salatschüssel gesehen."

Nell sortierte ein Stückchen Zwiebel aus. „Du hast aber doch nicht in alle Schränke geguckt."

„Natürlich habe ich das", sagte ihre Mutter und füllte sich eine weitere Portion Salat auf. „Ich war zweimal da und habe in jeden Schrank und in jede Schublade geguckt. Besonders viele hast du da ja nicht. Du wohnst sozusagen in einer nicht besonders gut ausgestatteten Ferienwohnung. Und das als Mittfünfzigerin!"

„Ich hasse diesen Ausdruck, Mama", sagte Nell. „Das klingt furchtbar!"

„Aber wahr ist es trotzdem", erklärte ihre Mutter und trank einen Schluck Wasser. „Wirklich, Nell, ich habe mich neulich die Treppen zu dir hinaufgequält …"

„Was ich dir hoch anrechne!", sagte Nell.

Ihre Mutter nickte. „… und ich frage mich immer noch, warum du so haust. Als wärest du auf der Flucht. Wahrscheinlich habe ich sogar Schuld daran. Wir sind einfach zu oft umgezogen."

Nell sah sie misstrauisch an, aber ihre Mutter aß ungerührt weiter. Ihr Gesicht verriet nicht, was sie dachte; das hatte Nell schon in ihrer Kindheit nervös gemacht. Ihre

Mutter war eine Meisterin der Gesichtsbeherrschung. Jetzt hob sie den Blick und betrachtete ihre Tochter.

„Und jetzt sind wir beide wieder da“, sagte sie. „Dabei ist keine von uns beiden hier heimisch.“

Nell legte ihre Gabel hin. „Und warum bist du dann wieder zurückgezogen?“ Diese Frage hatte sie sich in den vergangenen zehn Jahren, seit ihre Mutter wieder hier wohnte, oft gestellt. „Ich meine, du hättest hinziehen können, wohin du willst. Warum ausgerechnet in diese Stadt? Wir waren doch nur vier Jahre hier. In Neuharlingersiel waren wir fast genauso lange. Und in Oberbayern und in Unterfranken fandest du es viel schöner!“

Ihre Mutter schob ihren Teller von sich und lehnte sich zurück. „Ganz ehrlich, Nell – wenn ich es mir hätte aussuchen können, dann wäre ich am liebsten nach Königsberg zurückgezogen. Aber das Königsberg meiner Kindheit gibt es ja nicht mehr. Und ich habe nirgendwo Wurzeln geschlagen. Fremd bin ich doch überall. Da habe ich den Ort gewählt, an dem mich die Leute am meisten in Ruhe gelassen haben. Hier kann ich einfach so vor mich hin wohnen und habe meinen Frieden. Und ansonsten alles, was ich brauche. Freundliches Volk um mich herum, Einkaufsmöglichkeiten, sogar ein bisschen kulturelles Leben.“

„Na ja“, sagte Nell und musste lächeln, aber ihre Mutter schüttelte den Kopf.

„Doch, Nell. Weißt du, ich habe fast dreißig Jahre als Altenpflegerin gearbeitet, ich weiß, was die Menschen im Alter brauchen.“ Sie verschränkte die Arme vor der Brust und kniff die Augen zusammen. „Aber du, Nell, du bist noch nicht alt. Worauf wartest du eigentlich noch?“

„Wie meinst du das?“, fragte Nell beunruhigt. Das überraschend ernste Gespräch behagte ihr nicht, aber andererseits freute sie es, dass ihre Mutter sich offenbar Gedanken um sie gemacht hatte.

Ihre Mutter musterte sie immer noch. „Nell, ich habe nicht vor, in naher Zukunft den Löffel abzugeben. Es ist ja schön, dass ich dich im Moment fast jeden Tag sehe, und ich genieße es, Zeit mit meiner Tochter zu verbringen, aber ich finde, du gehörst zurück nach Berlin. Geh zurück und lern eine neue Frau kennen und leb dein Leben."

„Das hier ist auch mein Leben!", protestierte Nell, aber ihre Mutter schüttelte den Kopf.

„Das hier ist dein Zweitleben", sagte sie. „Ein Flüchtlingsleben. Das ist nichts für dich."

„Das ist für niemanden was", sagte Nell, und die Augen ihrer Mutter verdunkelten sich.

„Da hast du recht", sagte sie. „Aber ich halte nichts davon, dass meine Tochter sich freiwillig auf die Flucht begibt. Es reicht, dass ihre Eltern dazu gezwungen waren. Du weißt ja, wohin das geführt hat."

Nells Eltern hatten beide als Kinder ihre ostpreußische Heimat verlassen müssen. Nells Mutter war 1947 als Sechsjährige aus Kaliningrad, dem ehemaligen Königsberg, nach Wismar deportiert worden, nachdem sie sich zwei Jahre lang mit ihrem zwei Jahre älteren Bruder in den Ruinen versteckt gehalten hatte. Nells Vater wiederum stammte aus Rastenburg und war nach Kriegsende mehrere Jahre lang in Litauen als Wolfskind unterwegs gewesen, bis er im Alter von zwölf Jahren auf Umwegen nach Lübeck gekommen war. Er hatte so gut wie nie über diese Zeit gesprochen, aber Nell ahnte, dass seine Kindheitserlebnisse die Ursache seiner Schwermut gewesen waren. Letztlich hatte er sie nie überwinden können. Er hatte sich umgebracht, als Nell zwanzig Jahre alt gewesen war, und bis heute quälten sie Schuldgefühle. Sie war nicht da gewesen, um ihn davon abzubringen, auch wenn ihre Anwesenheit vermutlich wenig genützt hätte.

Ihre Mutter beugte sich vor. „Nellie", sagte sie, „lass dich nicht vom Kummer verjagen. Den schleppst du sowieso mit dir herum, wohin auch immer du gehst. Geh lieber zurück und treib ihn dir aus."

Nell war für einen Moment lang sprachlos. Noch nie hatte ihre Mutter auf diese Weise mit ihr geredet. Vielleicht, dachte Nell, hatte sich diese seltsame Pause jetzt schon gelohnt. Es war das erste Mal, dass ihre Mutter ihr einen Ratschlag gegeben hatte. Und vielleicht würde Nell ihn auch befolgen.

Aber jetzt noch nicht.

Irma schläft noch, als Nell leise aus dem Bett steigt und sich anzieht. Hector springt sofort auf und kommt wedelnd zu ihr herüber, um sich an ihre Beine zu schmiegen. Sein weiches Fell fühlt sich immer noch flauschig an, aber lange wird es nicht mehr dauern, bis sich das ändert. Mit seinen zehn Monaten ist er bald ausgewachsen; eigentlich schade, findet Nell, aber ein bisschen freut sie sich auch darauf, wenn er ruhiger wird.

Als sie ihren Gürtel zuschnallt, bewegt sich Irma hinter ihr. „Gehst du raus?"

„Hector muss mal. Ich bringe Brötchen mit."

Irma richtet sich auf. Nell sieht sie an, nach all den Jahren gibt es immer wieder Momente, in denen Irmas Blick sie bis ins Innerste betört. Außerdem ist und bleibt sie Nell ein Rätsel, und auch, wenn Nell weiß, dass das zu einem Gutteil an Irmas Affektlabilität und ihrer Unberechenbarkeit liegt, ist sie immer wieder aufs Neue davon fasziniert.

Aber nicht immer. Manchmal raubt Irma ihr auch den letzten Nerv.

Irma streckt sich. „Ich komme mit", sagt sie und schwingt die Beine über die Bettkante.

Draußen gehen sie eng nebeneinander die Großbeerenstraße hinunter auf den Wasserfall zu, der sich weiter hinten den Kreuzberg hinunterschlängelt. Die Sonne scheint, ein kleiner Schwarm Spatzen zwitschert angeregt in den Hecken vor dem geriatrischen Krankenhaus; als sie daran vorbeigehen, fliegen sie tschilpend auf und zu einem der Gingkobäume hinüber, die sich entlang der Straße aufreihen.

Nell ist vorbehaltlos glücklich, als Irma nach ihrer Hand greift; eine seltene Liebesbekundung. Irma wahrt in der Öffentlichkeit stets ein wenig Distanz, ganz im Gegenteil zu ihrer sonstigen Neigung zu Zärtlichkeit und körperlicher Nähe.

„Komm, Hector, gleich im Park kannst du dir alle Zeit lassen, die du brauchst, aber jetzt wollen wir mal vorwärtskommen!" Irma zieht mit einem Ruck an der Leine, und Hector macht einen fröhlichen Satz und folgt ihr vergnügt. „Komm, wir laufen!"

Alle drei rennen sie los, und schon nach wenigen Metern muss Nell lachen, und Irma lacht auch. Kichernd steuern sie auf die Ampel an der Kreuzung zu, die in diesem Moment wie auf Kommando grün wird, keuchend laufen sie über die Straße, die Mittelinsel und gerade noch rechtzeitig auf die andere Straßenseite hinüber. Hector bellt und springt an Irma hoch, die eine Hand ausstreckt und stehenbleibt.

„Halt, nicht springen, Hector!", ruft sie und fixiert den jungen Hund, und deshalb sieht sie auch nicht, was Nell sieht: den bärtigen Mann mit dem grimmigen Gesichtsausdruck, der ein paar Meter entfernt ebenfalls stehengeblieben ist und Irma betrachtet. Für den Hund hat er keinen Blick übrig, stattdessen starrt er Irma an, mit einem derart verzerrten Mund, dass es Nell kalt überläuft.

„Irma", sagt sie leise, „Irma, guck mal!"

Irma hört sie nicht, sie bückt sich zu Hector hinunter und tätschelt ihm lobend den Kopf, und erst, als Nell sie an der Schulter berührt, schaut sie auf. „Was ist denn?"

Nell sieht zu dem Mann hinüber, und jetzt entdeckt Irma ihn auch. Sie steht auf, und ihr Gesicht wechselt ruckartig die Farbe. Bleich geworden, starrt sie den

Mann an, und er starrt wiederum sie an, mit verschränkten Armen.

Nell zupft Irma am Ärmel, aber Irma steht stocksteif da. Ein, zwei Autos fahren vorbei, weit entfernt ertönt eine Hupe, aber zugleich ist es, als ob die Zeit stehengeblieben wäre. Irma und der bärtige Mann starren sich an, Hector winselt leise, und Nell zupft erneut an Irmas Ärmel. „Irma, was ist denn?"

Dann dreht Irma sich abrupt um und geht los, schnellen Schrittes, und Hector zerrt sie mit sich, und so geht auch Nell hinter ihr her. Der Typ steht immer noch da und blickt ihnen nach, und als Nell noch einmal zu ihm hinübersieht, spuckt er aus, lacht und geht davon, in die andere Richtung.

„Irma? Wer war das denn?"

Aber Irma antwortet nicht. Sie eilt auf den Kreuzberg zu, Hector straff an der Leine mit sich führend, und erst, als sie die letzte Straße überquert haben und schon einige Meter hinauf in den Park gelaufen sind, erst da ändert sich ihre Haltung, und sie dreht sich halb zu Nell um, mit immer noch bleichem Gesicht. „Das war mein Halbbruder", sagt sie.

Nell braucht einen Moment, bis sie versteht, wen genau Irma meint. Ihren Hallbruder, ihren fünf Jahre älteren Halbbruder, der sie aufs Übelste gequält, geschlagen, misshandelt hat.

Nell öffnet den Mund, aber Irma hat sich schon wieder umgedreht und ist weitergelaufen. Nell sieht auf ihren geraden Rücken, die verletzliche Linie des Nackens darüber und den seit dem letzten Schnitt schon wieder leicht herausgewachsenen Haaransatz, und sie weiß auf einmal, mit unumstößlicher Sicherheit, dass sie nie wirklich erfahren wird, was Irma in ihrer Familie erlebt hat. Irma wird genauso weiter verfahren wie bis jetzt: Sie wird Nell Bruchstücke aus ihrer Kindheit und Jugend hinwerfen, ihr die eine oder andere Anekdote oder Erinnerung erzählen, aber nie alles. Nie eine Zusammenfassung, die in die Tiefen dringt, niemals mehr als das Notwendigste.

Vielleicht wird es eines Tages jemand anderen geben, dem Irma ihr ganzes Vertrauen schenkt, jemand anderen, der sie im Arm halten darf, wenn sich die Schrecken der Vergangenheit ins Bewusstsein graben und sie durchschütteln. Aber Nell wird es nicht sein.

Warum das so ist, weiß sie nicht, aber sie weiß, dass Irma sie immer schon ausgesperrt hat aus ihrem Innersten und dass das so bleiben wird. Die Liebe ist groß, aber sie reicht nicht dafür.

Und auch nicht dahin.

Das Gebäude der Alten Apotheke duckte sich hinter einer riesigen Eiche direkt hinter der Einfahrt zur Schleusenbrücke. Nell bremste ab und fuhr langsam an der hellerleuchteten Fassade vorbei. Zwei Strahler setzten das auf alt getrimmte Emaille-Schild über dem Eingang in Szene, vor den Sprossenfenstern hingen Blumenkästen mit buntgefärbter Erika.

Direkt hinter dem alten Haus, das sicher mehr als hundert Jahre alt und erst vor Kurzem saniert worden war, lag ein kleiner Parkplatz, auf dem nur ein einziger Wagen stand. Nell fuhr langsam hinauf und stellte sich neben den alten Mercedes. Hector setzte sich auf dem Rücksitz erwartungsvoll auf, aber Nell streichelte ihm über den Kopf, bis er sich wieder hinlegte. Sie stellte den Motor ab, aber dann zögerte sie. In den vergangenen Wochen hatte sie immer mal wieder an ihre alte Klassenkameradin gedacht, stets mit gemischten Gefühlen. Früher, als Jugendliche, hatte Marie sie nicht im Entferntesten interessiert, und sie war sich nicht sicher, dass sich das inzwischen geändert hatte. Aber Marie hatte damals wie heute ein unverhohlenes Interesse an Nell bekundet, und das war es, was Nell jetzt zu ihr hinzog. In ihrer momentanen Verfassung konnte sie jegliche Zuwendung gut gebrauchen.

Vor ihr hüpfte eine muntere Amsel laut piepend über den Parkplatz, während im Wohnhaus dahinter das Licht anging. Nell öffnete die Tür und sog die kalte, würzige Waldluft ein, die von der anderen Straßenseite herüberwehte.

Im Wohnhaus vor ihr betrat eine leicht übergewichtige Frau mittleren Alters die hellerleuchtete Küche und machte sich an der Spüle zu schaffen, während hinter ihr im Türrahmen der blonde Schopf eines Teenagers erschien. Beide unterhielten sich miteinander, dann kam noch der Vater hinzu.

Nell saß still da. Sie hatte nie bereut, die meiste Zeit ihres Lebens in einer Großstadt, in unkonventionellen Verhältnissen gelebt zu haben. Und doch hatte sie sich in einem Teil ihres Herzens immer wieder genau nach dem gesehnt, was sie gerade vor sich sah: nach genau dem kleinstädtischen, bürgerlichen Familien- und Berufsleben, das sie in Wirklichkeit nie für sich in Betracht gezogen hatte.

Sie hatte immer einen Stich verspürt, wenn Leute erzählten, dass sie in einem kleineren Ort im Grünen wohnten.

Sie hätte auch gern dazugehört – zu den Menschen, die nur den Wind in den Bäumen und die Vögel singen hörten, wenn sie morgens im Schlafanzug die Hintertür öffneten, um den Hund zu einem frühen Rundgang in den Garten zu lassen.

Die abends ihr Auto mit Schwung in die Einfahrt lenkten und den Fuß aus der Autotür auf Pflastersteine setzten, die nur von einer überschaubaren Anzahl anderer Menschen betreten wurden.

Die nach langen Fahrten nachts nach Hause kamen, um jemanden zu küssen, der schon schlafend im Bett lag, um sich dann in ein eigenes Bett im Nebenzimmer zu legen. Das Fenster zu öffnen, um die würzige Nachtluft hineinzulassen.

Die im Winter den Raureif von der Türklinke wischten, wenn sie die Tür leise hinter sich schlossen, um die noch schlafende Partnerin und die Kinder nicht zu wecken.

Sie wollte auch zu denen gehören, die nachts einen Damhirsch auf der Wiese gegenüber vorbeilaufen und zwischen den Bäumen verschwinden sahen.

Oder die Nachbarskatze.

Aber sie gehörte nicht dazu. Dieser Weg war nicht ihrer gewesen. Und sie war sich nicht sicher, ob sie ihn jetzt noch einschlagen konnte.

Der Vater in der Küchentür drüben drehte sich um und verschwand im Flur, gefolgt vom Teenager. Nell wandte den Blick ab und stieß die Tür auf. „Du bleibst hier, Hector", sagte sie. „Es dauert nicht lange."

Marie stand mit dem Rücken zur Tür an einem wandhohen Schubladenschrank und suchte in einer halb herausgezogenen Lade nach einem Medikament, als Nell hereinkam. Ihre Kundin, eine ältere Dame mit Seidenschal und sorgsam ondulierter Lockenfrisur, kramte in ihrer Handtasche und nickte Nell zerstreut zu. Nell nickte zurück und sah sich um.

Die Apotheke war gediegen eingerichtet, reichlich mit Blumen dekoriert und blitzte nur so vor Sauberkeit. Nell konnte sich sofort vorstellen, wie es bei Marie zu Hause aussah; der Gedanke ließ sie schmunzeln.

Aus dem hinteren Bereich kam ein Mann mit einem gepflegten Vollbart und sah Nell auffordernd an, während er seinen weißen Kittel glattstrich. „Ja, bitte?"

„Ich …", begann Nell, dann deutete sie auf Marie. „Ich warte noch, danke."

Marie drehte sich beinahe ruckartig zu ihr um und stieß dabei versehentlich gegen die Schublade, die zurückschnellte und dabei Maries Hand einklemmte, die immer noch darinsteckte. „Au!“ Marie schrie auf, krümmte sich zusammen und hielt sich die Hand, während sie rot anlief. Gleichzeitig versuchte sie, Nell zuzunicken, aber ihr Gesicht verzerrte sich dabei vor Schmerz.

Ihre Kundin schlug entsetzt die Hand vor den Mund. Maries Kollege sah sie stirnrunzelnd an.

„Ach je“, sagte er mit einer erstaunlich tiefen Stimme. „Alles in Ordnung oder brauchst du Traumeel-Salbe?“

Marie schüttelte den Kopf und brachte sich wieder in eine aufrechte Haltung. „Nein, es geht schon wieder“, sagte sie, ohne Nell anzusehen. „Ich bin gleich … kannst du kurz Frau Schöler ihre Clonidin raussuchen?“ Sie lächelte ihrer Kundin kurz zu, bedachte Nell mit einem flehentlichen Blick und eilte in den hinteren Bereich.

Nell betrachtete die ausgestellte Auswahl von Zahnpflegeprodukten, während Maries Kollege – oder war es ihr Mann? – Frau Schöler mit ihrem Medikament versorgte und ihr zusätzlich mehrere kostenlose Apothekenzeitschriften und eine Packung Taschentücher in die bereitliegende Stofftasche schob. Dann verabschiedeten sich beide wortreich voneinander, und er warf Nell noch einen neugierigen Blick zu, bevor er sich an der Kasse zu schaffen machte.

Gerade, als Nell ungeduldig zu werden begann, kam Marie zurück. „So, da wäre ich wieder“, sagte sie und sah Nell erwartungsvoll an, während sie sich mit beiden Händen auf dem Tresen abstützte. „Das ist aber schön, dass du mal vorbeikommst!“ Ihre Augen glänzten, und ihre Wangen waren immer noch gerötet, aber Nell erkannte mit einem Blick, dass sie sich die Haare neu frisiert hatte. Maries praktische Kurzhaarfrisur, die hier in der Gegend viele Frauen ihres Alters trugen, bauschte sich mit verräterischem Schwung über den Ohren, einige Strähnen waren frisch in die Stirn gezupft. Fast musste Nell darüber lachen, aber gleichzeitig stellte sie erstaunt fest, dass ihr Maries offenkundige Begeisterung mehr als gedacht schmeichelte.

„Ich kam gerade vorbei und dachte, ich gucke mal, wie du dich hier eingerichtet hast", sagte sie und lächelte Nell an. „Sieht ja sehr schön aus hier, ihr seid wohl gut im Geschäft?"

Marie warf einen Blick zu ihrem Kollegen, der immer noch an der Kasse beschäftigt war, jetzt aber den Kopf hob. „Vom Umsatz her noch nicht ganz so, wie wir uns das wünschen, dazu haben wir zu viel Konkurrenz hier am Ort. Aber das wird!", sagte er laut und hob die Brauen, während er zu Marie sah.

„Das ist mein Mann, Ralf", sagte Marie und errötete erneut. „Ralf, das ist Nell, Nell Gubitz. Vielleicht kennst du sie noch von früher, sie war mit mir in einer Klasse."

Ralf streckte eine große Hand über den Tresen, und Nell ergriff sie. Über ihre Arme hinweg musterten sie sich kurz, und Nell sah eine Art Misstrauen in seinen Augen aufflackern, die sie sich sogleich wie ertappt fühlen ließ. „Hallo!", sagte er. „Na, ich weiß nicht, kann sein, dass wir uns mal gesehen haben …"

An seiner zögerlichen Art zu sprechen erkannte Nell, dass er sich weder an sie erinnern konnte noch eine Ahnung hatte, wer sie war. Ihr hingegen kam sein rundliches Gesicht mit den tiefliegenden Augen bekannt vor, aber das besagte nichts. Erstaunlich viele Menschen ihres Alters in dieser Stadt kamen ihr bekannt vor.

„Vielleicht", sagte sie. „Aber das werden wir vermutlich nie herausfinden. Freut mich trotzdem, dich kennenzulernen. Oder wiederzusehen." Sie lachte, und er lächelte auch, aber eher ein wenig gequält.

„Gut", sagte er mit einem kurzen Blick zu Marie, die sie beide gespannt beobachtete. „Ich lass euch mal, ich muss noch die Kartons von Sanofi auspacken. Machst du dann zu?" Er nickte Nell zu und verschwand im hinteren Bereich. Marie sah Nell an.

„Das ist wirklich schön, dass du mal vorbeikommst, ich freue mich! Geht es dir gut? Möchtest du einen Tee? Wir machen ja jetzt zu, aber …“

„Ach, schon gut, ich wollte nur kurz …“ Nell zögerte; plötzlich wusste sie nicht, was sie sagen sollte. Was wollte sie denn tatsächlich hier? „Ich wollte nur mal vorbeisehen.“ *Dein Leben mit meinem vergleichen. Sehen, was aus dir geworden ist.*

Maries beinahe hungriger Blick glitt hastig an ihr hinunter und wieder hinauf. „Ich freu mich – wie lange bist du denn noch hier?“

Nell spürte ein Kribbeln im Nacken. „Noch ein bisschen“, sagte sie ausweichend. „Mal sehen.“

„Wollen wir uns nicht mal treffen und ein bisschen reden? Ich würde so gern mal mit dir sprechen und hören, was du so gemacht hast in der Zwischenzeit.“ Marie strich sich nervös das Haar hinter die Ohren, und Nell sah, dass ihre Hand an den Fingerknöcheln stark gerötet war. „Hättest du Lust? Vielleicht heute Abend, oder morgen? Es gibt eine total irre neue Kneipe hier im Püntkers Patt, da kann man ganz super Cocktails trinken und auch eine Kleinigkeit essen und so.“ Sie lief knallrot an und senkte die Stimme. „Also, wenn du Lust hast, das fände ich ganz toll.“

Nell sah sie an, ihr vor Aufregung gerötetes Gesicht, den unsicher zuckenden Mund, die fiebrig wirkenden Augen, und plötzlich war es, als ob Maries Begeisterung sich auf sie übertrüge. „Ja“, sagte sie. „Ja, klar, warum nicht. Heute geht es nicht, aber morgen. Um acht?“

Marie starrte sie überrascht an, und augenblicklich wurde Nell klar, dass sie nicht mit einer Zusage gerechnet hatte. „Ja … ja, also um acht, ich kann … morgen ist Freitag, ja, das geht“, sagte sie und warf einen schnellen Blick hinter sich. „Also, Püntkers Patt, direkt an der Brücke, die Kneipe heißt *Patty.* Soll ich dir das aufschreiben?“ Sie griff nach einem Block, aber Nell schüttelte den Kopf.

„Nein, das kann ich mir merken. *Patty* im Püntkers Patt, morgen, acht Uhr. Okay, also, bis dann!“ Sie winkte Marie zu und ging zur Tür. „Tschüs dann, und …“ Sie hob die Stimme. „Tschüs, Ralf!“

„Wiedersehen!“, rief Ralf aus dem hinteren Bereich, und Nell warf Marie ein letztes Lächeln zu, bevor sie die Tür hinter sich zuzog.

Draußen, auf dem Weg zu ihrem Wagen, überkam sie eine Art albernes Frohlocken, und ein kurzer Lacher stieg in ihrer Kehle auf, fast schmerzhaft heftig. Eilig stieg sie in ihren Wagen und schloss die Tür hinter sich, dann saß sie einen Moment lang kichernd da, während sie Hector über den Kopf streichelte, und sah auf das Wohnhaus vor sich. Das Licht in der Küche war aus, aber das Wohnzimmer daneben leuchtete im warmen Licht zweier Stehlampen. Die gesamte Familie hatte sich in der Sitzlandschaft niedergelassen und starrte in den flackernden Fernseher.

Nell holte tief Luft und ließ den Motor an. Morgen würde sie vermutlich aus erster Hand erfahren, wie sich ein solches Leben wie das, was sich da vor ihr präsentierte, anfühlte.

Und sie würde noch mehr erfahren, da war sie sich sicher.

Als Nell die Haustür öffnete, drängte Hector sich hindurch und lief schwanzwedelnd den Flur hinunter, um schnurstracks im Wohnzimmer der Rohdes zu verschwinden. Die Tür hatte einen Spalt offengestanden, wie so oft in letzter Zeit, aber Nell hatte noch nicht herausgefunden, welcher der beiden alten Leute dafür verantwortlich zeichnete. Sie tippte auf den Doktor, dessen sonore Stimme einen Moment später zu hören war.

„Na, mein guter Junge? Willst dir ein Leckerli abholen?“

Nell blieb stehen und wartete, bis Hector, sich zufrieden die Schnauze leckend, zurückkam, Doktor Rohde im Schlepptau.

„Guten Abend!“, grüßte er freundlich. „Post für Sie, Nell!“ Er reichte ihr zwei Umschläge und legte den Kopf schief. „Sollten wir über einen separaten Briefkasten nachdenken?“

Nell schüttelte den Kopf und nahm ihm die Briefe ab. „Nein, das ist nicht nötig. Wenn es Sie nicht stört, meine Post auszusortieren …“

Doktor Rohde lachte, sein tiefes, freundliches Lachen, das Nell manchmal durch die Zimmerdecke hindurch hören konnte, wenngleich seltener in den letzten Wochen. Der sich zunehmend verschlechternde Geisteszustand seiner Schwester schien ihn mitzunehmen, zumindest hatte Nell diesen Eindruck. „Ach was, das mache ich gern! Sie bringen ja Leben von außen hinein, das gefällt mir.“ Er musterte Nell für einen Moment nachdenklich, dann rückte er seine Strickjacke gerade. „Hätten Sie Lust, mal wieder mit uns zu essen?“

„Sehr gern“, sagte Nell. „Aber heute geht es leider nicht, ich bekomme Besuch.“

Doktor Rohde nickte lächelnd. „Gut, dann ein andermal“, sagte er und hob eine Hand zum Abschied. „Wir werden uns ja kaum verfehlen in diesen Räumlichkeiten.“

„Fridolin?“ Die Stimme seiner Schwester klang irritiert. „Frido? Wo bist du?“

Doktor Rohde nickte Nell zu und wandte sich um. Nell musterte seinen sehr geraden und dennoch leicht gebeugten Rücken für einen Moment, dann stieg sie die Treppe hinauf.

Ihre Wohnung verströmte eine äußerst behagliche Wärme, die Nell jedes Mal wieder neu beim Eintreten erfreute. Hector schnürte zielstrebig in die Küchenzeile, um geräuschvoll aus seinem Napf zu trinken und sich dann wohlig ächzend auf dem flauschigen Teppich in der Mitte des Wohnraumes niederzulassen. Nell ging ins Schlafzimmer hinüber, in dem außer dem Bett, einem

Nachttisch und einem Stuhl nur ein schlichter Kleiderschrank stand, und zog sich einen dünneren Pullover an. Dann sah sie auf die Uhr. Louis würde jeden Moment da sein, aber viel anzubieten hatte sie ihm ohnehin nicht.

Sie inspizierte kurz den Kühlschrank, dann schüttete sie eine Packung Cheddarbrezeln in eine Schüssel und stellte sie auf den Tisch. Im selben Moment schallte ein helles Glockengeläut durch die Wohnung, und Hector legte den Kopf schief. Nell sah sich verwundert um.

Wieder ertönte das Glockengeläut, aber erst, als Nell Doktor Rohdes Stimme vernahm und dann eine weitere Männerstimme, erst dann begriff sie, dass es sich bei dem unbekannten Geräusch um die Klingel handelte, die sie noch nie zuvor vernommen hatte. Kein Wunder, außer ihrer Mutter war bislang noch niemand zu Besuch gekommen, und sie hatte gemeinsam mit Nell die Wohnung betreten und deshalb nicht klingeln müssen.

Nell drückte auf den Summer, aber einen Moment später drang schon die Stimme Charlotte Rohdes aus dem unteren Flur zu ihr herauf.

„Guten Abend! Möchten Sie den Herrn Doktor sprechen?"

Hector bellte auf und versuchte, sich an Nells Beinen vorbei in den Hausflur zu drücken, aber Nell hielt ihn zurück.

„Nein, ich möchte zu Nell", hörte sie Louis sagen. „Nell Gubitz, sie wohnt oben."

„Frau Gubitz? Erwartet sie Sie denn?"

Nell konnte sich Charlotte Rohdes skeptischen Gesichtsausdruck bestens vorstellen. So hatte sie auch Nells Mutter bei ihrem Besuch angesehen, aber Nell konnte es ihr nicht verdenken. In Charlottes Welt war jeder Besucher, der nicht zum Herrn Doktor wollte, ein Eindringling und Störenfried, jemand, der ihr mühsam zusammengehaltenes Gefüge durcheinanderbrachte.

„Aber ja", sagte Louis freundlich.

Einen Moment später kam Louis die Treppe herauf. Sein Lächeln zerschnitt sein Gesicht in zwei herzliche Hälften, und Nell spürte, wie sich etwas in ihr weitete, etwas, das sich tief in ihr eng zusammengekauert hatte und von dem sie gar nicht mehr gewusst hatte, dass es ihr innewohnte.

„Hi!", sagte Louis vergnügt und schwenkte ein Sechserpack Bier. „Ich dachte, ich bringe ein bisschen Nachschub mit."

„Das ist fein", sagte Nell und bat ihn herein. „Aber ich hätte auch noch genug gehabt."

„Weiß man nie!" Louis tätschelte Hector, stellte das Bier auf dem Tisch ab und sah sich anerkennend um. „Das ist ja eine nette kleine Wohnung, die du hier hast."

„Finde ich auch", sagte Nell erfreut. „Möchtest du den Rest auch noch sehen?"

„Klar, wenn ich darf!"

Nell sah amüsiert zu, wie er sich in ihrer Wohnung umsah. Es hatte etwas Ungewohntes – ein nahezu fremder Mann, der mit unverhohlenem Interesse ihre Räume und Gegenstände inspizierte. Sie konnte sich nicht erinnern, wann sie dergleichen das letzte Mal erlebt hatte. Aber Louis war ihr nicht unangenehm, und im Grunde auch nicht fremd. Irgendetwas an ihm machte, dass sie sich vertraut mit ihm fühlte. Das war schon bei ihrer ersten Begegnung im Baumarkt so gewesen.

Aber vielleicht, dachte sie manchmal, lag es einfach daran, dass er im Grunde so wenig wie sie an diesen Ort gehörte. Sie beide waren hier fremd, sie beide waren viel herumgekommen und gewohnt, sich auf neue Situationen und Menschen einzustellen, und das schuf eine spezielle Vertraulichkeit zwischen ihnen.

„Hier würde ich auch sofort einziehen", sagte Louis mit einem verschmitzten Lächeln, als er die Badezimmertür hinter sich schloss. „Ist hier noch was frei? Vielleicht im Stockwerk unter dir?"

„Leider nein“, sagte Nell und setzte sich gemeinsam mit ihm an den Tisch. „Da haben die Rohdes ihre Schlafzimmer. Obwohl – ich bin mir nicht sicher.“

„Worin? Dass sie da ihre Schlafzimmer haben?“

„Dass sie die noch nutzen. Ich höre sie nie.“

Louis lachte und öffnete mit einem mitgebrachten Flaschenöffner zwei Flaschen. Erst danach hielt er eine davon fragend in ihre Richtung, und sie nickte. „Leise Menschen“, sagte er. „Obwohl man alte Menschen doch eher schnarchen hört als junge.“

„Sie schnarchen beide nicht“, sagte Nell und musste für einen Moment an Irma denken. Im Laufe der Jahre hatte Irma zu schnarchen begonnen, ganz leise nur und vielleicht mehr ein Schnaufen denn ein Schnarchen, aber Nell hatte es immer irritiert. Es schien ihr nicht zu Irma zu passen. Aber was das anging, hatte sie ja ohnehin letztlich danebengelegen.

„Prost!“, sagte Louis und trank einen großen Schluck. Dann sah er sie an, als erwartete er, dass sie das Gespräch in Fahrt brachte. Was sie auch tat.

„Wie ist es jetzt? So ohne Benningsen?“

Louis zog eine Grimasse. „Tja – etwas merkwürdig, wenn ich ehrlich bin. Es klappt alles gut, er hatte mich bestens eingearbeitet, und ich kenne die Abläufe – aber ich bin mir nicht ganz sicher, dass ich schon bereit für eine eigene Firma bin. Selbstständig habe ich schon lange gearbeitet, aber das hier ist schon eine andere Hausnummer.“ Er schüttelte den Kopf und kraulte Hector am Ohr. „Und außerdem vermisse ich den alten Kerl. Er war eine ausgesprochen angenehme Gesellschaft.“

Nell nickte und streckte die Beine aus. An den Füßen trug sie handgehäkelte Hausschuhe ihrer Mutter, die schon langsam etwas fadenscheinig wurden. Sie musste sie in nächster Zeit um neue bitten, das durfte sie nicht vergessen. „Die Rohdes sind auch sehr angenehm“, sagte sie.

„Lassen sie dich auch in Ruhe?", fragte Louis lächelnd und betrachtete sie über seine Bierflasche hinweg.

Nell lachte. „Ja, auf jeden Fall. Ab und zu laden sie mich zum Essen ein, das ist immer recht amüsant. Er ist ein toller Erzähler. Sie …"

Hector schoss hoch und bellte kurz, bevor er mit aufgestellter Rute zur Tür lief. Einen Moment später hörte Nell es auch: Jemand rief um Hilfe, ganz leise zwar, aber eindeutig. Eine Frauenstimme. Sie und Louis sahen sich an, dann sprangen sie gleichzeitig auf.

Louis war als Erster unten, mit großen Sätzen sprang er die Treppe hinunter, bog um die Ecke und hielt einen Moment inne. Dann, als die Stimme erneut zu hören war, stieß er, dicht gefolgt von Hector und Nell, die Tür zum Wohntrakt der Rohdes auf. Im Wohnzimmer war niemand zu sehen, und Louis stürmte weiter in die blitzsauber aufgeräumte Küche. Aber gleich hinterm Türrahmen blieb er abrupt stehen.

Fridolin Rohde sah ihnen mit hochgezogenen Augenbrauen entgegen, während er an einer schmalen Tür rüttelte, die neben der Spüle in die Wand eingelassen war.

„Hilfe! Hilfe, ich bin eingesperrt worden!" Charlotte Rohdes Stimme drang gedämpft durch die Tür.

„Meine Schwester hat sich offenkundig versehentlich eingeschlossen", sagte der Doktor entschuldigend. „Es will mir allerdings weder gelingen, sie zu beruhigen, noch, die Tür zu öffnen. Charlotte!" Er hob die Stimme. „Liebes, beruhige dich doch bitte. Und dann trete doch ein wenig von der Tür zurück und schau nach, ob der Schlüssel nicht doch vielleicht steckt!"

Einen Moment herrschte Stille, dann begann Charlotte Rohde wieder zu rufen. „Hilfe, hilfe! Man hat mich eingesperrt!"

„Einen Moment", sagte Louis ruhig. „Haben Sie eventuell einen Dietrich zur Hand?"

Der Doktor sah ihn verwundert an. „Nein, tut mir leid, das … so etwas haben wir nicht im Haus."

„Darf ich dann eine Ihrer Gabeln benutzen?"

Doktor Rohde trat von der Tür zurück, hinter der seine Schwester weiterhin um Hilfe rief und zwischendurch dagegenhämmerte, und machte eine einladende Geste zur Küchenzeile hin.

Louis öffnete einige Schubladen, dann schien er schließlich das Gesuchte zu finden, nahm eine Gabel heraus und bog sie zurecht. Kurz darauf machte er sich damit am Schloss zu schaffen, und einen Augenblick später öffnete er auch schon die Tür.

Schwaches Licht fiel aus einer trüben Lampe an der Decke in eine begehbare Speisekammer; auf den ersten Blick sah Nell bis oben hin gut gefüllte Regale. In der Türöffnung stand Charlotte Rohde, mit leicht zerwühltem Haar und verwirrtem Gesichtsausdruck. Hector schoss zu ihr hinüber und begann, aufgeregt wedelnd um sie herumzuspringen. Charlotte Rohde fing an zu lächeln.

„Guter Hund!", sagte sie. „Hast du mich gefunden!"

„Alles in Ordnung mit Ihnen?", fragte Nell besorgt.

„Aber ja doch, selbstverständlich, mir geht es gut!" Charlotte Rohde blinzelte in die Runde, dann, als ihr Blick auf ihren Bruder fiel, zogen sich ihre dünnen Brauen drohend zusammen. „Jemand hat mich eingesperrt, Fridolin! Warst du das etwa? Hast du dir wieder mal einen Spaß erlaubt?"

Nell und Louis sahen beide den Doktor an, der ein überraschtes Gesicht machte.

„Nein, Lottchen, nein, auf gar keinen Fall!" Er hob abwehrend die Hände. „Nein, im Gegenteil, liebe Schwester, ich …" Louis unterbrach ihn.

„Ach, da haben wir den Schlüssel ja!" Er deutete auf die Tür. Der Schlüssel steckte von innen. „Sehen Sie, Ihr Bruder ist vollkommen unschuldig!" Er lächelte Charlotte Rohde freundlich an. Sie öffnete den Mund, aber Nell kam ihr zuvor.

„Darf ich vorstellen? Das ist ein guter Freund von mir, Louis Frahm. Er hat kürzlich die Tischlerei von Herrn Benningsen übernommen, wir sind also quasi Nachbarn!"

Augenblicklich entspannte sich die Stimmung. Charlotte Rohde reichte Louis die Hand, und Doktor Rohde musterte ihn mit einer Mischung aus Wohlwollen und Interesse. Den Blick kannte Nell, genauso hatte er sie selbst auch bei ihrer ersten Begegnung angesehen. Und auch jetzt noch, vier Wochen nach ihrem Einzug, spürte sie oftmals, wenn sie die Treppen hinaufstieg, das Wohlwollen dieser beiden Menschen, das ihr bei jeder Begegnung neu entgegenschlug.

„Wie nett, dass Sie mal vorbeischauen!", sagte Charlotte Rohde. „Möchten Sie vielleicht etwas trinken oder einen Happen essen?" Die Schwester des Doktors richtete ihre leicht derangierte Frisur. „Ich könnte Ihnen noch eine kleine Käseplatte zurechtmachen. Und mein Bruder hat sicher noch einen schönen passenden Rotwein anzubieten!"

Nell spürte Louis' verwunderten Blick, aber ihr gefiel, dass er einfach schwieg und ihr das Reden überließ. „Danke, aber wir …" Sie wollte ablehnen, aber dann sah sie in Louis' Augen eine Neugier aufblitzen, die ihrem eigenen Gefühl entsprach. „Ach, warum nicht? Gern!"

Doktor Rohde zog den Schlüssel aus dem Schloss, wog ihn für einen Moment in der Hand und steckte ihn in die Hosentasche. Dann drehte er sich kopfschüttelnd um und bedachte seine Schwester mit einem nachdenklichen Blick, bevor er sich Nell zuwandte. „Ich bitte um Entschuldigung für die Umstände, wir wollten Sie nicht stören. Tut mir leid, dass wir uns auf diese etwas delikate Art kennengelernt haben", sagte er und sah Louis um Verzeihung bittend an und hob die Hände, bevor er sie ineinanderschlug. „Aber wenn Sie uns die Freude machen würden, ein Gläschen miteinander zu trinken, wäre das schön!"

„Gehen Sie ruhig schon in den Salon", sagte Charlotte Rohde, „ich komme dann gleich!" Geschäftig rieb sie sich die Hände an ihrer Schürze, dann machte sie sich am Kühlschrank zu schaffen.

Nell sah Louis fragend an, und er nickte ihr zu, um dem Doktor zu folgen. Nell blieb noch einen Moment stehen. „Kann ich Ihnen vielleicht helfen, Frau Rohde?"

Charlotte Rohde drehte sich um und runzelte die Stirn. Für einen Moment verzog sich ihr Gesicht unwillig, dann schüttelte sie den Kopf. „Nein, danke, das hier ist ... das hier ist mein Revier!", sagte sie. „Wissen Sie, ich führe dem Herrn Doktor schon seit ... seit fünfundachtzig Jahren den Haushalt ..."

„Fünfundachtzig Jahre!", rief Nell ungläubig aus, dann bremste sie sich, als sie Charlotte Rohdes irritierten Gesichtsausdruck sah. „Entschuldigen Sie, ich wollte Sie nicht ..."

„Nein, es sind nicht fünfundachtzig Jahre", sagte Charlotte Rohde nachdenklich. „Das kann ja nicht sein, ich bin ja selbst erst fünfundsiebzig ... nein, ich bin ..." Sie stutzte und dachte angestrengt nach, während sich ihr Blick im Nichts verlor.

Nell wartete, während die leisen Stimmen von Louis und dem Doktor aus dem Wohnzimmer zu ihr drangen, untermalt von Gläsergeklirr. Hätte sie bloß nichts gesagt! Charlotte Rohdes verwirrten Gesichtsausdruck hatte sie sich zuzuschreiben; schließlich wusste sie ja, dass die Schwester des Doktors ganz offenkundig zuweilen die Orientierung verlor.

Schließlich nickte Charlotte Rohde und richtete ihre hellen Augen wieder auf Nell. „Mein Bruder hat mit fünfundzwanzig Jahren seinen Doktortitel erlangt und diese Praxis hier in ... in dieser Stadt eröffnet, und seitdem führe ich ihm den Haushalt!", sagte sie mit fester Stimme, die keinen Widerspruch duldete. „Und ich denke auch noch lange nicht daran, meine Tätigkeit aufzugeben, damit Sie es gleich wissen. Sie müssen sich leider anderweitig bemühen." Sie drehte sich um und fuhr fort, Käsescheiben auf einem Teller anzurichten, und Nell stand stumm da und versuchte, eine angemessene Reaktion auszuloten. Aber sie wusste einfach nicht, wie sie sich verhalten sollte. Nach einer Weile musste sie schmunzeln, und als hätte Charlotte Rohde das gespürt, fuhr sie herum und funkelte Nell an.

„Junge Frau, worauf warten Sie noch?"

„Auf Sie", sagte Nell ruhig. „Ich würde Ihnen gern helfen, die Teller ins Wohnzimmer zu tragen. Ich bin Nell, Ihre Untermieterin von oben. Wir wollten kurz ein Gläschen zusammen trinken."

Charlotte Rohdes Gesicht spiegelte im Verlauf einer Sekunde eine Vielzahl von Gemütszuständen wider, so schnell, dass Nell kaum folgen konnte. Hinterher, als sie oben in ihrem Bett lag und den Abend rekapitulierte, erinnerte sie sich jedoch genau an den raschen Wechsel der Ausdrücke in Charlotte Rohdes faltenverziertem Gesicht: Verwirrung hatte Unmut Platz gemacht, gefolgt von Überraschung, Verstehen und Freude, bevor ein Ausdruck von Verwunderung sich abgezeichnet hatte.

Schließlich nickte die Schwester des Arztes langsam, so als ergäbe sie sich in die Situation. „Gut", sagte sie, „ja, natürlich, Nell. Sie haben aber jemanden mitgebracht, was? Warten Sie, ich bin so weit, wenn Sie mögen, nehmen Sie die vier Tellerchen hier aus dem unteren Schrank."

Etwas später betraten sie gemeinsam das Wohnzimmer, in dem Louis und der Doktor standen und auf sie warteten. Louis zwinkerte Nell zu und nahm ihr die Teller ab, was Charlotte Rohde mit einem missbilligend herabgezogenen Mundwinkel zur Kenntnis nahm.

„Setzen wir uns doch“, sagte Doktor Rohde und zeigte auf die beiden freien Sessel gegenüber seinem Stammplatz. Seine Schwester stellte das Tablett mit den Häppchen ab, blieb jedoch stehen.

„Ich glaube, ich muss mich noch einmal kurz zurückziehen“, sagte sie nervös. Sie lächelte knapp in die Runde und ging hinaus, von Hector gefolgt.

Einen Moment herrschte Schweigen, dann setzten alle drei sich gleichzeitig. Doktor Rohde schenkte Grappa ein, und kurz darauf hoben er, Nell und Louis gleichzeitig ihre Gläser.

„Danke“, sagte Doktor Rohde. „Das war ausgesprochen nett und einfühlsam von Ihnen beiden.“

Louis warf Nell ein zartes Lächeln zu, dann nickte er. „Auf gute Nachbarschaft!“

Nell lehnte sich zurück. Seit ihrer ersten Begegnung mit dem Doktor und seiner Schwester hatte sie schon drei weitere Male auf diesem Platz gesessen und mit dem Doktor und manchmal auch seiner Schwester geplaudert. Die beiden gaben ihr jedes Mal aufs Neue das unbedingte Gefühl, willkommen zu sein. Soweit sie es mitbekam, pflegten die beiden nur wenige Kontakte; zweimal waren zwei ältere Herren, ebenfalls ehemalige Veterinärmediziner, zu Besuch gekommen, ein andermal hatte Nell eine alte Dame im Flur getroffen. Das wunderte sie; die beiden waren derart liebreizende und noch dazu interessante Menschen. Lagen ihre sehr reduzierten Kontakte am Alter?

Und stand auch ihr ein kontaktarmes Alter bevor?

Sie zog eine Grimasse und nahm noch einen Schluck Grappa. Wenn dem so sein sollte, dann hatte sie es sich selbst zuzuschreiben. In Berlin hatte sie ein sehr geselliges Leben geführt, immer schon, vor ihrer Beziehung mit Irma, und auch währenddessen. Nie hätte sie gedacht, dass sie das eines Tages freiwillig aufgeben würde. Aber jetzt war es so; sie hatte nicht anders gekonnt, sie brauchte diese Pause. Wenn es denn nur eine Pause war.

Wieder nahm sie einen Schluck, der ihr in der Kehle brannte. Das Glas war leer. Als sie aufsah, entdeckte sie, dass Louis sie beobachtete, während er dem Doktor zuhörte. Er zog fragend die Brauen hoch, und Nell nickte ihm beruhigend zu und straffte die Schultern.

Es war schon bemerkenswert, wie sie sich wortlos verstanden. Diese Art von blindem Verständnis hatte sich nach knapp zwölf Jahren mit Irma immer noch nicht eingestellt gehabt.

Irma. Der Gedanke an sie machte, dass Nell einen Kloß im Magen verspürte, und sie versuchte, ihn abzuschütteln, indem sie sich wieder auf das Gespräch der beiden Männer konzentrierte.

„Ja", sagte Louis gerade. „Ich hatte schon drei Anfragen wegen des Grundstückes. In diesen zwei Wochen. Benningsen hatte mich vorgewarnt."

„Und was hatte er Ihnen geraten?", erkundigte sich der Doktor interessiert.

„Nicht zu verkaufen." Louis lächelte in sein Glas hinein, aber sein Blick war eine Spur traurig.

„Ein guter Rat", sagte Doktor Rohde ruhig. „Herr Frahm …"

„Sagen Sie bitte Louis zu mir."

„Louis", Doktor Rohde schien dem Namen nachzulauschen, „Louis, sind die Leute hier nett zu Ihnen?"

Louis zögerte und schwenkte den Rest der Flüssigkeit im Glas, bevor er antwortete. „Ja, schon. Aber ich glaube, so richtig trauen sie mir nicht über den Weg."

„Das kann ich mir vorstellen", sagte Doktor Rohde und lachte leise. „Wer einmal fremd ist, bleibt immer fremd. Ich weiß das, ich lebe hier seit sechzig Jahren."

Louis starrte ihn an, und auch Nell sah gebannt auf sein markant geschnittenes Gesicht, in dem sich ein tiefer Ernst zeigte, als er die Grappaflasche hob und sie beide auffordernd ansah. Vielleicht war sein Ausspruch genau die Antwort auf die Frage, die Nell sich gerade eben gestellt hatte.

„Ich habe im Übrigen sechzig Jahre versucht, hier heimisch zu werden, aber es ist mir nur teilweise gelungen. Machen Sie das Beste draus, junger Mann. Man kann auch glücklich sein, ohne heimisch zu werden.“ Doktor Rohde schenkte erst Nell und dann Louis nach, bevor er sich selbst ein Stückchen Käse vom Häppchenteller nahm und ihn dann in Nells Richtung schob. „Greifen Sie zu, meine Schwester ist sonst beleidigt.“

„Wo bleibt sie denn überhaupt?“, fragte Nell, der im selben Moment auffiel, dass Hector ebenfalls verschwunden war. Sie stand auf und stellte ihr Glas ab. „Entschuldigen Sie mich bitte mal kurz.“

Sie fand Hector in der Küche, wo er mit schiefgelegtem Kopf einen riesenhaften Knochen beäugte, den Charlotte Rohde ihm hinhielt. Bei dem Anblick rutschte Nell für einen Moment das Herz in die Hose, dann schüttelte sie den Kopf.

„Nein, Hector!“ Ihre Stimme klang unverhältnismäßig scharf, aber das war der Angst geschuldet, dass der Hund diesen grotesk großen Knochen nehmen und sich daran verschlucken würde.

Hector sah sie mit einem verwunderten Gesichtsausdruck an; offenbar war er auch ohne ihre Intervention skeptisch gewesen und sich bewusst, dass irgendetwas hier nicht mit rechten Dingen zuging. Er trat einen Schritt zurück, und Charlotte Rohde legte den Knochen achselzuckend wieder auf das Schneidebrett.

„Er möchte nicht. Hugo mochte Knochen gern. Na gut, dann eben nicht!“ Sie sah Nell nachdenklich an, dann hellte sich ihre Miene plötzlich auf. „Es sind fünfundsechzig Jahre!“, sagte sie mit fester Stimme. „Fünfundsechzig Jahre!“

Offenbar war ihr wieder eingefallen, wie alt sie war. Nell musste lächeln. „Eine sehr lange Zeit! Das ist wirklich beeindruckend! Kommen Sie mit ins Wohnzimmer? Wir vermissen Sie!“

Charlotte Rohde sah sie an, und nach einem Moment schien sich ihr Blick an Nells Gesicht festzuhaken. Still standen sie da und betrachteten sich, während die leisen Stimmen der beiden Männer aus dem Wohnzimmer zu ihnen herüberdrangen. Nell spürte einen Hauch von Ungeduld, der rasch wieder verflog und einer gelassenen Gleichmut Platz machte. Hier zeigte sich der Lauf der Dinge, und niemand konnte ihn aufhalten.

Schließlich seufzte Charlotte Rohde auf, strich sich die Schürze an den Hüften glatt und schüttelte den Kopf. „Ich bin müde“, sagte sie mit einer leisen, plötzlich rauen Stimme, die Nell seltsam berührte. „Ich glaube, ich gehe zu Bett. Grüßen Sie Ihren Bekannten. Ich hoffe, die Häppchen haben geschmeckt.“ Und damit drehte sie sich um und verließ die Küche, und Nell sah ihr einen Moment nach, bevor sie das Licht in der Küche löschte und zurück in das Wohnzimmer ging, in dem Hector sich schon zu Doktor Rohdes Füßen zusammengerollt hatte und Louis ihr entgegensah, mit einem fragenden, aber zugleich beruhigenden Ausdruck.

Er fühlte sich sichtlich wohl, und so setzte Nell sich wieder in den bequemen Sessel und nahm das halbgefüllte Grappaglas in beide Hände. „Ihre Schwester ist schlafen gegangen“, sagte sie. „Sie lässt dich grüßen, Louis.“

Doktor Rohde beugte sich zu Hector hinunter und kraulte ihn hinter den Ohren. „Ich sehe später nach ihr“, sagte er. „Danke.“

Alle drei schwiegen, während sie den Schritten lauschten, die auf der Treppe erklangen und immer leiser wurden, bis schließlich eine Tür schlug und Stille einkehrte.

Doktor Rohde sah erst Louis, dann Nell an. „Tja", sagte er ruhig. „So ist das. Die Zeit lässt sich nicht zurückdrehen. Schön aber, dass Sie beide hier sind." Er hob das Glas, und Nell und Louis beugten sich gleichzeitig vor und stießen mit ihm an, und der leise, glockenhelle Ton hing Nell noch lange im Ohr, auch noch, als sie eine ganze Weile später, nachdem sie Louis zu einer letzten Runde mit Hector nach Hause begleitet hatte, selbst die Treppe hinaufstieg, leise, bemüht, das alte Geschwisterpaar nicht zu wecken. Es schien ihr mehr denn je, als spürte sie das verlöschende Leben unter sich.

Ja, die Zeit ließ sich nicht zurückdrehen. Doktor Rohde hatte sicher recht, doch wenn es nach Nell ginge, verbrächte sie gern noch ein wenig mehr Zeit mit diesen beiden liebenswürdigen Menschen.

Und mit Louis auch. Aber das stand auf einem anderen Blatt.

„Komm, Hector!", sagte sie, öffnete leise die Tür zu ihrer Wohnung und zog sie sanft hinter sich zu.

Im Patty, der „richtig irren" Kneipe, wie Marie sie bezeichnet hatte, herrschte erstaunlich viel Betrieb für die frühe Uhrzeit. Nahezu alle Tische waren besetzt, vorrangig von Bier trinkenden jungen Männern mit schlichten Kurzhaarschnitten und ihren langhaarigen Begleiterinnen. Offenbar schien dies ein beliebter Treffpunkt für After-Work-Partygänger zu sein; immerhin war Freitag und damit der Startschuss fürs Wochenende gegeben.

Nell bahnte sich einen Weg durch eine Gruppe johlender Mittzwanziger, die den gesamten Tresen versperrte, und blickte sich suchend um. Sie war froh, dass sie Hector zu Hause gelassen hatte, bei dem Trubel hier hätte er keine ruhige Sekunde gehabt.

Ganz am Ende des Tresens wurden gerade zwei Barhocker frei, und Nell setzte sich und bestellte beim Barkeeper eine Cola.

Ihr Blick fiel auf eine Gruppe junger Frauen mit rasierten Schläfen und auffälligen Piercings in Ohren und Augenbrauen, die genau gegenüber in einer Sitzecke saßen und bunte Cocktails vor sich stehen hatten; eindeutig Lesben, ihresgleichen erkannte Nell mit nahezu untrüglicher Sicherheit sofort. Sie musste lächeln. Früher, als sie hier gelebt hatte, hätten junge Lesben sich eher versteckt und privat getroffen als in öffentlichen Räumen, das war jetzt zum Glück anders. Im Gegenteil, die jungen Frauen fielen durch lautes Lachen und Rufen richtiggehend auf; zwei von ihnen küssten sich sogar ausgiebig.

Aber zu Nells Zeiten hier hatte sie selbst ja noch nicht einmal gewusst, dass ihr Herz eines Tages für Frauen schlagen würde.

„Da bist du ja schon! Tut mir leid, ich hatte noch eine Auslieferung. Wartest du schon lange?“ Marie schob sich vor Nell auf den freien Barhocker und sah sie aufgeregt an. Einen kleinen Moment zögerte sie, dann beugte sie sich vor und gab Nell einen Begrüßungskuss auf die Wange.

Nell sah sie überrascht an, aber Marie wich ihrem Blick aus und machte sich geschäftig daran, ihren Mantel auszuziehen und mitsamt ihrer Handtasche über die Hockerlehne zu hängen. Dann erst setzte sie sich aufrecht hin und blickte Nell mit einem derart hungrigen Blick an, dass Nell fast lachen musste.

„Was ist denn?“, fragte Marie irritiert und lachte dann einfach mit.

Nell lehnte sich an den Tresen. „Was möchtest du trinken?“

„Was trinkst du denn? Cola? Ach je. Na gut. Dann nehme ich auch eine.“

Nell betrachtete Marie, dann schüttelte sie den Kopf. „Nein, du möchtest keine Cola. Ich wette, du möchtest einen Sekt.“

Marie lachte ein wenig zu laut auf, dann zuckte sie mit den Schultern. „Na gut, wenn du meinst. Trinkst du einen mit?"

„Ich mag keinen Sekt. Aber ich nehme ein Bier", sagte Nell und bestellte beim Barkeeper, der den Auftrag zur Kenntnis nahm, ohne mit der Wimper zu zucken.

„Cooler Typ", sagte Nell zu Marie und grinste sie an. „So, und du hast jetzt Feierabend. Und zu Hause wartet Ralf mit den Kindern?"

Marie zog die Nase kraus. „Na ja", sagte sie, „also, nicht ganz, er macht jetzt noch die restlichen Auslieferungen und die Kinder sind ja schon recht groß. Clara ist siebzehn und Leo fünfzehn, die haben schon fast ein eigenes Leben, die sind froh, wenn die Eltern mal abends außer Haus sind."

Nell fand es fast rührend, wie eifrig sie ihre Frage beantwortete, aber zugleich fragte sie sich, warum sie eigentlich in dieses Treffen eingewilligt hatte. Im Grunde aber wusste sie die Antwort bereits.

„Hast du Kinder?", fragte Marie und nahm dem Barkeeper das Sektglas direkt aus der Hand.

„Ja, einen Sohn. Der ist jetzt allerdings schon sechsundzwanzig."

„Echt, einen so großen Sohn hast du? Was macht er?"

„Er ist Meeresbiologe. Zum Wohl!"

Sie stießen an, und Marie verschluckte sich fast, als sie einen großen Schluck trank. Hastig setzte sie das Glas wieder ab.

„Nervös?", fragte Nell ruhig.

Marie starrte sie an, dann flog ihr Blick zur Seite. Nell wusste, dass sie die jungen Lesben entdeckt hatte, als sie errötete und schnell wieder zu ihr hinsah. „Nein, ja … ach, ich weiß nicht. Was machst du eigentlich hier? Also, hast du Urlaub oder …"

Nell zögerte und rutschte auf ihrem Hocker weiter nach hinten. „Ja. Das heißt, ich habe mir eine Auszeit genommen."

„Eine Auszeit? Und die verbringst du hier?", fragte Marie ungläubig.

„Ja", sagte Nell knapp. „Warum nicht? Ich verbringe Zeit mit meiner Mutter, gehe viel spazieren, lese einige der Bücher, die ich schon seit Jahren lesen wollte, und denke nach." Sie lächelte Marie an und zuckte mit den Schultern. „Ganz einfach."

Und es war ja auch ganz einfach. Wenn sie all die Stunden abzog, die sie nachts wach lag und über die Trennung von Irma grübelte, und die drängende Frage, wie es mit ihrem Leben jetzt weitergehen sollte. Und wo.

Plötzlich fiel ihr auf, dass Marie sie immer noch unverwandt musterte. Sie hat einen schönen Mund, dachte Nell. Schön geschwungene Lippen und klare, hellblaue Augen. Sie waren gleich alt, aber Marie hatte sich eine gewisse Jugendlichkeit bewahrt, die Nell selbst abging, wie sie ganz genau wusste. Oder war es weniger Jugendlichkeit als vielmehr eine unterschwellige Naivität?

Naiv hatte Marie immer schon gewirkt, naiv und ein wenig bedürftig. Genau das hatte Nell früher, in Jugendzeiten, abgeschreckt, damals hatte sie sich an den älteren, cooleren, erfahreneren Mitschülern und Bekannten orientiert und alle anderen „Normalos" für uninteressant befunden und abgetan.

Aber jetzt war es genau diese Naivität, die sie anzog, stellte sie überrascht fest.

„Was ist denn?", fragte Marie und trank ihren Sekt in einem Zug aus. Mit glitzernden Augen sah sie Nell von unten herauf an. „Was guckst du so?"

„Du siehst gut aus", sagte Nell und genoss Maries unmittelbar einsetzende Verlegenheit.

„Ach, Quatsch! Früher hast du dich kein Stück für mich interessiert", sagte Marie und schwenkte ihr leeres Sektglas. „Und da sah ich viel besser aus!"

„Nein", sagte Nell. „Nein, das stimmt nicht. Das Alter steht dir gut. Möchtest du noch einen Sekt?"

„Ich darf leider nicht, ich muss noch fahren." Bedauernd sah Marie in ihr Glas. Nell holte tief Luft. Ein Gemisch aus Winterkleidung, Schweiß und Alkohol sog sich in ihre Lungen, aber auch eine helle Duftnote lag darin, die ihr auf Anhieb gefiel. Maries Duft.

Die Atemlosigkeit, das Hungrige in Maries Augen. Das Gefühl, unbedingt gewollt, begehrt zu werden.

„Komm, wir gehen noch zu mir", sagte sie und rutschte vom Hocker. „Vorher fahren wir dein Auto zu dir, und hinterher bringe ich dich zurück. Oder du nimmst dir ein Taxi."

Marie klappte der Mund auf. Sprachlos starrte sie Nell an, einige lange Sekunden lang.

Dann rutschte sie ebenfalls vom Hocker.

„Früher hast du mich immer komplett übersehen", sagte Marie und ließ ihre Hand über Nells nackte Schulter gleiten. Ihre Finger spürten Nells Schlüsselbein nach, strichen über den Ansatz ihrer Brust. Nell schloss die Augen und öffnete sie wieder.

Das Licht aus der Lampe, die sie kurz vor ihrem Einzug im Baumarkt gekauft hatte, schien von hinten auf Maries Kopf und tauchte ihre Haare in einen fast goldenen Schimmer. Ihr Gesicht lag im Schatten, und für einen Moment war Nell dankbar dafür.

Es hatte sich gut, aber fremd angefühlt, mit Marie ins Bett zu gehen. Deren anfängliche Unsicherheit hatte schon bald einer ungestümen Lust Platz gemacht, die Nell fast ein wenig zu viel geworden war. Behutsam hatte sie Marie zurückgeschoben und zur Ruhe gebracht, um dann noch einmal von vorn zu beginnen – mit dem Ergebnis, dass Marie jetzt matt und erschöpft neben ihr lag, ein zufriedenes Lächeln um die Mundwinkel herum.

„Nell!" Marie richtete sich auf, und Hector, der auf seinem Kissen unterm Fenster lag, spitzte die Ohren.

„Was?"

„Früher hast du mich immer komplett übersehen", wiederholte Marie und ließ ihre Hand zwischen Nells nackten Brüsten hindurch nach unten gleiten, bis sie auf ihrem Bauch liegenblieb. „Warum, also warum jetzt das hier?"

Weil du mich unbedingt wolltest. Weil ich unbedingt gewollt werden wollte. Weil ich es genossen habe, dass jemand meine Nähe ersehnt.

Nell zuckte mit den Schultern, aber sie hatte das Gefühl, dass diese Geste im Liegen eher lächerlich wirkte. „Jetzt habe ich dich eben gesehen", sagte sie. „Und du hast mir gefallen."

„Hast du schon oft … also, ich meine, das war ja nicht dein erstes Mal mit einer Frau, oder?"

Nell konnte nicht anders, sie musste lachen. Aus dem Augenwinkel sah sie Maries beleidigte Miene, aber sie musste dennoch mehrfach glucksen, bevor sie sich beruhigte. „Nein, du hast recht", sagte sie schließlich. „Es war nicht mein erstes Mal." Wieder musste sie kichern, obwohl sie genau spürte, dass Marie langsam der Geduldsfaden riss. „Tut mir leid, Marie. Echt. Sei nicht sauer, aber es ist einfach lustig. Ich hab was mit Frauen, seit ich Mitte zwanzig bin, das ist einfach schon eine Ewigkeit. Aber das kannst du ja nicht wissen." Sie musste schon wieder grinsen, und jetzt drehte Marie sich tatsächlich zur Seite und setzte sich aufrecht hin.

Sie griff nach der fast leeren Sektflasche, die Nell auf dem Weg zur Wohnung noch im nahen Supermarkt gekauft hatte, und schenkte sich den letzten Rest ins Glas, um es mit einem großen Schluck hinunterzustürzen. Nell setzte sich ebenfalls hin und betrachtete Maries verschnupfte Miene von der Seite.

„He“, sagte sie. „Wirklich. Sei nicht sauer.“ Sie legte den Arm um Maries Schultern und zog sie an sich, und nach ein paar Sekunden halbherzigen Widerstands ließ Marie sich an sie sinken. Sie spürte, dass Marie gefragt werden wollte: ob es für sie das erste Mal oder ob es schön gewesen sei, aber Nell war einfach nicht danach.

Ihr war stattdessen danach, jetzt allein zu sein, aber sie konnte Marie jetzt nicht einfach so hinauskomplimentieren. Ob sie ihr ein Taxi rufen sollte? Irgendwie musste sie ja nach Hause kommen; zum Laufen war es zu weit. Und ihren Mann konnte sie ja wohl schlecht anrufen.

„Bist du eigentlich in … bist du eigentlich in einer Beziehung oder so?“, fragte Marie und schlug die Hand vor den Mund, als ob sie über ihren eigenen Mut erschrocken wäre. „Oh, oder verheiratet?“

„Nein, weder noch“, sagte Nell widerstrebend und seufzte innerlich. „Ich bin Single.“ Single. Es war nicht das erste Mal seit der Trennung von Irma, dass sie sich selbst so bezeichnet hatte. Sie und Jack hatten sich einen ganzen Abend lang einen Spaß daraus gemacht, die verschiedensten Bezeichnungen für Nells neuen Beziehungsstatus auszuprobieren, und eigentlich hätte sie längst an den Ausdruck gewöhnt sein müssen. Aber es klang immer noch falsch.

In einem Teil ihres Inneren sah Nell sich immer noch in einer Beziehung stehend. Wann sich das verändern würde, stand in den Sternen.

„Komisch“, sagte Nell. „So eine tolle Frau wie du! Oder … oder willst du lieber Single sein?“

Nell drehte den Kopf und betrachtete Maries nahezu faltenloses Gesicht, das jetzt, im Schein der Leselampe, beinahe jugendlich wirkte. Oder lag das an Maries Naivität, die immer wieder durch ihre merkwürdig kindliche Art zu fragen durchschimmerte? „Vielleicht“, sagte Nell vage. „Mir geht es jedenfalls ganz gut so.“ Sie lächelte schief, und Marie lächelte zurück.

„Und wie lange wirst du hier noch bleiben?“, fragte Marie und zog die Decke höher. „Also hier in der Ferienwohnung? Die ist wirklich schön, finde ich.“ Sie blickte sich anerkennend um, und Nell sah ihr an, dass sie alles ganz genau in sich aufsog. Als würde sie mehr über Nell erfahren, wenn sie ihre Umgebung betrachtete. Auch, wenn es nur eine vorübergehend gemietete Ferienwohnung war, wie Nell erklärt hatte.

„Mal sehen, ich weiß es noch nicht ganz genau.“ Nell setzte sich aufrecht hin und schwang die Beine aus dem Bett. „Marie, tut mir leid, aber ich … ich bin einfach ziemlich k.o.“

„Soll ich gehen?“ Marie setzte sich ebenfalls hin und sah Nell überrascht und zugleich bedauernd an. „Oh, sorry, ich bin gleich weg, ich …“ Sie sprang aus dem Bett und begann hastig, ihre Sachen zusammenzusuchen.

Nell sah auf Maries nackte Füße hinab und spürte, wie sich ihr Magen zusammenzog. Was war nur mit ihr los? Eigentlich hielt sie sich selbst für eine sehr empathische Person, aber jetzt benahm sie sich wirklich kaltherzig. Sie holte tief Luft und riss sich zusammen. „Marie?“

Marie war gerade dabei, ihre enge Jeans anzuziehen, aber sie hielt sofort inne und sah Nell hoffnungsvoll und ein wenig ängstlich an. „Ja?“

„Ich … ich fahre dich nach Hause, okay?“

Marie zögerte. Einen Moment lang studierte sie Nells Gesicht, dann nickte sie. „Ja, danke“, sagte sie. „Okay. Ich bin gleich fertig.“

„Irma? Ich geh mit Hector runter.“

Irma sitzt vor ihrem Aquarium und starrt hinein. Bereits aus dem Flur kann Nell ihre Stimmung erkennen, die graue Leere, der sich in ihr ausbreitet, ihre Seelenpein, die schwindenden Hormone, die nirgendwo mehr andocken können und nur Einsamkeit und Trübsinn hinterlassen.

„Kommst du mit runter?", fragt Nell ohne viel Hoffnung. Wenn Irma in dieser Stimmung ist, und das ist sie oft in letzter Zeit, dann geht sie abends nicht mehr vor die Tür.

Irma schüttelt den Kopf, ohne sich umzudrehen.

„Irma", sagt Nell und geht jetzt doch ins Zimmer hinein. Sie legt Irma die Hand auf die Schulter, berührt sanft ihren Nacken, aber Irma reagiert nicht. Nell beugt sich nach vorn. „Komm doch mit."

Irma wirft ihr einen kurzen Blick zu, in dem sich Nells eigene Ratlosigkeit spiegelt, dann schüttelt sie erneut den Kopf. „Morgen vielleicht", sagt sie und sieht wieder ins Aquarium, in dem sich die beiden Clownfische mit flinken Bewegungen in ihrer Koralle aalen. Sie sind gewachsen, fällt Nell auf, mindestens um ein Drittel an Körpergröße haben sie zugelegt, seit Nell sie das letzte Mal richtig angesehen hat. Plötzlich ist sie ärgerlich, ärgerlich auf Irma, die sich ihren depressiven Stimmungen viel zu hemmungslos hingibt. „Dann nicht", sagt sie und lässt Irma los.

Sie nimmt die Hundeleine und ruft Hector, der sich erst ausgiebig streckt und gähnt, bevor er zu ihr hinübertrottet, um sich das Halsband umlegen zu lassen. Wortlos zieht sie die Tür hinter sich zu.

Den gesamten Spaziergang über verbringt sie damit, sich über Irma zu ärgern. Nell weiß nicht genau, wann es angefangen hat; Irmas Unwille, sie beim abendlichen Hundespaziergang zu begleiten, ihre Unlust, mit ihr zu sprechen, ihr Rückzug in sich selbst. In Nells Vorstellung ist es das Aquarium, das Irma dazu gebracht hat, sich ihr, Nell, zu entziehen, aber natürlich ist das falsch. Das eine hat mit dem anderen nichts zu tun. Irmas vermehrte Hinwendung zum Aquarium wäre höchstens ein Ausdruck ihrer Abwendung von Nell, sofern es überhaupt eine Abwendung ist. Vielleicht braucht Irma jetzt, so mitten in den Wechseljahren, einfach mehr Zeit für sich selbst.

Vielleicht wird es Nell ebenso ergehen, wenn ihre Hormone sich dem Tiefpunkt zuneigen.

Oder steckt etwas ganz anderes dahinter?

Nell will diesen Gedanken nicht weiterdenken, sie will ihn eigentlich überhaupt nicht zulassen; er nistet sich in ihr ein wie ein ungebetener Gast, der jeden Wink mit dem Zaunpfahl überhört und einfach sitzenbleibt, Stunde um Stunde, und – schlimmer noch! – immer wieder aufs Neue auftaucht. Und den man sich nicht traut, hinauszuwerfen und gar nicht mehr einzulassen. Weil man weiß, dass er sich sonst eines Tages rächen wird.

Nell schüttelt den Kopf und sieht Hector zu, dessen rundliches Hinterteil vor ihr über den Gehsteig wackelt. Es ist unmöglich, ihn anzusehen und gleichzeitig wütend zu sein, und ihre Stimmung hellt sich augenblicklich auf.

Als sie zurück in die Wohnung kommt, sitzt Irma nicht mehr vor dem Aquarium. Nell ruft nur einen kurzen Gruß in den Flur und geht weiter in die Küche, um Hector seine beiden angestammten Leckerlis zu reichen.

Irma kommt ihr mit zerknirschtem Gesichtsausdruck hinterher. „Ich habe meine Tabletten vergessen", sagt sie und lächelt schief.

Nell verzieht keine Miene. „Dann nimm sie doch jetzt", sagt sie ungerührt und beugt sich zu Hector hinunter.

Irgendwo, irgendwann, so hat sie das Gefühl, ist ihr die Nähe zu Irma entglitten. Wann und wo hat es angefangen, das langsame Auseinanderdriften der Vertraulichkeiten und Gegebenheiten, die einst so selbstverständlich schienen?

Irma steht hinter ihr im Türrahmen, ohne sich zu bewegen. Plötzlich schießen Nell die Tränen in die Augen. Sie geht in die Hocke und sieht Hector beim Kauen zu, und der Anblick seines pelzigen, fröhlichen Hundegesichts spendet ihr Trost, einen Trost, den sie bei Irma seit vielen, vielen Wochen nicht mehr finden kann.

„He“, sagt Irma. „He, wirklich, Nell, tut mir leid. Sei nicht sauer auf mich, okay?“

„Nein“, sagt Nell und steht auf. Als sie sich zu Irma umdreht, spürt sie selbst, dass ihr Gesicht sich zu einer Maske verschlossen hat, zu einer Maske, die auch Irma, der Mensch, der ihr seit so vielen Jahren am nächsten steht, nicht durchschauen kann.

Aber als sie Irma ansieht, hat sie den Eindruck, in einen Spiegel zu sehen.

Es war erst kurz nach halb elf, aber die Straßen waren wie leergefegt. Marie saß schweigend, aber unruhig neben Nell auf dem Beifahrersitz; ab und zu warf Nell ihr einen Blick zu, den Marie jedes Mal mit hochgezogenen Brauen erwiderte.

Der Weg war kürzer, als Nell vermutet hätte. Marie wohnte in einem relativ neu hochgezogenen Wohnviertel, das an die Bahnlinie hinter der Schleuse anschloss und das es zu Nells Zeiten noch nicht gegeben hatte.

„Ein Familienparadies“, sagte Nell und hob ebenfalls die Brauen, als sie von der Hauptstraße rechts abbog. „Habt ihr neu gebaut oder ein altes Haus gekauft?“

„Hier gibt es keine alten Häuser“, sagte Marie mit einem fast entschuldigenden Unterton. „Wir haben gebaut, als ich mit Clara schwanger war.“

„Dann ist euer Haus jetzt fast volljährig, oder?“, sagte Nell in dem halbherzigen Versuch, die seltsam angespannte Stimmung zu durchbrechen. Die Häuser, an denen sie vorbeifuhren, glichen sich; alle waren sie aus hellem Backstein erbaut und mit Spitzdächern und Erkerfenstern versehen, ganz so, wie es hier in der Gegend üblich war. Würfelförmige oder kubistische Bauten hatte Nell hier bislang kaum entdeckt, auch große Fenster waren selten verbaut. Das Haus der Rohdes mit seinem Zwanziger-Jahre-Charakter war eine Ausnahme.

Zur Linken passierten sie einen ausladenden Bungalow mit einem blauglänzenden Schindeldach, dahinter standen je zwei Doppelhaushälften, die durch identische Vorgärten glänzten, in denen jeweils ein Deko-Reiher mit einem Fisch im Schnabel auf einer Betoninsel inmitten einer Schotterfläche stand. „O Gott", sagte Nell kopfschüttelnd.

Marie neben ihr sah nach vorn, und für einen Moment fürchtete Nell, dass sie einen ebensolchen Vorgarten ihr eigen nannte. Aber dann beugte sich Marie vor und deutete nach vorn. „Da, Nummer 34. Du kannst auf die Auffahrt fahren und zurücksetzen, denn hinten in der Straße ist es immer schlecht zu wenden." Sie seufzte auf und sah zu Nell. „Schade, dass der Abend schon vorbei ist."

Nell nickte und fuhr langsam auf Maries Haus zu. Es war ein moderneres Gegenstück zur Apotheke, in jedem Fenster prangten Blumenkästen, die weiße, im Romantik-Style gehaltenen Tür zierte ein Blumengesteck, daneben schimmerte ein selbstgetöpfertes Namensschild an der Hauswand: „Hier wohnen Ralf, Marie, Clara und Leo Röper."

„Röper? Du heißt jetzt Röper?", fragte Nell erstaunt und fuhr langsam auf die gepflasterte Auffahrt. Hinter den Fenstern im Erdgeschoss brannte Licht, warmes, freundliches Licht; auch im Obergeschoss waren einige Fenster erleuchtet.

Marie machte ein verwundertes Gesicht. „Ja, ich habe Ralfs Namen angenommen. Er war übrigens damals Schülersprecher und eine Klasse über uns, erinnerst du dich?"

Nell schaltete in den Leerlauf und sah zu ihr hinüber. Maries Augen trugen jetzt, wo der Abschied unmittelbar bevorstand, wieder einen hungrigen Ausdruck, und auf einmal fühlte Nell sich schlecht. Natürlich hatte sie eine Sehnsucht in Marie geweckt, die sie nicht erfüllen konnte und auch nicht wollte. „Kann sein“, sagte sie knapp. „Okay, dann …“

Marie nickte hastig und schnallte sich so abrupt ab, dass der Gurt mit einem surrenden Geräusch nach oben schnellte. „Ja“, sagte sie. „Also, danke fürs Heimbringen.“

„Gern geschehen. Schlaf gut.“

„Du auch.“ Marie beugte sich ungeschickt vor und küsste Nell eilig auf die Wange, dann öffnete sie die Wagentür. „Ja, dann, also, bis … bis bald oder so.“ Sie stieg aus und warf einen Blick zu den erleuchteten Fenstern, dann beugte sie sich noch einmal hinunter. „Nell. Sehen wir uns noch mal, solange du hier bist?“

Ihre Stimme klang sehnsüchtig, und Nell spürte Unwillen in sich aufsteigen, gepaart mit leisen Schuldgefühlen. „Klar“, sagte sie. „Sicher. Ich melde mich, ja?“

„Ja“, sagte Marie. „Ja, gut. Also … das war schön.“ Die letzten drei Wörter kamen so leise heraus, dass Nell sie mehr erahnte als verstand.

Sie lächelte Marie zu und spürte eine Mischung aus Erleichterung und vagem Bedauern, als Marie schließlich die Tür zufallen ließ und zum Hauseingang hinüberging. Während Nell den Rückwärtsgang einlegte, ging von innen die Tür auf und Ralfs Silhouette tauchte im Türrahmen auf. Er hob die Hand zum Gruß, und Nell winkte ebenfalls und setzte zügig zurück, um dann Gas zu geben. Als sie das Ende der Straße erreichte, sah sie noch einmal in den Rückspiegel. Die Tür war schon wieder geschlossen, und soeben ging das Licht der Messinglaterne über dem Eingang aus.

Nell schüttelte sich, dann fuhr sie weiter, mit dem beruhigenden Gefühl, um Haaresbreite einer unangenehmen Konfrontation entgangen zu sein.

Aber erst nach einigen hundert Metern ging ihr auf, dass es nicht unbedingt die Konfrontation an sich war, die sie als unangenehm empfunden hätte. Sondern Ralf.

Sie erinnerte sich doch an ihn. Schon zu Schulzeiten hatte sie ihn nicht gemocht, diesen großspurigen, biederen Typen. Dass Marie ausgerechnet ihn geheiratet hatte!

Zurück fuhr sie durch die Stadt. Hector hatte sich zwischen den Sitzen nach vorne geschoben und auf dem Beifahrersitz zusammengerollt, und Nell streichelte ihm über den runden Rücken und ließ die Hand dann dort liegen, um seine wohltuende Wärme zu spüren.

Viele der Häuser, an denen sie in ruhigem Tempo vorbeifuhr, kamen ihr bekannt vor, andere waren neu dazugebaut worden. Hinter kaum einem Fenster brannte noch Licht; Stille hatte sich über die Straßenzüge gelegt, Abendruhe, an die Nell sich noch aus ihrer Jugendzeit erinnerte, als sie mit dem Rad durch die nächtliche Stadt nach Hause gefahren war, die Stille genießend und zugleich verabscheuend. Wie hatte sie sich nach Trubel, Aufregung, fremden Welten gesehnt; die Spießigkeit hinter den Fenstern, hinter den geklinkerten oder ordentlich verputzten Fassaden hatte ihr stets ein Gefühl der Beklemmung verschafft.

Manchmal hatte sie sich damals auch brennend gewünscht, dazuzugehören, zu den intakten, harmonischen Familien, in denen die Väter abends im Hobbykeller werkelten und lustige Lieder pfiffen, anstatt mit traurigem Gesichtsausdruck zusammengesunken über dem Tisch Notizen zu verfassen oder ins Leere zu starren.

Aber sie hatte immer gewusst, dass das nie passieren würde. Sie würde immer fremd bleiben.

Und jetzt, fast vierzig Jahre später, glichen ihre Gefühle denen von damals immer noch mit einer geradezu erstaunlichen Deckungsgleichheit.

Der Weg ins Industriegebiet erschien ihr vertraut und fremd zugleich, als überlagerten sich Vergangenheit und Gegenwart. Als sie das Haus der Rohdes hinten an der Kreuzung auftauchen sah, von einer einsamen Straßenlaterne beleuchtet, atmete sie auf. Ein bisschen war es, wie nach Hause zu kommen. In ein Zuhause auf Zeit. Und das war im Moment mehr, als sie in Berlin besaß.

Als sie ausstieg und die Wagentür zuschlug, fröstelte sie für einen Moment. Nell blieb stehen und sah zu, wie Hector ausgiebig an der Hausecke schnüffelte und noch einmal das Bein hob. Jetzt war noch Herbst, ein sanfter, goldener Herbst, aber schon bald würde der Winter einziehen. Die Milde der sich langsam abkühlenden, würzigen Luft würde schon bald einem eisigen Wind weichen, das jetzt noch üppige Leben draußen zusehends zur Ruhe kommen.

Dann, und erst dann, in der Mitte des Winters, würde sich zeigen, ob sie die selbstgewählte Einsamkeit wirklich würde ertragen können.

Nells Handy lag immer noch auf dem niedrigen Tisch neben dem Bett, wo sie es zuletzt hingelegt hatte, nachdem Marie ihr deren Handynummer diktiert hatte. Es hatte angefangen zu klingeln, als Nell die Tür aufgeschlossen hatte, und sie hatte sofort geahnt, wer sie anrief. Nur Jack besaß die Unverfrorenheit, nach zweiundzwanzig Uhr anzurufen und es bis in alle Ewigkeit klingeln zu lassen.

„Hallo, Jack“, sagte sie und bemühte sich, streng zu klingeln. „Es ist kurz vor elf. Ich bin gerade dabei, ins Bett zu gehen.“

„Bist du nicht!“, sagte Jack und gab so etwas wie ein Fauchen von sich. „Du sitzt bestimmt in deiner trostlosen Mietwohnung und guckst frustriert in die Dunkelheit draußen. Stimmt's?“

Nell klopfte das Kissen zurecht, warf die Bettdecke hinüber und setzte sich darauf. „So ähnlich“, sagte sie und musste lachen. „Wie geht es dir?“

„Mir geht es gut!“, rief Jack fast wütend in den Hörer. „Ich habe den letzten Auftritt vergeigt, weil ich über die

Bühnendeko gestolpert bin, und meine Synchronfirma hat mich aus einer Serie gestrichen, die schon fast sicher war, aber sonst geht es mir gut! Ach ja, und meine beste Freundin – jedenfalls hab ich sie jahrelang dafür gehalten –, meine beste Freundin hat sich sang- und klanglos aufs Land verzogen und hockt jetzt seit fünf Wochen in irgendeinem komischen Dorf und bläst Trübsal, anstatt mir beizustehen oder wenigstens das Leben zu versüßen. Aber sonst geht es mir gut!"

„Jack!" Nell lehnte sich ins Kissen zurück und schloss die Augen, während sie das Handy ans Ohr presste. „Übertreib doch nicht immer so schamlos. Außerdem hocke ich nicht in einem Dorf. Es ist eine mittlere Kreisstadt mit knapp dreißigtausend Einwohnern."

„Lächerlich", sagte Jack. Im Hintergrund klirrte etwas, dann waren Stimmen zu hören, gefolgt von einem albernen, mehrstimmigen Kreischen. „So, dann hätten wir das geklärt. Und wie geht es dir?"

Seine Stimme triefte vor Sarkasmus, aber Nell stellte überrascht fest, dass sie sich davon getröstet fühlte. Sie hatte gar nicht gewusst, dass sie Trost gebrauchen konnte.

„Es geht so", sagte sie.

„Kommst du voran mit deiner Sinnsuche?"

Ein Plumpsen und leichtes Schwingen der Matratze verriet ihr, dass Hector sich selbst eingeladen hatte, neben ihr auf dem Bett Platz zu nehmen. Das war ihm eigentlich verboten, aber Nell ließ es ihm ausnahmsweise durchgehen. „Wie man es nimmt. Aber ich bewege mich", sagte sie. „Und ich habe eine Frau abgeschleppt."

Jack kreischte auf. „Du spinnst! Wen denn? Deine Zimmerwirtin?"

„Nein, meine alte Klassenkameradin. Marie, von der ich dir neulich erzählt habe. Die mit der Apotheke." Jack und sie telefonierten zwei-, dreimal die Woche, er war über alle wichtigen Ereignisse im Bilde. So war es immer gewesen, und umso mehr hatte ihn die Tatsache erschüttert, dass sie den Schritt, für einige Monate in die Stadt zu ziehen, in der ihre Mutter wohnte, nicht mit ihm besprochen hatte. Aber Nell war genau das nicht möglich gewesen; sie hatte Angst gehabt, dass er es ihr ausgeredet hätte.

Jetzt schnalzte er mit der Zunge. „Das ist doch wirklich nicht zu fassen! Du Womanizerin! Erzähl, wie war es?"

Nell lachte und schlug die Beine übereinander, während sie Jack ausführlich Bericht erstattete. Am Ende seufzte sie entspannt auf. „Ach, Jack, es tut gut, dir das alles haarklein zu erzählen", sagte sie zufrieden. „Nichts ist schöner, als interessante Ereignisse mit dem besten Freund in Ruhe durchzutratschen!"

„Ja, genau", sagte Jack und wurde ernst. „Und genau deshalb solltest du deinen Hintern möglichst bald wieder hierher in die große Stadt bewegen. Es reicht doch jetzt mit der Sinnfindung! Du hast hier ein Leben, Nell, du brauchst kein neues und auch kein weiteres dazu!"

„Woher willst du das wissen?"

„Weil ich dich kenne, Baby."

Nell lächelte. „Ich muss noch ein bisschen bleiben, Jack", sagte sie und sah Hector an, der neben ihr auf der Decke lag und augenscheinlich tief und fest schlief. „Ich bin noch nicht so weit."

Jack schwieg einen Moment. „Nur dass du es weißt", sagte er dann entschieden. „Wenn du nicht bald kommst, dann komme ich."

Nell musste schon wieder lächeln. „Ja, tu das", sagte sie. „Aber sag vorher Bescheid. Dann kauf ich Kesselchips für dich ein. Die isst du doch so gern."

Jack lachte. „Bis bald, Schätzchen. Pass auf dich auf!"

„Du auch auf dich."

Als sie aufgelegt hatten, blieb sie noch einen Moment so liegen und sah an die Decke, an der sich das Licht der Straßenlaterne wie ein warmer Schimmer abzeichnete.

Fünf Wochen lebte sie jetzt schon in dieser Wohnung, die ihr an manchen Tagen immer noch vollkommen fremd, dann wieder vertraut erschien. So wie ihr eigenes Leben. Seit dem Tag, an dem Irma sich von ihr getrennt hatte, war es komplett durcheinandergeraten. Nichts schien mehr sicher, all das, worauf sie gebaut hatte, war ins Wanken geraten.

Nein, nicht alles, dachte sie. Ihre anderen Beziehungen, zu Irving, zu Jack, zu Lise, mit der sie ungefähr einmal die Woche telefonierte, sie hatten Bestand. Aber vielleicht setzte sie sie mit dem, was sie gerade tat, aufs Spiel.

Und doch hatte sie nicht anders gekonnt, als eine Pause einzulegen. Wenn sie zurückdachte, an die Tage und Wochen vor ihrer Entscheidung, dann war es ihr, als ob die Zeit im Nachhinein gerönne. Der Fluss der zurückliegenden Tage stockte, zog sich auseinander, bildete Bäche und Überläufe, zerfaserte, mäanderte; übrig blieb ein unübersichtliches Gewirr, das Nell kaum noch zu überblicken vermochte.

Dennoch fühlte es sich richtig an. Meistens.

Nell schloss die Augen und atmete erschöpft aus, und einen Moment später war sie schon eingeschlafen.

„Hach, das ist wirklich schön, dass es endlich geklappt hat!" Beate Schwuchow strahlte übers ganze Gesicht, als sie hinter dem Empfangstresen hervortrat und erst Nell, dann Louis begeistert die Hände schüttelte, bevor sie sich zu Hector hinunterbeugte, um ihn etwas zu überschwänglich zu begrüßen. Hector zuckte zurück, ohne mit dem Wedeln aufzuhören, dann sah er irritiert zu Nell auf, bevor er sich den Kauriegel vorsichtig nahm, den Beate Schwuchow aus der Tasche ihres Overalls hervorgeholt hatte.

„Ich dachte, wir gehen nach oben zu mir, wenn ihr Lust habt – wollen wir uns nicht vielleicht einfach duzen?“ Sie wartete Nells und Louis’ Antwort nicht ab, sondern streckte die Hand aus. „Beate!“

„Nell“, sagte Nell und schlug ein.

„Louis.“

Beate strahlte übers ganze Gesicht. „Ach, schön! Also, hier im Frühstückssaal kann man ja auch gut sitzen, aber oben ist gemütlicher! Ja?“ Sie lachte fröhlich und deutete mit einer schwungvollen Bewegung zum Gang hinüber, der zu den Zimmern und weiter hinten auch zur Treppe ins Obergeschoss führte. „Ich geh mal vor, ja?“ Mit weit ausholenden, schwingenden Armen marschierte sie den Gang hinunter, in nahezu militärischem Stechschritt, als führte sie eine Truppe voran. Nell musste sich ein Lachen verkneifen, und auch Louis sah amüsiert aus, als sie Beate folgten.

„Hier, das sind die Zimmer, ach ja, du kennst das ja schon, Nell, aber Louis noch nicht, möchtest du mal eins ansehen? Oder, ach was, das können wir auch später mal machen, ganz wie ihr wollt!“ Die Aufregung stand ihrer Gastgeberin ins Gesicht geschrieben, als sie sich mehrfach umdrehte und sie beide fragend ansah.

„Uns ist alles recht“, sagte Louis sanft, und Beate musterte ihn einen Moment skeptisch, bevor ihre Miene sich entspannte.

„Ich bin einfach ein bisschen aufgeregt, ich habe so selten Besuch hier“, sagte sie und schlug die Hände ineinander. Hinter ihr öffnete sich eine Tür, und ein leicht übergewichtiger Mann in Jogginghosen und Badelatschen blickte heraus. Er hob die Brauen, dann nickte er und schloss die Tür wieder.

„Oh!“, sagte Beate und kicherte mädchenhaft. „Ich glaube, ich war ein wenig zu laut!“ Sie stapfte die Treppe hinauf, dicht gefolgt von Hector, der immer gern neue Örtlichkeiten kennenlernte.

Den oberen Flur hatte Nell noch nicht betreten, zur Rechten und Linken lag je ein weiteres Hotelzimmer, dann endete der Gang vor einer weiteren Zimmertür, neben deren Knauf sich eine unbeschriftete Klingel befand.

„Kein Namensschild?", wunderte sich Louis, und Beate zuckte mit den Schultern, während sie die Tür aufschloss.

„Es muss ja nicht jeder Gast wissen, dass ich hier oben wohne", sagte sie. „Manche Gäste sind so unglaublich neugierig, das glaubt ihr gar nicht. Voilà, mein Reich!" Sie machte einen Schritt zur Seite, und Nell und Louis traten ein.

Beates Wohnung war erstaunlich geräumig; an eine große Wohnküche schloss sich unmittelbar das Wohnzimmer an, dessen zwei große Kippfenster auf den Hof des Hotels zeigten. Zwei beschirmte Stehlampen verbreiteten ein warmes Licht, das mit dem nachtblauen Himmel draußen zu konkurrieren schien.

Drei Türen gingen vom Wohnzimmer ab, alle drei waren geschlossen, und Nell musste innerlich grinsen. Sie selbst gehörte mit Sicherheit auch zu den neugierigen Personen, von denen Beate gerade gesprochen hatte; liebend gern hätte sie sich den Rest der Wohnung genauer angesehen. Ihre Gastgeberin schien ihre Gedanken zu lesen, denn sie lächelte mild und stieß die nächstliegende Tür auf.

„Hier ist das Badezimmer, falls es euch interessiert. Und dann gibt es noch ein Gästezimmer und mein heiliges Schlafzimmer. Was möchtet ihr trinken?"

Louis und Nell nahmen beide ein Bier und setzten sich damit auf die ausladende Sitzgruppe, während Beate mit leicht enttäuschter Miene eine eiskalte Sektflasche aus dem Kühlschrank holte. „Muss ich die jetzt ganz allein trinken?", fragte sie und goss sich ein Glas davon ein, um hastig anzustoßen und sofort einen großen Schluck davon hinunterzustürzen. „Hier, ein paar Knabbereien" – sie deutete auf den Couchtisch, der vor der langgestreckten Sitzlandschaft stand, die Nell erstaunlich groß für eine alleinwohnende Person schien. „Ich wusste ja nicht, was ihr mögt, aber Oliven, Nüsschen, das kann ja nicht allzu verkehrt sein. Und die Pasteten müsst ihr unbedingt probieren, die sind von Lüken, köstlich!“ Sie selbst griff sich eine der Blätterteigpasteten, die liebevoll auf einer Glasschale angerichtet waren, und biss hinein.

Louis betrachtete sie amüsiert, dann nahm er sich ebenfalls eine Pastete, und auch Nell griff zu.

Hector setzte sich mit hochaufgerichteten Ohren neben den Tisch und sah Nell mit einem derart vorwurfsvollen Blick an, dass sie lachen musste. Beate zog eine Schachtel unter dem Tisch hervor und öffnete sie. Augenblicklich wandte Hector sich ihr zu, und einen Moment später schnappte er auch schon nach einem Hundekeks, den Beate ihm hingehalten hatte. Noch während er kaute, hielt sie eine Quietscheente in die Höhe und drückte leicht darauf. Hector verschluckte sich fast vor Begeisterung, kaute noch schneller und stürzte sich mit Wonne auf die Ente, die Beate in eine Ecke des Zimmers geworfen hatte.

„Was für ein grässliches Quietschen!“, sagte Louis und verdrehte die Augen. Nell lachte.

„Genau so eine Ente hatte er noch bis vor Kurzem“, sagte sie. „Aber ich musste sie neulich wegwerfen, sie war einfach komplett zerbissen. Ich kam noch nicht dazu, eine neue zu kaufen. Als hättest du es geahnt!“

„Ich fand einfach, dass Hector so ein Quietscheententyp ist“, sagte Beate und streckte die Beine aus, während sie eine neue Pastete nahm und genüsslich hineinbiss.

Sie wirkte vollkommen entspannt, seit sie die Wohnung betreten hatten, ein erstaunlicher Gegensatz zu ihrer Nervosität zuvor. Offenbar gab ihr die vertraute, private Umgebung ein Gefühl von Sicherheit.

Auch Nell fühlte sich wohl, wie sie da neben Louis in den weichen Polstern saß. Beates leicht gediegener, recht karger Einrichtungsstil traf zwar nicht ihren eigenen Geschmack, aber die Sitzlandschaft war äußerst bequem und in einem dezenten Grauton gehalten, der bestens mit dem hellen Lichtweiß, in dem die Wände gestrichen waren, korrespondierte. Außer einem großen Holztisch mit sechs dazu passenden Stühlen bestand die weitere Einrichtung nur in der schlichten, ebenfalls lichtweiß gehaltenen Küchenzeile und einem großformatigen Foto einer Stadtansicht von New York.

„Wie schön, dass wir es doch noch geschafft haben!", sagte Beate und trank ihren Sekt aus, um sich gleich wieder nachzufüllen. „Wie geht es euch denn? Erzählt doch mal, Louis, alles okay bei dir?"

Louis nickte und bückte sich, um etwas unter dem Couchtisch zu begutachten. „He, das ist ja was – du hast hier ja einen Ghettoblaster versteckt! Und eine CD-Sammlung!"

Nell bückte sich ebenfalls. Auf der Ablagefläche unter dem Couchtisch stand tatsächlich ein sehr kleiner, tragbarer CD-Player, der offensichtlich noch aus dem vergangenen Jahrhundert stammte. Daneben lehnten an die dreißig CDs, die sich als Single-Sammlung herausstellten, als Louis und Nell sie gemeinsam durchsahen.

„Lauter Perlen der Neunziger!", sagte Louis erfreut. „Guck mal, Rick Astley! Und Whitney Houston!" Er zog die letzte CD heraus und betrachtete das Cover, auf dem Whitney Houston sich ein weißes Trägershirt aus dem Hosenbund zog und in die Kamera strahlte.

Beate rückte auf ihrem Sessel nach vorn und sah ein wenig betreten aus. „Ja, meine heißgeliebten CDs, von denen konnte ich mich einfach nicht trennen. Die habe ich sogar nach Brasilien und zurück mitgeschleppt." Sie nippte versonnen an ihrem Sekt.

„Du warst in Brasilien?", fragte Nell interessiert und lehnte sich wieder zurück.

„Ja, zehn Jahre. Ich habe da eine kleine Hotelanlage geleitet, in Porto Seguro."

„Porto Seguro? War da nicht das Campo Bahia in der Nähe? Wo die deutsche Nationalmannschaft bei der WM 2010 untergebracht war?"

Beate Schwuchow nickte heftig, und Begeisterung malte sich auf ihren Zügen ab. „Ja! Ganz in der Nähe habe ich gearbeitet. Das war toll! Ich habe sie alle am Strand gesehen, diese attraktiven Männer. Und Jogi Löw!"

Den sie offensichtlich nicht attraktiv fand, ihrem Gesichtsausdruck nach zu urteilen, wie Nell feststellte.

„Das war toll!", sagte Beate versonnen. „Wunderschön, Brasilien überhaupt. So entspannte Menschen, immer lustig, wirklich toll!"

„Und warum bist du nicht dageblieben?", fragte Nell und schlug die Beine übereinander.

Beates Blick verdunkelte sich. „Ach, die Anlage wurde geschlossen, der Besitzer hat Pleite gemacht. Und da hab ich gedacht, ich geh wieder nach Deutschland zurück und guck mal, wo ich alt werden möchte."

„Und dieser Ort, wo du alt werden möchtest, ist also hier?" Louis sah auf, ohne die CDs loszulassen.

Beate schwieg einen Moment, dann stellte sie ihr Glas ab und nahm die Sektflasche zur Hand. „Na ja, ich bin hier aufgewachsen, meine Eltern und meine beiden Brüder wohnen hier, das passte irgendwie. Und die Stelle als Geschäftsführerin hier war gerade ausgeschrieben, also hab ich nicht lange überlegt."

Louis betrachtete sie nachdenklich, dann widmete er sich wieder den CDs. „Mensch", sagte er erfreut. „Du hast sogar die Pointer Sisters! Und Culture Club! Hab ich ja ewig nicht gehört."

Nell trank ihr Bier aus und sah von Hector, der sich mit sehnsüchtigem Blick vor dem Sofa aufgebaut hatte, zu Beate. „Und, war das die richtige Entscheidung?"

Beate hielt ihrem Blick nur einen Moment lang stand, dann wich sie ihm aus. „Na ja, schon", sagte sie zögernd und fuhr sich durch die roten Locken. „Aber letztlich finde ich es hier manchmal ein wenig … langweilig. Ich meine, ich hab meine Freundschaften in aller Welt verteilt, aber hier ist ja nicht so viel los. Und ich hab auch gar keine Zeit, neue Leute kennenzulernen. Wo auch?“ Sie lachte ein halb unglückliches, halb verlegenes Lachen.

„Im Kino!“, schlug Louis vor. „Oder in Kneipen. Da kann man doch Leute kennenlernen.“ Er grinste und hielt eine CD hoch. „KC and the Sunshine Band! Darf ich die mal auflegen?“

„Klar“, sagte Beate und beugte sich vor. Sie sah Louis mit einem eindringlichen Blick an, der ihm entging, da er sich mit dem CD-Player beschäftigte. „Also, in die Kneipen hier, da gehen doch nur junge Leute hin.“

„Vielleicht im Theater?“, vervollständigte Louis seine Vorschläge. „Oder im Konzert? Im Restaurant trifft man doch auch Leute.“

„Oder im Sportverein“, sagte Nell und musste grinsen. Augenblicklich sah sie sich selbst in einem Pilateskurs schwitzen, umringt von Leuten, mit denen sie nichts weiter verband als das Bedürfnis, ein wenig Sport zu treiben und damit den Alterungsprozess zu verlangsamen.

„Du hättest ja auch in Brasilien alt werden können“, sagte Louis, dem es endlich gelang, den CD-Player zu öffnen.

„Nein, das konnte ich mir nicht vorstellen.“ Beate sah für einen Moment traurig aus. Schnell füllte sie ihr Sektglas erneut, und Nell sah sie voller Mitgefühl an.

Hinter der Fassade der heiteren Geschäftsfrau verbarg sich offenbar eine einsame, unterforderte Seele, und plötzlich ahnte Nell, dass ihr das gleiche Schicksal blühen könnte, wenn sie für immer hierblieb. Für jemanden, der Jahre, sogar Jahrzehnte in einer inspirierenden, womöglich großstädtischen Umgebung verbracht hatte, war der Rückzug in die ruhige, reizarme Provinz nicht immer der richtige Weg. Aber manchmal eben doch, dachte Nell und sah zu Louis, der sich zufrieden zurücklehnte, während die ersten Synthesizer-Klänge aus den Boxen des CD-Players schallten. Dann setzte die Gitarre ein, und Louis beugte sich vor und drehte die Lautstärke höher.

„Und, habt ihr auch mal im Ausland gelebt?", fragte Beate und schob die Schalen mit den Pasteten näher zu Louis und Nell herüber. „Nehmt doch noch!"

„Ich nicht", sagte Nell.

Louis nickte und wippte dabei zur Musik. „Ja, ein paar Monate in Österreich und dann einige Jahre in Schweden."

„Ach!", Beate hob die Stimme, um KC zu übertönen. „Warum Schweden?"

Louis zuckte mit den Schultern. „Ich mag die skandinavische Mentalität", sagte er. „Die Leute sind ruhig und entspannt, aber letztlich sehr ordentlich. Das hat mir immer ein Gefühl von Sicherheit vermittelt. Ich komme aus ziemlich chaotischen Verhältnissen. Sorry, aber ich muss das noch mal hören, ja?" Er bückte sich, um die CD von vorne abzuspielen, und sprang auf, als die ersten Töne erklangen. Überrascht sah Nell, dass er zu tanzen begann, einfach so. Wie sie auch hatte er sich vor der Wohnung die Schuhe ausgezogen; seine Füße in den schwarzen Socken bewegten sich lässig auf dem grauen Teppichboden im Takt zur Musik. Die tiefsitzende Jeans und sein dunkelgrüner Hoodie saßen locker an seinem muskulösen Körper, beide verrutschten ein wenig, als er die Hüften schwang und die Arme über dem Kopf nach oben warf. „Los", rief er und beugte sich zu Nell herunter, um ihr die Hand hinzuhalten. „Komm schon!"

Es war ewig her, dass Nell zuletzt getanzt hatte. Verdutzt sah sie zu Louis hoch, der sie auffordernd angrinste.

„Ich?"

Er nickte, klatschte einmal und hielt ihr erneut die Hand hin. Und plötzlich erfasste Nell eine nahezu kindliche Begeisterung – oder war es seine Begeisterung, die auf sie übergesprungen war? Sie griff zu, und im nächsten Moment hatte er sie auch schon hoch- und in die Mitte des Zimmers gezogen, um sie dann loszulassen und weiterzutanzen. Nell stand kurz da, dann fing sie ebenfalls an, sich im Takt zur Musik zu bewegen, zögernd erst, dann mit wachsender Freude.

Louis tanzte um sie herum und klatschte immer wieder in die Hände; er besaß ein erstaunliches Rhythmus- und Körpergefühl, das den meisten Männern abging.

Auch Beate schien das zu bemerken, denn sie starrte Louis mit einem beinahe eingefrorenen Lächeln an, hinter dem sich schieres Erstaunen abmalte.

Louis zwinkerte ihr zu und schob das Becken vor. „Los, Beate, hoch mit dir!"

Beate schüttelte den Kopf und presste sich tiefer in ihren Sessel, aber ihr Gesicht drückte das Gegenteil aus. Louis beugte sich zu ihr hinunter, aber in diesem Moment war die CD auch schon zu Ende.

„Noch mal!", sagte Nell. „Und lauter!"

Louis erfüllte ihr den Wunsch, und als der Synthesizer erneut erklang, streckte er Beate beide Hände hin. „Jetzt komm schon, so oft hast du doch nicht Gelegenheit zu tanzen, oder?"

Beate stellte ihr Glas ab und zögerte erneut, aber dann ließ sie sich ebenfalls hochziehen. Nell sah ihr die Verlegenheit an; Beate Schwuchow war ganz offensichtlich keine begabte Tänzerin, sie bewegte sich hölzern und steif und zielsicher immer ein wenig außer Takt, aber nach ein paar Sekunden fiel etwas von ihr ab, und sie begann, sich in den Hüften zu wiegen.

Schließlich tanzten sie alle drei mit wachsender Begeisterung; nur Hector blieb neben dem Sofa liegen und betrachtete sie mit argwöhnischem Gesichtsausdruck und aufmerksam aufgestellten Ohren.

„Noch mal!", rief Beate ausgelassen, als die letzten Töne verklangen. Louis bückte sich kurz und hantierte mit dem CD-Player, und kurz darauf füllte Donna Summers volle Stimme den Raum.

Nell musste lachen, als sie Beates ekstatische Miene sah, und Louis grinste ihr zu, während er Beates unbeholfenen Versuch, ihn anzutanzen, mit einer geschickten Drehung konterte. Beate lachte auch, und beim nächsten Lied begann sie, um das Sofa herumzutanzen, immer noch außer Takt, aber mit glücklicher Miene und halbgeschlossenen Augen.

Schließlich, ein halbes Dutzend Lieder später, hatte Nell genug und ließ sich aufs Sofa fallen. Louis folgte ihr kurz darauf, und am Ende saß auch Beate wieder im Sessel, mit geröteten Wangen und einer neuen Sektflasche in der Hand.

„Wow, das war super!", sagte Beate und sah Louis mit einem so intensiven Blick an, dass Nell sich ein Grinsen verkneifen musste. „Mensch, ich hab ja schon so lange nicht mehr getanzt! Aber du bist ja richtig geübt, was?"

Louis zuckte mit den Schultern, während er sein Bier leerte und aufstand. „Ich tanze gerne", sagte er. „Nell, auch noch eins?" Er nahm ihr die leere Flasche ab und ging zur Küchenzeile hinüber, um aus dem überdimensionalen Kühlschrank zwei neue Flaschen zu holen.

Beate sah ihm hinterher, und in ihrem Blick erkannte Nell den gleichen, schwer zu stillenden Hunger, der noch gestern in Maries Augen gelegen hatte. Schnell beugte sie sich zu Hector hinunter und kraulte ihn hinter den Ohren, während sie spürte, wie Beate sie eindringlich ansah. Ihre unausgesprochene Frage schwebte zwischen ihnen, aber Nell hatte nicht vor, darauf zu antworten. Was wusste sie schon, für wen Louis sich interessierte?

Als Louis zurückkam und sich wieder setzte, nachdem er Nell ihre neue Flasche gereicht hatte, holte Beate tief Luft.

„Seid ihr eigentlich Singles oder versteckt ihr irgendwo einen Ehepartner oder so was?“, fragte sie mit einer etwas bemühten Leichtigkeit.

Nell und Louis warfen sich einen kurzen Blick zu, dann lächelte Louis. „Vielleicht gibt es ja irgendwo den einen oder anderen Ehepartner, der uns versteckt“, sagte er und lachte. Nell lachte auch, aber dann fiel ihr Marie ein und die Tatsache, dass genau diese Beschreibung auf sie wohl zutraf, und sie schüttelte heftig den Kopf, wie um sich davon zu befreien.

„Nein, ich habe keine Beziehung“, sagte sie. Und das würde vielleicht auch für den Rest ihres Lebens so bleiben. Wer wusste das schon?

„Und du, Louis?“ Beate starrte Louis wie gebannt an, und vielleicht lachte er deswegen leise.

„Ich auch nicht“, sagte er und prostete erst Beate, dann Nell zu, bevor er einen großen Schluck trank. Nell tat es ihm gleich, und auch Beate nippte an ihrem Sekt.

Dann sah sie Nell über den Rand ihres Glases hinweg an. „Berlin“, sagte sie zusammenhanglos. „Berlin ist toll.“

„Berlin, die Stadt der Heimatlosen“, murmelte Louis und legte einen Arm über die Sofalehne.

„Aber toll, wirklich!“, sagte Beate. „Leben könnte ich da aber nicht. Mir wäre das viel zu groß!“

Das glaube ich dir aufs Wort, dachte Nell, aber sie sprach es nicht aus, um Beate nicht zu kränken.

„Tja“, sagte Beate und seufzte. „Also, ihr wisst ja, warum ich hierher zurückgekommen bin. Aber ich frage mich wirklich, was euch beide hierher verschlagen hat. Hier ist doch echt überhaupt nichts los!“ Ihre Stimme klang bedauernd, und Nell hörte deutlich die unerfüllten Träume und Sehnsüchte heraus.

Sie schlug die Beine übereinander. „Ja, vielleicht ist hier wenig los. Aber es ist schön hier und friedlich und ruhig. Genau das Richtige für eine Auszeit. Außerdem will ich gern noch ein wenig Zeit mit meiner Mutter verbringen. Sie ist alt, wer weiß …"

„Meine Eltern sind schon beide seit Langem tot", sagte Louis. „Aber ich hatte ohnehin keinen Kontakt mehr zu ihnen. Das letzte Mal hab ich sie gesehen, als ich so Mitte zwanzig war." Nell warf ihm einen überraschten Blick zu, erstaunt darüber, dass er ein derart persönliches Detail preisgab.

„Kann ich mir ja gar nicht vorstellen!", rief Beate. „Keinen Kontakt zu meinen Eltern zu haben. Meine kleben an mir dran wie … wie … wie sonst was. Das war sogar in Brasilien so, jeden Montag hat mein Vater angerufen und jeden Mittwoch meine Mutter, und ständig hat sie gefragt, ob ich auch darauf achte, dass ich keinen Zug kriege. Ich bin da ein bisschen empfindlich", erklärte sie und lief rot an.

Nell konnte nicht anders, sie musste lachen. Louis grinste ebenfalls, und Beate sah sie konsterniert an, bevor ihr Gesicht sich zu einem vagen Lächeln verzog.

„Na, dann Prost!", sagte sie und hob ihr Glas.

Drei Fremde, die sich gerade kennenlernen, sind wir, dachte Nell gut zwei Stunden und mehrere Bier später, als sie und Louis schließlich aufbrachen. Drei fremde Menschen mittleren Alters, die wenig verbindet, nur der gemeinsame Ort, an dem sie jetzt wohnen.

Sie war sich nicht sicher, ob das ausreichte, um sich miteinander wirklich anzufreunden, aber zumindest hatten sie einen angeregten, fröhlichen Abend zusammen verbracht, einen mit Musik, Lachen, Tanz und Gesprächen angefüllten Abend, der eine Leichtigkeit mit sich brachte, die sie beschwingt mit sich trug.

Beate begleitete sie nach unten zum Hinterausgang. Im Hotelflur brannte die Notbeleuchtung, kein Geräusch war zu hören. Als sie in den Hof hinaustraten, sog Nell die würzige, kalte Luft in sich ein. Der vorhin noch so klare Nachthimmel hatte sich zugezogen, der Geruch von Regen lag in der Luft.

„Ein schöner Abend war das", sagte Louis. „Vielen Dank, liebe Gastgeberin. Er nahm Beates Hand und deutete einen Handkuss an. Beate errötete leicht, dann trat sie zurück in den Eingang und schlug die Stola, die sie sich gerade noch übergeworfen hatte, enger über ihre Schultern.

„Das wiederholen wir aber bald mal wieder, was?", sagte sie. „Schlaft gut!"

„Du auch!" Nell winkte ihr zu, dann rief sie Hector zu sich und ging gemeinsam mit Louis über den gepflasterten Hof.

An der Straße warf sie einen Blick zurück. Alle Hotelzimmerfenster waren dunkel, und gerade, als sie hinsah, erlosch auch im oberen Stockwerk das Licht in dem Zimmer, in dem sie sich gerade noch aufgehalten hatten.

Trotz der Kälte, die mit der Nacht herangezogen war, fühlte Nell sich gewärmt, und diese Wärme wandelte sich in eine fragile Geborgenheit, als Louis nach ihrem Arm griff und sie in einer seltsam vertraulichen Geste unterhakte, bevor er sie zum Haus der Rohdes begleitete, von Hector gefolgt.

Teil 4
Anfang November

Beate

Der November zeigte sich von seiner typisch trüben Seite. Kalte, von leichten Schlieren durchzogene Luft wehte herein, als Beate das Fenster öffnete und einen Moment davor stehen blieb. Unten im Hof stand ein Schwung Getränkekisten vor der Küchentür, die der Getränkefahrer vor Kurzem angeliefert hatte, dahinter stritten sich mehrere Feldspatzen um das Futter im Vogelhäuschen.

Ein lautes metallisches Kreischen, gefolgt von lautem Hämmern, drang von der Dachdeckerei nebenan herüber, und Beate spürte sofort den Ärger in sich auflodern, den die Nacht nur vorübergehend in den Hintergrund gedrängt hatte.

Eigentlich war sie in letzter Zeit fast jeden Tag ärgerlich, überlegte sie, während sie den Vorhang neben dem Fenster neu drapierte, wenn nicht über den Lärm von nebenan, dann über die unbeholfene neue Hilfskraft, die das Bettlaken auch nach der dritten Einweisung falsch aufzog. Oder über den Bäcker, der die Brötchen immer so kurz vor knapp brachte, dass die ersten Frühstücksgäste schon danach gefragt hatten.

Über die Hotelgäste war sie auch oft ärgerlich, über deren beflissene Höflichkeit, die manchmal spätestens dann verflog, wenn sie feststellten, dass es kein Telefon auf dem Zimmer gab. Aber wozu sollte man eine teure Telefonanlage installieren, wenn es gerade mal ein paar Schritte den Flur hinunter zur Rezeption waren?

Manche lärmten auch rücksichtslos in den Gängen, sogar die fein gekleideten, in Anzug und Schlips. Gerade die ließen sich manchmal richtig gehen und lachten nach zweiundzwanzig Uhr laut im Flur – aber nur, wenn sie in einer Gruppe von mindestens drei Personen unterwegs waren. Oder herumstanden.

Besonders geärgert aber hatte sie sich über die bulgarischen Monteure, die einen geschlagenen Monat lang die Hälfte der Zimmer bewohnt und Tag für Tag ihre feuchte Wäsche aus den Fenstern gehängt hatten, bis das Hotel aussah wie eine Notunterkunft.

Ach, aber andererseits war das ja auch in Ordnung, dachte Beate und sog die Luft ein, die nach Winter und Einsamkeit roch. Sollten sie doch ihre Wäsche sonst wohin hängen. Zumindest trugen sie immer Badelatschen und stellten ihre schmutzigen Bauarbeiterschuhe in ihren Firmentransportern ab. Das war doch schon mal was!

Der Blick über das Hoteldach hinweg offenbarte nur weitere Dächer, das spitzgiebelige der Nachbarn zur Linken, dahinter das der angrenzenden Spedition und des Supermarktes weiter weg und darüber grauen, trostlosen Himmel. Beate seufzte tief und warf einen letzten Blick in den Hof hinunter, wo sich gerade die Nachbarskatze hoffnungsvoll an den Bierkästen vorbei Richtung Küchentür schlich.

Wenn Beate sich beeilte, konnte sie ihr noch ein Stückchen Salami geben, das mochte sie. Von Laura, Beates Frühstücksservicekraft, bekam sie nie etwas. Das hatte Beate ihr auch dringlich verboten, genau wie den anderen Mitarbeiterinnen.

Ja, natürlich maß sie mit zweierlei Maß. Aber das konnte sie sich doch auch leisten, als Chefin. Sie zog das Fenster mit einem Ruck wieder zu und nahm ihren Schlüssel vom Bord.

Andererseits war sie auch ärgerlich über sich selbst, ihre Trägheit, die sie letztlich in diese unbefriedigende

Situation bugsiert hatte und sie hinter einer stets munteren Attitüde verbarg. Und währenddessen zogen die Wochen und Monate unbarmherzig an ihr vorüber, mit jedem Tag wurde ihre Haut schlaffer, und die Chancen, in diesem langweiligen Kaff zu versauern, und das auch noch als Single, erhöhten sich zugleich prozentual um ein Vielfaches. Das war doch kein Leben!

Nur der heitere Abend neulich mit Nell und Louis war ein Lichtblick gewesen. Zwei Tage lang war sie danach ganz beschwingt gewesen, allerdings nur so lange, bis sie Louis und Nell später am Nachmittag vor der Tischlerwerkstatt hatte stehen sehen, offenbar in ein vertrauliches Gespräch vertieft. Als sie ihnen munter einen Gruß zugerufen hatte, hatten sie sie erschrocken angesehen und etwas irritiert gewinkt, um dann wieder die Köpfe zusammenzustecken.

Die beiden verband etwas, an dem Beate nicht teilhatte, das spürte sie genau. Oder hatten sie etwas miteinander, und sie, Beate, war zu blöde, es zu merken?

Plötzlich merkte sie, dass sie schon wieder ärgerlich war. Oder war sie eifersüchtig? Egal. Sie musste die beiden unbedingt bald wieder einladen.

Aber heute stand erst einmal der leidige Geburtstag ihrer Mutter an. Mit schnellen Schritten marschierte sie zur Wohnungstür, zog sie auf und schloss sie energisch wieder hinter sich, um beschwingt zur Treppe zu eilen, wobei sie gleichzeitig ihr Gesicht in den passenden Ausdruck brachte. An der Treppe spürte sie, wie sich ihre Mundwinkel von selbst nach oben zogen, und gestärkt durch den stets funktionierenden Automatismus sprang sie die Stufen hinab und trabte federnden Schrittes durch den langen Gang zur Rezeption hinüber.

Jovana, ihre serbische Perle, schob den Servicewagen gerade in Zimmer 8 und nickte ihr grinsend zu, und Beate grüßte freundlich zurück. Hinter Jovana entdeckte sie die neue, leider nicht sonderlich geschickte Hilfskraft

Branka, die dabei war, ein Bettlaken über die abgezogene Matratze zu legen. Beate sah lieber nicht genauer hin, stattdessen beschleunigte sie ihre Schritte. Sollte sich doch Jovana mit Branka herumärgern.

Die weiteren Zimmertüren standen alle offen, die Gäste waren entweder schon unterwegs oder abgereist. Dienstags hatte Beate ihren freien Tag, aber sie wollte dennoch rasch nach den Reservierungen schauen.

Die Tür zum Büro, das vom Tresen aus einsehbar war, stand ebenfalls offen, genau wie die Küchentür, aber Laura war nicht zu sehen. Beate hörte sie im Frühstücksraum telefonieren; typisch Laura, immer am Handy. Eigentlich müsste Beate sich dringend nach einer kompetenten Vertretung umsehen, aber gute Kräfte waren schwer zu bekommen. Da konnte sie genauso gut mit Laura vorliebnehmen, die war zumindest immer pünktlich und sprang im Notfall ohne zu zögern ein.

Der Ordner mit den Reservierungen war auf dem Bildschirm geöffnet, und Beate setzte sich neugierig in den Stuhl und rückte – nach einem kurzen Blick durchs Fenster zu *Benningsen* hinüber, wo sich nichts tat – näher heran.

Die bulgarischen Monteure kamen nächste Woche wieder, diesmal gleich für drei Wochen, das würde ja was werden.

Eine Person namens G. Sühle hatte gerade eben für morgen ein Doppelzimmer zur Einzelnutzung für eine Nacht gebucht und kam erst nach zwanzig Uhr an. Beate zog die Stirn kraus. Das hieß also, nicht ins Kino gehen, sondern warten, bis G. Sühle auftauchte.

Nicht, dass sie vorgehabt hatte, ins Kino zu gehen, aber irgendwie hätte sie einfach gern die Möglichkeit dazu gehabt.

Vielleicht sollte sie Louis fragen, ob er Lust hatte, mit ihr ins Kino zu gehen. Oder auch beide, Louis und Nell.

Beate scrollte weiter runter. Zimmer 12. Heute war noch Herr Dr. Scheible drin, dann eine Nacht ein Ehepaar namens Möller aus Bronnenburg, wo immer das lag, aber dann ... Sie beugte sich vor. Nach den Möllers stand das Zimmer drei Tage leer, dann war es vier Tage über die Firma Papenbrock belegt.

Beate saß wie erstarrt da, dann scrollte sie nach unten. Ob er woanders eingebucht war?

Sie suchte noch einmal alle Buchungen durch, aber ohne Erfolg.

Ein komisches Gefühl machte sich in ihrem Nacken breit, so etwas wie ein unangenehmes Kitzeln. Unbehaglich bewegte sie die Schultern, dann stand sie auf und marschierte schnellen Schrittes in den Frühstücksraum, wo Laura an die Säule in der Mitte des Raumes gelehnt dastand und verträumt eine Haarsträhne um den Finger wand, während sie ins Handy lauschte. Als sie Beate bemerkte, fuhr sie herum.

„Hallo!", rief sie mit großen Augen und machte ein argloses Gesicht, während sie schnell das Handy mit einer Hand abdeckte. „Beate! Du hast doch heute deinen freien Tag! Wolltest du nicht zu deiner Mutter? Hat die nicht Geburtstag?"

„Ja, nachher. Sag mal, der Herr Holthaus, den hatte ich doch für Donnerstag in die 12 gebucht?" Beate bemühte sich, sachlich zu klingen, aber Laura sah dennoch erschrocken drein.

„Herr Holthaus?"

Beate spürte, wie Missbilligung in ihr hochstieg. Meine Güte, Mark Holthaus kam alle acht Wochen für zwei bis drei Nächte, aber Laura tat, als hätte sie den Namen noch nie im Leben gehört. „Ja, der Herr Holthaus", sagte sie mit fester Stimme. „Den hatte ich eingebucht, aber jetzt finde ich die Buchung nicht mehr. Nicht, dass der aus Versehen rausgeflogen ist?"

„Der Herr Holthaus …" Laura runzelte die Stirn, während sie ihr Handy immer noch mit einer Hand abdeckte. „Der Herr … ach ja, der Herr Holthaus!"

Beate hätte ihr eins überziehen mögen, so nervtötend fand sie Lauras Begriffsstutzigkeit zuweilen. Abwartend stand sie da.

„Steffi? Warte mal, ich ruf dich gleich zurück, ja?", sagte Laura ins Handy und steckte es weg. „Der Herr Holthaus, der hat vorhin gerade angerufen und storniert. Er meldet sich wieder."

„Aha", sagte Beate und zwang sich zu einem kurzen Lächeln. „Dann weiß ich Bescheid." Wütend stapfte sie zurück ins Büro und setzte sich wieder hin, um blind auf den Bildschirm zu starren.

Nicht mal Grüße hatte er ausrichten lassen. Andererseits, vielleicht wäre das ja auch zu auffällig gewesen. Aber trotzdem!

Verärgert klickte sie den Buchungsordner weg und lehnte sich zurück. Und jetzt? Er wäre zwar erst übermorgen gekommen, aber dennoch schien ihr auch der jetzige freie Tag von der Absage betroffen. Was sollte sie denn heute mit ihrem Abend anfangen, wenn sie sich noch nicht mal auf Mark Holthaus freuen konnte?

Eine Bewegung draußen vor dem Fenster erregte ihre Aufmerksamkeit. Zwischen den sorgsam gestutzten Buchsbäumchen vor der Hauswand schlich sich gerade die Nachbarskatze davon. Beate sah mürrisch zu, wie sie über den angrenzenden Rasen lief und mit hochgestelltem Schwanz hinter Jovanas Skoda verschwand. Die war jetzt also auch weg, dabei hatte sie ihr doch ein Leckerli geben wollen.

Und bei Benningsen drüben tat sich immer noch nichts. War Louis etwa noch gar nicht aufgestanden?

Gutaussehender Typ, der Louis. Ob er wirklich Single war? Und Nell auch? Oder nur sie, Beate, war sie etwa der einzige Single weit und breit, und würde das womöglich für immer bleiben? Beate, der ewige Single.

Sie schloss die Augen und lehnte den Kopf zurück. In ihrem Hinterkopf prickelte es, und sie stieß schnaubend die Luft aus.

So ging das wirklich nicht weiter. Sie brauchte einen Plan. Ganz dringend.

Der neue Gast, Herr Holthaus, kommt spät, um kurz vor zweiundzwanzig Uhr. Beate hat gerade beschlossen, zuzusperren und den Zimmerschlüssel in die Codebox zu legen, als die Scheinwerfer über den Vorplatz wischen. Mit einem erleichterten Seufzer springt sie auf.

„Herr Holthaus?", fragt sie, als der Gast mit seinem Rollkoffer über das Pflaster auf sie zukommt. Ein attraktiver Mann, groß, schlank, mit einem scharfgeschnittenen Gesicht und stechend blauen Augen. „Herzlich willkommen!"

„Danke", sagt Herr Holthaus – Mark Holthaus, erinnert sie sich, das hat sie der Buchung entnommen und sie ist stolz darauf, sich die Vornamen ihrer Gäste so gut merken zu können –, „es gab leider sehr viel Stau. Schön, dass Sie auf mich gewartet haben."

Er zieht mit seinem Koffer an Beate vorbei und schenkt ihr ein leichtes Lächeln, das sie für einen Moment verstummen lässt. Dann findet sie ihre Sprache wieder und eilt an ihm vorbei zum Tresen, wo sein Zimmerschlüssel schon bereitliegt. „Darf ich? Ich gehe voran." Sie nimmt den Schlüssel und geht zügig los, und während sie den langen Flur entlangläuft, mit eingezogenem Bauch, obwohl das von hinten ja nicht zu sehen ist, währenddessen ist ihr nur allzu bewusst, dass er sie in aller Ruhe beobachten kann. Was er sieht: eine nicht mehr junge, relativ große Frau mit leichten O-Beinen, schmalen Hüften, aber auch schmalen Schultern in lässigen Jeans und einem weich fließenden Oberteil, das mit seinem kecken Grünton gut zu ihren frechen, roten Locken passt.

Jedenfalls hofft sie, dass Mark Holthaus sie genau so wahrnimmt. Sie hat sich unzählige Male in ihrem dreiteiligen Schrankspiegel von allen Seiten, auch von hinten, betrachtet, aber man sieht ja doch letztlich nie das, was andere sehen.

„Hatten Sie eine gute Anreise?", fragt sie fröhlich und dreht sich halb zu Herrn Holthaus um.

„Aber ja", sagt er. „Obwohl Sie ja nicht leicht zu finden sind, hier im Industriegebiet. Sie haben neu eröffnet, nicht wahr?"

Das bedeutet, dass er von einem anderen Hotel zu ihnen gewechselt ist. Ein Kunde mehr, den sie halten wird. Mit allen Kräften. Schon allein wegen seiner schönen, tiefen Stimme.

„Vor drei Monaten", sagt sie munter. „So, da sind wir schon! Die Nummer 12." Sie hält die Zimmerkarte vor die Tür, die mit einem leisen Piepton aufspringt, und dreht sich geschmeidig zur Seite, um Herrn Holthaus zugleich mit einer ausholenden Handbewegung zum Eintreten aufzufordern.

Aber er bleibt stehen, seinen Rollkoffer in der Hand. Nur kurz mustert er das Zimmer, das sich in einem hervorragenden Zustand befindet, das weiß Beate, sie hat es selbst noch gerade vorhin überprüft: Das Bett ist perfekt gemacht, das Fenster leicht angekippt, der Boden gewischt, die Handtücher liegen auf Kante, und der Fernseher steht auf Standby. Aber all das scheint Mark Holthaus nicht weiter zu interessieren, denn er wirft nicht dem Raum einen prüfenden Blick zu, sondern ihr.

„Sehr schön", sagt er, ohne den Blick von ihr zu wenden. „Vielen Dank. Wenn ich noch Fragen habe, darf ich mich sicher noch später an Sie wenden?"

„Selbstverständlich!" Beate hört selbst, dass ihre Stimme zu aufgeregt, nahezu euphorisch klingt, und sie bemüht sich um einen etwas zurückgenommeneren Ausdruck. „Ja, gern. Ich bin im Hause."

Er nickt, und dann tritt er ein kleines bisschen zur Seite, um sie vorbeizulassen, aber nur ein kleines bisschen. Fast berühren sie sich, als Beate dann an ihm vorbei in den Flur tritt, und als ihr Blick ihn streift, weiß sie plötzlich, dass er genau das beabsichtigt hat. Und sie muss an sich halten, um nicht loszurennen, einfach zu rennen, vor Begeisterung, vor Freude, vor Erregung. Aber stattdessen nickt sie ihm zu und geht möglichst würdevoll den Gang hinunter, seinen Blick im Rücken spürend. Erst an der Treppe dreht sie sich um, in der festen Erwartung, dass er immer noch dort steht. Aber die Tür ist geschlossen.

Am nächsten Morgen beim Frühstück sieht sie ihn nicht, aber nachmittags, gegen vier, als sie gerade telefoniert, kommt er herein, eine Aktentasche in der Hand, das weiße Hemd immer noch glatt wie frischgebügelt.

Er nickt ihr zu, und dann, als er weitergeht und sie ihm noch zulächelt, da zwinkert er ihr zu, oder eigentlich ist es kein Zwinkern, höchstens ein halbes, eher ein Zucken, ein Zucken mit dem linken Auge. Aber sie ist hingerissen davon, von ihm überhaupt. Und dies ist der Moment, in dem sie zum ersten Mal spürt, dass sie eine goldene, nie überschrittene Regel verletzen könnte.

Aber sie wird es nicht tun. Sie wird es nicht tun, sie wird diesen eisernen Grundsatz nicht brechen, denkt sie und wendet sich wieder ihrem Telefonat zu, obwohl sie nicht mehr weiß, wen sie da eigentlich am anderen Ende hat, und letztlich bleibt ihr nichts anderes übrig, als geschickt nachzufragen. Was der Sanitärinstallateur ihr nicht übelnimmt, zum Glück.

Und es ist dann schon spät, kurz vor zehn, und sie ist nur noch mal eben zum Tresen runtergelaufen, um ein letztes Mal ins Auftragsbuch zu sehen; am Tag danach wird eine Hochzeitsgesellschaft eintreffen, das erste Mal, dass sie eine ganze, zwanzigköpfige Hochzeitsgesellschaft in der Buchung hat, stolz ist sie darauf, und sie hat sich gerade noch einmal vergewissert, ob die Buchungen stimmen, da steht er auf einmal vor dem Tresen.

„Frau Schwuchow?"

Diese Stimme. Bestimmt ist er verheiratet, jemand mit so einer Stimme muss einfach verheiratet sein.

„Ja, Herr Holthaus?"

„Bekomme ich bei Ihnen eventuell noch ein gutes Glas trockenen Rotwein?"

Sie hat immer drei Flaschen im Frühstücksraum, ganz guten, passablen, trockenen Rotwein, aber den wird sie ihm nicht anbieten, nein. Sie schlägt das Buch zu. „Ja, natürlich", sagt sie und springt so hastig auf, dass sie fast stolpert. „Natürlich, selbstverständlich. Einen Moment, ich bringe ihn Ihnen gleich aufs Zimmer."

Er bietet nicht an, den Wein selbst mitzunehmen, er nickt nur und sieht sie an, ohne Lächeln, ernst, mit seinen wunderschönen, hellblauen Augen, und dann nickt er und geht, und sie fliegt, fliegt den Flur hinunter, die Treppe hinauf, in ihre Wohnung, zu ihrem Weinregal. Mit zitternden Händen sucht sie den passenden Wein, den guten, aus dem letzten Italienurlaub, die Flasche zu sechsunddreißig Euro, direkt vom toskanischen Weingut, drei Stunden hat sie dort zugebracht, drei Stunden sich beraten lassen, bei brütender Hitze, gegrilltes Gemüse wurde dazu gereicht, ihr und den anderen, zwei Ehepaaren aus Deutschland, eins aus dem Allgäu, eins aus Schwaben, und sie, natürlich allein, sie, der lustige Single.

Einen Moment steht sie unschlüssig da, dann greift sie nach ihren feinen, großen Weingläsern, nimmt eins in die Hand, dann ein zweites dazu, stellt das wieder weg, nimmt es erneut, wiegt es in der Hand, seufzt und stellt es zurück. Ihr Herz klopft wie verrückt, und es klopft immer noch wie verrückt, als sie die Treppe hinuntergeht, den Flur entlang bis zur 12. Dort bleibt sie stehen, holt Luft, den Wein in der linken, das Glas in der rechten Hand, die sie hebt, um zu klopfen. Aber das ist nicht mehr nötig, die Tür wird von innen geöffnet.

„Kommen Sie rein", sagt er und zieht sie ganz auf. „Leisten Sie mir noch einen Moment Gesellschaft?"

Natürlich wird sie das nicht tun, und natürlich tut sie es doch. Wie von Schnüren gezogen betritt sie den Raum und stellt die Flasche und das Glas ab. Die Tür hinter ihr fällt leise ins Schloss, das Geräusch in ihren Ohren so laut wie ein Fallgatter, das an einem Burgtor rasselnd nach unten gelassen wird. Er bedeutet ihr, sich zu setzen, und sie setzt sich ohne ein Wort; sie sieht zu, wie er den Wein mustert, mit dem bereitliegenden Korkenzieher öffnet und einschenkt, in das Glas und eines der Wassergläser, die immer bereitstehen. Dann reicht er ihr mit einem sanften Lächeln das große Weinglas, und damit hat er sie endgültig erobert.

Sie reden nicht viel, er sieht sie nur an, und dann stellt er sein Glas weg und legt seine Hände auf ihre Schultern, fährt damit nach unten und beugt sich nach vorn.

Das Verbotene hat gesiegt, denkt sie, als sie schließlich unter ihm liegt und seine harten Muskeln spürt, seinen heißen Atem in ihrem Mund und dann an ihrem Hals; das Verbotene hat gesiegt, aber sie weiß nicht, ob sie sich ihm hingeben soll. Ein letzter Rest Widerstand ist noch da, aber auch der bricht am Ende.

Und erst später, als sie in seltsam unbequemer Pose halb auf dem Bett liegt, halb in der Ritze zur Wand, erst später, als sie sein merkwürdig ausdruckslos und zugleich verbissenes Gesicht gesehen hat und den Ring an seinem Finger, erst da kommt ihr die Tragweite dessen, was sie da tut, vollends zum Bewusstsein. Sie schließt die Augen und spürt sein Gewicht, das sie auf die Matratze presst, und seine Stöße, die sie fast davon herunterschubsen, und sie öffnet die Augen wieder und sieht die Staubflusen in der Ecke am Boden, drei kleine, unterschiedlich große Staubflusen, die in einem rhythmischen Windzug herumwirbeln, einmal, zweimal, dreimal, und dann, als er fertig ist und erschöpft über ihr zusammensackt, langsam zur Ruhe kommen und schließlich daliegen wie zuvor, still und immer noch falsch am Platz.

Genau wie sie selbst.

Bei Benningsen drüben tat sich immer noch nichts, als Beate frisch umgezogen und nun, trotz der Kälte draußen, in moderne 7/8-Hosen gewandet, die ihre straffen Waden betonten – das hatte kürzlich ihre Mutter vermerkt, und da diese nur in Ausnahmefällen etwas Lobendes über Beate fallen ließ, musste etwas daran sein –, und zum Ausgleich mit ihrem warmen Alpaca-Poncho darüber in den trüben Novembertag hinaustrat und hurtig zu ihrem Mini strebte. Mit fein ausgeklügelten, schlangenhaften Bewegungen wand sie sich hinein und ließ sofort den Motor an. Die Sitzheizung verströmte binnen weniger als zwei Minuten ein warmes, wohliges Gefühl unter ihrem Hintern, und Beate stöhnte erfreut auf und öffnete die Augen.

Direkt vor der kurzen Schnauze des Minis standen zwei der bulgarischen Bauarbeiter, die erst für morgen angekündigt waren. Beate seufzte auf und beugte sich ein wenig nach vorn. Beide lächelten sie freundlich an und machten hilflose Handbewegungen, und Beate rang einen Moment mit sich, dann deutete sie mit unmissverständlichen Gesten zum Eingang hinüber.

Die beiden sahen sie verdutzt an, legten dann synchron die Hände über der Brust zu einer Dankesgeste zusammen und trabten zum Eingang hinüber.

Beate atmete aus und verdrehte die Augen. Wenigstens dieser Kelch war an ihr vorübergegangen. Sollte sich doch Laura der beiden Herren und ihrer Kümmernisse annehmen – sie jedenfalls würde jetzt in die Stadt fahren und nach einem Geschenk für ihre Mutter Ausschau halten. Sie gab Gas und kurvte mit Schwung aus der Einfahrt.

In der Innenstadt herrschte geschäftiger Betrieb; Beate musste mit einem Geschäftsmann um den letzten freien Parkplatz hinter der Sparkasse kämpfen, aber am Ende, nach beharrlichem Vor- und Zurückrangieren und Gestikulieren, setzte sie sich durch, und der Geschäftsmann in seinem Mercedes rauschte beleidigt von dannen. Befriedigt knallte Beate die Tür des Mini zu und marschierte los, schnurstracks in die Fußgängerzone.

Der holländische Käseverkäufer fror hinter seiner Auslage vor sich hin und grüßte sie freundlich; einen Moment erwog sie, für das Frühstücksbuffet einen ordentlichen Schwung alten Goudas einzukaufen, aber die Gäste hatten es ihr beim letzten Mal auch nicht gedankt, also ließ sie es doch lieber sein. Der Anblick der langsam verschimmelnden Käsescheiben, die ihre Küchenhilfe jeden Morgen aufs Neue so liebevoll angerichtet hatte, vergrätzte Beate noch jetzt bei der bloßen Erinnerung daran.

Viele Gäste waren einfach ignorant, anders konnte man das nicht sagen. Oder Gewohnheitstiere, immer nur Kochschinken, jungen Gouda, Emmentaler. Wie sie das anödete! Dabei gab es so unendlich viele Sachen und Genüsse auf der Welt zu entdecken, aber nein, die meisten Leute wollten immer wieder das Gleiche: das Gleiche zu essen, das Gleiche zu trinken, denselben Urlaubsort, dasselbe Zimmer, und wenn nicht dasselbe Zimmer, dann wenigstens eins, das genauso aussah.

„Hallo!" Ein Mann in ihrem Alter nickte ihr freundlich zu, und Beate grüßte überschwänglich zurück, obwohl sie keine Ahnung hatte, wer der Herr war. Vielleicht der Juwelier aus der Hinterstraße? Oder der Optiker, wie hieß der noch gleich, Mücke? Muke? Auf jeden Fall einer der Geschäftsleute aus der Stadt.

Mit weit ausholenden Schritten durchmaß sie die Fußgängerzone. Einige Schulkinder drückten sich kichernd am Rathaus herum, zwei Jugendliche zeigten sich etwas auf ihren Smartphones, und mehrere alte Damen schoben ihre Einkäufe auf viel zu niedrig eingestellten Rollatoren durch die Gegend. Die Sonne hatte sich endlich durch den trüben Novemberhimmel hindurchgekämpft und beleuchtete das angetretene Pflaster.

Der schwere Zungenschlag der Menschen hier tönte Beate angenehm vertraut in den Ohren. All die Jahre im Ausland hatten nichts daran ändern können, dass sie sich hier, in der Stadt, in der sie geboren und aufgewachsen war, heimisch fühlte. Noch dazu kam ihr nahezu jeder in ihrem Alter, der ihr begegnete, bekannt vor. Vermutlich war dem auch so, wahrscheinlich hatte sie die meisten Leute in ihrem Alter als Kind oder Jugendliche gekannt, zumindest vom Sehen. Und sie selbst kam wahrscheinlich auch allen bekannt vor.

Seltsam, dass genau das in striktem Gegensatz zu der Tatsache stand, dass sie sich hier oft unendlich einsam fühlte. Dabei war sie davon ausgegangen, dass ihr das hier nicht passieren würde. Schließlich war dies ihre Heimatstadt.

Aber irgendwie hatte sie im Laufe ihrer Abwesenheit den Anschluss verpasst. Ihr Leben und das der anderen griff nicht mehr ineinander, etwas klemmte, lief nicht mehr wie geschmiert.

Aber noch hatte sie Hoffnung. Immerhin war sie ja auch erst ein knappes Dreivierteljahr wieder hier.

„Hallo, Frau Schwuchow!"

Diesmal erkannte Beate die Grüßende – eine der Sprechstundenhilfen aus ihrer Zahnarztpraxis – sofort. „Hallo, hallo!" Sie lachte fröhlich und laut, was sie eigentlich an sich selbst nicht gut leiden konnte, aber sie hatte es sich so angewöhnt in den vergangenen Jahrzehnten, die sie schon im Hotelfach tätig war. Immer fröhlich sein, gut gelaunt und heiter. Der Service lebte von Freundlichkeit, so war es eben.

Beate schwankte noch, ob sie im Bastelshop oder dem örtlichen Kaufhaus nach einem passenden Geschenk für ihre Mutter suchen sollte. Die Entscheidung wurde dadurch erschwert, dass sie nicht die geringste Ahnung hatte, wonach sie eigentlich suchen sollte. Vierundsiebzig wurde ihre Mutter; Beate grauste schon vor dem nächsten Geburtstag, der sicherlich groß gefeiert werden würde. Und natürlich würde sie, Beate, den Löwenanteil der Organisation übernehmen müssen.

„Das ist doch dein Metier!“, würde ihr Vater vergnügt sagen, und ihre Brüder würden hämisch grinsen.

Aber jetzt war erst mal der Vierundsiebzigste dran. Schlimm genug.

Beate betrat mit energisch vorgerecktem Kopf das Kaufhaus und steuerte zielstrebig auf die Parfumabteilung zu, obwohl sie wusste, dass sich ihre Mutter aus erlesenen Körperpflegeprodukten nicht das Geringste machte. Am meisten würde sie sich vermutlich über eine Nivea-Geschenkbox freuen. Aber konnte man etwas derart Banales wirklich verschenken, als Tochter?

Die Parfumabteilung lag wie ausgestorben da, nur zwei Jugendliche drückten sich ganz hinten bei der Herrenabteilung herum. Beate kniff die Augen zusammen und verlangsamte ihren Schritt. Auf den ersten Blick erkannte sie, dass die beiden etwas im Schilde führten; mit leicht gebeugten Rücken hatten sie die Köpfe dicht am Regal zusammengesteckt und fingerten auffällig nervös an einem Flakon herum. Ging sie, Beate, das etwas an?

Sie seufzte. Ja, es ging sie etwas an. Tag für Tag ließen ihre Gäste Handtücher, Vasen, Gläser und Karaffen mitgehen, oft genug hatte Beate sich über den Schaden, der dabei entstand, geärgert. Vor allem, weil sie ständig Dinge nachkaufen musste, die eigentlich im Überfluss hätten vorhanden sein müssen. Irgendwann einmal hatte sie sich vorgenommen, derlei Diebstähle nicht einfach so geschehen zu lassen. Also musste sie jetzt handeln.

Den Blick starr auf die beiden Jungen gerichtet, ging sie hochaufgerichtet den Gang entlang. Die beiden bemerkten sie nicht, erst, als sie dicht vor ihnen war, stoben sie auf einmal auseinander. Ihre schuldbewussten Mienen sprachen Bände; der links stehende, etwas Jüngere, stellte rasch den Flakon zurück ins Regal. Der andere nickte ihr zu.

„Hallo", sagte er mit rauer Stimme, der Beate den noch nicht allzu lang zurückliegenden Stimmbruch noch anzuhören meinte. Dann erkannte sie ihn – es war der Auszubildende vom Bestatter drüben, dieser pickelige, farblose Jüngling, der die Zähne nie so richtig auseinanderbekam. Na, immerhin hatte er jetzt gegrüßt. Sie grüßte mit scharfem Blick zurück und ging weiter, während die beiden jungen Männer sich rasch entfernten. Als sie sich noch mal nach ihnen umdrehte, sah sie, dass die beiden zu ihr hinübersahen und miteinander tuschelten.

Der andere, jüngere kam ihr auch bekannt vor, aber sie wusste nicht so recht, wo sie ihn hinstecken sollte. Keiner der beiden hatte es gut getroffen, was das Aussehen anging, das musste sie schon sagen. Bleiche, etwas fade Gestalten, der eine wie der andere, und ihre Parkas wirkten wie aus der Zeit gefallen. Oder waren die jetzt etwa wieder modern?

Sie hatte ja kaum je junge Gäste; das bedauerte sie manchmal. „Junge Leute halten einen jung", hatte ihre Oma früher immer gesagt, und Beate war der festen Überzeugung, dass das auch stimmte. Aber sie konnte sich ja nun mal keine jungen Leute in ihrer Umgebung backen, dazu hätte sie ein Hostel leiten müssen, am besten in einer großen Stadt. Aber das war auch nichts für sie, Lärm, Krawall, Gekreische, heulende Teenagermädchen und grölende Jungs mit ihrer ersten Alkoholvergiftung, nein, danke.

Beate stellte verdutzt fest, dass sie stehengeblieben war und auf ein Regal mit Duftschaumbädern starrte. Herrgott noch mal! Warum war sie bloß ständig so ärgerlich?

Kurzentschlossen griff sie nach dem teuersten Duftschaumbad, das sie entdecken konnte. Dazu einen dieser modernen Rückenschubberbänder aus Sisal oder ähnlichem Naturstoff, das müsste ihrer Mutter doch gefallen. Zumindest einigermaßen. Hing nicht zu Hause im Bad eine dieser uralten hölzernen Rückenbürsten, schon ausgewaschen und weiß vom Alter? Aber ihre Mutter tauschte doch höchst ungern bewährte Dinge aus, auch, wenn sie fast nicht mehr zu benutzen waren.

Und ob sie eigentlich gern badete, wusste Beate auch nicht.

Sie seufzte, dann straffte sie die Schultern und griff das Schaumbad fester. Na und? Wenn ihre Mutter nicht gern badete, konnte sie ja jetzt damit anfangen.

Und sie war schon fast an der Kasse, als ihr einfiel, woher sie den jüngeren der beiden Burschen kannte: Es war der Nachbarsjunge ihrer Cousine Dana, der, der schräg gegenüber wohnte, mit seinem furchtbar prolligen Vater und der verhuscht aussehenden Mutter.

Sie schüttelte den Kopf. Nie im Leben hätte sie gedacht, dass der Auszubildende des Bestatters sich für Parfüm interessierte. Aber vielleicht war er ja auch schwul. Sie musste fast kichern, dann riss sie sich zusammen, als sie den misstrauischen Blick sah, mit dem die Verkäuferin sie taxierte.

Die Leute hier waren einfach spießig. Sie seufzte zum dritten Mal in einer halben Stunde, dann legte sie den Badeschaum und den Rückenschubber mit Schwung aufs Verkaufsband.

Der Hotelparkplatz war bis auf den letzten Platz gefüllt, als sie zurückkam, wie immer um diese Zeit, da die Geschäftsleute und Handwerker nach und nach eintrudelten. Sogar auf ihren Privatparkplatz, der deutlich als solcher gekennzeichnet war, hatte sich ein Gast gestellt. Beate schüttelte den Kopf und fuhr langsam zur hinteren Einfahrt. Als sie aus dem Wagen stieg, um das Tor zu öffnen, hinter dem sich ihr privater Ausweichparkplatz befand, warf sie rasch einen Blick zu Benningsen hinüber. Genau in diesem Moment trat Louis aus der Tür, streckte sich und sah prüfend in den diesigen Novemberhimmel.

Ehe Beate etwas dagegen unternehmen konnte, fuhr ihre Hand von selbst hoch. „Hallo, juhu, Louis!" Sie winkte, viel zu hektisch, wie sie selbst befand, und Louis sah sich suchend um.

„Hier bin ich! Huhu!"

Schließlich entdeckte Louis sie und hob ebenfalls die Hand. Beate ließ das Tor los und ging über die Zufahrt zu ihm hinüber.

„Hallo!", sagte sie fröhlich und reichte ihm die Hand. „Kein besonders schöner Tag heute. Geht es dir gut?"

Louis nickte und musterte sie mit einem leicht überraschten Ausdruck in seinen schönen blauen Augen. Er war wirklich ein gutaussehender Typ, befand Beate für sich; eigentlich nicht unbedingt ihr Beuteraster – insgeheim stand sie ja eher auf Businnessleute, die einen Hauch von Weltgewandtheit verströmten, weniger auf leicht kauzige Handwerkertypen wie Louis –, aber sein kantiges Gesicht und seine entspannte, männliche Art machten dieses Manko mehr als wett. Und die Narbe auf seiner Wange erst ließ ihre Knie schwach werden. Aber sie durfte sich nicht allzu sehr da hineinsteigern, auf gar keinen Fall. Trotzdem gefiel er ihr.

Plötzlich wurde ihr bewusst, dass er sie offenbar etwas gefragt hatte und nun auf Antwort wartete, ein leicht amüsiertes Lächeln im Gesicht. „Ach, entschuldige, was hast du noch gleich gesagt?"

„Ob du heute gar nicht arbeiten musst, habe ich gefragt“, sagte er und nickte zu ihrem Wagen hinüber. „Ich hab dich vorhin schon wegfahren sehen.“

„Ach ja? Ich hab dich gar nicht …“ Gerade noch rechtzeitig konnte sie sich bremsen. „Äh, ja, ich hab heute meinen freien Tag. Aber nicht so richtig. Denn ich muss gleich zu meinen Eltern. Meine Mutter hat Geburtstag.“ Sie lächelte säuerlich, und Louis hob die Brauen.

„Wohnt sie hier in der Nähe?“

„Ja, zwei Dörfer weiter.“ Beate seufzte übertrieben laut. „Nun ja, so ist das eben. Familienfeiern sind jetzt nicht gerade meine Lieblingsveranstaltungen. Aber unsere kleine Miniparty neulich, die können wir gern bald wiederholen!“ Sie beobachtete Louis genau, und erleichtert stellte sie fest, dass er nickte.

„Gern, von mir aus. Ja, war nett. So, dann werde ich mal …“

In diesem Moment kam ihr eine Eingebung. „Ach, Louis, was ich dich noch fragen wollte – könntest du mir fürs Foyer so eine Ablagefläche bauen? Ich … ich hab so eine genaue Vorstellung, meinst du, das wäre möglich?“ Ihr Herz klopfte, während er erneut die Brauen hob.

„Klar, an sich schon“, sagte er langsam. „Aber das ist natürlich um einiges teurer als eine Bank aus dem Baumarkt oder einem Möbelgeschäft.“

„Das ist mir egal!“, fiel sie ihm fast ins Wort. „Ich weiß genau, was ich gern hätte. Das darf auch ruhig etwas mehr kosten!“

Louis sah sie an, dann zog er seine gefütterte Weste vor der Brust zusammen. Darunter trug er nur ein kariertes Hemd; ihm musste doch kalt sein, dachte Beate, und dann ging ihr auf, dass ja sie es war, die ihn hier draußen in der Novemberkälte festhielt, und plötzlich wurde sie verlegen und ärgerlich auf sich selbst zugleich.

„Ach, Mensch, ich rede hier auf dich ein …“, begann sie, aber Louis unterbrach sie.

„Ich kann mir das ja mal ansehen, dann reden wir drüber, okay? Morgen Vormittag vielleicht? Ich könnte gegen neun mal rüberkommen.“

Erleichtert nickte sie. „Ja, gern. Das passt gut. Ich mache mich jetzt besser auf den Weg!“ Hastig beugte sie sich vor und küsste die Luft neben seiner Wange, erst rechts, dann links, und dann eilte sie zurück zu ihrem Wagen.

Das hatte sie gut hingekriegt, richtig gut.

Beate zog die Schuhe aus und stellte sie ordentlich neben die Gummistiefel ihrer Mutter und die Herrenschuhe ihres Vaters. Die Fußmatte darunter sah alt, aber gepflegt aus, und auf einmal spürte Beate ein Prickeln in ihrem Hinterkopf. Erst nach einem Moment erkannte sie, dass es Widerwille war.

Sie hatte einfach keine Lust, ihr Elternhaus zu betreten. Aber es musste ja sein. Sie packte das fein eingewickelte Schaumbad fester und drückte auf die Klingel.

Noch während sie tief Luft holte, hörte sie Schritte hinter der Tür, dann riss ihr Vater sie auf. „Beate!“, rief er, als hätte er nie im Leben mit ihr gerechnet, und gönnte ihr eine steife Umarmung, bei der ihr sein Altherrengeruch sofort in die Nase drang.

Ihr Vater war gepflegt, dagegen war nichts zu sagen, stets tadellos gekleidet und frisiert; dank ihrer Mutter natürlich – das vermutete Beate jedenfalls. Im Grunde wusste sie ja nicht, wie ihr Vater sich ohne die stützende Kraft ihrer Mutter halten würde; sie hatte ihn nie allein erlebt.

„Deine Mutter wird sich freuen“, sagte er und wies ihr mit einer galanten Handbewegung den Weg ins Wohnzimmer. Aber Beate wusste es besser, sie marschierte schnurstracks in die Küche, wo sie ihre Mutter in Schürze und Hausschuhen am Herd vorfand, mit wachem Auge den Braten im Ofen begutachtend.

„Herzlichen Glückwunsch, Mutti“, sagte Beate und legte die Arme um ihre Mutter, die kichernd protestierte und sich dann doch an die Brust ziehen ließ. Für einen Moment schloss Beate die Augen und fühlte sich zurückversetzt in eine Zeit, in der sie sich wirklich behütet gefühlt hatte, von dieser winzigen Frau, die jetzt in ihren Armen hing wie ein zerbrechliches kleines Mädchen.

„Danke schön! Oh, und was ist das?“ Ihre Mutter betrachtete das Schaumbad und das Schubberband in seiner Verpackung mit hochgezogenen Brauen, dann legte sie es zur Seite und wandte sich wieder dem Braten zu. „Danke schön! Wie lieb von dir. Das Essen ist gleich fertig, deine Brüder sind auch schon da. Thomas hat den Tisch gedeckt, er war schon früh da.“ Unverhohlener Stolz schwang in der Stimme ihrer Mutter mit, was Beate besonders in Brass versetzte. Thomas! Hatte! Den Tisch! Gedeckt!

Thomas, der faule Sack. Der grundsätzlich nur einen Finger rührte, wenn er sich etwas davon versprach.

„Wie schön“, sagte Beate und sah sich kurz um. Die Küche blitzte nur so, selbst die Spüle glänzte fleckenfrei. „Die Visitenkarte einer Hausfrau ist ihre Spüle“, hatte ihre Mutter ihr unzählige Male eingebläut, aber so richtig gefruchtet hatte das nicht. Beates Spüle glänzte nie. „Sind denn Thomas und Michael alleine gekommen?“

„Urte muss arbeiten, und Jasmin ist auf einem Wellnesswochenende, das ist wohl schon lange geplant“, sagte ihre Mutter und bückte sich, um den Braten genauer zu inspizieren. Beate sah, dass die knusprig-braune Haut brutzelte, den aromatischen Duft hatte sie schon an der Tür gerochen. Aus dem Wohnzimmer waren die Stimmen ihres Vaters und ihrer Brüder zu hören, und Beate legte den Kopf in den Nacken und wappnete sich für die kommenden Stunden. Vier, fünf Stunden würde es sicherlich dauern, vielleicht ja auch länger. Nach dem Essen, das durch eine zähe Unterhaltung und kaum verhohlene Sticheleien ihrer Brüder gekennzeichnet wäre, käme eine kurze, schweigsame Kaffeepause, dann würden die Nachbarn dazustoßen und die in jedem Jahr gleichen Fragen stellen. Danach legte ihr Vater Musik auf, Blasmusik, die er heiß und innig liebte und mit Schwung dirigierend im Sessel begleitete, bis Thomas und Michael, die bis dahin durch gelangweilte Mienen und blöde, sarkastische Sprüche geglänzt hätten, sich langsam verabschiedeten.

Beate würde so lange bleiben, bis nur noch die Borchers da waren, dann würde sie das Geschirr in die Küche tragen, abwaschen und sich mit allerlei fröhlichem Gelächter und dem Versprechen, sich in Zukunft aber endlich öfter blicken zu lassen, verabschieden.

Beate seufzte, und ihre Mutter sah auf. „Was ist denn los, Kind? Geht es dir nicht gut? Viel Arbeit, ja?"

Beate nickte und machte ein erschöpftes Gesicht. Ihre Mutter hatte das seltene Talent, ihr stets die perfekten Ausreden in den Mund zu legen. Die vermeintlich viele Arbeit stand dabei immer auf Platz eins. „Ja, wirklich furchtbar viel Arbeit im Moment. Soll ich schon was reintragen?"

„Die Kartoffeln, bitte. Wir können auch gleich essen!" Beates Mutter steckte die Hände in die überdimensionierten Backhandschuhe und öffnete den Ofen. Beate nahm die Kartoffeln, die schon in einer Schüssel angerichtet waren, und warf einen letzten kurzen Blick zu ihrer Mutter. Wie winzig sie war, und wie alt sie aussah! Nicht zu fassen. Eins war jedenfalls klar: Beate würde im Alter nicht so wie ihre Mutter aussehen, dazu war sie einfach zu groß.

„Beatchen", sagte ihre Mutter und griff nach dem Braten. „Ist das nicht furchtbar mit deiner Cousine?"

„Welche Cousine denn, Mutti? Ich hab doch ein Dutzend davon."

„Na, Dana natürlich!"

„Dana …“ Beate stand da, die Schüssel in der Hand, und überlegte. Dann sah sie den vorwurfsvollen Blick ihrer Mutter, und schlagartig fiel ihr ein, wovon sie sprach. Natürlich, die tragische Geschichte mit den totgeborenen Kindern ihrer Cousine! „Oh, ach ja, Dana, ja – grässlich. Die Ärmste!“

Ihre Mutter stellte den Braten ab und stemmte die Arme in die Hüften, während sie ihr Werk kritisch begutachtete. „Ja, die Ärmste. Du hast ja keine Kinder, aber das ist für eine Mutter das Schlimmste, ihre Kinder zu verlieren!“

„Ja, Mutter“, sagte Beate verstimmt. „Ich habe keine Kinder. Aber nachfühlen kann ich es ja wohl trotzdem.“ Grimmig trug sie die Schüssel hinaus. Ihrer Mutter gelang es aber auch immer wieder, den falschen Ton zu finden. Ach, Familie war einfach ein Fall für sich.

Thomas war nicht zu sehen, aber Michael, der um zehn Minuten jüngere ihrer beiden Zwillingsbrüder, saß auf dem Sofa und blätterte in einer Zeitschrift. Allein die Art, wie er breitbeinig dasaß, die Füße lässig auswärts gestellt, ärgerte Beate maßlos. Er sah erst auf, als sie die Schale auf dem Tisch abgestellt hatte.

„Ach, guck an, das Beatchen“, sagte er, machte aber keine Anstalten aufzustehen. „Na, wie geht's, wie steht's? Alles fit im Schritt?“

Beate verdrehte die Augen und setzte sich an den Tisch, aber im selben Moment kam Thomas herein und mit ausgebreiteten Armen auf sie zu.

„Hi, Schwesterchen, alles paletti?“ Er schlang die Arme um sie und drückte sie fest, wobei er ihr gleichzeitig auf die Schulter klopfte.

„Und selbst?“

Michael fühlte sich nun auch bemüßigt, sich vom Sofa herunterzubequemen, um seine Schwester zu begrüßen. Auch er umarmte sie fest und klopfte ihr auf die Schulter, und Beate war froh, als die leidige Zeremonie endlich beendet war und beide Brüder sich zu ihr an den Tisch setzten. Einen Moment lang herrschte Schweigen, dann räusperte sich Thomas und lehnte sich zurück.

„Grüße von Urte", sagte er, und Michael nickte.

„Von Jasmin auch. Sie ist auf einem Wellnesswochenende", er lachte kopfschüttelnd, „Frauen, echt. Wellness! Versteh einer die Weiber."

Beate spürte den alten Groll in sich hochsteigen, aber sie schwieg. Was sollte man auf derlei Sprüche auch sagen?

„Und du so?", fragte Michael und gähnte mit offenem Mund.

Beate starrte ihn an. Sie konnte nicht behaupten, dass sie mit Thomas ein inniges Geschwisterverhältnis pflegte, aber mit Michael konnte sie so gar nichts anfangen. Er hatte sie schon als kleiner Junge mit seiner lässigen Großkotzigkeit auf die Palme getrieben, während Thomas gern den Klügeren, Besonneren gegeben hatte. Aber im Grunde nahmen sie sich beide nicht viel, beide hatten sie ihre gesamte Kindheit in Beates Windschatten verbracht und sie bei jeder sich bietenden Gelegenheit genervt und getriezt. Und dann dieses ewige Verwirrspiel! Beate und ihre Mutter waren die Einzigen gewesen, die die beiden überhaupt unterscheiden konnten, selbst ihr Vater hatte dabei regelmäßig versagt. Die beiden hatten es sich zum Sport gemacht, auch Beate und ihre Mutter hinters Licht zu führen, mit wiederkehrendem Erfolg.

Auch jetzt war sie sich nicht sicher, ob sie nicht wieder einmal die Rollen getauscht hatten.

„So, jetzt gibt es ein gutes Glas Wein!" Ihr Vater kam herein, eine Flasche Burgunder in der Hand. „Dann wollen wir mal!" Hinter ihm kam ihre Mutter zur Tür herein, den Braten auf der Platte, ein erwartungsfrohes Lächeln im Gesicht.

„Wie schön, dass ihr alle gekommen seid!", sagte sie, als sie Platz genommen hatte und alle gemeinsam zusahen, wie Beates Vater mit feierlichem Gesichtsausdruck den Braten anschnitt.

„Tja, und das, obwohl wir ja in drei Wochen noch mal kommen müssen und dann noch Weihnachten!“ Michael spitzte die Lippen und probierte den Wein, den sein Vater ihm hinhielt. „Ist okay, Vattern.“

„Du musst ja nicht kommen“, konnte Beate sich nicht verkneifen. „Das sind alles freiwillige Veranstaltungen, nicht wahr, Mutti?“

„Ja, aber es wäre schon schön, wenn ihr dabei wärt“, sagte ihre Mutter bittend. „Ich weiß ja, das ist viel verlangt, und die ewige Fahrerei …“

„Mensch, Mutti, Michael wohnt in Wallenhorst, das sind knapp 80 Kilometer“, sagte Beate. „Und Thomas hat es auch nicht viel weiter. Da kann man schon mal zur Goldenen Hochzeit extra anreisen.“

„Aber es ist ja trotzdem immer viel Fahrerei …“ Ihre Mutter schob Michael den Braten hin. „Nimm, Junge, ich hoffe, es schmeckt euch!“

Beate kniff die Lippen zusammen und schloss für einen Moment die Augen. So war es schon immer gewesen; den Brüdern wurde auf Knien gedankt für ihre großen Mühen, während bei Beate selbst in ihrer Zeit in Italien und den USA und sogar in Brasilien immer selbstverständlich davon ausgegangen wurde, dass sie zu den Fest- und Feiertagen anreisen würde.

Thomas und Michael waren angesehen wie Halbgötter, alles, was sie taten, wurde über den grünen Klee gelobt. Dass Michael bei der Stadt Osnabrück als Sachbearbeiter im Werkhof angestellt war, fanden sie unglaublich toll, genauso wie die Tatsache, dass Thomas im Vertrieb eines Nutzfahrzeugherstellers arbeitete. Und erst die Tatsache, dass beide Brüder ein eigenes Haus gebaut hatten! Außerdem war Michael niedersächsischer Vizemeister im Dart, während Thomas sich bei der freiwilligen Feuerwehr hervortat.

Nur eins missfiel ihren Eltern: dass ihre Zwillingsbrüder genauso wenig wie Beate dazu beigetragen hatten, sie mit Enkelkindern zu beglücken. Aber darüber sprachen sie nicht. Was Beate anging, hatten sie die Hoffnung längst aufgegeben, aber bei den Brüdern ging noch was. Zumal beide deutlich jüngere Frauen geehelicht hatten.

Grässlich alberne Weibsbilder übrigens, mit schrillen Stimmen und höchst eingeschränkten Interessensgebieten. Wie gut, dass sie zumindest heute nicht dabei waren. Beate fürchtete sich jetzt schon vor den nächsten gemeinsamen Festivitäten.

Thomas lehnte sich zurück und rieb sich den kleinen Schmerbauch. „Wie ist es, Bea, wir kommen dann Heiligabend morgens wieder ins Hotel zum Frühstück, ja?"

„So ist es doch besprochen, ja", sagte Beate und rieb unter dem Tisch ihre Fußsohlen aneinander.

„Aber nicht, dass du dann wieder nur diese eklige Cervelatwurst da hast." Michael nahm sich noch ein Stück Braten.

Beate ließ ihre Gabel sinken. „Was? Was für eklige Cervelatwurst? Wir bieten immer mehrere Wurstsorten an!"

„Ich kann mich aber nur an die eklige Cervelatwurst erinnern", sagte Michael ungerührt und säbelte ein weiteres Stück Braten ab.

„Das kann nicht sein", erklärte Beate wütend. Auf einmal hatte sie keinen Appetit mehr. Nie hatten sie nur eine Sorte Wurst da. Wieso behauptete er so etwas? Nur um sie schlechtzumachen bestimmt. „Wir haben immer mindestens drei Sorten Wurst und drei Sorten Käse."

Michael zuckte mit den Schultern. „Ich kann mich eben nur an die eine eklige erinnern", sagte er. „Aber dann kann ich mich ja an den Käse halten."

Wie krumm er dasaß! Und den rechten Arm hatte er um den Teller herumgelegt, wie ein Bauer. Dabei hatten sie doch alle drei dieselben Tischmanieren beigebracht bekommen.

„Schmeckt euch der Wein?", fragte Beates Vater und machte ihr gegenüber eine beschwichtigende Geste, die sie erst recht verstimmte.

„Du brauchst ja nicht zu kommen, wenn dir das Essen nicht gefällt", sagte Beate zu Michael, und sogleich schnalzte ihre Mutter mit der Zunge.

„Ach, Kind, komm, er hat es nicht so gemeint!", sagte sie und lächelte ihre drei Kinder der Reihe nach an. „Du mochtest einfach noch nie Cervelatwurst, Michi, schon als Kind nicht. Beate wird sicher dafür sorgen, dass genug andere Wurstsorten da sind für dich."

Beate starrte sie an, aber ihre Mutter bemerkte es gar nicht. Mit einem zärtlichen Lächeln zu Michael nickte sie, dann wandte sie sich wieder ihrem Bratenstück zu.

Thomas, der Beate beobachtet hatte, wie sie jetzt erst bemerkte, zwinkerte ihr zu, dann lachte er und hob sein Glas. „Auf unsere alte Mutter!", sagte er. „Und unseren alten Vater! Prost!"

Beate holte tief Luft, dann stieß sie sie wieder aus und trank ebenfalls einen Schluck. Aus dieser Nummer würde sie ihr ganzes Leben lang nicht herauskommen, das war ihr klar. Sie hatte es ja versucht, war auf zwei fremde Kontinente geflohen, hatte jahrelang in anderen Ländern gearbeitet – aber jedes Mal, wenn sie die Schwelle ihres Elternhauses übertrat, war sie wieder die doofe, uninteressante Beate, die nichts zu melden hatte, die große, farblose Schwester zweier hoffnungsvoller, talentierter Brüder, auf denen der ganze Stolz und die ganze Hoffnung ihres Vaters und die liebevolle Fürsorge ihrer Mutter lagen.

Beate starrte auf ihren Teller hinab, dann stieß sie das Messer mit Wucht in den Braten.

Erst gegen halb zehn gelang es Beate, sich davonzumachen. Thomas hatte sich schon direkt nach dem Essen unter einem fadenscheinigen Vorwand verabschiedet,

Michael lümmelte sich seit Stunden im Relaxsessel herum und gab hin und wieder einen blöden Spruch zum Besten, und das Ehepaar Borchers von schräg gegenüber saß gemeinsam mit ihren Eltern auf dem Sofa und trank Rotburgunder, als Beate fröhlich in die Runde winkte, ihre Mutter noch einmal umarmte und dann zum Ausgang strebte.

Als sie die Haustür von außen hinter sich schloss, empfand sie die Abendkälte draußen als höchst angenehm. Die Luft war diesig und weich, aber ein Hauch des nahenden Winters lag schon darin. Beate wickelte ihr weiches Tuch enger um den Hals und ging zu ihrem Wagen hinüber. Ihre Ohren dröhnten immer noch von der Marschmusik, die ihr Vater die letzten zwei Stunden über aufgelegt hatte.

Aufatmend ließ sie den Wagen an und kurvte mit Schwung aus der Einfahrt.

Es war nicht ganz so schlimm gewesen, wie sie befürchtet hatte, aber immer noch schlimm genug. Dass sie mit ihren Zwillingsbrüdern aber auch so gar nichts anfangen konnte! Wann hatte das eigentlich angefangen, dass Thomas und Michael sie mit dieser herablassenden Art auf die Palme brachten? Schon in der Kindheit oder erst in der Pubertät?

Nicht einmal die Tatsache, dass ihre große Schwester als Erste aus der Siedlung ins Ausland gezogen war, und dann auch noch ins sonnige Italien, hatte sie beeindrucken können. Nur ihre Mutter hatte das spannend gefunden, zugleich aber unentwegt darüber geklagt, dass die einzige Tochter so weit entfernt lebte.

Beate seufzte und starrte durch die leicht beschlagene Windschutzscheibe auf die winterlichen Straßen. Kaum ein Mensch war unterwegs, die Bäume am Straßenrand standen still in der diesigen Novemberluft, und der Himmel schillerte in einem trüben Dunkelgrau. Zügig steuerte sie ihren Mini die Umgehungsstraße entlang und beschleunigte mit einem diffusen Gefühl der Befriedigung auf 110, um kurz vor der sich schon von Weitem mit grellen Blinklichtern ankündigenden Ampel viel zu abrupt abzubremsen. Mit Schwung bog sie rechts ab und brauste die dunkel daliegende Straße ins Industriegebiet entlang.

Mit jedem Meter, den sie in Richtung des Hotels zurücklegte, zwischen dunkel daliegenden Industriebetrieben hindurch, an ruhenden Produktionshallen entlang, die auch tagsüber kaum geschäftiger wirkten, mit jedem Meter wurde ihr trostloser zumute.

Sie umklammerte das Lenkrad fester. Was in aller Welt wollte sie eigentlich hier in diesem öden Kaff?

Plötzlich erschien ein Schatten am Straßenrand, und sie trat auf die Bremse. Einen Moment dachte sie, es wäre eine Katze, die da die Straße querte, aber dann sah sie, dass es ein junger Fuchs war, der die feuchtglänzende Straße entlangschnürte. Die Scheinwerfer erfassten ihn, und er blieb stehen, hob den Kopf und sah aufmerksam in ihre Richtung.

Beate fuhr langsam wieder an und auf ihn zu, aber der Fuchs rührte sich nicht. Mit erhobenem Kopf sah er ihr entgegen, und als der Wagen hielt, schien er zu blinzeln. Beate betrachtete sein furchtloses Gesicht, die leicht zitternden Schnurrbarthaare, die rechte, halb erhobene Pfote.

Er rührte sich nicht, und plötzlich überkam Beate eine tiefe Müdigkeit. Sie schloss die Augen und atmete tief ein. Als sie die Augen wieder öffnete, war der Fuchs fort.

Sie fuhr wieder an, behielt aber diesmal das langsame Tempo bei.

Immerhin begegnete sie hier zuweilen furchtlosen Füchsen, das war doch auch schon mal was.

Das Haus des Tierarztes kam in Sicht, und Beate sah neugierig zu ihren Fenstern hinauf, hinter denen warmes Licht brannte. Aber gerade, als sie um die Ecke bog, ging die Haustür unten auf, und Nell trat heraus, begleitet von einer Frau. Einen Augenblick lang war Beate versucht, anzuhalten und das Fenster hinunterzulassen, aber dann sah sie, wie Nell und die Frau sich einander zuwandten, und im selben Moment, in dem sie die Frau erkannte, entdeckte sie auch die Begierde in deren Gesicht. Mit einem sehnsüchtigen Blick sah sie Nell an und legte ihre Hand auf Nells Wange, und Beate gab Gas. Mit quietschenden Reifen bog sie auf den Hotelparkplatz ein und erkannte zu spät, dass alle Plätze schon wieder besetzt waren.

Wütend legte sie den Rückwärtsgang ein und kurvte wieder hinaus, um dann einfach am Straßenrand zu parken und nach ihrer Tasche zu greifen. Ohne sich umzusehen, stieg sie aus und lief zum Eingang hinüber.

Sie brauchte zwei Anläufe, um die Tür zu öffnen – manchmal versagte der Öffnungsmechanismus, und man musste neu ansetzen –, dann riss sie sie auf und ging eilig den Gang hinunter. Zwei der bulgarischen Monteure standen in Jogginghosen und Schlappen vor ihrer Zimmertür und sahen ihr verdutzt nach, als sie vorbeifegte, aber Beate brachte nur ein kurzes Nicken hervor und einen knappen Gruß. Ihre Absätze knallten auf der Treppe ins Obergeschoss, und sie war heilfroh, als sie endlich die Tür ins Schloss warf und sich ein großes Glas Rotwein eingoss, das sie fast komplett hinunterstürzte, noch bevor sie ihre Handtasche auf das Sofa warf.

Das war doch diese Apothekerin gewesen! Wie hieß sie noch gleich, Maria … nein, Marie! Auch eine von diesen eingebildeten höheren Töchtern aus dem Gymnasium von früher, die sich den Apothekersohn da geangelt hatte und jetzt mit ihm zusammen gleich hinter der Schleuse diese total aufgemotzte Apotheke hatte. Ralf Röpers Frau. Marie Röper. Allein schon dieser bescheuerte Nachname!

Beate schenkte sich ein weiteres Glas ein und starrte blind aus dem Fenster in den Hotelhof hinab. Unten bei den Bulgaren war gerade das Licht ausgegangen, jetzt schob jemand den Vorhang etwas zurück und stellte das Fenster auf Kipp.

Die hatte sie auch nie beachtet, damals, diese Marie. Realschülerinnen waren wohl unter ihrer Würde gewesen, pah! Dabei war Beate in der fünften und sechsten Klasse ja auch aufs Gymnasium gegangen, wenn auch zwei Klassen tiefer als Marie. Wahrscheinlich wusste sie auch heute noch nicht, dass es Beate überhaupt gab, obwohl sie gemeinsam in der Katholischen Jugend gewesen waren. Blöde, eingebildete Schnalle.

Wie die Nell angeguckt hatte! Als würde sie zerfließen vor Begeisterung. Und Nell wiederum hatte sie mit einem Blick angesehen, den Beate gern auch mal von ihr kriegen würde.

Obwohl sie ja nun überhaupt nicht lesbisch war.

„Bea! He, Bea, warte doch mal!"

Beate dreht sich um. Zwischen einem Pulk kichernder Schülerinnen, vermutlich aus dem Nonnenbunker, der katholischen Erzieherinnenschule, kommt Silvia auf sie zu, ihre Lieblingscousine. Sie hält Dana auf dem Arm, ihre kleine Schwester, die Bea mit großen Augen zuwinkt.

„Hallo, Silvia! Na, kleine Maus?" Beate streichelt Dana über die weiche Wange, und Dana kichert glucksend und verbirgt ihr Gesicht an der Schulter ihrer großen Schwester.

„Wo gehst'n du hin?", fragt Silvia und pustet sich eine ihrer blaugefärbten Strähnen aus der Stirn. Silvia steht zurzeit total auf Punk, was ihren Eltern natürlich sehr missfällt. Beates Eltern würden ebenfalls im Dreieck springen, aber Beate ist, was äußerliche Veränderungen angeht, eher zurückhaltend. Wenn sie ins Hotelfach will, dann kann sie sich das auch gar nicht leisten, da ist eher normaler Style angesagt.

Beate weicht einem Radfahrer aus, der klingelnd durch die Fußgängerzone braust. „Ich wollte zu Kochlöffel, eine Krokette essen." Sie hebt ihre Sporttasche. „Und dann muss ich zum Training."

„Da komm ich mit, zu Kochlöffel", sagte Silvia und lässt Dana auf den Boden herunter. Dana ist gerade ein Jahr alt geworden und hat angefangen zu laufen, und jetzt nehmen die beiden Mädchen sie zwischen sich an die Hand und laufen mit ihr zum Kochlöffel hinüber, dem bei der Kleinstadtjugend heißbegehrten Imbiss.

Jetzt, um diese Zeit, nachmittags gegen vier, ist der Laden bis zum Bersten gefüllt, die jungen Leute stehen in Zweier- und Dreierreihen, und Silvia beschließt, mit der kleinen Dana doch lieber draußen zu warten, wo weniger Gedränge herrscht. „Ich will auch eine Krokette!", ruft sie Beate zu, dann geht sie mit der Kleinen raus.

Es dauert keine Minute, da ist Beate umringt von einer Schar von Gymnasiasten, Jungs in ihrem Alter und ein paar Mädchen, mit selbstbewusstem Auftreten und in guten Klamotten. Markenklamotten, wie Beate feststellt, Levi's und Wrangler natürlich, dazu passende Jeansjacken und Adidas-Turnschuhe, die Jungs jedenfalls. Die Mädchen tragen eher Wildlederboots; Beate hätte solche auch gern, auf die Markenjeans allerdings kann sie verzichten, ihre Palomino's findet sie auch gut.

Einer der Jungs drängelt sich frech an ihr vorbei und stellt sich direkt vor sie.

„He, du", sagt sie leise, dann noch mal etwas lauter: „He, du! Ich warte auch!"

Er lacht nur und sieht über sie hinweg, redet einfach weiter mit seinem Freund, der direkt hinter Beate steht und jetzt ebenfalls Anstalten macht, sich an ihr vorbeizudrängeln.

„He, ihr, ich stehe hier auch und warte!" Beate hebt die Stimme, aber die Jungen ignorieren sie weiterhin, schieben sich stattdessen noch weiter nach vorn, und die Truppe hinter ihr rückt nach. Beate spürt, wie ihr heiß wird. Die nehmen sie nicht ernst, die tun so, als wäre sie gar nicht da. „Mann!", sagt sie, etwas lauter jetzt, und fasst den, den sie gerade schon gestupst hat, erneut am Arm. „He, hallo!"

Jetzt dreht er sich um und sieht sie direkt an, und im selben Moment erkennt sie ihn. Das ist Jürgen, dessen Schwester mit ihr in der fünften und sechsten in einer Klasse war. Beate war mal eine Zeitlang ein bisschen mit Jutta befreundet und sogar mal bei ihnen zu Hause, damals, und hat mit der Familie zu Abend gegessen.

„Jürgen!", sagt sie. „Mensch, du, ich warte hier auch! Drängel dich mal bloß nicht vor!" Sie lacht, um ihren Worten die Schärfe zu nehmen, aber auch, weil sie sich plötzlich noch unsicherer fühlt als sowieso schon. Erkennt er sie nicht?

„Willst du Pommes rotweiß oder wie?", fragt er, und nach einem Augenblick begreift sie, dass die Frage nicht an sie, sondern an seinen Kumpel hinter ihr gerichtet ist. Er beachtet sie einfach nicht, so wie damals, am Abendbrottisch bei seinen Eltern, und in der Schule auch. Nie hat er sie gegrüßt, nie ein Wort mit ihr gewechselt. Sie, Beate, ist Luft für ihn, damals wie heute. Aber warum eigentlich?

„Marie!", grölt er plötzlich los, „he, Marie, willst du auch was?"

Beate wird es heiß im Nacken, es prickelt richtig, alle Härchen stellen sich auf. Sie dreht sich um, wirft einen Blick auf Marie, die sie schon ewig kennt und die auch noch nie mehr als ein paar Worte mit ihr geredet hat. Na klar, die beliebte, begehrte Marie, dieses fade Geschöpf. Langweilig sieht sie aus, findet Beate, sie weiß überhaupt gar nicht, was alle an Marie finden, mit ihren blöden blonden Haaren und diesem nichtssagenden Gesicht.

Marie steht lächelnd im Eingang, kramt in ihrem Rucksack und redet mit einem anderen Mädchen, das sie halb verdeckt. Beate starrt sie an, böse und grimmig, und als sie sich wieder umdreht, sieht sie, dass jetzt nicht nur Jürgen und sein Freund vor ihr stehen und Anstalten machen zu bestellen, sondern auch alle ihre Klassenkameraden. Sie haben Beate einfach abgehängt, als wäre sie gar nicht da.

Zornig umfasst sie den Zehnmarkschein fester, den sie schon aus der Geldbörse gezogen hat, und dreht sich noch mal zu Marie um, die sich in diesem Moment zur Seite wendet und den Blick freigibt auf das Mädchen, mit dem sie sich noch gerade unterhalten hat.

Dunkle, wilde, kurze Haare. Blaue Augen, mehr dunkel als hell, ein fast stechender Blick, den sie jetzt auf Beate richtet. Lederjacke, abgeschabt, trotz der Sommerwärme eine Lederjacke.

Sie sieht Beate kurz an, dann kneift sie die Augen zusammen und verzieht den Mund zu einem grüßenden Lächeln, nur ganz kurz. Sagt etwas zu dem Typen neben ihr, ein älterer, mindestens schon elfte, vielleicht auch zwölfte Klasse, dreht sich um und geht raus.

Beate dreht sich ebenfalls um und wartet mit klopfendem Herzen, bis sie dran ist, das dauert natürlich, die Gymnasiasten bestellen ja allesamt vor ihr, aber schließlich hat sie endlich ihre Kroketten mit reichlich Senf auf zwei Schalen und bugsiert sie zwischen dem nächsten Schwung Schüler hinaus in den Schatten, zu dem Tisch, an dem Silvia sich mit Dana niedergelassen hat und ihre kleine Schwester auf den Knien wiegt. Als Beate ihr die Schale hinstellt und Danas gierig ausgestreckte Kleinkindfinger mit ein wenig Krokettenkruste befriedet, fällt ihr Silvias Blick auf.

Vorsichtig dreht sie sich um. Gegenüber lehnt Nell, die Hände hinter dem Kopf verschränkt, die Augen geschlossen, in einem der schäbigen Stühle. Ihre ganze

Haltung wirkt lässig, neben ihr liegt ihre Sporttasche, mit der sie nachher zum Schwimmtraining gehen wird, genau wie Beate.

Nell. Dunkle, wilde, kurze Haare. Blaue Augen, mehr dunkel als hell.

Wenn Beate sagen sollte, wen sie am allercoolsten in der ganzen Stadt findet, dann wäre es Nell.

Nell, die im nächsten Jahr Abitur machen wird, an der Schule, die Beate sechs Jahre zuvor verlassen hat. Mit keinem einzigen ihrer damaligen Mitschüler und Mitschülerinnen aus ihrer alten Klasse hat sie danach je wieder zu tun gehabt.

Es ist, als ob sie unsichtbar geworden wäre für sie, an dem Tag, an dem sie das Gymnasium verlassen und auf die Realschule gewechselt ist, die sie im Sommer beenden wird.

Nell kam erst in die Stadt und auf die Schule, als Beate schon fort war. Aber sie hat Nell dennoch bemerkt, natürlich, die Stadt ist klein, ungewöhnliche Menschen fallen hier noch mehr auf. Und Nell ist ungewöhnlich. Beate bewundert sie ungemein, ihre aufmüpfige, selbstbewusste Art, ihre Lockerheit, ihren geschmeidigen Schwimmstil. Nell lässt sich nichts sagen, macht nur das, was sie will, jedenfalls hat Beate den Eindruck gewonnen in den wenigen Wochen, die Nell jetzt im Schwimmverein ist.

„Die finde ich total klasse", flüstert Silvia leise, „die da drüben, wie heißt die noch mal, Nellie? Die ist toll, oder?"

„Nell heißt die", sagt Beate und verspürt auf einmal einen vollkommen übertriebenen Stolz darauf, Nells Namen zu wissen. Sie, Beate, weiß ihren Namen! „Die ist ja bei mir im Schwimmverein, seit ein paar Wochen."

Dana patscht plötzlich mit beiden Händen auf den Tisch und kräht auf einmal vergnügt los. Nell öffnet die Augen und sieht zu ihnen herüber, und plötzlich wird

Beate bewusst, dass sie sie alle drei anstarren, Nell, Silvia und Dana. Nell lässt den Blick über sie gleiten, bei Dana bleibt er hängen, und als Dana erneut kräht und ihren fast zahnlosen Mund zu einem breiten Grinsen verzieht, da fängt Nell ebenfalls an zu lächeln. Sie lächelt Dana an, und Beates Herz schmilzt dahin. Und nicht nur ihres, das sieht sie, als sie einen Blick zu Silvia wirft.

Und dann sieht Nell ebenfalls zu Silvia und lächelt immer noch, jetzt aber anders.

Silvia und Nell lächeln sich an, und Beate lächelt auch, aber allein für sich.

Plötzlich hat sie keinen Appetit mehr auf ihre Krokette. Sie schiebt sie zu Silvia hinüber, die erschrocken zu ihr aufblickt. „Was ist denn?"

„Ich muss los", sagt Beate und springt auf. Sie streicht Dana über den Kopf, nimmt ihre Tasche und geht davon, mit schnellen, ausholenden Schritten. Und als sie sich noch einmal umsieht, entdeckt sie, dass Silvia immer noch Nell anstarrt, und Nell hat wieder die Augen geschlossen und lässt sich von der Sonne bescheinen. Nur Dana guckt Beate hinterher. Und dann hebt sie beide Hände und winkt ihr.

Beate zog mit einem Ruck den Vorhang vor und füllte sich ein weiteres Glas Wein ein. Dann ließ sie sich in ihren Sessel sinken und trank in langsamen Schlucken, während sie auf den Vorhang starrte. Plötzlich fühlte sie sich eingesperrt, sprang auf und zog den Vorhang wieder beiseite.

Draußen schien es ihr dunkler als gerade eben noch, aber das war sicher Einbildung. Wenn sie sich sehr anstrengte, vermeinte sie über der Innenstadt weiter hinten am Himmel einen leicht orangefarbenen Schein zu erkennen, aber vielleicht war auch das Einbildung.

Seufzend schenkte sie sich nochmals ein und stellte die leere Flasche auf den Boden, wo sie prompt umfiel, um mit einem lauten Poltern durchs Zimmer zu rollen. Beate kam gar nicht schnell genug hinterher, und als sie sich nach der Flasche bückte, griff sie zuerst daneben. Fluchend kam sie wieder hoch und stellte die Flasche erneut ab. Diesmal blieb sie stehen.

Entnervt ließ Beate sich wieder in den Sessel fallen und trank ihr Glas aus. In ihrem Kopf drehte es sich leicht, und dicht hinter ihrer Stirn spürte sie bereits jetzt den Kater von morgen.

Seit zwanzig Jahren trinke ich zu viel, dachte sie frustriert und stellte das leere Glas vor sich auf dem Tisch ab. Und was in aller Welt mache ich hier an diesem öden Ort?

Wo sind all die spannenden Menschen hin, die ich in Laufe der Jahre kennengelernt habe? Noch nicht einmal einen Hund habe ich, dachte sie und schloss die Augen.

Schließlich stand sie auf, putzte sich die Zähne und stapfte ins Schlafzimmer. Jede gottverdammte Nacht in diesem Zimmer habe ich allein verbracht, überlegte sie grimmig, während sie die Decke zurückschlug. Jede einzelne Nacht. Das ist doch nicht mehr feierlich!

Sie legte sich bequem hin und sah aus dem Fenster hinaus in den Nachthimmel. Das rötliche Licht war verschwunden, ein dunkles Grau breitete sich über ihr aus wie Nebel.

Sie ließ ihre Hand langsam zwischen die Beine gleiten und fing an, sich selbst zu streicheln. Nicht, dass sie große Lust dazu hatte, aber vielleicht würde es ihre Stimmung aufhellen; früher hatte das ja auch immer geklappt.

Halbherzig befriedigte sie sich, aber viel hatte es auch nicht gebracht, stellte sie fest, als sie sich danach auf dem Rücken ausstreckte und die Arme hinter dem Kopf verschränkte. Sie musste an Nell denken; ganz offensichtlich hatte sie was mit dieser dämlichen Marie. Dabei war die doch ein richtig farbloser Typ!

Und Louis? Am liebsten würde sie mit beiden schlafen, sowohl mit Louis als auch mit Nell. Oder auch mit beiden zusammen.

Sie drehte sich wieder auf den Rücken und seufzte, während sie an die Decke sah. Vermutlich hatte sie nicht die geringste Chance, was das anging. Vermutlich sollte sie es doch mal mit so einer Partner-App probieren. Oder mit Tinder. Obwohl sie dann wahrscheinlich nur die ganzen Bauerntrampel aus der Gegend vorgeschlagen bekäme, die anders keine Frau abkriegten.

Aber sie kriegte ja auch keinen Mann ab.

Beate seufzte und schloss die Augen. Hinter ihrer Stirn pochte es, und irgendwo in ihrem Kopf drehte sich etwas. Wie das Leben, ein ewiger Kreislauf. Sie seufzte noch einmal und gab sich dem hin, und einen Moment später war sie auch schon eingeschlafen.

Einer der Gäste stand schon mit seinem Rollkoffer am Tresen, als Beate am nächsten Morgen um kurz vor neun mit schnellen Schritten den Gang hinuntermarschierte. „Guten Morgen!", rief sie fröhlich. „Haben Sie gut geschlafen?"

Der Kunde, ein älterer Geschäftsmann mit schütterem Haar, lehnte sich auf den Tresen und reichte ihr den Schlüssel hinüber. „Ja, schon, aber erst spät. Über mir hat jemand doch ziemlichen Krach gemacht, Flaschen rollen lassen und ist hin- und hergestapft. Klang wie ein Trinkgelage." Er lächelte schief, und Beate lächelte ebenso schief zurück.

„Na so was! Da werde ich mal nachher nach der Zimmernummer über Ihnen sehen …"

„Ach, lassen Sie nur, ist ja nicht so schlimm. Das kommt ja sicher nicht so oft vor. Manche Gäste wissen sich eben nicht zu benehmen." Er zückte seine Brieftasche.

„Sie zahlen mit Visa?"

„Ja, gern."

Beate machte ein harmloses Gesicht und pfiff leise, aber hörbar vor sich hin, um ein Bild der vollkommenen Unschuld zu bieten. Manche Gäste wussten ja, dass im oberen Stockwerk nur zwei winzige Zimmer, die sie nur im Notfall vermietete, und ihre geräumige Privatwohnung lagen, aber dieser Herr hier gehörte offensichtlich nicht dazu.

Mit einem strahlenden Lächeln überreichte sie ihm die Rechnung und begleitete ihn noch zur Tür, um ihm nachzuwinken.

Als sie sich gerade wieder umdrehen wollte, um hineinzugehen und sich den weiteren Herausforderungen eines neuen Arbeitstages zu stellen, entdeckte sie Louis, der über den Parkplatz auf sie zukam. Er trug seine Arbeitskleidung, eine Werkzeugkiste in der Hand und sah umwerfend aus.

„Guten Morgen!" Er hob die Hand, und erst in diesem Moment fiel Beate wieder ihre Verabredung ein. Rasch warf sie ihren Schal neu um den Hals und streckte die Hand aus.

„Guten Morgen, Louis! Gut geschlafen?" Ihr ging auf, dass sie ihn automatisch genau wie ihre Gäste begrüßte, und sofort durchströmte sie ein Gefühl abgrundtiefer Peinlichkeit. Seine Hand war erstaunlich warm, obwohl er keine Handschuhe trug und die Temperatur draußen allmählich in Richtung Minusgrade sank. „Wie schön, dass du kommen konntest. Möchtest du erst mal einen Kaffee?"

Sie hoffte, ein wenig Verzögerung damit herauszuschlagen, damit sie in dieser Zeit überlegen konnte, was sie eigentlich genau bei ihm in Auftrag geben konnte, aber er schüttelte den Kopf. „Nein, danke, ich hab nicht so viel Zeit, ich muss bald los. Aber ich würde mir gern ansehen, was genau du planst."

Beate geleitete ihn ins Foyer, wo schon der nächste Gast am Tresen stand und ungeduldig mit seinem

Autoschlüssel klimperte. „Laura?“, rief sie in Richtung Küche. „Laura, kannst du mal kurz bitte eine Abreise machen?“

Laura kam sofort aus der Küche herbeigeeilt, einen aufgeregten Ausdruck im Gesicht. Beate hatte ihr erst eine Woche zuvor gezeigt, wie die Abrechnung im Computer zu bewerkstelligen war; dies würde die Feuertaufe sein, die sie hoffentlich bestand. „Der Herr van Nelle möchte abreisen“, erklärte sie und stellte sich so hin, dass sie das Geschehen unauffällig betrachten konnte, während sie sich mit Louis unterhielt.

Louis stellte seinen Werkzeugkasten ab. „Hier im Foyer wolltest du eine Bank, oder wie war das noch?“

„Äh, ja … genau.“ Beate rieb sich die Hände und sah nervös zu Laura hinüber, die sich mit eingeklemmter Zungenspitze vor den Computer gesetzt hatte und umständlich die Tastatur zu sich heranzog.

„Und wo?“ Louis sah sich um und dann zu ihr, mit einem leicht amüsierten Ausdruck um den Mund. Meine Güte, sah der gut aus! Ein bisschen klein vielleicht – Beate stand ja eigentlich auf größere Männer –, aber wirklich attraktiv. Und die Narbe auf seiner Wange war einfach umwerfend.

„Wie lange dauert das denn noch ungefähr?“, fragte Herr van Nelle am Tresen und trat von einem Bein aufs andere. Laura warf ihren Pferdeschwanz zurück und lächelte ihn an.

„Ist gleich so weit! Einen Moment noch.“ Sie tippte etwas ein und starrte mit zusammengekniffenen Augen auf den Bildschirm. Dann zog sie das Kartenlesegerät zu sich heran.

„Ich zahle bar“, sagte Herr van Nelle. „Ich hoffe, das geht schneller als mit Karte.“

„Oh“, sagte Laura und schob das Kartenlesegerät wieder zurück.

„Beate?“ Louis fragende Stimme klang sanft. Beate sah ihn an. Er stand entspannt da, die Arme vor der Brust verschränkt, und betrachtete sie mit einem gnädigen Ausdruck im Gesicht, der Beate gleichermaßen zum Schmelzen wie zum Erröten brachte.

„Oh, ja! Also, ich hatte gedacht …“ Eigentlich hatte sie überhaupt gar nichts gedacht, das Hotel war komplett durchmöbliert, nichts fehlte. „Ich hatte gedacht, hier könnte man gut eine Ablagebank gebrauchen, wenn die Gäste ihre Handtaschen oder ein Laptop oder so abstellen möchten, solange sie bezahlen.“ Beate lächelte und schlug die Hände ineinander. „Ungefähr einen Meter lang oder so.“

Louis hob eine Braue und betrachtete die Wand, auf die sie gezeigt hatte. „Eine Ablagefläche“, sagte er. „So.“

Laura tippte immer noch wie wild in den PC und lehnte sich zurück. „Eine Nacht, ja?“, fragte sie, und Herr van Nelle schüttelte den Kopf.

„Nein, zwei.“

„Ach ja, richtig.“

„Kommst du zurecht, Laura?“, rief Beate und machte einen Schritt in Richtung Tresen.

„Ja, alles gut! Dann macht das …“ Laura rechnete, und Herr van Nelle wechselte das Standbein.

„136 Euro“, sagte er freundlich. „Es sei denn, Sie haben die Preise erhöht.“

„Haha, nein!“ Laura gluckste und tippte erneut eine Taste, und das leise Brummen des Druckers ertönte. Beruhigt wandte Beate sich wieder Louis zu.

„Ja, also hier hätte ich gern eine Ablagefläche. Wie gesagt, vielleicht einen Meter lang und aus weißlackiertem Holz.“

„Offen oder geschlossen?“

„Offen“, sagte Beate schnell. „Und rechts und links einfach zwei Füße und fertig.“

Louis blinzelte. „Nun ja, ich baue dir das gern, Beate", sagte er. „Aber du weißt schon, dass du so eine Ablagebank aus weißlackiertem Pressholz ungefähr für ein Viertel des Preises bekommst?"

„Das ist mir egal", sagte Beate hastig. „Also, ich meine … Wiedersehen, Herr van Nelle, bis zum nächsten Mal!"

Herr van Nelle winkte ihr mit der Rechnung zu und verschwand durch die Tür nach draußen. Als Beate Louis wieder ansah, lächelte er.

„Also gut", sagte er. „Ich bau es dir. Morgen Nachmittag zwischen vier und fünf bringe ich dir die fertige Bank, okay?" Er holte einen Zollstock aus seiner Hosentasche und maß geschickt und schnell die Wand aus, während Beate danebenstand und ihm zusah. Drüben am Tresen klingelte das Telefon, und Laura ging dran.

„Hotel Höfer, guten Morgen! Was kann ich für sie tun?", flötete sie und sah dabei geradezu verzückt drein. Offenbar gefiel ihr die Abwechslung zum Frühstückmachen ausgezeichnet. „Ja, ich schau mal nach … ja, nein, das ist leider besetzt, aber ich kann Ihnen die 6 anbieten. Für eine Nacht?"

Louis klappte den Zollstock zusammen und hob seinen Koffer an. „Bis morgen dann also", sagte er.

„Ja, bis morgen! Vielen, vielen Dank!" Beate reichte ihm die Hand. Viel lieber hätte sie ihm ein Küsschen gegeben, wenn auch nur ein angedeutetes, aber das passte nicht so recht. Oder doch?

„Bis morgen!" Louis warf ihr noch einen nachdenklichen Blick zu und ging zur Tür.

„Gut, Herr Holthaus, bis morgen dann!", flötete Laura ins Telefon und legte auf. Beate starrte sie an. Dann trat sie wie von Schnüren gezogen zum Tresen.

„War das der Herr Holthaus?" Sie hörte selbst, wie heiser ihre Stimme auf einmal klang.

Laura lächelte. „Ja, der kommt morgen für eine Nacht. Ich hab ihm die 6 gegeben." Sie stand auf. „Ich muss mal wieder in die Küche." Beschwingt trabte sie hinüber.

Beate stand stumm da, dann fiel ihr Louis wieder ein, und sie drehte sich hastig um. Aber draußen war nur noch der graue Audi von Herrn van Nelle zu sehen, der eben vom Parkplatz fuhr.

„*Ja, Mutti. Ja, das ist gut,* genau – ja, wir sehen uns dann am Sonntag! Grüß mir den Vati!" Beate war schon dabei, das Gespräch zu beenden, aber ihre Mutter hatte zu ihrer übrigen langwierigen Verabschiedung angesetzt, die darin bestand, dass sie mehrfach hintereinander „tschüs" rief und dann von Neuem zu sprechen begann.

„Ja, tschüs, Mutti. Tschühüs! Du, tschüs, ja? Ich leg jetzt auf!"

Einen Moment lauschte sie, dann drückte sie auf Aus und atmete auf. Die Gespräche mit ihrer Mutter wurden zusehends anstrengender, aber das war wohl normal. Laura hatte Ähnliches über ihre Mutter berichtet, und Denise, ihre beste Freundin aus Landshut, ebenfalls. Das konnte ja heiter werden, wenn sich das so fortsetzte.

Während sie das Handy weglegte und die neue Buchungsliste aufrief, musste sie an ihre Eltern denken, wie sie da in ihrem Eigenheim saßen und sich mit allerlei Alltäglichkeiten beschäftigten. Das Wichtigste in ihrem Leben, so schien es Beate, waren mittlerweile die Regelmäßigkeiten. Alles musste seine wiederkehrende Ordnung haben, das Korsett aus Gesetzmäßigkeiten, Ritualen und Gewohnheiten zog sich immer enger zu. Oder war es schon immer so gewesen?

Beate legte den Kopf in den Nacken und sah an die Decke, während sie Laura im Flur mit ihrer Freundin Steffi telefonieren hörte. Beates Eltern hatten ihr ganzes Leben lang gearbeitet, wie man so schön sagte. Sie waren immer genügsam, immer gleich gewesen, so kam es ihr vor.

Ogottogottogott. Stand ihr das auch bevor, so ein geruhsames, geordnetes Leben ohne jegliche Überraschungen, nur womöglich als einsamer Single?

Zu Lauras Kichern im Flur gesellten sich jetzt die lauten Stimmen von Jovana und Branka, der neuen Hilfskraft, die sich auf Serbisch miteinander unterhielten. Mussten die denn immer so laut sprechen?

Einen Moment lauschte sie und versuchte sich zu beherrschen, dann sprang sie auf und stapfte in den Flur hinüber. „Jovana! Könntet ihr bitte, bitte ein wenig leiser sein? Das muss doch nicht sein, dieser Lärm, das haben wir doch schon mehrfach besprochen!"

Branka, die am Servicewagen stand, eine Ladung Handtücher im Arm, starrte sie mit offenem Mund an. Nach einem Moment steckte Jovana den Kopf aus der Zimmertür, in dem sie gerade beschäftigt war.

„Entschuldigung?"

„Ihr könnt nicht so laut sein, das geht einfach nicht", sagte Beate und spürte, wie ihr Zorn bereits wieder verpuffte und einer gewissen Hilflosigkeit Platz machte. „Also, bitte etwas ruhiger. Die Gäste möchten ja ihre Ruhe haben. In Ordnung?"

Branka starrte sie immer noch mit offenem Mund an und nickte langsam. Warum hatte sie die bloß eingestellt? Ja, Jovana hatte sie empfohlen, aber allein, wenn sie diesen verständnislosen Blick sah, kriegte Beate schon zu viel. Andererseits, die Zimmer waren tipptopp, unter Jovanas Fittichen schien Branka sich ganz gut anzustellen.

„Ist gut, Beate, danke", sagte Jovana freundlich wie immer und verschwand wieder im Zimmer. Einen Moment später setzten die beiden ihr Gespräch fort, allerdings in gedämpfter Lautstärke.

Beate eilte zurück zum Eingang. Eben kam Louis durch die Tür, in beiden Händen eine weiße Ablagebank.

„Hi!" Er lächelte Beate an und stellte die Bank ab, genau an die Stelle, die Beate ihm am Vortag gezeigt hatte. „Bitte schön. In Ordnung so?"

Überrumpelt sah Beate die Bank an. So schnell war er schon damit fertig? Das hatte sie sich ganz anders vorgestellt. Eigentlich brauchte sie diese alberne Ablagebank überhaupt nicht, und sie hatte den scharfen Verdacht, dass Louis das genauso gut wusste wie sie selbst. Sie hatte sie nur vorgeschoben, um endlich ein bisschen mehr Zeit mit Louis zu verbringen. Insgeheim hatte sie an mehrere Treffen und Gespräche gedacht, sich ausgemalt, wie sie ihm beim Vermessen und Arbeiten zusah und dabei intensive Gespräche mit ihm führte. Aber dass er die Bank drüben in seiner Werkstatt fertigmachte und nur abstellte, damit hatte sie nicht gerechnet. Schlagartig zerstoben ihre heimlichen Hoffnungen. „Äh, toll! Super, das passt doch perfekt! Danke, und so schnell bist du fertig! Das ist ja … das ist ja toll!"

Ihre Stimme klang viel zu hell, und zu allem Überfluss war nun auch Laura um die Ecke getreten und starrte erst sie, dann Louis und dann die Bank an.

Beate setzte ihr freundlichstes Lächeln auf. „Wirklich, vielen Dank, Louis. Also, wenn das so schnell geht, dann kannst du vielleicht ja doch noch das eine oder andere für uns bauen." Sie klatschte in die Hände, dann fiel ihr ein, dass sie die Bank noch etwas mehr würdigen sollte, und rasch trat sie darauf zu und strich über das lackierte Holtz. „Wirklich, sehr schön!"

Louis lächelte und nickte, aber Beate meinte einen Hauch Irritation in seinen schönen blauen Augen zu erkennen. „Okay, gut, freut mich, wenn sie dir gefällt! Über das Finanzielle können wir ja noch ein andermal reden, ich muss dann auch …" Er machte eine unbestimmte

Geste in Richtung Tür. Beate betrachtete seine Hände, und ein haltloses Gefühl überkam sie.

„Wozu ist die?", fragte Laura neugierig und hielt sich kurz das Telefon ans Ohr. „Du, Steffi, warte, ich ruf dich gleich zurück, ja?"

Herrgott noch mal, was mischte die sich denn jetzt auch noch ein!

„Schon gut, Laura, das ist schon in Ordnung", sagte Beate und warf Laura ein, wie sie hoffte, lässiges Lächeln zu. „Der Herr …" Plötzlich wusste sie nicht mehr, wie Louis eigentlich mit Nachnamen hieß. Oder hatte sie es überhaupt schon gewusst? Wieso war ihr das jetzt entfallen, sie merkte sich doch sonst immer alle Namen? Das war doch das Pfund, mit dem sie wucherte, ihr phänomenales Namensgedächtnis?

„Frahm", sagte Louis ruhig. „Louis Frahm." Er streckte Laura die Hand hin, und sie nahm sie hocherfreut.

„Ich bin Laura!" Sie lachte gickernd auf.

Hätte Beate einen Eispickel in der Hand gehabt, sie hätte ihn jetzt, in diesem Moment, mit Sicherheit nach ihr geschleudert. Aber stattdessen riss sie sich zusammen und wippte auf den Absätzen vor und zurück. „Der Herr Frahm hat eine Ablagebank nach meinen Wünschen gebaut, die ist wirklich wunderbar gelungen, findest du nicht?"

„Ja", sagte Laura und legte den Kopf schief. „Aber wozu ist die denn?"

Wut brandete in Beate auf. So eine dumme Kuh! War sie eigentlich nur von dämlichen Dorftrotteln umgeben, die …

„Guten Tag", sagte eine Stimme hinter ihr. Beate stockte der Atem.

„Hallo-ho!" Laura lächelte zur Tür.

Louis nickte.

Beate drehte sich langsam um. Mark Holthaus ging unbeeindruckt zum Tresen und stellte seine Aktentasche auf den schmalen Vorsprung. Dann sah er auf, und sein Blick verriet nichts. Rein gar nichts.

„Guten Tag, Frau Schwuchow“, sagte er ruhig. „Da wäre ich mal wieder.“

Plötzlich steht er in der Tür. „Ich geh dann mal, ja?“

Überrascht sieht Beate von ihren Akten hoch und auf die Uhr. Schon halb sieben, wo ist bloß die Zeit geblieben? „Jetzt schon!“, sagt sie. „Mensch, ich hab gar nicht gemerkt …“ Sie steht auf, um Vincent zu umarmen. Ein bisschen steif steht er da, erst nach einem Moment legt er ebenfalls die Arme um sie. Vielleicht ist er noch sauer wegen gestern Abend, als sie bis halb eins am Schreibtisch gesessen und in den Kassenbüchern nachgesehen hat. Er meint, das sei nicht ihre Sache, sondern die der Geschäftsführung; aber sie findet, sie hat auch eine Sorgfaltspflicht. Wenn sie als Directrice ahnt, dass Gelder unterschlagen werden, muss sie doch an der Aufklärung mitwirken, nicht wahr?

„Alles gut?“, flüstert sie in Vincents Halsbeuge hinein, und er nickt.

„Ich geh dann mal“, wiederholt er und streicht ihr mit einer kurzen, fast wischenden Bewegung über die Wange. Dann geht er tatsächlich. Beate schließt die Tür hinter ihm und zögert einen Moment. Im Augenblick läuft es nicht so richtig gut mit ihnen, aber das kann ja mal vorkommen, nach vier Jahren Beziehung, da gibt es eben auch nicht so gute Phasen.

Manchmal denkt sie, dass sie sich auseinandergelebt haben und mehr miteinander machen sollten, gute, qualitativ hochwertige Zeit zusammen verbringen sollten, ein Museumsbesuch, Spaziergänge, mal einen Ausflug mit dem Fahrrad wie früher in ihrer Anfangszeit. Aber es ist immer so wenig Zeit da, sie mit ihrer Stelle ist völlig ausgelastet, Vincent ebenso, seit er im Hotelmanagement einer großen Kette arbeitet. Vorher haben sie sich wenigstens hin und wieder auf der Arbeit gesehen, zusammen einen Kaffee getrunken, sich sogar mal in der Wäschekammer ein Stelldichein erlaubt, lustig war das, aufregend, noch jetzt zieht sich etwas in ihrem Unterleib sehnsüchtig zusammen, wenn sie daran denkt.

Aber im Moment läuft es eben nicht so. Für einen Augenblick fühlt sie sich auf einmal vollkommen allein und verlassen, wie sie da im Flur ihrer gemeinsamen Wohnung steht. Es fühlt sich tatsächlich an, als hätte Vincent sie verlassen. Dabei ist er nur für eine Nacht zu seiner Schwester nach Luzern gefahren, morgen kommt er zurück.

Aber er kommt nicht zurück. Nicht am nächsten Tag und überhaupt gar nicht mehr. Und zu seiner Schwester gefahren ist er auch nicht, jedenfalls behauptet sie das, als Beate sie am nächsten Abend besorgt anruft.

Vincent ist wie vom Erdboden verschluckt, zwei Tage lang lässt er sie im Ungewissen, erst am Dienstag, als sie, von der Arbeit kommend, beschließt, eine Vermisstenanzeige aufzugeben, erst am Dienstag begreift sie, dass er sie tatsächlich verlassen hat. Seine Sachen sind ausgeräumt, ein Zettel liegt auf dem Küchentisch neben dem Schlüssel: *Sorry. Mach's gut. Vincent.* Sie wird nie wieder von ihm hören, auch seine Stelle hat er gekündigt, er ist fort, und erst Monate später, als sie wieder einmal nach ihm googelt wie jeden verdammten Tag in dieser Zeit zuvor, erst da sieht sie, dass er eine Stelle in Malaysia angetreten hat, in einer Nobelhotelkette.

Sie wird sich, davon ist sie mittlerweile überzeugt, bis ans Ende ihrer Tage fragen, was eigentlich passiert ist, was sie übersehen, falsch gemacht hat, und es gibt tausend Antworten, tausend Möglichkeiten, aber keine Erlösung. Nie wieder.

Das Ungewisse ist es, was ihr zu schaffen macht, das Ungewisse und die Unberechenbarkeit. Immer hat sie Vincent für zuverlässig gehalten, sie hat geglaubt, ihn zu kennen, aber sie hat sich getäuscht. Man kennt niemanden, niemals, nicht einmal sich selbst.

Ihre Tür klickte fast lautlos ins Schloss, und Beate blieb einen Moment stehen und lauschte. Unten war alles still, kein Laut drang aus dem Flur nach oben. Vorsichtig ging sie zur Treppe hinüber und verharrte erneut. Sollte sie wirklich?

Nein. Auf gar keinen Fall.

Sie legte eine Hand auf das Treppengeländer, schloss die Augen und machte den ersten Schritt. Und dann den nächsten.

Die automatische Flurbeleuchtung ging an, als sie den Fuß auf den Gang setzte, und zum wiederholten Male nahm sie sich vor, nachzuforschen, ob sie sich nicht ausschalten ließe. Sie hasste es, wenn die Gäste sahen, wie sie nachts durch den Flur ging; nichts, was sie tat, blieb ihnen dann verborgen, das musste doch nicht sein. Meistens handelte es sich ja nur darum, dass sie aus dem Kühlschrank im Frühstücksraum die eine oder andere Süßigkeit stibitzte, aber auch das musste ja nicht jeder Gast sehen, der nachts aus seinem Zimmer kam, um draußen eine zu rauchen oder sich die Füße zu vertreten.

Zimmer 6 lag ziemlich weit vorn im Gang, in Sichtweite dreier weiterer Zimmer; nicht gerade die günstigste Lage für ein heimliches Stelldichein, aber nicht sie hatte ihm das Zimmer ja gegeben, sondern Laura. Beate selbst hätte ihm natürlich die 12 gegeben oder alternativ auch die 13, beide lagen weit hinten im Flur, in dem kleinen Knick, den er am Ende bildete, und …

„Abend!“ Einer der bulgarischen Bauarbeiter stand vor seiner Zimmertür und nickte ihr lächelnd zu. Sie zog ihre Hand zurück, die sie schon zum Klopfen erhoben hatte, und lächelte freundlich zurück.

„Guten Abend! Alles in Ordnung so weit?“

Er nickte und zuckte gleichzeitig mit den Schultern, verstand vermutlich wieder nur Bahnhof. Ärger brandete in ihr auf, jetzt musste sie auch noch weitergehen, nach vorn, ins Foyer, zurückzugehen kam natürlich nicht infrage.

Sie eilte flotten Schrittes an ihm vorbei, sperrte die Tür zum Büro auf und schloss sie hinter sich, um sofort das Ohr an sie zu legen und zu lauschen.

Leider war nichts zu hören, das war ja klar gewesen. Gehört hätte sie nur Stimmen, aber natürlich keinen Bauarbeiter, der still vor seiner Tür stand und in sein Handy guckte.

Beate seufzte und lehnte sich gegen die Tür. Vielleicht war das ein Zeichen? Lieber nicht hingehen? Es lassen?

Vernünftiger war es ja sowieso. Was brachte es schon? Ein bisschen Sex, hastiger, liebloser Sex, wenn sie ehrlich war, und hinterher der Frust, weil ihr die Einsamkeit umso bewusster wurde.

Nein, sie würde es lieber lassen. Besser war es.

Sie zählte bis zehn, dann öffnete sie die Tür und trat in den Flur, schloss sie ab und lief los.

Der bulgarische Bauarbeiter war verschwunden. Die Tür der Nummer 6 schien fast im schwachen Licht der Flurbeleuchtung zu glimmen.

Mit geballten Fäusten lief sie darauf zu und dann daran vorbei. Zwei Meter weiter blieb sie stehen und drehte sich um. Ein Schritt, noch ein Schritt. Dann hob sie die Hand und klopfte, so leise wie irgend möglich.

Er öffnete nach einigen Sekunden, schon mit Handtuch um die Hüften.

Im selben Moment ging hinten im Gang die Tür der Nummer 11 auf.

Er hob die Brauen und griff nach seinem Handtuch, um es zu lösen.

„Guten Abend", sagte Beate laut. „Ist jetzt wieder alles in Ordnung mit Ihrer Lampe? Ich wollte mich nur vergewissern." Dann beugte sie sich vor. „Es geht jetzt nicht", flüsterte sie drängend.

Er nickte. „Komm später wieder", sagte er und schloss die Tür.

Eingebildeter Idiot!, dachte sie, während sie verärgert den Flur hinuntermarschierte und Herrn Abramski, der ihr mit einer Zigarettenschachtel in der Hand entgegenkam, eine gute Nacht wünschte. Das war's. Jetzt reicht es. *Komm später wieder!* Der kann mich mal.

Das war es wirklich, dachte sie und erklomm mit schnellen Schritten die Treppe. Das hatte sie wirklich nicht nötig. Ein für alle Mal!

Später, im Bett, konnte sie nicht einschlafen. Nach einer Weile setzte sie sich aufrecht hin und knüllte das Kissen in ihren Armen zusammen. Sex war doch lächerlich – all dies Gegrunze und Gestöhne, diese verzerrten Gesichter und immer dieser Gesichtsausdruck, als müsste man gleich niesen! Und ekelhaft war Sex eigentlich auch. All diese Flüssigkeiten, die da ausgetauscht wurden, schleimig, schlecht riechend und schmeckend!

Ihre Blase brannte, und zum dritten Mal, seit sie sich hingelegt hatte, musste sie erneut aufstehen und Wasser lassen.

Vielleicht sollte sie doch lieber Sex mit einer Frau haben, dachte sie, während sie auf der WC-Brille hockte. Das war bestimmt ganz anders. Weicher irgendwie, und nicht so viehisch.

Obwohl, auf das Viehische stand sie ja eigentlich. Das war ja damals auch das Problem mit Vincent gewesen, der nun so gar nichts Viehisches an sich gehabt hatte.

Aber so einfach war es ja nun auch nicht, sich eine Frau zu angeln. Ob einem bei Tinder auch Frauen vorgeschlagen wurden?

Bei Nell hatte sie sicher keine Chance. Oder vielleicht doch?

Als sie, zurück im Bett, die Decke über sich schlug, fiel ihr wieder diese Geste der Vertrautheit ein, mit der Nell sich neulich nachts dieser Marie zugewandt hatte. Ob deren Mann davon wusste, dass seine ach so brave Frau ihn betrog, mit einer Frau?

Herrgott noch mal.

Sie sprang wieder auf und ging ins Wohnzimmer hinüber, um sich einen großen Schluck Rotwein einzuschenken. Aber dann stellte sie die Flasche zurück. Na also, das ging doch!

Wieso hatte sie vorhin nicht ebenso stark sein können? Wieso konnte sie Mark Holthaus einfach nicht widerstehen? Natürlich war sie dann doch wieder umgedreht und hatte sich zu seiner Tür geschlichen, um sich ihm hinzugeben, wie eine billige Dirne in einem Softporno.

Wie hatte sie sich nur darauf einlassen können?

Jedes Mal aufs Neue nahm sie sich vor, endgültig einen Schlussstrich zu ziehen, und jedes Mal aufs Neue wurde sie wieder schwach.

Entnervt ging sie im Wohnzimmer auf und ab und hasste alles um sich herum. Vor allem ihre eigene Schwäche, die sie in diese verfahrene Beziehung mit Mark Holthaus hineinmanövriert hatte. Obwohl, Beziehung konnte man das ja nicht nennen. Affäre auch nicht. Eher eine Art … Gelegenheitssex.

Diese elenden Bedürftigkeiten!

Ob Nell schon früher was mit dieser Marie gehabt hatte? So wie mit Silvia? Bestimmt war Silvia auch deswegen lesbisch geworden und dann abgehauen, erst nach Bremen und dann sonstwohin. Keine Ahnung, wo sie sich jetzt aufhielt, auch Dana wusste das nicht, denn Silvia wollte nichts mehr mit der gesamten Familie zu tun haben. „Ihr seid mir alle zu spießig!“, hatte sie Beate bei ihrer letzten Begegnung in der Fußgängerzone ins Gesicht gerufen; das kränkte Beate heute noch. Dass sie dazugehört hatte, in Silvias Augen, in diese spießige Familie!

Bei der Erinnerung stampfte sie mit einem Fuß auf.

Das war doch alles zum Kotzen. Die Zeit rann dahin, und sie saß hier fest in ihrem Hotelobergeschoss, einsam und bald auch noch alt. Sie brauchte dringend einen Plan, aber ganz dringend.

Von unten kam ein Geräusch, so etwas wie ein Klopfen. Beate legte den Kopf schief und lauschte. Das Geräusch war noch einmal zu hören, ganz deutlich. Jemand klopfte an die Decke.

Beate schloss die Augen.

Wirklich, sie brauchte einen Plan. So ging es nicht weiter. Auf gar keinen Fall.

Teil 5
Ende November

Nell

Das Paket war nicht sonderlich groß, kaum größer als ein Schuhkarton, aber dafür erstaunlich schwer. Nell wog es in der Hand, dann stellte sie es wieder auf den Tisch zurück und betrachtete den Absender.

Die gestochen scharfe Handschrift Ainos, ihrer Untermieterin, gefiel Nell gut, aber die vertraute Adresse unter Ainos Namen sah ungewohnt aus, fremd, genauso wie ihr eigener Name und die darunter stehende Adresse – als gehörten beide nicht zu ihr, sondern zu jemand anderem, jemand, den sie nicht kannte, vielleicht noch nicht einmal mochte.

Nell seufzte, setzte sich hin und griff nach dem Messer, das sie aus der Küchenschublade genommen hatte. Es war ihr einziges scharfes Messer, bislang hatte sie sich nicht dazu durchringen können, ein weiteres zu erstehen. Nicht, bevor sie wusste, wie es mit ihr weitergehen würde. Und vor allem, wo.

Gestern erst hatte Aino angerufen; Nell hatte ihre Stimme fast nicht erkannt, weil Ainos Deutsch sich in den vergangenen zweieinhalb Monaten so derart verbessert hatte. Ihr Akzent war immer noch deutlich zu hören, aber ihr Vokabular hatte sich enorm ausgeweitet.

„Nell? Hier spricht Aino. Guten Tag!“

„Aino! Hallo! Geht es dir gut?“

„Ja, sehr gut, vielen Dank.“ Aino hatte eine kleine Pause gemacht, und Nell hatte sie hastig atmen gehört, was eine Nervosität verriet, die ihren Worten nicht im Geringsten anzumerken war. „Es ist ein Paket für dich angekommen. Ich möchte dir mitteilen, dass ich es an dich weiterleiten werde, wenn das für dich in Ordnung ist."

„Klar", hatte Nell gesagt. „Und wie geht es dir?"

Aino hatte in knappen, aber freundlichen Worten mitgeteilt, dass es ihr gut gehe und sie sich in der Wohnung sehr wohlfühle, dann hatten sie aufgelegt.

Und jetzt war das Paket bereits angekommen.

Vorsichtig trennte Nell das braune Packpapier auf, mit dem Aino das Paket umwickelt hatte – eine erstaunlich altmodische Handhabung, dachte Nell, aber vielleicht packte man in Finnland Pakete immer noch auf diese Art ein. Unter dem Papier wurde tatsächlich ein Schuhkarton sichtbar, auf dem ein Aufkleber mit Nells Berliner Adresse befestigt war. Nell erkannte die leicht nachlässige Handschrift sofort.

Sie holte einmal tief Luft und verwünschte sich dafür, Aino gestern nicht nach dem Absender gefragt zu haben. Dann hätte sie sich zumindest ein wenig seelisch darauf vorbereiten können. Aber in irgendeinem Winkel ihres Unterbewusstseins hatte sie offenbar geahnt, von wem das Paket kam. Langsam trennte sie die Klebstreifen durch und öffnete den Karton.

Irma hatte sich nicht die Mühe gemacht, die einzelnen Gegenstände sorgfältig aufeinanderzuschichten. Die Art, wie sie die Briefe, den Packen Notizzettel und die verschiedenen kleineren Gegenstände in den Karton gelegt hatte, verriet Nell, dass sie in Eile gewesen und wieder einmal einem plötzlichen Entschluss gefolgt war.

Irma war affektgesteuert wie kaum ein anderer Mensch, dem Nell je begegnet war. Sie handelte oft aus einem Impuls heraus und rechtfertigte diese manchmal übereilten und daher gelegentlich auch unüberlegten Handlungen später gern mit einer fatalistischen Weltsicht, die sie ins Positive zu verkehren wusste: „Die Dinge kommen, wie sie kommen sollen", pflegte sie hin und wieder zu sagen, und ihr charmantes Lächeln hatte Nells Skepsis so manches Mal zu unterhöhlen, wenn auch nicht ganz zu beseitigen vermocht. „Weißt du, ich kann nicht anders, als meinen Gefühlen zu folgen. Das mag manchmal ungünstig sein, aber letzten Endes ist es nur ehrlich."

Nell schloss die Augen und öffnete sie wieder. Mittlerweile wusste sie, dass Ehrlichkeit und affektgesteuertes Handeln nicht deckungsgleich waren. Sie beugte sich über den Karton.

Neben einem Bündel Briefe – Nell erkannte ihre eigene Handschrift auf dem Adressfeld des obersten – lag ein ungeordneter Stapel Notizen; kleine Liebesbotschaften oder Nachrichten, die Nell Irma im Laufe ihres fast zwölfjährigen Zusammenlebens hinterlassen hatte. Daneben hatte Irma die hölzerne Gliederpuppe gestopft, die sie Nell vor Jahren geschenkt hatte, als sie sich kurzzeitig in Zeichenübungen versucht hatte. Zwei Bücher lagen auch dabei, von denen eins Nell, das andere Irma gehörte – Irma hatte das sicherlich durcheinandergebracht, Bücher hatten ihr nie viel bedeutet. Ein Paar Socken steckte neben einem kleinen Stapel schwedischer Notizblöcke in Originalverpackung, dazu weitere Kleinigkeiten, die Nell bei ihrem Auszug offenbar übersehen hatte.

Mit einem leichten Ziehen im Bauch nahm Nell den schweren, runden Briefbeschwerer aus Glas in die Hand, der in seinem Innern eine Handvoll stilisierter roter Perlen aus Luftblasen barg. Er war ein Geschenk von Irma; jahrelang hatte er auf ihrem Schreibtisch in ihrem Zimmer gestanden, weil Irma ihn immer wieder so bewundert hatte, dass Nell ihn ihr schließlich als Dauerleihgabe überlassen hatte.

Offenbar hatte Irma jetzt keine Verwendung mehr dafür. Vermutlich hatte jetzt ein anderer Briefbeschwerer seinen Platz eingenommen.

Nell zwang sich, den Spekulationen Einhalt zu gebieten, und stellte den Briefbeschwerer neben das zerrissene Packpapier auf den Tisch. Dann suchte sie den Karton noch einmal gründlich auf eine Nachricht von Irma oder einen Brief hin durch, ohne fündig zu werden.

Nell lehnte sich zurück und betrachtete das Sammelsurium vor sich mit einer Mischung aus Schmerz und Unverständnis. Was in aller Welt hatte Irma bewogen, ihr diese Dinge genau jetzt zuzuschicken?

Der hastig hineingeworfene Inhalt des Kartons ohne jegliche Nachricht wirkte wie die abrupte Kurzschlusshandlung eines Menschen, der wütend und verletzt darüber war, dass der Empfänger sich von ihm getrennt hatte.

Aber so war es ja nicht. Das Gegenteil war der Fall gewesen – Irma hatte sich von Nell getrennt und nicht andersherum. Aber vielleicht fühlte es sich für Irma dennoch genauso an.

Der Gedanke machte Nell ein Fitzelchen Hoffnung.

Unsinn. Irma hatte sich getrennt, und jetzt wollte sie den Ballast der Erinnerungen loswerden. So einfach war das.

Nell klappte den Karton zu und stützte den Kopf in die Hände. Nach einem Moment spürte sie Hectors Nase an ihrem Bein, und plötzlich überkam sie der Schmerz mit einer Wucht, die ihr fast die Luft nahm.

„Komisch. Ich hab immer gedacht, ich würde eines Tages als alte Frau mit dir unterm Apfelbaum sitzen", sagt Irma und stützt das Kinn in eine Hand. Der Blick, mit dem sie Nell über den Tisch hinweg ansieht, macht, dass in Nell ein Schwindel aufsteigt, und schnell greift sie nach der Tischkante.

„Was?", fragt sie alarmiert. „Was sagst du da?"

Irma betrachtet sie, immer noch mit einem merkwürdig scharfen, zugleich reglosen Blick; *wie ein Reptil*, denkt Nell, und der Schwindel verstärkt sich. In ihren Ohren saust es, und ganz weit in der Ferne vermeint sie einen hellen Ton zu hören, der langsam lauter wird, ein feines, unangenehmes Sirren, wie die Bremsen eines Zuges, der nicht rechtzeitig zum Halten kommen wird.

„Was redest du da, Irma?", fragt Nell und klammert ihre Finger um die Tischkante. „Was soll das?"

„Das weißt du doch eigentlich", sagt Irma, und ihr Blick flackert zur Seite und dann wieder zu Nell zurück, und dieses Flackern macht Nell fast wahnsinnig. Sie hat keine Ahnung, wovon Irma redet, sie hat wirklich keine Ahnung. Ja, Irma ist komisch in letzter Zeit, irgendwie abwesend, manchmal sitzt sie da und starrt vor sich hin, mit einem Gesichtsausdruck, den Nell nie zuvor an ihr wahrgenommen hat, irgendetwas zwischen nachdenklich und traurig, und zugleich umgibt sie eine Aura der Unnahbarkeit, die Nell nervös macht, weil sie nicht weiß, wie sie damit umgehen soll. Aber das ist eigentlich nichts Neues; sie weiß oft nicht, wie sie mit Irma umgehen soll, sie kann sie nicht lesen, nach all den Jahren ist sie ihr immer wieder aufs Neue fremd.

„Vielleicht leidet sie unter Parathymie", hat Jack einmal gesagt. „So nennt man das doch, wenn man nicht so guckt, wie man fühlt, oder?" Nell hat das unverschämt gefunden, aber zugleich interessant, vielleicht ist etwas dran, denkt sie jetzt, vielleicht besteht zwischen Irmas Gesichtsausdruck und ihrem dahinterliegenden Gefühlszustand wirklich ein Widerspruch, vielleicht kann sie einfach nicht zeigen, was sie wirklich fühlt.

Jetzt, in diesem wie unwirklich scheinenden Moment in ihrer gemeinsamen Küche, in dem Irma sie ansieht wie eine Fremde, jetzt klammert sich Nell an diese Erklärung. Irma kann nichts dafür, denkt sie, während der sirrende Ton in ihren Ohren immer heller und schriller wird, sie kann nichts dafür, eigentlich will sie mir etwas ganz anderes *sagen*. Aber das will Irma nicht, und das weiß Nell tatsächlich.

Plötzlich merkt sie, dass Hector auf der Türschwelle steht und sie ansieht, nur sie, und eine Faust presst sich schmerzhaft um ihr Herz. Warum ist sie bloß jetzt nach Hause gekommen, warum ist sie nicht noch länger mit Hector draußen im Park spazieren gegangen, dann wäre das jetzt nicht passiert, dann würde sie jetzt immer noch in der milden Abendluft umhergehen und ihren zugegebenermaßen nicht gerade glücklichen Gedanken nachhängen, dann würde …

„Ich kann nicht mehr mit dir zusammen sein", sagt Irma, und wieder flackert ihr Blick zur Seite, aber jetzt kehrt er nicht mehr zurück. „Tut mir leid, aber ich kann nicht mehr."

„Was?", fragt Nell, aber sie kann nicht hören, was Irma antwortet, weil das Sirren immer lauter und lauter wird. Es füllt ihren ganzen Kopf aus, es kreischt und schrillt in ihren Ohren, und zugleich wird der Schwindel noch stärker denn je. Gleich wird sie ohnmächtig werden.

Dann hört sie doch etwas.

„… jemanden kennengelernt", sagt Irma. „Tut mir leid, Nell, aber irgendwie hat sich unsere Geschichte auch totgelaufen, nicht?"

„Was?", fragt Nell wieder. „Nein. Nein, das stimmt doch gar nicht. Hat sie nicht. Nichts ist tot. Was soll das denn alles?"

Irma schweigt. Hector sieht Nell immer noch an, das kann sie aus den Augenwinkeln sehen. Sein kleines, verwundertes Hundegesicht mit den braunen Augen. Hector ist erst zwei. Sie kann noch lange mit ihm zusammenleben. Noch lange, lange, lange.

Jemanden kennengelernt? Wo denn? Irma ist doch meistens zu Hause. Sie unternimmt doch höchst selten etwas, und kaum je ohne Nell. Wo und wann will sie denn jemanden kennengelernt haben?

So viele Jahre. So viele Jahre, und immer hat Nell gedacht, dass sie zusammen alt werden, erst nicht, natürlich nicht, aber dann, nach und nach. Plötzlich spürt sie ganz genau, wie glücklich sie gewesen ist, als sie begriffen hat, dass sie die Frau fürs Leben gefunden hat, den Menschen, mit dem sie zusammenbleiben wird, bis sie alt und grau …

alt und grau …

alt …

Das Sirren in ihren Ohren explodiert, und zugleich schießen die Tränen ihr aus den Augen. Nells Hals wird eng, sie kann kaum atmen. Keuchend schnappt sie nach Luft.

„Was ist denn passiert?", ruft Nell verzweifelt. Irma sieht fast überrascht aus, als sie mit den Schultern zuckt.

„Ich weiß es nicht", sagt sie rau. „Ich weiß nicht, was da passiert ist. Aber es ist passiert, Nell, und ich kann es nicht ändern."

Das diesige Novemberwetter passte bestens zu Nells leicht deprimierter Stimmung. Diffuses Sonnenlicht presste sich durch die dichte graue Wolkendecke auf die spätherbstliche Landschaft hinunter, die Nell langsamen Schrittes passierte. Hector lief gutgelaunt vor ihr her, sein wackelndes Hinterteil, das Nell sonst so oft zum Lächeln brachte, stimmte sie nun traurig. Wie lange würde er noch so munter herumlaufen? Er war jetzt fünf Jahre alt, war nicht schon ein Drittel der gemeinsamen Zeit längst verstrichen, wenn nicht noch mehr?

Am Feldrand ragte ein moosbewachsener Hochspannungsmast empor, an den Nell sich noch aus ihrer Jugendzeit erinnerte. Hier hatten sie damals ihre Fahrräder geparkt und sich an das damals noch glatte Holz des Mastes gelehnt, um gemeinsam einen Joint zu rauchen, sie, Josh und Steffen aus ihrer Klasse, und manchmal war auch Silvia dabei gewesen, Silvia aus der Realschule mit den blaugefärbten Haaren und dem auffallenden Lippenpiercing, etwas jünger als Nell und die anderen, Silvia, die Nell so lange frech angegrinst hatte, bis Nell sich eines Abends zu ihr herübergebeugt und sie geküsst hatte, unter den staunenden Blicken der anderen. Silvia, mit der sie dann einige Nächte verbracht hatte, ungeschickt tastend, gierig und verblüfft darüber, wie viel Lust ein Frauenkörper ihr bereiten konnte. Silvia, die genauso aus Nells Leben verschwunden war wie die vielen anderen Menschen, denen Nell vorher und nachher begegnet war, Menschen, die ihren Weg gekreuzt hatten, mit denen sie nichts weiter verband als eine kurze, gemeinsame Zeit und der Hunger nach Erfahrungen.

Wo waren all diese Menschen hin?

Plötzlich fröstelte ihr, als sie an Jack, Lise und die anderen dachte, die ihr Berliner Leben ohne sie, Nell, weiterlebten, weil Nell einfach gegangen war. Allerdings ja nur für eine Weile, tröstete sie sich. Und nach einer kurzen Phase der Zurückgezogenheit hatte sie den Kontakt zu ihren engsten Freunden und Freundinnen in den letzten Wochen wieder intensiviert. Mit Jack telefonierte sie regelmäßig, allerdings spürte sie dabei stets seinen Unmut, der sich zuweilen in bissigen Bemerkungen und vorwurfsvollen Untertönen entlud. Er beschuldigte sie der Untreue, und in gewisser Weise hatte er ja auch recht.

Warum wunderte sie sich eigentlich, wo all die Menschen blieben, wenn sie selbst sie einfach hinter sich ließ?

Als der Feldweg sich in die flache Marschlandschaft unweit des Flusses öffnete, sank die Temperatur merklich. Nell sog die Luft ein, in der sie den nahenden Winter bereits auszumachen meinte. Sie zog ihren Kragenschal ein wenig höher und den Reißverschluss der Steppjacke ganz bis nach oben. Es wurde Zeit, Handschuhe zu tragen, irgendwie war sie darauf noch nicht eingerichtet gewesen, obwohl sie hier viel näher an und mit der Natur lebte als in der Großstadt.

Ein einsamer Jogger, der Dampfwolken vor sich herblies, kam ihr grüßend entgegen. Hinter ihm, am Flussufer, konnte Nell zwei ältere Leute mit ihren Hunden ausmachen, friedlich schlenderten sie nebeneinander her; ein Anblick, der Nell für einen Moment traurig machte. Dann flog dicht neben ihr laut schimpfend eine Amsel aus dem Gebüsch hoch, und Hectors verblüffter Gesichtsausdruck, der sich in Empörung und dann in Jagdlust wandelte, brachte sie zum Lächeln.

„Halt, Hector!"

Der Hund gehorchte und wandte sich wieder dem Gebüsch am Wegesrand zu, sprang aber zur Seite, als eine ältere Dame grüßend auf einem Hollandrad an ihnen vorbeifuhr.

Alle hier in der Region fuhren Rad, vom Kind bis zur Oma. Sie sollte sich auch eins besorgen, dachte Nell nicht zum ersten Mal. Sie vermisste ihr Hollandrad, das immer noch in ihrem Berliner Keller stand, zusehends mehr. Dabei hatte sie es in den letzten Jahren nicht mehr oft benutzt. Früher, als Kind und Jugendliche, war sie immerzu Rad gefahren; als Irving noch zu Hause gelebt hatte, ebenfalls. Aber mit Hectors Anschaffung hatte sie sich das Radfahren abgewöhnt.

Hector war zu groß, um in einem Fahrradkorb zu sitzen, aber nicht groß genug, um nebenher zu laufen. Nell schob den Gedanken beiseite und ging weiter.

Hinter einer windschiefen Baumgruppe saßen drei kiffende Jugendliche auf einer Bank, daneben hielt sich ein vor Müll überquellender Drahtmülleimer, wie in Nells Kindheit. Zerfetzte Tüten vom Schnellimbiss lagen darum herum verstreut, und die Jugendlichen, zwei Jungs um die fünfzehn und ein strubbelhaariges Mädchen, sahen Nell kurz erschrocken an und blickten dann weg, wobei einer der Jungs den Joint verlegen hinter seinen Rücken hielt.

Nell musste grinsen, aber erst, als sie an ihnen vorbei war. Manche Dinge änderten sich einfach nicht. Zum Glück war nicht alles dem immerwährenden Wandel unterworfen.

Andererseits, dachte Nell, während sie auf die Unterführung zulief, hinter der sich der Campingplatz immer weiter ausgebreitet hatte, war genau das ihr Problem: ihre Sehnsucht nach Beständigkeit, danach, Dinge festhalten zu wollen, Rituale, liebgewordene Kleinigkeiten, Menschen.

Diese verdammte, ewige Sehnsucht.

Ihr ganzes Leben lang hatte Nell, das war ihr sehr bewusst, nach Sicherheit gesucht. Weil ihre gesamte Kindheit und Jugend von Anfang an aus Unsicherheiten bestanden hatte. Nichts war damals sicher gewesen, nichts von Dauer: Orte, Menschen, Gefühle, Bindungen, alles lief jederzeit Gefahr, zu verschwinden, zurückzubleiben, zurückgelassen zu werden.

Mit Irvings Geburt hatte sich das geändert, hatte die einzige zuverlässige Gefühlskonstante in Nells Leben Einzug gehalten. Aber Irving war nun erwachsen und ging seine eigenen Wege. Wege, die ihn weit, weit fort geführt hatten. Spitzbergen! Manchmal fragte sich Nell, ob er vielleicht auch ein wenig vor ihr geflohen war. Ihr Verhältnis war immer sehr eng gewesen, vielleicht sogar zu eng für ihn.

Aber sicher war sie sich darin nicht. Sie hatte ihn zweimal danach gefragt, er hatte es beide Male verneint. Ein Teil von ihr wollte ihm einfach nicht glauben, ein Teil, den sie selbst an sich ablehnte.

Unsicherheiten, wohin Nell auch sah. So war es immer gewesen. So war es immer noch. Und letztlich war sie genau deswegen hier: um Sicherheit zu finden. Vielleicht in sich selbst.

Hector blieb stehen und sah zum Himmel auf, und Nell tat es ihm gleich. Über ihr zog lärmend ein Schwarm Krähen dahin, einen pfeilschnell dahinjagenden Falken vor sich hertreibend.

Nell sah ihnen so lange nach, bis sie nur noch einen grauen Schleier erkennen konnte, der sich schwach vor den dichten Wolken abzeichnete und schließlich mit ihnen verschmolz. Als sie zu Hector blickte, sah sie, dass er immer noch wachsam dastand, den Blick in die Ferne gerichtet.

„Alles gut, Hector", sagte sie leise, und Hector, beruhigt vom Klang ihrer Stimme, senkte den Kopf und trabte voran.

Nells Mutter war in Hochform. Leicht vergrätzt stocherte sie in ihrem Salat herum. „Mohrrüben, Rucola, Mais im Salat! Also, das muss ich nicht haben!", murrte sie. „Warum müssen die Leute heute immer so komische Sachen in den Salat tun?"

„Lass ihn doch stehen, wenn er dir nicht schmeckt", sagte Nell beruhigend, aber das brachte ihre Mutter erst recht auf die Palme.

„Ich lasse doch das Essen nicht einfach stehen, nur weil es mir nicht schmeckt!", sagte sie aufgebracht. „Man merkt ja doch, dass du nie gehungert hast!"

Die Gäste am Nachbartisch, eine Gruppe jüngerer Geschäftsleute in Businesskleidung, sahen kurz zu ihnen herüber und wandten sich dann wieder ihrem Gespräch zu. Nell seufzte.

„Mama", sagte sie. „Zum Glück nicht, nein. Gib ihn mir, okay?"

Ihre Mutter schüttelte eigensinnig den Kopf und aß weiter, mit leicht angewiderter Miene.

Nell betrachtete sie einen Moment lang, dann musste sie unwillkürlich grinsen. Ihre Mutter war und blieb einfach eigensinnig, aber im Grunde fand Nell das auch gut so. Auch, wenn es mit den Jahren nicht gerade einfacher wurde, mit ihr umzugehen.

Die Tür schräg hinter ihnen ging auf, und ein weiterer Schwung Gäste in Nells Alter kam herein, ebenfalls Geschäftsleute, der Kleidung nach zu urteilen. Laut plaudernd überließen die beiden Frauen unter ihnen einem der Männer ihre Mäntel und nahmen mit einer Selbstverständlichkeit am Fenstertisch daneben Platz, die sich offenbar aus langer Gewohnheit speiste. Nells Mutter schüttelte verärgert den Kopf.

„Was ist denn, Mama?"

„Die bringen die ganze kalte Luft hier rein, wenn sie da so mit ihren Mänteln herumwedeln!", sagte ihre Mutter und fixierte die beiden arglos mit ihren Kollegen plaudernden Frauen mit bösem Blick. „Rücksichtslos, so was!"

„Mama", sagte Nell, um Nachsicht bemüht. „Was ist denn los? Ärgere dich doch nicht andauernd über alles!"

„Ich ärgere mich doch gar nicht über alles! Aber es ist kalt hier und zugig, und wenn die dann noch ewig mit ihren Mänteln wedeln, dann wird es noch kälter! Bestell du mir bitte noch mal eine Cola light, ja?"

Nell winkte dem Kellner, der rasch eine übertrieben beflissene Miene aufsetzte und zu ihnen herübereilte.

„*Prego?*"

„Noch eine Cola light, bitte!"

„Sehr gern, Signora." Mit einer galanten Geste nahm er Nell den leeren Salatteller fort und wandte sich ihrer Mutter zu. „Alles gut, Signora?"

Nells Mutter runzelte die Stirn und betrachtete ihren fast geleerten Teller, dann ließ sie Gnade walten. „Ja", sagte sie knapp. „Jaja. Aber das nächste Mal nehme ich keinen Salat."

Der Kellner lächelte unbestimmt, nahm auch ihren Teller und schwebte davon, und Nells Mutter sah Nell mit gerunzelter Stirn an und lehnte sich zurück.

„So", sagte sie. „Dann frag schon."

Verdutzt sah Nell sie an. „Was? Was soll ich fragen?"

„Du willst doch was über deinen Vater wissen. Also los, frag!"

Manchmal bewies ihre Mutter beachtlichen Scharfsinn, das musste Nell ihr schon lassen. Nell nahm einen

Schluck von ihrer Cola und ließ den Blick durch den Raum gleiten. Die Pizzeria war voll besetzt; überall saßen Leute, aßen und redeten, und aus den Lautsprechern in den Ecken dudelte leise Unterhaltungsmusik. Die Geräuschkulisse war beträchtlich, das fiel Nell jetzt erst auf, wo sie um Worte rang. „Ich …“, begann sie und setzte neu an. „Ich möchte wissen, warum Papa … Warum Papa sich das Leben genommen hat.“

Ihre Mutter nickte gelassen, als hätte sie mit genau dieser Frage gerechnet, und vermutlich war das auch so. „Wieso glaubst du, dass ich das weiß?“

Nell starrte sie an. „Aber …“, begann sie und verstummte dann wieder. Sie wusste nicht weiter.

„Du glaubst, dass ich das wissen müsste, aber ich weiß es genauso wenig wie du“, sagte ihre Mutter und griff nach ihrem Rollator, um ihn näher an den Tisch zu ziehen. Erst einen Moment später sah Nell den älteren Mann, der sich ansonsten daran hätte vorbeizwängen müssen. Ihre Mutter grüßte ihn freundlich, und der ältere Herr nickte grüßend zurück, während er sich langsam zum Ausgang begab. Nell sah ihm nach, und ihr Blick kreuzte den eines Mannes in ihrem Alter zwei Tische weiter. Er nickte ihr zu und beugte sich dann wieder über seinen Teller.

Noch nie war Nell der Gedanke gekommen, dass ihre Mutter ebenso wenig wie sie über die Hintergründe des Suizids ihres Vaters Bescheid wusste. Immer hatte sie sich darauf verlassen, dass sie eines Tages die Antwort auf ihre Fragen bekommen würde. Wenn sie endlich so weit war, die richtigen Fragen zu stellen.

„Ich kann nur vermuten, dass ihn seine schreckliche Kindheit am Ende eingeholt hat“, sagte ihre Mutter und rückte ein wenig nach hinten. Der Kellner war wie aus dem Nichts aufgetaucht und stellte mit Schwung ihre Teller vor ihnen ab, dazu die Cola light für Nells Mutter.

„*Prego!*“, rief er und eilte wieder davon.

„Mmh, das sieht aber lecker aus! Guten Appetit!“ Nells Mutter nahm Messer und Gabel zur Hand und machte sich über ihre Pizza her.

Nell blickte auf ihre eigene hinunter. Der zerlaufene Käse sah verführerisch aus, aber der köstliche Geruch in ihrer Nase löste dennoch kein Hungergefühl aus. Zögerlich nahm sie ihr Besteck in die Hand. „Hat er keinen Abschiedsbrief hinterlassen?“, fragte sie, und die Worte fühlten sich rau in ihrer Kehle an.

„Nein“, sagte ihre Mutter zwischen zwei Bissen. „Nein, und wenn du mich fragst – ich glaube, er hatte sein Leben gelebt. Er konnte nicht mehr weiter. Ich habe das damals nicht verstanden, aber heute verstehe ich ihn gut. Seine Kraft reichte genau für fünfzig Jahre und keinen Tag länger. Auch, wenn ich ihn immer noch schrecklich vermisse.“ Sie dachte kurz nach und pickte ein weiteres Stück Pizza auf. „Aber Männer haben einfach weniger Kraft als Frauen.“

Nell zog die Brauen hoch. „Das sagst du so. Das hast du schon immer gesagt.“

„Weil es stimmt!“, sagte ihre Mutter und nahm einen Schluck Cola.

Nell starrte sie an. Aber ihre Mutter achtete nicht auf sie; stattdessen blickte sie zum Tisch gegenüber, wo zwei ältere Frauen mit beträchtlicher Oberweite Platz genommen hatten und beinahe synchron ihre Chiffontücher zurechtzupften.

„Ha!“, sagte Nells Mutter, gerade so laut, dass Nell es noch hören konnte. „Ich habe auch so Lappen, die man sich um den Hals tut! Aber ich kann das nicht leiden – das ist doch komisch, man legt sich so Lappen um den Hals und drapiert sie dann auf dem Busen. Was soll das? Will man die dicke Brust kaschieren? Aber dann fällt das doch erst recht auf!“ Sie schüttelte verständnislos den Kopf und widmete sich wieder ihrer Pizza.

Nell sah sie sprachlos an, dann musste sie lachen. Ihre Mutter war wirklich seltsam. „Nicht Lappen. Tücher sind das!"

„Ja, Lappen oder Tücher, ist doch ganz egal!"

Nell musste grinsen und nahm ebenfalls einen Bissen von ihrer Pizza. Während sie kaute und schluckte, ging ihr plötzlich auf, dass ihre Mutter es mal wieder geschafft hatte, vom Thema abzulenken. Das machte sie immer, wenn es um Nells Vater ging, und jedes Mal aufs Neue fiel Nell darauf herein. Aber jetzt nicht.

„Mutter", sagte sie und setzte sich gerade hin. „Mama. Lenk nicht ab. Papa wird doch mit dir geredet haben, darüber, wie es ihm ging, oder nicht?"

Ihre Mutter seufzte und warf ihr einen kurzen Blick zu, in dem Nell eine gehörige Portion Entnervtheit erkannte. „Du redest mit mir doch auch nicht darüber, wie es dir geht. Jedenfalls nicht richtig", sagte sie. „Und auch darin bist du ganz die Tochter deines Vaters."

Nell lächelte, aber plötzlich, aus heiterem Himmel, wurde sie wütend. Sie legte ihre Serviette hin und stand auf.

„Wo gehst du hin?" Wie es ihrer Mutter immer wieder gelang, derart arglos dreinzuschauen, war Nell ein Rätsel.

„Auf die Toilette", sagte Nell. Mit schnellen Schritten ging sie durch den Gastraum, der jetzt bis auf den letzten Platz gefüllt war. Der Kellner lief wieselflink durch die Reihen; einige der Gäste kannte er mit Namen, vorrangig die älteren Damen, die hier offenbar gern zu Mittag aßen. Nell fing den Blick eines Mannes in ihrem Alter auf, der sie neugierig ansah. Er kam ihr vage bekannt vor, aber das ging ihr hier ja andauernd so. Bestimmt jemand aus der Stadt, der sie von früher kannte.

Eine dünne ältere Dame mit Wasserwelle flüchtete gerade aus dem Waschraum, als Nell eintrat. Während sie sich die Hände wusch und gründlich abtrocknete, betrachtete sie sich im Spiegel, der so angebracht war, dass man den gesamten Körper sehen konnte.

Früher hatte sie Angst davor gehabt, einmal so auszusehen wie ihre Oma, die sie allerdings nur von vier nachkolorierten Schwarzweißfotos kannte – gedrungen, pummelig, gutmütig, aber weder flott noch sportlich.

Aber sah sie nicht jetzt genau so aus?

Zurück am Platz, entdeckte sie, dass ihre Mutter fast fertig mit dem Essen war. Sichtlich zufrieden schob sie sich gerade das letzte Stück Pizza in den Mund und spülte mit Cola light nach.

„Und, sitzt alles noch?“

„Mama“, sagte Nell kopfschüttelnd. „Ja, alles sitzt noch. Kennst du eigentlich welche von den älteren Frauen hier?“ Viele von ihnen waren im Alter ihrer Mutter, in so einer kleinen Stadt musste man sich doch zumindest vom Sehen kennen.

Ihre Mutter sah sich flüchtig um und schüttelte den Kopf. „Nö“, sagte sie. „Aber hör mal, Nell. Jetzt bist du ja schon drei Monate hier. Was machst du eigentlich die ganze Zeit?“

Es war nicht das erste Mal, dass sie Nell das fragte, aber offenbar waren Nells Antworten nicht erschöpfend genug gewesen. „Na, dich besuchen“, fing Nell an aufzuzählen, während sie ein weiteres Stück von ihrer bereits erkalteten Pizza abschnitt. „Lesen, spazierengehen. Ich schreibe Tagebuch und ein paar Texte, erhole mich, denke nach.“

„Das kann ja wohl kein Lebensinhalt sein für eine Frau im besten Alter“, sagte ihre Mutter.

„Soll es ja auch nicht sein. Es ist ja nur vorübergehend.“

Ihre Mutter schüttelte den Kopf. „Mein liebstes und einziges Kind, wenn du meinst, dass du dich um mich kümmern musst, weil du denkst, ich komme nicht mehr so gut zurecht, dann täuschst du dich. Auf mich musst du keine Rücksicht nehmen, ich bin ja schon groß." Sie sah Nell offenherzig an und zwinkerte ihr zu.

„Das weiß ich doch", sagte Nell und lächelte sie an. „Ich bin ja auch nicht wegen dir hier, sondern wegen mir." Sie nahm ein Stück Pizza, aber plötzlich schmeckte es nach nichts. Das, was sie eben gesagt hatte, war gelogen. Sie war sehr wohl wegen ihrer Mutter hier. Vielleicht, weil sie hoffte, ihr am Ende ihrer Tage noch einmal näher zu kommen. Antworten auf bestimmte Fragen zu finden. Von ihr gebraucht zu werden.

Aber ihre Mutter brauchte sie nicht, das wurde ihr schlagartig klar. Ihre Mutter kam wirklich bestens allein klar. Zu einem bestimmten Teil war Nells Aufenthalt hier sinnlos.

Ihre Mutter beugte sich vor. „Nell, es hatte nichts mit dir zu tun, falls du das denkst. Dein Vater hat dich sehr geliebt. Er fand es nur eigentlich schlimm, ein Kind in diese grausame Welt gesetzt zu haben. Er hatte immer Schuldgefühle dir gegenüber deswegen."

Nell starrte sie an. „Schuldgefühle? Mir gegenüber?" Auf den Gedanken war sie noch nie gekommen, und auch jetzt erschien er ihr absurd.

Ihre Mutter nickte. „Ja. Mehr kann ich dir dazu nicht sagen. Auf manche Fragen gibt es eben einfach keine Antwort, damit muss man sich abfinden."

Nell nickte zögerlich. Ihr Blick fiel auf den Mann ein paar Tische weiter, der ihr vorhin bereits aufgefallen war. Er trug ein offenes, hellblaues Hemd und seine blonden Haare in einem etwas zu jugendlichen Kurzhaarschnitt, und auch jetzt musterte er sie nachdenklich, während seine Kolleginnen und Kollegen sich eifrig unterhielten. Nell nickte ihm kurz und unverbindlich zu und widmete sich wieder ihrer Pizza, froh über die kurze Pause, die ihre Mutter ihr gewährte.

Als sie schließlich wieder aufblickte, stand er neben ihrem Tisch. Erst jetzt konnte sie seine andere Gesichtshälfte sehen, und augenblicklich spürte sie, dass sich eine Erinnerung in ihr regte.

„Entschuldigung?", sagte er und legte einen Finger an das auffällig rote Blutmal, das von seinem linken Ohr hinunter zum Mundwinkel führte.

„Ja?"

Er schien kurz nachzudenken. „Sind Sie … Sind Sie nicht Nell? Nell Gubitz?"

Nell starrte ihn an. Das Mal auf seiner Wange. Und diese Stimme. Vielmehr die Kinderstimme, die sie aus seiner heraushörte, die eines kleinen, blonden Jungen, der immer erst nachdachte, bevor er sprach.

„Nell Gubitz?", fragte er noch mal, aber Nell war nicht in der Lage zu antworten.

Ihre Mutter übernahm es für sie. „Ja, das ist sie. Und wer sind Sie?"

Er öffnete erneut den Mund, aber jetzt hatte Nell die Sprache wiedergefunden.

„Thade", sagte sie. „Thade Berntsen. Aus Neuharlingersiel."

Er nickte, und ein erfreutes, jungenhaftes Lächeln zog über sein Gesicht, in dem Nell einen Widerhall ihres früheren Spielkameraden wiedererkannte. „Ja, genau", sagte er. „Mensch, Nell! Wohnst du wieder hier? Oder Sie, Frau Gubitz?" Er sah ihre Mutter an, die ihn neugierig musterte, und reichte ihr die Hand. „Sie hatten doch damals mal hier gewohnt? Sie haben das meiner Mutter erzählt, das weiß ich noch, damals, als Sie dann wieder … also, damals. Ich muss jedes Mal daran denken, wenn ich hier geschäftlich zu tun habe."

Nells Mutter legte den Kopf schief. „Ich habe das deiner Mutter erzählt?", sagte sie verdutzt. „Daran kann ich mich gar nicht erinnern!" An ihrem Blick erkannte Nell, dass sie nicht nur daran, sondern auch an Thade keine Erinnerung hatte.

„Das macht nichts", sagte Thade freundlich und legte eine Hand auf einen der beiden freien Stühle. „Darf ich kurz?"

Nell nickte, und er hockte sich hin, wobei er rasch zu seinem Tisch hinübersah. Dort herrschte Aufbruchstimmung, Stühle wurden gerückt, und einer der anderen Männer ging zur Garderobe hinüber.

„Wohnt ihr also wieder hier?", fragte Thade und sah Nell aufgeregt an.

Sie musste lachen. „Nein, ich nicht", sagte sie, aber dann geriet sie ins Stocken. „Oder, doch, aber nur vorübergehend. Und meine Mutter ist vor ein paar Jahren wieder hierhergezogen." Thade. Nicht zu fassen! „Und was machst du hier?"

„Ich bin geschäftlich hier, ich arbeite bei der Sparkasse", sagte Thade. Sein Blick war fast fiebrig, so intensiv starrte er Nell an.

„Echt, bei der Sparkasse?" Es gab nur noch einen Beruf, den Nell langweiliger fand als Banker: Steuerberater. Thade, der wilde, lustige Thade war Banker geworden? Obwohl – seine früher schon bedächtige Art passte eigentlich doch dazu. „Und wo wohnst du?"

Thade legte den Finger ans Muttermal. „In Werdum, mit meiner Frau und meinen beiden Töchtern, die sind jetzt 16 und 18. Aber ich arbeite in Aurich." Er sah wieder zu seinen Kolleginnen und Kollegen hinüber, die gerade dabei waren aufzubrechen. „Ich muss los", sagte er bedauernd, stand auf und schob den Stuhl zurück. „Es geht gleich wieder zurück nach Aurich. Aber ich würde so gerne – wollen wir mal telefonieren? Vielleicht können wir uns ja mal treffen?"

„Klar", sagte Nell und nahm die Visitenkarte, die Thade aus seiner Jackentasche zog und ihr hinhielt. „Gern. Ich melde mich. Thade, was macht denn Tobi? Hast du noch Kontakt zu ihm?"

Ein Schatten zog über Thades Gesicht. „Sporadisch“, sagte er. „Er … ihm geht es nicht so gut, er hat MS und sitzt im Rollstuhl.“

„Wo lebt er?“

„Bei seinen Eltern in Neuharlingersiel. Wiedersehen, Frau Gubitz.“ Er verabschiedete sich höflich von ihrer Mutter. Nell stand auf und gab ihm die Hand. Sie spürte, dass er sie gern umarmt hätte, aber es gelang ihnen beiden nicht, den Moment zu nutzen. Noch einmal nickte er ihr zu, dann eilte er hinaus.

„Mensch“, sagte Nell kopfschüttelnd und setzte sich wieder hin. „Thade. Na so was!“

Ihre Mutter zückte ihr Portemonnaie. „Geister der Vergangenheit“, sagte sie knapp. „Ruf mal bitte den Kellner, ich möchte zahlen. Hector wartet jetzt schon ganz schön lange auf uns!“

Draußen bläst ein heftiger Wind. Als der Bus nach Alt Addenhausen einbiegt, verneigen die Bäume am Straßenrand sich zur Seite, richten sich langsam wieder auf, beugen sich erneut. Der Bus fährt mitten hindurch, ohne die Geschwindigkeit zu verringern; genau wie früher, als Nell noch hier gewohnt hat. Auch ihr Vater hat sich damals nicht um die Bäume geschert und immer noch einmal aufs Gaspedal gedrückt, bevor er die Ortsgrenze erreicht hat.

Aber das wird er jetzt nie wieder tun.

Nell sitzt reglos da und starrt aus dem Fenster. Der Schock, der gestern Abend wie eine Faust in ihre Brust gegriffen hat, hält ihr Herz immer noch umklammert, und es fühlt sich nicht danach an, als würde er es in nächster Zeit wieder freigeben. Oder überhaupt irgendwann.

Der Campingplatz hat sich ausgebreitet in den vergangenen Jahren, das sieht Nell sofort. Er reicht jetzt ganz bis zur Straße; das alte, gemütliche Bauerncafé auf der anderen Seite hingegen ist einem Supermarkt gewichen. Aber sonst sieht alles noch genauso aus wie damals.

Es sind kaum Leute unterwegs, und schon gar keine Touristen, kein Wunder, Anfang Februar kommt niemand hierher an die eisige, tosende Nordsee. Außer Nell sitzt nur eine ältere Frau schräg hinter ihr im Bus, die zusammen mit Nell am Bahnhof Norden eingestiegen ist.

Nell versucht nachzurechnen, während der Bus mit unverminderter Geschwindigkeit über die Hauptstraße auf den Ortskern zufährt, aber es gelingt ihr nicht. Wie lange ist es her, dass sie hier weggezogen waren – zwölf Jahre, dreizehn?

Vor vielen der Häuser, das fällt ihr auf, sind Schilder befestigt, die auf Fremdenzimmer verweisen, manchmal werden auch ganze Wohnungen angeboten. Auch vor Tobis Haus steht so ein Schild. Ob Tobi noch dort wohnt?

Thade und Tobi, Nells Freunde aus Kindertagen. Thade, das hat Nells Mutter neulich erzählt, macht jetzt in Aurich irgendeine Ausbildung; sie hatte seine Mutter getroffen, aber nicht genauer nachgefragt.

Nell legt die Stirn ans Fenster. Der Bus fährt übers Sieltief und wird langsamer. Dann hält er an, und Nell springt auf und hastet zur Tür.

Der Busfahrer nickt, als sie aussteigt, und die ältere Frau weiter hinten im Bus schenkt ihr sogar ein kurzes Lächeln, das Nell auf unbestimmte Weise tröstet, als sie die Straße überquert und das Geräusch des wieder anfahrenden Busses hinter sich hört.

Ihr Herz schlägt pochend, als sie den kleinen Schleichweg hinter den Häusern am Hafenbecken entlang nimmt. Hier hat sich anscheinend nichts verändert, über den kleinen Mauern, die die Hintergärten begrenzen, ranken immer noch Efeu und Wein, eine offene Mülltonne klappert im Wind, der Himmel über den schräg aufragenden Dächern sieht graublau und wütend zu ihr herunter.

Die Gartenpforte steht offen, und ihre Mutter erwartet sie, aber dennoch fühlt Nell sich wie ein unerwünschter Gast, als sie hineingeht und die Pforte hinter sich ins Schloss drückt. Der winzige Garten rechts und links der Steinplatten, die zur Hintertür führen, ist verwildert; die Mülltonne steht schräg. Nell betrachtet den Spalt zwischen Tonne und Mauer, in dem sie sich damals so oft versteckt hat. Dass sie da hineingepasst hat!

Dann legt sie die Hand auf die Klinke und sieht einen Moment lang an der von Wind und Wetter geschwärzten Fassade des kleinen Hauses empor, und der Kummer schnürt ihr die Kehle zu. Aber zugleich spürt sie, dass der Griff um ihr Herz sich langsam lockert.

„Nell! Da bist du ja schon!" Ihre Mutter öffnet die Tür und winkt sie hinein, aber sie umarmen sich erst, als Nell ihre dicke Jacke und den Schal ausgezogen und an der Garderobe aufgehängt hat.

„Ach Nell", sagt ihre Mutter und schlingt die Arme um sie, nicht lange; sie hat Nell nie lange umarmt. Ihre Mutter war keine sonderlich zärtliche, aber äußerst zuverlässige Mutter. Auch Nells Vater hat Berührungen eher vermieden, aber erst, nachdem Nell ein gewisses Alter erreicht hatte, Um die Zeit, als sie hier fortgezogen waren, musste das gewesen sein, denkt Nell, und dann schiebt ihre Mutter sie auch schon wieder von sich und geht voran in die winzige Küche.

Die Tapete ist neu, die Stühle um den alten Holztisch auch, aber der Boden ist derselbe: altes, geriffeltes Linoleum. Nell erkennt auch die Wandschränke aus Furnierholz wieder, und auch das kleine Thermometer außen am Fenster ist noch da, an dem Nells Vater ihr damals beigebracht hat, wie man die Temperatur draußen abliest.

Im Wohnzimmer, das sieht Nell durch die geöffnete Tür, steht eine ihr unbekannte, abgenutzt wirkende Möbelgarnitur, zwei Sessel und ein Zweisitzer um einen niedrigen Teakholzcouchtisch. Sie fühlt sich wie in einer Zeitreise gefangen, als sie sich an den Küchentisch setzt, ihrer Mutter gegenüber, die gerade die Teekanne aufs Stövchen stellt und eine Tasse und das Gefäß mit den Kluntjes zu Nell herüberschiebt.

Fast ist alles wie früher, und doch ist nichts mehr gleich.

„Es hätte doch wirklich gereicht, wenn du zur Beerdigung gekommen wärst, Nell", sagt ihre Mutter und rührt ihren Tee um. „Ich habe schon mit dem Pastor gesprochen, sie ist nächsten Freitag, morgens um zehn. Du kannst also noch mal zurückfahren, wenn du willst. Ich weiß ja nicht, was du in München zu tun hast … Es reicht, wenn du am Donnerstag kommst. Ich komme schon allein zurecht bis dahin." Nells Mutter macht eine Pause und sieht auf. „Und danach auch." Sie lächelt leicht, aber Nell ist es nicht möglich zurückzulächeln.

„Was …", setzt sie an, dann atmet sie tief ein und beginnt noch einmal neu. „Was ist passiert?"

Ihre Mutter schnaubt, ein merkwürdig unpassendes Geräusch, das Nell nicht einordnen kann. „Er hat sich erhängt", sagt sie knapp. „Vorgestern Abend. In der Kammer."

„Vorgestern?", fragt Nell. „Vorgestern schon? Und warum hast du mich erst gestern angerufen?"

Ihre Mutter sieht sie an, dann nimmt sie einen Schluck von ihrem Tee und setzt die Tasse behutsam ab, bevor sie antwortet. „Ich brauchte ein wenig Zeit", sagt sie ruhig, und für einen Moment spürt Nell, wie Wut in ihr hochkocht, böse, raumgreifende, alles vernichten wollende Wut, aber vor allem Wut auf ihre Mutter, die sie nicht früher angerufen hat, einen ganzen Tag lang hat verstreichen lassen, bis sie zum Telefon gegriffen hat. Als wäre Nell nicht wichtig, als wäre es unwichtig, wann Nell vom Tod ihres eigenen Vaters erfährt, gleich oder später, warum nicht erst nach der Beerdigung, warum überhaupt?

Aber dann ebbt die Wut wieder ab, und Nell schiebt ihren Stuhl zurück und steht auf.

„Wo willst du denn hin?“, fragt ihre Mutter erstaunt. Nell meint, eine Spur Angst in ihrem Blick zu sehen; geschieht ihr recht, denkt sie, geschieht ihr ganz recht, denkt sie, aber zugleich schämt sie sich für den Gedanken.

„Ich will die Kammer sehen.“

Sie läuft die Treppe hinauf, mit schnellen Schritten, damit sie es sich nicht anders überlegen kann, an den beiden Schlafzimmern und dem winzigen Bad im Obergeschoss vorbei, hinauf ins Dachgeschoss, zieht den Riegel auf und tritt ein.

Die Dachkammer, das Reich ihres Vaters. Überall, wo er mit Nell und ihrer Mutter gelebt hat, und auch später, allein mit ihrer Mutter, hat er so einen Raum für sich gehabt, einen Raum, den Nell und ihre Mutter kaum je betreten haben und schon gar nicht ohne ihn.

Nell steht da und sieht den kleinen Holztisch mit dem Stuhl davor an, den Koffer dahinter, den Stift, der vom Tisch auf den Boden gerollt ist und jetzt in einer Ecke liegt. Draußen pfeift der Wind, die See tost, aber Nell steht still da; zum ersten Mal, zum ersten Mal ist sie allein im Zimmer ihres Vaters.

Und plötzlich weiß sie, dass ihr Vater alles genau geplant hatte. Es ist kein Zufall gewesen, dass er und ihre Mutter hierher zurückgezogen sind, in dasselbe Haus, das sie damals schon einmal bewohnt haben, zusammen mit Nell. Es stimmt nicht, dass er die Annonce im letzten November zufällig entdeckt hat. Auf einmal weiß Nell mit untrüglicher Sicherheit, dass er ihre damalige Vermieterin gebeten hat, ihm Bescheid zu geben, wenn das Haus eines Tages wieder frei werden sollte. Und genau das wird sie dann getan haben. Nell kann sie danach fragen, aber sie weiß es ohnehin.

Die roh gezimmerten Dachbalken, Spinnweben in den Ecken. Die uralten Dielen, aus denen unweit der Tür ein rostiger Nagel ragt. Der Wind und das tosende Meer. Dies ist der Platz, an dem er hat sterben wollen. Dieser Ort, dieses Haus. Dieser Raum.

Als Nell die Haustür aufschloss, rannte Hector wedelnd an ihr vorbei in den Flur und blieb aufgeregt tänzelnd an der Tür zu den Wohnräumen der Rohdes stehen. Nell hatte schon einen Fuß an der Treppe, als sie sich schließlich von seinem bittenden Blick erweichen ließ. Langsam ging sie hinüber und klopfte.

Drinnen blieb alles still. Nell wollte sich gerade wieder umdrehen, als die Tür sich öffnete.

„Ja, bitte?" Charlotte Rohde stand mit misstrauischem Gesichtsausdruck im Türrahmen und musterte Nell nahezu feindselig. Hector lief wedelnd an ihr vorbei und verschwand in den hinteren Räumen, aus denen warmes Licht in den Vorraum fiel.

„Guten Tag!", sagte Nell. „Wie geht es Ihnen? Wir haben uns ja eine Weile gar nicht mehr gesehen!"

Eine Weile war zwar übertrieben – aber immerhin mochten es einige Tage sein, in denen Nell keiner der beiden alten Herrschaften begegnet war. Allerdings hatte sie sie gehört: Türenklappen, leise Stimmen, das Quietschen der Bettfedern in Charlotte Rohdes Schlafzimmer unter ihrer Küche. Das fand Nell beruhigend; in den vergangenen Monaten hatte sie sich angewöhnt, regelmäßig nach den Rohdes zu sehen, in gewisser Weise fühlte sie sich verantwortlich für deren Wohlergehen. Fast mehr noch als für das ihrer Mutter, die offenbar auch wenig Wert auf Nells Hilfe legte.

Charlotte Rohde starrte Nell ohne ein Zeichen des Erkennens an. „Möchten Sie zum Doktor?", fragte sie plötzlich. „Der Herr Doktor führt seine Praxis nicht mehr, da müssten Sie …"

„Nein, ich möchte privat zu Ihnen", sagte Nell. „Ich bin es, Nell Gubitz von oben."

Charlotte Rohde zog die Brauen herunter, dann trat sie einen Schritt zurück und öffnete die Tür weiter. „Dann kommen Sie herein", sagte sie, ohne dass Nell ihrer Stimme entnehmen konnte, ob sie Nell nun erkannt hatte. „Der Doktor ist hinten im Wohnzimmer."

Sie ging voran, mit leicht gebeugtem Rücken, und Nell betrachtete ihren schutzlos wirkenden, zarten Nacken über der hellen Bluse, in deren Schulterbereich einige Falten hineingebügelt worden waren, unabsichtlich.

Die Rohdes kamen gut allein zurecht, dachte Nell, während sie Charlotte Rohde folgte, aber Nell vermeinte manchmal etwas Instabiles bei ihnen zu spüren, eine kaum zu benennende Unsicherheit im Meistern des alltäglichen Tagesablaufs – wie diese Falten in der Bluse. Fridolin Rohde hatte oft Mühe, den Mülleimer in die Tonne draußen zu entleeren, Charlotte ging zusehends gebückter, wenn sie das Haus zum Einkaufen verließ.

Vielleicht lag es einfach daran, dass sie alt waren, beide, sehr alt. Charlotte mit ihren 83 Jahren war zwar nur fünf Jahre älter als Nells Mutter, aber dennoch wirkte sie, als gehörte sie einer anderen Generation an, genau wie ihr um zwei Jahre älterer Bruder.

Doktor Rohde stand mitten im Wohnzimmer, ein Buch in der Hand, und hatte sich zu Hector hinuntergebeugt, der sich wedelnd an seine Beine schmiegte. Mit seinen langen, knochigen Fingern streichelte er den Hund hingebungsvoll. „Du Feiner", sagte er zu Hector. „Ein ganz Feiner bist du!"

„Frido", sagte seine Schwester mit einem leicht missbilligenden Unterton. „Besuch. Frau Gubitz ist da."

Fridolin Rohde richtete sich auf und lächelte Nell an. „Nell! Was für eine nette Überraschung. Möchten Sie etwas trinken?"

Nell lächelte zurück. „Aber gern. Sind Sie schon beim Grappa?"

Doktor Rohde lachte vergnügt und ging zur Vitrine an der Stirnseite des Raumes hinüber. „Noch nicht, aber mit Ihnen ist das natürlich ein besonderes Vergnügen! Setzen Sie sich doch!"

„Ich bringe eine Kleinigkeit zu knabbern", sagte Charlotte Rohde mit miesepetrigem Gesichtsausdruck. „Aber nur eine Kleinigkeit."

„Möchtest du auch einen kleinen Grappa, Charlotte?", fragte ihr Bruder und nahm eine Flasche aus der Vitrine heraus.

„Ach was!", rief Charlotte Rohde und verschwand kopfschüttelnd im Flur zur Küche.

Fridolin Rohde betrachtete einen Moment lang nachdenklich die Hundeporträts über der Vitrine, dann kam er mit der Flasche in der Hand und zwei Gläsern zu Nell herüber. „Sie stehen ja immer noch, Nell", sagte er freundlich. „Nun setzen Sie sich doch. Bitte sehr!" Er zeigte zu Nells mittlerweile angestammtem Sessel hinüber und setzte sich ebenfalls, nachdem er ihnen eingeschenkt hatte.

Sie prosteten sich zu, und Nell nahm einen Schluck. Der Grappa brannte auf der Zunge und dann in ihrem Hals, aber wie so oft in den letzten Wochen schmeckte er ihr ausgezeichnet.

Doktor Rohde bückte sich und kraulte Hector, der sich zu seinen Füßen niedergelassen hatte, erneut ausgiebig hinter den Ohren. „Wie geht es Ihnen, Nell? Ich habe Sie einige Tage nicht gesehen. Wie schnell man sich doch an die Gegenwart eines freundlichen Mitmenschen gewöhnt! Ach, der Mensch ist wahrlich ein Herdentier. Oder besser gesagt, ein soziales Wesen." Er schmunzelte und betrachtete Nell von unten herauf. „Also, wie geht es Ihnen? Sie sehen, wenn ich das sagen darf, ein wenig vergeistigt aus."

Nell verschluckte sich fast, weil sie so lachen musste. „Aber, Herr Rohde", sagte sie und wischte sich den Mund ab. „Vergeistigt! Was soll das heißen?"

Der Doktor lächelte in sich hinein. „Ich würde sagen, man könnte damit einen psychischen Zustand des Einsseins mit sich selbst bezeichnen", sagte er ruhig. „Als hätte man nach langem inneren Ringen eine Erkenntnis gewonnen, die einen in höhere Sphären trägt. Wissen Sie, Nell …", er setzte sich aufrecht hin und warf noch einen wohlwollenden Blick zu Hector hinunter, „… mir ist es nicht entgangen, dass Sie sich hierher in unsere kleine Stadt begeben haben, um gewisse innere Fragen zu klären. Ob Sie damit weitergekommen sind, vermag ich nicht zu beurteilen, aber es scheint mir fast so. Sie wirken ruhiger als zu Beginn Ihres Aufenthaltes."

Nell stellte ihr Glas ab und brummte halb zustimmend, halb fragend. Sie fühlte sich ertappt, aber zugleich erkannt – kein schlechtes Gefühl eigentlich. Dennoch konnte sie sich Doktor Rohdes scharfem Blick nicht stellen, und so war sie erleichtert, als Charlotte Rohde den Raum betrat, ein Tablett in der Hand, das sie auf dem Tischchen vor Nell abstellte.

Hector, der sich gerade zu Doktor Rohdes Füßen zu einem Kringel zusammengerollt hatte, sprang auf und reckte schnüffelnd die Nase.

Charlotte Rohde sah ihn tadelnd an und wischte sich die Hände an ihrer geblümten Schürze ab. „Käseplätzchen" sagte sie energisch. „Guten Appetit." Und damit machte sie kehrt.

„Charlotte! Setz dich doch zu uns!", bat ihr Bruder, aber Charlotte Rohde reagierte nicht. Mit gebeugtem Rücken ging sie zum Flur hinüber, aber kurz vor dem Türrahmen schwankte sie auf einmal und streckte hilfesuchend eine Hand aus. Nell sprang auf, aber im nächsten Moment hatte die Schwester des Doktors sich wieder gefangen und verschwand in der Küche.

Nell sah zum Doktor, der ihren besorgten Blick erwiderte.

„Sie ist nicht gut auf den Beinen in letzter Zeit“, sagte er und lächelte traurig. „Und auch sonst …“ Er ließ den Satz unbeendet, aber Nell wusste auch so, was er sagen wollte.

Sie nickte. „Machen Sie sich Sorgen?“, fragte sie behutsam.

Doktor Rohde verzog den Mund. „Natürlich mache ich mir Sorgen“, sagte er. „Aber das ist nun mal der Lauf der Dinge. Wir altern, die einen schneller, die anderen langsamer, die einen mühelos, die anderen schwer. Aber ich gebe mein Bestes, um auf Lotte aufzupassen. Immerhin ist und bleibt sie ja meine kleine Schwester.“ Er hob die Brauen und griff nach einem der Käseplätzchen, die seine Schwester auf einem kleinen Silbertablett zu einem adretten Kreis angeordnet hatte. Nell nahm sich ebenfalls ein Plätzchen, und gleichzeitig bissen sie krachend hinein.

Nell kam es vor, als explodierte eine Staubwolke in ihrem Mund, eine Staubwolke aus Mehl, sehr viel Salz und noch mehr Pfeffer, garniert mit einer Prise Gouda. Gleich beim ersten Bissen verschluckte sie sich und begann heftig zu husten, und als sie die Hand vor den Mund schlug, sah sie, dass auch der Doktor husten musste.

„Oje!“, krächzte er und griff nach dem Wasserglas neben sich auf dem Beistelltischchen.

Nell traten die Tränen in die Augen, und als der Hustenreiz sie neuerlich übermannte, nahm sie ihr Cognacglas und stürzte den Rest Grappa in einem Zug hinunter.

„Puh!“, seufzte der Doktor mit geröteten Augen, als sie sich beide endlich wieder beruhigt hatten. „Das ist ja … das ist ja in der Tat eine sehr spezielle Kreation.“

Nell lachte und musste wieder husten, und dann lächelten sie und der Doktor sich an, während sie ihre angebissenen Plätzchen gleichzeitig zurück aufs Tablett legten.

„Oje", wiederholte Fridolin Rohde, während er das Tablett beäugte. „Da wird sie gekränkt sein, meine gute Schwester. Aber leider kann man sie noch nicht mal dir anbieten, mein guter Hector. Ich hätte Sorge, dass du daran erstickst."

Nell zog ein Taschentuch aus ihrer Hosentasche, beugte sich vor und wickelte rasch die beiden angebissenen Plätzchen und zwei weitere hinein, um sie in ihrem Rucksack verschwinden zu lassen. Doktor Rohde lachte.

„Sie sind ein Goldstück, Nell. Wirklich." Dann wurde er ernst. „Nell, ich möchte Ihnen etwas mitteilen."

Für einen Moment verspürte Nell einen Anflug von Angst, aber als sie seine feierliche Miene sah, entspannte sie sich wieder. Neugierig sah sie ihn an.

„Wir haben eine Reise gebucht. Wir fahren noch einmal nach Rosengarten, meine Schwester und ich. Die alte Heimat sehen." Er nickte in Richtung Küche. „Es ist ihr größter und mittlerweile einziger Wunsch. Ich möchte ihn ihr endlich erfüllen."

Nell nickte. Die Verbundenheit dieser beiden alten Menschen rührte sie immer wieder. Es musste schön sein, einen Bruder zu haben, der so für einen sorgte. Oder eine Schwester, die das ebenso tat, ein Leben lang. „Wann fahren Sie?"

„In zwei Wochen." Er beugte sich wieder zu Hector und kraulte ihn hinter den Ohren. „Dich werde ich vermissen, alter Junge", sagte er liebevoll.

„So bald?"

„Ich habe das Gefühl, es muss jetzt sein, sonst wird es zu spät. Weihnachten sind wir dann wieder zurück."

In der Küche klirrte etwas. Der Doktor fing Nells Blick auf, aber dann, als alles still blieb, zuckte er mit den Schultern und lehnte sich zurück. „Ich habe schon länger darüber nachgedacht. Manche Dinge dulden keinen Aufschub. Und andere haben Zeit." Er schwieg einen

Moment und sah zu den Hundeporträts hinüber. Nell hatte bislang nicht herausgefunden, welches der fünf Bilder er eigentlich immer ansah. Aber jetzt blickte er wieder zu ihr.

„Sie, Nell, haben noch Zeit." Er legte die Fingerspitzen zusammen und stützte das Kinn darauf. „Aber nicht viel, vielleicht."

Nell saß einen Moment lang stumm da, dann beugte sie sich vor. „Wie kommen Sie nach Rosengarten?"

Der Doktor lächelte. „Wir werden von Hamburg nach Danzig fliegen. Von Danzig aus gibt es eine Bahnverbindung, aber vielleicht werde ich uns auch einen Wagen mit Fahrer mieten. Sofern das möglich ist." Er sah für einen Moment lang erwartungsvoll aus, und der aufgeregte Ausdruck in seinem alten Gesicht rührte Nell.

„Und nach Hamburg? Wie kommen Sie dorthin?"

Er zuckte mit den Schultern und drehte sein Cognacglas vorsichtig in den Händen. „Ebenfalls mit dem Zug, denke ich."

„Vielleicht lässt sich da etwas arrangieren", sagte Nell und rückte auf ihrem Stuhl nach vorn. „Ich glaube, ich muss gehen, Herr Rohde. Aber ich komme in den nächsten Tagen wieder vorbei, wenn ich darf."

„Sie dürfen immer, wenn Sie mögen, Nell, das wissen Sie doch. Sie sind eine sehr angenehme Gesellschaft", sagte der Doktor und hievte sich ebenfalls aus seinem Sessel. „Ich bringe Sie zur Tür."

„Warten Sie, ich möchte Ihrer Schwester noch auf Wiedersehen sagen", bat Nell.

In der Küche war es still. Charlotte Rohde stand am Fenster, das in einen winzigen Garten zeigte, in dem sauber beschnittene Rosenbüsche vor einer rissigen Mauer aufragten. Sie hatte die Hände auf der Fensterbank gefaltet und sah aus, als wäre sie in einer eigenen, weit entfernten Welt versunken.

Der Doktor wartete an der Tür auf Nell, Hector zu seinen Füßen.

„Sagen Sie Ihrer Schwester einen Gruß", sagte Nell und reichte ihm die Hand. „Ich wollte sie nicht stören."

Fridolin Rohde nickte. Seine hellen Augen glänzten im Halbdunkel. „Danke für alles", sagte er. „Es war eine gute Zeit mit Ihnen, Frau Gubitz."

Sein Händedruck hatte etwas Endgültiges. Als er die Tür hinter ihr schloss, stand Nell noch einen Moment da und lauschte seinen Schritten, die sich langsam entfernten.

Tief in ihr spürte sie eine vage Ahnung von etwas Ernstem, Schwerem, das auf sie zukam. Bald war es Zeit, sich dem zu stellen. Aber jetzt noch nicht.

Ihr Handy lag auf dem Tisch, acht Anrufe waren eingegangen. Nell gab Hector zu fressen und setzte sich hin, um ihm dabei zuzuschauen. Manchmal beneidete sie ihn um seine offensichtliche Fähigkeit, im Hier und Jetzt zu leben. Hector machte sich vermutlich keine Gedanken darüber, wo und wie er leben sollte. Er lebte einfach. Allerdings auch notgedrungen.

Nell lehnte sich zurück und legte die Füße auf den zweiten Stuhl. Fridolin Rohdes Stimme klang ihr immer noch im Ohr: *„Danke für alles. Es war eine gute Zeit mit Ihnen, Frau Gubitz."* Er hatte so ernst geklungen, als wäre diese gute Zeit nun vorbei. Das gefiel ihr nicht.

Draußen war es immer noch hell, aber das Licht veränderte sich bereits, warf einen mattgrauen Schimmer ins Zimmer, mit dem sich der heranziehende Abend ankündigte. Nell beugte sich vor und nahm das Handy hoch.

Acht Anrufe innerhalb von dreieinhalb Stunden. Einer von Jack, der sich lautstark beschwerte, dass sie ihr Handy nicht dabeihatte. Nell musste grinsen, als sie den nächsten Anruf abhörte, der von Adam kam. Ein weiterer stammte von Lise, die wissen wollte, ob sie nicht bald wieder zurück in der Stadt war. Ein Anruf kam von ihrem Telefonanbieter, einer von einer Arbeitskollegin, die sich nach Nells Befinden erkundigte.

Nell schmunzelte. Sie hatte allen, bei denen sie es für nötig hielt, erklärt, sie nutze die ersten drei Monate ihres Sabbatjahres dafür, zu ihrer Mutter zu ziehen, um ihr ein wenig zur Hand zu gehen. Die drei Monate waren jetzt fast herum, und nach und nach trudelten immer mehr Anrufe deswegen ein. Ein gutes Gefühl, dachte Nell. Man vermisste sie.

Zwei weitere Anrufe von Marie waren kurz hintereinander eingegangen, aber sie hatte nichts auf die Mailbox gesprochen. Der letzte Anruf kam von Irving.

Nell schaltete den Lautsprecher ein und legte das Handy wieder hin, während Irvings Stimme in ihr Ohr drang. „Mama, hier ist dein Sohn, dein einziger. Hoffe ich jedenfalls."

Sie musste lächeln. Irving, das fiel ihr zum wiederholten Mal auf, hatte eine jener seltenen Stimmen, die weder männlich noch weiblich klangen – tief, aber zugleich schneidend, jung und doch alt. Es war nicht so einfach, sie einem Geschlecht oder Alter auf Anhieb zuzuordnen. Hätte Nell nicht gewusst, dass es die Stimme ihres Sohnes war, dann wäre es ihr bei ihrem Klang so ergangen wie den meisten anderen Leuten: Sie wäre fasziniert, aber auch irritiert davon gewesen.

„Mama, wie geht es dir? Und Oma? Du, wegen Weihnachten … Du bist doch dann noch bei Oma?"

Für Irving war Nell vorübergehend zu ihrer Mutter gezogen, obwohl Nell ihm mehrere Male erzählt hatte, dass sie eine eigene Wohnung bezogen hatte, um eine Weile eine Auszeit zu nehmen und zu sich zu kommen. Aber letztendlich war die Erklärung, die er für ihren Schritt gefunden hatte und an der er seitdem hartnäckig festhielt, auch nicht falsch.

„Na ja, jedenfalls habe ich dir ja schon gesagt, dass ich Weihnachten wahrscheinlich nicht kommen kann“, fuhr er fort. „Ich hätte einfach zu wenig Zeit, und die Verbindungen sind hier ja nicht so … spektakulär. Also, ich …“ Hier zögerte er eine ganze Weile, dann setzte er hastig hinzu: „Bis dann. Ich ruf wieder an. Tschüs!“

Nell hörte den Anruf zwei weitere Male ab. Irgendein seltsamer Unterton schwang in Irvings Stimme mit, schien ihr, als ob er irgendetwas zurückhielte, sich nicht überwinden könnte, ihr etwas Bestimmtes mitzuteilen. Aber vielleicht war das auch Einbildung. Im Moment schien sie ja ohnehin hinter allem und jedem eine tiefe Bedeutung zu wittern.

Nell lehnte sich zurück und steckte eine Hand in die Hosentasche. Ein Stück Karton fiel ihr in die Finger, und sie zog es heraus. Thades Visitenkarte, zerknittert und an einer Ecke eingerissen.

Das also war aus ihm geworden, aus dem kleinen, blonden Thade, der ihr, Nell, stets auf Schritt und Tritt gefolgt war. Wie erstaunlich, ihn ausgerechnet hier zu treffen.

Der Lauf der Dinge, hatte der Doktor gesagt.

Sie dachte daran, wie Thades Finger vorhin im Restaurant das Blutmal entlanggefahren war; dieselbe Geste, die sie damals unzählige Male beobachtet hatte, als sie noch Kinder gewesen waren.

Nachdenklich betrachtete sie die zerknitterte Visitenkarte. Vielleicht würde sie ihn anrufen, ja. Und dann?

Das Klingeln des Handys zerschnitt die Luft. Hector, der sich in seinem Körbchen ausgestreckt hatte, zwischen den Pfoten seine alte Quietscheente, hob den Kopf und fixierte sie.

Nell zog das Handy zu sich heran und hob es ans Ohr. „Louis?“

Seine warme Stimme hatte etwas Tröstliches. „Hallo, Nell. Geht’s dir gut?“

„In Ordnung“, sagte sie und sah aus dem Fenster in den milchigweißen Novemberhimmel.

„Klingt nicht gerade enthusiastisch.“

Nell lächelte und zwinkerte Hector zu, der sie noch einen Moment lang aufmerksam ansah, bevor er den Kopf wieder sinken ließ. „Bin ich auch nicht. Aber in Ordnung.“

Louis ging nicht weiter darauf ein, was sie ihm hoch anrechnete. „Ich habe Beate vorhin auf der Straße getroffen. Ich dachte, wenn du auch Zeit hast, dann lade ich euch beide mal morgen auf ein Bier ein.“

Nell nickte. „Gern“, sagte sie. „Und wohin willst du?“

„Na, mal sehen. Ich dachte, wir holen Beate erst mal ab, und dann sehen wir weiter. Okay? Um acht?“

„Gern.“ Nell holte Luft. „Und was machst du morgen tagsüber?“

Sie hörte ihm an, wie überrascht er war. „Na, arbeiten. Und gegen Mittag fahre ich raus aufs Land, ich muss etwas abholen.“

„Nimmst du mich mit?“

Jetzt lachte er. „Du willst mit?“

„Ja, ich will mit. Egal, wohin. Ich muss mal raus. Und Hector will auch raus.“

Nell spürte, dass sie und Louis gleichzeitig grinsten.

„Okay“, sagte er. „Dann nehm ich euch mit. Freut mich. Bis morgen. Um elf?“

„Gern. Um elf!“

Als Nell auflegte, war ihr auf einmal heiter zumute. Die Aussicht auf einen Ausflug mit Louis war das Beste, was ihr an diesem denkwürdigen Tag hatte passieren können. Zufrieden verschränkte sie die Hände hinter dem Kopf und sah aus dem Fenster. Das Licht war auf einmal viel wärmer geworden.

Vielleicht war auch das nur Einbildung. Aber selbst wenn es so war, gefiel es ihr gut so.

„Und, wirst du deinen alten Kinderfreund denn anrufen?“ Louis warf ihr einen kurzen Seitenblick zu und gab Gas. Der Wagen beschleunigte auf der geraden Ausfallstraße; rechts und links flog der dichte Mischwald vorbei und machte den ersten Feldern Platz, die sich kilometerweit bis zur holländischen Grenze dahinzogen. So jedenfalls hatte Nell es von früher in Erinnerung.

„Vielleicht“, sagte sie ausweichend und lehnte sich tiefer in den Sitz. In Louis' Lieferwagen saß man erstaunlich bequem, das hatte sie schon bei einer früheren Gelegenheit festgestellt. Hector hockte aufgeregt hechelnd zwischen ihr und Louis, der jetzt leicht abbremste und den Blinker setzte. „Wo genau fahren wir eigentlich hin?“

„Nach Viespem, zu einem Schlosser. Direkt an der Grenze.“

„Noch nie gehört. Viespem?“, fragte Nell verwundert. Louis lachte.

„Als wenn du hier jede Ortschaft kennen würdest, liebe Nell“, sagte er grinsend. „Früher, als Jugendliche hattest du doch wohl auch kaum Gelegenheit, hier umherzufahren. Und jetzt – ich hab dich so gut wie noch nie mit deinem Wagen fahren sehen.“

Nell nickte. „Das stimmt“, sagte sie. „Nur, wenn ich für meine Mutter was erledigen muss. Sonst gehe ich eigentlich immer zu Fuß. Und auf den Gedanken, Ausflüge zu unternehmen, bin ich hier eigentlich noch gar nicht gekommen. Ich weiß eigentlich auch nicht, warum.“

„Vielleicht möchtest du lieber gefahren werden“, sagte Louis und bog auf eine kleine Nebenstraße ab, die an einem schmalen Bach entlangführte. Die Landschaft lag ruhig da, eingebettet in einen weichen Schimmer aus noch nicht ganz verflogenem Morgentau, und die Sonne stand grau und glitzernd noch tief am Himmel.

„Schön hier!“, sagte Nell und seufzte entspannt.

„Sehr schön“, bestätigte Louis. „Die Landschaft ist wirklich klasse. Fast wie in Schweden.“

„Aber wegen der Landschaft bist du nicht hergekommen, oder?“, fragte Nell. Louis schwieg einen Moment, während er einen Gang herunterschaltete und in eine ungeteerte, ausgefahrene Sandstraße einbog, die von niedrigen Wacholderbüschen gesäumt war.

„Nein“, sagte er ruhig. „Aber vielleicht bleibe ich deswegen hier. Sieh mal.“ Er hielt an und schaltete den Motor aus.

Hinter den Büschen öffnete sich eine flache Landschaft, die Nell erst nach einem Moment erkannte.

„Moor!“, sagte sie. „Das ist ja wieder richtiges Moor hier! Als wir damals hier gewohnt haben, gab es kein Moor mehr. Das war alles Torfabbaugebiet.“

„Sie haben schon vor Jahren angefangen, das Moor wieder zu renaturieren“, sagte Louis und stützte das Kinn aufs Lenkrad. „Die Natur erholt sich rasch, das ist fantastisch.“

Gemeinsam betrachteten sie die flache, raue Landschaft, die sich vor ihnen ausbreitete. Direkt hinter typischen Wacholderbüschen, die den Übergang von der Heide- zur Moorlandschaft charakterisierten, ragten kleine Woll- und Pfeifengrasbüschel zwischen den flachen Hügeln empor. Weit hinten erkannte Nell eine Art Deich, der sich im Nichts verlor. Ein Raubvogel schwebte mit ausgebreiteten Flügeln hoch in der Luft und stieß dann plötzlich hinunter.

Schweigend sahen sie zu, wie der Vogel wieder aufflog, aber ob er etwas im Schnabel trug, war aus der Entfernung nicht zu erkennen.

Louis startete den Motor erneut.

„Bist du öfter hier?“, fragte Nell. Louis sah geradeaus; die Narbe auf seiner Wange war im diesigen Licht des Wintertages deutlich zu erkennen.

„Nein“, sagte er. „Nur dann, wenn ich mich nicht gut fühle.“

„Und wie oft ist das?“

Er lachte, und Nell spürte eine Woge der Zuneigung in sich aufwallen, als sie sah, wie seine Narbe sich dabei verzog. „Das behalte ich lieber für mich", sagte er und beschleunigte.

Eine Weile fuhren sie schweigend dahin, dann bog Louis wieder auf eine größere Straße ein, die ihren Weg kreuzte, und kurz darauf tauchten ein paar Bauernhäuser am Straßenrand auf. „Viespem" stand in gelber Schrift auf einem grünen Ortsschild; unmittelbar dahinter bog Louis in eine gepflasterte Hofzufahrt ein und hielt auf einem heruntergekommenen Vorplatz. Links lag ein geducktes Bauernhaus mit einem Wellblechdach, rechts eine Scheune, die auch schon bessere Tage gesehen hatte. Ein großer alter Schäferhund lief bellend auf sie zu, hielt aber inne, als Louis die Tür öffnete und ausstieg.

„Dauert nicht lang", sagte er und zog die Tür hinter sich ins Schloss.

Nell sah zu, wie er auf den Hund zuging und ihm die Hand hinstreckte. Nach einem Moment begann der Hund zaghaft zu wedeln und ließ sich von Louis streicheln. Als Louis sich wieder aufrichtete, lief er ihm heftig wedelnd hinterher.

In der Tür der Scheune war jetzt ein Mann in einem schmutzigblauen Overall aufgetaucht, der sich die Hände an einem Tuch abwischte und Louis argwöhnisch entgegensah. Seine langen Haare waren im Nacken zu einem nachlässigen Zopf zusammengebunden, und seinen ausgeprägten Wikingerbart schmückten gleich mehrere Perlen. Er warf einen scharfen Blick zum Auto hinüber, dann schüttelte er Louis die Hand und verschwand mit ihm im Schuppen. Der Schäferhund legte sich vor den Eingang und schloss sofort die Augen.

Hector, der die ganze Zeit über angespannt neben Nell gesessen hatte, gab ein leises Fiepsen von sich, und Nell streichelte ihm über den Kopf und lehnte sich zurück. Ihr Blick glitt über den Schuppen, dessen Eingangstür schief in den Angeln hing, die angrenzende Koppel, auf der das Gras wucherte, und das danebenliegende Haus. Es war ein altes Bauernhaus, wie es unzählige in der Gegend gab, in allen Stadien des Verfalls. Auch dieses war schon lange nicht mehr renoviert worden, von den Fenstern blätterte der Lack ab, und der angegraute Putz wurde an einigen Stellen nur noch von wild rankendem Efeu zusammengehalten. Dennoch sah das Haus gemütlich aus, und für einen Moment stellte sich Nell vor, wie es sein mochte, für immer hier zu leben, in diesem abgelegenen Landstrich, in vollkommener Ruhe, mit Hector, vielleicht einem weiteren Hund, anderen Tieren, einem Menschen, den sie mochte, mit dem sie sich wortlos verstand, mit jemandem wie Louis vielleicht, Louis, der nie zu viel fragte, und wenn, dann das Richtige. Louis, der geheimnisvolle Louis, der so vieles zurückhielt. Sie würde Jahre brauchen, um ihm auch nur die kleinsten, unbedeutendsten Geheimnisse zu entlocken, das wusste Nell genau.

Der Schäferhund sprang auf, und im nächsten Moment trat der Bärtige aus dem Schuppen, und hinter ihm Louis, einen Karton in den Armen. Die beiden verabschiedeten sich, dann kam Louis zum Wagen herüber und wuchtete den Karton auf die Ladefläche, bevor er einstieg und die Tür hinter sich zuzog. Er brachte einen Schwall kalter Winterluft mit in die Kabine, und Hector begrüßte ihn eifrig, während der Schäferhund draußen stand, an das Bein seines Herrchens gepresst, und mit resigniertem Schwanzwedeln zusah, wie sie wendeten und vom Hof fuhren.

„Alles erledigt?", fragte Nell überflüssigerweise, und Louis nickte.

„Alles klar. Pepe Lienhard ist ein feiner Kerl", sagte er. „Auch wenn er furchterregend aussieht und sein Hof erst recht."

„Pepe?" Nell sah in den Rückspiegel, aber der Hof war schon verschwunden. „Pepe Lienhard? Wie alt ist er?"

„Keine Ahnung", sagte Louis achselzuckend. „Älter als ich auf jeden Fall. Vielleicht ein paar Jahre älter?"

Pepe, der langhaarige Pepe; Jim Morrison, Andreas, die fatale Autofahrt, Pepe, der kurz danach sein Abiturzeugnis und das seines Freundes entgegengenommen hatte und damit aus Nells Leben verschwunden war. Und sie aus seinem.

„Und er macht was?"

„Er ist Möbelschlosser. Er macht auch Sargbeschläge und Griffe. Manche Leute möchten da etwas Besonderes haben." Louis gab Gas und neckte Hector, indem er ihn mit dem Ellenbogen ein wenig in die Flanke stupste. Hector wedelte und leckte ihm über die Hand. „Kennst du ihn?"

„Vielleicht", sagte Nell kopfschüttelnd. „Also ehrlich, langsam wird mir das zu viel mit diesen ganzen Leuten von früher, die man dann plötzlich wiedertrifft." Sie lachte, aber innerlich war ihr merkwürdig mulmig zumute. Erst Marie, dann Pepe. Wem würde sie noch begegnen? „Du kennst ja niemanden hier, außer deiner Schwester, oder?"

Louis lachte. „Na ja, mittlerweile schon. Aber ich kenne niemanden von früher. Und genau das gefällt mir hier."

„Aber vermisst du nicht manchmal ... deine Wurzeln? Oder Leute, die du schon lange kennst?"

Louis schüttelte den Kopf und beschleunigte. Vor ihnen führte eine schnurgerade Landstraße nach Norden, soweit Nell sich erinnerte. „Nein", sagte er. „Ich bin ein Einzelgänger, so ist das nun mal. Ich glaube, ich habe mir das Vermissen abgewöhnt. Und mir meine Wurzeln selbst gekappt. Ist auch besser so."

Zwei Autos kamen ihnen entgegen, dann ein Lastwagen. Louis bremste ab und bog nach rechts ein. Ein paar Minuten lang holperten sie schweigend einen ehemals gepflasterten Weg entlang, der in ein dichtes Waldgebiet mündete, das wie aus dem Nichts vor ihnen aufgetaucht war. Verdutzt sah Nell, wie Louis den Wagen immer tiefer hineinsteuerte. Der Weg verengte sich, während die dicken Eichen immer weiter in die Höhe ragten.

Dann wich der Wald ein wenig zurück, und eine wunderschöne, verwunschene Waldlandschaft öffnete sich vor ihnen. Riesige Buchen schraubten sich in den milden Novemberhimmel hinein, gesäumt von niedrigen Tannen und Fichten. Louis zog die Handbremse an.

„Komm", sagte er. „Wir laufen ein bisschen."

Hector sprang aus dem Wagen, ehe Nell ihn hinunterheben konnte, und schoss davon, die Nase am Boden, die Rute steil in die Höhe gehoben. Louis zog den Reißverschluss seiner Winterjacke zu und stopfte die Hände in die Taschen.

Friedlich gingen sie nebeneinander her, während Nell die dicken Bäume bestaunte. Der Wald wirkte unaufgeräumt und sich selbst überlassen, massig Totholz lag am Boden, abgestorbene, oberschenkeldicke Kronenäste neben offenbar seit langer Zeit schon benagten Stämmen. Tellergroße Pilze besiedelten die hohlen Baumreste, deren Inneres zu federleichten Holzfasern zersetzt war. Hector schnüffelte aufgeregt herum und sah hin und wieder mit einem derart wachen Gesichtsausdruck zu ihnen herüber, dass Nell lachen musste.

„Der hat Spaß", sagte sie und steckte die Hände ebenfalls in die Jackentaschen. Es wurde wirklich Zeit für Handschuhe.

„Mein Gott, was für eine Fülle", sagte sie, und Louis nickte. Die Gegend war so belebt und bewachsen wie kaum ein anderer Ort, an dem Nell zuvor gewesen war. Dunkel und dicht stand der Wald, aber allenthalben waren die Spuren der Tiere zu sehen, die ihn bevölkerten: angenagte Baumstämme, schmale Wildpfade.

Plötzlich flog eine Schneeeule auf den Weg vor ihnen und ließ sich auf einem Ast nieder. Nur einen Moment später entdeckte sie Nell und Louis und flatterte sofort wieder davon.

„Wahnsinn!“, sagte Nell.

Louis blickte der Eule nach, dann zog er die Schultern hoch und lächelte Nell an. „Das war wieder einer der Gründe, warum ich hier lebe“, sagte er.

Nell schlug ihren Kragen hoch. „Tja“, sagte sie. „Du hast es da offenbar einfacher als ich. Wenn du keine Wurzeln hast, dann hast du ja auch kein Heimweh, oder?“

„Du schon“, stellte Louis fest und hob ein Stöckchen vom Boden auf, das er Hector hinwarf. Hector stieß vor Begeisterung ein kleines Kläffen aus und rannte sofort hinterher.

Nell sog die Luft ein und blieb stehen. „Ja, ich habe Heimweh“, sagte sie.

Louis blieb ebenfalls stehen. „Nach Berlin?“

Nell dachte einen Moment nach. „Nein“, sagte sie. „Das nicht wirklich. Seit ich hier bin, habe ich Heimweh nach meiner Vergangenheit. Die Orte, die Plätze, an denen ich mal gelebt habe, die Stätten meiner Sehnsucht.“ Sie musste lachen angesichts ihrer geschraubten Wortwahl, hörte aber gleich damit auf, als sie Louis’ ernsten Blick sah. „Also, diese Stätten gibt es noch, aber die Zeit nicht mehr. Alles ist anders, das, wonach ich mich sehne, gibt es nicht mehr.“

„Dann denk nicht mehr daran“, sagte Louis und lächelte sie an, bevor er den Hund zu sich rief und hinter den Ohren zu kraulen begann. Wie immer machte Hector ein zufriedenes Gesicht und schloss genüsslich die Augen, um sich in Louis’ kräftige Finger zu schmiegen.

„Louis“, sagte Nell nachdenklich und ballte ihre Hände in den Jackentaschen zu Fäusten. „Ich weiß nicht, wo ich leben soll. Hier oder in der Stadt? Hier vermisse ich meine Leute, in der Stadt die Natur. Beidem fühle ich mich zugehörig. Für was soll ich mich entscheiden?“

Noch nie hatte sie diese Frage, die sie seit Monaten, vielleicht schon seit Jahren umtrieb, so deutlich ausgesprochen. Eigentlich hatte sie nicht einmal genau gewusst, dass es diese Frage war, die sie beutelte. Und hergetrieben hatte. Aber jetzt stand sie hier, mitten in einem uralten, sich selbst überlassenen Waldstück, und offenbarte einem Mann, von dem sie fast nichts wusste, die zurzeit größte Frage ihres Lebens.

Louis sah sie von unten herauf an, dann gab er Hector einen kleinen Klaps auf den Po und richtete sich wieder auf. „Vielleicht gibt es zwei Heimaten", sagte er leise.

„Meine Exfreundin hat immer gesagt, ihre Heimat sei dort, wo die Menschen leben, die sie liebt."

Louis sah sie nachdenklich an und rieb sich den Nacken. „Vielleicht stimmt das auch für sie, aber nicht für alle anderen", sagte er. „Aber dann ist ihre Heimat jetzt nicht mehr bei dir. Sonst wäre sie ja nicht deine Exfreundin."

Nell sah ihn böse an, aber dann wurde ihr klar, dass er den Nagel auf den Kopf getroffen hatte. Irmas Heimat war jetzt woanders. Und Nell musste ihre eigene neu bestimmen. Weil Irma zuvor eben auch ihre Heimat gewesen war.

So einfach war das, und so schwer zugleich.

„Apropos Heimat", sagte sie. „Die Rohdes fliegen in zwei Wochen nach Masuren. Ihre Heimat wiedersehen."

Louis sah sie verwundert an. „Die Rohdes? Was für ein Abenteuer! Mutige Leute. Wie kommen sie denn dahin?"

„Sie fliegen von Hamburg aus, dann mieten sie sich einen Wagen. Dass sie sich das noch zutrauen, schon verrückt."

„Aber gut", sagte Louis und rief Hector, der augenblicklich zu ihnen herüberrannte und sich ausgiebig streicheln ließ, erst von Louis, dann von Nell.

Während Nell neben Louis durch den dichten Wald zurück zum Wagen ging, musste sie an Irma denken. Ihre Beziehung war nie so perfekt gewesen, wie sie es sich vorgestellt und gewünscht hatte. Irmas Jähzorn, ihre Antriebsschwäche und Trägheit waren eine schwierige Kombination gewesen.

Dennoch hatte Nell das Leben mit Irma geliebt; Irma war zugleich unglaublich lustig, schräg, anders gewesen.

Oder sie war es noch. Vermutlich war sie es noch.

Wann hatte Nell begonnen, von Irma in der Vergangenheitsform zu denken?

„Du musst das nicht tun“, sagt Irma. „Du kannst auch hier wohnen bleiben. Ich kann genauso gut ausziehen.“

Nell weiß nicht, ob sie wütend oder traurig sein soll. „Das haben wir doch schon alles besprochen.“ Sie geht Irma voraus in ihr ehemaliges eigenes Zimmer, das jetzt leergeräumt ist. Die Spuren an der Wand künden noch von ihrem Bücherregal; dort, wo der Schreibtisch gestanden hat, ist nun ein kleiner Schmutzstreifen an der Wand zu sehen. Aber der Boden ist sauber gefegt und gewischt. Eigentlich würde Nell gern wissen, ob Irma vorhat zu streichen, aber sie wird sich hüten, das zu erfragen. Soll sie mit der Wohnung doch machen, was sie will. Soll sie doch überhaupt machen, was sie will.

Diesen Satz bläut Nell sich seit Wochen immer wieder ein, aber noch ist es nur eine Phrase. Insgeheim möchte Nell ganz genau wissen, was Irma macht, fühlt und denkt. Was sie mit ihrer neuen Flamme vorhat und spricht. Ob sie an Nell denkt, wenn sie mit ihr ins Bett geht. Ob sie sich schlecht fühlt. Ob sie Nell eigentlich immer noch liebt. Wann sie aufgehört hat, Nell zu lieben. Wann sie ihr Leben von Nells getrennt hat.

Hoffentlich hört das irgendwann auf.

Nell bemüht sich, nicht zu Hector hinzusehen, der irritiert in den Zimmerecken schnüffelt, und nimmt den

Karton mit Unterlagen auf, den Irma für sie bereitgestellt hat. „Das ist jetzt auch wirklich alles, ja?"

Irma nickt. „Ich glaube schon. Aber wenn ich noch was finde ..." Sie steht halb in der Tür, so dass Nell sich fast an ihr vorbeidrängeln muss, und Irma nutzt die Gelegenheit und fasst nach ihrem Arm.

Es ist, als ob ein Funken Nells nackten Arm berührt hat, an der Stelle, wo Irmas Finger liegen. Sie schüttelt sie ab, schnell und heftig, und dann läuft sie hinaus in den Flur.

„Ich gehe jetzt", sagt sie, aber offenbar sagt sie es nicht, sie glaubt nur, es zu gesagt zu haben, denn Irma sieht sie erwartungsvoll an.

„Ich kann hier nicht bleiben", sagt Nell.

Irma mustert sie, so als würde sie ihr das nicht abnehmen. „Komm", sagt sie, „komm, ich mach uns einen Kaffee."

„Ich will keinen Kaffee", sagt Nell, aber sie folgt Irma gehorsam ins Wohnzimmer, in dem alles genauso aussieht wie zu ihrer gemeinsamen Zeit hier in dieser Wohnung. Irma hat nichts verändert in den Wochen, seit Nell ausgezogen ist; sie hat alles so gelassen, die Möbel stehen noch genauso, die Bilder hängen unverändert an der Wand, die Pflanzen füllen das Fenster immer noch fast zur Gänze aus. Nell hat nichts mitnehmen wollen von ihren gemeinsam angeschafften Dingen, sie ist geflohen, mit dem Nötigsten, mit ihren ureigenen Sachen, alles andere hat sie zurückgelassen, soll Irma doch in den Schatten der Vergangenheit leben, in dieser mürben Kulisse, die von einem gemeinsamen Leben übrig geblieben ist.

Irma setzt sich an den Tisch, auffordernd sieht sie Nell an. Nell will sich nicht setzen, sie hat Angst, dass sie dann nicht mehr aufstehen kann. Deshalb bleibt sie stehen, aber schließlich zieht sie doch einen Stuhl zurück und setzt sich Irma gegenüber. Sie kann Irma nicht ansehen, aber sie weiß, dass sie es muss.

„Nell", sagt Irma. „Hör mal ..."

Plötzlich schlägt Nells Traurigkeit um in Wut. „Was willst du denn jetzt noch?", bricht es aus ihr hervor. „Was denn? Es ist alles gesagt und geregelt. Ich bin nur hier, um die letzten Sachen abzuholen. Dann bist du mich los." Sie springt wieder auf, und Hector zu ihren Füßen springt ebenfalls auf. Verwirrt sieht er zu ihr hoch.

„Nell. Wollen wir nicht doch noch mal ..."

„Nein", sagt Nell. „Nein. Das ist vorbei."

Und das spürt sie auch. Es ist vorbei, so weh es auch tut. Irma und sie haben keine Basis mehr, keine Gegenwart und keine Zukunft. Irma hat gewählt, Irma hat sich einer anderen Frau, einem anderen Leben zugewandt und Nell vor vollendete Tatsachen gestellt.

Aber sie, Nell, hat jetzt auch gewählt.

Sie steht da und sieht Irma an, und auf einmal kippt alles. Unfassbar, wie schnell eine jahrelange Vertrautheit in Fremdheit umschlagen kann.

Irma steht ebenfalls auf, ihr Gesicht ist hart und verletzt, und Nell spürt genau, dass es erst jetzt wirklich zum Bruch zwischen ihnen gekommen ist. Vorher war alles noch ungewiss, schlimm zwar und dramatisch, aber noch war nichts entschieden, hing in der Schwebe, war noch rückgängig zu machen.

Aber jetzt, seit Nell ebenfalls gewählt hat, ist das vorbei.

Irma sieht sie wütend an, dann macht sie eine kleine, harsche Geste in Richtung Flur. „Dann geh doch, wenn du das so willst", sagt sie und bleibt stehen, als Nell hinausgeht.

Hinter sich hört Nell das unruhige Tapsen von Hectors Pfoten, sein Zögern, als er kurz stehenbleibt. Ohne hinzusehen, weiß sie, dass Irma ihn streichelt, kurz nur, zum Abschied, und sie weiß, dass sie es nicht geschafft haben, Irma und sie.

Sie haben keine gute Trennung hinbekommen, aber das war ja klar. Irma, das hat Nell immer gewusst, ist kein

Mensch für gute Trennungen und auch nicht fürs Festhalten. Wenn Irma geht, geht sie ganz. Von jetzt an wird ein Schweigen zwischen ihnen sein, das wehtun wird, immer wieder, vielleicht für immer.

Einen Moment lang schwankt sie. Dann geht sie weiter.

Als sie die Stadt wieder erreichten, war es längst dunkel geworden. Trotz der frühen Stunde waren kaum Passanten unterwegs; als sie das *Patty* passierten, sah Nell den Barkeeper mit aufgestützten Ellenbogen hinter dem Tresen gähnen. Die Fußgängerzone auf der anderen Seite lag wie ausgestorben da, nur ein paar junge Leute radelten im Pulk die Hauptstraße entlang. Der Erste von ihnen hielt eine Lautsprecherbox wie eine Trophäe in die Höhe, laute Technorhythmen donnerten in die Winterluft, als sie ihn überholten.

„Die Vergnügungen der Landjugend", sagte Louis lächelnd, während er in den holperigen Feldweg kurz hinter dem Ortsschild einbog, der ins Industrieviertel führte. „Aber wir feiern ja heute auch noch."

Nell musste lächeln. „Feiern?"

„Ich denke, für Beate ist es feiern. Für mich eher ein nettes Beisammensein. Was es für dich ist, weiß ich natürlich nicht." Louis verlangsamte das Tempo. Nell wollte eben antworten, als ihr Handy klingelte. Nach einem Blick aufs Display steckte sie es wieder ein, ohne den Anruf anzunehmen.

Marie schon wieder. Ihrem abendlichen Intermezzo war noch ein zweites gefolgt; seitdem rief Marie immer intervallartig mehrmals hintereinander an, aber Nell konnte sich einfach nicht zu einem weiteren Treffen mit ihr durchringen. Die beiden Begegnungen mit Marie hatten einen schalen Nachgeschmack bei ihr hinterlassen, auch wenn sie ihr eigentlich gefallen hatten.

„Ist es in Ordnung, wenn ich hintenrum fahre? Dann musst du allerdings noch ein paar Schritte laufen."

„Das ist eine Zumutung, Louis", sagte Nell und sah ihn von der Seite an. Er warf ihr einen kurzen Blick zu, dann lächelte er in sich hinein und gab Gas.

Sie war sehr gern mit ihm zusammen, und der heutige Tag hatte ihr ausnehmend gutgetan. Mit Louis zusammen fühlte sie sich auf eine Art ganz, die sie selbst nicht recht verstand, ganz. Es war ähnlich wie mit Jack, den sie doch schon so viele Jahre länger kannte.

Und doch anders, vollkommen anders.

Der Wagen zog langsam am Bestattungsinstitut vorbei, dann kam schon die Tischlerei in Sicht. Dort war alles dunkel, aber beim Hotel gegenüber herrschte reger Betrieb; eine Gruppe von Gästen war gerade angekommen, Handwerker vermutlich, der Arbeitskleidung nach zu urteilen. Sie standen im losen Halbkreis beieinander, in ein reges Gespräch vertieft.

Louis winkte hinüber und lachte, als er Nells verdutztes Gesicht sah. „Nun, unter Handwerkern grüßt man sich eben", sagte er vergnügt, während er den Wagen mit Schwung in die Auffahrt steuerte und die Handbremse anzog. „Also, meine Liebe, dann sehen wir uns um acht?"

„Ja, um acht." Nell rutschte vom Sitz und drehte sich zu Louis um. „War ein schöner Tag mit dir. Danke!"

Einen verwirrend langen Moment sahen sie sich in die Augen, und Nell spürte, wie etwas in ihr hochstieg, das weit über das Gefühl der Vertrautheit hinausging, das sie für Louis empfand. Irritiert sah sie fort, und erst nach ein paar Augenblicken regte Louis sich neben ihr.

„Ich danke dir!", sagte er betont munter und kraulte Hector hinter den Ohren, bevor er ihm einen auffordernden Klaps gab. „Los, alter Junge, raus mit dir. Wir sehen uns ja gleich wieder."

Die kurze Strecke hinüber zu ihrem Haus schlenderte Nell in Gedanken versunken am Straßenrand entlang. Die Zeit, die sie mit Louis verbrachte, entschädigte sie jedes Mal für die Sehnsucht nach ihren Berliner Freunden.

Vor allem Jack und Adam hatten mehrfach vorgeschlagen, zu Besuch zu kommen, aber Nell hatte abgelehnt, aus dem Gefühl heraus, erst noch Zeit für sich zu benötigen.

Überrascht stellte sie jetzt fest, dass sich das geändert hatte. In den letzten Tagen war etwas mit ihr passiert – als hätten sich ein paar lose Puzzleteile unmerklich zusammengefügt, die Wogen geglättet und sie in ein ruhigeres Fahrwasser entlassen.

Und zugleich war sie aufgewühlter denn je in den vergangenen Monaten. Louis, dieses Gefühl gerade eben, auch am Nachmittag war es mehrfach in ihr hochgekommen. Oder kam es von ihm, projizierte sie etwas auf sich selbst, das er ihr suggerierte?

Begehrte er sie?

Sie musste lachen bei dem Gedanken, so absurd schien er ihr. Seit der kurzen Episode mit Jakob, Irvings Vater, hatte sie sich nicht mehr in einen Mann verliebt. Einmal noch hatte sie danach mit einem Mann Sex gehabt, einem Kollegen, ein kurzes, ganz nettes Erlebnis, an das sie sich allerdings kaum noch erinnern konnte.

Wahrscheinlich verwechselte sie ihre eigenen Gefühle, lag es am vielen Alleinsein. Tief empfundene Freundschaft besaß durchaus, das wusste sie aus Erfahrung, gerade zu Beginn gelegentlich eine erotische Komponente; das bedeutete nichts weiter.

Hector vor ihr blieb plötzlich stehen und bellte einmal kurz auf, und Nell blickte hoch. Jemand kam ihr entgegen, aber erst, als die Gestalt aus dem Dunkel zwischen den Straßenlaternen ins Licht trat, erkannte sie Marie. Sie hatte den Kragen ihrer Steppjacke hochgeschlagen und hielt ihn mit einer Hand über dem Hals zusammen, während sie Nell mit angespanntem Gesichtsausdruck gegenübertrat.

„Nell", sagte sie. „Entschuldige, ich will ja nicht nerven, aber ich habe mir langsam Sorgen gemacht. Du meldest dich ja gar nicht." Sie sah Nell forschend an, und Nell bemühte sich um ein vages Lächeln, das ihr nur halbherzig gelang.

„Ach so, ja", sagte sie. „Stimmt. Nee, aber es ist alles in Ordnung mit mir. Ich hab nur … ich bin nur sehr beschäftigt."

Marie trat von einem Bein aufs andere. Nell registrierte, dass sie Hector, der wedelnd um ihre Beine strich, nicht einmal beachtete; das gefiel ihr nicht. Aber die ganze Situation gefiel ihr nicht: Maries Auftauchen, ihr bittender Gesichtsausdruck, die Aura von Bedürftigkeit und Hilflosigkeit, vermischt mit latenter Aggression, die sie verströmte.

„Wann hast du denn mal wieder Zeit, dass wir uns sehen können?", fragte Marie drängend. Aus ihrem Mund stiegen Atemwölkchen in die Luft, die mit dem Einbruch der Nacht deutlich kälter geworden war.

Nell zögerte. „Marie, weißt du …", begann sie, aber dann wusste sie nicht weiter. „Also, ich …"

Marie zog ihren Kragen enger und lächelte Nell entwaffnend an. „Können wir nicht kurz zu dir hochgehen? Hier ist es doch ganz schön kalt", sagte sie und legte den Kopf schief. Und dann fasste sie nach Nells Arm, und Nell schloss kurz die Augen, um ihrem ersten Impuls, Maries Hand abzuschütteln, nicht zu folgen.

Das hatte Marie nicht verdient.

Vom Hotel her waren Stimmen zu hören, aber Marie reagierte nicht darauf, und Nell sah nicht hinüber.

„Ich habe keine Zeit, Marie, ich bin verabredet", sagte sie, und schlagartig veränderte sich Maries Gesichtsausdruck. Sie nahm die Hand weg.

„Du bist verabredet?", fragte sie und kniff die Augen zusammen. „Ach so, ich will ja nicht … ich will ja nicht stören, aber könntest du … Das ist doch was Besonderes mit uns, oder nicht?"

Sie starrte Nell an, und Nell starrte hilflos zurück. Nein, es war nichts Besonderes, oder doch, denn alles war etwas Besonderes, jede menschliche Beziehung, die Nähe barg, körperliche Intimität erst recht, und ja, es war schön gewesen, aber nein, es ging nicht weiter, ging nicht über diesen Punkt hinaus, den sie längst überschritten hatten. Sie wollte Marie nicht wehtun, aber zugleich wusste sie, dass ihr keine andere Möglichkeit blieb.

„Marie", begann sie, aber Maries Gesicht verschloss sich.

„Wie du mich hier abfertigst! Du bist genauso wie früher!", rief sie. „Du bist immer noch genauso! Die coole, arrogante Nell, die alle nur mit ihrem kühlen Blick anguckt! Du interessierst dich doch einen Scheißdreck für mich! Das ist echt gemein, Nell, du nutzt andere nur aus. Mensch!"

Und damit brach sie in Tränen aus. Nell stand wie versteinert da, unfähig zu reagieren.

Maries Schluchzen, ihre kindische Anklage, die verschrobene Wortwahl, all das brachte sie vollkommen durcheinander, und gleichzeitig perlte es an ihr ab wie Regen von einer frisch imprägnierten Jacke. Sie warf einen Blick zu Hector, der unsicher neben ihr stand, mit halb erhobener Rute. „Marie", sagte sie schließlich, als Maries Schluchzen verebbte und Marie sich mit einer trotzig wirkenden Geste über die verweinten Augen fuhr. „He, Marie, wirklich, ich … tut mir leid, wenn du das Gefühl hast, dass ich dich ausgenutzt habe. Hab ich nicht. Aber vielleicht sollten wir es dabei belassen, vielleicht ist das besser so."

Sie trat einen Schritt vor, aber Marie durchschaute ihre Absicht und wich zurück.

„Besser, besser", wiederholte sie und schniefte. „Du hast doch keine Ahnung, was besser für mich ist. Mann, ich hab gedacht … ach, Scheiße!" Sie schniefte erneut, dann drehte sie sich um und eilte zu ihrem Wagen, den sie, wie Nell erst jetzt sah, auf der anderen Straßenseite geparkt hatte, im dunklen Bereich zwischen den Laternen.

Plötzlich wallte Ärger in Nell auf. Was wollte Marie eigentlich, mit ihrem nichtsahnenden Ehemann Ralf im Hintergrund, den beiden halbwüchsigen Kindern, der unerschütterlichen Kleinstadtexistenz, die sie gewiss nicht aufzugeben gedachte? Welche Rolle hatte sie Nell eigentlich zugedacht?

Reglos sah sie zu, wie Marie den Wagen öffnete und nach einem verzweifelten Blick zu ihr hinüber einstieg. Als sie die Tür mit Schwung zuziehen wollte, klemmte offenbar der Gurt dazwischen, aber beim zweiten Versuch gelang es. Der Motor röhrte auf, dann preschte sie davon.

Nell atmete tief aus und sah zu Hector hinunter, der sie erwartungsvoll musterte. „Dann mal los, du hast sicher Hunger, was?", sagte sie. Hector sprang voran, und während Nell ihm zum Hauseingang folgte, wurde ihr auf einmal bewusst, dass die Stimmen vor dem Hotel verklungen waren und erst jetzt wieder einsetzten.

Beate kam ihnen mit einem strahlenden Lächeln im Foyer entgegen. „Hach, das ist ja schön, dass ihr Zeit habt!", rief sie. „Mensch, klasse!" Sie umarmte Nell ein wenig zu stürmisch, dann hauchte sie neben Louis' Wangen zwei Küsschen in die Luft. „Wartet ihr einen Moment? Ich muss noch meine Jacke holen!" Sie deutete auf die Bank gleich beim Eingang. „Setzt euch doch so lange!"

Louis schüttelte den Kopf. „Ich weiß nicht, ob die Bank da unser Gewicht aushalten würde", sagte er ernst. Beate sah verblüfft zu ihm hinüber und fing nach einem Moment an zu lachen, als sie sein Grinsen sah.

„Doch", sagte sie vergnügt. „Das ist doch Wertarbeit! Und, wo wollen wir hin?"

„Schlag du was vor", sagte Louis und zog den Reißverschluss seiner Weste auf. Trotz der Kälte draußen trug er keine Jacke, dafür aber Handschuhe, die er jetzt auszog. „Du kennst dich doch hier am besten aus."

„Wieso, warst du etwa noch nie unterwegs hier?", fragte Beate verblüfft und schlug die Hände ineinander. Hinter ihr schlappte ein Gast in Badeschuhen den Gang entlang und verschwand hinter dem Getränkeautomaten. „Guten Abend, Herr Percovic!"

„Nein", sagte Louis. „das heißt, doch. Einmal war ich mit meiner Schwester und ihrer Familie abends in einer Pizzeria. Aber das kann man ja nicht so richtig mitzählen."

Beate sah ihn mit offenem Mund an. „Du warst noch nie aus? Du wohnst doch bestimmt schon zwei Jahre hier!"

„Fast", sagte Louis und warf Nell einen leicht schrägen Blick zu.

Am Automaten klirrte und klapperte es, dann schlurfte der Gast mit einer Bierflasche in der Hand wieder den Gang hinunter.

Nell verkniff sich mit Mühe ein Grinsen. Das passte zu Louis, dass er noch nie ausgewesen war hier in der Stadt. Allerdings war sie selbst in den drei Monaten, die sie hier war, auch noch nicht abends unterwegs gewesen. Abgesehen von ihrem Treffen mit Marie. Das lag vorrangig daran, dass es in ihrer unmittelbaren Nähe nichts gab, wo man hingehen konnte. Und irgendwie war ihr auch bislang nicht danach gewesen.

„Also, ich hole erst mal meine Jacke", sagte Beate, tätschelte Hector den Kopf und lief schnellen Schrittes zum Büro hinüber. Nell und Louis sahen sich wieder an und mussten beide grinsen. Nach ein paar Augenblicken ging das Licht im Büro aus, und Beate kam zurück, einen langen bunten Wollschal um den Hals geschlungen und ihre Jacke im Arm. „Wisst ihr was? Wir gehen ins *Patty*!", rief sie fröhlich.

Nell erstarrte innerlich. „Gibt es nichts anderes?"

Beate sah sie verwundert an. „Ach, das kennst du?"

Nell nickte und ignorierte Louis' ebenfalls verwunderten Blick. „Das ist jetzt nicht so ganz mein Fall", sagte sie matt.

„Also, ich wüsste nicht so recht, wo wir sonst …“, überlegte Beate und lächelte Louis breit an, als er ihr in ihre Jacke half. „Es ist ja Donnerstag … das ist auch die beste Bar hier weit und breit eigentlich, ziemlich angesagt.“

Für einen Moment sehnte sich Nell mit Inbrunst nach Berlin zurück, wo die Auswahl an angesagten Bars schier unübersichtlich war. Am liebsten wäre sie jetzt in eine schöne, queere Bar gegangen; auch, um ihren seltsamen Anflug vorhin im Hinblick auf Louis endgültig wieder zu vertreiben, aber schließlich ergab sie sich.

„Und wie kommen wir dahin?“, fragte sie.

„Mit dem Taxi!“, schlug Beate vor. „Wir wollen doch auch was trinken.“

Louis schüttelte den Kopf. „Ich fahre“, sagte er.

Nell zögerte. Wenn Marie nun ausgerechnet nach dieser Situation gerade ins *Patty* gefahren war … „Ich weiß nicht“, sagte sie. Ich muss dann aber noch …“ Ihr fiel einfach keine passende Ausrede ein. Dann doch. „Ich muss dann Hector noch nach Hause bringen, den können wir ja schlecht mitnehmen.“

Louis zog die Brauen hoch. Für einen Moment hatte Nell das Gefühl, dass er genau wusste, was in ihr vorging. „Wisst ihr was, wie wäre es, wenn wir einfach mal zu mir gehen?“, schlug er vor. „Bier habe ich da.“

Abenteuerlust blitzte in Beates Augen auf. „Oh!“, rief sie. „Ja gern, das finde ich prima. Ich war noch nie bei dir! Warte, ich hole dann aber mal einen Sekt, ja?“ Und damit verschwand sie im Gang zur Küche.

Nell sah Louis erstaunt an. „Bei dir?“, fragte sie. Sie war zwar einige Male bei Louis gewesen, aber immer nur sehr kurz. Seine Wohnung machte keinen besonders einladenden Eindruck, aber vielleicht war es auch Louis selbst gewesen, der ihr das Gefühl gegeben hatte.

Louis lachte. „Ja, bei mir. Oder hältst du das für keine gute Idee?“

„Doch“, sagte Nell und musste ebenfalls lachen. „Doch, eigentlich halte ich das für eine sehr gute Idee.“

Hector freute sich sichtlich, als Louis die Tür aufschloss und das Licht in der Werkstatt einschaltete. Er war öfter bei Louis gewesen als Nell; Louis hatte ihn schon einige Male mitgenommen und stundenweise betreut, wenn Nell etwas in der Stadt oder mit ihrer Mutter zu erledigen gehabt hatte. Jetzt stürmte er wedelnd voran in Richtung der kleinen Treppe, die ins Obergeschoss führte.

„Hier entlang, bitte“, sagte Louis und wies Beate und Nell gentlemanlike den Weg.

Beate sah sich neugierig um, während sie zur Treppe hinübergingen. Sie wirkte geradezu aufgeregt, und als Louis ihnen oben die Tür öffnete und eine Stehlampe daneben einschaltete, schlug sie tatsächlich beide Hände vor den Mund und stieß einen leisen Schrei aus.

„Hier wohnst du also!“, rief sie erstaunt und drehte sich einmal im Kreis. „Das ist ja … das ist ja ganz anders, als ich gedacht hätte!“

„So, was hättest du denn gedacht?“, fragte Louis und schaltete eine weitere Lampe über dem Tisch ein. Ein warmer Schein erleuchtete den Raum, der viel gemütlicher wirkte als sonst, wie Nell fand. Wie auch bei ihren vorigen Besuchen war es ordentlich aufgeräumt im Zimmer, aber jetzt hatte Louis eingeheizt und eine orangefarbene Decke über sein Bett gebreitet; die Spüle glänzte frisch geputzt, und der schmale Klapptisch war einem vierbeinigen, etwas größeren Tisch gewichen, auf dem ein Strauß orangefarbene Gerbera in einer schlichten Glasvase stand. Sogar ein kleines Körbchen für Hector hatte Louis angeschafft, stellte sie gerührt fest. „Setzt euch doch“, lud Louis sie ein und deutete auf die beiden einzigen Stühle. „Aber gebt mir bitte vorher eure Jacken.“

Nell und Beate setzten sich, während er ihre beiden Jacken an zwei Haken an der Tür und seine Weste an den dritten über seine eigene Winterjacke hängte. Dann ging er zum Kühlschrank hinüber und holte zwei Bierflaschen heraus, von denen er eine ungefragt Nell hinstellte. Mit raschem Griff nahm er ein Sektglas aus dem Regal über der Spüle, dessen Gegenstück sich den Platz dort mit vier weiteren schlichten Wassergläsern teilte.

Nell gefiel seine minimalistische Ader ausgezeichnet; sie selbst war ja ähnlich eingerichtet, und mit jedem Tag stellte sie fest, dass ihr das Prinzip des dürftigen Wohnens immer mehr zusagte. Früher hatte sie so unglaublich viele Dinge besessen, die ihr jetzt vollkommen überflüssig erschienen.

„Ist das etwa ein Allesbrenner?" Beates ungläubige Stimme riss sie aus ihren Gedanken. „Das hab ich ja seit meiner Kindheit nicht mehr gesehen!" Sie nickte zum Ofen hinüber, der eine behagliche Wärme verströmte.

„Funktioniert wunderbar. Darf ich?", fragte Louis und nahm eine der beiden Sektflaschen hoch, die sie aus ihrer Tasche gezogen hatte. Als Beate nickte, öffnete er sie gekonnt und schenkte ihr ein, um die zweite Flasche in den Kühlschrank zu stellen. Dann kramte er im Schrank unter der Spüle und stellte kurz darauf eine Schale mit kleinen Laugenbrezeln auf den Tisch.

„Und wo sitzt du?", fragte Beate, die sich die ganze Zeit über mit großen Augen umgesehen hatte, als ob sie noch nie in einer fremden Privatwohnung gewesen wäre. Aber vielleicht stimmte das sogar fast, überlegte Nell. Vielleicht verkehrte Beate ja hauptsächlich in Hotels und pflegte nur wenige private Kontakte?

Louis lächelte, während er ein niedriges Regal auf Rollen von der Wand hinüberzog, eine seitliche Klappe nach oben schwenkte und zwei der Rollen mit einem kleinen Fußtritt arretierte. „Hier", sagte er und setzte sich auf die gepolsterte Oberfläche. „Zum Wohl, die Damen!"

Sie stießen alle drei an, und Nell spürte, wie sie sich langsam wieder entspannte. Gut, dass sie nicht ins *Patty* gefahren waren, dort hätte sie vermutlich den gesamten Abend auf heißen Kohlen gesessen.

„Schön, dass ihr Zeit hattet!", sagte Beate und nahm gleich noch einen Schluck Sekt. „Es war doch so ein lustiger Abend beim ersten Mal, da dachte ich, das müssen wir unbedingt wiederholen! Meine Güte, das ist schon so lange her! Wann war das noch gleich?" Sie lachte hektisch, und Nell verspürte ein diffuses Gefühl von Mitleid in sich hochkriechen, das sie sogleich wieder verdrängte. Mein Gott, in den letzten Tagen war sie wirklich übersensibel.

„Ende Oktober", sagte Louis und schob Nell die Schüssel mit den Brezeln hin. „Hier, die mochtest du doch, oder?"

Nell lächelte ihn an und nahm eine kleine Brezel. Beim letzten Mal hatte sie das Knabbergebäck gelobt und fast die ganze Schüssel vertilgt, aber da hatte sie auch noch nichts zu Abend gegessen.

Beate deutete auf das großformatige Poster an der Wand neben der Tür. „Du bist wohl Hundefan?"

Louis nickte und sah kurz zu Hector, der in seinem Körbchen schnüffelte. „Ja. Aber ich liebe Tiere insgesamt sehr. Ich gehöre zu den Leuten, die auch kleine Spinnen vorsichtig nach draußen tragen." Er lachte ein wenig verschämt, dann sah er zu dem Poster hinüber, auf dem ein großer Schäferhundmischling mit grauer Schnauze zu sehen war, der die Pfoten übereinandergelegt hatte und mit freundlichem Ausdruck in die Kamera blinzelte. „Das ist Bella, mein Hund. Sie ist leider gestorben, kurz nachdem ich hergezogen bin."

„Ach, echt?" Beate trank ihr Glas aus und sah erfreut zu, wie Louis ihr erneut einschenkte. „Und wieso hast du dir dann keinen neuen angeschafft?"

Louis zuckte mit den Schultern. Er blickte zu Nell, die seinen Blick nicht recht deuten konnte. „Mal sehen", sagte er schließlich. „Ist noch nicht an der Zeit. Ab und zu darf ich ja Hector betreuen, das reicht mir im Moment."

Hector spitzte die Ohren und starrte Louis einen Moment lang an, bevor er den Kopf wieder auf den Rand des Körbchens sinken ließ und die Augen schloss. Er fühlte sich hier sichtlich zu Hause; das freute Nell, aber seltsam fand sie es auch.

Beate lehnte sich zurück und nahm ihr Sektglas hoch. „Du hast es nett hier", stellte sie fest. „Klein, aber oho."

„Danke", sagte Louis. „Bei dir gefällt es mir aber auch." Er lächelte Beate freundlich an. „Du bist gut eingerichtet. Keine Billigmöbel, das gefällt mir. Oder war deine Wohnung schon fertig möbliert?"

„Nein!" Beate schüttelte entrüstet den Kopf. „Das hab ich selbst alles ausgesucht!"

„Ja, deine Wohnung ist gut eingerichtet, Beate", stimmte Nell Louis zu. „Meine nicht – kreatives Prekariat, das ist so mein Milieu", sagte sie und sah sofort, dass Beate den Begriff nicht kannte. Aber sie hatte keine Lust, ihr das näher zu erläutern, sofern sie nicht nachfragte. Was sie nicht tat. „Ich lebe wieder wie damals, als junge Frau, als ich noch total wenig Geld hatte", fuhr sie fort. „Aber eigentlich ist das ja merkwürdig in meinem Alter. Überall, im Fernsehen, in der Wirklichkeit sehe ich Wohnungen, gut eingerichtet, alles drin, was man sich so erträumt." Sie nickte Beate zu, die allerdings leicht abgelenkt wirkte. „So wie bei dir. Der Standard ist hoch. In jedem Fernsehfilm siehst du das. Aber ich? Krebse herum. Ich dachte nie, dass ich mal später so leben würde."

Louis sah sie aufmerksam an, aber seine dunklen Augen verrieten nicht, was er dazu dachte. Trotzdem fühlte sie eine Verbundenheit mit ihm, die sie zum wiederholten Mal tröstete. Für was auch immer.

„Bist du nicht Beamtin?", fragte Beate. „Die verdienen doch so gut. Da könntest du dir doch auch alles leisten."

„Nein, ich bin Angestellte", sagte Nell und nahm einen Schluck Bier, das kühl und köstlich ihre Kehle hinunterrann. „Und ich hab erst sehr spät damit angefangen."

„Was hast du vorher gemacht?"

„Oh, alles Mögliche. Aber ich habe viel Zeit damit verbracht, Kunst zu machen. Bis ich eingesehen habe, dass ich damit mein Kind nicht großkriege."

Beate nickte. Dann sah sie zu Louis. „Jedenfalls, schön hast du es hier", sagte sie halbherzig. „Aber sag mal, willst du denn hier auf Dauer wohnen bleiben?"

Der leicht abschätzige Zug um ihre Mundwinkel war unübersehbar, und Nell bewunderte zum wiederholten Male Louis' Gelassenheit, als er mit den Schultern zuckte.

„Mir gefällt es eigentlich immer besser hier", sagte er und nahm ebenfalls einen Schluck Bier. „Eine Zeitlang habe ich was anderes gesucht, aber jetzt bleibe ich erst mal. Ich habe alles, was ich brauche – das Gebäude gehört mir, ich muss keine Miete zahlen. Der Ofen heizt gut ein, mein Arbeitsweg ist unschlagbar kurz, und meine Nachbarinnen sind wahnsinnig nett. Was will ich mehr?"

Beate kicherte kleinmädchenhaft und trank ihren Sekt in einem Zug aus. „Nette Nachbarinnen, genau! Und sonst bist du aber ein Einzelgänger, oder was?"

Ihre Stimme hatte auf einmal einen leicht neckischen, flirtenden Unterton, der Nell aus irgendeinem Grund missfiel. Louis ließ sich nicht anmerken, was er dachte. Er stützte die Ellenbogen auf den Tisch und sah Nell an. „Deine Wohnung gefällt mir übrigens auch", sagte er ruhig. „Nichts Überflüssiges, schlichter Stil. Das mag ich."

Nell nickte. „Tja, aber das ist auch ein wenig aus der Situation heraus entstanden. Früher hatte ich eine komplett eingerichtete Wohnung, in der sich unglaublich viel Zeug angesammelt hatte im Laufe der Jahre. Eigentlich war ich froh, als ich das alles hinter mir lassen konnte."

„Und wieso konntest du?", fragte Beate. Nell meinte, einen leicht aggressiven Unterton in ihrer Stimme zu hören, und als sie einen Blick zu ihr hinüberwarf, wurde ihr klar, warum. Beate war eifersüchtig. Sie konkurrierte offenbar mit ihr um Louis. Dabei war das doch gar nicht nötig. *Du kannst ihn haben*, dachte Nell und musste lächeln.

„Weil meine langjährige Beziehung und ich uns getrennt haben", sagte sie und setzte hinzu: „Sie hat eine andere kennengelernt."

„Autsch!", sagte Beate mitfühlend und trank wieder einen Schluck Sekt.

Draußen auf der Straße fuhr ein Auto vorbei und bremste vor der Einfahrt zu Kuipers Bestattungsbüro ab, um langsam auf die Auffahrt einzubiegen.

Beate reckte den Hals. „Da kommt der Kuipers, habt ihr gesehen? Wie findest du den eigentlich, Louis?"

„Nicht so nett wie dich und Nell", sagte er ruhig und hob Nells Flasche, um den Inhalt zu prüfen. „Noch eins, Nell?"

„Gern", sagte sie.

„Ich nehm auch noch einen Sekt!", rief Beate hastig. Dann beugte sie sich mit verschwörerischer Miene vor. „Also, wenn ihr mich fragt … ich finde den Kuipers irgendwie ein bisschen gruselig. Diese stechenden Augen!"

„Haben andere Leute auch", sagte Louis achselzuckend. „Vielleicht findest du eher seinen Beruf gruselig."

Beate gluckste und fuhr sich durch die wilden roten Locken. „Aber hallo!", rief sie. „Aber hallo. Mit so einem könnte ich nie …" Sie kicherte erneut und sah Louis von unten herauf an. „Aber vielleicht ist er ja auch schwul. Sein Gehilfe da ist auf jeden Fall schwul."

Nell stöhnte innerlich. Diese vermeintlich vertraulichen Gespräche mit Heterosexuellen über Homosexualität und vermeintliche Homosexuelle ödeten sie zutiefst an, und zugleich nervten sie sie auch. Die Sensationslust schwang einfach immer mit.

„Ach?“, fragte Louis mit leicht desinteressiertem Unterton und nahm sich eine Brezel, die er krachend zerbiss.

„Ja! Der hat glaube ich einen Freund, einen ziemlich jungen. Ich hab die beiden jetzt schon mehrfach gesehen, zuletzt im Kaufhaus.“ Sie lachte. „Da haben die beiden Parfüm geklaut!“

„So“, sagte Louis. „Und du hast sie nicht zur Rede gestellt?“

Beate sah ihn irritiert an und trank ihr Glas aus. „Nee“, sagte sie. „Nee, ich hab aber böse geguckt.“ Sie musste lachen, und Nell musste ebenfalls lachen, aber weniger über das, was sie gesagt hatte, sondern darüber, wie sie es gesagt hatte, trotzig, mit leicht verwaschener Aussprache. Sie und Louis wechselten einen Blick, in dem Nell eine schweigende Übereinkunft zwischen ihnen erkannte. *Sie ist ein wenig überspannt, aber nicht böse, lassen wir sie einfach.*

Beate sah Nell an, dann zog sie ihr Handy heraus. „Ach, wo wir schon mal dabei sind, guck mal …“ Sie tippte auf ihrem Display herum, wischte und hielt Nell schließlich das Handy hin. „Kennst du die noch?“

Nell betrachtete die junge Frau, die ihr vom Touchscreen entgegenlächelte. Sie hatte blaugefärbte Haare und ein Lippenpiercing und grinste frech in die Kamera, und nach einem Moment stieg die Erinnerung in Nell hoch.

„Silvia!“, sagte sie. „Klar kenn ich die. Du auch?“

„Das ist meine Cousine“, sagte Beate und nickte bedeutungsschwanger. „Mit der hattest du doch damals was, oder?“

Nell sah sie erstaunt an. „Kann sein“, sagte sie unbestimmt. Warum brachte Beate das denn jetzt zur Sprache? Um ganz klar zu machen, dass Nell für Louis nicht infrage kam? *Nein, du kannst ihn doch nicht haben*, korrigierte sie sich. „Und, wie geht es ihr? Was macht sie denn so?"

„Keine Ahnung", sagte Beate und hickste. „Wir haben uns aus den Augen verloren. Sie ist auf jeden Fall weggezogen und will nichts mehr mit ihrer Familie zu tun haben. Aber ihre Schwester Dana, die wohnt noch hier. Die kennst du vielleicht auch – oder nicht, die ist ja viel jünger", setzte sie schnell hinzu, als sie Nells Blick sah. „Die wohnt hier und hat gerade ihre Babys verloren, also, im Oktober, Zwillinge, direkt nach der Geburt sind die gestorben, Frühchen, echt schrecklich." Plötzlich hielt sie inne. „Ups. Ich glaube … darf ich mal deine Toilette benutzen, Louis?"

„Klar", sagte Louis und deutete zur schmalen Tür an der Stirnseite. „Da vorn."

Beate wankte auf unsicheren Beinen hinüber und schloss die Tür lautstark hinter sich.

Louis und Nell sahen sich an. Er sah blass aus, fand Nell.

„Puh", sagte er und grinste schief. Sie lächelte zurück.

Er stand auf und räumte die beiden Bierflaschen ab, und dann drehte er sich zu ihr um. „Ich habe übrigens vorhin Doktor Rohde angerufen", sagte er. „Ich werde die beiden zum Flughafen nach Hamburg fahren. Vielleicht willst du ja mitkommen?"

Nell sah ihn verdutzt an, dann wallte eine Welle der Freude in ihr auf. „Das ist ja … total nett. Ja, ich komme gern mit."

Die Badezimmertür klappte, und Beate trat heraus. „Hast du gar keine Musik hier, Louis?", fragte sie und stemmte die Arme in die Hüften, während sie sich erneut neugierig umsah. Sie trug den abenteuerlustigen Gesichtsausdruck eines Menschen, der sofort alle Schubladen und jede Schranktür öffnen würde, sobald er Gelegenheit dazu bekam.

„Oh, nein, tut mir leid.“ Louis sah tatsächlich ein wenig betreten aus. „Ich hab … also, ich habe leider keine Musik hier, nein.“

Beate seufzte und ließ sich auf sein Bett plumpsen. Das schmale Bett federte nach, und im nächsten Moment stand sie wieder auf und kehrte zu ihrem Stuhl zurück. „Ich hab Sektdurst!“, sagte sie. „Krieg ich noch einen?“ Sie sah Louis begehrlich an, und Nell war ihr Blick fast ein wenig peinlich.

„Sicher. Soll ich die zweite Flasche aufmachen?“, fragte Louis. Nell war sich nicht sicher, ob Beate sein kurzes Zögern bemerkt hatte.

„Man muss die Feste feiern, wie sie fallen!“, rief Beate vergnügt und wandte sich zu Nell, während Louis die zweite Sektflasche aus dem Kühlschrank holte und öffnete. „Und diese Apothekerin, hast du mit der eigentlich auch was?“, fragte sie übergangslos.

Louis fiel fast die Flasche aus der Hand, aber er konnte sie gerade noch auffangen. Nell spürte seinen aufmerksamen Blick, und plötzlich ärgerte sie sich über Beates Taktlosigkeit, die sie gerade noch amüsant gefunden hatte.

„Beate“, sagte sie. „Wirklich, trink lieber noch einen Sekt!“

„Ich meine ja nur“, sagte Beate. „Ist doch nichts dabei, also … obwohl … muss es ausgerechnet die sein? Die ist doch so farblos!“

Nell kniff die Augen zusammen. Musste ausgerechnet die betrunkene Beate jetzt treffend vor Louis erläutern, was ihr, Nell, an Marie nicht passte? „Beate …“

Beate kicherte wie ein kleines Mädchen, dann schlug sie die Hand vor den Mund und nahm sie sofort wieder weg. „O weia“, sagte sie nuschelnd. „Ich benehme mich daneben, oder? Aber jetzt mal in echt, ich bin immer offen für Neues. Also gern für ganz neue Sachen. Versteht ihr? Also, ich finde euch echt nett. Alle beide. Also richtig nett, wisst ihr?“ Sie lächelte erst Louis und dann Nell breit an, und offenbar begriff Nell im selben Moment wie Louis, was Beate eigentlich meinte, denn in Louis’ Gesicht spiegelten sich gleich mehrere Gefühlslagen hintereinander.

„Beate“, sagte Louis nach einem Moment. „Komm, trink lieber noch einen Sekt, okay?“ Er schenkte ihr erneut ein und schob ihr das Glas fürsorglich hin.

„Ach, Mensch, ihr Spielverderber“, sagte Beate maulig und nahm das Glas hoch, um es in einem Zug zu leeren.

Louis lachte in sich hinein.

Nell sah ihn an, und dann lehnte sie sich zurück und sah nach draußen, in die fremde, aber mittlerweile vertraute, heimelig wirkende Dunkelheit, die sie auch von ihrem Fenster im Haus der Rohdes aus sah, Abend für Abend.

Ein guter Ort war das hier, ein Ort, an dem sich Heimatlose versammelten, Heimatlose wie Louis, Beate und sie selbst. Aber mehr denn je war ihr klar, dass es auf den Ort allein nicht so sehr ankam. Sondern auf die Menschen, die ihn belebten.

Teil 6
Mitte Dezember

Louis

Der Dezember war immer schon Louis' Lieblingsmonat gewesen. Als Kind, in Brokdorf, in dem großen, alten Bauernhof direkt hinter dem Elbdeich, hatte er den gesamten Herbst über die milde Kälte herbeigesehnt, die sich dann über das kurzgefressene Gras der Deiche und Marschwiesen gelegt hatte. Morgens war die ganze Landschaft von einem silbrigen Schimmer überzogen gewesen, der Anblick hatte Louis immer wieder aufs Neue begeistert. Während sein Vater über die Kälte gemurrt und seine Mutter über die halbgefrorenen Kuhfladen geschimpft hatte, die kaum mehr zum Heizen dienten, während sein älterer Bruder sich wütend auf die kalten Finger gepustet, Penny in ihrer dünnen Jacke gezittert und Onkel Walter von früh bis spät über den Westwind geflucht hatte, war Louis von einem tiefen Frieden erfüllt, wenn er die in zarten Winterfrost getauchte Umgebung betrachtete.

Der Frieden hatte stets nur kurz angehalten, aber die Erinnerung überdauerte. Bis heute, bis zu diesem erstaunlich kalten Dezembertag, an dem Louis später als sonst vor die Tür getreten war. Er hatte bis kurz vor acht geschlafen, eine Stunde länger als sonst, und sich Zeit gelassen beim Frühstücken und Duschen.

Zwei vorbeifliegende Krähen krächzten laut, als Louis die Tür zur Werkstatt hinter sich schloss. Ein eisiger Wind pfiff von Osten, eine ungewöhnliche Richtung, sonst wehte er stets von Norden oder Westen. Fröstelnd schlang Louis die Arme um sich. Es war langsam Zeit für seine warme Daunenjacke, die Weste reichte nicht mehr, um vor der Winterkälte zu schützen. Stirnrunzelnd betrachtete Louis das Hotel auf der anderen Straßenseite, das sich scharf gegen den grauen Winterhimmel abzeichnete.

Als er hierhergezogen war, hatte ihn der graue, stille Himmel auf eine nicht greifbare, aber äußerst angenehme Art beruhigt. Es war, als ob die kaum wahrnehmbaren, durch das trübe Nachtgrau hindurchmäandernden Wolken seine umherwirbelnden Gedanken dämpften, eindampften, bis sie dahinschmolzen und ihrerseits zu jenem leicht schimmernden Grau wurden, das keine Ecken und Kanten mehr zuließ und sich zu einer breiförmigen Masse in seinem aufgewühlten Hirn verflüssigte.

Er hatte stundenlang in den grauen Nachthimmel gestarrt in jenen ersten Wochen und Monaten, aber das hatte sich geändert. Mittlerweile war er viel zu beschäftigt dazu.

Und seine Gedanken waren zur Ruhe gekommen.

„Hallo, Nachbar!“

Louis drehte sich um. Kuipers kam von der Ecke her auf ihn zugeschlendert, langsam, mit lässigen Schritten; hinter ihm ragte das Bestattungsinstitut wie eine Trutzburg in den Himmel auf. Wie immer war Kuipers tadellos gekleidet und trug einen dunklen Wollmantel über seinem Anzug und dazu einen schwarzen Schal. Sein Lächeln schien aufrichtig, aber Louis konnte sich einer gewissen Skepsis ihm gegenüber dennoch nicht erwehren.

Von Anfang an hatte er bei Kuipers ein merkwürdiges Gefühl gehabt, so als lauere sein Nachbar auf eine Gelegenheit, um sein wahres Gesicht zu zeigen. Benningsen hatte zwar nie ein schlechtes Wort über Kuipers verloren, aber Louis dennoch indirekt vor ihm gewarnt.

„Kalt geworden, was?“, fragte Kuipers und schlug zur Bekräftigung seinen Mantel enger zusammen.

„Ach, für Dezember geht es eigentlich“, sagte Louis. Obwohl er allmählich wirklich richtiggehend fror in seinem Arbeitshemd mit der Weste darüber.

„Nicht mehr lange bis Weihnachten“, sagte Kuipers und sah Louis aus seinen eng zusammenstehenden Augen prüfend an. „Da gibt es dann wieder mächtig zu tun für uns. Weihnachten sterben die Leute besonders gern!“ Er lachte, und Louis rang sich ein schmales Lächeln ab. Kuipers’ joviale Art war wirklich so gar nicht sein Fall. Aber dass jemand joviale Späße machte, bedeutete ja dennoch nicht, dass er zugleich ein schlechter Mensch war. „Und du, viel zu tun gerade?“, fragte Kuipers und trat noch einen Schritt näher an Louis heran. Dann legte er den Kopf halb in den Nacken und blickte zum Zimmer im Obergeschoss hinauf. „Sag mal, wohnst du immer noch da oben? Kannst du dir denn nicht eine eigene schöne Wohnung leisten?“

„Ich wohn ganz gern da“, sagte Louis und spürte zu seinem Ärger, dass er angefangen hatte, vor Kälte zu zittern. „Aber für immer ist es nicht gedacht. So, nun muss ich mal langsam an die Arbeit.“

Kuipers nickte und sah einem Transporter nach, der die Straße hinunterfuhr. „Ja, klar. Du, sag mal … können wir mal eben reingehen, um was zu besprechen?“

Louis zögerte, dann nickte er und öffnete die Tür. Drinnen war es zwar auch nicht gerade lauschig warm, aber einigermaßen erträglich. Beim Arbeiten hatte Louis es ohnehin nicht gern zu warm, aber Kuipers war offenbar erstaunt über die kühle Temperatur, denn er rieb sich die Hände und sah sich kritisch um.

„So sieht es jetzt also aus“, sagte er und betrachtete nachdenklich die beiden großen Werkbänke und das an den Wänden gelagerte Holz. „Und das Büro?“ Er sah neugierig zur Treppe, aber Louis hatte nicht vor, Kuipers in seinen privaten Bereich zu führen.

„Alles renoviert", sagte er und ging zu der Ecke in der Werkstatt hinüber, in der er geschäftliche Gespräche mit Besuchern führte. Was selten vorkam, meistens suchte er die Kunden auf. Aber für den Notfall hatte er drei Stühle um einen Tisch an der Stirnwand der Werkstatt gruppiert. Daneben standen Benningsens abgenutzte Ordner mit Rechnungen und Unterlagen aus den über vierzig Jahren, in denen er die Firma geleitet hatte.

Louis schaltete das Licht ein, das aus einer altmodischen Baulampe direkt auf den Tisch fiel und eine Reihe von uralten Kratzern beleuchtete. Nur an ganz hellen Sommermonaten war das nicht nötig, aber Louis hielt sich in dieser Ecke ohnehin kaum auf. „Setz dich doch. Einen Kaffee?"

„Nein, danke, ich hatte gerade einen." Auf Kuipers' Stirn zeigte sich eine unwillige Falte, aber er nahm folgsam Platz und beobachtete, wie Louis sich ebenfalls einen Stuhl zurückzog und sich niederließ. „Sag mal, kennst du die Schwuchow eigentlich schon länger?" Kuipers nickte zur anderen Straßenseite hinüber, und Louis verspannte sich.

„Seit ich hier bin, ja, natürlich", sagte er. „Warum?"

Kuipers starrte ihn einen Moment lang an, dann zuckte er mit den Schultern. „Na, nur so. Ich kenne sie ja sogar aus der Schulzeit, da war sie auch schon immer so 'ne graue Maus." Er hob entschuldigend die Hände. „Ich will ja nichts sagen, ich meine ja nur. Aber du bist ja nicht von hier, was?"

Louis erkannte den mäßig gelungenen Versuch, eine größere Verbindlichkeit zwischen ihnen zu schaffen, aber er ließ sich nicht darauf ein. Diese Männerkumpanei auf Kosten von Frauen war ihm schon immer zuwider gewesen. „Nein", sagte er. „Aber du bist doch nicht hergekommen, um über unsere Nachbarin zu plaudern, oder?" Er versuchte ein Lächeln.

Kuipers lachte auf und lehnte sich zurück. „Da hast du natürlich recht. Ich dachte, wir könnten mal Klartext reden, Junge. Wie laufen denn die Geschäfte, seit der Alte das Zeitliche gesegnet hat? Gut?“ Er starrte Louis aus seinen hellen Augen durchdringend an. Louis lächelte so sanft, wie es ihm nur möglich war.

„Gut“, sagte er. „Ich kann nicht klagen.“

„Ich will ja nicht lang drumrumschnacken. Du und ich, wir sitzen ja in einem Boot“, sagte Kuipers und ruckte sich den Schlips zurecht. „Warum machen wir nicht beide zusammen gemeinsame Sache? Du kannst doch sicher Geld brauchen. Und ich brauche mehr Platz, um zu expandieren. Wie wäre es, wenn du mir dein Grundstück verkaufst, und du wirst mein Kompagnon und machst die ganzen Holzgeschäfte? Da hast du ausgesorgt!“ Er lächelte und versuchte, seine Beine unter dem Tisch zu verstauen, was ihm nicht recht gelang.

Louis verschränkte die Hände auf dem Tisch. Sie waren sein Trumpf, große, kräftige Hände mit wohlgeformten Fingern, denen man die harte Handwerksarbeit sofort ansah. Seine Hände glichen seine nicht allzu imposante Körpergröße bestens aus, das war Louis sehr wohl bewusst. „Danke, aber ich bleibe lieber unabhängig“, sagte er ruhig.

Kuipers sah ihn verwundert an; mit dieser glatten Ablehnung hatte er offensichtlich nicht gerechnet. „Wie, du … aber, Mensch, Junge, überleg dir das gut! So ein Angebot kriegst du nie wieder! Und wir profitieren doch beide davon. Du weißt schon … eine Hand wäscht die andere … Du hättest echt ausgesorgt, das weißt du schon!“

Louis nickte, obwohl er davon nicht im mindesten überzeugt war. „Danke, das ist ein feines Angebot, ich weiß das zu schätzen“, sagte er und schob seinen Stuhl langsam zurück, um aufzustehen. „Sollte ich es mir anders überlegen, melde ich mich. In Ordnung?“ Benningsen hatte also recht gehabt. *Kuipers wird dich fragen, ob du nicht mit ihm zusammengehen willst. Mach das nicht, Jung. Du wirst nur den Kürzeren ziehen.* Fast hätte Louis gelächelt, aber er riss sich noch gerade zusammen.

An der Tür drehte Kuipers sich noch einmal um. „Gib Bescheid, wenn du es dir anders überlegt hast", sagte er. „Und noch was – dein Neffe, der lungert ganz schön oft beim Harm in der Werkstatt herum. Das hab ich nicht so gern, ja? Sag ihm das. Er hält ihn nur von der Arbeit ab." Sein Blick flackerte über die Narbe auf Louis' Wange, dann nickte er zur Bekräftigung.

Louis versuchte, sich seine Verblüffung nicht anmerken zu lassen. „Ist gut", sagte er und legte die Hand auf den Türgriff. „Bis dann! Grüß deine Frau."

Kuipers nickte und ging die Auffahrt hinunter zu seinem Wagen, den er ein Stück weiter am Straßenrand geparkt hatte. Das machte er oft, obwohl er auf seinem Grundstück mehr als genug Platz hatte. Louis sah zu, wie er sich hineinsetzte und mit quietschenden Reifen losfuhr, an ihm vorbei, mit versteinertem Gesicht. Dann zog er die Tür hinter sich zu.

Harm? In den letzten Wochen war Marius öfter bei Louis vorbeigekommen, aber Louis hatte das auf sein gesteigertes Interesse für die Tischlerei zurückgeführt. Louis runzelte die Stirn und zog den Zollstock aus der Seitentasche seiner Hose.

Plötzlich wusste er, an wen Kuipers ihn erinnerte. An Dirk, seinen Schwager, Marius' Vater. Beide, Kuipers und Dirk, verströmten eine unterschwellige Aggressivität, die Louis zutiefst unangenehm war. Louis schüttelte sich leicht, dann beugte er sich über die Zeichnung, die er auf der Werkbank vor sich ausgebreitet hatte.

Gegen Mittag machte er sich auf den Weg zum Baumarkt. Diesmal zog er sich vorsichtshalber seine warme Daunenjacke an, aber als er aus der Tür trat, schien es deutlich wärmer geworden zu sein. Am Auto legte er die Jacke auf den Beifahrersitz und warf einen Blick zum Hotel hinüber. Der Parkplatz war leer, bis auf Beates Mini und einen schwarzen Mercedes mit Düsseldorfer Kennzeichen, den Louis schon öfter gesehen hatte. Dahinter erkannte er Beate, halb verdeckt von einem Mann. Etwas an der Art, wie sie dastand und ihre Finger knetete, ließ Louis aufmerken. Er kniff die Augen zusammen und sah genauer hin. Etwas stimmte da nicht; weinte Beate?

Louis zögerte einen Augenblick, dann nahm er seine Jacke wieder vom Vordersitz, schloss die Autotür hinter sich und ging quer über die Straße auf die beiden zu. Im Näherkommen sah er die eisige Miene des Mannes und Beates fassungsloses Gesicht, das sich sofort aufhellte, als sie Louis entdeckte.

„Kann ich helfen?", fragte er ruhig, und der Mann drehte sich um. Er war äußerst gut aussehend, mit scharf geschnittenen Gesichtszügen, stechend blauen Augen, einem akkuraten Haarschnitt und einem teuren, gut sitzenden Anzug. Louis erinnerte sich, dass er ihn bereits ein-, zweimal hier gesehen hatte, im Vorübergehen, eiligen Schrittes, stets mit unbewegtem Gesichtsausdruck. Jetzt sah er Louis mit leicht herablassendem Blick an, nachdem er seine Arbeitskleidung kurz taxiert hatte.

„Nein, danke", sagte er mit sonorer Stimme. „Vielen Dank." Seine ganze Haltung drückte die Selbstsicherheit eines Menschen aus, der in privilegierten Verhältnissen aufgewachsen war und von Kindheit an zu delegieren und befehlen gewohnt war. Louis spürte, wie die Wut in ihm aufstieg. Er sah zu Beate, die ihm einem seltsamen Blick zuwarf, mit einer Mischung aus Hilflosigkeit und Scham.

Sie zuckte mit den Schultern und öffnete den Mund, aber der Mann im Anzug unterbrach sie, bevor sie etwas herausbrachte. „Vielen Dank", wiederholte er mit Nachdruck. „Wir kommen allein zurecht."

„Gut“, sagte Louis. „Dann warte ich. Ich habe Zeit.“ Er verschränkte die Hände vor dem Schritt und blieb stehen, während er den Blick über den Parkplatz wandern ließ.

Die Verärgerung des Mannes vor ihm war deutlich zu spüren, aber Louis ignorierte ihn einfach.

Seine Haltung zeigte Wirkung. Nach ein paar Sekunden flüsterte Beates Gegenüber ihr etwas zu, drehte sich um und eilte zu seinem Mercedes hinüber. Sein verachtungsvoller Blick streifte über Louis hinweg, blieb einen Augenblick an ihm hängen, dann stieg er ein und startete den Motor. Im Gegensatz zu Kuipers fuhr er leise, beinahe sanft davon. Einen Moment später war er auch schon um die Ecke verschwunden.

Als Louis zu Beate hinübersah, erschrak er fast über den traurigen Ausdruck in ihrem Gesicht. „Alles okay?“, fragte er.

Beate seufzte, dann fuhr sie sich über die Stirn und schüttelte den Kopf. „Ja. Nein, ich weiß nicht. Es ist …“ Sie seufzte erneut und lächelte schief, dann schlang sie die Arme um den Oberkörper. „Allmählich musst du ja wirklich denken, dass ich ständig Probleme mit meinen Gästen habe.“

Louis zuckte mit den Schultern. „Nein, das denke ich nicht. Aber ich denke, mit diesem hier hattest du tatsächlich ein Problem.“

Sie starrte ihn einen Moment lang an, dann nickte sie geschlagen. „Ja“, sagte sie leise. „Das stimmt. Aber das ist meine eigene Schuld.“ Sie sah aus, als würde sie ihn gern ins Vertrauen ziehen, aber das wiederum war Louis zu viel.

„Also, ich werde dann wieder …“

„Möchtest du was trinken, einen Kaffee oder so?“ Ihre Stimme klang matt, aber hoffnungsvoll zugleich. Louis zögerte.

Ihre Blicke trafen sich, dann nickte er.

Beate lächelte erfreut. „Lass uns reingehen, sonst friere ich hier fest."

„Ach, das wäre nicht das Schlechteste. Du würdest sicher eine hübsche Statue abgeben", sagte Louis.

Beate lachte auf, und den Blick, den sie Louis zuwarf, als sie die Tür aufstieß, wusste er sehr wohl zu deuten.

Aber er war sich nicht sicher, ob ihm das, was darin lag, gefiel.

Es dunkelte schon, als er zurückkam. Die patente Mitarbeiterin in der Holzabteilung hatte lange suchen müssen, bis sie die bestellte MDF-Platte hinten im Lager gefunden hatte. Sie hatte Louis ein Adventsgesteck überreicht – „das bekommen alle unsere guten Kunden!" – und sich noch eine ganze Weile mit ihm unterhalten.

Danach hatte Louis noch einige andere Einkäufe erledigt, und so war die blaue Stunde schon längst angebrochen, als er in die Einfahrt setzte.

Als er aus dem Wagen stieg, bemerkte er eine zusammengekauerte Gestalt neben der Tür. Vorsichtig schlug er die Fahrertür zu und ging langsam hinüber.

„Marius?"

Sein Neffe war nicht allein; erst, als er sich aufrichtete, erkannte Louis den anderen jungen Mann neben ihm.

„Hallo", sagte Harm und trat einen Schritt nach hinten, während er die Hände in die Hosentaschen steckte. „Also, ich … Dann kann ich ja gehen. Ich wollte nur warten, bis Sie da sind." Er nickte und sah zu Marius hinüber, dessen Gesicht unter der weiten Kapuze im Dunkeln lag. „Ciao. Bis dann." Er hob verlegen die Hand, und Marius tat es ihm gleich.

Dann lief Harm mit weit ausholenden Schritten zu seinem Fahrrad hinüber, das am Zaun neben dem Haus lehnte, stieg hinauf und radelte ungelenk davon.

Louis blickte ihm einen kurzen Moment nach, dann sah er zu Marius. „Was ist los?", fragte er und steckte den

Schlüssel ins Schloss. „Komm erst mal rein. Geh schon nach oben, ich muss noch ausladen."

Sonst packte Marius gern mit an, wenn Louis etwas zu tragen hatte, aber jetzt ging er wortlos die Treppe zur Wohnung hinauf.

Louis ließ sich Zeit beim Ausladen. Harms verdruckste Haltung stand ihm wieder vor Augen, sein sonst immer so unsteter Blick. Er hatte anders gewirkt, ein wenig selbstsicherer, wenngleich dennoch verlegen.

Also stimmte es tatsächlich. Beate hatte recht gehabt, Kuipers auch. Louis schüttelte den Kopf, über sich selbst. Dass er das nicht schon früher begriffen hatte. Aber Marius war ihm immer wie ein typischer Teenager im präsexuellen Alter vorgekommen, verstockt, passiv, nahezu depressiv, bar jeglicher Körperspannung, noch ohne großes Interesse daran, gut auszusehen, sich im bestmöglichen Licht zu präsentieren. Aber war das wirklich eine Voraussetzung für das Erwachen oder Ausleben von Sexualität?

Offenbar nicht.

Offenbar lebte sein Neffe seine erwachende Sexualität mit Harm aus, der noch verdruckster, ungeschickter, ungelenker wirkte als Marius.

Marius saß an der Wand dicht beim Ofen, als Louis hereinkam. Er hatte das Kinn auf die angezogenen Knie gelegt und die Arme darum verschränkt.

„Willst du was trinken?", fragte Louis. „Oder hast du Hunger?"

Marius schüttelte den Kopf unter der Kapuze, und Louis schenkte sich selbst ein Glas Wasser ein und zog einen Stuhl zu ihm herüber.

„Was ist passiert?", fragte er und setzte sich.

Marius sah nicht auf. Louis konnte nur seine Nasenspitze sehen und einen Teil seines Kinns.

„Erzähl."

„Kann ich nicht bei dir wohnen?“, fragte Marius und zog die Nase hoch, ohne seine Position zu verändern.

„Ich hab leider keinen Platz, Marius“, sagte Louis bedauernd. „Ich hab nur dieses Zimmer und die Werkstatt, und die ist zu kalt, um dort zu wohnen.“

„Und der Wohnwagen? Kann ich da nicht wohnen?“

Louis lächelte. „Nein, das geht nicht, die Heizung ist defekt, die muss erst mal repariert werden. Aber du kannst natürlich ein paar Tage bleiben, wenn es nötig ist. Doch erzähl erst mal, was los ist.“

Marius zögerte und schlang die Arme enger um seine Knie. Louis spürte, wie das Mitgefühl mit ihm seine Kehle zuschnürte. Die Jugendzeit war manchmal wirklich schlimm, kaum zu ertragen.

Marius schwieg und schniefte erneut.

„Nimm doch mal die Kapuze runter, Marius“, sagte Louis und stellte sein leeres Glas ab.

Marius schniefte noch einmal, dann schlug er seine Kapuze langsam zurück.

Louis sog die Luft ein. „Wer war das?“, fragte er ruhig.

„Na, Papa“, sagte Marius leise. „Er hat ... ich hab, ich wollte nicht so weitermachen. Immer mir alles gefallen lassen und so. Er macht mich immer nur runter! Immerzu!“ Seine Stimme hob sich, und er sah mit einem flehenden Blick zu Louis auf. Das zugeschwollene Auge schillerte in einem satten Rotblau; es musste sehr wehgetan haben. Louis schluckte und stand auf.

„Ich hol dir mal was zum Kühlen.“

Während er mit dem Rücken zu Marius den Kühlschrank öffnete und ein Kühlpad aus dem Tiefkühlfach holte, schien sich Marius ein wenig zu entspannen.

„Ich will mich nicht immer nur verstecken und so tun, als wäre ich anders, als ich bin“, sagte er, mit deutlich ruhigerer Stimme als gerade eben noch. „Deshalb, ich hab – ich dachte, das bringt was, wenn ich sag, dass ich, also wie ich wirklich …“

Er verlor den Mut, und Louis verharrte mit dem Kühlpad in der Hand, mit dem Rücken zu ihm. „Dass du schwul bist“, sagte er und sah hinaus auf die schwach erleuchtete Straße. Drüben ging gerade in einem der Hotelzimmer das Licht an, und jemand zog eilig die Vorhänge zu.

„Ja!“, sagte Marius erleichtert hinter ihm. „Ja, genau, ich dachte, das ist vielleicht gut so, wenn ich dazu stehe. Aber er, er fand das eben scheiße. Total scheiße.“ Er schluchzte kurz auf und beruhigte sich wieder.

Dazu stehen, wie man ist. Eine der größten Herausforderungen, nicht nur als Jugendlicher. Aber Louis hatte nicht vor, das seinem Neffen auf die Nase zu binden. Er holte tief Luft, dann schloss er den Kühlschrank und ging zu Marius hinüber, um ihm das Kühlpad zu reichen.

Vorsichtig legte Marius es sich auf das geschwollene Auge, und vorsichtig sah er Louis mit seinem gesunden Auge an. „Danke.“

„Schon gut.“

„Und wie findest du das?“, fragte Marius und kniff das Auge zusammen. „Also, dass ich … dass ich schwul bin.“

Louis lächelte. „Ich finde das gut, weil ich dich gut finde“, sagte er. Dann bückte er sich und strich dem Jungen kurz übers Haar. „Mach dir keine Sorgen, das kriegen wir schon hin. Du hast das gut gemacht. Ich muss jetzt was erledigen. Mach es dir gemütlich. Ich bin bald wieder da.“

Der Weg ist matschig, durchsetzt mit Strohresten. Lambert läuft vorsichtig zum Schuppen hinüber, die beiden Eimer hängen schwer an seinen Armen. In einem ist Sand, im anderen Schrott, den sein Vater hineingelegt hat.

Mit seinem gesunden Ohr hört er aus der Ferne die Rufe der Demonstranten, die sich vor der Baustelle des Kernkraftwerks versammelt haben; einmal ist er hinübergelaufen, gucken, aber sein Vater hat ihm dafür den Hintern versohlt, seitdem lässt er es lieber bleiben.

Eine der Kühe muht aus dem Stall zu ihm herüber, und Lambert nimmt sich vor, nachher hinüberzugehen und sie zu streicheln; die Kühe sind seine Freundinnen, er liebt ihre Wärme, die weichen Mäuler, die sanften Augen, ihre schaukelnden Bewegungen. Aber erst mal muss er den Schrott wegpacken. Vorsichtig weicht er einer umgefallenen Mistforke aus, die jemand mitten auf dem Weg hat liegenlassen. Wenn der Vater oder Onkel Walter das sehen, gibt es Ärger; Lambert nimmt sich vor, die Forke nachher wegzuräumen; nicht, dass er nachher derjenige ist, der Ärger deswegen bekommt, wie es so oft geschieht. Er ist der Sündenbock, die Rolle hat er schon, seit er klein ist; er hat eine Ahnung, warum, aber es gibt niemanden, den er wirklich danach fragen könnte, nur Penny, und die weiß es genausowenig wie er. Immerhin ist sie nur eineinhalb Jahre älter.

Onkel Walter kommt ihm am Schuppentor entgegen. Er grinst, als er bemerkt, wie Lambert ihm ausweicht, aber er sagt nichts, sondern geht einfach weiter, ein Pfeifen auf den Lippen, das Louis nicht hören, aber sehen kann. Seit sein Ohr kaputt ist, hört er vieles nicht mehr, stattdessen manchmal ein Summen und Surren, aber langsam gewöhnt er sich daran.

Hinten in der rechten Ecke des riesigen, baufälligen Schuppens ist das Schrottlager; dort liegen alte Geräte, angerostete Werkzeuge und Metallreste. Bei ihnen auf dem Hof wird alles verwertet, und wenn es nicht gleich verwertet werden kann, wird es aufbewahrt, bis es so weit ist.

Als Lambert die Schrottteile säuberlich aufgestapelt hat, nimmt er hinten, in der anderen Ecke des Schuppens, eine Bewegung wahr. Seine Nackenhaare sträuben sich, und vorsichtig richtet er sich auf und späht hinüber.

Hinten in der Ecke hockt sein Bruder, den Kopf auf die Knie gelegt, die Arme darum verschränkt. Er zittert, das kann Lambert sehen, und es jagt ihm einen Schrecken ein.

Hanno zittert?

„Hanno?“ Sein Flüstern ist kaum zu hören, die Geräusche des Stalls, das Knacken der Holzbalken, das Knarren der Latten, das leise Pfeifen des Windes, der ums Dach herumstreicht, all diese Geräusche verschlucken es. Er versucht es ein zweites Mal.

„Hanno, was ist denn?“

Sein Bruder hebt ruckartig den Kopf. Lambert weicht fast zurück, so wutverzerrt ist sein Gesicht. Tränenverschmiert und wutverzerrt. „Mann, verpiss dich! Hau ab!“, schreit Hanno, und Lambert dreht sich um und läuft zum Tor hinüber.

„Lass dich hier nicht mehr blicken, du Missgeburt!“, schreit Hanno. „Hau ab!“

Missgeburt. Dieses Wort trifft Lambert wie ein Pfeil in den Rücken, obwohl er es schon so oft gehört hat. Er läuft noch schneller, hinaus durch das Tor, auf den glitschigen Weg.

Hanno hat ihn oft schon so genannt, aber nicht nur er. Sein Vater, Onkel Walter, auch seine Mutter haben Lambert schon mit diesem Schimpfwort verflucht, und das hat abgefärbt; selbst die anderen Dorfkinder und seine Schulkameraden rufen ihn gelegentlich so. Was das angeht, weiß Lambert, warum. Er ist anders als die anderen, an einer bestimmten, aber sehr wichtigen Stelle sieht er anders aus.

Bei den wenigen Gelegenheiten, bei denen Hanno ihn nackt gesehen hat, hat er jedes Mal höhnisch gelacht und ausgespuckt. „Ih, pfui Deibel, wat ist dat denn! Hau mir bloß ab damit!“

Einmal hat Hanno ihn zum Weitpinkeln aufgefordert, natürlich hat Lambert kläglich versagt, Hanno hat ewig darüber gelacht, stundenlang, tagelang, wochenlang. Er hat es Onkel Walter erzählt, der lacht heute noch darüber.

Lambert läuft aus dem Tor hinaus in die Dezemberluft, die sich weich und mild um ihn legt, hinaus auf den glitschigen Weg, und im Laufen sieht er sich noch einmal nach Hanno um, aber der folgt ihm nicht. Hanno sitzt dahinten im Zwielicht des Schuppens, mit Tränen im Gesicht und Wut im Bauch, und Lambert hat eine Ahnung, warum.

In dieser Familie löst man seine Probleme allein, grundsätzlich, immer.

Lambert läuft und läuft, zwei, Meter, fünf, und dann, und dann rutscht er aus und fällt, fällt nach vorn, mitten auf den matschigen Weg, und im Fallen sieht er die drei Zacken der Forke auf sich zukommen. Sein Kopf schnellt zur Seite, aber nicht rasch genug.

Der Schmerz kommt erst einen Moment später, aber dann so gewaltig, dass es Lambert die Lungen aufzureißen scheint. Sie weiten sich, damit er schreien kann, und er schreit so laut wie nie zuvor in seinem kurzen Leben, er schreit so laut und lange, bis sie von allen Seiten gelaufen kommen, seine Mutter aus dem Haus, einer der Feldarbeiter vom Acker, Onkel Walter aus dem Stall, sogar sein Bruder Hanno aus dem Schuppen.

Starr steht Hanno da und sieht ihn an, er sieht ihn an, und Lambert kann nicht aufhören zu schreien, erst, als ihm das Blut in den Rachen fließt und er zu husten beginnt.

In dieser Familie ist man mit seinen Problemen allein, grundsätzlich, immer. Aber eines Tages, das weiß er schon jetzt, eines Tages wird dies nicht mehr seine Familie sein.

Die Uhr zeigte kurz nach sechs, als Louis vor dem Mietshaus parkte, in dem Penny mit ihrer Familie wohnte.

Louis hatte keine Ahnung von den täglichen Gewohnheiten seines Schwagers, aber er hoffte, dass er nicht unterwegs, sondern noch zu Hause war. Allerdings hätte er auch keine Skrupel gehabt, ihn woanders, in einer Kneipe oder im Fitnessstudio aufzusuchen. Aber Louis schien Glück zu haben, Dirks Wagen, ein tiefergelegter Golf, parkte am Straßenrand.

Auf sein Klingeln öffnete Penny ihm die Tür. Louis sah ihr an, dass sie sofort wusste, warum er gekommen war.

„Wo ist Dirk?", fragte er ruhig, nachdem er sie kurz umarmt hatte.

Penny zögerte, dann trat sie zur Seite. „Hinten, er zieht sich gerade um. Aber, Louis …"

Louis wartete nicht ab, was sie zu sagen hatte, er stürmte mit schnellen Schritten durch den Flur in den hinteren Bereich der Wohnung, in dem das Bad und rechts und links davon die beiden Schlafzimmer lagen.

Dirk stand im Bad und fuhr sich mit den Fingern durch die Haare. Überrascht drehte er sich um und setzte ein Lächeln auf, das sofort wieder verschwand, als er Louis' Gesichtsausdruck erkannte. „Louis", sagte er und wich zurück. „Alter Ganove, was …"

Louis ließ auch ihn nicht ausreden, mit drei Schritten war er bei ihm, packte ihn am Kragen und drückte seinen verblüfften Schwager an die geflieste Wand.

„He, was soll das?" Dirk riss die Augen auf.

„Pass auf, ich sage das nur einmal: Wenn du deinen Sohn noch ein einziges Mal anfasst, dann darfst du deine Knochen eigenhändig zusammensammeln."

Sein Schwager starrte ihn an. Er wehrte sich nicht gegen Louis' festen Griff, und für einen Moment hatte Louis das Gefühl, dass ihm gefiel, wie Louis ihn hielt, dass es ihm gefiel, Louis kräftemäßig unterlegen zu sein. Der Gedanke verursachte einen Ekel in ihm, und er ließ Dirk los und trat einen Schritt zurück.

„Ich meine es genau so, wie ich das sage", sagte er mit rauer Stimme. Hinter sich, im Türrahmen, spürte er Pennys Anwesenheit.

Dirk zog sich den Kragen zurecht und räusperte sich. Dann lächelte er schief. „Du meinst es ernst", sagte er leise. „Ich halte dich ja eigentlich für eine Memme, keine Ahnung, warum deine Schwester so große Stücke auf dich hält, aber du meinst das jetzt ernst."

„Allerdings", sagte Louis. „Pass auf, der Junge ist in Ordnung, so wie er ist, und wenn er zehnmal schwul ist. Das ist okay, du hast nur diesen Sohn. Sei froh darüber. Behandle ihn gut, und wenn du ihn noch einmal anrührst, dann weißt du, was dir blüht. Dann wirst du deine Familie verlieren." Er drehte sich zu Penny um, die ihn wachsam ansah. „Euer Sohn kann ein paar Tage bei mir bleiben. Aber ich fände es besser, wenn ihr miteinander klarkämt."

Dirk sah ihn stumm an, immer noch dieses leichte, schiefe Lächeln um den Mund herum. Er nickte nicht, aber das war auch nicht nötig. Louis drehte sich um und ging.

Er öffnete gerade die Fahrertür, als seine Schwester aus dem Haus gelaufen kam.

„Lambi!" Sie blieb ein wenig entfernt von ihm stehen, als hätte sie Angst vor ihm. „Lambi. Danke."

Er schwieg; Worte sammelten sich, wollten heraus, aber er brachte sie nicht zusammen. Stumm sah er Penny an. Dann warf er die Autotür wieder zu.

„Nie hat einer was gesagt, nie!" Er schrie fast, aber anders ging es nicht.

Sie sah ihn schockiert an, dann nickte sie.

„Alle haben zugesehen", sagte er, etwas leiser jetzt. „Das ganze Dorf. Die ganze Familie. Alle haben sie zugesehen."

Penny krümmte sich leicht, als hätte er sie in den Magen geschlagen. „Ich war zu klein“, sagte sie. „Aber jetzt bin ich ja da.“ Ihre Stimme klang hilflos; sie tat ihm leid, sie konnte auch nichts dafür, hatte nichts dafür gekonnt. Dennoch war er wütend auf sie.

„Und was tust du für Marius?“, fragte er böse.

Ein Auto fuhr hinter ihnen vorbei und verlangsamte auf ihrer Höhe, dann gab der Fahrer wieder Gas.

Penny sah getroffen aus. Sie zog ihre kurze Daunenjacke enger um sich und blinzelte. „Ich war in der Küche“, sagte sie. „Und es ging so schnell. Aber ich passe auf ihn auf, das kannst du mir glauben. Eher verlasse ich Dirk. Ich weiß doch schon lange, dass er schwul ist.“

Louis sog die Winterluft ein. Aus dem Mietshaus nebenan kam ein Paar, der Mann trug einen Rucksack in der Hand, die Frau sah müde aus und hatte die Arme vor der Brust gekreuzt. Langsam gingen sie zum Parkplatz hinüber, ohne miteinander zu sprechen.

Penny sah ihn immer noch an, mit einem flehenden Ausdruck im Gesicht, den er nicht ertragen konnte. Er nickte, und dann trat er vor und legte die Arme um seine Schwester. Sie war zart und knochig, wie ein Vogeljunges, das er früher, in grauer Vorzeit, als kleiner Junge in der Hand gehalten hatte. Er drückte Penny kurz an sich, dann ließ er sie wieder los.

„Geh wieder rein“, sagte er. „Ich melde mich.“

Penny nickte, Tränen standen ihr in den Augen, als sie sich umdrehte und mit schnellen Schritten ins Haus lief.

Louis öffnete die Wagentür. Das Paar stand jetzt am Kofferraum eines Mazdas ein paar Plätze weiter; sie sprachen leise miteinander, dann schlug der Mann die Kofferraumklappe zu und ging um das Auto herum zur Fahrertür, um sie zu öffnen. Louis’ Blick begegnete dem der Frau; sie sah immer noch traurig aus, traurig und erschöpft, als ob die Trauer sie vielleicht nach wie vor fest im Griff hatte.

Wieder, wie schon beim letzten Mal, hatte er den Impuls, mit ihr zu sprechen, aber dann nickte er ihr nur zu und stieg ein.

Was sollte er auch sagen? Dass er etwas Wesentliches über sie wusste? Dass er für ihre toten Kinder einen wunderschönen Sarg gebaut hatte?

Dass es ihm leidtat, was sie durchmachen musste?

Familien bringen nur Kummer, dachte er und fuhr mit Schwung aus der Parklücke. Vielleicht war es gut, dass er nie Vater geworden war. Den Schrecken nicht weitergab.

„Zeig mal! Zeig doch mal!"

Arne steht breitbeinig vor ihm, die Arme vor der Brust verschränkt. Dahinter Nils und Enno, die beide ganz aufgeregt aussehen und von einem Fuß auf den anderen treten.

„Nun zeig doch mal!", sagt Arne laut und tritt noch einen Schritt vor. Lambert tritt ebenfalls einen Schritt zurück, jetzt steht er mit dem Rücken an der Wand zur Turnhalle. Rechts der Hagebuttenbusch mit seinen fiesen Dornen, links die Gittertür zum Durchgang. Lambert ist in der Falle, und nicht nur er weiß das, Arne weiß es auch.

„Hose runter, los!", sagt er und grinst fies.

„Ja, Hose runter!", schreit Enno schrill und kichert, und Nils kichert auch.

„Hose runter, Hose runter!"

Jetzt haben es noch ein paar andere Kinder hinten auf dem kleinen Schulhof spitzgekriegt, dass hier in der Ecke etwas Spannendes geschieht. Zwei kleinere Jungs aus der Ersten oder Zweiten kommen näher, und auch ein paar Mädchen sind aufmerksam geworden, halten aber noch Abstand. Lambert spürt, wie die Verzweiflung endgültig in ihm hochkriecht.

Seit Pennys beste Freundin ihn im vorletzten Sommer zufällig mal beim Pinkeln gesehen und runde Augen gemacht hat, ist es ihm gelungen, sich anderen Kindern nicht mehr nackt zu zeigen. Aber jetzt ist er fällig, das weiß er. Jetzt haben sie ihn.

„Hose runter!", kreischt Nils und krümmt sich vor Begeisterung.

Kein Lehrer in Sicht, nirgendwo. Niemand in der Nähe, der ihm helfen könnte. Aber wer sollte das schon sein, außer Penny vielleicht?

Arne grinst noch breiter. Dann beugt er sich vor und zerrt mit einem Ruck an Lamberts kurzer Hose. Lambert hält dagegen, seine Finger krampfen sich um den Hosenbund.

„Lass los!", zischt Arne. Er ist einen halben Kopf kleiner als Lambert, aber viel kräftiger als er. Alle Drittklässler und sogar ein paar Viertklässler haben Angst vor ihm, die Kleineren sowieso. Arne ist der Gemeinste von allen, schon immer. Im Kindergarten soll er Jan mit dem Schielauge immer ganz fies gequält haben, haben die anderen erzählt. Aber Lambert war ja nicht im Kindergarten.

Jetzt ruckt Arne noch mal an seiner Hose, und dann tritt er ihm mit voller Wucht auf den Fuß. Arne hat braune Halbschuhe an und Lambert Sandalen. Er schreit auf, und noch während er schreit, zerrt Arne noch mal an seiner Hose.

Und dann ist sie unten, mitsamt der Unterhose, und Arne lacht laut los und tritt mit seinem Halbschuh hinein in die Hose, tritt sie hinunter in den Staub.

„Boah, das sieht ja eklig aus! Guckt mal!", schreit Arne, und Enno schlägt sich die Hand vor den Mund.

„Iiih, das sieht ja aus wie 'ne Kartoffel!"

„Nee, wie eine Raupe! Eine dicke Raupe!" Nils kichert so laut, dass er fast kreischt.

Lambert bückt sich nach seiner Hose und hält die andere Hand vor seinen Pimmel, aber Arne lässt nicht locker. Er tritt ihm gegen die Hand, gegen die Knie, zwischen die Beine.

Lambert verliert das Gleichgewicht und stürzt, nach vorn, gegen Arne, der ein letztes Mal zutritt und zurückweicht, immer noch lachend.

Aber jetzt ist er der Einzige, der noch lacht, die anderen sind still geworden. Mit großen Augen und erschrockenen Gesichtern stehen sie da, Nils, Enno, die beiden Jungs aus der Ersten, ein paar Mädchen aus der Ersten und Zweiten, still stehen sie da und sehen auf Lambert hinunter, der am Boden liegt, die Hände zwischen den Beinen, die zerrissene Hose wie Schlingen um die Knöchel, schmutzig vom Staub.

Arne lacht noch einmal. „Missgeburt!", ruft er. „Igitt!"

Lambert macht die Augen zu. Und er macht sie erst wieder auf, als die Pausenglocke geklingelt und die trappelnden, sich entfernenden Schritte verklungen sind.

Aber alle sind nicht gegangen. Zwei Mädchen aus der Ersten stehen zögernd und mit ängstlichem Gesichtsausdruck ein Stückchen entfernt und beobachten ihn.

„Bist du nicht tot?", fragt eines von ihnen, und da richtet Lambert sich langsam auf und zerrt sich die Hose hoch.

„Doch!", sagt er. „Doch bin ich tot! Haut ab jetzt!"

Die beiden Mädchen rennen davon, und dann ist endlich alles ruhig auf dem kleinen Schulhof. Lambert stützt den Kopf in die Hände und bleibt noch eine ganze Weile sitzen. Jetzt ist ja eh alles egal.

„Was ist denn passiert?"

Die Stimme kennt er nicht. Als er aufsieht, steht eine Lehrerin vor ihm. Eine junge Lehrerin, die neu an der Schule ist, Lambert weiß noch nicht einmal, wie sie heißt, so neu ist sie. An der Art, wie sie ihn ansieht, erkennt er, dass sie ihn schon vorher angesprochen hat. Er holt Luft und konzentriert sich darauf, ihre Stimme zu verstehen.

„Bist du verletzt?"

„Nee", sagt Lambert und rappelt sich auf. Im Aufstehen zieht er die Hose hoch, aber sie ist komplett zerrissen.

Die Unterhose auch. Beide hängen in Fetzen an der Seite herunter, und die Lehrerin holt erschrocken Luft.

„Ist das gerade passiert?", fragt sie und beugt sich ein wenig vor. Lambert presst die Hände zwischen die Beine.

„Nein!", ruft er. „Nein, nein, das ist so! Das ist immer so! Nein!"

Die Lehrerin sieht ihm ins Gesicht. Dann geht sie ein wenig in die Hocke und greift ihn an den Schultern.

Die Berührung ist sanft und stark zugleich, und zu seinem Erstaunen spürt Lambert, wie er sofort ruhiger wird.

„Wie heißt du denn?", fragt die Lehrerin. Sie hat lange, hellbraune Haare, die an den Spitzen ein wenig gewellt sind, und braune Augen und einen sehr großen Mund, und Lambert wird sie nur noch einmal sehen, auf dem Schulhof nach dem Sportfest, und danach nicht mehr, und nach den Herbstferien ist sie dann auch nicht mehr an der Schule, das wird er später erfahren. Sie wird nach Hamburg wechseln, wo ihr Verlobter wohnt, aber jetzt ist sie hier, und das reicht für ein Gespräch mit Lamberts Klassenlehrerin und einen Anruf bei seiner Mutter und noch einen bei Doktor Hennings im Ort, der Arzt, zu dem das ganze Dorf geht und den Lambert zuletzt im Alter von vier Jahren gesehen hat, als er sich den rechten Arm gebrochen hatte.

Es reicht, um eine Maschinerie in die Wege zu leiten, die Lambert bis zu seinem siebzehnten Lebensjahr begleiten wird.

Die Stadt lag ruhig da, als er nach Hause fuhr, einen anderen Weg als am Tag zuvor. Er versuchte jedes Mal neu, unbekannte Routen zu nehmen, Neues zu entdecken, nie denselben Weg zweimal hintereinander zu nehmen. Die Straßen der Stadt unterschieden sich nicht allzusehr voneinander, Einfamilienhäuser, Mehrfamilienhäuser, gelegentlich ein Straßenzug, in dem einige

Firmen beheimatet waren, kleine Grünanlagen, Trampelpfade entlang der Häuser, gelegentlich ein Bolzplatz, Waldstücke, Schotterwege.

Hinter einigen Fenstern brannte Licht, aber bei den meisten Häusern und Wohnungen waren die Rollladen und Jalousien heruntergelassen, viereckige graue oder weiße Aussparungen in den geklinkerten Wänden, hinter denen sich das Leben im Verborgenen abspielte. Louis hatte noch nie verstanden, wie man sich freiwillig selbst einsperren, den Blick beschneiden kann.

Geschlossene Fensterläden, heruntergelassene Jalousien machen ihm Angst; eine unbestimmte Angst, die er schon als Kind verspürt hatte, bei den wenigen Gelegenheiten, wenn er bei Dunkelheit durchs Dorf gelaufen war.

Das Dorf war ihm bei diesen Wanderungen immer feindselig erschienen, die Häuser wie Bollwerke, kalt, abweisend. In der Stadt wirkten die Häuser wärmer.

Er überholte zwei angetrunken wirkende Männer mittleren Alters in Handwerkerkleidung, dann rollte er durch den Kreisverkehr und fuhr zügig die Straße in Richtung Industriegebiet hinunter.

Die Pferdekoppeln zur Rechten lagen im Dunkeln, weit hinten schimmerte der Mond durch die dichte Wolkendecke. Louis legte den Kopf an die Stütze und verlangsamte das Tempo, bevor er in den schmalen Schotterweg einbog, der von hinten an das Brachgelände hinter dem Bestattungsinstitut heranführte. Die Entschleunigung, die er an jedem Tag hier wieder neu verspürte, konnte auch in eine innere Ödnis umschlagen, das war ihm sehr wohl bewusst.

Seit Nell nebenan wohnte, war die Furcht davor weit in die Ferne gerutscht. Er hoffte, dass das so blieb, auch, wenn sie wieder fortging.

Noch hatte er sie nicht nach ihren konkreten Plänen gefragt; er wollte im Grunde nichts davon wissen. Er würde es schon früh genug erfahren.

Nell. Schon von der Ecke aus sah er, dass ihre Fenster dunkel waren, die der Rohdes natürlich auch.

Es war schön, mit ihr zusammen zu sein. In Nells Nähe verspürte er eine Art von Vertrautheit, vielleicht auch Gemeinsamkeit, die er bisher in dieser Form nicht gekannt hatte. Die Rückfahrt vom Flughafen Hamburg, wohin sie die Rohdes gebracht hatten, war wie Balsam für seine Seele gewesen. Irgendeinen brachliegenden Schmerz in ihm hatte diese Fahrt gelöscht, von dem er nicht geahnt hatte, dass er in ihm brannte.

Sie hatten einen Abstecher an die Elbe gemacht, nicht nach Brokdorf, dazu war er nicht bereit, aber unweit südlich davon. Der Wind hatte um sie getost, Nell hatte gelacht, ihn angelacht; „wie in Neuharlingersiel" hatte sie gegen eine Böe angerufen, seinen Arm genommen, sich an ihn geklammert, nur kurz, aber innig.

Vielleicht hatten sie mehr gemein, als sie wussten, dachte er und bog nach links ein.

Sie stand nicht auf ihn, das war ihm klar und auch in Ordnung. Aber in einem Winkel seines Herzens hoffte er es doch.

Wo Nell wohl war?

Marius starrte in sein Handy, als Louis hereinkam. Hastig steckte er es weg und sah Louis vorsichtig an.

„Und?", fragte er mit rauer Stimme.

„Dein Vater wird dich nicht mehr anrühren", sagte Louis und warf seine Handschuhe auf die Ablage neben der Tür. „Und wenn doch, dann kriegt er es mit mir zu tun."

Marius nickte, ein kurzes Lächeln huschte über seine Lippen, dann zog wieder der ängstlich-vorsichtige Ausdruck über sein schmales Gesicht. „Danke", sagte er. „Mensch, danke. Das ist total cool. Was … was hat er gesagt?"

Louis setzte Teewasser auf und lehnte sich an die Spüle, während er seinen vor dem Bett zusammengekauerten

Neffen betrachtete. „Nicht viel. Deine Mutter lässt dich grüßen."

Marius zog die Nase kraus. „Kann ich heute Nacht hierbleiben?", fragte er.

„Klar." Louis zuckte mit den Schultern. „Ich muss nur noch eine Matratze organisieren."

Marius' Handy gab einen Signalton von sich, und Marius sah kurz aufs Display. Sein Gesicht wurde weich, dann tippte er ein paar Worte ein und legte das Handy wieder zur Seite.

„Mit Harm und dir, geht das schon lange?"

Marius sah ruckartig auf. „Zwei Monate", sagte er zögerlich. „Aber wir … also, wir sehen uns nicht so oft. Harm wohnt ja auch noch bei seinen Eltern, die sind total streng."

„Die wissen es nicht?" Louis füllte Roiboostee in das Teenetz und goss siedendes Wasser auf. Marius beobachtete ihn. Dann schüttelte er den Kopf.

„Nee", sagte er. „Ich wär auch lieber anders, aber ich bin halt so."

„Es ist doch nichts dagegen einzuwenden, dass du schwul bist. Denk das bloß nicht. Und lass dir das auch nicht einreden." Louis setzte sich hin und verschränkte die Hände im Schoß. Marius grinste schief und zuckte mit den Schultern.

„Passt doch. Ich bin scheiße in der Schule, und überhaupt, und dann auch noch schwul. Genau das Richtige für meinen Vater. Das hat er sich doch immer gewünscht, so einen wie mich!" Er lachte bitter. „Kann ich nicht bei dir in die Lehre gehen, als Tischler?" Seine ganze Haltung drückte Unschlüssigkeit aus und zugleich tiefsitzende Frustration. Louis hatte das Gefühl, seinen Neffen zum ersten Mal wirklich anzusehen. Was er sah, war ein unglücklicher Sechzehnjähriger mit schlaffer Körperhaltung, strähnigem, etwas zu langem Haar und wachen, aber traurigen Augen. Aber immerhin hatte er die Liebe entdeckt, das war ein guter Anfang. Mehr, als Louis in seinem Alter erkundet hatte.

„Marius“, sagte er. „Ich weiß nicht, ob du das wirklich willst, Tischler werden. Das ist harte körperliche Arbeit.“

„Mir egal. Besser als Schule.“ Marius schob trotzig das Kinn vor.

„Das reicht nicht.“

Marius’ Handy gab wieder einen Ton von sich, und Marius konnte der Versuchung nicht widerstehen. Er sah aufs Display und lächelte, als er die Botschaft las.

Louis betrachtete ihn einen Moment, dann stand er auf. „Wir reden noch mal drüber“, sagte er und warf einen Blick aus dem Fenster zum Hotel hinüber. Im Foyer brannte Licht, und der Parkplatz war nur halbvoll. „Ich gehe mal eben rüber und frage nach einem Zimmer.“

„Hä? Für wen?“

„Na, für dich“, sagte Louis und nahm seine Jacke. „Oder für mich. Das überlege ich mir noch.“

Marius grinste verlegen und streckte die Beine von sich. Als Louis die Tür hinter sich schließen wollte, hielt er ihn zurück. „Louis?“

„Ja?“

„Warum nennt Mama dich eigentlich immer Lambi?“

Louis zögerte nur kurz. „Das ist mein alter Spitzname.“

„Ja, schon klar. Aber warum Lambi?“

Louis seufzte. „Mein Geburtsname war Lambert“, sagte er. „Aber ich habe den Namen geändert.“

„Das geht einfach so?“ Marius starrte ihn verdutzt an.

Louis zuckte mit den Schultern. „Nein. Nicht einfach so. Aber es ging, mit viel Mühe und Aufwand. Ich hatte schwerwiegende Gründe.“

„Welche?“

Louis seufzte erneut. „Erzähl ich dir vielleicht mal irgendwann, aber nicht jetzt, okay?“

Marius nickte und lehnte den Kopf nach hinten. „Cool. Lambert ist ja auch ein Scheißname." Er zuckte zusammen. „Also ich will dir ja nicht zu nahetreten, aber …"

„Doch, du hast recht. Lambert ist ein Scheißname. Ein totaler Scheißname." Louis grinste seinen Neffen an, dann zog er die Tür hinter sich zu.

Noch auf der Treppe musste er lachen. Ein totaler Scheißname, wirklich.

Beate stand verdutzt auf, als er hereinkam. Dann zog ein Lächeln über ihr Gesicht. „Louis!", sagte sie erfreut. „Na, so eine Überraschung! Wie geht's, wie steht's?"

Ihre sichtliche Freude über seinen Besuch tat Louis wohl, und plötzlich keimte eine Idee in ihm auf, die er empört zurückwies. „Gut, und bei dir?"

Sie sah an sich herunter, als ob sie den Sitz ihrer Kleidung überprüfen wollte, dann nickte sie. „Alles gut, ja. Nicht viel los heute Abend. Was führt dich denn her? Was kann ich für dich tun?"

Louis lehnte sich an den Tresen. „Ich bräuchte ein Zimmer, nur für heute Nacht", sagte er.

„Hast du dich ausgeschlossen?", fragte sie lachend und warf einen Blick zum Computer auf dem Tisch hinter ihr. „Da kann man doch auch den Schlüsseldienst holen? Oder …"

Louis lächelte. „Nein, ich habe Besuch", sagte er. „Mein …" Er hielt inne. Plötzlich wusste er, dass es nicht richtig wäre, Marius hier einzuquartieren. Er und Harm konnten kein Hotelzimmer gebrauchen, sondern einen Platz für sich, an dem sie ungestört waren. An dem Verschwiegenheit garantiert war. Und das war nicht hier, unter Beates neugierigen Augen, sondern drüben in Louis' Wohnung. Er seufzte innerlich. „Deshalb muss ich mich für eine Nacht ausquartieren. Hast du noch ein Zimmer frei für mich?"

In Beates Gesicht zuckte es, aber sie beugte sich rasch zum Computer hinunter und tippte kurz auf die Tastatur. „Aber ja", sagte sie. „Du hast die Wahl – nach vorne raus oder nach hinten, Einzel- oder Doppelbett?"

Louis betrachtete ihren gebeugten Nacken, der ihm auf einmal sehr verletzlich erschien. Das war unmöglich. Das ging gar nicht. „Ach", sagte er. „Wenn ich schon die Wahl hab, dann gern ein Doppelzimmer nach hinten raus."

Beate nickte, ohne aufzusehen. Als sie es doch tat, war ihr Blick ernst. „Gut", sagte sie. „Sehr gern."

„Was kostet es?"

Sie lachte und winkte ab. „Nichts", sagte sie. „Ich würde sagen, es ist eine Probenacht. Wenn sie dir gefällt, dann kommst du mal wieder. Und sonst …" Sie ließ offen, was sie damit meinte, aber Louis war es auch so klar.

Vorsichtig stieß er sich mit beiden Händen vom Tresen ab in eine aufrechte Position. „Okay", sagte er. „Dann geh ich kurz rüber und komme gleich wieder zurück."

Beate nickte und sah auf die Uhr. „Ich bin hier", sagte sie. „Und willst du … würdest du … möchtest du noch etwas mit mir trinken?" Sie lachte auf und schüttelte den Kopf. „Also, nur wenn du willst …"

Louis nickte, ohne zu antworten. Dann lächelte er ihr zu. „Bis gleich", sagte er und hob eine Hand. „Bis gleich also."

Ihr Blick folgte ihm hinaus in die Dunkelheit.

Draußen holte Louis tief Luft und blieb einen Moment lang stehen. Er war im Begriff, einen Fehler zu machen, das war ihm bewusst. Aber vielleicht war es an der Zeit dazu.

Der R4 stottert und bockt. Louis nimmt Gas weg und umfasst das Steuer fester, als eine heftige Windböe ihn fast von der Straße weht. Graupelschauer klatschen gegen die Windschutzscheibe, durchsetzt mit Dreck. Der Deich zu seiner Linken sieht aus, als ob er gleich abzurutschen droht, aber das kennt Louis schon. Starr sieht er geradeaus und kneift die Augen ein wenig zusammen, als der Hof des Nachbarn in Sicht kommt.

Die Bauersfrau trägt gerade zwei Eimer quer über den Grund, sie humpelt noch schlimmer als früher, und dicker ist sie auch geworden. Louis dreht den Kopf weg, als sie den ihren hebt; er will sie nicht grüßen, er will nichts mehr zu tun haben mit diesen Leuten hier. Auch mit seiner Familie nicht, außer mit Penny, aber die wird nicht zu Hause sein. Sie ist tatsächlich, Louis hat es ihr nicht mehr zugetraut, in die Lehre nach Itzehoe gegangen. Sie ist sogar ausgezogen, hat sich ein Zimmer gesucht. Louis hat immer noch ihre begeisterte, ein wenig ängstliche Stimme im Ohr. „Ein ganz neues Leben hab ich jetzt, Lambi!"

Er hat auch ein ganz neues Leben. Aber etwas muss er noch klären. Und nach diesem Besuch, das hat er sich geschworen, wird er nie mehr zurückkehren.

Auf den letzten zweihundert Metern verlangsamt er das Tempo. Das Kernkraftwerk, das vor sechs Jahren den Betrieb aufgenommen hat, steht wie ein Menetekel am Himmel vor ihm. Die Hofstelle liegt ein Stück vor dem Dorf, auf der einen Seite vom Deich begrenzt, auf der anderen vom flachen Land, das sich bis ins Unendliche zu ziehen scheint.

Die bröckeligen Pfosten an der Einfahrt haben mehrere Steine verloren, seit er das letzte Mal hier war. Im letzten Sommer war das, zur Erntezeit; zwei Tage war er da, zwei Tage, angefüllt mit Arbeit, Mähdreschen, erste Ernte einbringen, Tiere füttern. Niemand hat sich weiter nach seinem Leben erkundigt, aber das hat er auch nicht erwartet. Nur erhofft.

Louis fährt an den Schuppen heran und stellt den Motor ab, der mit einem Röcheln erstirbt. Als er die Tür öffnet, tritt sein Bruder aus dem Dunkel des Schuppens und verzieht das Gesicht zu einem hämischen Grinsen.

„Was 'n dat für eine Schrottkarre!"

Sofort steigt die Wut in Louis hoch. Am liebsten möchte er Hanno eine reinhauen, ihm das dämliche Grinsen aus dem Gesicht schlagen, aber er beherrscht sich. Wortlos klappt er die Tür zu und geht an seinem großen Bruder vorbei in Richtung des Hauses.

„Wat hast du denn vor?", fragt Hanno und kratzt sich im Nacken. „Vattern ist nicht da, wenn du den anpumpen willst."

„Als wenn ich je um Geld gefragt hätte", sagt Louis und sieht auf den Weg vor sich. Abgeknickte Strohhalme zieren den matschigen Weg, ab und an schimmern die Steine des uralten Kopfsteinpflasters durch. Hanno hinter ihm lacht, ein hohes, irgendwie falsches Lachen, und für einen winzigen Moment tut er Louis fast leid.

Klar, Hanno hat es sich selbst ausgesucht, hier zu bleiben und den Hof später zu übernehmen, aber trotzdem hat er ein Scheißleben. Der Hof ist komplett heruntergewirtschaftet und fast pleite, seit Onkel Walter im vorletzten Jahr bei einem Unfall mit dem Trecker gestorben ist – offenbar ist er beim Abtransport von Strohballen einem Wassergraben zu nahe gekommen, umgekippt und dabei unter das Fahrzeug geraten, Louis' Vater hat ihn erst mehrere Stunden später gefunden, da war er schon tot. Seit Onkel Walter die Geschäfte nicht mehr regelt, sind die Finanzen zusehends in Schieflage geraten. Louis' Vater ist absolut nicht geschäftstüchtig, die Leute trauen ihm nicht und Hanno erst recht nicht.

Alles geht den Bach runter, denkt Louis, als er die kaputte Stalltür sieht, hinter der die fünf verbliebenen Kühe unruhig muhen. Alles geht den Bach runter. Gott sei Dank hab ich damit nichts mehr zu tun.

Aber schlecht fühlt er sich doch bei dem Gedanken.

Dennoch, deswegen ist er nicht hier.

Vor der Haustür zögert er kurz, dann hebt er die Hand, lässt sie aber wieder sinken. Energisch drückt er die Klinke hinunter.

Der Flur liegt im Dunkeln, die Gummistiefel seiner Eltern stehen beide an der Wand, daneben nachlässig hingeschlunzt Hannos ausgetretene Badeschlappen, die er im Haus immer anzieht.

In der Küche brennt Licht, seine Mutter steht am Herd und rührt in einem Topf, sein Vater sitzt am Tisch, trotz der Kälte hat er sein Flanellhemd bis zum Nabel aufgeknöpft und kratzt sich am Bauch, während er die Zeitung studiert.

Überrascht sieht er auf, als Louis in den Raum tritt. „Lambert!", sagt er erstaunt. „Wat? Du hier!"

Seine Mutter dreht sich um. Für einen Augenblick zieht ein Lächeln über ihre Lippen, das ihre Augen nicht ganz erreicht. Dann breitet sie einen Arm in einer hilflosen Geste aus und lässt ihn wieder sinken. „Hast gar nicht gesagt, dass du kommst", sagt sie halb erfreut, halb vorwurfsvoll. „Jetzt haben wir schon gegessen. Einen Kaffee kannst du haben."

Louis nickt und zieht sich einen Stuhl zurück.

Sein Vater sieht ihn forschend an. Louis hat keine Ahnung, ob er ihm ähnlich sieht oder nicht, er kann sich selbst im zerfurchten Gesicht seines Vaters jedenfalls nicht wiedererkennen. Die buschigen Augenbrauen, die hellen Augen, der schmale Mund; das alles hat nichts mit ihm zu tun. Die breiten, bäuerlichen Gesichtszüge seiner Mutter aber auch nicht.

„Ich muss was von euch wissen", sagt Louis. „Etwas, das sehr wichtig für mich ist."

Seine Mutter zuckt kaum merklich zusammen, und Louis weiß sofort, dass ihr klar ist, worum es geht.

„Wichtig?", sagt sein Vater und lehnt sich zurück. Mit zusammengekniffenen Augen sieht er seinen jüngeren Sohn an. „Wat soll denn so wichtig sein?"

„Ich möchte alles über meine Operationen wissen", sagt Louis mit fester Stimme, so, wie er es sich vorgenommen hat. „Und die Unterlagen will ich auch haben. Und zwar alle."

„Wat für Unterlagen?“ Sein Vater schüttelt abwehrend den Kopf.

Louis beugt sich vor. „Die Operationen an meinem Penis“, sagt er. „Ich bin mindestens dreimal operiert worden, vielleicht auch noch öfter. Das erste Mal, als ich in der dritten Klasse war. Ihr müsst dazu eingewilligt haben. Ich will wissen, was genau damals operiert worden ist.“

Sein Vater schnaubt durch die Nase und wirft einen kurzen Blick zu Louis’ Mutter, die immer noch mit dem Rücken zu ihnen steht und aufgehört hat, im Topf zu rühren. „Wat willst du denn jetzt damit? Dat ist doch urlange her, wer will dat denn noch wissen!“

„Ich“, sagt Louis und beugt sich vor. Seine Hand klebt auf der gummierten Tischdecke, und unwillig reißt er sie hoch. „Ich will das wissen. Unbedingt. Ihr habt nie mit mir darüber geredet, nie, nicht ein einziges Mal!“

Ein Schweigen entsteht, ein dichtes, scharfes Schweigen, das in alle Ritzen des Raumes kriecht.

Es ist jetzt knapp zwei Jahre her, dass er das Theaterstück gesehen hat, auf einer kleinen Hamburger Bühne, aufgeführt von einer Off-Theater-Truppe mit hohem Anspruch und dem Nimbus einer Selbsthilfegruppe. Um Missbildungen ging es, missgebildete Hände, Füße, Beine. Viel gelacht und geschrien wurde auf der Bühne, irgendwann zog einer der Teilnehmer wie beiläufig den Hosenbund seiner Jogginghose nach vorn und sah hinein.

Dann schrie er auf. „Ihh!“ rief er laut. „Wie sieht das denn aus? Eklig!“

Die beiden Freunde, mit denen Louis die Aufführung besuchte, lachten, wie das gesamte Publikum. Aber Louis saß den Rest des Stückes wie erstarrt zwischen ihnen.

Danach begann er zu forschen. Zeitungen, Zeitschriften, Filme in Bibliotheken. Missbildungen, Intersexualität. Penisverkrümmung. Missgestaltete Harnröhre, Hypospadie.

Hypospadie. Das muss es sein. Vermutlich Hypospadie penoskrotal: Die Harnröhre verläuft nicht durch den Penis, sondern tritt zwischen den Hodensäcken hervor. Das Glied ist dort mit einem Häutchen befestigt und deshalb gekrümmt. Beste Operationserfolge im Kleinkindalter, danach sind Komplikationen zu befürchten. Miktionsstörungen, Fisteln, Nekrosen.

Wenn er sich richtig erinnert, ist er mit neun oder zehn Jahren das erste Mal operiert worden. Und dann zweimal danach, vielleicht auch noch öfter. Das Ergebnis von Gleichgültigkeit, sozialer Verwahrlosung, fehlender Sorgfalt, Scham.

Sein Leben lang hat Louis versucht, seine Genitalien versteckt zu halten. Es ist ihm erstaunlich gut gelungen, findet er.

Auf Oralsex verzichtet er, und wenn er sich im Dunkeln hält, fällt gar nicht auf, dass sein Penis vollkommen vernarbt ist. Er sieht anders aus als die wenigen anderen, die Louis bislang gesehen hat. Aber fast normal. Nicht so wie früher, nicht so wie sein kleiner, gekrümmter, verbogener, klumpenartiger Kinderpenis, an den er sich noch allzu gut erinnert.

Er ahnt, was ihm geschehen ist, aber es nur zu ahnen, reicht ihm nicht mehr. Jetzt will er es wissen.

„Warum habt ihr mich nicht schon früher operieren lassen?“, fragt er. „Ihr wusstet doch von Anfang an, dass da was mit mir nicht stimmte.“

Sein Vater schnaubt und steht auf. „Bah“, sagt er. „Dat muss ich mir doch von dir nicht sagen lassen. Kommmste her und machste mir Vorwürfe?“

Louis versucht, ihm in die Augen zu sehen, aber sein Vater weicht seinem Blick aus.

Vielleicht ist er auch gar nicht sein Vater.

Der Mann, der sein Vater ist oder nicht, schiebt seinen Stuhl zurück und geht wütend aus der Küche nach hinten in den Gang, der zu den Arbeitsräumen führt. Louis hört ihn grummelnd vor sich hin brummen und poltern. Er sieht den Rücken seiner Mutter an, der sich unter der geblümten Kittelschürze wölbt.

„Mama", sagt er, und seine Stimme hört sich eigenartig rau an. „Echt, ihr hättet mir so viel erspart. Warum habt ihr euch nicht drum gekümmert?"

Seine Mutter sackt ein wenig zusammen, dann dreht sie sich zu ihm um und macht eine hilflose Geste. „Wir wussten doch auch nicht, was man da macht", sagt sie. „Dat wussten wir doch auch nicht."

Im Hof ist Hannos Stimme zu hören, der etwas ruft. Jemand ruft zurück, dann herrscht wieder Stille.

„Habt ihr irgendwelche Unterlagen?", fragt Louis.

Seine Mutter zuckt mit den Schultern.

„Wo war ich denn im Krankenhaus? In Itzehoe oder wo?"

Sie zieht die Stirn kraus, das Nachdenken verleiht ihr Auftrieb, ihre Haltung strafft sich ein wenig. „In Hamburg, glaube ich", sagt sie. „Aber dat weiß ich nicht mehr so genau." Sie macht einen Schritt zum Flur hin. „Vattern? Weißt du noch, wo der Jung im Krankenhaus war, wegen sei'm Ding?"

Sein Vater brummt etwas Unverständliches, und Louis' Mutter dreht sich wieder zu ihm zurück. „Onkel Walter wüsste dat. Der hat dich ja da immer abgeholt. Aber der ist ja tot."

„Onkel Walter?" Louis starrt sie ungläubig an. Eine vage Erinnerung steigt in ihm hoch, die er nicht richtig fassen kann – ein Arzt, der ihn untersucht, Krankenschwestern, ein großer Raum, viele junge Männer in weißen Kitteln, die ihn anstarren, nein, nicht ihn, sondern seine Genitalien. Missgeburt. Onkel Walter, der ihn vor sich hertreibt, einen Flur hinunter, klackende Schritte in seinem gesunden Ohr. Schmerzen.

Louis schluckt, dann steht er auf. „Schade", sagt er. „Dann … wenn du doch noch mal was findest, dann gib mir Bescheid, ja?"

Seine Mutter nickt und ringt die Hände, eine hilflose, traurige Geste, die Louis auf eine seltsame Art anrührt, die er weit von sich weist.

Trotzdem kann er nicht gehen, ohne sie berührt zu haben. Und so macht er zwei Schritte auf seine Mutter zu und legt eine Hand auf ihren Arm. Rasch beugt er sich vor und küsst sie auf die Wange. Ihre Haut ist sehr weich, aber ihren Geruch erkennt er nicht wieder.

Seine Mutter hat Tränen in den Augen. Oder ist das nur das Neonlicht der bogenförmigen Lampe über ihnen?

„Tschüs“, sagt er und geht hinaus, mit federnden Schritten, durch den Flur, die drei Stufen hinunter, den matschigen, strohdurchsetzten Weg hinunter zu seinem R4, auf dessen Windschutzscheibe ein dicker Kuhfladen verschmiert ist.

Das schallende Lachen seines Bruders löst das dramatische Surren in seinem Ohr ab, als er die Tür öffnet und mit Schwung wieder hinter sich zuzieht. Zum Glück springt der R4 beim dritten Versuch an.

In der kurzen Zeit, die er im Haus verbracht hat, hat die Dämmerung eingesetzt, und die Felder jenseits der Straße liegen schon im Dunkeln. Im Rückspiegel sieht Louis die Lichter des KKW, auch der alte kleine Leuchtturm, den er passiert, kann sie nicht verdecken. Dort, wo die Straße eine sanfte Biegung macht, fährt Louis geradeaus, einen schmalen zweispurigen Weg entlang bis zum Fuß des Deiches. Nach Luft schnappend, stößt er die Tür auf und steigt aus.

Ein paar Schafe stehen dichtgedrängt am Deich, wie dahingetupft sehen sie aus. Louis lehnt sich gegen den Wagen und legt das Kinn aufs Dach, die Kälte des Blechs schneidet ihm durch die Haut bis auf die Knochen, dennoch tut sie ihm gut.

Doktor Hennings ist schon seit vielen Jahren tot, die Praxis weitergegeben. Niemand hat Louis sagen können, wo seine Unterlagen verblieben sein könnten.

Niemand weiß, was ihm geschehen ist, und niemand außer ihm interessiert sich dafür. Es ist, als ob sein Körper und dessen Belange im Nichts verschwunden wären. Louis hat einen verunstalteten Penis, aber das interessiert niemanden. Er kann damit urinieren, wenn auch anders als andere Männer, er muss immer aufpassen, dass er ihn dabei richtig hält, damit er sich nicht die Hosen nässt. Eine Erektion kann er auch bekommen und halten, er funktioniert.

Aber alles, was damit zusammenhängt, liegt im Dunkeln.

Der Kälteschmerz im Kinn wird unerträglich. Louis richtet sich auf und steht da, an die Autotür gelehnt, und sieht über die Felder hinweg in die immer dichter werdende Dunkelheit. Er wird nicht mehr wiederkommen. Er wird seine Eltern, seinen Bruder, den Hof, das schweigende Dorf nicht mehr wiedersehen.

Er weiß, dass auch seine Eltern Opfer sind, sein Bruder erst recht, aber das ändert nichts daran. Er wird seine Vergangenheit hinter sich lassen, sie ins Dunkle gleiten lassen. Dahin, wo sie hingehört.

Beate zog eine Grimasse. „Alles okay?"

Louis nickte und legte den Zimmerschlüssel auf den Tresen. Er hatte gehofft, der Begegnung mit ihr am Morgen danach ausweichen zu können, aber sie hatte ihn abgefangen. Oder zumindest hatte er den Eindruck. „Danke", sagte er und gab sich Mühe, sie möglichst geradeheraus anzulächeln. Leicht fiel ihm das nicht; er hatte am Abend zuvor sofort gewusst, dass es ein Fehler war, mit ihr ins Bett zu gehen. Eigentlich hatte er es schon vorher gewusst, aber trotzdem getan. „Darf ich wenigstens etwas in die Trinkgeldkasse legen, wenn ich schon nichts bezahle?"

„Nein, darfst du nicht." Beate lächelte zurück, aber auch ihre Miene wirkte verhalten. Sie sah sich kurz nach der Küche um, aus der leise Stimmen und Geschirrgeklapper herüberklangen, dann kam sie um den Tresen herum zu ihm. „Ich komm kurz mit raus."

Die kalte Luft draußen wirkte befreiend auf Louis, er sog sie tief in die Lungen und streckte sich.

„Na, bist du froh, wieder wegzukommen, was?", fragte Beate neben ihm. Überrascht sah er, dass sie im Begriff war, sich eine Zigarette anzuzünden. Er hatte sie noch nie zuvor rauchen sehen.

„Guck nicht so", sagte sie und lachte, bevor sie den ersten tiefen Atemzug nahm. „Früher hab ich sowieso geraucht. Und jetzt ist es auch egal. Willst du auch eine?" Sie hielt ihm die angebrochene Packung hin, und er schüttelte den Kopf. Dann musste er ebenfalls lachen.

„War es so schlimm, ja?"

Sie lächelten sich an, jetzt war es von beiden Seiten ein aufrichtiges, fröhliches Lächeln, das jedoch nur kurz anhielt.

„Ach Mensch", sagte Beate und hustete leicht in die geschlossene Faust. „Das war wohl nichts für dich, was? Ich weiß nicht, soll ich jetzt sagen, tut mir leid?"

„Unsinn." Louis kribbelte es in den Beinen, so gern wollte er jetzt gehen, dieser Situation endlich entfliehen. „Nein, es war schön mit dir, aber ich …"

„Du stehst eher auf Nell, oder?" Sie sah ihn von unten herauf an, und er war so verblüfft, dass er einen Moment lang nichts sagen konnte. Sie nahm es als Bestätigung. „Hab ich mir gedacht!"

„Nein", sagte er. „Das stimmt nicht, Beate. Es ist nur … es passt nicht so richtig. Ich bin einfach ein schwieriger Typ."

„Finde ich nicht", sagte sie und nahm noch einen tiefen Zug von ihrer Zigarette. Plötzlich bemerkte er, dass sie zitterte, und er legte ihr seine Daunenjacke über die Schultern.

Sie wischte sich über die Augen. „Manno", sagte sie mit heiserer Stimme. „Weißt du, genau so einen Mann wünsche ich mir, einen, der mir seine Jacke umlegt, weil er peilt, dass ich friere. Und der, der es dann macht, der steht dann doch nicht auf mich." Sie kniff die Augen zusammen. „Schwul bist du nicht, das hätte ich doch gemerkt, oder?"

Louis musste wider Willen grinsen. „Nein. Ich bin nicht schwul. Nur mein Neffe. Den ich jetzt leider wecken werde."

Sie nickte, dann ging sie zum Standaschenbecher am Eingang des Hotels hinüber und drückte sorgsam ihre Zigarette aus. Als sie zurückkam, sah sie gefasst aus. Und energisch. Die resolute Geschäftsfrau in ihr hatte wieder die Oberhand gewonnen. „Gut, wir sehen uns, oder?"

Louis nickte und nahm seine Jacke entgegen, die sie ihm hinhielt. „Natürlich. Bald. Übrigens – weißt du, es wäre sowieso schwierig. Ich bin immerhin sowohl Geschäftspartner als auch Kunde als auch Nachbar. Dreifache Ausschlussgründe."

Er zwinkerte ihr zu, aber sein Versuch, die ganze Situation mit Humor zu unterlegen, scheiterte. Beate lächelte kurz, dann wurde sie wieder ernst. „Woher hast du denn eigentlich die Narbe?", fragte sie und strich ihm kurz über die Wange, eine leichte, sehnsüchtige Geste.

„Ich bin als Kind in eine Mistforke gefallen."

„O Gott!", sagte sie mitfühlend.

„Ja." Er zuckte mit den Schultern. „Du wirst gleich wieder frieren. Vielleicht gehst du besser rein. Bis bald!"

Sie nickte und ging zum Eingang hinüber, der von der jetzt vollends aufgehenden Morgensonne angestrahlt wurde. Louis winkte ihr zu und setzte sich in Bewegung, aber an der Straße rief sie ihn zurück.

„Louis?"

Er drehte sich noch mal um.

„Wenn man wirklich das Leben eines anderen Menschen kennenlernen möchte, das ist schon … das bedeutet schon was, oder?“, sagte sie traurig. „Nur so. Ich wüsste gern, wie das war, damals, mit der Mistforke, und wie du gelebt hast … Na ja. Hab einen schönen Tag, okay?“ Sie drehte sich um, zog die Tür auf und ließ sie hinter sich zufallen. Louis holte noch einmal tief Luft, dann drehte er sich ebenfalls um.

„Soll ich noch mit reinkommen?“

Marius schüttelte den Kopf, aber sein skeptischer Gesichtsausdruck, als er den Wohnblock betrachtete, in dem seine Eltern auf ihn warteten, sprach Bände. „Nee“, sagte er, „nee. Ich muss ja auch sonst mit denen klarkommen, wenn du nicht da bist. Außer, du ziehst bei uns ein.“ Er grinste, und Louis musste ebenfalls grinsen.

„Keine Chance, mein Lieber. Aber du kriegst das schon hin. Und wenn irgendwas ist – ruf mich sofort an, dann komme ich vorbei.“

„Alles gut“, sagte Marius und zögerte immer noch, die Hand auf der Türklinke. Der Wohnblock vor ihnen lag im milden Morgenlicht ruhig da; die Sonne würde es auch heute nicht über die Wipfel der umstehenden Bäume schaffen.

In den beiden Wohnungen im ersten Stock blinkten weihnachtliche Lichterketten, und über die kleine Hecke, die den Parkplatz vom Vorrasen trennte, hatte jemand eine Reihe rötlicher Schleifen gelegt. Noch knapp zwei Wochen bis Heiligabend, und Louis hatte noch keinen Gedanken daran verschwendet, wie er die Feiertage verbringen würde.

Marius hatte offenbar auch darüber nachgedacht, denn er sah Louis an. „Kommst du eigentlich Weihnachten zu uns?“, fragte er mit einem hoffnungsvollen Unterton.

„Wahrscheinlich. Ich weiß noch nicht wann, vermutlich wieder am ersten Weihnachtsfeiertag. Deine Mutter hat mich auch schon ein paarmal gefragt.“ Louis fuhr seinem Neffen durchs Haar, hielt aber inne. Marius war kein Kind mehr, dem man durchs Haar wuscheln konnte, sondern ein junger Mann, der bereits Sex gehabt hatte. Wenn auch in Louis’ eigenem Bett.

„Früher“, sagte Louis und sah Marius von der Seite an, „früher hätte man mich übrigens dafür anzeigen können. Dass ich euch meine Wohnung überlassen habe. Euch Minderjährigen.“

„Aber Harm ist doch schon achtzehn“, sagte Marius, fast mit Stolz in der Stimme, wie es Louis vorkam.

„Noch schlimmer“, sagte Louis. „Los, raus mit dir.“

Er sah zu, wie sein Neffe mit langsamen Schritten auf die Tür zuging. Er wirkte weniger schlaff also sonst, schien es Louis, als hätten die Auseinandersetzung mit seinem Vater und die darauffolgende Nacht mit Harm ihm Auftrieb gegeben, seine Körperspannung verstärkt.

Louis wartete, bis sich die Tür hinter Marius geschlossen hatte, dann fuhr er los.

Marius’ und Harms glückliche Gesichter hatten ihn aufgeheitert, sobald er die Wohnung im Obergeschoss betreten hatte. Die beiden hatten einträchtig nebeneinander auf dem kleinen Läufer vor Louis’ Bett gehockt und gemeinsam in ihre Handys gesehen. Die Bettwäsche war abgezogen und lag neben der Waschmaschine; Louis hatte über Marius’ leicht beschämten Gesichtsausdruck lächeln müssen, als er Louis darauf hingewiesen hatte.

Harm war bald gegangen, wortlos nickend, aber die Art, wie er Marius einen Abschiedskuss auf die Wange gedrückt hatte, war rührend gewesen.

Die beiden waren fast noch Kinder, dachte Louis, während er die ruhig daliegende, weihnachtlich geschmückte Straße Richtung Zentrum hinabfuhr. So vieles stand ihnen noch bevor, der erste Liebeskummer, Anfeindungen, Glück, Misserfolge.

Louis hatte das längst hinter sich und das meiste davon in einer Form, der er nicht nachtrauerte. Hoffentlich würde es ihnen besser ergehen.

Aber in ihrer Haut hätte er dennoch nicht stecken mögen. Heute jung zu sein, erschien ihm noch komplizierter als früher. Die ungeheure Anzahl an Entwicklungsmöglichkeiten führte zu vollkommener Überforderung, dachte er manchmal.

Er selbst brauchte etwas, an dem er sich festhalten konnte. Gewohnheiten, Rituale.

Als er an der Ampel vor der letzten großen Kreuzung stadteinwärts hielt, wusste er für einen Moment nicht, wohin. Zu Hause wartete nur das langsam erkaltende Zimmer auf ihn. Und Beate gegenüber im Hotelfoyer.

Sie hätten es sich sparen sollen. Aber andererseits war es nur menschlich, einem Bedürfnis nach körperlicher Nähe nachzugeben.

Auf einmal wurde der dunkle Abendhimmel von einem glitzernden Blinken durchzogen. In der Nähe des Autos, im Licht der Ampel nur schemenhaft erkennbar. Louis beugte sich vor. Er spürte, wie sich seine Lippen wie von selbst zu einem fast ungläubigen Lächeln verzogen.

Schnee. Es schneite, in dünnen, fast im Augenblick ihres Entstehens wieder vergehenden, zarten Flocken, die schmolzen, noch bevor sie den Boden erreichten.

Louis saß still da und sah den durch die Luft tanzenden weißen Schneekristallen zu, bis der Fahrer hinter ihm kurz und tadelnd auf die Hupe drückte. Hastig gab er Gas und hob entschuldigend die Hand.

Der fallende Schnee beruhigte und versöhnte ihn. Mit allem. Vor allem mit seinen inneren Wunden, die seine ihm wenig fürsorgliche Umgebung in seiner Kindheit und Jugend geschlagen hatte.

Penny hatte Glück gehabt, dachte er manchmal, weil sie ein Mädchen gewesen war. Onkel Walter hatte sich nicht an ihr vergriffen, ihre Mutter hatte sich mehr um sie und ihr Wohlbefinden gekümmert, ihr Vater hatte sie lieber gehabt als seine Söhne. Die einzige Möglichkeit, der Düsternis zu entrinnen, bevor sie sich endgültig und zerstörerisch auf seine Seele legte, hatte für Louis darin bestanden zu gehen.

Der Schneefall verstärkte sich, als Louis die stille Hauptstraße entlangfuhr, dann, fast abrupt, hörte er auf.

Deswegen war er damals nach Schweden gezogen: wegen des Schnees, der mit beruhigender Regelmäßigkeit Mitte Dezember, spätestens am Jahresende zu fallen begann.

Und wegen des gemäßigten Temperaments der Leute. Ihre ruhige, fast spröde Ausgeglichenheit hatte ihn angezogen, entspannt; er hatte sich in ihrer Mitte sicher gefühlt, auf eine absentierte Art geborgen.

So wie hier.

Plötzlich erkannte er, dass das genau der Grund war, warum er hier, in dieser kleinen, nicht sonderlich aufregenden Stadt, gelandet und geblieben war. Die Mentalität der Leute war ähnlich; man ließ ihn einfach in Ruhe, ohne ihn wirklich zu kennen.

Die einzigen, die sich für ihn interessierten, waren Frauen im noch gebärfähigen Alter, die instinktiv spürten, dass sie in seiner Nähe zwar noch eine sexuelle Ausstrahlung hatten, aber nichts leisten mussten. Louis war keine Gefahr, er war eindeutig zu alt, um sich unbedingt Kinder zu wünschen, aber noch attraktiv genug, um sexuell aktiv zu sein.

Die Straße lag ruhig vor ihm im Dunkel des Winterabends. Eine kleine Gruppe Heranwachsender in dicksohligen Sneakers und überdimensionalen Daunenjacken alberte auf dem Gehweg herum, weiter hinten schob eine ältere Dame beherzt ihren Rollator über den Zebrastreifen.

In der Nähe des Industrieviertels, dort, wo mehrere Bau- und Supermärkte sich ein großes, trostloses Areal teilten, herrschte reger Betrieb. Familienvans in verschiedenen Grautönen standen in Reih und Glied nebeneinander, von ein paar Kleinwagen gesprenkelt. Entnervte Eltern mit Kleinkindern an den Händen trugen vollgepackte Einkaufskörbe zu ihren Autos, junge Männer schleppten Bierkästen. Auch Louis hätte eigentlich etwas fürs Wochenende einkaufen müssen, aber er hatte schlichtweg keine Lust, sich ins Getümmel zu stürzen. Sein Ziel war der Baumarkt.

Die silberhaarige Angestellte der Holzabteilung war sichtlich erfreut, ihn zu sehen. „Was darf es sein?“, fragte sie fröhlich und nickte, als Louis das Adventsgesteck ansah, das exponiert auf der Holztheke stand. „Hübsch, was? Aber anzünden dürfen wir es nicht. Vorschrift.“

Louis gab zwei Stücke Holzzuschnitt in Auftrag und lehnte sich an den Tresen, während sie geschickt wie immer die Holzstücke einlegte und sägte. Das durchdringende Geräusch der Säge erfüllte den Raum. Als Louis die verstörten Blicke der anderen Kunden sah, wurde ihm wieder bewusst, dass er deutlich weniger hörte als andere Menschen. Manchmal war seine Schwerhörigkeit auf dem linken Ohr auch ein Glück.

Und er hatte sich durchaus den passenden Beruf dafür ausgesucht.

Die Silberhaarige lächelte, als hätte sie ihn durchschaut, während sie ihm die beiden Holzstücke reichte. Louis lächelte zurück. „Frohe Weihnachten“, sagte er, das erste Mal in diesem Jahr, und nickte ihr zum Abschied zu.

Sie wirkte überrascht. „Schon? Na, wenn wir uns nicht mehr sehen … Frohe Weihnachten Ihnen auch. Ich feiere diesmal mit den Eltern meiner Frau. Premiere!“ Sie lächelte schief, vielleicht auch, weil sie sich nicht im Klaren war, wie ihre unvermittelte Intimität bei Louis ankam. „Und Sie?“

„Ich bin bei meiner Schwester eingeladen“, sagte er. „Aber vielleicht bleibe ich auch für mich.“

Ihrem Blick sah er an, dass sie ihn falsch einschätzte; vermutlich hielt sie ihn für ihresgleichen, für schwul oder zumindest der queeren Lebensweise in irgendeiner Art zugehörig, das passierte ihm oft. In der Tat fühlte er sich ob seiner aus der Art geschlagenen Wesenheit den Homosexuellen in der Regel näher als den Heterosexuellen. Dabei hatte er dergleichen Erfahrungen nie gemacht, nie mit einem Mann Sex gehabt. Von den unseligen Erlebnissen mit Onkel Walter einmal abgesehen.

„Alles in Ordnung?", fragte die Silberhaarige, und Louis nickte rasch, um weitere Vertraulichkeiten zu verhindern.

„Ja, alles in Ordnung. Na, dann sehen wir uns sicher wieder nach den Feiertagen!" Er nickte nochmals und ging zügig davon, ihren Blick in seinem Rücken spürend.

An der Kasse besprachen zwei Frauen vor ihm ausführlich die anstehende Silberhochzeit einer der beiden, hinter ihm unterhielten sich zwei junge Mädchen, die beide einen kleinen Kaktus in den Händen hielten, Weihnachtsgeschenke offenbar.

„Magst du lieber Tiere oder Kinder?"

Louis drehte sich halb um und betrachtete angestrengt die im Seitenregal angebotenen Batteriepackungen.

„Kinder."

„Und dann lieber Babys oder ältere?" Das junge Mädchen trug Brackets auf ihren leuchtend weißen Zähnen und eine modische, zweifarbige Brille von Ray Ban.

„Babys!", sagte ihre Freundin enthusiastisch.

„Ich auch!"

Louis zahlte und entfloh dem durchdringenden Kichern der beiden in die Winterkälte. Draußen hatte der kurze Schneefall eine unbehagliche, klamme Feuchtigkeit hinterlassen, die ihm bis in die Knochen fuhr. Rasch stieg er in den Wagen, wo ihn dieselbe Einsamkeit ummantelte, die er zuvor schon verspürt hatte. Er ließ den Motor an und fuhr vom Parkplatz, aber schon lange vor der roten Ampel am Ende der Straße nahm er den Fuß vom Gaspedal. Wie blind starrte er auf die winterfeuchte Straße vor sich, während der Wagen auf die Kreuzung zurollte. Wohin wollte er eigentlich?

Plötzlich vermisste er Bella so heftig, dass er es kaum ertragen konnte. Langsam gab er Gas, als die Ampel auf Grün schaltete, und sah gnädig zu, wie ein tiefergelegter Golf ihn röhrend überholte und auf der leeren Straße davonschoss.

Bella war an einem solchen diesigen Wintertag im Jahr zuvor gestorben; ebenfalls kurz vor Weihnachten war es gewesen, sie war morgens einfach nicht mehr aufgewacht, hatte still in ihrem Korb vor seinem Bett gelegen, zusammengerollt, mit geschlossenen Augen – still, viel zu still. Er hatte gewusst, dass sie nicht mehr lebte, bevor er sie berührt hatte.

An der nächsten Ampel zögerte Louis kurz. Links von ihm lag das *Patty*; die Kneipe, von der Beate neulich gesprochen hatte. Er war noch nie dort gewesen, überhaupt war er hier in der Stadt nur zwei-, dreimal in einer Kneipe gewesen, jedes Mal mit dem alten Benningsen. Und dann hatte es sich um alte, verräucherte Kaschemmen abseits der Innenstadt gehandelt, in denen Alteingesessene ihre Abendbiere tranken und auf Plattdeutsch oder in von Plattdeutsch durchsetzem, dahingenuscheltem Vokabular über die schlechten neuen Zeiten schimpften.

Die Ampel schaltete auf Grün. Louis warf noch einen Blick zum *Patty* hinüber. Hinter den mit Kunstschnee geschmückten Fenstern saßen ein paar Gestalten auf Barhockern, der Barmann huschte geschäftig hin und her.

Louis holte Luft, dann setzte er den Blinker.

Das Patty war besser besucht, als es von außen den Anschein gehabt hatte. Der Tresen war fast voll besetzt, und an zwei Tischen in Fensternähe wurde tüchtig gefeiert, vermutlich Weihnachtsfeiern kleinerer Betriebe. Ein knappes Dutzend angetrunkener Frauen mittleren Alters mit Nikolausmützen prostete sich mit Schnäpsen zu, einige von ihnen kreischten auf, als sie Louis entdeckten, und steckten kichernd die Köpfe zusammen.

Louis ignorierte ihr leicht frivoles Gackern und ging zu den letzten freien Plätzen am Ende des Tresens hinüber. Die Blicke der anderen Tresengäste folgten ihm neugierig. Louis war sich bewusst, dass er einen ungewöhnlichen Anblick bot, und das nicht nur wegen der unübersehbaren Narbe auf seiner Wange und seiner sehr geraden Haltung. Er war nicht sonderlich groß, aber dafür muskulös, aber auch daran lag es nicht unbedingt, dass er oft Aufsehen erregte, allerdings auf eine dezente Art. Offenbar besaß er eine besondere Präsenz, die den meisten Leuten sofort auffiel.

Zwei Hocker waren noch frei, vor dem einen stand ein angetrunkenes Schankbier auf dem Tresen, und eine Jacke war über den Hocker gehängt, das Innenfutter nach außen gekehrt.

Louis zog den letzten Hocker vor und setzte sich. Der Barmann kam sofort zu ihm herüber und beugte sich vor.

„Was darf's denn sein?"

„Ein Bier", sagte Louis und deutete auf das Glas neben ihm. „Gern auch ein großes."

„Kommt sofort."

Louis ließ seine Jacke von den Schultern gleiten und sah sich um. Die Aufmerksamkeit, die er erregt hatte, legte sich langsam wieder, die Frauen am Fenster kicherten schwallartig erneut, und die andere, gemischte Gruppe stimmte ein Weihnachtslied an. Einer der männlichen Gäste am Tresen weiter vorne fing seinen Blick auf und nickte ihm zu, und Louis nickte zurück, als er in ihm den Inhaber der seiner Werkstatt am nächsten gelegenen Apotheke erkannte.

Es war ein merkwürdiges Gefühl, in einer Kneipe zu sitzen. In Schweden hatte Louis, bevor er Bella zu sich genommen hatte, so manche Abende in Kneipen oder Bars verbracht; er hatte es gemocht, an Geselligkeiten teilzuhaben, ohne daran teilzunehmen. Aber seit er zurück nach Deutschland gekehrt war, hatte er die Freude daran verloren. Er hatte für sich sein wollen; vielleicht aber änderte sich das langsam wieder.

Märta kam ihm unvermittelt in den Sinn, ihr begehrlicher Blick, die immerwährende Distanz darin. Lous rieb sich den Nacken. Wenn er an Märta dachte, bekam er unweigerlich Nackenschmerzen.

Hinter ihm ging die Tür zu den Waschräumen auf und wieder zu. Louis wartete, aber der Gast ging nicht an ihm vorbei, sondern blieb neben ihm stehen. Gerade, als er sich umdrehen wollte, spürte er eine Hand auf seiner Schulter.

„Louis!“

Er zuckte zusammen und drehte sich um. Nell stand vor ihm.

„Das gibt es doch gar nicht! Du hier?“ Mit einem überraschten Lächeln ließ sie sich auf den Hocker neben ihm gleiten und schlug die Beine übereinander.

Louis spürte, dass es ihn Mühe kostete, seine Miene im Zaum zu halten. Zu erfreut wollte er nun auch wieder nicht wirken; Nell brauchte nicht zu wissen, dass sie ihn soeben aus einem üblen Anflug von depressiver Verstimmung errettet hatte. Er nahm das Bier entgegen, das der Barmann ihm reichte. „Das erste Mal“, sagte er. „Ein vollkommen spontaner Entschluss. Und du, bist du hier Stammgast und ich weiß nichts davon?“

Nell lachte, hob ihr halbvolles Bierglas und prostete ihm zu. Sie sah anders aus als sonst, aufgelöst, oder vielleicht auch nur deutlich entspannter. „Nein, das nicht gerade. Aber mir war heute so danach. Mit dir hab ich allerdings am allerwenigsten gerechnet.“

„Ich mit dir auch nicht", sagte Louis. „Wo ist denn Hector?"

„Zu Hause." Sie zuckte mit den Schultern. „Ich habe mir ein Fahrrad gekauft und dachte, ich muss es mal ausführen. Also, ausfahren." Sie stutzte und deutete auf ihr Bier. „Ist schon mein zweites."

Louis musste lächeln. Nell war süß, wenn sie angetrunken war, aber nie im Leben hätte er ihr das gesagt. „Dann auf dein Wohl!", sagte er und stieß mit ihr an.

Nell trank einen Schluck, dann nahm sie das Glas in beide Hände. „Das ist aber schön, dich zu sehen!", sagte sie. Hinter ihr ertönte ein schrilles Kichern aus mehreren Kehlen. „Aber es ist immer schön, dich zu sehen. Ohne dich wäre es hier doch ganz schön öde für mich."

„Aber du könntest doch jederzeit wieder gehen", sagte Louis und bemühte sich, nicht zu dem Frauentrupp am Fenster hinzusehen, der ihn erneut ins Visier genommen hatte.

„Klar. Du aber auch", sagte Nell. In ihrem Blick lag etwas, das Louis beunruhigte, eine gewisse Klarsichtigkeit, die nicht unbedingt zu seinen Gunsten ausfallen musste. Sie beugte sich vor und nahm noch einen Schluck Bier. „Ich weiß, ich hab dich das schon mal gefragt, aber warum bist du eigentlich hier? Ich meine, ein Typ wie du – in dieser spießigen Kleinstadt am Rand der Republik. Was soll das eigentlich? Wovor bist du geflüchtet?"

Louis wich ihrem Blick aus und trank ebenfalls einen Schluck. Die Frauen am Fenster hatten die Köpfe zusammengesteckt und sahen kichernd zu ihm und Nell hinüber. Er hob die Brauen, und sie brachen erneut in hysterisches Gelächter aus. „Nell", sagte er und seufzte. „Um dir das zu erklären, müsste ich dir meine gesamte verkorkste Lebensgeschichte erzählen. Hier also die Kurzfassung: Ich bin hierhergekommen, um mich zu erholen und meine Wunden zu lecken." Er grinste, aber Nell zog die Brauen herunter.

„Und das für den Rest deines Lebens, oder was?", fragte sie grimmig.

Louis zuckte mit den Schultern. „Ich würde sagen, ich bin fast damit durch. Jeder Mensch hat eine Wunde, die ihn schmerzt und die er zu verstecken sucht. Meine hat keine glatten Ränder, sie sind ausgefranst. Deshalb dauert es länger, weißt du." Er grinste. „Ich bin gern hier."

„Aber einsam", stellte Nell nüchtern fest. Bei jedem anderen hätte Louis sich enorm über diese Feststellung geärgert, aber Nell ließ er sie durchgehen.

Louis holte tief Luft und widerstand dem ersten Impuls. „Ja", sagte er und suchte ihren Blick. „Aber das war ich schon immer, Nell. Einsam und heimatlos. Und deshalb bin ich hier gut aufgehoben, hier, wo die Fremden, Heimatlosen sich versammeln."

Nell musste lächeln und trank ihr Bier aus. Sie schlug die Beine übereinander und drehte sich zu den gackernden Frauen am Fenster um, die ihre Aufmerksamkeit jetzt auf zwei Männer mittleren Alters gerichtet hatten, die soeben hereingekommen waren. Dann verengten sich ihre Augen, und sie wandte sich rasch wieder zu Louis.

„Noch eins?" Der Barmann war herangekommen und hob das leere Glas. Nell zögerte und sah Louis fragend an. Er schüttelte den Kopf.

„Ich muss noch fahren. Aber nimm du gern noch eins. Ich kann dich nachher auch mit dem Auto mitnehmen, wenn du willst."

Nell lachte. „Nur wenn du mein Fahrrad auch mitnimmst!"

„Na klar."

Nell zögerte, dann schüttelte sie den Kopf. „Nein, danke, ich zahle dann lieber. Für den Herrn auch", sagte sie zum Barmann und grinste breit, als sie Louis' überraschten Blick sah. „Wieso nicht? Wir können doch noch zu Hause eins trinken, ich habe ein brandneues Sixpack im Kühlschrank."

Louis schmunzelte. „Ich auch", sagte er und sah amüsiert zu, wie Nell vom Hocker rutschte und sich ihre Jacke überzog. „Jetzt hast du es aber auf einmal sehr eilig", stellte er fest und stand ebenfalls auf.

„Ja. Außerdem ist Hector jetzt lange genug allein gewesen." Sie machte den Reißverschluss ihrer Jacke zu und nahm ein Paar Handschuhe aus der Hosentasche.

Louis zog seine Jacke ebenfalls an. Als er wieder aufblickte, stand plötzlich der Apotheker vor Nell. Sein Gesichtsausdruck war derart aggressiv, dass Lois zusammenzuckte. Dann richtete er sich auf und schob sich dichter an Nell heran, bereit, jederzeit einzuspringen.

„Meine Frau ist sehr traurig, dass du dich gar nicht mehr meldest", sagte der Apotheker. „Schon komisch. Ihr hattet doch sonst auch nichts miteinander zu tun. Warum ist das denn jetzt so?"

Seine Aussprache war ganz leicht verwaschen; offensichtlich hatte er schon ein paar Bier zu viel zu sich genommen. Jetzt sah Louis auch, dass er schwankte. Und sein Gesichtsausdruck war nicht nur aggressiv, sondern zugleich ein wenig traurig. Seltsam.

„Ja, weiß ich auch nicht", sagte Nell vorsichtig. „Grüß sie mal, ja? Ich ruf mal wieder an."

„Weiß ich nicht", sagte der Apotheker und zog die Brauen zusammen. „Weiß ich gar nicht, ob ich das gut finde. Wenn du anrufst. Vielleicht lässt du sie besser in Ruhe. Wir brauchen hier keine Stressma… keine Stressmacherinnen." Er versuchte, drohend dreinzublicken, aber es gelang ihm nicht recht.

Louis legte Nell die Hand auf die Schulter. „Komm, wir gehen. Guten Abend." Er zog Nell mit sanftem Druck mit sich, am Apotheker dabei, der mit hängenden Armen dastand und Nell böse ansah.

„Lass meine Frau mal lieber in Ruhe!", rief er Nell nach, und Louis musste sich ein Grinsen verkneifen. *Der gehörnte Ehemann*; so hieß ein Gemälde, das er einmal in einem schwedischen Museum gesehen hatte. Der Apotheker sah genauso aus, mit seinem trotzigen, gekränkten Gesichtsausdruck und der schlaffen, ergebenen Körperhaltung.

Die Frauen am Fenster glotzten Nell und Louis unverfroren an, als sie an ihnen vorbeigingen. Aber zumindest kicherten sie nicht mehr.

„Ich weiß nicht, ob ich wissen möchte, was du mit seiner Frau angestellt hast", sagte Louis draußen und atmete die klare, kalte Winterluft ein.

„Und ich weiß auch nicht, ob ich das erzählen möchte", sagte Nell und gestattete sich ein kleines Lachen.

Louis schüttelte lächelnd den Kopf, dann sah er sich um. „Wo steht dein Rad?"

Nells Rad war ein für die Region typisches, schweres Damen-Hollandrad, das bestimmt an die fünfundzwanzig Kilo wog, wie Louis feststellte, als er es prüfend anhob. Gemeinsam mit Nell stemmte er es auf die Ladefläche und schloss die Klappe.

„Gebraucht gekauft", sagte Nell zufrieden und schlang fröstelnd die Arme um sich, nachdem sie vorn eingestiegen war. „Zu einem neuen konnte ich mich nicht durchringen. Wer weiß, wie lange ich hier bleibe."

„Ausgerechnet vor Weihnachten legst du dir ein Fahrrad zu", sagte Louis kopfschüttelnd. „Jetzt, wo es ungemütlich wird!"

„Mir war so danach."

„Sagst du schon zum zweiten Mal, vorher habe ich das nie von dir gehört."

„Tja", sagte Nell und zog ihren Kragen höher. „Es ist nie zu spät für Neues. Kannst du bitte die Heizung höherstellen?"

Louis drehte den Schalter auf die höchste Stufe und fuhr mit Schwung aus der Parklücke. Als sie am *Patty* vorbeirollten, hoben die Frauen am Fenster gerade ihre

Gläser und prosteten sich zu. Den Apotheker sah er nicht mehr. Plötzlich wusste er, warum er den Gehörnten in ihm erkannt hatte: Er hatte die gleiche wütend-resignierte Ausstrahlung gehabt wie Märtas betrogener Ehemann.

Er rieb sich den Nacken. Märta. Es tat ihm nie gut, an sie zu denken, aber manchmal fehlte sie ihm dennoch. Obwohl er sich ein Alltagsleben mit ihr nie hätte vorstellen können. Noch nicht einmal die Art von Nähe, die er mit Nell teilte, diese einfache, unaufdringliche und doch verbindliche Nähe. Er sah zu ihr hinüber und erkannte, dass sie ihn beobachtet hatte.

„Also, was den Herrn Apotheker angeht", sagte er lächelnd. „Sex wird sowieso gänzlich überbewertet."

„Nähe auch?", fragte Nell.

„Nähe auch", sagte Louis und grinste. „Ich glaube", sagte er und setzte den Blinker, „ich glaube, ich möchte wieder einen Hund haben."

Nell nickte. „Na endlich", sagte sie. „Das wird aber auch Zeit!"

„Findest du?"

„Aber hallo!" Sie beugte sich vor und sah ihn von der Seite an. „Warum hast du eigentlich keine Kinder?"

Er lachte, während er beschleunigte und auf die Straße Richtung Marschgebiet einbog. „Ich hatte eine so schlimme Kindheit, dass ich das anderen ersparen möchte."

Die Straße vor ihnen lag menschenleer da, die Mülleimer waren an den Straßenrand geschoben, die Griffe zur Fahrbahn ausgerichtet, einer nach dem anderen, ordentlich nebeneinander aufgereiht. In den Vorgärten harrten Dekofiguren der Nacht, hin und wieder streute eine Solarlampe mattes Licht auf den umliegenden Steingarten. Louis gab Gas und nahm die nächste Bodenschwelle mit Schwung. Er liebte es, durch abendliche oder nächtliche Orte zu fahren. Ein Auto kam ihnen entgegen, vor der Spielhalle ein Stück weiter standen zwei Wagen. Sonst war niemand unterwegs, obwohl es noch nicht spät war, neun vielleicht, oder früher? Louis widerstand der Versuchung, auf die Uhr im Armaturenbrett zu sehen. Die Zeit nicht zu wissen, war ein wirklicher Luxus, den er sich gern leistete, wann immer es ihm möglich war.

„Weißt du, was ich manchmal denke, Louis?", sagte Nell neben ihm. „Wir leben hier alle unser kleines, ruhiges Leben, als wären wir schon in Rente. Das ist aber eigentlich nicht richtig. Wir sollten noch etwas bewegen."

„Ich kann das nicht", sagte Louis und beschleunigte, als sie das Ortsschild hinter sich ließen und sich die Dunkelheit des Marschgebietes vor ihnen öffnete. „Ich kann nur … ich kann nur mich bewegen." Er lächelte, als er Nells Blick spürte. „Ich meine, ich kann nur für mich stehen. Ich habe keine Kraft mehr für andere Sachen. Oder keine Lust." Er überlegte, dann zog er eine Grimasse. „Aber du", sagte er. „Du hast die Kraft. Was machst du eigentlich hier? Nichts, was du hier siehst, passt zu dir, die Menschen nicht, die Umgebung …" Er trat auf die Bremse, als ein Kaninchen weiter vorn über die Straße schoss. Dann verlangsamte er noch weiter, setzte den Blinker und bog nach links ab. Kleine Steine prasselten seitwärts unter der Karosserie hinweg, der Schotterweg unter ihnen rüttelte sie augenblicklich durch, und Nell atmete erschrocken aus.

„Wohin fährst du mit mir?"

„Durch die böse, wilde Winternacht", sagte Louis und lachte.

Zwei weitere Kaninchen schossen im Scheinwerferlicht über den Weg, eine laublose Birke stand schweigend am Wegesrand. Feuchtigkeit blinkte auf dem Boden auf, und weiter hinten erhob sich der Wald wie eine schwarze Wand.

„Halt mal an!", bat Nell, und Louis trat augenblicklich auf die Bremse.

Nell stieß die Tür auf und sprang hinaus. Louis sah zu, wie sie die Arme ausbreitete und den Kopf in den Nacken legte. „Ist das nicht wunderschön hier? Weißt du, was ich hier wirklich gut finde? Diesen schweren, erdigen Geruch. Und die Abwesenheit von Menschen."

„Siehst du. Nähe wird vollkommen überbewertet, sage ich doch."

Nells Lachen wehte wie ein warmer Luftzug zu ihm hinüber. Als sie wieder eingestiegen war, legte sie kurz eine behandschuhte Hand auf seinen Unterarm. „Ich finde dich gut", sagte sie, und Louis gab schweigend Gas. Im nächsten Moment fuhren sie über ein tiefes Schlagloch und wurden beide unsanft von ihren Sitzen in die Höhe geschleudert. Nell schrie erschrocken auf, dann musste sie lachen. Ihr Lachen ging in einen Schluckauf über, was sie wiederum zum Lachen brachte. Schließlich musste Louis ebenfalls lachen, und als sie den Schotterweg hinter sich gelassen und in die Straße zum Haus der Rohdes eingebogen waren, lachten sie immer noch.

Nell wischte sich die Tränen aus den Augen, als Louis vor dem Haus hielt. Die Fenster ihrer Wohnung im Obergeschoss leuchteten, auch das Leuchtschild neben der Haustür brannte und warf einen warmen, weißroten Schein über den winterkargen Vorgarten. Über dem weißen V auf rotem Grund wand sich die Schlange immer noch um den verblichenen Äskulapstab.

„Das Haus ist so leer ohne die Rohdes", sagte Nell nachdenklich und zog den Reißverschluss ihrer Jacke auf, als wäre ihr jetzt endlich, am Ende der Fahrt, warm geworden.

„Wie lang bleiben sie noch fort, eine Woche?"

„Ja. Am zwanzigsten Dezember kommen sie zurück. Wollen wir sie einfach wieder abholen vom Flughafen?" Ihre Augen blitzten unternehmungslustig, und Louis nickte, ohne nachzudenken.

„Gerne. Ich fand, es war eine sehr schöne Fahrt mit dir."

„Fand ich auch", sagte Nell und legte die Hand auf den Türgriff. „Also, zu mir oder zu dir?"

„Meinetwegen zu dir, dann ist das Haus mal wieder ein wenig belebter. Ich parke nur den Wagen, dann komme ich."

Nell stieg aus, und Louis sah ihr kurz nach, als er den Wagen wieder anließ. Ihr Gang amüsierte ihn stets ein bisschen, sie ging raumgreifend, aber dennoch leicht unbeholfen, als könne sie jederzeit aus dem Takt geraten. Eigentlich passte das nicht zu ihrer Persönlichkeit, so wie er diese wahrnahm, aber so vieles passte nicht zusammen, bei jedem und überall. Vielleicht war es ein Irrglaube, überhaupt daran zu glauben, dass Dinge zusammenpassten.

Er stellte das Auto an seinen angestammten Platz und lief rasch den kurzen Weg zu Nell zurück. Im Hotelfoyer auf der anderen Straßenseite brannte Licht, er nahm eine schemenhafte Gestalt hinter dem Tresen wahr. Arbeitete Beate noch so spät? Louis lief weiter, bevor sie ihn entdecken konnte; er wollte ihr nicht begegnen, noch nicht, oder besser: nicht an diesem besonderen Abend, der ihn mit so vielem versöhnte, was im Argen gelegen hatte.

Die Haustür war verschlossen, aber Nell drückte sofort auf den Türöffner, als er klingelte. Die Treppe hinauf nahm er mit zwei Stufen auf einmal; oben begrüßte ihn Hector mit stürmischem Schwanzwedeln und hocherfreutem Fiepsen, das Louis noch nicht von ihm kannte.

„Gehst du noch mal mit raus, eine Runde mit Hector drehen?", fragte Nell aus dem Badezimmer, dessen Tür offenstand. Louis sah, dass sie dabei war, sich die Hände zu waschen, ihre Jacke lag griffbereit über einem der beiden Stühle am Tisch.

„Gerne.“ Louis setzte sich und bückte sich, um Hector zu streicheln. Nells Wohnzimmer war ihm mittlerweile fast so vertraut wie sein eigenes, und er wusste auch, warum: Sie waren ähnlich karg eingerichtet, der Tisch, die beiden Stühle, das Fehlen einer gemütlichen Sitzgelegenheit, alles zusammen wirkte wie ein Provisorium. Nur, dass es in seinem Fall keines war.

Nell kam aus dem Bad und lief an ihm vorbei in Richtung ihres Schlafzimmers, aber auf halbem Weg machte sie kehrt und griff nach ihrem Handy, das auf dem Tisch lag, neben einer nachlässig zusammengefalteten Tageszeitung und einem zugeschlagenen Taschenkalender.

„Ach“, sagte sie. „Guck mal, der Doktor hat angerufen. Ich stell mal laut, ja, ich muss mir wärmere Socken anziehen.“ Sie ging zum Schlafzimmer hinüber, während die Stimme Fridolin Rohdes aus dem Handy erklang.

„Nell“, sagte er ruhig. „Hier ist eine Nachricht für Sie.“ Er räusperte sich und legte eine Kunstpause ein, und Nell blieb abwartend im Türrahmen stehen.

„Leider ist meine liebe Schwester gestern verschieden“, sagte Fridolin Rohde. „Sekundentod. Es ging ganz schnell.“

Nell drehte sich langsam um und sah Louis an. Ihr Blick spiegelte das wider, was er selbst empfand: Unglauben. Und Irritation.

„Ich werde zunächst einmal hier vor Ort bleiben und die notwendigen Dinge regeln. Es ist sicher im Sinne meiner Schwester, hier in Rosengarten beerdigt zu werden. Darum werde ich mich kümmern.“ Seine Stimme schien für einen kurzen Moment zu brechen, dann hatte er sich wieder in der Gewalt. „Ich melde mich wieder bei Ihnen, Nell. Machen Sie sich keine Gedanken. Meiner Schwester geht es sicherlich gut da, wo sie jetzt ist“ – er lachte kurz heiser auf –, „und ich komme zurecht. Der Himmel hatte ein Einsehen. So ist es besser als andersherum. Passen Sie auf sich und das Haus auf, liebe Nell.

Ich melde mich wieder. Grüßen Sie Louis recht herzlich. Auf Wiederhören!“

Er legte auf.

Nell stand schweigend im Türrahmen, ohne den Blick von Louis zu wenden. Erst, als er aufstand und die Arme öffnete, bewegte sie sich und kam zu ihm herüber. Er schloss die Arme um sie, und Nell legte den Kopf an seine Schulter. Keiner von ihnen weinte, aber die Traurigkeit in ihnen war grenzenlos.

Und tröstlich zugleich.

Teil 7
Ende Dezember

Nell

Graue Wolken türmten sich über den Baumwipfeln, der Wind schob sie kräftig voran. Als Nell das Fenster öffnete, hörte sie das wilde Knattern der Planen, mit denen der Dachdecker nebenan seine gestapelten Ziegel abdeckte.

Nell schauderte, dann sog sie die kalte, klare Winterluft tief in ihre Lungen. Noch zwei Tage bis Heiligabend, aber nach weißer Weihnacht sah es beileibe nicht aus. Eher nach Sturm.

Sie schloss das Fenster und spürte für einen Moment der Stille aus den beiden Stockwerken unter sich nach. Dr. Rohde hatte noch einmal angerufen, von der – wie er es ausgedrückt hatte – friedvollen Beerdigung berichtet und erklärt, dass es noch etwas mit seiner Heimkehr dauern werde. Nell vermisste die beiden alten Herrschaften; der Gedanke, dass Charlotte nie mehr unten in der Küche herumwerkeln und der Doktor in Zukunft allein leben würde, betrübte sie. Sie hatte ihm angeboten, sich bereits jetzt für ihn nach einer Haushaltskraft zu erkundigen, aber das hatte er dankend abgelehnt.

Viel konnte sie ohnehin nicht für ihn tun. Ihre eigene Zukunft war viel zu unsicher, um sich um seine zu sorgen. Aber Dr. Rohde erschien ihr andererseits auch wie ein Mann, der sich sehr gut um sich selbst kümmern konnte, trotz seines hohen Alters.

Nell legte Hector, der aufgeregt wedelnd an der Tür stand, sein Halsband um. Im selben Moment klingelte ihr Handy, ein melodischer Klingelton, den sie zuerst nicht zuordnen konnte. Dann sah sie aufs Display und ging zurück zum Tisch.

„Tut mir leid, Hector. Du musst noch einen Moment warten."

Sie nahm den Videoanruf an und öffnete ihre Jacke, während der Bildschirm sich aufbaute. Einen Moment später sah sie ihrem Sohn in die Augen. Gleichzeitig fingen sie an zu lächeln.

„Hallo, Mama!", sagte Irving und zog die Nase kraus. Sein Bart war länger geworden, und sein Gesicht wirkte kantiger, fand Nell, das Kinn eckiger, die Brauen über den dunkelblauen Augen buschiger. Sie musste sich ohnehin immer wieder neu ins Bewusstsein rufen, dass Irving schon lange ein erwachsener Mann war. Doch bei seinem Anblick sah sie stets von Neuem zuerst den kleinen Jungen, der er so lange gewesen war.

„Hallo, Jungchen", sagte sie und musste grinsen, als Irvings markante Augenbrauen sich nach oben schoben.

„Das hast du schon ewig nicht mehr zu mir gesagt!"

„Ja, aber übermorgen ist Heiligabend, da kann ich das ruhig mal wieder sagen. Wie geht es dir?"

Irving legte den Kopf schief und rückte etwas außerhalb Nells Blickfelds zurecht. Im Hintergrund sah sie verschwommen eine fremde Kommode, Bücher in einem Regal. „Gut, gut", sagte er. „Ich bin jetzt in Longyearbyen, bei Ylvas Familie. Die sind …" Er sah sich kurz um. „Die sind total witzig. Ich verstehe kein Wort, aber sie sind sehr nett. Würden dir gefallen."

Nell spürte einen Kloß im Hals. Eine fremde Familie, die ihrem Sohn gefiel. Was sie dagegen zu bieten hatte, war nicht viel: eine alleinlebende Mutter in einer kärglich eingerichteten Wohnung auf Zeit und eine schräge Großmutter, die sich nicht in die Karten blicken ließ. Kein Wunder, dass Irving sich nach Familie sehnte.

„Nun brauchst du nicht zu denken, dass ich dir abhandenkomme, nur weil hier *big family* ist, coole Mama", sagte Irving. „Ich seh dir das an. Wo ist Hector eigentlich?“

Dankbar für Irvings Einfühlungsvermögen drehte Nell das Handy so, dass die Kamera Hector einfing, der mit erhobenem Kopf vor der Tür lag, jederzeit bereit, aufzuspringen. Irving schnalzte und lockte Hector mit Kosewörten, aber der Hund wackelte nur mit den Ohren und bewegte sich keinen Millimeter von seinem Platz vor der Tür weg.

Als Nell wieder aufs Display sah, hatte Irvings Gesichtsausdruck sich verändert. Er sah plötzlich ernst aus, geradezu nervös. Aber bevor Nell anfangen konnte, sich Sorgen zu machen, beugte er sich vor.

„Mama“, sagte er. „Ich weiß, dass du immer ein schlechtes Gewissen hattest, weil wir nur zu zweit waren, du und ich. Von deinen ganzen vielen Freunden und Freundinnen mal abgesehen.“ Er grinste kurz, wurde aber sofort wieder ernst. „Jedenfalls, das brauchst du nicht. Es ist okay so. Also, ich fand es okay. Ich fand es eher scheiße, dass mein Vater kein Vater für mich war, aber dafür kannst du ja nichts.“

Nell schluckte. Irving hatte sich schon als kleiner Junge viele Gedanken gemacht, die Welt um sich herum analysiert, Gegebenheiten infrage gestellt. Aber dass er jetzt genau die Themen ansprach, die sie selbst umtrieben, verblüffte sie dennoch. „Hast du mal mit Jakob Kontakt gehabt in letzter Zeit?“

Er lachte. „Es ist wie immer. Er meldet sich zu meinem Geburtstag und überweist mir zu Weihnachten einen Hunderter, und ich rufe ihn alle paar Monate an. Werde ich nachher auch noch machen. Jedenfalls, Mama …“ Er legte eine Pause ein, sah sich noch einmal um, dann kratzte er sich am Kinn und rieb sich den Hinterkopf. „Jedenfalls, unsere kleine Familie wird bald größer.“

Er lächelte, während er zusah, wie die Bedeutung seiner Worte in Nell einsickerte.

Nell setzte sich aufrecht hin. „Heiratest du?"

Irving lachte, ein klares, tiefes Lachen. Plötzlich wurde Nell klar, dass sie dieses Lachen nicht unbedingt erkannt hätte, wenn sie es mitten unter anderen Menschen gehört hätte. Auch Irvings Stimme war erwachsener geworden. Aber das hieß nicht unbedingt, dass er ihr fremd geworden war. „Nein", sagte er. „Nein, jedenfalls noch nicht, ich weiß nicht, heiraten … Mal sehen. Nein, das ist es nicht, Mama." Er sah sie abwartend an, und nach einem Moment begriff Nell, dass er auf ihre Reaktion wartete. Weil er davon ausging, dass sie verstanden hatte, was er ihr sagen wollte.

„Was …", begann sie, dann verstummte sie und setzte noch einmal an. „Ich verstehe nicht, was …" Dann sah sie sein unsicheres Lächeln. „Nein!"

„Doch."

„Das gibt es doch nicht! Ihr kennt euch doch erst so kurz! Und Irving, du bist erst sechsundzwanzig!"

„Und du warst noch jünger, als du mich bekommen hast."

Nell schüttelte den Kopf. „Aber …", begann sie, und dann musste sie über sich selbst lachen. „Mensch, ich freue mich! Wirklich? Du wirst Vater?"

„Na ja, ging ein bisschen schnell", sagte er achselzuckend. „Ich meine, ich hatte das jetzt nicht geplant. Und Ylva auch nicht. Aber ganz ehrlich, Mama, irgendwie haben wir es auch drauf angelegt. Und wir freuen uns beide total. Auch wenn das vielleicht bedeutet, dass ich so schnell nicht wieder von Spitzbergen wegkomme. Aber es ist nicht das Schlechteste hier, wirklich nicht." Er lächelte. Hinter ihm ging jemand durchs Bild, aber Nell konnte nicht mehr erkennen als eine Jeans und den unteren Teil eines Norwegerpullovers.

„Ach, Mensch, Irving", sagte sie. „Ich wünsche euch, dass ihr gut zurechtkommt und glücklich werdet", sagte sie. „Und dass ich mein Enkelkind auch ab und zu sehe."

„Na, mal sehen, wo es uns hintreibt." Irving lehnte sich zurück. „Aber zur Not kommst du uns einfach mal hier auf Spitzbergen besuchen. Vielleicht werde ich ja auch Norweger. Könnte mir gefallen. Willst du Ylva mal kennenlernen?"

„Klar", sagte Nell, „bring sie doch mal mit."

Aber Irving hatte sich schon zur Seite gedreht und ein paar seltsam klingende Worte mit jemandem außerhalb des Bildrandes gewechselt. Und noch bevor Nell klar geworden war, dass sie ihren Sohn das erste Mal hatte norwegisch sprechen hören, tauchte neben ihm eine lächelnde, blonde junge Frau auf dem Bildschirm auf.

Nell erkannte sie von den Fotos, die Irving in den letzten Monaten geschickt hatte, sofort wieder; auch wenn sie sich die Haare gekürzt hatte und ein klein wenig voller im Gesicht wirkte. Nell selbst hatte auch sofort zugelegt, damals, zu Beginn der Schwangerschaft.

„Hi", sagte Ylva mit einem umwerfend niedlichen Lächeln. „Ich kann keine Deutsch, noch nischt!"

Nell nickte und spürte, wie sie errötete. Auf diese Situation war sie nicht gefasst gewesen. Nicht im Traum hatte sie daran gedacht, dass sie eines Tages auf dem Handy das erste Mal mit der zukünftigen Mutter ihres Enkelkindes kommunizieren würde. *„Doesn't matter"*, sagte sie rasch und dachte sofort, dass das äußerst zweideutig klang. *„You are welcome!"* Auch das passte nicht recht. *„I am happy to become a …"* Sie schaffte es nicht, das Wort auszusprechen. Großmutter? Sie wurde Großmutter? *„Good luck and Happy Christmas"*, sagte sie, winkte albern und schloss für einen Moment die Augen. Als sie sie wieder öffnete, sah sie nur noch Irvings unendlich breites Grinsen.

„Tja, coole Mama, so ist das, man setzt ein Kind in die Welt, und dann zieht es fort und setzt selbst ein Kind in die Welt", sagte er fröhlich. Dann kniff er die Augen zusammen. „He, wirst du etwa schon wieder sentimental?"

Nell wischte sich die Augen. „Das muss das Klimakterium sein", sagte sie und genoss das fröhliche Lachen ihres Sohnes.

Im Hintergrund rief jemand etwas, und Irving hob die Schultern und ließ sie wieder fallen. „Ich muss Schluss machen. Ich will meinem Erzeuger auch noch die frohe Botschaft überbringen. Und Mama", er lächelte sie entwaffnend an, „ich habe mir überlegt, dass ich dich im Januar besuchen komme. Egal, wo du dann bist."

Nell nickte. Und dann nickte sie noch mal. „Gut", sagte sie mit rauer Kehle. „das ist schön, ich freue mich. Fröhliche Weihnachten, Irving. Pass gut auf dich auf! Und auf euch."

„Dir auch fröhliche Weihnachten, Mama. Grüß Oma und Jack, okay? Und knuddel Hector von mir!"

Nell drückte die Austaste, bevor Irving noch etwas hinzufügen konnte, und dann sah sie eine Weile blind aus dem Fenster hinaus. Tränen brannten in ihrer Kehle und hinter den Augen, aber zugleich steckte ein diffuses Gefühl der Freude in ihrem Brustkorb fest, das vergeblich einen Weg nach außen suchte.

Erst als Hector mit feuchter Nase an ihre herabhängende Hand stupste, reagierte Nell. Sie beugte sich nach vorn und legte ihre Stirn auf den Tisch, während Hector seinen schmalen Hundekopf in ihre gekrümmten Finger schob. Und dann kamen die Tränen.

„Ein Kind? Du?" Nells Mutter starrt sie entgeistert an. „Passt das zu dir?"

Nell verdreht die Augen. „Mama. Wieso meinst du, dass ein Kind nicht zu mir passt?"

Ihre Mutter wirft die geblümten Gartenhandschuhe zur Seite. „Du willst doch immer deine Freiheit genießen. Mit einem Kind ist das vorbei, Nell. Und überhaupt – du stehst doch auf Frauen!"

Nell holt tief Luft und beugt sich über das Geländer. Dass ihre Mutter aber auch mit solch enormer Zielsicherheit genau die Punkte anspricht, die Nell selbst zu schaffen machen! Vom Balkon aus kann Nell den Marktplatz der kleinen Stadt überblicken, in der ihre Mutter vor Kurzem ihre Zelte aufgeschlagen hat. Zwei Schulkinder trotten über das Kopfsteinpflaster, eine ältere Frau zerrt ihren Dackel von einer Blumenrabatte weg. „Ich hab nie gesagt, dass ich nur auf Frauen stehe", erklärt sie mit einem nahezu kindischen Trotz in der Stimme, der ihr selbst augenblicklich auf die Nerven geht.

Ihre Mutter zuckt mit den Schultern und wirft ihr einen prüfenden Blick zu. „Nein, das nicht", sagt sie und fährt sich mit einer Hand über die Stirn. „Komm, wir gehen einkaufen. Oder willst du nicht mit?"

Ein paar Minuten später trottet Nell genauso lustlos über das Kopfsteinpflaster wie die beiden Schulkinder wenig zuvor. Ihre Mutter geht zügig, Nell hat fast Mühe mitzukommen. Zwischen ihnen schwelt etwas, eine vage glimmende Verärgerung, eine unausgesprochene, unbequeme Wahrheit, die Nells Mutter nicht auszusprechen imstande ist. Und Nell weiß auch nicht, ob sie diese Wahrheit hören will.

„Und wie stellst du dir das vor?", nimmt ihre Mutter den Faden wieder auf. „Wie willst du zurechtkommen, mit Kind? Du hast doch noch überhaupt keinen Beruf, bist nur durch die Welt gezogen. Und München ist teuer!"

„Ich werde auch nicht in München bleiben", sagt Nell, immer noch trotzig. Zwei Frauen im Alter ihrer Mutter kommen ihnen entgegen und verstummen mitten im Gespräch, das sie erst wieder aufnehmen, als Nell und ihre Mutter schon ein paar Meter entfernt sind. Wie kann ihre Mutter bloß in dieser spießigen Kleinstadt leben? „Ich zieh nach Berlin."

„Und der Kindsvater?“ Es ist das erste Mal, dass ihre Mutter Jakob erwähnt.

„Ich weiß nicht. Ich weiß nicht, was er vorhat. Wir haben … wir haben keine feste Beziehung oder so.“ Nell könnte hinzufügen, dass es mit Jakob aus ist, aber eine nicht ganz greifbare Scham hindert sie daran. Sie hat tatsächlich bislang noch nichts aus ihrem Leben gemacht, im herkömmlichen Sinne zumindest. Außer einem mittelmäßigen Abitur und ein paar mit Gelegenheitsjobs, Malerei, Rucksackreisen und planlosen Liebschaften ausgefüllten Jahren hat sie nichts vorzuweisen. Nell hat keine feste Wohnung, keine feste Beziehung, keinen festen Job. Aber viele Ideen. Und ein Kind, das in ihrem Bauch heranwächst und das sie bekommen wird.

Ihre Mutter öffnet die Tür eines kleinen Fleischerladens. Nell bleibt stehen. „Ich warte draußen. Ich bin Vegetarierin, Mama.“

Durch die Scheibe hindurch sieht sie, wie ihre Mutter bei der rundlichen Verkäuferin Hackfleisch und Schinken bestellt und in ihre Jutetasche steckt. Als sie wieder hinauskommt, trifft der scharfe Blick aus ihren Augen Nell wie eine Anklage.

„Mensch, Nell, überleg dir das gut. Ein Kind in deiner Lage …“ Sie schüttelt den Kopf. „Und ich bin auch nicht in der Nähe, um dir unter die Arme zu greifen.“

„Damit hab ich auch nicht gerechnet, Mama.“

Sie gehen ein paar Schritte nebeneinander her. Vor ihnen lacht eine Art steinerner Harlekin von einem Brunnen, der kein Wasser führt, herunter. Nell bleibt stehen.

„Mama. War es echt so schlimm mit mir?“

Ihre Mutter sieht ertappt aus. Dann wird ihr Gesicht mit den verhärteten Zügen weich. „Nein“, sagt sie. „Nein, es war nicht schlimm mit dir. Aber es war schlimm, dich zu bekommen. Ich dachte, meine Welt bricht zusammen und mein Leben ist vorbei. Aber so war es dann doch nicht.“

„Und warum versuchst du dann, mir das Kind auszureden?“

Ihre Mutter zögert. Sie kramt kurz in ihrer Tasche, dann blickt sie wieder auf. Den Schmerz in ihrem Blick kann Nell kaum ertragen. Oder ist es Mitgefühl, das da aufblitzt? „Weil ich mich in dir zu erkennen glaube“, sagt sie. „Aber das ist natürlich falsch. Du wirst dein Leben schon meistern. Du bist stärker, als ich damals in deinem Alter war.“

Eine Gruppe Teenager in Lederjacken und Karottenhosen kommt johlend und lachend auf sie zu und weicht kichernd aus. Nell spürt, dass ihr schlagartig und ohne Vorwarnung übel wird. Sie legt die Hände auf den Bauch und zieht scharf die Luft ein, dann wird ihr wieder besser.

Ihre Mutter beobachtet sie. „Übel?“

Nell nickt.

„Na ja“, sagt ihre Mutter. „Dann bist du wirklich schwanger.“ Und zum ersten Mal, seit Nell eine gute Stunde zuvor an ihrer Tür geklingelt hat, lächelt sie.

Nell bringt es nicht über sich zurückzulächeln. Sie weiß, dass es total unvernünftig und unpraktisch ist, ein Kind zu bekommen. Sie hatte auch nicht vor, jemals Mutter zu werden. Aber das verdammte Kondom ist nun mal geplatzt, und jetzt ist sie eben schwanger.

Und ja, ja, ja, wahrscheinlich möchte sie das Kind bekommen, um ihm das zu geben, was sie selbst nicht bekommen hat. Wahrscheinlich möchte sie an ihrem eigenen Kind etwas wiedergutmachen, das ihre Eltern ihr ungewollt angetan haben. Ja, das weiß sie alles. Und vielleicht wird sie scheitern. Aber dann ist es eben so. Und ihre Mutter kann ihr verdammt noch mal gestohlen bleiben, wenn sie Nell nicht unterstützen kann oder will. Nell kriegt das schon hin. Vielleicht mit Jakob. Bestimmt mit ihren Freunden und Freundinnen.

Oder auch allein.

„Nell?“

Nell hebt den Kopf. Ihre Mutter breitet die Arme aus.

Einen Moment zögert Nell, dann macht sie einen Schritt vorwärts und lässt sich umarmen.

Licht brannte bereits hinter der großen Glastür, als Nell über die winterlich gestutzte Rasenfläche ging. Hector stand schon wedelnd davor; sein ganzer Körper geriet in heftige Wellenbewegungen, als Nells Mutter zur Tür kam und öffnete.

„Komm rein, es ist kalt!“, sagte sie zur Begrüßung und zog die Tür schnell wieder hinter Nell und Hector zu.

Hector rannte vor in die Küche, wo er auf die beiden Leckerlis wartete, die Nells Mutter ihm bei jedem Besuch zu überreichen pflegte. Nell verstaute die mitgebrachten Einkäufe in den Regalen in der kleinen Speisekammer und setzte sich dann zu ihrer Mutter an den Tisch im Wohnzimmer.

„Tee?“ Ihre Mutter goss ihr ein, ohne Nells Antwort abzuwarten, und Nell schloss dankbar die Hände um den schweren, vor vielen Jahren von ihrer Mutter selbstgetöpferten Steingutbecher.

„Danke. Fehlt dir jetzt noch irgendwas?“

Ihre Mutter schüttelte den Kopf. „Nein, und wenn, dann hole ich es mir morgen noch selbst. Oder Heiligabend, da haben die Läden ja auch auf. Aber ich glaube, ich bin bestens versorgt.“ Sie hatte die Haare frisch schneiden lassen, fiel Nell auf, kürzer denn je; wie ein enganliegender weißer Helm rahmten sie ihr rundliches Gesicht, dem Nell so wenig ähnlich sah. Menschen, die es nicht wussten, erkannten nie, dass sie Mutter und Tochter waren. Aber so war es mit Nell und Irving auch. Wie Nell selbst ähnelte Irving eher seinem Vater.

„Jetzt, Mama, müssen wir aber nun wirklich über Heiligabend reden. Was hast du denn nun vor?“

Ihre Mutter lächelte. „Nichts“, sagte sie.

„Dann kommst du zu mir? Mein Freund Jack ist da, und vielleicht auch mein Nachbar, Louis."

„Der gutaussehende Tischler?" Ihre Mutter schürzte die Lippen und hob die Brauen. „So ein attraktiver Mann. Und Single. Ich verstehe euch nicht, ihr seid alle im besten Alter und dennoch allein."

„Wir sind nicht allein, Mama. Und Jack ist seit tausend Jahren mit Adam liiert, das weißt du doch."

„Ach ja. Aber trotzdem." Ihre Mutter stellte ihren Teebecher, ebenfalls ein solches Ungetüm wie Nells, ab und verschränkte die Hände. „Also, mein liebes Kind, feier du nur ruhig mit deinen flotten Männern da. Aber ich bleibe hier. Wir sehen uns dann am ersten Weihnachtsfeiertag, da mache ich euch einen schönen Wirsingkohleintopf."

Nell musste lachen. Ihre Mutter hatte nie Wert auf konventionelle Festessen gelegt. Als Kind hatte Nell das sehr bedauert, mittlerweile erheiterte es sie. „Aber, Mama", sagte sie, wieder ernst geworden. „Du willst doch nicht im Ernst Heiligabend allein verbringen? Ich meine, wenn ich schon hier bin?"

„Das ist ja deine Entscheidung gewesen, damit habe ich doch gar nichts zu tun", sagte ihre Mutter zufrieden. „Und doch, ich möchte gern Heiligabend allein verbringen. Da habe ich Lust zu. Und du darfst das auch gern so hinnehmen, liebes Kind. Ich bin noch nicht so alt und tatterig, dass du für mich entscheiden müsstest."

Nell öffnete den Mund, aber dann gab sie sich geschlagen. „Wenn du das so willst …"

„Ich will das so. Du kannst mir aber gern meinen Enkel vorbeischicken, falls er doch noch kommt."

„Das wird nicht gehen", sagte Nell. „Er bleibt in Norwegen, er verbringt die Feiertage mit seiner Freundin da oben auf Spitzbergen."

„Hat er schon wieder eine neue?" Ihre Mutter hob die Brauen.

„Nein, noch dieselbe wie vor drei Monaten. Diesmal scheint es was Ernstes zu sein.“ Nell zögerte, dann gab sie sich einen Ruck. „Sie bekommen ein Baby, die beiden.“

Ihre Mutter hob ruckartig den Kopf, dann nach einem Moment, in dem sie Nell ungläubig anstarrte, fing sie an zu lächeln. „Was! Das ist ja … das ist ja schön! Ich werde also Uroma! Und du Oma!“ Ihr Lächeln verbreiterte sich, dann begann sie zu prusten. „Du wirst Oma! Nell, meine Tochter, wird Großmutter! Oma Nell!“

Nell sah verärgert in ihre Teetasse. Hauptsache, ihre Mutter hatte Spaß. „Bei mir hast du dich damals nicht im Ansatz so gefreut wie jetzt!“, sagte sie vorwurfsvoll und bückte sich, um Hector zu streicheln. Der allerdings saß dicht neben ihrer Mutter, unerreichbar für Nells trostsuchende Hand.

Nells Mutter wischte sich über die Augen, musste aber erneut prusten, als sie Nells beleidigte Miene sah. „Och Mensch, Nell“, sagte sie. „Wirklich. Es ist doch auch zu komisch, dass du Oma wirst. Und weißt du, weder du noch ich haben jetzt irgendwas zu befürchten. Irving ist siebenundzwanzig …“

„Sechsundzwanzig.“

„Irving ist sechsundzwanzig und hat einen super Beruf, also, bessere Voraussetzungen gibt es doch nicht.“ Sie beugte sich vor und streichelte Nell über den Arm. „Hast du gut gemacht!“

Nell sah sie misstrauisch an, aber dann erkannte sie, dass ihre Mutter es ernst gemeint hatte.

„Besser als ich“, fügte ihre Mutter hinzu. „Und weißt du was, Nell? Geh endlich zurück nach Berlin und mach dein komisches Sabberjahr …“

„Sabbatjahr“, korrigierte Nell sie mürrisch.

„Sabbatjahr, meinetwegen, mach das da zu Ende“, sagte ihre Mutter. „Es reicht jetzt hier. Hier ist es doch langweilig für dich. Um mich musst du dich nicht kümmern. Ich habe noch lange nicht vor zu sterben, und bis dahin darfst du mich gern immer mal wieder besuchen. Aber nicht zu oft." Sie kicherte, und Nell spürte, wie sich etwas in ihr löste, ein harter, verkrampfter Klumpen aus Ängsten, Schuldgefühlen, aber auch einem Teil Pflichtbewusstsein. „Und deine Freunde vermissen dich."

„Aber wenn ich in Berlin bin, vermisse ich dich und die Natur hier, das ruhige Leben." Nell war selbst verwundert über ihre eigenen Worte.

„Tja, man kann nicht alles haben", sagte ihre Mutter und hievte sich mühsam aus dem Stuhl. „Das weißt du doch, Nell. Man muss immer Abstriche machen. Das ist wie mit dem Altwerden – man ist gezwungen zuzusehen, wie alle anderen um einen herum auch älter werden, bis auf die, die schon vorher gestorben sind. Und irgendwie muss man sich, auch wenn man sich nicht damit abfinden kann, damit arrangieren, dass die Leute der Reihe nach sterben, nach und nach. Einfach so." Sie griff nach ihrer Strickjacke, die sie über die Stuhllehne geworfen hatte, und Nell stand auf und half ihr hinein. „Man kann nicht alles haben, Nell, und am Ende, ganz am Ende, da hat man gar nichts mehr." Nells Mutter drehte sich zu ihr um. „Und deshalb ist es doch wunderschön, dass da neues Leben auf die Welt kommt. Oder?"

Nell nickte zaghaft.

Vielleicht würde sie eines Tages die gleiche gelassene Weitsicht besitzen, wie ihre Mutter sie gerade an den Tag legte. Aber vielleicht, wahrscheinlich eher nicht, wie sie sich kannte. Ihr würde immer etwas oder jemand fehlen. Und sie würde sich vermutlich nie damit arrangieren.

Aber vielleicht gab es noch Hoffnung.

Die Stadt war weihnachtlich geschmückt, aber im Vergleich zu manchen Vierteln in Berlin eher dezent. Die Dämmerung war bereits hereingebrochen, in einigen Fenstern blinkten LED-Weihnachtsketten mit Schneemann- oder Baummotiven, auf dem Marktplatz leuchtete eine hohe, mit Geschenkpaketen verzierte Nordmanntanne, und in der Fußgängerzone war ein kleiner Weihnachtsmarkt mit bunt dekorierten Ständen aufgebaut. Nell fuhr langsam daran vorbei und betrachtete die dick vermummten Familien, die sich am Pferdekarussell drängelten. Am einzigen anderen Fahrgeschäft, einer Art Mini-Achterbahn, schubsten sich einige Jugendliche herum, ihr Lachen drang durch die geschlossenen Scheiben bis zu Nell ins Auto hinein.

Am Ende der Umgehungsstraße Richtung Süden setzte sie den Blinker nach rechts und hielt an der Ampel. Das Display zeigte 17.00 Uhr. Kurz entschlossen drückte Nell den Blinker nach unten und bog nach links ab.

Die Schleuse lag still da, nur ein alter Mann in Wintermantel und mit Pudelmütze auf dem Kopf lehnte an der Brüstung und blickte hinunter ins Wasser. Die abendblaue Luft über dem Kanal flimmerte vor Kälte und Feuchtigkeit, und Nell verlangsamte das Tempo und betrachtete die beiden Wasservögel, die dicht nebeneinander auf einem der Schleusenpfeiler hockten. Dann gab sie erneut Gas.

Die bunten Erika in den Blumenkörben vor den Sprossenfenstern waren erst kürzlich erneuert worden und mit roten Schleifen verziert, und eine mit Glaskugeln bestückte, gerade gewachsene Tanne hielt neben dem Eingang Wache. Nell versuchte, durch die erleuchteten Fenster einen Blick ins Innere zu erhaschen, aber sie erkannte nur den Umriss einer Gestalt vor den hohen Regalen.

Sie ging vom Gas, aber hinter ihr kam ein weiteres Fahrzeug, und seufzend zog sie an der Apotheke vorbei und bog in die nächste Querstraße ein. Als sie im Wendehammer am Ende der Straße drehte, flammten nacheinander gleich in mehreren Hauseinfahrten Bewegungsmelder auf und überfluteten die beschauliche Abendszene mit grellem Licht. Nell fuhr wieder zurück zur Hauptstraße und zögerte. Hector hinter ihr auf dem Rücksitz richtete sich auf und legte sich gleich wieder hin, als wüsste er, dass Nells Entscheidung noch dauern würde.

Es ergab keinen Sinn. Sie sollte es lassen, erst recht jetzt, nachdem sie sich so lange nicht mehr gemeldet hatte.

Ralfs wütender Auftritt im *Patty* kam ihr wieder in den Sinn. Sie hatte sich zu keinem Zeitpunkt von ihm bedroht gefühlt, aber der verletzte Ausdruck in seinen Augen hatte ihr leidgetan. Und ein wenig geschämt hatte sie sich auch, musste sie sich eingestehen. Letztlich auch vor Louis.

Dass Louis nicht weiter nachgefragt hatte, hatte ihr gefallen. Im Grunde schade, dass Louis keine Frau war. Nell musste grinsen. Dann holte sie Luft und sah in den Rückspiegel. Nein, es hatte keinen Sinn, das Ganze nochmals aufzurühren. Außerdem wusste sie selbst nicht so recht, wie sie Marie eigentlich gegenübertreten wollte. Und wozu.

Sie fuhr auf die Hauptstraße zurück und beschleunigte, als die Apotheke in Sicht kam. Aus der Tür kam gerade ein Mann im Wintermantel und lief zu seinem Wagen auf dem Parkplatz hinüber, und Nell trat fast reflexartig auf die Bremse. Der Mann hob den Kopf und sah zu ihr herüber, und Nell gab wieder Gas und fuhr zügig an ihm vorbei. Ralf hatte sich bereits wieder dem Wagen zugewandt, als sie ihn passierte, und Nell atmete aus.

Hinter der Schleuse wendete sie und hielt am Seitenrand. Diesmal blieb Hector liegen. Nach einem Moment kam Ralfs dunkler Mercedes ihr entgegen, und Nell beugte sich vor und tat so, als müsste sie etwas im Handschuhfach suchen. Als sie wieder aufsah, entdeckte sie seine Rücklichter im Rückspiegel. Erst, als sie nicht mehr zu erkennen waren, fuhr sie wieder an.

Marie stand mit dem Rücken zur Tür an den Schubladenregalen und suchte gerade etwas heraus, als Nell eintrat. Sie war nicht allein hinter dem Tresen, eine weitere Angestellte in blütenweißem Kittel bediente eine ältere Frau, während Maries Kunde, ein junger Mann mit triefender Nase, fortwährend in die Ellbogenbeuge hustete und ungeduldig von einem Fuß auf den anderen trat.

Nell betrachtete Maries gebeugten, verletzlich wirkenden Nacken über dem weißen Kragen und ihre angespannte Kinnlinie, und ein vages Gefühl der Traurigkeit stieg in ihr auf, vermischt mit Selbstmitleid. Für einen Moment war sie versucht, den Rückzug anzutreten, aber dann drehte Marie sich um und entdeckte sie. Ein erfreuter Ausdruck trat auf ihr Gesicht, der im nächsten Augenblick von einem Erschrecken abgelöst wurde. Dann bahnte sich ein von Herzen kommendes Lächeln auf ihre Züge, und sie nickte Nell zu, während sie zurück an den Tresen trat und dem Kunden ein Päckchen Tabletten hinlegte. „Das wäre dann die günstigere Alternative", erklärte sie ruhig.

Nell nahm eine neue Sorte Handcreme in Augenschein, während sie wartete, bis sie an der Reihe war. Dann trat sie an den Tresen, wo Marie sie aufgeregt erwartete.

„Das ist ja schön, dich zu sehen!", sagte sie und legte die Hände auf den Tresen. „Wie geht es dir denn? Alles in Ordnung? Ich hab mir schon Sorgen gemacht …" Sie warf einen Blick zu ihrer Angestellten hinüber, die eifrig gestikulierend auf die ältere Frau vor ihr einredete, und beugte sich leicht vor. „Du hast mir echt gefehlt, Mensch! Was …"

Nell sah ihrem haltlosen Blick an, dass Marie die Worte ausgegangen waren. Sie wusste nicht, was sie Nell fragen sollte oder konnte. Und Nell wusste auch nicht, was sie zu Marie sagen sollte.

Sie hatte sie einfach nur sehen wollen, aber das reichte nicht, wie sie plötzlich feststellte. „Marie, ich wollte nur wissen, wie es dir geht …", begann sie und verstummte dann wieder. Die ältere Kundin neben ihr beratschlagte sich lautstark mit der Angestellten, und Nell und Marie sahen sich wortlos an.

„Ich habe Ralf neulich gesehen, im *Patty*", sagte Nell und verwünschte sich im gleichen Moment dafür, dass sie das erwähnte. Aber Marie nickte.

„Ja, das hat er erzählt." Marie leckte sich kurz über die Lippen, eine hilflose Geste, die Nell ins Herz schnitt. Warum in aller Welt war sie hergekommen? Was hatte sie sich bloß dabei gedacht?

„Nell, lass uns doch mal wieder treffen, ja", bat Marie leise. „Bitte. Wir können uns doch auch so treffen, also ohne … wir können doch befreundet sein!"

Die Kundin nebenan steckte ihr Medikament in die Tasche und bedankte sich wortreich, um dem Ausgang zuzustreben, und die Angestellte kam rasch hinter dem Tresen hervor und hielt ihr die Tür auf.

„Wiedersehen, Frau Schöller!", rief Marie der Kundin hinterher. „Frohes Fest für Sie!"

„Für Sie auch!" Frau Schöller winkte Marie kurz zu und ging hinaus, und die Angestellte schloss die Tür hinter ihr und verschwand nach einem kurzen, prüfenden Blick zu Nell und Marie in den hinteren Räumen.

Marie sah Nell wieder an, mit fast fiebrigem Blick. „Bitte, Nell, das ist doch ... Wir können ja auch Freundinnen sein."

Nell schluckte. „Das funktioniert nicht, Marie", sagte sie leise. „Es tut mir leid, aber ich glaube, es funktioniert nicht."

Marie starrte sie an, und eine Falte erschien zwischen ihren Brauen. „Du hast mich doch nicht nur ausgenutzt?"

Nell spürte, wie sie selbst ebenfalls die Stirn krauszog. Du mich doch auch, dachte sie, aber zugleich wusste sie, dass sie das nicht aussprechen konnte.

„Ja, vielleicht. Aber ich habe dir auch nichts versprochen."

Maries Schultern sackten ein wenig nach unten, und sie sah Nell stumm an. Auf einmal schien die weihnachtliche Dekoration Nell zu erdrücken. All die blinkenden Sternchen über den Fenstern, die fein säuberlich gebundenen Schleifen an den Regalen machten sie nervös. Ihre innere Befindlichkeit, sie selbst passte nicht im Geringsten hierher, in diese artige heile Welt, die Marie und Ralf sich zum Lebensmotto erkoren hatten. Warum hatte sie hier bloß Halt gemacht?

„Nell", sagte Marie mit einem drängenden Unterton und streckte die Hand aus. „Nell, ich weiß nicht, ob ich so weiterleben kann. Ich weiß nicht, ob ich lesbisch bin!"

Nell sah auf Maries ausgestreckte Hand nieder, ohne sie zu ergreifen. „Das weiß ich auch nicht, Marie. Aber das wirst du schon rausfinden."

„Wie denn?", fragte Marie verzweifelt.

Hinter ihr tauchte die Angestellte wieder auf. Sie sah von Nell zu Marie, und Nell hatte das unbehagliche Gefühl, dass sie genau im Bilde war. Ihr Gesicht verzog sich ein wenig abschätzig, aber zugleich vermeinte Nell eine Art Mitgefühl in ihren Augen zu sehen, als sie erneut zu Marie hinübersah.

„Das wirst du rausfinden, ganz bestimmt", sagte Nell und trat den Rückzug an. „Ich wollte ... ich wollte dir einfach frohe Weihnachten wünschen."

Marie sah sie immer noch verzweifelt an, und dann, ganz plötzlich, gab sie sich geschlagen. „Dir auch schöne Weihnachten, Nell. Fährst du … Fährst du bald?"

„Wahrscheinlich", sagte Nell, schon an der Tür. Und dann riss sie sich zusammen. „Ich gebe dir Bescheid. Also, schöne Weihnachten!" Sie riss die Tür auf und floh hinaus, in die erfrischend kalte Umarmung der dunklen, weichen Winternacht.

Der tiefe Schmerz in Maries Augen folgte ihr wie ein Hilferuf, den sie sich zu erhören nicht gestattete.

Aber es waren nicht nur Maries trauriges Gesicht und auch nicht die Verzweiflung in ihrem Blick, die sie den Rest des Abends beschäftigen sollten, sondern ein Wort, das sie selbst gesagt hatte.

Wahrscheinlich.

Nicht vielleicht, sondern wahrscheinlich. Woher war das gekommen? Hatte sie sich schon entschieden, ohne sich dessen bewusst zu sein?

„Komm hier herüber, Nell, da läuft es sich besser." Nells Vater dreht sich um und sieht forschend zu, wie Nell von der steinigen Felskante oberhalb des Weges hinunter zu ihm auf den schmalen Pfad steigt, der sich vom Tal hinauf in die Anhöhe schlängelt.

Als sie zu ihm aufgeschlossen ist, lächelt er sie an und setzt seinen Weg fort. Nell betrachtet seinen sehr geraden Rücken und den leicht geneigten Hinterkopf mit den dichten, immer noch dunklen Haaren, dann folgt sie ihm mit einem leichten Gefühl des Verdrusses. Auf dem Weg ist nicht genug Platz, um nebeneinander zu gehen, und sie hat ihren Vater im Verdacht, dass er ihn genau deshalb ausgesucht hat.

Ein paar Schritte weiter tauchen sie in den dichten Mischwald ein, der sich ganz auf die Alb hinaufzieht, und augenblicklich wird es dunkler und deutlich kühler. Nell atmet überrascht den starken, erdigen Waldgeruch ein; ihr kommt es vor, als hätte hier im Wald schon der Herbst Einzug gehalten, während die lichte, offene Landschaft ein paar Meter hinter ihr noch im duftenden Glanz des Sommers daliegt.

Ein kleines, pelziges Tier huscht über den Weg, und Nells Vater bleibt stehen und sieht ihm nach. Dann geht er weiter, und auf einmal kann Nell es nicht mehr ertragen, seinen Rücken zu betrachten. Sie legt ein paar Schritte zu und tritt neben ihn in das von niedrigen Bodendeckern gesäumte Unterholz, und erstaunt dreht ihr Vater sich zu ihr um und hebt fragend die Brauen.

„Papa, lass uns mal irgendwo hinsetzen", sagt Nell, und ihr Vater mustert sie einen Moment lang, dann hebt er ergeben die Schultern und lässt sie wieder fallen.

„Gut. Komm, es gibt da einen schönen Platz."

Schweigend laufen sie weiter bergan, ihr Vater in seinem steten Tempo, Nell im unwegsamen Unterholz direkt neben ihm. Sie hat nicht die Absicht, den einmal errungenen Platz neben ihm wieder aufzugeben, und nach einer Weile rückt er lächelnd weiter an den Wegesrand, und so kann sie wenigstens mit dem linken Fuß auf dem ebenen Waldboden gehen.

Es dauert eine ganze Weile, bis der Waldsaum zurücktritt und unerwartet den Blick in die Tiefe freigibt. Nell saugt überrascht die Luft ein. Unter ihnen breitet sich das grüne Tal bis zum Horizont auf, Felder und Wiesen, durchzogen von Waldstreifen, kleinen Ansiedlungen, Dörfern und größeren Orten. Bergkuppen, umrahmt von sanft ansteigenden Anhöhen, ragen aus der weiten Fläche empor, ganz hinten kann Nell die leicht geschwungene Gerade einer Autobahn erkennen, zur Linken begrenzt von zwei rauchenden Schloten.

„Wunderschön, was?" Ihr Vater hat sich auf einer aus grobem Holz gezimmerten Bank niedergelassen, die Nell noch gar nicht aufgefallen ist. Er legt ein Bein übers andere und verschränkt die Hände darauf, und Nell setzt sich neben ihn, immer noch überwältigt vom Anblick der weitläufigen Landschaft unter ihnen. „Hier kann man Mut fassen, wenn man ihn verloren haben sollte." Er lächelt, aber etwas in seinem Tonfall alarmiert Nell.

„Bist du oft hier?"

Ihr Vater zögert mit der Antwort, und dann, als er endlich spricht, beugt er sich vor und stützt sich auf den Unterarmen auf. „Manchmal", sagt er ruhig. „Hin und wieder. Wie geht es dir in Hamburg?"

„Gut", sagt Nell hastig. Sie will nicht über sich reden, ihr chaotisches Leben in der Groß-WG, ihre Unfähigkeit, berufliche Pläne zu fassen, ihr Pendeln zwischen Männern und Frauen, ihre allgemeine Orientierungslosigkeit, ihre völlige Unsicherheit, in welche Richtung es gehen soll. Nichts, was sie berichten könnte, wäre dazu angetan, ihren Vater zu erfreuen, das weiß sie genau. Aber danach fragt er zum Glück nicht. Er fragt nur nach ihrem Befinden, und das weiß sie zu schätzen. „Aber ich überlege, nach München zu ziehen. Da könnte ich einen Job bei BMW kriegen, also, um Geld zu verdienen."

„Gutes Geld", stellt ihr Vater fest und nickt, ohne sie anzusehen. „Du wirst schon das Richtige machen. Wenn nicht jetzt, dann später."

Ein Windzug kommt auf und bläst ihnen warme Aufluft entgegen, und schräg gegenüber schraubt sich ein Greifvogel aus der Tiefe empor, getragen von warmen Winden. Noch während Nell hinsieht, kommt ein zweiter dazu, dann ein dritter. Wie in einer unsichtbaren Spirale drehen sie sich empor in die Lüfte, und Nell hält fasziniert den Atem an.

Ihr Vater sieht den Vögeln ebenfalls zu; erst nach einer Weile dreht er den Kopf und blickt Nell direkt ins Gesicht. „Nell. Du hattest es nicht immer leicht mit uns, das tut mir leid", sagt er. „Du hättest eine bessere Kindheit verdient, mit normalen, anständigen Eltern. Das haben wir dir nicht bieten können, und du sollst wissen, dass ich das sehr genau weiß."

Nell fühlt sich, als hätte er ihr eine Ohrfeige versetzt. Zutiefst erstaunt sieht sie ihren Vater an, der ihren Blick jedoch nur für einen kurzen Moment erwidert, bevor er ihm ausweicht. Er sieht wieder zu den Greifvögeln, die sich weiter in die Höhe haben tragen lassen und nun alle drei über ihnen in der Luft kreisen, mit weit ausgebreiteten Flügeln.

Nell sitzt da und sieht ihren Vater von der Seite an, und der Schmerz, den sie in seinen Augen gesehen hat, raubt ihr den Atem. Sie ist zu jung, um die Traurigkeit ihres Vaters auszuhalten, aber den Ausdruck in seinen Augen wird sie für alle Ewigkeit in Erinnerung behalten, das ist ihr schon in diesem Moment klar, und als sie am nächsten Tag nach Hamburg zurückfährt, spürt sie vor allem Erleichterung – Erleichterung darüber, seinem Schmerz entfliehen zu können.

Es ist das letzte Mal, dass sie ihren Vater sieht. Und für immer wird sie sich fragen, ob sie sich seinen Schmerz angeeignet hat, mit sich genommen hat, damals auf der Bank oben auf der schwäbischen Alb, in diesem kurzen Moment, in dem ihr Vater ihr seinen inneren Abgrund gezeigt hat.

Aber das versteht sie erst später, viel später.

Der Zug hatte Verspätung, und der kleine Junge, der mit seiner Mutter neben Nell auf die Ankunft wartete, begann sich allmählich zu langweilen und zerrte ungeduldig an der Hand seiner Mutter, während er gleichzeitig versuchte, Hector auf sich aufmerksam zu machen.

Aber Hector beachtete ihn nicht weiter, sondern schmiegte sich an Nells Bein. Nell bückte sich und kraulte ihn hinter den Ohren.

In den Lautsprechern knackte es, und eine heisere Stimme kündigte die nahende Einfahrt des Zuges an.

Nell spürte, wie die Aufregung in ihr hochkroch. Es war drei Monate her, dass sie Jack zuletzt gesehen hatte. Auch, wenn sie mehrfach die Woche telefoniert hatten – war das eine Garantie gegen eine schleichende Entfremdung?

Der Zug schob sich weiter hinten aus der Kurve und kam rasch näher. Wie ein überdimensionaler Lindwurm schlängelte er sich über das Gleis und fuhr zischend ein. Nell stand ganz vorn und sah mit leichtem Herzklopfen zu, wie die Lokomotive zum Stillstand kam und nach einem Moment die Türen aufglitten. Die aussteigenden Fahrgäste wirkten überrascht von der Kälte, ein junges Mädchen schlang sich hastig einen langen Schal um den Hals und lief mit schnellen Schritten zum Treppenabgang. Dahinter stiegen einige jüngere Leute aus, gefolgt von einer alten Dame.

„Oma!", schrie der kleine Junge neben Nell begeistert und riss sich von der Hand seiner Mutter los, um sich in die Arme seiner Großmutter zu werfen.

„Nell, altes Haus!" Jack stellte seine Tasche ab und breitete die Arme aus. Sein Grinsen ließ Nells Ängste augenblicklich dahinschmelzen.

„Ich hab dich gar nicht gesehen!", sagte sie und ließ sich von Hector zu Jack hinüberziehen. Jack tätschelte Hector den Kopf und drückte Nell fest an sich. Dann hielt er sie großväterlich ein Stück von sich ab.

„Du siehst tatsächlich gut aus, das ist ja nicht zu fassen! Wieso bist du nicht total abgemagert und eingesunken vor lauter Sehnsucht nach mir? Tssss!" Er schüttelte den Kopf.

„Du hast ja einen fiesen, kleinen Nerd-Bart!", stellte Nell fest und musste lachen, als Jack die Lippen schürzte.

„Klar. Man muss ja mit der Zeit gehen. Kommt super an bei den jungen Typen. Nur Adam gefällt das gar nicht, aber mir gefällt ja wiederum auch nicht, dass ihm die Haare oben ausgehen. Mensch, Nell, du siehst echt gut aus! Frisch und dickbackig, wie eine richtige Landpomeranze eben." Jack nahm seine Tasche hoch und bückte sich noch mal, um Hector ausgiebig auf die Flanke zu klopfen. Hector wedelte heftig und presste seinen Kopf an Jacks Schenkel, und Nell spürte, wie froh sie darüber war.

Nichts hatte sich verändert; Jack, ihr alter, bester Freund Jack war ihr so nah wie eh und je. Und daran konnte weder sein albernes Bärtchen etwas ändern noch die Tatsache, dass sie sich in der nächsten Stunde erst mal durch seine Frotzeleien würde hindurchkämpfen müssen.

Einträchtig gingen sie nebeneinander her zum Treppenabgang. Jack lachte in sich hinein, als er die etwas heruntergekommene Unterführung betrachtete.

„Jesus, wohin hat es dich hier bloß verschlagen! Das ist doch genau das, wovor man vor dreißig Jahren nach Berlin geflohen ist!"

„Sei du mal ganz still. Du bist überhaupt nicht aus einer Kleinstadt geflohen, sondern vom Dorf."

Jack hakte sich bei Nell ein. „Ich gebe es zu. Ich bin ein Mädchen vom Dorf. Wo fahren wir jetzt hin?"

„Na, zu mir."

„Aber nur, wenn du mir vorher noch eine schöne Sightseeingtour bietest. Mit ausführlichen Erläuterungen zu den wichtigsten Sehenswürdigkeiten dieser höchst inspirierenden Ortschaft."

Nell lachte und öffnete den Wagen. „Damit sind wir dann aber auch schnell durch."

„Gut so. Ich bin nämlich vollkommen erschlagen. Ich habe heute Nacht mal wieder so richtig rumgesumpft."

Nell warf Jack einen prüfenden Blick von der Seite zu. Er sah tatsächlich ein wenig mitgenommen aus, unter den rotgeäderten Augen zeigten sich dunkle Ränder. Das war ihr zuerst nicht aufgefallen. Dann musste sie lächeln. Es kam ihr ewig her vor, dass sie selbst nachts um die Häuser gezogen war!

Manchmal vermisste sie das. Aber mehr noch vermisste sie die Gesellschaft ihrer Freundinnen und Freunde, das ungezwungene Beisammensein mit Menschen, denen sie nichts erklären musste, die einen ähnlichen Hintergrund hatten wie sie selbst, Leute, die ihr verschlungener Lebensweg nach Berlin, in die mittlerweile riesige, unüberschaubare queere Szene geführt hatte. Ihresgleichen eben.

Und Jack, der jetzt seine Tasche in den Kofferraum warf und sich ächzend auf den Beifahrersitz fallen ließ, Jack gehörte dazu.

Plötzlich wurde ihr klar, wie sehr sie ihn vermisst hatte, und als sie Hector auf den Rücksitz gelassen hatte und selbst eingestiegen war, beugte sie sich zu Jack hinüber, umarmte ihn, so gut es ging, und drückte ihm einen festen Kuss auf die Wange.

Jack sah sie verdutzt an, dann erwiderte er ihre Umarmung. „Ich dich auch, olle Nell!", murmelte er. „Und jetzt zeig mir mal diese grandiose City, in der du die letzten Monate vergeudet hast!"

Nach einer schnellen Stadtrundfahrt – viel gab es in der Tat nicht zu zeigen: Nells altes Gymnasium, der Wohnblock, in dem sie damals mit ihren Eltern gelebt hatte, das historische Rathaus, das alte Stadtmuseum, das Mahnmal für die ermordeten Juden und die domartige katholische Kirche – steuerte Nell das Haus der Rohdes an. Jack machte runde Augen, als sie sich dem Industriegebiet näherten.

„Gott. Hier in dieser grässlichen Industriebrache wohnst du? Nicht zu fassen!"

„Hier gibt es aber zumindest einen riesigen Supermarkt mit fünfzig Sorten Lakritze aus Holland und genauso vielen aus Dänemark", sagte Nell und setzte den Blinker. „Und ein Hotel."

„Und ein Bestattungsinstitut, das nach Südstaatenranch aussieht", sagte Jack und betrachtete Kuipers' säulengestützten Miniaturpalast. Eben in diesem Moment kam Kuipers aus dem Eingang und rückte sich den schwarzen Schlips gerade. „Gott, der sieht ja wirklich aus, als hätte er zehn Leichen im Keller. Und das Hotel ist ja der Burner! Das sieht viel eher aus wie ein Beerdigungsinstitut!"

„Jack, bitte", sagte Nell tadelnd und musste lachen. „Kannst du nicht einfach mal die Dinge ansehen, ohne alles schlechtzumachen?" Aber insgeheim freute sie sich über seine Sichtweise.

„Ich mache nichts schlecht, ich gebe nur meine Eindrücke wieder", sagte Jack und beugte sich vor. „Cool, was ist das denn?"

Nell verlagsamte das Tempo. „Da wohnt Louis."

„Was, in dem wrackigen, wunderschönen Teil?"

Nell brauchte einen Moment, bis sie verstand, was Jack meinte.

„Nein, das ist nur ein Wohnwagen, den er geerbt hat. Den will er noch ausbauen", sagte sie. „Louis wohnt hier in der Tischlerei, im ersten Stock. Da oben!" Sie deutete zur Wohnung hinauf, aber Jack folgte ihrem Blick nicht. Stattdessen sah er weiter den Wohnwagen neben der Auffahrt an, der Nell kaum noch auffiel, wenn sie an ihm vorbeikam.

Er pfiff durch die Zähne. „Das ist ja ein scharfes Teil! Kann ich da drin wohnen?"

„Nein, du wohnst bei mir", sagte Nell und trat auf die Bremse, als sie Louis entdeckte, der eben die Tür öffnete. „He, da ist er ja! Komm, ich stell dich vor."

Jack hob den Kopf und pfiff erneut durch die Zähne. „Wow", sagte er langsam. „Das ist also mein schärfster Konkurrent! Der Typ, der mir meine allerbeste Freundin streitig zu machen versucht."

„Jack! So ein Quatsch!" Nell schüttelte den Kopf und hielt an der Auffahrt. „Benimm dich!"

„Aber immer", sagte Jack und öffnete die Wagentür.

Jack und Louis waren gleich groß, fiel Nell auf, als die beiden sich gegenüberstanden. Louis, der Hector zur Begrüßung zwischen den Ohren gekrault hatte, reichte Jack die Hand, und Jack nahm sie nach einem Moment. Die beiden Männer taxierten sich vorsichtig.

Nell beeilte sich, sie einander vorzustellen. „Jack – Louis. Ich habe Jack eben vom Bahnhof abgeholt."

„Und sie hat mir die Stadt gezeigt. Jedenfalls die elementaren Sehenswürdigkeiten", fügte Jack trocken hinzu, ohne den Blick von Louis zu wenden.

„Das dürfte schnell gegangen sein", sagte Louis und lächelte. „Willkommen hier in der Provinz."

„Danke." Jacks Blick glitt an Louis' dicker Daunenweste und den ausgeblichenen Jeans bis hinunter zu den derben Arbeitsstiefeln und wieder hinauf, und Louis hob eine Braue.

„Und, gefällt dir, was du hier so siehst?"

Nell musste lachen, und Jacks Augen verengten sich anerkennend.

„Und ob", sagte er. „Nur etwas gewöhnungsbedürftig vielleicht. Was hast du angestellt, um Nell so lange hier zu halten, spezielle Drogen, oder irgendwelche Eheversprechen?"

Jetzt musste Louis grinsen, und augenblicklich entspannte sich die Stimmung. „Nein", sagte er. „Das ging auch so. Aber ich glaube, für die Zukunft muss ich mir was Neues überlegen. Wollt ihr reinkommen und noch einen Kaffee trinken?"

Nell und Jack wechselten einen kurzen Blick, dann schüttelte Nell den Kopf.

„Danke, aber ich glaube, wir bringen jetzt erst mal Jacks Sachen zu mir. Wir gehen doch nachher noch einkaufen, für morgen?"

„Sicher", sagte Louis und bückte sich erneut, um Hector zu streicheln. Aus den Augenwinkeln sah Nell, dass Kuipers hinten an der Straßenecke aus seinem Haus gekommen war und zu seinem Wagen ging, der auf der Einfahrt geparkt war. Er blieb kurz stehen und kramte in seinen Taschen, aber Nell sah genau, dass er neugierig zu ihnen herüberblickte. Sie hob die Hand und winkte ihm zu.

Kuipers erstarrte kurz, dann winkte er zurück und stieg schnell in seinen Wagen.

Louis fing Nells Blick auf und hob die Brauen. „Er meidet mich, seit ich ihm klargemacht habe, dass ich nicht verkaufen werde", sagte er. „Aber damit kann ich gut leben."

Jack grinste. „Zankereien unter Nachbarn, was? Tja, so ist das eben, wenn man unbedingt in der Provinz leben möchte." Er schlang den Kragen seines Mantels enger und zog eine Grimasse. „Und verdammt kalt habt ihr es hier auch noch!"

„Komm, wir gehen", sagte Nell und pfiff nach Hector, der an der Hausecke herumschnüffelte und sein Bein hob, bevor er zu Nell herübertrabte. „Wann gehen wir los?"

Jack, der sich schon zum Auto gedreht hatte, wandte sich wieder um. „Ich hab schon gehört, wir sitzen zusammen unterm Tannenbaum! Da komm ich lieber mit einkaufen, ich brauch auf jeden Fall noch was zu trinken, damit ich das durchstehe!" Er grinste Louis breit an, und Louis lachte und steckte die Hände in die Taschen seiner Weste.

„Ich hole euch in einer Stunde ab, okay? Oder braucht ihr länger?"

„Nein, das passt." Nell ließ Hector auf den Rücksitz und stieg dann selbst ein. Louis winkte zum Abschied und ging wieder hinein.

„Was für ein heißer Typ", sagte Jack und lehnte sich tief in den Sitz zurück. „Und diese Narbe da auf seiner Wange – die ist ja so unglaublich sexy! Bist du dir sicher, dass er wirklich kein Stück schwul ist?"

„Nein", sagte Nell und gab Gas. „Ich bin mir überhaupt gar nicht sicher. Ich habe keine Ahnung, worauf er steht. Oder auf wen."

Jack schwieg nachdenklich, während Nell den Wagen die Straße hinunter steuerte und das Tempo verlangsamte, als das Haus an der Ecke in Sicht kam. Die Fassade wirkte wie nachgedunkelt im schwachen Licht des Wintertages, das Dach glänzte vor Feuchtigkeit. Für einen Moment sah sie das Haus mit den Augen einer Fremden. Besonders einladend wirkte der große, sicherlich alte Kasten nicht gerade, aber ihr gefiel er mit jedem Tag mehr. Unmerklich war er für sie von einer vorübergehenden Behausung zu einem Zuhause auf Zeit geworden. Nur, wie lange diese Zeit währen würde, stand noch nicht fest.

„Der Typ ist echt cool", sagte Jack neben ihr. „Aber irgendwas ist mit dem. Ist der vielleicht ein Transmann?

Nell hielt neben dem Eingang und stellte den Motor aus. Louis, ein Transmann? Der Gedanke war ihr noch nie gekommen. Sie dachte an seine kräftigen Hände, die Füße in den Arbeitsstiefeln, die Narbe auf seiner Wange. Den Adamsapfel, den man nicht imitieren konnte.

„Nein", sagte sie überzeugt und öffnete den Gurt. „Nein."

„Dann hat er irgendwas anderes zu verbergen. Na, ich werde es schon rauskriegen, da sei dir mal sicher."

„Kann sein", sagte Nell und stieß die Tür auf. Hector hinter ihr fiepte ungeduldig. „Aber erst mal steigst du jetzt aus und besichtigst mein neues Heim."

„Heim!" Jack schüttelte den Kopf und legte die Hand auf Nells Arm. „Das ist kein Heim. Dein Heim ist in Berlin."

„Aber ich habe da doch keine Wohnung mehr, Jack." Nell lächelte, aber Jacks Miene war plötzlich ernst geworden.

„Das ist egal", sagte er und sah ihr in die Augen. „Nell, ernsthaft. Du gehörst nach Berlin, zu mir, zu uns, du gehörst wirklich zurück in die Stadt. Das hier …", er machte eine ausladende Handbewegung, „das hier mag ja gut und schön sein, und ich glaube dir sofort, dass du dich hier wohlfühlst. Aber du schleppst den ganzen Mist doch überall mit dir hin, egal, wo du dich auch verkriechen möchtest. Hör auf damit. Komm wieder zurück und mach endlich weiter mit deinem Leben."

Nell saß wie erstarrt da. Jack und sie hatten in den letzten Monaten schon oft über dieses Thema gesprochen, aber noch nie hatte er sie in dieser eindringlichen

Art und Weise zur Rede gestellt. Und sie spürte augenblicklich, dass seine Worte auf fruchtbaren Boden fielen.

Still und leise war in den vergangenen Wochen eine Entscheidung in ihr herangereift, der sie sich jetzt endlich stellen musste. Aber noch brauchte sie ein wenig Aufschub. Langsam nickte sie und hob den Blick.

Jack musterte sie eindringlich.

„Ich hab's gehört, Jack", sagte Nell. „Und du hast absolut recht. In jeder Hinsicht. Aber jetzt lass uns erst mal raufgehen, okay?"

„Ist das ein Riesenkasten!" Jack stand staunend vor einem der beiden Eingänge des Supermarktes und betrachtete mit hochgezogenen Brauen die Fassade. „Unglaublich. Man könnte meinen, man ist in Berlin!"

Nell stupste ihn in den Rücken. „Komm, beweg dich mal vorwärts, mein Lieber, sonst kriegst du noch Nackenstarre."

Louis schob den Einkaufswagen an ihnen vorbei und lächelte Jack von der Seite an. „Möchtest du vorn in den Kindersitz?"

Jack musste grinsen und setzte sich endlich in Bewegung. Kopfschüttelnd folgte er Louis in den Markt hinein, an einem fast bis zur Decke reichenden Stapel von Bierkästen vorbei, vor denen ein mit blinkenden Lichterketten geschmückter Baum im Takt zu „Last Christmas" leuchtete, das aus den Lautsprechern dudelte. George Michaels samtenem Gesang gelang es dennoch nicht, die Stimmen der äußerst zahlreichen Kundschaft zu übertönen. Nell hatte sogar den Eindruck, das Schlurfen hunderter von Schuhen zu hören.

Der Markt war so voll, wie sie es noch nie erlebt hatte. Genervte Eltern zerrten ihre Kinder an der Hand durch die Gänge, ältere Ehepaare schoben ihre prall gefüllten Einkaufswagen hinterher, irgendwo schraubte sich das schrille Schreien eines Kleinkindes in bislang vermutlich unerreichte Höhen, verstummte und setzte dann wieder neu ein.

Nell musste zur Seite treten, um einer beleibten Frau mit zwei muffelig dreinblickenden Teenagern im Schlepptau Platz zu machen, gleich dahinter folgte ein schwitzender Mittfünfziger mit resigniertem Gesichtsausdruck, der nur mit Mühe seinen schweren Einkaufswagen durch die Menge dirigierte, während seine Frau von hinten auf ihn einredete, eine lange Einkaufsliste in der Hand.

„Meine Güte, kaufen hier jetzt gerade sämtliche Einwohner dieser Stadt auf einmal ein? Haben die sich alle hier verabredet?", fragte Jack hinter Nell und schnaubte ungläubig. „Nicht zu fassen! Ich will nach Hause! Da ist es ruhiger als hier!"

Nell musste lachen, während sie nach Louis Ausschau hielt. Nach einem Moment entdeckte sie ihn ein Stück weiter vorn; er hatte den Wagen dicht neben einen Stapel mit Windeln im Sonderangebot gelenkt und sah suchend zu ihnen herüber. „Wir kommen!", rief sie ihm zu und drehte sich zu Jack um, der mit ungläubigem Gesichtsausdruck eine Regalwand mit bunten Süßigkeiten betrachtete. „Jack, lass uns zusammenbleiben, sonst gehst du mir hier noch verloren!"

Jack schüttelte den Kopf, während er theatralisch die Hand nach Nell ausstreckte. „Nell, das ist ja der Wahnsinn hier! Bitte nimm mich an die Hand!"

Louis winkte sie zu sich und hob die Brauen, als sie ihn schließlich erreichten. „Wir hätten gestern einkaufen sollen", sagte er und betrachtete eine Großfamilie, vermutlich aus Syrien oder dem Irak, die lautstark debattierend an ihnen vorbeilief.

„Aber da wäre ich ja nicht mit dabei gewesen!", rief Jack und inspizierte eine Windelpackung genauer. „Meine Güte, was es hier nicht alles gibt! Das ist ja ein Schlaraffenland! Ist das hier eigentlich der einzige Laden im gesamten Landkreis?"

„Selbstverständlich", sagte Louis trocken. „Also, ich schlage vor, wir teilen uns auf. Ihr holt die Getränke, und ich besorge schon mal die Zutaten für den Kartoffelsalat. Oder?"

„Wie süß, es gibt klassischen Kartoffelsalat!", flötete Jack mit verdrehten Augen. „Mit Würstchen etwa?"

Louis runzelte die Stirn. Er war sich offenbar nicht sicher, ob Jack sich über ihn lustig machte. Nell beschloss, ihm beizuspringen.

„Mit Würstchen, Jack, natürlich", stellte sie klar. „Irgendwer muss doch die Traditionen hochhalten, wenn schon alles andere sich so rapide verändert. Wie viele willst du?"

„Darf ich etwa böse, verbotene Fleischwürstchen haben?" Jack machte einen Satz nach vorn, als ein schwitzender Mann ihn versehentlich im Vorbeigehen anrempelte, und griff nach Louis' Arm.

„Ja. Aber natürlich nur die Biowürstchen, und du musst trotzdem für jedes drei Ave Maria aufsagen", sagte Louis ruhig und zwinkerte Nell zu. „Also, wie viele böse, verbotene Fleischwürstchen möchtest du?"

„Fünf?"

Louis nickte und reichte Nell einen Block und einen Stift. „Hier, ich habe dir aufgeschrieben, was ich gern hätte. Treffen wir uns dann in einer Viertelstunde wieder hier?"

„Nein!", schrie Jack auf. „Nein, wir müssen zusammenbleiben! Ihr sollt euch nicht trennen, niemals!"

Louis sah zutiefst verblüfft aus, dann musste er lachen. „Was hast du denn da für einen komischen Kauz angeschleppt, Nell?"

Nell lächelte ihn an. „Det is Balin! Du kennst diese eigenartige Bevölkerungsgruppe vielleicht noch nicht, aber die Berliner Schwuppenkultur bringt seltsame Blüten hervor."

„Schwuppen?", fragte Louis und lächelte einem älteren Ehepaar, das gerade einen leeren Einkaufswagen vorbeischob, freundlich zu. „Damit ist vermutlich die homosexuelle Minderheit gemeint?"

„Der Mann kennt sich aus", sagte Jack zufrieden. „Und hat Humor. Los, wir entern zusammen die Käsetheke!"

Gemeinsam steuerten sie die Käsetheke an, vor der sich bereits eine ansehnliche Schlange angestellt hatte. Während Jack und Louis miteinander über die verschiedenen Käsesorten fachsimpelten, musterte Nell die beiden Männer nachdenklich. Erstaunlich, wie gut Jack und Louis sich verstanden. Sie wirkten bereits jetzt wie ein eingespieltes Team, das sich die Bälle nur so zuwarf. Ein warmes Gefühl der Verbundenheit stieg in Nell auf, als sie den kleinen, ihr wohlbekannten Wirbel an Jacks Hinterkopf betrachtete. Jack war ihr so vertraut wie kaum ein anderer Mensch, aber ihr Verhältnis zu Louis, stellte sie plötzlich fest, während sie zwei sich gegenseitig anrempelnden Schulkindern auswich, ihr Verhältnis zu ihrem ruhigen Nachbarn Louis näherte sich diesem Grad der Vertrautheit bereits an.

Eigentlich seltsam, überlegte Nell, dass sie ihre engsten Freundschaften immer mit Männern geführt hatte statt mit Frauen. Sie hatte nie eine wirklich beste Freundin gehabt; es waren stets Männer gewesen, denen sie sich besonders nah gefühlt hatte – abgesehen von ihren Liebesbeziehungen.

Plötzlich bemerkte sie aus dem Augenwinkel, dass jemand sie ansah. Sie hob den Kopf.

Die Frau, die auf der anderen Seite der flachen Gefriertruhe stehengeblieben war und zu ihr herüberblickte, kam Nell vage bekannt vor. Sie war ungefähr in Nells Alter, vielleicht ein paar Jahre jünger, und trug ihre schwarzgefärbten Haare zu einem wilden Kurzhaarschnitt, eine Reihe von kleinen Ringen in beiden Ohren und einen silbernen Nasenstecker, aber die tiefen Falten zu beiden

Seiten der Nasenwurzel und Mundwinkel und die ausgeprägten Tränensäcke zeugten von einem anstrengenden Lebenswandel, den ihr leicht punkiger Kleiderstil kaum zu kaschieren vermochte. Einen Moment lang erwiderte sie Nells Blick, dann schob sie ihren Wagen hastig davon, zu einem kräftigen Mann mit langen Haaren und Wikingerbart, der ihr zwei verschiedene Spirituosenflaschen entgegenhielt. Nell kniff die Augen zusammen.

„Nell?"

Jack stand hinter ihr und hielt eine große Tüte mit Käse in den Händen. „Das müsste doch reichen, oder?" Er grinste sie an und schwenkte die Tüte herum, dann legte er sie in den Wagen. „Auf geht's, zum Gemüse. Oder wolltest du hier noch länger herumstehen und vor dich hin träumen, von wem auch immer?"

Nell schüttelte den Kopf. Louis legte eine weitere Tüte in den Wagen und lächelte sie an.

Sie lächelte zurück und sah noch einmal zum Spirituosenstand hinüber, aber dort an der Ecke stand jetzt nicht mehr Pepe Lienhard mit seiner Begleiterin, sondern ein anderes, viel jüngeres Paar, das die angebotenen Flaschen begutachtete.

Diese blauen, irgendwie traurigen Augen. Dieser leicht abwesende, zugleich bittende Blick. Sie kannte die Frau von früher, da war sie sich sicher.

„Hui!", rief Jack und wich einer älteren Dame aus, die ihren Rollator resolut vor sich herschob. „Hier geht es ja heiß her!" Er sprang vor den Einkaufswagen und nötigte Louis zu einem kurzen Abbremsen, bevor er den Wagen von vorne griff und zügig um die Ecke zum Gemüse lotste. Louis drehte sich zu Nell um.

„Dein Freund gefällt mir", sagte er. „Auch, wenn er sehr vorlaut ist."

„Ich vorlaut?" Jack schob den Kopf um das Regal an der Ecke herum. „Ich bin nicht vorlaut, ich bin nur extrem aufrichtig!"

„Hol du lieber schon mal die Kartoffeln", sagte Nell und griff nach dem Wagen. „Du brauchst einfach ein bisschen mehr Bewegung. Den ganzen Tag im Zug sitzen, das ist nichts für einen wie dich."

Jack zog einen Schmollmund, dann verschwand er laut pfeifend um die Ecke.

„Ich vermute mal, er hatte als Kind ADHS", sagte Nell.

„Wieso nur als Kind?" Louis hob die Brauen, und sie beide lachten sich an.

„Hallo, Frau Gubitz! Fröhliche Weihnachten! Und grüßen Sie Ihre Mutter!" Eine junge, blonde Frau in einer grellrosa Daunenjacke winkte ihr zu, und Nell winkte halbherzig zurück.

„Wer war das denn?" Jack war wieder um die Ecke gebogen, einen Sack Bio-Kartoffeln in der Hand, und starrte der jungen Frau neugierig hinterher.

„Das ist die Sprechstundenhilfe aus der Augenarztpraxis meiner Mutter", erklärte sie und ignorierte Jacks süffisantes Grinsen. „Was brauchen wir jetzt noch?"

Louis las die Einkaufsliste vor, und gemeinsam legten sie die Reihenfolge der Einkäufe fest. „Ich komme mir vor wie ein Vater mit Frau und Halbwüchsigem", sagte Louis mit ernster Miene und schob den Wagen weiter, während Jack fröhlich vorausһüpfte. „Ein ganz neues Gefühl!"

Nell hakte sich bei ihm ein. „Für mich nicht", sagte sie und musste lächeln. „Aber ich muss schon sagen, Jack ist manchmal alberner, als mein eigener Sohn es je war."

„Den würde ich gern einmal kennenlernen", sagte Louis und kniff im nächsten Moment die Augen zusammen. „Ach, hallo!"

„Hallo! Frohes Fest!" Die etwas verhärmt aussehende Frau vor ihnen nahm ihre Tochter fest an die Hand und führte sie an ihrem Wagen vorbei. Dahinter steuerte ihr Mann seinen Wagen durch die Lücke und nickte Nell und Louis knapp zu.

„Frohes Fest Ihnen auch!", rief Nell und musste fast über Kuipers' mürrischen Gesichtsausdruck grinsen, mit dem er Louis bedachte.

Als sie Louis wieder ansah, zuckte er mit den Schultern. „Er nimmt mir übel, dass ich ihm einfach nicht mein Grundstück verkaufen will", sagte er und nahm im Vorbeigehen ein Päckchen Rohrzucker aus dem Regal. „Aber damit muss er leben. Wann kommt dein Sohn denn mal zu Besuch? Oder fährst du mal hin?"

„Spätestens, wenn das Baby da ist", sagte Nell und lachte, als sie seine verdutzte Miene sah.

„Was, du wirst Oma?" Jack, der wieder zu ihnen gestoßen war, ließ zwei Tüten Kesselchips in den Wagen fallen. „Ist nicht dein Ernst!"

Zwei jüngere Frauen, die gerade ihre Einkaufskörbe an ihnen vorbeitrugen, lächelten Nell zu, und Nell lächelte zurück. „Ja. Irving wird Vater. Von seiner bildhübschen norwegischen Freundin." Für einen Moment spürte sie ihr Herz klopfen. Sie wurde Oma, tatsächlich. So richtig verstanden hatte sie das bislang im Grunde noch nicht.

„Das ist schön, gratuliere!", sagte Louis. „Aber vermutlich wirst du dein Enkelkind dann nicht allzu oft sehen. Es sei denn, du machst den nächsten Schritt in Richtung Ruhe und ziehst nach Spitzbergen."

„Auf gar keinen Fall!", rief Jack. „Das kommt nicht infrage. Nell gehört nach Berlin! Wir wollen dich zurückhaben", sagte er und sah Nell aufgebracht an. „Ohne dich ist es einfach nicht dasselbe!"

„Dürfen wir mal vorbei?"

Nell presste sich an ihren Einkaufswagen und ließ den höflichen Teenager passieren. Er war nicht allein unterwegs, hinter ihm kam seine kaum ältere Schwester, danach folgten die Eltern. Nell spürte, wie ihr Herz erneut zu klopfen begann, diesmal allerdings weniger vor Freude. Ralfs Blick war eisig; er nickte ihr dennoch knapp zu und beschleunigte seine Schritte. Marie hinter ihm setzte ein vages Lächeln auf.

„Frohe Weihnachten“, sagte sie leise und schlug die Augen nieder, als sie vorbeiging. Nell sah ihr nach; für einen Moment überkam sie der Impuls, Marie hinterherzulaufen und ein paar Worte mit ihr zu sprechen. Aber es schien nicht der richtige Zeitpunkt dafür.

Oder vielleicht war der richtige Zeitpunkt dafür auch unwiderruflich vorüber.

„Frohe Weihnachten!“, sagte Louis laut. Nell warf ihm einen kurzen Blick zu und lächelte dankbar. Er lächelte zurück und sah dann zu Jack. „Also, was brauchen wir noch?“

Eine gute Viertelstunde später schoben sie gemeinsam den nun doch erstaunlich gut gefüllten Einkaufswagen zum Kassenbereich. Zu Nells Erstaunen standen an jeder Kasse nur wenige Kunden an. Langsam lotsten sie ihren Wagen zu einer Kasse hinüber, an der zwei ältere Frauen darauf warteten, dass das Ehepaar vor ihnen seinen Wageninhalt aufs Band legte.

„Genial!“, sagte Jack und betrachtete die ausgestellten Zeitschriften. „Wer immer hier den Laden managt, macht seine Sache gut. Guck mal, Louis, da möchte dich jemand grüßen!“

Louis folgte seinem Blick und winkte einer kurzhaarigen, schon etwas älteren Frau zwei Kassen weiter zu, die aufgeregt zurückwinkte.

„Die kommt mir bekannt vor“, flüsterte Nell. „Wer ist das noch gleich?“

„Sie arbeitet im Baumarkt“, sagte Louis und schob den Wagen ein Stückchen vorwärts.

Nell sah zu, wie die grauhaarige Frau den Arm um die Frau neben ihr legte, ihr etwas zuflüsterte und dann verstohlen zu ihnen hinüberdeutete. Eindeutig handelte es sich bei den beiden um ein lesbisches Pärchen.

Jack hatte das auch erkannt, denn er stupste Nell in die Seite. „Na, wären die was für dich? Oder hast du denen auch schon den Kopf verdreht?"

„Jack!", sagte Nell streng und spürte Louis' forschenden Blick. „Du bist einfach unmöglich!"

Jack lachte vergnügt und winkte den beiden Frauen zu, die erfreut zurückwinkten. „Wieso? Kann doch sein! Dir ist doch alles zuzutrauen! Was du mir von deiner Liaison mit dieser Apothekerin erzählt hast, sagt doch alles ..."

Louis wandte sich ab, ein leichtes Schmunzeln auf den Lippen. „Ich hole noch Servietten", sagte er und verschwand hinter einem großen Aufsteller mit Waschmittelwerbung.

Jack stützte die Arme auf dem Einkaufswagen auf und sah Nell eindringlich an. „Sag mal, weiß dieser heiße Typ eigentlich, dass du auf Frauen stehst?"

Nell dachte kurz nach. „Wir haben nie explizit darüber geredet, aber ich glaube schon, dass er im Bilde ist."

„Du willst dir doch wohl nicht plötzlich auf deine alten Tage noch ein Heterotürchen aufhalten?", fragte Jack tadelnd und hob den Finger. „Du weißt schon, dass die Dinge erst wirklich klar sind, wenn sie ausgesprochen wurden?"

Nell musste lachen. „Ja, schon. Aber das hast du ja jetzt vorzüglich übernommen."

Jack sah sie verdutzt von unten herauf an, dann grinste er. „Stimmt. Hach, das habe ich gut gemacht. Ich habe wirklich kein Interesse daran, dass du hier in diesem Kaff als verheiratete Heterofrau hängen bleibst."

„Nell! Hallo, Nell, huhu!"

Nell sah sich um. In der Schlange nebenan stand Beate und winkte ihr hektisch zu. Nell winkte zurück, und Beate ließ ihren Einkaufswagen im Stich und kam zu ihr herüber.

„Hallo! Na, auch noch mal einkaufen? Hast du Besuch?“ Sie betrachtete Jack neugierig, und Jack lächelte sie breit an.

„Das ist mein bester Freund Jack“, stellte Nell ihn vor. „Und das ist Beate. Sie leitet das Hotel gegenüber der Tischlerei.“

Jack nickte, nahm Beates Hand und deutete eine Kusshand an. „Von dir habe ich schon viel gehört“, log er. „Nur Gutes!“

Beate wirkte geschmeichelt, dann warf sie einen schnellen Blick zu ihrem Einkaufswagen hinüber. Erst jetzt fielen Nell die beiden identisch aussehenden Männer mittleren Alters auf, die dort standen und gelangweilt in ihre Handys starrten. „Das sind meine Brüder“, erklärte Beate und seufzte unterdrückt. „Wir besorgen noch was für das Essen bei meinen Eltern heute Abend. Und was habt ihr noch vor?“

„Louis kommt zu uns, und dann feiern wir ein bisschen.“

„Oh!“, machte Beate. Ihr sehnsüchtiger Blick sprach Bände.

Nell zögerte nur einen winzigen Moment. „Komm doch auch!“, sagte sie. „Es gibt zwar nur Kartoffelsalat mit Würstchen, aber ich würde mich freuen.“

„Ich mich auch!“, sagte Jack und schenkte Beate sein breitestes Lächeln.

„Wirklich?“ Beate errötete. „Ich muss ja leider zu meinen Eltern. Aber vielleicht hinterher …“ Sie sah sich um. „Oh, ich muss los! Bis später also!“

Nell sah zu, wie Beate zu ihrem Wagen zurücklief und begann, die Einkäufe aufs Band zu legen. Einer ihrer Brüder hatte sein Handy eingesteckt und half ihr mit mürrischem Gesichtsausdruck, der andere starrte weiter in sein Handy, ohne sich auch nur zu bewegen. Nell sah noch einmal von einem zum anderen. Tatsächlich, es waren Zwillinge, eineiige, ganz offensichtlich. Eine doppelte Portion geballter Lustlosigkeit. Arme Beate.

Beate blickte zu ihr hinüber und winkte Louis zu, der jetzt wieder zum Wagen gekommen war, eine Packung Servietten in der Hand.

„Ich hab sie eingeladen", sagte Nell. „Sie kommt wahrscheinlich später vorbei."

„Klar. Ist okay", sagte Louis und fing seinerseits an, ihre Einkäufe aufs Band zu legen.

Jack, der ausnahmsweise mehrere Minuten lang geschwiegen hatte, schüttelte den Kopf. „Also wirklich, Nell! Du kennst ja den halben Laden hier! Ist ja unglaublich. Wie viel Einwohner hat diese Stadt eigentlich?"

„Ungefähr dreißigtausend mit den Dörfern drumrum", sagte die Kassiererin, die sich jetzt vorbeugte und den Wagen dichter an den Kassenbereich heranzog. „Kommen Sie doch mal hier herum, junger Mann, dann können Sie leichter mit anpacken!"

Jack stellte sich gerade hin und salutierte. „Sehr wohl, Madam! Genosse Duplessis bereit zum Einkäufe-Einpacken!"

Die Verkäuferin, eine recht beleibte Brünette mittleren Alters, sah ihn einen Moment lang scheel an, dann lachte sie auf und begann, die Waren über den Scanner zu ziehen. „Das ist schön, wenn mal jemand so gute Laune hat!", sagte sie erfreut. „Ich sag immer, Weihnachten soll doch ein Fest der Freude sein, sag ich doch immer!"

Jack lächelte und schüttelte die Tasche auf, die Louis ihm reichte. „Irgendwie gefällt es mir hier, Nell", sagte er. „Vielleicht ziehe ich auch noch hierher. Und Adam holen wir nach."

„Wer ist Adam?", erkundigte sich Louis und legte die Käsetüte in eine Tasche.

„Mein Freund", sagte Jack. „Der jetzt im Kreise seiner polnischen Familie in Breslau sitzt und sich nach mir verzehrt." Er lachte vergnügt.

„Wir werden sehen", sagte Nell und zog ihr Portemonnaie heraus. Ihr Blick flog zum Ausgang hinüber. Zwischen den Leuten, die ihre Einkäufe hinausschoben, entdeckte sie die schwarzhaarige Frau, die sie vorhin an der Käsetheke angestarrt hatte. Ihr Begleiter Pepe, den Nell früher einmal gekannt hatte, nahm ihr gerade den Wagen aus der Hand und schob ihn hinaus, und die Frau folgte ihm, ohne zurückzusehen.

Auf einmal wusste Nell, wer sie war.

Silvia. Beates Cousine. Silvia, mit der Nell vor Urzeiten einige Nächte verbracht hatte.

Sie drehte sich zu Beate um, aber die war schwer damit beschäftigt, ihre Einkäufe in einen Korb zu packen.

Silvia war jetzt also mit Pepe Lienhard zusammen und lebte in der Nähe auf dem Dorf, ohne dass ihre Familie davon wusste? Verrückt. Und dann auch doch wieder nicht.

„Junge Frau? Wie wäre es, wenn Sie Ihre Karte jetzt mal einsteckten?" Die Kassiererin sah Nell freundlich an, und Nell erwiderte ihr Lächeln und zog ihre EC-Karte heraus.

„Na, mein Guter, das hat geschmeckt, was?" Louis beugte sich zu Hector hinunter, der sich zufrieden unter seinen streichelnden Händen räkelte.

„Er hat ja auch reichlich Würstchen von dir bekommen", sagte Nell mit einem tadelnden Unterton und blickte zu Jack, der gerade das schmutzige Geschirr zur Spüle herübergetragen hatte und Anstalten machte, nach der Spülbürste zu greifen. „Jack, das ist ungemütlich, lass das doch stehen. Wir machen das morgen, okay?"

„Na, wenn du nicht willst …" Jack kam bereitwillig zum Tisch zurück und ließ sich auf seinen Stuhl fallen, wobei er sich genüsslich den Bauch rieb. „Das war gut", sagte er. „Vor allem die Würstchen. Obwohl, dein Kartoffelsalat war auch ausgezeichnet, Louis!", beeilte er sich hinzuzufügen.

„Danke für die Blumen", sagte Louis lächelnd. „War mir ein Vergnügen."

Nell streckte sich und verschränkte die Hände im Nacken. „Ja, das war wirklich gut. Aber ich hab viel zu viel gegessen!" Sie ließ den Blick über ihre beiden Gäste gleiten. Jack sah hochzufrieden aus, und Louis wirkte vollkommen entspannt. So ging es ihr selbst ebenfalls.

Jack und Louis hatten sich um das Essen gekümmert; währenddessen hatte sie mit Hector einen kleinen Gang durch den stillen Abend unternommen und mit ihrer Mutter telefoniert. Auch die hatte sehr zufrieden gewirkt; sie hatten sich für den kommenden Tag zum Abendessen verabredet, nachdem Nell Jack zum Bahnhof gebracht haben würde.

Es war gut so, wie es war, dachte Nell, während sie für einen Abend behaglich die Augen schloss. Ihre Mutter kam bestens allein zurecht, mehr noch, sie genoss das Alleinsein. Sie freute sich, wenn Nell sie besuchte, aber im Grunde führte sie ihr eigenes Leben, in dem ihre Tochter zwar eine wichtige, aber durchaus entbehrliche Rolle einnahm. Es reichte ihrer Mutter wohl, wenn sie Nell hin und wieder sah.

Warum auch hätte sich das im Alter ändern sollen, überlegte Nell. Ihre Mutter lebte schon seit mehr als vierzig Jahren ohne sie; sie hatte sich darin eingerichtet und strebte in dieser Hinsicht keine Veränderung mehr an. Ob in anderer Hinsicht, wusste Nell nicht. Vielleicht würde sie das noch herausfinden.

„Einen kleinen Verdauungsschnaps?" Louis hob eine Flasche Kräuterschnaps, und Nell nickte, obwohl sie sonst dergleichen stets verschmähte. Auch Jack nickte, und Louis schenkte in drei kleine Schnapsgläser ein, die er mitgebracht hatte. Ein viertes stand bereit, für Beate offenbar. Plötzlich fiel Nell auf, dass sie keine vierte Sitzgelegenheit hatte, und sie seufzte auf.

„Ich muss gleich noch einen Stuhl von unten für Beate holen", sagte sie und griff nach ihrem Schnapsgläschen.

„Das kann ich machen", bot Louis an. „Zum Wohl!"

Sie stießen an. Der Kräuterschnaps brannte Nell im Hals, aber zumindest linderte er das Völlegefühl augenblicklich. Louis leerte sein Glas ebenfalls und stand auf.

„Vielleicht sollten wir Doktor Rohde anrufen, wenn ich wieder oben bin."

„Auf jeden Fall", sagte Nell. Sie hatte seit dem Tod Charlottes zweimal mit dem Doktor telefoniert; er hatte ihr die Nummer der Pension durchgegeben, in der er bis auf Weiteres wohnte. Seine Rückkehr war immer noch ungewiss, aber Nell sah alle paar Tage mal in der Wohnung nach dem Rechten. Es war jedes Mal ein seltsames Gefühl, die leere Wohnung zu betreten. Als hinge man dort in einer Zeitschleife fest. „Du findest dich unten zurecht?"

Louis nickte. „Natürlich. Unten ist offen, nicht wahr?" Er zwinkerte ihr zu und öffnete die Tür. Hector sprang wedelnd auf und lief zu ihm, und einen Moment später hörte Nell die beiden die Treppe hinuntergehen.

„Ach, das ist wirklich ein ausgesprochen netter Typ, der Louis", sagte Jack und streckte die Füße von sich. „Und überhaupt, es gefällt mir hier ausgezeichnet." Er schwieg einen Moment und sah Nell mit einem durchdringenden Blick an.

Nell wusste genau, was er sie fragen würde. Und deshalb musste sie lächeln, als er genau das auch tat.

„Was ist eigentlich mit Irma? Hat sie sich noch mal gemeldet?"

Nell wollte schon den Kopf schütteln, dann fiel ihr das Paket ein. „Doch, indirekt jedenfalls. Sie hat mir meine letzten Sachen zurückgeschickt."

„Was? Wann?" Jack richtete sich auf.

„Vor ein paar Wochen."

„Vor ein paar Wochen? Das hast du mir gar nicht erzählt." Jack sah sie vorwurfsvoll an.

„Jack. Ich kann dir nicht alles erzählen."

Jack runzelte unzufrieden die Stirn. „Natürlich nicht", sagte er. „Obwohl du das eigentlich müsstest!" Er legte den Kopf schief. „Denkst du noch viel an Irma?"

„Ich weiß nicht", sagte Nell nach einem Moment. „Ich weiß eigentlich nicht, was viel ist. Ich denke immer wieder mal an sie, aber es wird immer weniger."

„Zum Glück!" Jack trank sein Glas leer und zog eine Grimasse.

„Ich meine, Jack, sie hat mich immerhin fast zwölf Jahre durchs Leben begleitet."

„Oder eher du sie", sagte Jack trocken.

Sie lächelte. Jack hatte Irma gemocht, aber stets mit Skepsis betrachtet. Ihre immer wieder durchscheinende Antriebslosigkeit, gepaart mit einer ausgeprägten Affektlabilität, hatte ihm nie gefallen. Nell übrigens auch nicht. Aber das stand auf einem anderen Blatt. „Wie dem auch sei", sagte sie und schenkte sich noch einen kleinen Schnaps ein. Sie hielt Jack die Flasche hin, aber er schüttelte den Kopf.

„Du willst sie also nicht mehr zurück?"

Jetzt war es Nell, die den Kopf schüttelte. „Ich glaube nicht an wiederaufgewärmte Beziehungen. Wenn Schluss ist, ist Schluss."

„Ja ja", sagte Jack. „Ist alles richtig. Und wenn Schluss ist, braucht man auch nicht ewig über die Verflossene zu reden. Komm, lass uns jetzt endlich noch ein Bier trinken. Ich hab schon eine ganz trockene Kehle von diesem widerwärtigen Fusel hier!" Er sprang auf und ging zum Kühlschrank, um drei Flaschen herauszuholen.

Nell sah zu, wie er die übrigen Flaschen neu einordnete und eine Tüte Kesselchips in die einzige Schale füllte, die sie hier besaß, und ein warmes Gefühl der Vertrautheit überflutete sie.

Wenn überhaupt, dann war es dieses Gefühl, das sie hier vermisste. Eingebettet zu sein in einen Kreis von Menschen, denen sie nahe stand. Die sie kannten und ihre Geschichte.

Freundschaften schienen ihr letztlich immer schon elementarer als Liebesbeziehungen. Auf Liebesbeziehungen, erst recht auch Sexualität, konnte sie verzichten, das war Nell schon lange klar. Vielleicht schon immer. Aber nicht auf Freundschaften.

Jack, der jetzt das Kunststück vollbrachte, drei Bierflaschen und die Chipschale zum Tisch zu balancieren, war ihr im Grunde näher, als ihr Irma je gewesen war. Dennoch hatte sie mit Irma zusammengelebt anstatt mit ihm.

Und er wiederum lebte mit Adam zusammen.

So war das. Früher hatte man in Wohngemeinschaften gelebt, jetzt entweder paarweise oder allein.

Vielleicht war es an der Zeit, genau das zu ändern.

Es klingelte. Unter sich, in der Wohnung der Rohdes, hörte Nell Hector bellen, während sie aufstand und zur Tür ging, um den Öffner zu betätigen. Kurz darauf kam Beate die Treppe hinauf, eine schwer aussehende Tasche in der einen und einen Blumenstrauß in der anderen Hand, den sie Nell überreichte.

„Fröhliche Weihnachten!", sagte sie mit einem glücklichen Strahlen im Gesicht. „Hallo! Seid ihr nur zu zweit? Wo ist denn Louis?"

„Kommt sofort, er holt noch einen Stuhl." Nell hielt sich den Blumenstrauß an die Nase. Die Gerbera rochen nach nichts, aber die beiden hellrosa Rosen dazwischen dufteten bezaubernd. „Danke, das ist aber lieb von dir!"

Beate sah sich suchend um, ihre Daunenjacke in der Hand, und Jack nahm sie ihr ab und hängte sie an den Fenstergriff, während Nell die Blumen in einen leeren Joghurtbecher stellte. Sie passten nur gerade eben so hinein, aber eine Vase besaß Nell nicht.

„Ein Bier?“, fragte Nell, während sie Wasser hineinfüllte und die Blumen in ihrem unpassenden Gefäß auf den Tisch stellte.

„Lieber einen Sekt!“ Beate ließ sich auf den Stuhl fallen, auf dem Louis gesessen hatte, und ordnete ihre Locken. „Ihr seid wirklich meine Rettung! Das war ja so schrecklich bei meinen Eltern! Ich bin froh, dass ich eine gute Ausrede hatte, mich endlich loszueisen!“

Nell musste über Jack lächeln, der Beate mit hochgezogenen Brauen und einem leichten Grinsen betrachtete; sie hatte die Kälte mit von draußen hereingebracht und verbreitete eine gelinde, aber nicht unangenehme Hektik mit ihren wilden Bewegungen und der lauten Stimme.

Plötzlich war Hector an Nells Seite und stupste sie wedelnd an, und Louis schloss die Tür hinter sich und stellte den vierten Stuhl an den Tisch. „Hallo, Beate.“

„Oh, hallo!?“ Beates Tonfall klang übertrieben munter und passte nicht recht zu dem verhaltenen Lächeln, mit dem sie Louis bedachte. Louis' Gesichtsausdruck hingegen war undurchdringlich, und auf einmal wusste Nell, was sie ohnehin vermutet hatte: Er und Beate hatten etwas miteinander gehabt. Wann und wie lange, war ihr nicht klar, aber ganz offensichtlich war etwas zwischen ihnen gewesen. Und was immer es auch gewesen war, es hatte Louis ganz offensichtlich weniger Freude bereitet als Beate.

„Wollen wir anstoßen?“ Jack reichte Beate ein volles Sektglas und hielt die Flasche fragend in Louis' Richtung, aber Louis schüttelte den Kopf und hob die bereits geöffnete Bierflasche, die vor ihm auf dem Tisch gestanden hatte. Auch Nell und Jack hoben ihre Flaschen.

„Frohes Fest! Auf euch!“, sagte Nell, und Louis nickte.

„Zum Wohl!“, rief Jack, und Beate stieß ihr Glas mit einem lauten Klirren gegen ihre Flaschen und trank es in einem Zug aus. Dann setzte sie es ab.

„Es gibt tatsächlich noch etwas zu feiern!", sagte sie und sah Nell mit glänzenden Augen an.

„Und was?"

„Ich habe einen neuen Job!", verkündete Beate und fuhr sich durch die gerade noch so sorgsam geordnete Frisur. Zwei rote Löckchen standen noch einen Moment in die Höhe und kippten dann langsam nach vorn. Beate blies sie sich aus der Stirn. „Ich gehe weg. Ich ziehe nach Österreich! Nach Bad Hofgastein!"

„Wo die Reichen und Schönen einst gelebt haben?", sagte Jack und klatschte in die Hände. „Wow! Und was machst du da?"

„Ich leite ein Hotel. Also, ich werde stellvertretende Geschäftsführerin. Fünf Sterne!" Sie hielt Jack ihr Glas hin. Er schenkte ihr nach.

„Und wann?", fragte Nell.

„Ab dem ersten März. Ich freue mich! Prost!" Sie hob ihr Glas und prostete allen dreien der Reihe nach zu. Dann trank sie einen Schluck und setzte ihr Glas ab. „Ich glaube, es ist besser für mich", sagte sie, ruhiger jetzt. „Hier … ich weiß nicht, ich glaube, hier habe ich nicht mehr viel zu erwarten. Immer die gleichen rumänischen Bauarbeiter, die gleichen mäkeligen Ehepaare, die gleichen Geschäftsmänner …" Sie lief ein wenig rot an, schien es Nell, aber dann hob Beate wieder das Kinn. „Ich werde euch vermissen!", erklärte sie.

Nell spürte, dass sie einen Moment zu lange mit ihrer Reaktion wartete, aber auch Louis zögerte. „Wir dich auch!", sagte sie schließlich hastig, und Louis nickte.

„Ja, wir werden dich auch vermissen", bekräftigte er.

Beate sah sie beide einen Moment lang an, dann öffnete sie den Mund. Aber im selben Augenblick klingelte Nells Handy.

Erleichtert griff sie danach. Einen Moment lang starrte sie verdutzt aufs Display, dann stand sie auf und sah zu

Louis, während sie das Handy ans Ohr hob. „Der Doktor!", flüsterte sie und nahm den Anruf an.

„Nell?" Die sonore Stimme des Doktors flutete ihr Ohr wie eine warme Welle. „Nell, ich rufe an, weil ich Ihnen frohe Weihnachten wünschen möchte."

„Danke!", sagte Nell und ging zum Fenster. Hinter sich hörte sie die anderen leise miteinander reden. „Das wünschen wir Ihnen auch. Wir sitzen gerade beisammen, Louis, Beate vom Hotel gegenüber und ein Freund von mir aus Berlin. Louis und ich hätten Sie auch gleich angerufen. Wie geht es Ihnen?"

„Gut", sagte Doktor Rohde. „Mir geht es tatsächlich ausgesprochen gut, Nell. Auch wenn ich das selbst nicht für möglich gehalten hätte. Ich vermisse meine Schwester, aber es geht mir gut. Ich werde allerdings auch sehr gut umsorgt, muss ich sagen. Und das Leben hier … es ist erstaunlich einfach und klar. Das tut mir gut."

In seiner Stimme war ein Unterton, der Nell hellhörig werden ließ. „Das hört sich gut an", sagte sie. „Und … und wann kommen Sie zurück?"

Doktor Rohde schwieg einen langen Moment, und plötzlich wusste Nell, was er sagen würde. Dennoch war sie zutiefst überrascht, als sie die Worte hörte.

„Ich bleibe hier, Nell. Ich komme nicht mehr zurück."

Nell starrte aus dem Fenster hinaus in die dunkle, kalte Winternacht. Das Industriegebäude gegenüber hob sich nur schwach vom Himmel ab, aber in einem der Fenster weiter hinten blinkte eine Lichterkette einsam vor sich hin. Das hatte sie vorher noch gar nicht bemerkt. „Sie kommen nicht wieder?", fragte sie leise.

„Nein", sagte Doktor Rohde. „Ich komme nicht mehr zurück. Es tut mir leid, wenn ich Sie damit überrolle, aber ich habe es mir reiflich überlegt. Mein Entschluss steht fest."

Nell schwieg, und auf einmal wurde ihr bewusst, dass es hinter ihr still geworden war. „Warum?", fragte sie.

„Ich meine, ich … wie ist es dazu gekommen?“ Sie war sich nicht sicher, ob sie dem Doktor mit dieser Frage zu nahe trat, aber er lachte nur leise.

„Wissen Sie, ich lebe nicht mehr lange. Ich habe höchstens noch ein paar Jahre. Und diese so kurze Zeit möchte ich dort verbringen, wo ich herkomme. Wissen Sie, Nell, es ist ganz erstaunlich, aber ich fühle mich hier tatsächlich zugehörig. Das ist mir in den sechzig Jahren in der kleinen Stadt, in der Sie gerade leben, nie so gegangen. Ich war immer fremd. Und auf einmal bin ich zu Hause.“

Nell spürte einen leichten Stich. Das würde sie wohl so nie erleben.

„Ich habe hier eine ganz alte Bekannte wiedergetroffen, mit der ich als Knabe gespielt habe“, fuhr der Doktor fort. „Sie hat mich in ihrem Haus aufgenommen und versorgt mich mit dem Nötigsten, bis ich Fuß gefasst habe. Vielleicht aber auch darüber hinaus, wir werden sehen.“ Er lachte leise, und auf einmal verstand Nell, was in seiner Stimme mitschwang: Glück. Der alte Doktor war glücklich.

„Es ist seltsam, liebe Nell, aber ich konnte mich stets kaum an Rosengarten erinnern. Und es war mir im Gegensatz zu meiner Schwester auch nie wichtig. Dennoch – ich fühle mich hier ausgesprochen wohl. Ich bleibe hier, Nell.“

„Und … und Ihr Haus?“, fragte Nell.

„Das müsste ich noch genauer überdenken. Aber ich dachte, vielleicht möchte Ihr netter Freund Louis das Haus übernehmen, das würde mich freuen. Ihnen möchte ich gern die Wohnung oben überlassen, vorausgesetzt, Sie haben nichts dagegen. Im Gegenzug könnten Sie beide vielleicht die Formalitäten regeln. Aber darüber können wir noch in Ruhe sprechen.“

Nell stand einen Moment lang sprachlos da. Unten auf der Straße fuhr ein Wagen langsam vorüber und hinterließ eine kleine, weiße Wolke, die sich in der kalten Winterluft auflöste.

„Nell, sind Sie noch da?"

„Ja", sagte Nell. „Ja, natürlich. Ich bin nur … ich weiß nicht so recht, was ich sagen soll."

„Verzeihen Sie, dass ich Sie so überfallen habe", sagte Doktor Rohde. „Aber wissen Sie, Nell, ich glaube, ich muss mich mit manchen Dingen ein wenig beeilen. Mir bleibt nicht mehr viel Zeit."

„Ja", sagte Nell. „Ja, das verstehe ich."

„Wir reden ein andermal genauer darüber, ja?", fragte Doktor Rohde. „Ich melde mich alsbald. Nun wünsche ich Ihnen erst einmal ein schönes Fest. Und grüßen Sie Louis. Und Ihre anderen Gäste."

„Das mache ich." Nell schluckte, dann setzte sie hinzu: „Doktor Rohde?"

„Ja?"

„Ich freue mich für Sie!"

Er lachte leise. „Auf Wiederhören, Nell!" Und damit legte er auf.

Nell ließ das Handy sinken. Einen Moment lang sah sie still hinaus in die kalte, dunkle Nacht, dann drehte sie sich langsam zu den anderen um.

„Mama, was ist das da drüben?" Irving zerrt an Nells Hand und deutet mit der anderen auf ein zweistöckiges Gebäude am Ende der Straße, dessen vorgesetztes Obergeschoss ein wenig überdimensioniert für die schlichte Fassade des Erdgeschosses wirkt.

„Das ist einfach ein Haus. Da wohnen Leute drin." Nell muss lächeln, als sie Irvings skeptische Miene sieht.

„Und warum sieht das dann aber so komisch aus?" Irving springt vom Bordstein auf die geteerte Straße hinunter und wieder hinauf. Sein Bewegungsdrang ist in letzter Zeit enorm gestiegen. Nell muss wirklich darüber nachdenken, ihn in einem Sportverein anzumelden. Gleich nach ihrer Rückkehr am besten.

„Weil die Leute wahrscheinlich einfach Lust hatten, sich das so hinzubauen. Komm, wir gehen wieder zurück in die Innenstadt. Da gibt es mit Sicherheit auch Eis."

„Ja! Ein Eis! Aber ein ganz großes!" Irving lässt ihre Hand los, springt mit beiden Füßen auf den Bürgersteig und hüpft vorwärts. Nell betrachtet seine schwingenden Arme und seine wehenden Haare, dann dreht sie sich um und blickt die stille Straße hinunter.

Zweistöckige Häuser im Bauhausstil wachen links und rechts der von Bäumen und kleinen Rasenflächen gesäumten Straße. Die meisten Gebäude wirken ein wenig heruntergekommen, großflächige Brocken Putz fehlen an den vermutlich seit Jahrzehnten nicht gestrichenen Hauswänden, bei anderen hat die Holzverkleidung schwer gelitten. Dennoch ist deutlich zu erkennen, dass es sich einst um einen gutbürgerlichen Stadtteil gehandelt haben muss.

„Vaicaic ..." Nell versucht, den unaussprechlichen Straßennamen zu buchstabieren, erfolglos. Die litauische Sprache, die Namen sind ihr vollkommen unerklärlich. Sie findet keinen Zugang dazu. Seit sie hier sind, in diesem fremden Land, rätselt sie nur herum.

Alle Menschen, denen sie bislang begegnet sind, verhalten sich ausgesprochen freundlich. Vielleicht liegt es an Irving, vielleicht sind die Litauer ebenso kinderlieb wie die Russen. Alle sind nett und lachen immerzu, aber erst die Wirtin der einfachen Pension, in der sie die letzten beiden Nächte verbracht haben, konnte Nell weiterhelfen. Mit einer Lupe hat sie sich immer wieder über die beiden Straßennamen gebeugt, die Nell aus der Erinnerung notiert hat: Minties Ratsstraße. Verdun-Allee.

Nell konnte ihre Anstrengung fast spüren, auf alle Fälle konnte sie den leicht talgigen Geruch ihrer Haare, die zu einem festen Dutt geknotet waren, riechen, die Falten auf ihrer von Leberflecken übersäten Stirn sehen.

Dann, endlich, als Nell schon bereit war, die Suche aufzugeben, sah sie auf, mit einem Leuchten in den Augen: Minties Rato Gatve. Vydunas Alley.

„Irving, warte!“

Irving ist schon an der Straßenecke und hüpft ungeduldig auf und ab. Sein kleiner Jungenkörper ist angespannt vor Ungeduld, aber Nell muss sich noch einmal umdrehen. Dort, am Ende der Straße, wo die Minties Rato Gatve ihren Bogen spannt, dort irgendwo muss ihr Vater sich damals eine Weile aufgehalten haben, zusammen mit drei anderen deutschen Wolfskindern, die der Krieg und sein Ende hierher verschlagen hatten.

Die anderen drei, so hat es ihr Vater Nell damals erzählt, sind alle umgekommen. Nell weiß nicht, was ihnen zugestoßen ist; sie weiß überhaupt nur wenig über diese Jahre im Kinderleben ihres Vaters. Er hat kaum je darüber gesprochen, nur einmal hat er mehr erzählt, an einem stürmischen Abend, bei einem langen gemeinsamen Waldspaziergang, kurz bevor Nell damals ausgezogen war.

Zwei Straßennamen, die Namen eines Jungen und eines Mädchens, mit denen er damals unterwegs war: Hans und Gisela. Und eine Beschreibung: der Blick auf die Burg Kaunas aus ihrem Versteck, dort, wo Memel und Neris zusammenfließen; in Gebüschen, leerstehenden, halb verfallenen Schuppen hausten die Kinder, bevor sie weiterzogen, erst zu viert, dann zu dritt, am Ende er allein, immer ostwärts, am Kaunasser Meer entlang, auf der Suche nach Essbarem, Schutz, ihm wohlgesinnten Menschen.

Nell sieht die Straße hinunter; sie saugt jedes Detail in sich ein, so wie sie die ganzen letzten Tage lang alles, was sie sieht, in sich aufgenommen hat. Was sie spürt, ist eine dauerhafte, tiefe Erschütterung, eine Fassungslosigkeit, die sie pausenlos im Griff hält. Sie ist hierhergereist, um ihrem Vater näher zu kommen, im Nachhinein. Und dennoch kann sie ihren Vater, oder besser: den Jungen, der ihr Vater damals war, mit der Landschaft und der Stadt hier und den Menschen nicht in Verbindung bringen.

„Ma-ma! Nun komm doch endlich!" Irving legt die Arme um eine Straßenlaterne und dreht sich einmal im Kreis, dann noch einmal, während er ungeduldig den Hals nach ihr reckt. „Mama!"

Sein kleines, empörtes Gesicht, die kindliche Unschuld in seinen noch ungelenken Bewegungen. Irving ist in genau demselben Alter, in dem ihr Vater damals allein und schutzlos durch Litauen zog, Hunderte von Kilometern, fast drei Jahre lang.

„Mama!"

Es ist Nell unvorstellbar: ein Achtjähriger, allein, auf sich gestellt, angefeindet, misshandelt, vertrieben, fast zu Tode geschlagen. Wie hat ihr Vater das nur überleben können?

„Mama!" Irving stampft auf und ballt die Fäuste. Sein kleines Gesicht ist rot vor Ärger. Hinter ihm kommt eine alte Frau mit einem Korb am Arm aus einem mit grünen Latten verkleideten Haus; sie bleibt stehen, mustert den Jungen und sagt etwas zu ihm. Irving dreht sich verdutzt um, sein Blick ist offen und klar. Die alte Frau lächelt, ihr Mund eine dunkle Höhle, in der ein paar Zähne aufblitzen. Dann streckt sie die Hand aus, tätschelt Irving den Kopf und geht weiter.

Nell spürt, wie ihr die Kehle trocken wird. Ihr Vater hat damals keine Zuwendung erhalten. Wie nur ist es zu erklären, dass diese so kinderlieben Menschen damals kein Herz für ihn hatten? Wieso hat sich niemand seiner angenommen?

Natürlich weiß Nell, warum, die geschichtlichen Zusammenhänge, die Angst der Menschen vor Denunziation, ihre innere Not, vor der die Nächstenliebe kapitulieren musste.

Trotzdem, denkt Nell und breitet die Arme aus. Irvings Gesicht hellt sich auf, sofort kommt er auf sie zugelaufen, lachend, selig vertrauend darauf, dass Nell, seine Mutter, ihn auffangen und halten wird.

Und so ist es ja auch.

Als Irving in ihre Arme springt, presst Nell ihr Gesicht an seinen weichen Kopf und saugt seinen Duft in sich ein.

„Mama?“ Irving macht sich los und sieht sie an. „Mama, bist du traurig? Mama, warum weinst du denn?“

„Ach“, sagt Nell und muss lachen. „Ach, das erzähle ich dir später. Jetzt suchen wir dir erst mal ein Eis!“

Fremd sein, nicht gewollt, und niemals ankommen. Das ist ihrem Vater geschehen.

Einen Teil davon trägt Nell mit sich. Aber sie wird zusehen, dass Irving, dass dieser zerbrechliche, liebe, blonde Achtjährige da vorn frei davon bleibt. So gut sie es kann.

Sie drehte sich auf den Rücken. Von irgendwoher hörte sie ein leises Pfeifen, das sie erst nach einem Moment zuordnen konnte. Wind. Draußen pfiff der Wind ums Haus. Nell seufzte behaglich, dann schlug sie die Augen auf.

Die Straßenlampe draußen warf unregelmäßige Flecken an die Decke. Lichtflecken, in deren Betrachtung sie sich verlieren könnte, jedes Mal aufs Neue.

Es war noch früh am Morgen, viel zu früh, um aufzustehen. Erst recht am ersten Weihnachtstag. Der Abend gestern war noch lang gewesen; nach Doktor Rohdes überraschender Mitteilung hatte es eine Weile gedauert, bis sie sich allesamt wieder gefasst hatten, aber dann war noch richtig Stimmung aufgekommen. Am Ende hatten sie alle vier wie wild getanzt, zu alberner Achtziger-Jahre-Musik, und Nell hatte ewig gebraucht, um später einschlafen zu können. Sie drehte den Kopf.

Hector lag in seinem Korb an der Wand gegenüber, mit geschlossenen Augen. Sie kannte ihn gut genug, um zu wissen, dass er wach war. Als sie seinen Namen sagte, öffnete auch er die Augen und blickte sie an, ohne den Kopf zu heben.

Plötzlich, für einen kurzen, starken Moment, war sie glücklich.

Dann bewegte sich Jack drüben im Wohnzimmer, und Hector knurrte leise.

„Schscht, Hector", flüsterte Nell und drehte sich wieder auf die Seite. Als sie die Augen schloss, glitt das Gefühl mit ihr in den Schlaf hinein.

„Hämäläinen?"

„Aino? Hier ist Nell. Deine Vermieterin."

Ein Schweigen antwortete ihr, das gerade so lange dauerte, um Nell unruhig zu machen. Hector hinter ihr auf dem Rücksitz schnaubte und rollte sich wieder zusammen. Offenbar hatte er begriffen, dass sie nicht gleich aussteigen würden. Gerade beim Bahnhof, als sie Jack weggebracht hatten, war es ja ähnlich gewesen.

„Nell, hallo", sagte Aino schließlich, in einem gelassenen Tonfall, als würde sie täglich mit Nell telefonieren. „Wie geht es dir?"

„Gut", sagte Nell und sah durch die Windschutzscheibe hinaus auf den Parkplatz. Drei graue Wagen hatten nebeneinander auf den Gästeparkplätzen der Wohnanlage geparkt, aber Nell fand nichts dabei, sich quer vor den Altpapiercontainer zu stellen, der schließlich frühestens in zwei Tagen geleert werden würde. „Und dir?"

„Mir geht es auch sehr gut, danke", sagte Aino in ihrem leicht geziert klingenden Hochdeutsch, und Nell musste unwillkürlich lächeln. Nein, warm werden würde sie mit

Aino sicherlich nie, auch wenn sie Aino durchaus nett fand.

„Du, Aino, warum ich anrufe – also, ich wollte dir sagen, dass du die Wohnung übernehmen kannst, wenn du möchtest."

Aino schwieg erneut, aber als sie jetzt sprach, klang ihre Stimme nicht mehr gelassen, sondern überrascht. „Was bedeutet das, bitte?", fragte sie. „Übernehmen?"

Nell musste erneut lächeln. „Das bedeutet, dass du so lange dort wohnen kannst, wie du möchtest. Du kannst sie haben. Ich komme nicht mehr zurück."

„Jaso!", machte Aino. „Das … ich kann die Wohnung haben?"

„Ja, genau, du kannst die Wohnung haben. Wenn du willst." Eine der Nachbarinnen ihrer Mutter, die Nell vom Sehen kannte, ging am Wagen vorbei und öffnete den Deckel des Containers, um einen Haufen zerknülltes Geschenkpapier hineinzustopfen. Es gelang ihr nur schwer, denn der Container quoll bereits jetzt, am ersten Feiertag, vor Geschenkpapier und Verpackungsmaterial über.

Gut, dass sie, Nell, bei diesem Geschenkewahn nicht mehr mitmachen musste. Ihre Mutter und sie hatten beschlossen, sich nichts zu schenken; das war Nell sehr entgegengekommen. Mit Louis und Jack hatte sie die gleiche Vereinbarung getroffen, nur Irving bekam etwas von ihr. Sie hatte ihm 500 Euro auf sein Konto überwiesen, er als angehender Vater konnte das sicher brauchen.

„Vielen Dank!", sagte Aino, und Nell legte den Kopf an die Lehne zurück und verdrehte die Augen.

„Gern. Pass auf, ich melde mich wieder demnächst, dann besprechen wir alles Weitere. Ach ja, und … frohe Weihnachten!"

„Danke schön. Dir auch frohe Weihnachten. Danke!"

„Bitte. Tschüs!" Nell legte auf und schloss die Augen. Plötzlich sah sie sich selbst, wie sie damals auf dem Balkon der Wohnung gestanden hatte, in der Aino jetzt wohnte. Es war nach ihrer ersten Nacht dort gewesen; sie war noch benommen vom Einzug, von der Tatsache, nun tatsächlich eine Ein-Zimmer-Wohnung bezogen zu haben, in der sie fortan ohne Irma leben würde. Es war Juni gewesen, ein warmer, viel zu warmer Junitag, die Linde vor ihrem Fenster hatte geraschelt, und vom Gehweg war Kinderlachen zu ihr heraufgedrungen. Sie hatte sich vorgebeugt und über die Brüstung gesehen. Unten war eine schwarzweißgefleckte Katze entlanggelaufen, dicht an der Hauswand, mit wachsam erhobenem Schwanz.

Nell konnte sich auch jetzt noch genau an das Gefühl erinnern, als ihr plötzlich bewusst geworden war, dass überall, neben ihr, unter ihr, über ihr, lauter alleinstehende Menschen leben.

Bei diesem Gedanken hatte sie sich auf die gleiche Art geborgen wie auch einsam gefühlt.

Eines Tages, hatte sie damals gedacht, würden all diese alleinstehenden Menschen sterben, und andere würden für sie einziehen, bis auch sie starben. Einige wenige würden Partner finden, eine Zeitlang mit ihnen zusammenleben und dann fortziehen, in eine größere Wohnung, ein Haus. Aber das waren nur die wenigsten. Die meisten waren alleinstehend und würden es auch bleiben, und es gab nie wieder jemanden in ihrem Leben, den es kümmerte, ob ihnen die Zahnbürste mit der Zahncreme heruntergefallen war oder nicht.

Nell öffnete die Augen. Die Nachbarin war fort, eine Ecke mit Weihnachtsmännern bedrucktes Geschenkpapier hing noch aus dem nachlässig geschlossenen Deckel heraus.

Die Wohnung hatte ihr sowieso nicht gefallen. Sie hatte sich dort nie wohlgefühlt. Sie würde sich eine andere suchen, wenn sie zurückging.

Nell seufzte und zog den Schlüssel ab. Das war also erledigt. Nur ein Anruf bei Thade stand noch auf ihrer

Liste. Aber jetzt war erst einmal das Weihnachtsessen bei ihrer Mutter dran.

Ein warmes Gefühl stieg in ihr auf, als sie die Tür öffnete.

Nein, ihre Mutter brauchte sie nicht, das hatte Nell mittlerweile verstanden. Aber es war schön, sie besuchen zu können.

Und das reichte doch vollkommen aus.

„Komm, Hector, auf geht's!", sagte sie und öffnete die Tür.

In diesem Jahr hatte sie Glück. Der erste Schnee Ende November war nicht liegengeblieben, aber jetzt, als sie die Haustür öffnete und hinaus ins Freie trat, fiel er in dichten, weißen Flocken vom Himmel. Hector, der an ihr vorbeigelaufen war, blickte einen Moment lang verdutzt auf die weiße Fläche, unter der der Straßenbelag kaum noch zu erkennen war, dann lief er wedelnd los, erst zögerlich, dann zusehends ausgelassener. Versuchsweise stupste er die Schnauze in den weichen Schnee, schnaubte verblüfft und schüttelte sich, dann wiederholte er die Bewegung und ließ sich schließlich strampelnd auf den Rücken fallen, um sich ausgiebig im Schnee zu wälzen.

„Na, da hat aber einer gute Laune!", sagte Louis, der mit einem breiten Lächeln im Gesicht auf sie zukam. Er ging in die Hocke und klatschte in die Hände, und Hector sprang zu ihm hinüber und leckte ihm wedelnd quer übers Gesicht. „So war das aber nicht gemeint!" Louis stand lachend wieder auf. Hinter ihm stieg sein Neffe gerade aufs Rad und fuhr vorsichtig an ihnen vorbei. Er nahm eine Hand vom Lenker, um ihnen zuzuwinken, griff aber schnell wieder danach.

„Tschühüs!", rief er und nickte Nell zu. „Fröhliche Weihnachten!"

„Dir auch!", sagte Nell. Gemeinsam mit Louis sah sie zu, wie der junge Mann um die Ecke bog – vielleicht ein wenig zu schnell, aber mit ausnehmend fröhlichem Gesichtsausdruck.

„Dein Neffe kommt aber oft", stellte Nell fest.

Louis nickte. „Er hat mir einen halben Christstollen gebracht, den ich gestern bei meiner Schwester hab liegenlassen."

„Und, wie ist die Stimmung dort?"

„In Ordnung", sagte Louis und zog den Reißverschluss seiner Jacke zu. „Mein Schwager zeigt Einsicht. Mal sehen, wie sich das entwickelt. Ich habe jedenfalls ein Auge drauf. Wollen wir?"

Er lief los, ohne Nells Antwort abzuwarten. Nell drehte sich noch einmal um und warf einen Blick zum Haus der Rohdes hinüber. Es war wahrlich kein schönes Gebäude, aber ein solider, großer Kasten, in dem man über die Maßen behaglich wohnen konnte. Wie sie und Louis damit umgehen würden, das mussten sie noch besprechen. Aber Nell hatte das Gefühl, dass es gutgehen würde.

Sie ließ den Blick über die schmucklose Fassade gleiten, vor der dicke Schneeflocken umherwirbelten und dann langsam zu Boden fielen. Die Rohdes waren fort, für immer.

Auf eine Art bedauerte Nell das sehr. Aber auf eine andere Art fühlte es sich richtig an, bei aller Endgültigkeit. Das Leben ging weiter, alles veränderte sich.

Es half nicht, die Dinge festhalten zu wollen. Am Ende musste man ohnehin loslassen.

Langsam ging sie weiter. Der Wohnwagen hinten auf dem Grundstück trug bereits eine kleine Schneehaube. Die Tür zu Louis' Werkstatt war geschlossen, die Fenster seines Wagens in der Einfahrt waren von Raureif bedeckt. Das Hotel gegenüber lag verwaist da, der Parkplatz war leer. Beate war zu Freunden nach Köln gefahren, das Hotel über die Feiertage geschlossen.

Louis war an der nächsten Ecke stehengeblieben und wartete auf sie. Ruhig stand er da, im milden Licht des

Wintertages, von Schneeflocken umweht. Nell schloss zu ihm auf und nahm Hector vorsichtshalber an die Leine, obwohl weit und breit kein Auto zu sehen war. Als hätten sie sich abgesprochen, querten Louis und sie nebeneinander die Straße, passierten die beiden größeren Industriegebäude und den kleinen Mischwald, der sich schließlich zur weiten Feldlandschaft öffnete.

Nell ließ Hector von der Leine, und er lief fröhlich den Feldweg entlang. Die Landschaft um sie herum war bereits weiß, und immer noch fiel der Schnee in dichten, luftigen Flocken vom Himmel.

„Jack hat mir gefallen", sagte Louis nachdenklich. „Das war ein schöner Abend mit ihm. Ist er gut wieder nach Berlin gekommen?"

„Ja", sagte Nell und steckte die Hände in die Jackentaschen. „Er lässt dich schön grüßen."

„Grüß ihn zurück, wenn du ihn sprichst." Louis zog sich die Mütze tiefer in die Stirn und sah Nell von der Seite an. „Vermisst du ihn nicht manchmal?"

„Ständig."

„Und deine Exfreundin?"

Nell warf ihm einen forschenden Blick zu. „Nein, nicht mehr. Und ich hoffe, das bleibt auch so."

Louis lächelte in sich hinein, und Nell musste ebenfalls lächeln. Der trotzige Unterton in ihrer Stimme war einfach unüberhörbar gewesen. Dann wurde Louis wieder ernst. „Warum bist du eigentlich bisher nie zwischendurch nach Berlin gefahren?"

„Ich weiß es auch nicht. Ich glaube, ich hatte Angst, dass ich dann nicht mehr zurückkäme", sagte Nell achselzuckend. „Und das wäre nicht gut gewesen. Ich war noch nicht so weit."

Louis nickte und kickte einen kleinen, schneeübersäten Stein aus dem Weg. „Und jetzt bist du so weit?" Sein Tonfall klang leichthin, aber sein Zögern, bevor er die Frage stellte, sprach Bände.

Nell lächelte leicht, dann nickte sie. Ja, sie war jetzt so weit. Jacks Besuch, die Gespräche mit ihm hatten den Entschluss bekräftigt, der ohnehin in ihr herangewachsen war. Es war an der Zeit, ihr Leben wieder aufzunehmen, die Pause, die sie sich genommen hatte, zu beenden. Und das ging nur in Berlin.

Die Trennung von Irma hatte tiefe Wunden in ihr geschlagen, aber ganz langsam heilten sie zu.

Nell holte tief Luft und schlang die Arme um sich. Ein bisschen mumig war ihr zumute, aber das war okay. Wenn sie zurückdachte, dann war es gut so, wie sie sich entschieden hatte, in jeder Hinsicht. Aber wenn sie nach vorn sah, war sie sich nicht so sicher. Doch vielleicht hatte das jeder neue Lebensabschnitt, jeder schwerwiegende Entschluss in sich: eine gewisse Unsicherheit, ein Hadern, ein Bangen, mal stärker, mal weniger stark.

Louis musterte sie von der Seite, dann legte er ihr kurz die Hand auf den Arm. „Wie auch immer, ich bin hier", sagte er ruhig und blickte dann zu Hector, der weiter vorn am Feldrand an einer krumm gewachsenen Tanne schnüffelte. „So, jetzt mach ich dir mal Beine!", rief er und lief los, auf Hector zu, der ruckartig aufsah und die Aufforderung zum Spiel sofort annahm, indem er die Vorderbeine spreizte, den Kopf senkte und erst munter davonsprang, als Louis ihn fast erreicht hatte.

In die Hände klatschend, lief Louis ihm hinterher, hinein in die weißbestäubte Feldlandschaft, auf dem Weg, der kaum noch zu erkennen war.

Nell sah ihm und Hector nach, dann blieb sie stehen und blickte über die Felder.

Sie liebte diese weite, einfache Landschaft, ihre klaren Konturen, die frische Luft mit ihrem erdigen Duft, die Geruhsamkeit, die mit all dem einherging. Wenn es nur danach ginge, nach dem Gefühl zur Natur, ihrer Verbundenheit damit, würde sie bleiben.

Aber so war es eben nicht.

Aber zumindest konnte sie immer wieder zurückkommen.

Nell sog den Atem ein und betrachtete den schneebestäubten Zaun entlang der Pferdekoppel, die jetzt im Winter verlassen dalag.

Warum ihre Mutter sich hier wohlfühlte, warum sie genau diesen Ort für ihren Lebensabend ausgesucht hatte, wusste sie immer noch nicht.

Die Erinnerung an ihren Vater verblasste zusehends. Was sie von ihm noch kannte, war nicht viel: seine Stimme.

Vielleicht war es endgültig an der Zeit loszulassen. Ihren Vater. Ihre Mutter. Irma. Die unerfüllte Hoffnung, die sie mit ihr verband.

Und die nie zu stillende Sehnsucht, den einen Platz zu finden, an den sie gehörte. Oder den einen Menschen. Die vielen offenen Fragen.

Es gab so viele lose Fäden in ihrem Leben, die sie wahrscheinlich nicht mehr würde verknüpfen können. Aber den einen oder anderen konnte sie vielleicht wieder aufnehmen und weiterspinnen.

Wie auch immer, sie hatte sich entschieden. Die Auszeit war vorbei. Es war an der Zeit weiterzugehen. Zurück oder nach vorn, auf jeden Fall hinaus, in die Welt.

Weiter hinten auf dem Feldweg konnte sie Hector sehen, der sich übermütig im Schnee wälzte. Neben ihm stand Louis, eine dunkle, klar konturierte Gestalt vor dem hellen Hintergrund der verschneiten Landschaft, schwach beleuchtet von der Sonne, die über ihm am dunstigen Himmel hing.

„Nell, kommst du?“, rief Louis.

Nell hob die Hand und winkte ihm zu. Und dann ging sie los.